현대비평과 한국문학

정금철 외

국학자료원

머리말

『현대비평과 한국문학』이라는, 다소 광범위한 제목의 이 책은 현대비평의 다양성을 영역별로 보여주고자 하였습니다. 필자들은 어렵다고 느낄 수 있는 비평이론을 되도록 쉬운 설명으로 소개하고, 이론의 중요개념이나 원리가 작품 분석에 어떻게 적용되는지 실례를 보여주면서 비평의 이론과 실제 양면에 걸쳐 서술하였습니다. 현대문학비평은 이론 그대로 존재할 때보다 그 대상이 되는 문학 텍스트와 조화롭게 만날 때 더욱 빛을 발합니다. 즉 난해할 수 있는 비평이론이 실제 문학 텍스트 분석을 통해 더욱 명징하게 이해될 수도 있고, 비평 방법을 달리하면 문학 텍스트의 숨은 의미가 다각도로 드러나기도 합니다. 부디 이 책을 접한 독자들이 현대비평의 큰 흐름을 읽을 수 있고, 문학은 결국 애매모호한 것이 아니라 다양성을 수용하는 과정임을 깨닫게 되길 소망해 봅니다.

이 책은 강원대학교 국어국문학과에서 30여 년간 가르침을 주셨던 정금철 선생님의 정년퇴임을 기념하기 위해 기획되었습니다. 선생님께서는 학부 강의 <현대비평론>과 대학원 <논문 지도> 등의 다양한 문학수업을 통해 늘 문학연구 방법론의 중요성을 강조하셨습니다. 이는 같은 문학 텍스트일지라도 독자 혹은 연구자의 입장에서 어떤 눈으로 텍스트를 대하느냐에 따라 다양한 의미를 새롭게 찾아낼 수 있기 때문입니다. 선생님의 냉엄한 가르침과 제자들의 성실함에도 불구하고 학문적 성장이 더딘 것 같아 안타까운 한편, 선생님의 가르침을 받은 제자들의 글을 모아 한 권의 책으로 엮었다는 기쁨도 큽니다.

정금철 선생님 고맙습니다. 앞으로도 학문적 열정과 진지함을 키우며 정진하겠습니다. 정금철 선생님의 정년을 기념하기 위해 옥고를 흔쾌히 보내주신 여러 필자들께 감사드립니다. 이 책이 나오기까지 많은 격려와 관심을 보내주신 국어국문학과 선생님들 고맙습니다. 출판계 사정이 좋지 않음에도 기꺼이 도움을 주신 국학자료원 정찬용 원장님과 출판부 식구들께도 감사의 말씀을 드립니다.

2014년 2월
편집위원 반지영 · 손윤권 · 이정배 씀

총 론

일본 작가 이노우에 마사지의 그림책 중에 『하나라도 백 개인 사과』가 있다. 어느 날, 저마다 다른 이유로 거리를 지나가던 사람들이 달랑 하나 놓인 사과를 보면서 이야기가 시작된다. 사과는 하나지만, 그 사과를 보는 사람들 백 명은 모두 사과에 대한 다른 해석을 내놓는다. 사과가 텍스트라면 그것을 바라보는 백 명의 사람은 독자(비평가를 포함한 일반 독자들)일 것이고, 독자마다 달라진 100개의 사과의 이미지와 기억은 비평의 다채로운 면을 보여준다고 할 수 있다. 다시 말해 어떤 대상도, 어떤 사건도 동일하게 해석될 수 없음을 보여주는 이 그림책은 유아용이라 스토리가 단순한 것 같지만 텍스트와 비평의 관계를 풍부히 드러내준다는 점에서는 어른들 텍스트 못지않다.

좋은 작품이란 무엇이고, 좋은 비평이란 무엇인가. 아마도 다양한 각도에서 읽기가 가능한 작품이 좋은 작품일 것이고, 평범한 독자가 찾아낸 그 이상의 것, 작품의 의미와 가치를 규명해 내는 읽기가 좋은 비평 아닐까. 작가조차 파악해 내지 못한, 텍스트를 둘러싼 다양한 관계와 텍스트의 무의식까지도 읽어내는 것이 비평의 궁극적 목적일 것이다.

비평의 대상은 우선 텍스트의 안과 밖으로 경계를 나누어 볼 수 있다. 문학 자체를 이루고 있는 언어와 구조적 특성에 집중하는 것이 내재적 비평이라면 문학 외적인 것, 이를테면 문학작품이 탄생하게 된 기원과 배경, 즉 작가의 창작 의도 등 작품을 둘러싼 환경에 관심을 보이는 것이 외재적 비평이다. 사실 단순히 보면 문학작품이 작가의 전유물인 것 같지만, 작가의 손에서 떠난 문학은 그 자체로 독립적이고 여기에 독자들의 감상과 해석이 따르는 순간 해석의 폭은 무한해진다.

문학비평은 연구의 대상이 무엇이 되느냐에 따라 작가가 중심인 작가론과 작품이 중심인 작품론, 독자가 중심인 독자론으로 나눌 수 있다. 또 기능적 관점으로 대하면 작가의 창작 행위에 초점을 맞추는 표현론, 작품 자체에 관심을 가지는 존재론(구조론), 작품에 담긴 시대적 특성에 관심을 갖는 반영론, 작품이 독자에게 미치는 영향력을 따지는 효용론으로 나뉜다.

지난 20세기 한 세기 동안 비평이론은 다양하게 변모해 왔다. 20세기 전후로 해서 모더니즘 시대의 비평을 전통적 비평이라고 한다면, 포스트모더니즘 시대의 비평은 현대적 비평이라고 할 수 있다. 역사전기주의비평, 형식주의비평, 신화원형비평, 수용미학, 소설사회학이 전통적 비평에 해당한다면, 정신분석비평, 페미니즘비평, 탈식민주의비평, 대중문학비평 등은 현대적 비평으로 분류된다.

19세기까지 서구의 문학연구와 비평에서 주된 방법론으로 채택된 것은 작가의 창작 계기 및 작품 활동 전반의 외적 상황에 초점을 맞춘 역사전기주의비평이었다. 역사전기주의는 하나의 텍스트를 역사적 사건으로 취급하는 외재적 비평 방법이다. 역사전기주의비평은 문학과 역사와 현실의 관계를 중요시하면서 이를 기초로 문학의 가치를 평가하고자 하는 비평 방법이었다. 역사전기주의 방법에서는 문학작품 자체보다는 작품을 둘러싼 작가의 일대기 및 한 장르의 발생, 작품의 변모 과정에 주목하다 보니, 작품 자체가 지닌 미학성은 찾아내기 힘들었다. 이에 대한 반기로 러시아 형식주의와 영미의 신비평이 등장했다.

러시아 형식주의와 영미의 신비평은 시와 소설을 이루는 언어의 특성과 기교, 문체 등에 관심을 가졌다. 텍스트라는 전체가 대단히 복잡한 조직체라고 보았기 때문에 이들은 언어와 의미의 관계, 이야기 구조의 복합성과 통일성 등에 초점을 맞추어 작품을 분석했다. 그러나 문학작품을 작가와 분리해서 보고, 현실이나 역사와 괴리된 상태로 접근한다는 점, 현학성, 비평가나 독자의 창의성 부재, 사회적 효용 무시 등으로 인해 비판의 대상이 되었다.

신화원형비평은, 동서양의 문학작품에 유형적으로 나타나는 자연물이나 신화의 패턴 또는 원형(archetype)을 찾아내는 방법론이다. 제임스 프레이저의 『황금가지』에 연원을 둔 상태에서 노스럽 프라이는 신화원형비평을 발전시켜 동서양의 문학에 나타난 신화와 원형의 보편적 특성을 밝혀냈다. 그의 비평작업은 정신분석학 및 심리학과도 밀접하게 관련되었다. 칼 융의 심리학 역시 인류의 문화 저변에 깔려 있는 반복되고 정형화된 특정 요소에 관심을 두었다. 융을 말하기에 앞서 20세기 전반기에 활동했던 정신분석학의 거장 프로이트가 미친 영향을 언급하지 않을 수 없다. 프로이트의 정신분석학은 모더니즘의 발전을 이끈 것은 물론 주변 학문의 발전에도 이바지했다. 프로이트가 쟁점화한 무의식, 리비도, 콤플렉스 등은 작가의 창작동기 및 작중인물의 심리를 밝혀내는 데 유효했다. 그러나 프로이트의 무의식을 비롯한 정신분석이론이 비평이론으로서 보다 더 가치를 지니게 된 것은 1960년대 이후 라캉에 의해서였다.

한편 20세기 전반까지만 해도 문학 연구에서 그다지 중요하게 여겨지지 않았던 독자가 주목을 받게 되면서 1960년대 말 수용미학(독자반응비평)의 시대가 열렸다. 독일을 중심으로 유행했던 수용미학은 주로 문학 텍스트와 독자가 상호관계에 관심을 기울이는 비평이론으로서 독자의 텍스트 참여와 의미 생산에 주목한다. 독자가 그 의미를 결정해줄 때 텍스트는 완성된다고 보는 수용미학은 후설의 현상학, 그리고 가다머의 해석학으로부터 영향을 받았다. 한스 로베르트 야우스의 기대지평(Erwartungshorizont)은 독서를 주도하는 과정에서 생긴 독자의 사고 구조, 반응 태도를 뜻하는 말이다. 롤랑 바르트가 1967년에 발표한 글에 언급된 '저자의 죽음'이란 표현은 문학비평의 판도가 작가론, 작품론에서 독자론으로 이동하게 된 배경을 설명해 준다. 작가가 작품을 쓰게 된 의도에 국한해 작품을 해석하는 전기주의나, 작품 자체가 지니는 구조와 특성에 집중하는 구조주의에 대한 반기에서 비롯됐다는 점에서 독자반응비평은 포스트모더니즘 시대의 대표적인 비평으로 볼 수 있다.

일반적으로 문학사회학은 텍스트의 안과 밖을 오가면서, 사회의 구조적 특징과 문학의 구조와의 연관성을 규명함으로써 문학이 사회와 역사의 산물임을 밝히는 데 목적을 두었다. 소설사회학은 넓은 범위의 문학사회학과 등가에 놓이면서, 소설을 사회학적 관점과 연계하여 소설 텍스트와 사회 상황과의 상관관계를 찾아내는 문학연구 방법론이다. 루시앙 골드만은 소설이라는 장르와 시장경제 구조에서 인간(노동력)과 상품(재화)과의 관계 사이에 엄격한 상동관계(homology)가 존재한다고 본다. 자본주의 사회 내에서 인간은 사용가치로 인정받아야 함에도 불구하고 상품보다 못한 상태, 다시 말해 교환가치로 전락하게 된다. 이때 문제적 인간은 사용가치를 지향함으로써 현실과 괴리에 빠지게 된다. 작가는 타락한 사회에서 타락한 방법으로 진정한 가치를 추구하는 장르로 소설을 쓰게 된다. 루시앙 골드만은 산업혁명 이후 자본주의가 본격화된 상황에서 소설이라는 장르가 탄생할 수밖에 없는 필연성을 『소설사회학을 위하여』에서 이렇게 설명한다. 소설사회학, 넓게는 문학사회학은 서구 자본주의 사회를 비판적으로 해부하고 구조화해서 소설이라는 문학 장르가 어떻게 현실을 소설 속으로 흡수·반영하는지를 규명해 준다.

1900년대 초중반, 생존 당시에는 인정을 받지 못했지만 사후에 문학은 물론 문화 전반에 걸쳐 중요한 이론가로 부상한 이들이 있다. 다성 담론과 대화주의, 크로노토프, 카니발 이론을 내세운 미하일 바흐친과, 기술복제 시대의 원전이 지닌 모방할 수 없는 가치를 뜻하는 아우라의 개념을 제시한 발터 벤야민이다. 정치적 압박 속에서 언어와 현실의 관계를 깊이 고민한 두 이론가의 철학과 사상은 반세기가 훌쩍 지난 요즘도 문학과 문화 연구에서 큰 각광을 받고 있다.

1960년대 후반, 형식주의를 이어받은 구조주의는 언어와 문장, 텍스트의 구조에 주목했던 문학연구 방법론이다. 클로드 레비스트로스의 문화인류학과 소쉬르의 언어이론에 기초한 구조주의는 문학 연구에서의 언어와 담론 구조의 상관관계에 관심을 쏟는다. 구조주의는 기존의 역사전기주의 방법론, 문학사회학이 텍스트 외적인 것에 치중한 데 반해 이항대립의 원리에 기초해 구조화된 공간과 체계, 그리고 그 속에서 영위되는 언어 기호들의 관계를 치밀하게 밝혀낸다. 구조주의 기호학을 이해하기 위해서는 로만 야콥슨의 의사소통모델이나 그레마스의 기호사각형을 알고 있어야 한다. 기호학에서 언어 기호는 이항대립에 의해 의미가 구체화되기 때문이다. 기호학이란, 사람들이 사용하는 기호를 지배하는 법칙과 기호 사이의 관계를 규명하고, 기호를 통해 의미를 생산하고 해석하며 공유하는 행위와 그 정신적인 과정을 연구하는 학문이다.

구조주의는 언어와 문장과 텍스트 전반의 관계에도 영향을 미치면서 구조주의 서사학(narratology)을 발전시켰다. 물론 러시아 형식주의 그룹에 속했던 블라디미르 프로프의 『민담형태론』에서 이야기의 구조적 특성과 유형을 파악해 내는 작업이 있긴 했지만, 보다 확장되고 세분화된 서사학은 1960~1970년대 제라르 주네트, 시모어 채트먼, 제랄드 프랭스 등의 서사 이론가들에 의해서 구축됐다. 서사학은 '이야기와 담론'으로 연결된 많은 인접 서사물을 체계적으로 분석해 낼 수 있는 준거를 만들어줬다.

1960년대 이후 유럽을 중심으로 번성한 구조주의는 자크 라캉, 자크 데리다, 미셸 푸코 같은 학자에 의해 보다 확장되면서 후기구조주의로 발전한다.

프로이트의 제자이자 후배인 라캉은 무의식과 언어의 관계에 천착해 들어가면서 욕망이론을 정립했다. 라캉은 소쉬르의 언어이론에 프로이트의 무의식을 접합한 뒤, 언어는 무의식처럼 구조화되어 있다는 명제를 내세웠다. 그리고 주체와 대상 사이의 욕망의 관계를 미끄러짐으로 풀어냈다. 상상계, 상징계, 실재계, 아버지의 이름, 쥬이상스 같은 개념은 프로이트의 정신분석학만으로는 풀어내기 힘든 후기자본주의 시대의 인간의 복합적인 정신 영역을 해석해 낼 수 있는 근간을 마련해 주었다. 라캉은 훗날 슬로베니아의 사상가 슬라보예 지젝에게도 큰 영향을 미쳐서 정신분석과 마르크시즘의 상관관계를 풀어내는 데도 기여했다.

라캉과 동시대에 활동했던 자크 데리다는 소쉬르 언어학의 이분법적 한계를 지적하면서 해체(deconstruction)를 내세운다. 소쉬르가 언어의 의미를 생성시키는 심층 구조인 랑그langue를 강조한 데 반해, 데리다는 이를 의미만 강조하는 형이상학이라고 보면서 빠롤parole, 다시 말해서 말(음성) 중심주의를 강조했다. 해체론에서 무엇보다 중요한 건 텍스트가 지닌 위계질서의 내적 모순을 밝혀내는 데 있다. 데리다가 제시한 해체의 궁극적 목적은 사물과 말(언어), 중심과 주변, 존재와 표상 등의 경계를 허물고, 그동안 서구의 형이상학적 사고에 기원을 둔 이원론을 비트는 데 있었다. 무엇보다도 데리다의 논의 중 기억해 두어야 할 것은, 어떤 것도 고정적인 의미로 기표와 기의가 결합될 수 없다는 차연(differance)의 개념이다. 이는 텍스트의 의미가 확정돼 있지 않고, 끊임없이 연결되는 기표와 기의의 연쇄 작용 속에서 또 다른 의미로 분화·해석되는 과정을 의미한다. 데리다는 미셸 푸코와 롤랑 바르트의 영향을 받았고, 정신분석학자 질 들뢰즈와 펠릭스 가타리에게도 영향을 주어 리좀, 재영토, 노마드 같은 개념을 탄생시키는 데도 기여했다.

후기구조주의자인 미셀 푸코의 권력과 담론, 바르트의 '저자의 죽음', 라캉의 욕망이론, 데리다의 해체, 수전 손택의 반해석론 등은 포스트모더니즘의 시대를 여는 쟁점들이 되었다. 이들은 탈중심화, 탈경계화를 지향하면서 다양한 장르와의 교섭을 시도하며 변화의 폭을 넓힌다. 이런 분위기 속에서 포스트모더니즘 시대의 비평은 정신분석비평, 독자반응비평, 페미니즘비평, 탈식민주의비평, 대중문화비평 등으로 분화된다.

페미니즘비평은 여성이 작가거나 여성의 권리를 주장한 작품을 열등한 것으로 대했던 기존의 남성중심주의, 남근비평(phallic criticism)에 반기를 들면서 등장한 문학비평이다. 페미니즘은 크게 자유주의, 계몽주의, 사회주의, 급진주의, 탈식민주의, 흑인페미니즘 등으로 나뉜다. 『자기만의 방』을 쓴 버지니어 울프, 『제2의 성』을 쓴 시몬느 드 보봐르를 위시해 줄리아 크리스테바, 엘렌 식수, 루스 이리가레이, 찬드라 탈패드 모한티, 주디스 버틀러 등의 많은 페미니스트들은 'sex'와 'gender'가 분화되는 과정, 여성적 글쓰기를 둘러싼 겹겹의 억압에 대한 문제를 다각도로 제시했다. 이들 페미니스트들이 기득권 남성중심주의에 반기를 들면서 하위주체의 목소리를 냈다는 점에서, 식민주의에 저항의 기치를 높인 탈식민주의와 맥락을 같이한다.

탈식민주의(postcolonialism)는 제국주의 시대, 열강의 침략으로 제국주의 유럽의 식민지였거나 정치 · 경제 · 문화 다방면으로 강력한 통제 아래에 있었던 제3세계 국가들이 20세기 초중반에 외형적으로는 독립을 했지만, 식민지의 경험이 그림자처럼 따라붙어 있는 것을 인식하고 그로부터 벗어나려는 움직임을 칭하는 말이다. 식민지 체험 국가의 작가들은 자국 문화에 나타난 식민주의의 지배와 그 영향을 재현하는데, 이 중 되받아 쓰기(Writing Back)는 탈식민주의 글쓰기의 대표적인 방법이다. 탈식민주의에 영향을 많이 미친 담론은 미셀 푸코의 지식과 권력 개념이다. 이에 기초한 에드워드 사이드의 오리엔탈리즘, 호비 바바의 혼종성과 모방(mimicry), 가야트리 스피박의 하위주체와 말걸기, 프란츠 파농의 저항 개념은 탈식민주의 이론을 복합적으로 구성한다. 탈식민주의는 통문화적 비평(Cross-cultural criticism)으로서 전지구적 상황에서 인종과 민족, 계층을 분석하는 데도 유효한 방법론이 된다.

한편 페미니즘의 발달과 지속 과정에서 급진적 페미니즘이 또 하나의 남근주의로 비난을 받는 가운데 에코페미니즘이 페미니즘의 대안으로 부상한다. 20세기 후반에 들어서면서 전 세계는 환경문제로 심각한 위기에 이르렀다. 이는 도구적 이성과 합리주의에 기원을 두고 있는 근대화, 자본주의의 맹점에 대한 반발이자 저항에 해당된다. 에코페미니즘은 여성을 정복의 대상으로 보는 남근중심주의와, 환경을 공존이 아닌 도구로만 접근하면서 훼손한 산업화와 자본주의에 대한 거부로 탄생한 대안적 페미니즘이다. 환경을 침해하고 훼손하는 자본주의를 식민주의자와 등가에 놓았을 경우 에코페미니즘은 또 하나의 탈식민주의로 연동된다.

탈정전화는 기존 정전 중심주의에 대한 반기를 제시한다는 점에서 포스트모던시대의 또 하나의 담론이라고 할 수 있다. 식민주의의 이식으로 인해 세계문학이 영미문학의 등가로 거론되면서 자국 내에서도 고급문학으로 분류되는 작품들에 의해 비주류 문학이 인정을 받지 못한 데 대한 반기는 고급문학과 대중문학에 대한 경계 허물기로 나타났다. 사실 지금까지 대중소설 혹은 대중성에 대한 정의와 범위에 대해서는 많은 논쟁이 있었지만, 대중문학은 고급문학에 가려져 빛을 보지 못한 것이 사실이다. 대중소설, 그중에서도 판타지 텍스트는 전통적 읽기에서 하나의 문학 장르로 인정되기보다는 비주류, 비정전의 카테고리로 묶여 분석됐다. 대중문학 역시 수용자 중심, 독자 중심의 독자반응비평이 관심을 가져주어야 할 영역의 하나이다. 이렇게 탈정전화는 중심과 주변이라는 이원론을 부정하면서 다원론을 강조한 포스트모더니즘비평 시대에 걸맞게 텍스트를 대하는 의식의 변화를 가져왔다.

문학 치료(bibliotherapy)는 독자반응비평의 하나로서 문학작품 읽기가 독자에게 미치는 효용성을 강조하고 있다. 문학치료는 후기자본주의 혹은 신자유주의 시대의 무한경쟁에서 자유로울 수 없는, 교환가치화된 인간을 향한 문학의 효용성과 가능성을 보여준다. 작품 읽기가 개인이 한 사회 내에서 받는 다양한 상처와 인간관계의 단절에서 오는 절망감을 극복할 수 있는 단서가 된다는 점에서 문학치료는 긍정적이다.

21세기 현재 전지구적 환경이 어떻게 변할지는 예측불가능하다. 이미 거대담론의 시대는 지나갔고, 미시담론이 유행하고 있는 상황이다. 장르 간의 경계가 해체되고 융합되는 시대에 접어들었다. 문자언어와 영상언어라는 표현 매체에 대한 경계가 모호해지고, 하나의 이야기가 다양한 장르와 양식으로 표현되는 OSMU(One Source Multi-use) 시대, 스토리텔링의 시대가 되었다. 이제 비평은 어느 한 가지에 치중하기보다는 여러 가지를 융합한 비평, 즉 멀티 비평 쪽으로 방향을 바꾸고 있다. 최근에는 신역사주의, 디지털 이론, 소수인종 이론, 사이보그 이론, 레즈비언·게이 이론, 몸담론, 디아스포라 등 다양한 담론들이 등장하고 있다.

한국 현대문학사에서 전통비평이 1980년대까지 한국의 학계와 평단에 영향을 미쳤다면, 1990년대 이후에는 포스트모던 비평이 각광을 받으면서 양적·질적 변화를 보였다.

이 책은 우선 크게 고전적 비평과 현대적 비평으로 쓴 글들을 나누어 묶었다. 1부는 전통비평에 해당되는 형식주의비평, 역사전기주의비평, 구조주의비평, 문학사회학(소설사회학), 수용미학(독자반응비평), 신화원형주의비평으로 해석한 글들을 묶었고, 2부는 정신분석학비평, 페미니즘과 에코페미니즘, 탈식민주의비평, 대중문학비평, 영상물의 서사구조 및 스토리텔링에 관한 비평으로 접근한 글들을 묶었다. 이 책에 실린 각각의 글은 독립된 하나의 방법론에 근거한 경우도 있지만, 내부분은 다양한 방법론을 절충·교차하고 있음을 밝힌다.

이대범과 이정배는 역사전기주의 방법에 근거해 소설과 영화를 분석한다. 이대범의 「김소진 소설의 전기주의적 연구―아버지 계열의 소설을 중심으로」는 김소진 소설에 많이 등장하는 아버지와 아들의 애증 관계를 다룬 소설에 대한 전기주의적·유형학적 접근을 시도한 글이다. 저자는 김소진의 소설에서 '아버지'를 재현하는 방식이, '아버지 찾기―아버지 이해하기/가장되기―아버지와 화해하기'라는 정신사적 변모를 보이고 있음을 밝혀내고 있다. 이정배는 「1960년대 영화검열로 인한 사극의 내면화 연구」에서 1960년대 영화법의 개정과 영화정책의 변화 그리고 신상옥의 작품변이 간의 상호관계성을 살피는 데 주력한다. 저자는 정권의 검열 방식에 따라 한 시대의 영화가 어떤 변모를 거치게 되었는지, 한 감독의 작품세계가 어떤 변모과정을 보이는지를 당시 발표된 영화들을 토대로 실증적으로 규명해 내고 있다.

반지영은 형식주의적 접근을 통해 시 텍스트가 지닌 미학성을 찾아낸다. 반지영의 「이용악과 백석 시에 나타난 '집'의 형식주의적 접근―이용악의 「낡은 집」과 백석의 「황일」을 중심으로」는 러시아 형식주의에서 강조했던 '낯설게 하기'에 기초해 두 작품에 나타난 집의 의미가 서사성으로 구체화되는지, 서정성으로 구체화되는지를 이야기 구성방식을 통해 살핀다. 특히 일상어와 다른 시어 사용의 효과, 시적 주체인 화자의 역할과 태도, 시간·공간적 배경, 이미지의 활용이 시의 미학성을 어떻게 부각시키는지를 구체적으로 보여준다.

이광진은 구조주의 기호학으로 시와 소설을 분석해 낸다. 이광진은 「「총각과 맹꽁이」의 텍스트 의미 구조」에서 김유정의 소설 「총각과 맹꽁이」의 각 층위에 나타난 통사적·의미론적 분절 단위들을 통합함으로써 각 인물의 욕망과 좌절 구조, 당대 농촌의 현실이 지니고 있는 경제 구조의 문제를 정치하게 해석해낸다. 이로써 소설사회학적 접근만으로는 밝혀내기 힘든 다층적인 인물 관계가 명징하게 분석된다.

김동현과 최영자는 소설사회학적 접근으로 1960~1970년대 정전이라 할 수 있는 텍스트들을 다시 읽는다. 김동현은 「폭력과 서사구조와의 상관성－송영의 「先生과 皇太子」를 중심으로」를 통해 1960~1970년대의 대표작이라고 할 수 있는 송영의 소설 「선생과 황태자」를 분석해내는데, 저자는 작가가 설정한 특수한 공간인 감옥이 폭력적 세계에 무방비상태로 노출되어 있는 무기력한 인물 군상을 다루는 데 더없이 적합한 공간임을 밝혀낸다. 이어 최영자의 「조세희의 『난장이가 쏘아올린 작은 공』에 나타난 사물화적 양상 연구」는 『난장이가 쏘아올린 작은 공』을 물신화 개념을 토대로 하여 분석한다. 저자는 『난장이가 쏘아올린 작은 공』이 1970년대 중반 생산과 소비적 메커니즘으로 양분화되고 있는 과도기적 자본주의 사회의 여러 양상을 작가가 두 명의 전형적 인물과 배경을 통해 반영하고 있음을 밝혀낸다.

김종호의 「천상병의 시에 나타난 원형심상 연구」는 신화원형비평 방식을 동원해 「귀천」의 시인인 천상병의 시를 분석한 글이다. 저자는 천상병 시에 나타나는 '하늘', '새', '물', '고향'의 원형심상이 어떻게 천상병의 시세계를 풀어낼 수 있는 단서가 되고 있는지를 감각적이고 설득력 있게 고찰한다.

수용미학(독자반응비평)적 접근은 시 읽기의 새로운 면을 제시한다. 박창민의 「김종삼 시의 독자반응론적 연구」는 김종삼의 대표시 「북 치는 소년」을 창조적 능력을 갖춘 독자의 입장에서 읽어나가는 과정을 세밀하게 보여준다. 한편 이광형의 「독자의 목소리를 위한 「木馬와 淑女」의 실천적 읽기」는 박인환의 시 「木馬와 淑女」를 독자반응비평에 근거하여 새롭게 읽어본 글이다. 이광형은 박인환의 전기적 특성 외에 많은 지식을 갖춘 독자의 입장에서 해체적 읽기를 시도한다. 두 편의 글은 고급독자에 의해 시 텍스트가 어떤 다양한 함의를 드러내는지, 독자의 지식과 상상력(기대지평)이 시 감상에 어떤 영향을 미치는지를 구체적으로 보여준다.

2부의 첫 글은 정신분석으로 접근한 시와 소설에 대한 글이다. 김창윤은 「라캉의 '욕망의 윤리'로 본 소설 「병신과 머저리」─욕망, 애도, 이데올로기를 중심으로」에서 이청준의 명편인 「병신과 머저리」를 정신분석학적 관점으로 다시 읽는다. 욕망과 애도는 정신분석학에서 많이 거론되는 중요개념으로서 소설 속 작중인물들이 지닌 병리적 현상을 해석해내는 데 매우 유효함을 확인할 수 있다. 정금철은 「시적 주체의 소외와 불안의 증상」이라는 글을 통해 시적 화자의 언술(discourse)에 동반하는 언술 주체의 무의식과 불안의 증상을 밝힌다. 저자는 윤동주, 신경림, 기형도의 시를 대상으로 하여 주체 형성의 변모과정을 통해 사회적 변화와 주체의 구조가 상호 동반관계임을 규명해 내고 있다.

김혜영의 「판타지소설의 텍스트성」은 판타지소설 『눈물을 마시는 새』를 대상으로 하여 판타지소설의 텍스트로서의 가치와 그 특징을 규명해 낸 글이다. 김혜영이 고급문학과 대중문학이라는 이분법적 경계 짓기 문제를 판타지소설을 대상으로 하여 규명해 낸 반면, 김효진은 대중소설의 한 장르라고 할 수 있는 추리소설에 대한 입장을 밝힌다. 김효진은 「한국 근대 추리소설의 태동─이해조의 「쌍옥적」을 중심으로」를 통해 한국추리소설사에서 창작 추리소설의 시작을 알리는 이해조의 소설 「쌍옥적」을 대상으로 하여 서구소설과 다른 한국적 추리소설의 정착과정을 살피고 있다.

이연화의 「황지우 시의 탈식민성 연구」는 황지우의 시를 군부독재라는 내부 식민화에 대한 저항이라는 측면에서 탈식민주의적으로 접근한 글이다. 이연화는 탈식민주의를 한 국가 내에서 발생하는 권력의 관계로 적용하여, 내부 식민화를 상정하고 인간을 교환가치로 상품화하는 자본주의 이데올로기의 식민성을 '정신의 식민화'로 간주한다. 따라서 텍스트에 잠재되어 있는 저항성을 파악하고, 지배 담론에 흠집을 내는 언어와 글쓰기를 탈식민성으로 접근하면서 황지우 시세계를 고찰한다.

손윤권의 「전쟁 후유증과 기지촌 여성 문제의 공적 담론화를 위한 '번복'

의 글쓰기―박완서의『그 남자네 집』을 대상으로」는 박완서의 후기 작품 중 동명의 단편을 개작한 장편『그 남자네 집』의 창작과정을 '번복'으로 규정한 뒤, 작가가 단편의 연애서사를 번복시켜 가면서 장편을 다시 써서 발표한 이유가 한국전쟁으로 인한 상이군인과 기지촌 여성 문제의 공적 담론화를 위한 서사전략이었음을 규명해낸다. 하위주체의 하나인 양공주(기지촌 여성)에 대한 박완서식 말걸기를 통해 2000년대 페미니즘의 흐름을 확인할 수 있는 글이다.

정원숙의 「나희덕 시에 나타난 에코페미니즘 연구」는 나희덕 시를 에코페미니즘의 수용 과정과 그 영향이 창작에 어떤 변화를 가져왔는지를 분석한 글이다. 정원숙은 나희덕의 시가 에코페미니즘적 사유를 고르게 지니고 있다는 점을 강조한다. 저자는 나희덕 시인의 시선이 '나'가 아닌 '타자'로 열려 있으며 그 열림은 우주로까지 확장되어 나가며, 모성을 뛰어넘는 우주성을 체득하고 있다는 점을 밝힌다. 이로써 타자에 대한 배제와 차별을 정당화해도 된다는 두 개의 논리에 맞서는 점을 부각시킨다.

홍단비의 「「국수」의 서사 담론에 나타난 치유적 요소 고찰」은 최근 한국문학사에서 자신만의 개성적인 색채를 드러내고 있는 작가 김숨의 단편소설 「국수」에 나타난 문학치료의 가능성을 모색한 글이다. 저자가 텍스트로 삼고 있는 「국수」에서 화자인 '나'가 시한부 선고를 받은 새어머니에게 국수를 끓여 드리면서 그동안의 잘못에 대해 반성하고, 새어머니에게 우회적으로 용서를 구하는 과정에 착안해 문학작품이 지닌 치료의 가능성을 타진한다.

심재욱의 「봉준호 영화의 서사구조와 현실성의 문제」는 그동안 「플란다스의 개」, 「살인의 추억」, 「괴물」, 「마더」 등으로 한국의 영화사를 새로 쓴 감독 봉준호의 영화를 서사 텍스트로 보고, 그 서사구조와 현실성의 문제를 정신분석학과 구조주의의 관점에서 고찰한 글이다. 저자는 봉준호의 개별 작품들이 동일한 서사적 소재와 서사구조의 반복에 있음에 주목하고, 이러한 특징으로 구성된 봉준호만의 서사 세계의 특징과 감독이 외면하지 않는 현실성이 영화 속에서 구체화되는 방식을 밝혀낸다.

마지막으로 윤정업의 「처용 서사를 중심으로 본 서사의 유형 연구」는 『삼국유사』에 수록돼 있는 처용 설화를 바탕으로 하여 담론의 구성방식을 원형비평 방식과 정신분석학적 관점에서 해명해낸 글이다. 저자는 처용 서사의 유형 분석이 작품의 구조를 분석하는 데 그치지 않고 다양한 영웅 일대기 구조에도 접근할 경우 서사 갈래의 유형 분석에도 적용될 수 있음을 암시한다.

이상과 같이 살펴본 여러 편의 글들은 다양한 비평이론을 토대로 한국 현대문학이 지닌 다층적이고 다양한 함의를 밝혀내고 있다. 저자들은 여러 가지 비평 방법 중에서도 가장 적합하다고 판단되는 방법을 적용해 한국 현대문학사에서 중요하게 언급되는 텍스트를 살피고 있다. 그러나 텍스트의 자장이 워낙 넓다 보니 미처 읽어내지 못한 부분들도 있을 것이다. 글의 서두에서 제시했듯이 텍스트로 삼은 시와 소설, 영화는 일종의 '하나의 사과'로서 다양하게 해석될 여지를 안고 있다. 저자들이 미처 못 본 부분을 발견하고 새롭게 의미를 채워 넣는 작업은 독자들의 몫이다.

편집위원들 씀

목차

II 포스트모더니즘비평

정신분석학

대중문학연구

탈식민주의

페미니즘과 에코페미니즘

문학치료학

스토리텔링

I 전통비평

김소진 소설의 전기주의적 연구*

－아버지 계열의 소설을 중심으로

이 대 범

1. 서론

김소진金昭晉은 1991년 『경향신문』 신춘문예에 「쥐잡기」가 당선되어 문단에 데뷔하였다. 그는 이후 1997년 4월 22일 세상을 뜨기까지 놀라운 필력과 집중력으로 여덟 권의 작품집을 발표하며, 그만의 독자적인 작품 세계를 구축하였다. 김소진은 작가로서의 역량을 본격적으로 펼칠 즈음에 세상을 등짐으로써 문단의 동료들뿐만 아니라, 일반 독자와 평론가들을 안타깝게 만들었다. 1990년대의 소설계가 시세를 뒤쫓기에 급급하여 경조부박輕佻浮薄한 풍토가 만연하는 가운데에서도 의연하게 리얼리즘의 전통을 고수하기 위해 고독한 글쓰기를 자청했던 김소진이었기에 그의 죽음은 우리 소설계의 커다란 손실이 아닐 수 없다. "사실주의의 유례없는 빈핍을 겪고 있는 1990년대와 21세기 한국문학이 그대에게 걸어 놓고 있는 기대를 저버리고 그대 어찌 그리도 표표히 떠날 수 있었단 말이냐"[1]고 한 최재봉의 탄식은

---

* 이 논문은 한국어문교육연구회 학술지 『어문연구』 26집 1호(1998)에 발표했던 글을 재수록한 것입니다.

비단 그만의 것이 아니었다.

김소진의 소설쓰기는, '포스트'라는 치장을 앞세워 심연을 알 수 없는 내면으로 치닫고 가벼워질 대로 가벼워진 관능의 파도타기에 몰두하고 있는 동시대 작가들의 그것과는 달랐다. 김소진은 소설가이기에 앞서 한 사람의 시민으로서, 아들로서, 남편으로서, 그리고 한 아이의 아버지로서 현실을 포근한 눈길로 응시함으로써 '서정적 사실주의'라고 할 수 있는 독특한 작품 세계를 펼쳐 보였다. 그런 그였기에 "대상을 정시함으로써 관념에 갇히지 않으려는 작가의식을 견지했던 작가",[2] 또는 "누구나 다 너무나 가벼워질 대로 가벼워졌다고 하는 1990년대의 현실을 너무나 진지하게 저작한 작가"[3]라는 평가를 받을 수 있었다.

문단의 선배인 김성동은 영결식장에서 "영가靈駕여, 어디로 가시는가? 욕계화택欲界火宅을 여의고 그 어드메로 가시는가? 서방정토로西方淨土로 가시는가? 소설문학의 고독지옥孤獨地獄이 하 괴로워 가릉빈가迦陵頻伽의 하늘 노래만 들려온다는 도솔천으로 가시는가?"[4]라고 간 곳을 물으며 산새처럼 날아가 이제는 불귀의 몸이 된 김소진을 안타깝게 추모하였다. 문우였던 시인 안찬수는 "조시를 쓰지 않으련다/ 다른 사람도 아니고 너를 위한 조시는/ 씌어지질 않는다"[5]라며 그의 죽음을 어이없어 하였다. 과거 신문사 재직 시절의 동료였던 구본권도 "서른다섯의 젊은 작가 김소진 그대를 이승에서 이제 영결해야 하는 이 자리에 어떠한 말과 글이 있어 그대와 벗들의 무너져 내리는 마음을 형용할 수 있겠는가"[6]라고 애도하고, 미처 슬픔을 수습하지도 못한 채 "그대가 멈춘 곳에서, 그대를 잃고서, 그러나 그대와 함께 세기말의 한국 소설은 새롭게 시작할 것"[7]이라고 김소진 소설이 이룩한 성과를 기렸

---

1) 최재봉, 「김소진을 추억하며」, 『실천문학』 46, 1997.여름, 291쪽.
2) 정호웅, 「쓸쓸하고 따뜻한 비관주의」, 『한국문학』, 1997.여름, 270쪽.
3) 조형준, 「우리의 말없는 중심 소진형」, 『한국문학』, 1997.여름, 243쪽.
4) 김성동, 「아아, 山새처럼 날아간 사람아」, 『한국문학』, 1997.여름, 219쪽.
5) 안찬수, 「고아떤 리얼리스트를 위하여」, 『한국문학』, 1997.여름, 236쪽.
6) 구본권, 「그대가 던진 빛, 길이 남으리라」, 『한국문학』, 1997.여름, 223쪽.

다. 이밖에도 박영근이 「용인에서」, 장석남이 「새의 자취」, 나희덕이 「마지막 양식」, 신현림이 「죽음은 양파껍질 같아서」, 김철식이 「당신은 깊은 산으로 가고」 등의 애도하는 글을 보냈지만 김소진은 생전의 순박한 미소를 머금은 채 4권의 단편소설집,[8] 2권의 장편소설,[9] 콩트에 가까운 글을 모아 엮은 장편掌片소설집[10]과 동화집[11] 각각 1권으로 남아 있을 뿐이다.

첫 소설집 『열린 사회와 그 적들』의 서문에서 "데뷔작 「쥐잡기」가 소설이기에 앞서 애틋했던 아버지께 부치는 제문이었듯이, 이후의 작품들도 그러한 제문의 범주에서 크게 벗어나지 못했습니다"[12]라고 김소진은 자신의 소설이 지닌 성격을 밝히고 있다. 김소진 소설에 있어서 아버지의 존재가 지니는 의미의 비중을 짐작케 하는 대목이다. 이러한 언급으로 미루어볼 때, 김소진이 자신의 소설에서 형상화한 아버지의 존재 의미를 추적하는 작업은 곧 그의 소설을 이해하기 위한 첩경이라고 할 수 있다. 제문이란 단순히 죽은 사람을 기리는 글만이 아니다. 망자의 삶이 지니는 의미를 새기고 그것에 자신을 비춰보는, 즉 망자와의 대화를 시도하기 위한 글이 제문이다. 김소진이 아버지의 존재와 삶을 되묻고 지식인으로서 자신의 역할을 모색하는 도정으로 소설쓰기를 하였다면, 이제 김소진과의 대화를 위한 글쓰기는 살아남은 자들의 몫이라고 하겠다.

본고는 김소진과의 생산적인 대화를 위한 시도로서의 의미를 지닌다. 본 소론은 김소진의 삶과 그가 소설계에 남긴 업적에 합당한 묘비명을 쓰는 자세로 그의 작품을 살펴보고자 한다. 본고는 6년이라는 짧은 기간 동안에 여덟 권의 작품집을 상재했다는 외형적인 중압에서 벗어나 그의 작품이 내장

---

7) Ibid., p.224.
8) 김소진, 『열린 사회와 그 적들』, 솔, 1993: 『고아떤 뺑덕어멈』, 솔, 1995: 『자전거 도둑』, 강, 1996: 『눈사람 속의 검은 항아리』, 강, 1997 등.
9) 김소진, 『장석조네 사람들』, 고려원, 1995: 『양파』, 세계사, 1996 등. 이 중 『장석조네 사람들』은 작품의 구성과 제재로 보아 장편소설이라기보다는 연작소설의 성격을 지녔다.
10) 김소진, 『바람부는 쪽으로 가라』, 하늘연못, 1996.
11) 김소진, 『열한 살의 푸른 바다』, 국민서관, 1996.
12) 김소진, 『열린 사회와 그 적들』, 솔, 1993, 7쪽.

하고 있는, 잔잔하지만 결코 작지 않은 감동의 원천을 밝히기 위해서 노력할 것이다. 그리하여 김소진이 밝혀 놓은 아버지의 존재가 1980년대 내내 젊은 작가들에 의해 부정되고 파괴되었던 아버지상과 변별되는 점을 밝히고자 한다. 그리고 작품분석을 통해 '아버지 찾기 → 아버지 이해하기(家長 되기) → 아버지와 和解하기'로 변화해가는 작품의 경향도 함께 정리하고자 한다.

2. 선행연구 검토 및 연구방법

김소진에 대한 연구는 작품집을 발표할 때 발문의 형식으로 덧붙여졌던 평론13)과 그밖의 서평,14) 대담,15) 작품론,16) 그리고 사후의 특집17)에 실린 글들이 전부였다. 최근 안찬수, 서경석 등에 의해 김소진의 문학적 초상화 그리기18)와 작가론19) 등이 발표되면서 김소진 소설에 대한 심도 있는 연구

---

13) 김윤식, 「새로운 지식인 소설의 한 유형」, 『열린 사회와 그 적들』, 솔, 1993; 김진석, 「개같이 죽는 인간, 개같이 살아나는 소설」, 『고아떤 **뺑덕어멈**』, 솔, 1995; 이동하, 「언어의 잔치와 따뜻한 인도주의」, 『장덕조네 사람들』, 고려원, 1995; 서경석, 「열린 사회를 향한 글쓰기」, 『자전거 도둑』, 강, 1996; 정호웅, 「수칼매나무 우듬지에 빛나는 햇살」, 『눈사람 속의 검은 항아리』, 강, 1997 등.
14) 김윤식, 「이승우에서 홍상화까지」, 『한국문학』, 1991.9 · 10 합병호; 정호웅, 「인간 본성의 탐구」, 『문예중앙』, 1993.봄: 「문체를 찾아서」, 『한국문학』, 1997.봄; 정홍수, 「현실을 읽는 열린 마음들」, 『실천문학』, 1996.여름; 전영태, 「일상사의 확대와 축소」, 『한국문학』, 1993.11 · 12 합병호; 백지연, 「현실을 응시하는 '수인(囚人)'의 글쓰기」, 『창작과비평』, 1996.여름; 신승엽, 「어제의 민중과 오늘의 민중」, 『창작과비평』, 1997.여름 등.
15) 우찬제, 「텍스트 대담 '지식인 · 권력 · 진실'」, 『오늘의 소설』, 1993 상반기호; 임홍배, 「김소진 문학 대담ㅡ삶의 언어, 일상 체험에 날개 달기」, 『문예중앙』, 1993.가을; 서영채, 「젊은 작가 심층탐구ㅡ'헛것'과 보낸 하룻밤」, 『한국문학』, 1994.3 · 4 합병호 등.
16) 류보선, 「열린 사회를 향한, 그 기나긴 장정」, 『한국문학』, 1994.3 · 4 합병호; 정홍수, 「허벅지와 흰쥐 그리고 사실의 자리」, 『문학사상』, 1996.2 등.
17) 김성동 외, 「추모특집ㅡ따뜻한 리얼리스트, 김소진의 삶과 문학」, 『한국문학』, 1997.여름; 한기, 「가장 콤플렉스의 잔영, 글쓰기에의 순사」, 『문예중앙』, 1997.여름 등.
18) 안찬수, 「상처와 기억과 생리적인 것」, 『문학동네』, 1997.가을.
19) 서영채, 「이야기꾼으로서의 소설가」, 『문학동네』, 1997.가을.

가 시작되는 느낌이다.

　김소진에 대한 이들 연구는 동시대의 젊은 작가들과 변별되는 김소진의 작가의식과 작품세계를 밝히는 데 주력하였다. 그 결과 이들 연구들은 김소진이 사실주의적인 소설 쓰기의 전통을 계승한 작가이며,[20] 동시에 생활언어와 토착어를 포함하여 우리말을 가장 우리말답게 구사하는 작가라는 사실을 밝혀 놓았다.[21] 그리고 운동권 출신으로서 대학 때의 '이념적 순결함에 대한 그리움과 안타까움을 과장한 공지영이나 김영현 등의 후일담 소설과는 달리 부모의 삶이 한가운데 자리한 역사 속의 민중들의 삶을 진솔하게 형상화한 작가'라는 사실도 확인하였다.[22]

　이들 선행연구들은 김소진의 작품세계와 소설쓰기의 의미를 밝히는 데 기여하고 있어 나름대로 충분한 의의를 지니고 있다. 그러나 서평 성격의 글이 지니게 마련인 단편적인 연구에 머물고 만 한계를 안고 있다. 작품 세계의 변화 양상을 총체적으로 밝히지 못하고 있는 점, 작품의 내용과 전기적 사실을 단순히 병치하고 줄거리를 요약하는 식의 인상비평에 머문 점, 시대 상황과 관련지어 작품의 의도를 밝히는 일에 집착하고 있는 점 등이 그것이다.

　본고는 아버지의 존재와 분단의 문제 · 어머니의 삶 · 산동네의 이웃인 밥풀떼기들의 생활을 다룬 가정 소설군, 주로 기자와 같은 지식인의 눈으로 사회를 해부하며 지식인의 역할 문제를 다룬 지식인 소설군, 도시 소시민들의 삶의 애환을 그린 소시민 소설군 등의 유형으로 분류되는 김소진의 소설 중에서 첫째 유형, 그 중에서도 아버지의 존재와 관련된 작품들을 대상으로 김소진 소설의 변화 양상과 작품 세계를 밝혀 보고자 한다.[23] 아버지의 존

---

20) 류보선, Op. cit., p.67.
21) 이동하, Op. cit., pp.262~263.
22) 서경석, 「열린 사회를 향한 글쓰기」, 『자전거 도둑』, 강, 1996, 260쪽.
23) 김소진 소설의 유형을 분류한 업적으로는 우찬제, 「탈지식인적 지식인 소설의 지평」, 『상처와 상징』, 민음사, 1994; 신승엽, 「어제의 민중과 오늘의 민중」, 『창작과비평』, 1997.여름 등이 있다.

재를 다루고 있는 작품군을 대상으로 선택한 까닭은 이 유형의 작품들이 비교적 김소진 소설의 변화 양상을 확연하게 드러내 보여주고 있으며, 또 김소진 스스로도 밝힌 바 있듯이 김소진 소설의 본령은 아버지의 존재 의미를 묻는 소설이라는 판단 때문이다.

본고는 김소진의 소설을 올바르게 이해하기 위해서 전기적 사실에 주목하고자 한다. 문학, 특히 소설이라는 것이 "결국 치장과 허위의식을 벗기고 나면 남는 것은 개인사, 가족사의 뿌리"[24]라는 특징을 지닌 장르 때문이기도 하지만, 그보다는 김소진 스스로가 밝힌 글쓰기의 의미 때문이다. 김소진은 자신의 소설은 "기억에다 살을 붙인 몸뚱어리", 그리고 소설쓰기는 "기억의 줄을 슬슬 당겨보는 거"라고 말하고 있다.[25] 또 "기억을 한 번 더 기억하는 게 이야기고 소설이라고, 그것을 두고 거짓말 쓰기라고 몰아붙이는 사람은 바보라고 놀림받아도 싸다"[26]한 김소진의 언급을 염두에 둘 때, 김소진의 소설을 이해하기 위해서 그의 전기적 사실을 이해하는 일이 얼마나 중요한 지를 짐작할 수 있다. 본고는 김소진의 전기적 사실과 관련지어 그의 소설 세계를, 특히 소설 속에 그려진 아버지 존재의 의미를 파악하고자 한다.

본고가 의미 있는 김소진 연구가 되기 위해서는 지식인 소설군의 작품과 소시민의 삶의 애환을 그린 소설군, 그리고 가정 소설군의 소설 중에서 어머니와 관련된 작품군에 대한 해명이 이뤄져야 한다. 이들 소설에 대한 고찰은 앞으로 수행해야 할 과제로 남는다.

---

24) 한기, Op. cit., p.234.
25) 서영채, 「'헛것'과 보낸 하룻밤」, 『한국문학』, 1994.3 · 4 합병호, 51~52쪽.
26) 김소진, 『자전거 도둑』, 강, 1996, 271쪽.

3. 김소진 소설에서의 '아버지'의 의미

김소진 소설에서 '아버지'가 지니는 의미의 중요성은 그가 작품집을 상재할 때마다 자신의 작품과 아버지와의 관련을 밝힌 사실로 미루어 쉽게 알수 있다. 첫 단편집인『열린 사회와 그 적들』의 서문에 김소진은 "데뷔작「쥐잡기」를 비롯한 이후의 작품은 모두 아버지께 부치는 제문"[27]이 될 것이라고 쓰고 있다. 제문은 이미 죽은 사람을 불러내어 말을 건다는 의미를함축하고 있는 글이다. 그런 의미에서 김소진의 소설은 이미 망자가 된 아버지와의 대화에 해당하는 셈이다. 자신의 소설을 '아버지께 부치는 제문'이라고 한 작가의 말은 곧 김소진의 소설에서 아버지가 차지하는 비중을 강조한 것이라고 할 수 있다.

두 번째 소설집『고아떤 뺑덕어멈』의 서문은 이미 세상을 뜬 아버지께보내는 편지글 형식을 취하고 있다. 이 서문에는 "저 가공할 만한 유전자의위력으로 말미암아 당신의 살아생전의 모습이 밑그림으로 어른거리는 아이의 얼굴"[28]이라는 대목이 보인다. 대代를 건너 뛰어 손자에게까지 외양을물려준 아버지의 존재는 작가의 삶을 주조할 수 있는 충분한 위력을 지닌존재인 것이다. 김소진은 아버지 존재의 위력을 서문에서 숨김없이 토로하고 있다. "아버지한테 물려받은 유일한 자산인 가난과 상처가 지난 사 년간제 알량한 문학의 밑천이자 젖줄이었습니다"[29]라고. 젖줄은 생명선이다. 젖줄을 끊으면 아이는 죽게 마련이다. 아버지의 존재 없이는 자신의 소설쓰기가 불가능했을 것이라고 김소진은 이런 식으로 피력하고 있는 것이다.

세 번째 소설집『장석조네 사람들』은 유년기 추억의 보금자리였던 산동네의 이웃들인 밥풀떼기들의 삶을 그리고 있는 연작 형태의 소설 모음이다. 산동네에 사는 사람들의 삶이란 대개 실패한 삶이라고 할 수 있다. 변두리

---

27) 김소진, 『열린 사회와 그 적들』, 솔, 1993, 7쪽.
28) 김소진, 『고아떤 뺑덕어멈』, 솔, 1995, 5쪽.
29) Loc. cit.

로 밀려난 그들의 삶 한가운데 아버지가 자리하고 있다. 작가는 아버지의 실패한 삶과 자신의 소설쓰기의 실패에 대한 불안감을 슬쩍 관련짓고 있다.

> 이 이야기를 누구에게 읽어보라고 해야 할지 겁이 난다. 누군가 실패한 이야기라고 말한다면, 그때 내가 매달릴 최후의 보루는 무엇일까.
> 글쎄 아마 아버지가 아닐까. 이 열 개의 이야기 속에는 다행히도 아버지 얘기가 한 편 들어가 있다. 내숭처럼.30)

내숭처럼 자신의 작품의 원천이 아버지의 존재라는 사실을 슬쩍 토로하고 있음을 알 수 있다.

이미 작가 자신도 가장의 자리로 떠밀려나 '아버지의 자리'를 문제 삼고 있는 네 번째 소설집 『자전거 도둑』의 '작가의 말'에 다음과 같은 대목이 있다.

> 그런데 무슨 말을 건네야 하나. 어릴 적 내가 갖고 싶었던 은빛 자전거도, 버릇없는 도둑으로 몰렸던 누명도 그리고 솔방울 벙거지 위로 계집애의 콧김처럼 미끄러지던 눈송이도 이제는 다 닳아버린 기억일 뿐인데. 그것들은 애초부터 아버지라는 존재 모양 실체가 없었던 게 아닐까. 그런데 그 엉성한 기억의 거미줄에 재수 없이 걸려버린 이야기 나부랭이들이란 정녕 무엇일까.
> 그렇다면 이제는 이렇게 말해도 되는 걸까. 기억을 한번 더 기억하는 게 이야기고 소설이라고.31)

닳아버린 아버지에 대한 기억, 그것을 한 번 더 기억하는 이야기가 소설이라고 작가는 말하고 있는 것이다.

사후에 발표된 소설집이어서 작가 서문이나 발문 따위의 글이 실려 있지는 않지만 마지막 소설집 『눈사람 속의 검은 항아리』에도 예외 없이 아버

---

30) 김소진, 『장석조네 사람들』, 고려원, 1995, 8쪽.
31) 김소진, 『자전거 도둑』, 강, 1996, 271쪽.

지 존재의 의미를 추적하는 작품으로 「지붕 위의 남자」, 「갈매나무를 찾아서」, 「목마른 뿌리」 등이 들어 있다. 이들 작품은 가장의 역할을 되짚어보고, 가상적 현실에서나마 아버지로부터 받은 상처, 즉 '서자의식'을 극복하려는 노력을 보여주고 있다는 점에서 주목에 값한다.

아버지의 존재를 다루고 있는 소설로 분류할 수 있는 작품으로는 「쥐잡기」, 「춘하 돌아오다」, 「사랑니 앓기」, 「개흘레꾼」, 「고아떤 뺑덕어멈」, 「두장의 사진으로 남은 아버지」, 「아버지의 자리」, 「자전거 도둑」, 「경복여관에서 꿈꾸기」, 「목마른 뿌리」 등이 있다. 이 작품들은 '아버지에 대한 이중적인 애증의 감정'과 '서자의식'이 소설쓰기의 원동력이 되고 있다. 아버지에 대해 교차되는 애증의 감정과 서자의식은 일종의 변형된 오이디푸스 콤플렉스라고 할 수 있는데, 이러한 감정은 김소진 소설의 주인공들이 처한 외로움의 배경으로 작용하기도 한다.

아버지의 존재를 문제 삼고 있는 계열의 작품에서 공통적으로 발견되는 '이중의 애증의 감정'은 뒤에 발표된 작품일수록 미워하기에서 이해하기, 내지는 아버지 끌어안기 쪽으로 중심을 옮겨가는 경향을 보여주고 있다. 즉 아버지 계열의 소설은 작가의 아버지에 대한 태도가 '아버지 찾기 → 아버지 이해하기(가장되기) → 아버지와 화해하기'의 경로를 밟고 있는 사실을 확인시켜 준다.

1) 아버지 찾기 – 「쥐잡기」, 「춘하 돌아오다」, 「사랑니 앓기」

데뷔작인 「쥐잡기」는 김소진의 자전적인 요소가 짙게 투영된 작품이다. 실향민, 즉 뿌리 뽑힌 자의 아들로서 철이 들어 아버지의 가슴에 뭉쳐진 응어리를 엿보게 된 후에 아버지에 대한 헌사 한 편쯤 남겨야겠다는 생각에서 쓴 작품 「쥐잡기」는 인물 설정이나 작품의 배경 등이 김소진의 전기적 사실과 그대로 일치한다.

소설 속의 주인공 민홍의 아버지는 이미 망자가 된 실향민이고, 어머니는 철원댁으로 불리는 억척스런 여인이며, 주인공 민홍은 운동권 학생으로 시위 도중 입은 화상을 치료받고 지금은 집에서 쉬고 있는 대학생이다. 김소진의 아버지 김응수는 함경남도 성진이 고향으로 6·25 당시 원산의 한 병원에서 서무원으로 근무하다가 국군에 의해 원산이 점령되자 살기 위해 우익 치안대에 가담한 인물로, 원산 대철수 때 원산 앞바다의 군함으로 소개되는 바람에 북한에 양주兩主와 처자식을 두고 월남하게 된 실향민이다. 아버지는 김소진이 유년 시절을 보냈던 미아리 산동네에 한 평짜리 구멍가게를 내어 가족들의 생계를 꾸린 경험이 있으며, 이 구멍가게는 실제로 「쥐잡기」의 배경이 되고 있다. 어머니 철원댁은 실제 철원 태생으로 남편의 무능과 병고 때문에 막일로 자식들을 부양해야 했던 억척스런 여인이었다. 작품 속에서 남편과 자식들을 한데 싸잡아 "이 씨를 말릴 함경도 종자들아"[32]라고 일갈하기도 하고, 시위 현장에서 화상을 입고 집에서 쉬고 있는 운동권 대학생 아들에게 "왜 그 자리에서 혀를 빼물고 뒈지질 못하고 이 꼴을 하고 자빠져있냐! 이 에밀 못 잡아먹어 환장한 늠아. 오오냐 장하다, 장해. 이 민들레씨같이 곤곤히 퍼진 집안에서 하마터면 만고 충신이 하나 나올뻔 했구나 그래!"[33]라며 악다구니를 퍼붓는 어머니는 실제 어머니상의 변주에 지나지 않는다.

「쥐잡기」에 등장하는 아버지는 세상의 질서나 이데올로기를 아들에게 강제함으로써 아들의 새로운 이념이나 이데올로기를 질식시키는 존재와는 거리가 멀다. 그는 제대로 된 사진 한 장 남기지 못하고 세상을 떠난 보잘것없는 인물이다. 주민등록증에 붙어 있던 흑백 증명사진을 부랴부랴 확대하여 마련한 틀사진 속에 갇혀 마치 급조된 몽타주 속의 인물을 연상시키는 아버지, 무엇에 놀랐는지 "잔뜩 겁에 질린 표정"을 짓고 있는 아버지, "어깨

---

32) 김소진,『열린 사회와 그 적들』, 솔, 1993, 20쪽.
33) Ibid., pp.18~19.

까지 한껏 곱송그리고 있어 방금 염병을 앓고 난 이 같은" 아버지이다.[34] 게다가 '맹탕 헷것'에 눈을 빼앗겨 부모와 처자를 북에 남겨 두고 혈혈단신 월남한 실향민이다. 김소진이 「쥐잡기」에서 형상화한, 아니 유년기의 기억 속에서 찾아낸 아버지의 존재는 한 곳에 정착하여 뿌리내릴 수 없는 부유하는 삶을 살아가는 아버지이다.[35] 어린 시절 마음속에 지울 수 없는 상혼을 남겨주었던 아버지, 기억하기조차 싫었던 아버지의 모습 그대로이다. 이러한 아버지상은 후에 발표한 작품에서 중풍으로 누워있는 환자, 자신의 욕망을 위해 아들의 등록금을 여인의 단속곳에 파묻는 난봉꾼, 동네의 발정난 개를 찾아 개흘레를 붙여 주는 개흘레꾼 등으로 변주되어 나타나고 있다.

「춘하 돌아오다」에서도 아버지는 아들에게 돌이킬 수 없는 상처를 준 인물로 그려지고 있다. 신문사 기자인 주인공 표병문은 빚에 몰려 십육 년 전에 밤봇짐을 쌌다가 돌아온 춘하를 보고 과거의 기억 속에서 추한 아버지의 모습을 찾아낸다. 춘하의 허벅지살에 자식의 등록금을 파묻고 그것을 돌려달라고 애원하는 아버지, 많은 구경꾼 앞에서 춘하로부터 낯짝을 사정없이 맞으며 눈물을 흘리는 아버지, 춘하가 끼얹는 술잔을 뒤집어쓰고도 중죄인처럼 머리를 조아리며 사정하는 아버지는 어린 자식의 가슴에 각인되어 오래 남을 상처를 안기는 위인이다. 그러한 아버지를 목격한 아들은 "무조건 아버지라는 인간을, 아니 그 말 자체를 이 세상에서 지우고 싶었고, 그 위에 칼을 물고 고꾸라져 죽고만 싶었던"[36] 것이다. 그리고 "춘하의 그 허연 살덩이를 한칼에 베어 으적으적 씹고 싶은 충동적 허기에 이후로 끊임없이 시달려야"[37] 하는 상처를 안게 되는 것이다.

이처럼 김소진이 유년기의 기억 속에서 찾아낸 아버지의 존재는 아들의 가슴에 씻을 수 없는 상처를 남긴 인물로 그 존재를 지워 버리고 싶은 대상

---

34) Ibid., p.12.
35) 실제로 김소진은 초등학교 5학년 때, 아버지의 처자가 북한에 있는 사실을 알고 큰 충격을 받았으며 그 후 서자의식이라는 정신적 상혼을 안고 살았음을 실토하였다(임홍배, Op. cit., p.194).
36) Ibid., p.123.
37) Loc. cit.

이다. 그 결과 아버지와 아들 사이에는 해소가 불가능한 불화가 가로 놓여 있다. 그런 아버지를 위해 성인이 된 「사랑니 앓기」의 주인공은 고해성사를 준비한다. 아버지의 도전盜電 사실을 눈치채고, 그 약점을 이용하여 아버지 구멍가게에서 공술을 뜯어내는 용수애비를 죽이기 위해 아버지는 용수애 비가 마시다 남은 술병에 메틸알코올을 조금씩 섞는다. 서서히 죽어가게 함 으로써 영원히 용수애비의 입을 막으려는 계산이다. 콧속을 파고드는 포르 말린 냄새를 맡으며 아들은 기계적으로 살인자라는 단어를 입속으로 되뇌 인다. 아버지의 살인 방법은 자신이 생물시간에 실험을 통해서 공부한 내용 을 아버지에게 들려준 데서 비롯한 것이었다. 가톨릭 신자도 아닌 주인공은 아버지에게 살인 방법을 교사했다는 자괴감 때문에 이미 여섯 해 전에 죽은 아버지를 위해 성소聖所의 문을 두드리는 것이다.

첫 단편집 『열린 사회와 그 적들』에 실린 아버지 계열의 작품들은 위에 서 살펴본 바와 같이 유년기의 기억 속에서 찾아낸 아버지의 모습을 형상화 하고 있다. 그것은 초라하기 이를 데 없고 무능하며, 변두리로 밀려나 떠도 는 삶을 살아가는 곤고한 아버지의 모습이었다. 아들에게 씻을 수 없는 상 처를 안긴 아버지, 존재를 지워 버리고 싶은 아버지로서 아들과 불화 관계 에 있으며, 그 불화는 화해의 가망이 무망인 상태다. 북한에 부모와 처자를 두고 월남한 실향민으로서 아버지는 어느 체제에도 편입되지 못하는 변두 리 인생의 초상인 것이다.

2) 아버지 이해하기, 또는 가장되기 - 「개흘레꾼」, 「고아떤 뺑덕어멈」, 「두 장의 사진으로 남은 아버지」, 「아버지의 자리」, 「자전거 도 둑」, 「경복여관에서 꿈꾸기」

1980년대의 우리 소설계는 포스트모더니즘 논의의 자장磁場 내에서 큰 변화를 경험했다. 거대담론의 해체에 대한 열망이 소설계 내에서도 확산되어 부성父性에 대한 공격과 해체가 진행되었다. 권위적이고 억압적인 기존의 질서를 거부하려는 욕망과 관련 있는 아버지에 대한 적의는 나름대로 내적 필연성을 갖고 있었다. 그러나 권력의 상징으로서의 아버지가 아닌, 김소진이 그려낸 "거부할 수 없는 실존적 근원의 초상"[38]으로서의 아버지는 쉽게 부정될 수 없는 존재이다. 실존적 근원의 초상으로서의 아버지는 "영웅시대를 살았던 일그러진 이념적 영웅이 아니라 대문자의 역사 뒤에서 사소한 절망의 순간을 살았던 아버지"[39]인 것이다. 김소진 소설에서 자주 발견되는 '아버지에 대한 이중적인 애증의 감정'은 김소진이 창조한 이러한 아버지상과 밀접한 관련이 있다.

아버지에 대한 양가적 감정이 처음으로 드러난 작품이 「개홀레꾼」이다. 「개홀레꾼」에서도 주인공의 아버지는 형편없는 인물로 희화되고 있다.

> 아버지는 마치 신바람 난 골목대장인 양 활개짓으로 바람을 잡으며 우줄우줄 앞장서서 세찬이네 골목으로 암내를 잔득 풍기는 누런 황구 한 마리를 구슬려 끌고 나갔다. 몇 올 남지 않은 머리카락이 바람에 헝클어져 쑥대강이처럼 너울너울 춤을 췄다.
> 하관이 빤 턱에는 덜 뽑은 돼지비계의 그것처럼 까칠한 털이 숭숭 솟아 있고, 동굴처럼 벌어진 시커먼 입속으로 움푹 빨려 들어간 양볼에 위엄 따위가 서릴만한 구석은 조그만치도 없다. 게다가 흰자위가 검은 자위를 덮어버릴 만큼 흡뜬 두 눈은 어릿광대의 표정처럼 우스꽝스럽기조차 해 아이들이 겁을 집어먹기는커녕 주먹쑥떡을 먹이는 놈들도 있었다.[40]

이런 형국이니 아버지를 보고 주인공은 '아, 아버지! 당신이 정녕 나의 아버지십니까'라고 물으며 자기도 모르게 두 주먹을 불끈 쥘 수밖에 없는 현실이다. 아버지의 존재를 지워 버리고 싶을 만큼 깊게 각인되었던 유년기의

38) 이광호, 「아버지의 존재론」, 『한국문학』, 1997.여름, 278쪽.
39) Loc. cit.
40) 김소진, 『고아떤 뺑덕어멈』, 솔, 1995, 39쪽.

상처는 대학생이 되어서도 좀처럼 치유되지 않는다. 그래서 시위에 관련되어 유치장에 갇혔을 때도, 면회 온 아버지와 화해하고 싶은 마음이 도무지 나서질 않는 것이다. 아버지는 그에게 테제도, 안티테제도 아닌 절망일 따름이다. 아버지는 하릴없이 암내 난 개목에 낡아빠진 개줄을 걸고 다니며 상대 수캐를 고르고 한적한 돌산 같은 데로 올라가서 흘레를 붙여주는 일을 보람차게 수행하는 사람일 뿐이다. 그러나 운동권의 동료였던 장명숙이나 석주 형에게 있어 그들의 아버지는 테제요, 안티테제였다.

> 장명숙의 아버지는 해방공간에서 사회주의 활동을 한 이력이 있는 모양이었다. 고향에서 여운형의 건준에도 주도적으로 참여했다는 말을 얼핏 들은 적이 있을 정도로 비중이 있는 활동을 했다고 한다. (중략) 그녀의 아버지는 그녀에게 하나의 테제였다. (중략) 난 처음에 석주형네 집에 갔을 때 그렇게 잘사는 집구석에서 왜 운동을 하는지 의아스러워질 정도였다. 그러나 석주형은 아버지가 마련해준 기득권의 토양을 거부하고 나섰다. 형의 머릿속에 그리는 좀 더 나은 사회를 위해서 자본가적 잉여가치를 취하는 한 아버지는 극복 대상일 수밖에 없다는 형의 논리 앞에 나는 얼마나 기가 죽었었던가. 그때 석주형에게 아버지란 존재는 안티테제일 수밖에 없었다.[41]

냉전체제와 그 논리를 구축한 이항대립이란 이름의 형이상학이 형성해놓은 현대소설의 계보학에서 볼 때, 장명숙의 아버지는 '아비는 종이었다', 혹은 '아비는 남로당이었다'는 테제 위에 우뚝 서 있는 존재이다. 그 맞은편에 '아비는 군바리였다'라거나 '아비는 악덕 자본가였다'는 안티테제 위에 석주형의 아버지가 마주 서 있다. 그러나 내 아버지는 테제도 안티테제도 아닌 개홀꾼에 불과한 존재이다. 현실에서 벗어날 모든 출구를 차단하고 있는 이러한 아버지 때문에 주인공은 절망의 나락에 빠질 수밖에 없다. 아버지와의 불화는 해소될 기미를 보이지 않는다.

---

41) Ibid., p.44.

그러나 주인공은 아버지에게 다가가기 위한 계기를 마련하고 있다. 그것은 아버지의 삶이 어쩔 수 없는 운명과 같은 것이었음을 내비치는 것이다. 아버지로 하여금 "내레 앞에 총이 무엇인지 알았겠니?",[42] 그리고 "사람의 맘을 사람 힘으로 어쩌지 못할 때가 있어"[43]라고 말하게 함으로써 그가 선택한 삶이 6·25와 같은 역사적 격변이 한 개인에게 불가항력적으로 강제한 결과임을 내비치는 것이다. 주인공의 아버지는 애초에 사상이나 이데올로기와는 거리가 먼 사람이었다. '앞에 총'이 내포하고 있는 의미란 과연 무엇일까? 그것은 단순한 군사훈련의 기본동작만을 의미하는 것이 아니다. '앞에 총'의 의미란 "최소한 총구를 누구에게 겨눠야 하는지를 가르쳐주는 기본동작이자 사상, 즉 이데올로기의 첫걸음"[44]일 것이다. 아버지는 그것조차 모르는 사람이었다. '맹탕 헷것'에 홀려, 삶과 죽음이 깃털보다도 더 가볍게 춤추는 포로수용소에서 상존하는 불가항력적인 폭력에 의해 어쩔 수 없이 남한을 선택한 평범한 인물에 지나지 않는다. 그는 실향민일 따름이다. 그것도 동족상잔의 비극에 의해 강제된 이산의 고통을 지닌 실향민인 것이다.

늙은 부모와 젊은 처자를 남겨두고 어쩔 수 없이 남한에 남게 된 실향민의 삶이란 어떤 것인가? 그것은 뿌리 없는 삶이며, 귀향의 꿈을 늘 가슴에 묻어둔 채 살아가는 부유하는 삶, 곤고한 삶, 가슴 한 구석이 시리도록 그리움을 품고 사는 삶일 것이다. 그래서 실향민인 아버지의 삶은 테제도 안티테제도 아닌 '그저 사람 사는 본모습'으로 받아들여져야 하는 삶인 것이다. 아버지의 어쩔 수 없는 선택, 그리고 어쩔 수 없는 구차한 삶을 인정하는 데서 주인공과 아버지 사이의 화해의 가능성을 엿볼 수 있다. 국민학교 운동회 날, 쓰레기 청소부였던 아버지가 철문 틈새로 빵과 사과가 든 봉지를 넣어주시던 일에 대한 회상과 면회실 앞에 하얀 빵봉지를 들고 선 아버지의

---

42) Ibid., p.54.
43) Ibid., p.59.
44) Ibid., p.55.

모습에 대한 묘사는 아버지와의 화해 가능성을 더욱 확장시켜 준다. 테제도 안티테제도 아닌 아버지와 불화하기와 아버지에게 다가가기와 같은 양가적 감정은 주인공이 어느새 아버지의 자리에 서 있는 작품, 즉 '가장되기'를 문제 삼고 있는 작품에서는 아버지 이해하기 쪽으로 추가 기우는 경향을 보이고 있다.

「고아떤 뺑덕어멈」에 이르면 주인공의 아버지에 대한 이해가 심화되고 있다. 주인공은 이미 결혼하여 가장이 된 몸이다. 분가 후, 주인공은 자신의 물건을 정리하기 위해 어머니 계신 집에 들른다. 집안을 정리하던 중 주인공은 '큰 책'이라고 불렸던 아버지의 장부책 갈피에서 '고아떤 최옥분'이라고 씌어 있는 빛바랜 여인의 사진 한 장을 발견하고는 대학생 시절의 아버지를 회상한다. 대학생 시절에 목격했던 까닭 모를 아버지의 '상사중'과 '회춘', 그것은 다름 아닌 '북쪽 사람과의 연결'이었다. 동네에 들어온 약장수단에서 뺑덕어멈 역을 맡았던 여인네가 북에 두고 온 처를 닮은 까닭에 아버지는 상사중을 앓는 것이다.

> "그분 이름이 최자 옥자 분자였나요?"
> "길치. 최옥분……"
> "북쪽 생각이 나는 거지요."
> "안 난다믄 거짓부렁이잖구. 그 아이가 살아있다믄야…… 내이가 이름도 채 못 지어주고 나온 거 니 아니? 산다는 게 내한테는 너무 구차했디. 이곳에서 꾸역꾸역 명을 보존하믄서 살긴 살아왔는데……"45)

'저 뺑덕어멈 구실을 했던 양반이 있었잖니? 그 양반하고 태가 아주 비슷했어'라고 하며 북에 두고 온 처자를 회상하는 아버지의 눈에서 아들은 "어떤 환영이 둥지를 뜨는 새처럼 불쑥 튀어오르는 걸" 보며 "아 당신은 올가미에 치인 멧비둘기였군요"46)라고 뇌일 수밖에 없는 것이다.

---

45) Ibid., p.81.
46) Loc. cit.

「고아떤 뺑덕어멈」에서는 아버지가 월남하게 된 사연이 앞서의 작품과는 달리 구체적으로 드러나고 있다. 즉 「쥐잡기」에서처럼 '맹탕 헛것'에 이끌린 월남이 아니라, 아버지의 전기적 사실과도 일치하는, 원산 대철수 작전의 와중에서 피치 못하게 헤어져야 했던 비극적 이산이 구체적으로 묘사되고 있다. 자신의 의지와 관계없이 역사적 격변이 한 개인에게 강제한 선택을 시침 떼고 말하기에 해당하는 것이 '맹탕 헛것'이라고 할 수 있을 것이다. '맹탕 헛것'에서 '비극적 이산'으로 이동한 현실감각, 이 현실감각을 바탕으로 아버지에 대한 주인공의 이해가 확대되고 있다. 아버지가 어떤 분이었느냐고 묻는 아들에게 '능력이 없어 처자식 고생은 꽤나 시킨 양반이었지만, 맴씨만 갖고 따진다면야 아주 맑고 고운 양반'이라고 한 어머니의 대답은 '이 씨를 말릴 함경도 종자들아'와 같은 악다구니와는 사뭇 거리가 있는 아버지에 대한 평가라고 할 수 있다.

『장석조네 사람들』에 '내숭처럼' 들어 있는 아버지에 관한 이야기 「두 장의 사진으로 남은 아버지」는 종전과 다른 아버지의 모습을 보여준다. 지금까지 아버지는 세상살이에 짓눌린 삶의 표정을 지닌 사람, 경제적으로 무능했으며 당신의 운명에 대해서 무책임한 사람이었다. 그러나 「두 장의 사진으로 남은 아버지」에 등장하는, 선거벽보 속에 박힌 아버지는 유권자를 향해 환하게 웃는 표정을 한 사람, 사명감과 의지에 찬 자신감을 보여주는 사람이다. 비록 대타로 출마하기는 했어도, 단 한 번만이라도 자신의 운명에 정면으로 도전해보고자 하는 아버지의 표정은 내 기억 속에 압도적인 부분으로 살아 있는 '틀사진 속'의 그것과는 달리 예외적으로 스쳐가는 한순간의 기억일 뿐이다. 그럼에도 주인공인 아들은 벽보 속의 아버지를 내 기억의 중심에 놓으려고 애를 쓰는 것이다.

선거란 권력과 금력을 장악하고 있는 기득권자들의 권익을 효과적으로 관철시키기 위한 가장 현실적인 제도이다. 그 현실적 장치에 의한 철저한 패배는 중심권으로의 편입이 좌절되었음을 의미하는 것이다. "몸뚱이가 산산히 부쉬지는 한이 있더래두 한 번쯤 피하지 않고 운명이라는 것하고 부닥쳐보고 싶었던"[47] 아버지의 욕망은 유권자들에 의해 철저히 외면당한다. 아버지의 연설을 방해한 뻔데기 장수와의 싸움은, 뿌리 내리지 못하는 어쩔 수 없는 실향민인 아버지에 대한 연민과 그런 아버지의 자식이 바로 나라는 서자의식이 동시에 폭발한 것이라고 할 수 있다. 결국 아버지는 꿈속에서 '남쪽에는 없는', '겨울바람 불어오는 쪽'에 살고 있는 헤어진 지 삼십 년이 넘은 귀인을 만나게 된다. 그리고 나는 삶이 자꾸 버거워질 때마다 남쪽 사람들에 의해 거부된 단호한 권력 의지를 지닌 표정을 담은 벽보 속의 아버지 사진을 들여다보는 버릇을 지니게 되는 것이다. 벽보 속의 사진 위에 아버지의 귀향의식과 나의 서자의식이 동시에 오버랩되는 것은 곧 아버지의 존재에 대한 아들의 이해가 깊어진 것을 의미하는 것이다.

「아버지의 자리」는 '가장되기'의 의미를 천착하고 있는 작품이다. 출판사를 사직하고 룸펜 신세로 지내는 주인공은 과거 무능했던 아버지의 모습을 떠올리고 그 앞에 자신을 마주 세워 본다. 어느덧 가장이 된 주인공은 자신이 무능했던 아버지의 모습을 닮아가고 있으며, 아버지에게 악다구니를 퍼붓던 어머니의 역할이 아내에게 옮겨 온 것을 인식하게 된다. '애비 노릇' 좀 해보겠다며 우산을 들고 유치원에 다니는 딸을 데리러 가는 주인공에게 어머니는 끌탕을 하며 힐난한다.

> 애비 노릇은 그렇게 허는게 아니다. 애비라는 게 돈벌이를 고정적으로 해서 처자식을 벌어먹일 국량이 제대로 서야 온전한 애비지. 그 좋은 직장을 부젓가락 쥔 어린애 마냥 화들짝 뛰쳐나와서는 제때 어디 한 번 식구들이 맘 놓고 의료보험증 갖고 병원엘 가보나, 이거 원 이 지경이 되도록 팽개쳐 놓은 게 글쎄 시상에 그 잘난 애비 노릇이란 말이냐? 너도 참 딱하기도 허긴 쯧쯧.[48]

---

47) Ibid., p.134.
48) 김소진, 『자전거 도둑』, 강, 1996, 32쪽.

어머니에게 핀잔을 듣고 나선 주인공은 딸아이에게 마저도 수모를 당한다. 딸이 아빠의 모습이 창피하다며 기다리는 주인공을 따돌리고 친구 아빠의 승용차를 타고 귀가한 것이다. 아내도 마찬가지다. 한마디 상의도 없이 직장을 그만 두고 '출판사하고는 인연이 다됐다고만 여기라'고 말하는 남편에게 아내는 "한 집안을 책임지고 있는 가장이 고작 그 말밖에는 못하니? 등신처럼" 하고 쏘아 붙인다. 아내가 주선한 출판사에 취직하기를 망설이는 남편에게 게거품을 물고 퍼붓는 아내의 닦달은 과거 어머니가 아버지에게 퍼붓던 악다구니와 근접해 있다.

> ……그럼 지금처럼 계속 안방퉁수 노릇이나 하고 앉았으면 장땡이란 그런 심뽀야? 벌써 우리 세련이까지 보험을 둘이나 꼈어. 난 애까지 유산 돼버리고 말이야. 애비 노릇 하려면 제대로 해야 할 것 아냐. 뭐야? (중략) 그게 얼마나 이기적인 자기만족인 줄 알기나 하고 그러는 거야?[49]

가족 구성원 모두에게 인정받지 못하는 주인공이 돌아본 자신의 신세는 유년 시절에 그가 그토록 혐오하고 지워 버리고 싶어 했던 무능한 아버지의 그것을 닮아가고 있는 것이다. 때문에 애비의 이름을 걸고 돌아갈 곳이 없는 주인공은 '돌아갈 곳이 없었던 세월을 아버지는 어떻게 보냈느냐'고 물으며 눈물을 쏟을 뻔한다. 고독한 주인공은 과거 아버지와의 불화가 해소되었던 일, 즉 아버지가 춘화와 정분이나 등록금을 탕진하는 바람에 일 년을 방황했던 주인공이 중학교 입학이 결정되면서 다시 품행이 방정한 아이로 돌아온 일, 아버지가 얼굴에 버즘꽃이 피었다고 돼지 머릿고기 누른 것을 먹여주었던 일, 뒷동산에서 잠이 들어 아버지 등에 업혀 집으로 돌아왔던 일 등을 회상한다. 어린 시절 주인공과 아버지와의 화해는 이처럼 유치하게 이루어졌었다. 그러나 가장의 자리에 선 현재 주인공은 가족과의 화해 전망이 보이지 않는다. 고독해진 주인공은 과거 돌아갈 곳이 없는 세월을 견뎠

---

49) Ibid., p.36.

던 아버지의 고독을 떠올리며 아버지에 대한 이해를 넓히게 되는 것이다. 그리고 '어쩔 수 없는 상황'도 있다는 아버지의 되뇌임이 나에게도 해당된다는 사실을 깨닫는다.

「자전거 도둑」은 <자전거 도둑>이라는 이탈리아 영화에 등장하는 주인공의 아들 부르노와 자신을 동일시했던 소설 속의 주인공이 자기 자전거를 몰래 훔쳐 타는 미혜라는 자전거 도둑을 보며 아버지와 혹부리영감의 기억을 회상하는 작품이다. 영화 <자전거 도둑>의 주인공 안토니오의 아들 브루노는 자전거를 훔치다가 들켜 봉변을 당하는 아버지 모습을 보고 '평생 씻을 수 없는 내면의 상처'를 안게 된다. 어린 시절 아버지의 도둑질을 목격한 「자전거 도둑」의 주인공도 자신이 브루노와 같은 내면의 상처를 안고 있다고 생각한다. 조그만 구멍가게를 운영하는 아버지는 계산을 잘못하여 손해 본 소주 두 병을 되찾기 위해 어느 날 혹부리영감 가게에서 물건을 사면서 몰래 두 병을 더 자루에 넣었으나 곧 들통 나 곤경에 처하게 된다. 위기에 처한 아버지를 구해야겠다고 생각한 아들은 혹부리영감에게 두 병을 더 넣은 것은 자기 짓이라며 희생양을 자처한다. 혹부리영감이 아버지에게 아들을 함경도식으로 혼내면 불문에 부치겠다고 하자 아버지는 아들의 뺨을 세차게 갈긴다.

> 혹부리영감의 격려를 받은 아버지는 고개를 돌려 그에게 굽신거린 다음 또 한 차례 내 뺨을 기세 좋게 올려 붙였다. 그러나 이 지독한 연극을 지켜보면서 나는 거의 아픔을 느끼지 못했던 것같다. 머릿속에서 뭔가가 맑아지는 느낌뿐이었다. 그리곤 투시해버리고 말았다. 어린 나이에도 아버지의 눈속에 흐르지 못하고 괴어 있는 눈물을.[50]

아들은 아버지를 위해 복수를 결심하고 혹부리영감의 가게로 통하는 하수구를 통해 수도상회에 들어간다. 그리고는 물건을 분탕질하고 돈통 위에

---

50) Ibid., p.112.

대변을 보고 나온다. 어린이답지 않은 대담한 행동은 아버지를 비참하게 만든 대상에 대한 공격적인 반응으로 아버지 포용하기의 다른 양상이라고 할 수 있다.

「경복여관에서 꿈꾸기」도 '아버지 이해하기, 또는 가장되기'를 다룬 작품이다. 이 작품은 소시민의 일상을 통해 삶이 지닌 모순적인 측면들과 화해하는 방법을 모색하고 있는 작품이다. 소설의 주인공은 한때 사회 변혁을 위해 운동권에서 일했던 경험을 지닌 지식인이다. 그러나 현재는 소설가·번역가·기획저술가·무슨 무슨 에디터 따위의 허드레 직함만 지녔을 뿐 일정한 직업이 없는 룸펜이다. 그는 아침마다 출근하는 아내의 차를 정성스럽게 닦는 일에 열중하는 무능한 가장이다. 그는 신으로부터 불을 훔쳐 인간에게 줌으로써, 인류 공영의 사회적 책무를 수행한 대가로 평생 신산스러운 삶을 살아야 했던 프로메테우스적 지식인으로 살기를 원한다. 또, 실패와 좌절에도 불구하고 가치 있는 도전의식을 지닌 현대판 이카로스형의 지식인으로 살기를 원한다. 그러나 사회와의 불화 때문에 주인공은 어떠한 역할과 책무도 부여받지 못한다.

이러한 주인공 앞에 과거에는 운동권의 선배였고, 현재는 학원강사로 성공하여 윤택한 삶을 누리고 있는 칠교가 등장한다. "지나간 우리의 삶은 너절했어"[51]라고 거침없이 말하며 "드물게도 우리 시대와의 불화를 이상적으로 마감한"[52] 칠교를 보며 주인공은 자신의 삶을 되돌아보게 된다. 그리고 평생에 걸친 허황한 방랑의 발길을 거두고 어머니 곁으로 돌아왔으나 쥐약에 중독된 개를 잘못 먹고 비참하게 숨진 아버지의 기억을 정리하고 아버지를 받아들였던 곳, 과거 자신을 현실과 화해시켰던 공간인 '경복여관'에서 하룻밤을 보냄으로써 주인공은 부조리한 현실과 화해를 시도한다. 그러나 더 이상 '경복여관'은 화해의 장소가 될 수 없다. 주인공이 이미 가장이 된

---

51) 김소진, 『자전거 도둑』, 강, 1996, 210쪽.
52) Ibid., p.212.

지금 과거 내가 아버지와 맺었던 '불화-화해'의 형식은 성립하지 않기 때문이다. 현실은 화해도 허락하지 않지만 불화는 더욱 용납하지 않는 곳으로 변해버렸다. 화해도 불화도 불가능한 현실과 마주 선 주인공의 다음과 같은 독백에서 지식인의 고독한 페이소스를 읽을 수 있다.

> 나의 무능함마저 사랑하는 아내라니! 그런 여자와 내가 불화한다는 것은 애시당초 불가능하다는 생각이 들었다. 하지만 불화가 불가능하다는 것, 그것이 어찌 새로운 절망의 시작이 아닐 수 있으랴! 왜일까? 내가 한때 뭔가와 불화했거나 적어도 불화했다는 시늉을 했을 때, 사실 그것은 거꾸로 세상과의 화목을 목마르게 꿈꾸었기 때문이 아닐까? 경복여관에서처럼. 하지만 이제 경복여관을 어디 가서 다시 찾는단 말인가![53]

이상에서 살펴본 바와 같이 '아버지 이해하기, 또는 가장되기'의 문제를 다루고 있는 작품들에서는 공통적으로 아버지에 대한 '이중적인 애증의 감정'이 발견된다. 무능한 아버지에 대한 증오의 감정과 어쩔 수 없는 처지에 놓인 아버지를 받아들이려는 연민의 감정이 동시에 발견되는 것이다. 그리고 이들 작품에서 아버지가 체험한 이산의 아픔과 귀향의식을 이해하는 과정을 거치면서 아버지와의 화해가 심화되어 가는 사실을 확인할 수 있다. 주인공이 가장의 자리에 섰을 때, 이미 아버지는 불화의 대상이 아닌 현재의 나를 비추는 거울 역할을 하고 있다. 이러한 사실을 인식하면서 주인공은 아버지를 포용하게 되고, 그 결과 아버지에 대한 '이중적의 애증의 감정'이 해소될 가능성은 높아진다.

3) 아버지와 화해하기-「목마른 뿌리」

김소진 소설 중에서 아버지 계열의 작품이 향하고 있는 종착점은 '아버지

---

53) Ibid., p.236.

와 화해하기'라고 할 수 있다. '아버지와 화해하기'는 비단 소설속의 주인공
과 아버지 사이에 가로놓인 불화의 해소만을 의미하는 것은 아니다. 아버지
와의 화해는 월남민으로서 남한 사회에 안주하지 못하고 북한에 남겨두고
온 양주와 처자를 그리워하며 곤고한 삶을 살다간 아버지 영혼의 위로를 의
미하는 것이다. 그리고 그런 아버지를 바라보며 서자의식이라는 차꼬를 차
고 살았던 아들이 지닌 고통의 해소를 의미하기도 한다. 또 「두 장의 사진으
로 남은 아버지」에 등장하는 아버지, 즉 '남쪽에는 없는' 북쪽의 귀인을 만
나고 '겨울바람이 불어오는 쪽'을 바라보며 살았던 아버지와 그런 아버지를
철저히 외면했던 남쪽 사람들과의 화해를 의미하기도 하는 것이다. 동시에
우리 민족 최대의 모순인 분단의 해소를 의미하는 것이기도 하다. 이처럼
'아버지와의 화해'는 중첩적인 의미를 내포하고 있다.

안타까운 일이지만 김소진의 소설이 '아버지와 화해하기'를 향해 나아갈
즈음에 작가가 세상을 등짐으로써 이 계열의 작품은 더 이상 진척을 볼 수
없게 되었다. 그 결과 「목마른 뿌리」가 '아버지와 화해하기'를 보여주는 거
의 유일한 작품으로 남고 말았다. 「목마른 뿌리」는 북에 처자를 남겨둔 채
실향민으로 살다가 세상을 떠난 아버지의 염원을 가상현실에서나마 해결
을 시도한 작품이다. 이 소설은 북에 살고 있던 이복형님과 남쪽 이복동생
의 해후를 통해 가족 간의, 나아가 남북 간의 갈등 해소의 모델을 제시하고
있다. 그런 의미에서 「목마른 뿌리」는 아버지 계열의 작품이 나아갈 새로운
돌파구로서의 의의를 지닌다고 할 수 있다.

김소진은 어느 대담에서 아버지에 대한 소설쓰기가 아버지에 대한 강박
에서 비롯되었음을 내비치면서 지금까지와는 다른 아버지 계열의 소설쓰
기에 대한 포부를 밝힌 적이 있다.

> 이제까지 제가 했던 것은 결국 아버지 까발리기, 아버지 헐뜯기였던 셈
> 인데, 계속 제가 주장한 것은 아버지는 무능력했다, 아버지는 건달이다, 아
> 버지는 내숭쟁이었다, 아버지는 자식에게 상처를 주었다 식인데, 그게 다

인 것 같지는 않아요. 지금까지 해왔던 식의 얘기는 지양하면서, 다른 식의
이야기가 가능하지 않을까요. 아버지가 북쪽 출신이니까 아버지를 끈으로
삼아서 북쪽에 관한 어떤 이야기를, 가령 휴전선이 터졌다고 했을 때 아버
지의 고향에 가는 이야기, 귀향모티프와는 다른 어떤 이야기가 가능하지
않겠는가 하는 생각도 있어요.54)

바로 이 지점에 서 있는 작품이 「목마른 뿌리」이다. 이 작품은 자전적인
사실을 상상력을 통해 소설로 재구성했다는 점에서 지금까지 '기억을 다시
기억하기'류의 소설과 구분된다. 뿐만 아니라 아버지는 물론 남북의 처자들
모두가 겪은 인고의 세월에 대해 공히 따뜻한 시선을 보내고 있는 점이 종
전의 아버지 계열의 소설과 변별된다. 「목마른 뿌리」는 종전에 발표한 소
설의 주인공들이 공통적으로 지녔던 서자의식과 피해의식이 어느 한 쪽만
의 것이 아님을 밝힘으로써 아버지를 중심에 놓고 남북이 화해하는 모습을
연출하고 있다.

주인공 호영은 이복형 태섭이 아버지의 월남 후 북에 남았던 식구들이 반
동계층으로 분류되어 겪은 고초를 전해 듣는 과정에서, 자신이 그랬던 것처
럼, 형도 아버지에 대해 '이중적인 애증의 감정'을 지니고 있는 사실을 눈치
채게 된다. 그 때문에 "아우님이야 허나사나 애비라고 부를 수 있는 사람이
있었지 않은가?"55)라고 하는 형의 말이 비수처럼 가슴에 와 닿는 것이다.
그러나 호영은 자신도 동일한 피해자라고 생각한다. 북쪽의 큰어머니인 최
옥분의 이름 석 자를 부르다 죽어간 아버지가 남쪽에 뿌리를 내리지 못하는
한 그 역시 서자에 머물 수밖에 없기 때문이다. 이 서자의식은 젊은 시절 내
내 호영의 작은 가슴을 멍들게 하고 좌절의 폭음을 강요하는 차꼬로 작용했
었다. 이들 이복형제들의 고통은 곧 이산가족 모두의 고통이며, 나아가 조
국 분단의 모순을 안고 사는 민족 전체의 고통인 것이다. 작가는 「목마른 뿌
리」에서 이복형제의 해후를 통해서, 또 그들의 화해를 통해서 남북의 만남

54) 서영채, 「대담-'헛것'과 보낸 하룻밤」, 『한국문학』, 1994.3 · 4 합병호, 49~50쪽.
55) 김소진, 『눈사람 속의 검은 항아리』, 강, 1997, 312쪽.

과 통일을 염원하고 있는 것이다. 그것은 아버지와 남과 북의 아들 사이에 남아 있는 불화의 완전한 해소를 의미하는 것이기도 하다.

4. 결론

본고는 김소진의 소설 중에서 아버지 계열의 소설이 비교적 김소진 소설의 변모 양상을 확연하게 드러내 보여주고 있다는 판단 아래 아버지의 존재를 다루고 있는 작품들을 살펴보았다. 그 결과 다음과 같은 사실들을 확인할 수 있었다.

아버지의 존재 의미를 다루고 있는 김소진 소설은 발표 순서에 따라 '아버지 찾기 → 아버지 이해하기, 또는 가장되기 → 아버지와 화해하기'로 변모하는 양상을 보이고 있다.

'아버지 찾기' 계열에 해당하는 작품으로는 「쥐잡기」, 「춘하 돌아오다」, 「사랑니 앓기」 등이 있다. 이들 작품들은 대체로 유년기의 기억에서 찾아낸 아버지의 모습을 그리고 있다. 그것은 초라하기 이를 데 없고 무능하며, 변두리로 밀려나 떠도는 삶을 살았던 곤고한 아버지의 모습이었다. 그 아버지는 아들에게 씻을 수 없는 상처를 안긴 아버지, 존재를 지워 버리고 싶은 아버지로서 아들과 불화 관계에 있다. 그러나 아버지와 아들 사이의 불화는 해소될 가망이 없는 상태다. 이들 작품에 등장하는, 북한에 부모와 처자를 남겨두고 월남한 실향민으로서의 아버지는 어느 체제에도 편입되지 못하는 변두리 인생의 초상인 것이다.

'아버지 이해하기, 또는 가장되기' 계열에 해당하는 작품으로는 「개홀레꾼」, 「고아떤 뺑덕어멈」, 「두 장의 사진으로 남은 아버지」, 「아버지의 자리」, 「자전거 도둑」, 「경복여관에서 꿈꾸기」 등이 있다. 이 작품들에서는 공통적으로 아버지에 대한 이중적인 애증의 감정이 발견된다. 무능한 아버지에 대한 증오의 감정과 어쩔 수 없는 처지에 놓인 아버지를 받아들이려는 연민의 감정이 동시에 발견되는 것이다. 특히 아버지가 간직한 이산의 아픔과 귀향의식을 이해하는 과정에서 아버지에 대한 이해가 심화되는 사실을 확인할 수 있었다. 그리고 주인공이 가장의 자리에 섰을 때 이미 아버지는 나를 비추는 거울의 역할을 하고 있는 사실도 아울러 확인할 수 있었다.

'아버지와 화해하기' 계열의 작품으로는 「목마른 나무」가 있다. 이 작품은 아버지의 존재를 다룬 김소진 소설의 도달점이라고 할 수 있다. 이복형제들의 화해를 통해 이산가족 모두의 고통과 조국 분단의 모순을 안고 사는 민족 전체의 고통을 해결하고자 시도한 작품이 「목마른 뿌리」이다. 작가는 이복형제의 해후와 상호 신뢰를 통해서, 또 그들의 화해를 통해서 남북의 만남과 통일을 염원하였다.

본고가 김소진 소설에 대한 의미 있는 연구가 되기 위해서는 지식인 소설군의 작품과 소시민의 삶의 애환을 그린 소설군, 그리고 가정형 소설군의 소설 중에서 어머니와 관련된 작품군에 대한 해명이 이루어져야 한다. 계열을 달리하는 이들 소설에 대한 고찰은 앞으로의 과제로 남는다.

<참고문헌>

1. 1차 자료

김소진, 『열린 사회와 그 적들』, 솔, 1993.
_____, 『고아떤 뺑덕어멈』, 솔, 1995.
_____, 『장석조네 사람들』, 고려원, 1995.
_____, 『자전거 도둑』, 강, 1996.
_____, 『바람부는 쪽으로 가라』, 하늘연못, 1996.
_____, 『열한 살의 푸른 바다』, 국민서관, 1996.
_____, 『양파』, 세계사, 1996.
_____, 『눈사람 속의 검은 항아리』, 강, 1997.

2. 2차 자료

구본권, 「그대가 던진 빛, 길이 남으리라」, 『한국문학』, 1997.여름.
김성동 외, 「추모특집―따뜻한 리얼리스트, 김소진의 삶과 문학」, 『한국문학』, 1997.여름.
김윤식, 「이승우에서 홍상화까지」, 『한국문학』, 1991.9 · 10 합병호.
_____, 「새로운 지식인 소설의 한 유형」, 『열린 사회와 그 적들』, 솔, 1993.
김진석, 「개같이 죽는 인간, 개같이 살아나는 소설」, 『고아떤 뺑덕어멈』, 솔, 1995.
류보선, 「열린 사회를 향한, 그 기나긴 장정」, 『한국문학』, 1994.3 · 4 합병호.
백지연, 「현실을 응시하는 '수인(囚人)'의 글쓰기」, 『창작과비평』, 1996.여름.
서경석, 「열린 사회를 향한 글쓰기」, 『자전거 도둑』, 강, 1996.
서영채, 「젊은 작가 심층탐구―'헛것'과 보낸 하룻밤」, 『한국문학』, 1994.3 · 4 합병호.
_____, 「이야기꾼으로서의 소설가」, 『문학동네』, 1997.가을.

신승엽, 「어제의 민중과 오늘의 민중」, 『창작과비평』, 1997.여름.

안찬수, 「고아떤 리얼리스트를 위하여」, 『한국문학』, 1997.여름.

_____, 「상처와 기억과 생리적인 것」, 『문학동네』, 1997.가을.

우찬제, 「텍스트 대담 '지식인 · 권력 · 진실」, 『오늘의 소설』, 1993 상반기호.

_____, 「탈지식인적 지식인 소설의 지평」, 『상처와 상징』, 민음사, 1994.

이광호, 「아버지의 존재론」, 『한국문학』, 1997.여름.

이동하, 「언어의 잔치와 따뜻한 인도주의」, 『장덕조네 사람들』, 고려원, 1995.

임홍배, 「김소진 문학 대담―삶의 언어, 일상 체험에 날개 달기」, 『문예중앙』,
　　1993.가을.

전영태, 「일상사의 확대와 축소」, 『한국문학』 1993.11 · 12 합병호.

정호웅, 「쓸쓸하고 따뜻한 비관주의」, 『한국문학』 1997.여름.

_____, 「수칼매나무 우듬지에 빛나는 햇살」, 『눈사람 속의 검은 항아리』, 강,
　　1997.

_____, 「인간 본성의 탐구」, 『문예중앙』, 1993.봄.

_____, 「문체를 찾아서」, 『한국문학』, 1997.봄.

정홍수, 「현실을 읽는 열린 마음들」, 『실천문학』, 1996.여름.

_____, 「허벅지와 흰쥐 그리고 사실의 자리」, 『문학사상』, 1996.2.

조형준, 「우리의 말없는 중심 소진형」, 『한국문학』, 1997.여름.

최재봉, 「김소진을 추억하며」, 『실천문학』 46, 1997.여름.

한　기, 「가장 콤플렉스의 잔영, 글쓰기에의 순사」, 『문예중앙』 1997.여름.

1960년대 영화검열로 인한 사극의 내면화 연구

－신상옥의 작품을 중심으로

이 정 배

1. 들어가는 말

본 연구는 5 · 16 군사 쿠데타로 태동된 제3공화국 정부가 자신들의 정통성을 확보하기 위해 영화를 어떻게 다루었는가 하는 것과 이러한 일련의 조치들을 영화인들이 어떻게 자신들의 작품 속에 반영했는가 하는 것을 탐구하려는 시도이다. 지금까지 1960년대 영화연구들은 1960년대의 영화검열제도와 작품의 이해를 분리하여 다루어왔다. 5 · 16 군사정부가 영화인들의 통제수단으로 사용한 검열이란 도구는 영화산업육성이라는 또 다른 정책과 짝을 이룬다. 당시 대다수의 영화인들은 영화산업지원을 확보하기 위해 창작의 자유를 제한하는 검열제도를 암묵적으로 용인했다. 이러한 태도에서 출현한 작품의 독해오류를 최소화하고 보다 면밀하게 1960년대의 작품을 분석하기 위해서는 1960년대의 흐름을 통시적으로 관찰하며 검열제도의 변이과정을 살펴보아야 한다. 5 · 16 군사정부의 영화정책과 검열제도를 동시적 관점에서 주목하면서 1960년대 영화산업을 분석해야 한다.

이러한 연구를 위해서는 크게 두 가지 차원에서 접근해나가야 한다. 하나는 5 · 16 군사정부와 제3공화국 정부가 펼쳤던 영화에 대한 각종 법안과 규정들을 살펴보는 것이다. 일제 강점기와 미군정 통치기를 지나는 동안, 영화에 대한 사전 시나리오 검열과 상영 도중의 취체에 대한 법령과 시행령은 별다른 변화가 없었다. 우리나라 최초의 영화법이 1962년 1월 20일에 제정된다. 영화산업의 육성발전을 촉진하고 영화문화의 질적 향상을 도모하기 위한다는 명분으로 제정되었지만 영화인들의 이해와는 차이가 컸다. 2차 세계대전 동안 일제가 조선영화에 대해 펼쳤던 영화정책과 크게 다를 바가 없었다. 영화인들은 검열제도의 폐지와 영화산업의 육성정책 사이에서 갈등했다. 영화법의 시행령이 선포되고 개정안들이 도출되자 비로소 5 · 16 군사정부의 의중을 제대로 파악하게 되었지만 영화계의 의사와는 관계없이 이미 정부는 상당부분 계획대로 영화정책을 진행시키고 있었다는 사실을 알 수 있었기 때문이다.

또 다른 접근은 5 · 16 군사정부와 제3공화국 정부의 영화 관련 법안들에 대해 영화인들은 어떤 방식으로 반응했으며 구체적으로 자신들의 작품 속에 어떻게 내면화시켰는가 하는 것이다. 영화법이 공포된 이후, 대부분의 영화감독은 자신들이 추구하는 작품의 방향성과 특정 장르가 있어 뚜렷한 변이나 반응을 보이지 않았다. 그러나 한국영화의 세계화라는 야심을 지녔던 신상옥의 경우 5 · 16 군사정부에 우호적인 태도를 보였고 즉각 그들의 기호에 맞는 작품들을 출시했다. 그로인해 '신필름'이라는 영화산업 시스템이 탄생하게 되었으며 신상옥 감독은 영화관련 주요 요직에 상당기간동안 앉을 수 있었다.

하지만 시간이 지나 제3공화국 정부의 영화정책과 자신의 계획이 부딪히면서 급기야 신필름이 해산되다시피 하자 비로소 신상옥은 현실상황에 눈을 뜨게 된다. 신상옥은 '신필름'을 일으켜 세우는 일과 자신의 생각을 작품 속에 투영하려는 두 가지 의욕을 모두를 성취하려고 했지만 검열이라는 새로운 정부의 규제 앞에서 갈등하지 않을 수 없었다. 신상옥은 검열과 자신의 의도 사이의 긴장관계 속에서도 여러 작품을 출현시킨다. 따라서 신상옥의 1960년대 작품은 검열로 인한 영화작품의 내면화 과정을 살펴볼 수 있는 좋은 텍스트로 여겨진다.

2. 1960년대 영화검열

5·16 쿠데타 직후, 군사정부는 영화인들에 대해 우호적인 태도를 보인다. 영화인들도 군사정부에 좋은 반응[1]을 보였고 군사정부의 요구를 충실하게 따랐다. 신상옥의 경우 <연산군, 1962> 연작 시리즈를 통해 박정희의 지도력을 높이 평가하기도 했다. 5·16 군사정부가 군사력이라는 물리적 힘으로 정권을 잡았다는 오명을 우회적으로 씻어주려 노력했다. 계몽적 멜로드라마인 <쌀, 1963>을 제작하여 군사정부의 시책을 적극 지지하는 태도를 보이기도 했다. <쌀>은 군사정부의 강력한 후원을 등에 업고 제작된 영화로 이전 정부의 무능함을 부각시키는 방식으로 현 정부의 정당성[2]을 확보해주려고 했던 대표적인 작품이었다.

1955년 이후 한국영화는 급격하게 성장한다. 1959년의 통계에 의하면 우리나라에는 71개의 영화사와 프로덕션이 있었고 이들 영화사를 통해 제작된 영화가 연간 109편에 이르고 있었다. 당시 전국에는 242개의 상설영화관이 있었는데 우리 영화는 109편이 제작되어 상영되었지만 외국 영화는 203편이나 수입되어 상영되었다.

5·16 군사정부는 1961년 12월 법률 제902호의 공연법을 마련한다. 공

---

1) 장우진, 「체제 안정화 시기의 1960년대 남북한 영화」, 『남북한 영화사 비교연구』, 국학자료원, 2007, 145쪽에 당시 영화인들의 '혁명과업에 협조'하겠다는 성명서, 영화를 통해 군사혁명을 지지한다는 영화인들의 성명, 군부가 영화 제도를 혁신시켜줄 것이라는 기대 표명에 대한 자료가 잘 정리되어 있다.
2) 장우진, 앞의 책, 150쪽.

연법은 공연의 공공성과 질서 및 품위 유지를 위해 공연윤리위원회를 설치하고 청소년의 선도와 공중도덕 및 사회윤리의 신장 등의 관련사항을 심의하도록 규정하고 있었다. 드디어 영화법이 1962년 1월 20일 법률 제995호로 공포된다. 이 영화법에는 일제 강점기부터 논란이 되었던 검열이라는 단어가 들어 있지 않고, 상영허가와 상영허가 심사 기준조항이 검열의 기능을 대신했다. 형식적인 면에서만 본다면 영화법은 일제와 미 군정기에 제정된 검열제도를 폐기하고 새로이 영화산업을 육성시키려는 의도가 담겨 있는 긍정적인 법률이었다.

그러나 실상 더욱 무서운 독소조항은 1962년 12월 26일 공포된 제5차 개정헌법에 담기게 된다. 개정헌법의 18조 1항을 보면, 모든 국민은 언론, 출판의 자유와 집회, 결사의 자유를 가진다고 명시되어 있어 표현의 자유에 대한 기본권을 보장하는 것처럼 보인다. 그러나 2항을 보면, 다만, 공중도덕과 사회윤리를 위해서는 영화나 연예에 대한 검열을 할 수 있다고 되어 있어 표현의 자유를 제공하지만 범위를 정하고 있어 언제라도 정부가 개인의 기본권을 제한할 수 있는 길을 열어두었다.

영화법은 1946년 4월 12일 공포된 '활동사진의 취체'에 관한 미 군정청 법령 제68호와 같은 해 10월 8일 공포된 '영화의 허가'에 관한 미 군정청 법령 제115호는 1939년 4월 일제가 제정한 영화법을 답습한 것으로 특히 사전검열과 검열에 관한 규정이 핵심이었다. 이에 앞서 1946년 2월 경기도 경찰부장 명의의 '극장 및 흥행취체령'이 발표되었다. 그러나 검열제도의 이행 및 이의 철폐를 둘러싸고 영화계와 미군정 및 경찰당국과 한차례의 마찰을 빚어 한 달 만에 폐지되었다.

신설된 영화법은 이미 문제점을 안고 있었다. 외형적인 면에서 영화에 대한 검열과 규제를 상당부분 푸는 것 같았지만 실제로는 큰 변화가 없었다. 영화인들의 영화법에 대한 반발은 주로 영화정책에 대해 집중되었다. 영화인들의 영화법에 대한 저항이 정부의 영화정책에 집중되어 정책의 변화를 이끌어냈지만 검열제도를 그대로 수용함으로서 결과적으로 실패[3]하고 만다.

영화산업의 육성을 위해 국가적 차원의 대대적인 지원이 있었지만 영화사의 숫자를 제한함으로 영화제작을 일부 영화사에만 집중시켰고 대명제작이라는 편법을 양산하게 했다. 영화사를 제한한 것은 통제의 수월함을 위한 방편이었다. 한국영화시장에서 수요와 공급이 활발해진 까닭으로 더불어 제작자들의 의욕 역시 넘쳤지만, 정부의 규제로 제작사가 한정되었기 때문에 새롭게 제작을 시도하려는 감독들은 허가된 영화사의 이름을 빌려 제작할 수밖에 없었다. 영화산업은 몇몇 영화사에 집중될 수밖에 없었고 영화제작을 위해서는 뒷거래가 성행할 수밖에 없었다. 투자여건상 신흥영화제작사는 단기간에 작품을 출시해야 하는 압박과 반드시 이윤을 남겨야 생존할 수 있는 영화계의 구조로 인해 수준 낮은 영화들을 무분별하게 생산해낼 수밖에 없었다.

1963년 2월 27일 최고회의 제18차 상임위는 영화법 개정법률안[4]을 통과시킨다. 이 개정법률안은 외화수입과 한국영화제작을 일원화하여 영화를 제작해야 외화를 수입하게 했다. 연 15편 이상의 영화 의무제작을 달성할 수 있고 상향된 영상설비기준을 구비한 제작사에게만 등록을 허가하도록 했다. 영화법에 있는 다른 무엇보다 심각한 독소조항은 영화업자가 제작활동상황을 정례적으로 보고하도록 강제하는 규정이었다.

법률안이 상정되자 영화계는 통합과 제휴를 모색하기 시작한다. 이에 대해 이영일 평론가는 다음과 같은 심각한 우려를 표명한다.

> 다음, 법안과 시행령에는 영화윤리위원회와 영화인의 자율적인 「프로덕션 · 코드」 및 심의기구에 대한 인정규정이 없는 것으로 보이며, 각본의 사전 심의를 비롯한 관료적인 구속절차가 많다고 들었는데, 이런 점에서

---

3) 박지연, 「박정희 근대화 체계의 영화정책: 영화법 개정과 기업화정책을 중심으로」, 『한국영화와 근대성』, 소도, 2001, 206~209쪽은 '절반의 실패와 절반의 성공'으로 정의한다.
4) 「영화법 개정안 통과: 제작, 수입의 일원화」, 『한국일보』 1963년 3월 1일자.

공포 전에 재검토해 주어야 될 것이다.[5]

　1963년 3월 12일 제1차 개정영화법이 법률 제1325호로 공포된다. 이어 같은 해 5월 31일, 1961년 공포된 영화법보다 더욱 까다로운 조항들로 구성된 개정 영화법 시행령이 공포(각령 1320호)된다. 제1차 개정영화법을 두고 영화인들 사이에서 크고 작은 논쟁이 있었지만, 영화사와 정부 간의 이해관계가 얽혀 있어 대부분 정부의 정책을 지지하는 분위기였다.

　개정영화법이 공포되었을 때, 큰 충격을 받은 '영화제작가협회'는 대외적으로 제작사 등록을 거부하기로 결의하는 등, 정부에 대해 비판적 목소리를 높이는 듯하지만, 약자일 수밖에 없는 제작사들은 몰래 영화법의 요건을 맞추느라 나름대로 분주[6]했다. 단지 이영일 평론가만이 '관료화의 맹점 내포[7]'라는 글을 통해 개정영화법을 통해 예술이 관료화되는 것과 창작의 자유가 침해되는 것을 문제점으로 지적했다.

　개정 영화법에 이어 개정 공연법 시행령이 1963년 6월 7일에 각의를 통과하자 이번에는 연극계 인사들이 개정 영화법과 개정 공연법에 대해 강력하게 비난하고 나선다. 특히 일제의 잔재인 등록제와 각본 사전 검열제도를 즉각 폐지[8]하라고 주장한다.

　영화사 등록마감 기일인 1963년 7월 1일까지 총 9개사가 신청을 했는데, 대부분 군소 제작자가 통합하여 등록했지만, 유독 신상옥을 대표로 하는 '신필름'은 까다로운 요건을 모두 갖추어 단독으로 등록한다. 당시 16개였던 영화사 중에서 겨우 6개사만이 정부의 요구에 맞추어 허락을 얻게 된다.

　이러한 정부주도의 영화제작사의 등록제 전환 및 통폐합작업은 5·16 군사정부가 들어서자마자 그해 9월 12일 문교부고시 148호를 통해 이미 시

---

5) 「새 영화법에 대한 의견: 공포 전에 신중한 검토를」, 『동아일보』 1963년 4월 22일자.
6) 「영화법개정안 노이로제」, 『한국일보』 1963년 6월 21일자.
7) 「새 영화법의 시비」, 『경향신문』 1963년 6월 6일자.
8) 「부당한 등록·각본심사제」, 『경향신문』 「1963년 6월 13일자.

작되었다. 이어진 1962년의 영화법 시행령으로 71개였던 제작사는 16개 회사로 통폐합 정리되었다. 놀랍게도 바로 이러한 기간 중에 '신필름'이 탄생한다. 전신인 '신상옥푸로덕숀'을 확대 개편한 '신필름'이 영화제작사 등록을 하게 되면서 신상옥은 1960년대 영화를 주도하게 된다.

1964년 3월 1일 한국영화인협회를 중심으로 '영화법폐기촉진위원회'가 조직되어 건의서와 진정서9)를 국회에 제출한다. 검열을 자율적으로 해야 한다는 의견 역시 예술계 안팎으로 팽배해진다. 5 · 16으로 인해 기능이 정지되었던 영화의 '영화윤리위원회'와 무대 예술의 '무대예술윤리위원회'를 다시 살리자는 여론이 일어나기도 했다. 일부에서는 예술인과 전문가 그리고 정부의 관리가 참여하는 일원화된 검열기구를 대안으로 제시10)하기도 한다.

영화와 무대예술에 대한 자율적인 요구가 강해지자 공화당 정책연구실에서는 영화법을 폐기하자는 의견이 대두되었고 결국 영화법폐기안을 41회 국회에 제의하게 된다. 그러자 이번에는 한국영화업자협회는 현행 영화법 폐기 반대 청원서를 국회에 제출하기에 이른다.

> 1962년 1월 20일 영화법이 공포된 이래 난립했던 67개의 방화제작사가 16개로, 28개의 외화수입사가 7개로 통합되었고 다시 63년 3월 12일 개정 영화법의 공포로 방 · 외화의 업종이 일원화하여 16개의 방화제작사와 외화수입사는 통틀어 9개사로 뭉쳐졌던 것인데 이렇게 법에 수응하여 막대한 시설과 기구를 갖추고 영화업이 궤도에 오르려는 때 영화법 폐기란 뜻밖의 변이라고 업자들은 말하고 있다.11)

영화법의 존속을 바라는 '한국영화업자협회'와 폐기를 주장하는 '한국영

---

9) 이영일, 『한국영화전사』, 소도, 2004, 315~317쪽에 전문이 기록되어 있다.
10) 「산고 겪는 영륜, 무륜/ 자율의 일원화 이룩되려나/ 우선 공연법 고쳐야」, 『동아일보』 1964년 3월 18일자.
11) 「현행 영화법 폐기 반대」, 『경향신문』 1964년 3월 24일자.

화인협회(영화법폐기촉진위원회)'의 의견이 대립하고 있는 가운데 폐기 또는 개정의 움직임이 있다는 것을 감지한 또 다른 영화인들은 '한국영화제작가협회'와 '외화배급협회'를 각각 결성12)하여 정부를 압박하기에 이른다. '한국영화업자협회'와 '한국영화제작가협회'는 1964년 11월 26일, 현행 영화법을 폐기하고 대안인 '영화사업 및 영화의 검열에 관한 법률안'이 국회에 제안되기까지 극한 대립양상을 보였다.

1966년 8월 3일에 공포된 제2차 개정 영화법은 영화인들의 요구에 따라 제작사의 등록설비요건을 대폭 완화시켰다. 그러나 정부는 상영 전 검열제도를 조항에 명시화하고 검열 기준을 구체적으로 제정하는 것을 허락하기에 이른다. 또한 영화제작 중지명령권을 신설하여 정부가 언제라도 영화제작에 직접 관여할 수 있는 제도적 장치를 만든다. 여기에 공연법에 제시된 임검 제도를 포함시키면 정부가 영화와 관련하여 영화제작 사전, 도중 그리고 사후 상영 때까지 언제라도 제작을 간섭하거나 상영을 중지시킬 수 있는 법적인 근거가 확고히 마련된 셈이다.

1967년 9월 14일 정부는 다시 제2차 영화사 통합정리를 시도한다. 25개로 늘었던 영화사는 다시 12개로 통폐합되었다. 이에 정부는 영화인들의 불만을 해소하기 위해 졸렬한 당근책을 사용한다. 정책적으로 영화를 통제하면서 다른 한편으로 정부에 호의적인 영화에 영화사에 대해 보상제도를 확대 실시한다고 선포한다. 대종상을 제정하여 정부정책에 호응하는 영화사에 부여하는 보상을 제도적으로 정형화시킨다. 특히 반공영화13) 부분을 신설하여 이에 호응하는 영화사에 대해 외화수입 쿼터에 있어 유리한 권한을 부여했다. 신설된 반공법과 더불어 영화제작의 내용과 방향은 이미 결정된 것이나 다름이 없었다.

1967년 4월 1일 '한국영화제작자협회'는 자체검열기구인 '영화심의위원

---

12) 「현행 영화업자협회에 맞서 구 제작가협회 재건 운동」, 『경향신문』 1964년 4월 4일자.
13) 조준형, 「한국반공영화의 진화와 그 조건」, 『근대의 풍경: 소품으로 본 한국영화사』, 소도, 2001, 339쪽에 반공영화의 편수와 그 변동에 대한 자료가 실려 있다.

회'를 설치한다. 정부의 검열에 앞서 자발적으로 영화를 심의해보자는 의도였다. 같은 해 12월 1일 공보부 내규로 '영화각본심의위원회'가 설치된다. 결국 영화가 제작되기 위해서는 영화 제작사들이 자체적으로 설립한 '영화심의위원회'를 통해 영화를 자체 심의하는 1차 심의과정을 거친 후, 정부 검열기관인 '영화각본심의위원회'를 통과해야 비로소 영화제작에 들어갈 수 있는 극악한 이중 각본 심의가 실시된다. 이러한 이중심의제도는 1969년 4월 1일, '영화심의위원회'를 폐지하고 '영화각본심의위원회'를 확대 개편한 '한국영화심의위원회'의 발족 때까지 존속한다. 이 기간 동안 영화제작의 편수는 눈에 뜨이게 급격히 줄어든다.

3. 신필름과 사극 장르

영화 관련법이 혼란의 과정을 겪는 사이 단연 두각을 나타낸 영화사가 '신필름'이었다. 신필름은 5 · 16 쿠데타 이후 군사정부의 영화정책에 발 빠르게 대처했으며, 통폐합의 와중에 오히려 사업을 확장해나갔다. 신필름은 군사정부가 추진하던 '선별과 집중투자를 통한 영화산업의 육성'의 가장 큰 혜택을 누리며 급성장했다. 신필름은 군사정권의 영화정책의 최대 수혜자[14]였으며 군사정권의 영화정책의 불합리성을 등에 업고 등장한 가장 도덕적이지 못한 영화사로 인식하게 되었다.

신상옥은 1962년 제8대 '영화제작자협회' 회장이 된다. '영화제작자협회'가 '한국영화업자협회'로 이름을 바꾼 후에도 신상옥은 제12대(1965년)와 제13대(1966년) 회장을 맡는다. 당시 회장의 주된 역할은 정부가 제시한 기준을 완화시켜주도록 공보부에 로비하는 것이었다. 그러나 신상옥은 그러한 중소영화사의 요구를 불편하게 생각했다. 결국 자신의 영화사인 신필름

---

14) 조준형, 『영화제국 신필름』, 한국영상자료원, 2009, 21쪽.

에게도 부족한 제작쿼터를 다른 영화사들과 나누는 것이었기 때문에 그러한 일에 대해 부정적이었다. 무엇보다 신상옥은 외국 영화사들과 견줄 수 있는 메이저급 영화사를 집중 육성하겠다는 정부의 영화정책을 강력하게 지지했기 때문이다.

신필름에 대해 부정적인 시선을 보이는 다른 영화사들의 분위기를 알아차린 신상옥은 1967년 2월 7일 회장직에서 스스로 사퇴한다. 이때 신상옥은 당시 25개 영화사 중에서 14개 영화업자를 탈퇴시켜 새로이 '한국영화제작자연합회'를 결성한다. 신상옥과 '한국영화업자협회'의 갈등이 심화되자 정부는 25개의 영화사를 12개사로 통폐합시키고 이들 12영화사를 묶어 '한국영화제작자협회'를 결성한다. 신상옥은 여기서 이사를 맡게 되고 다음해인 1968년에는 다시 이 협회의 회장으로 복귀하게 된다. 한편 이러한 정치적 행보를 영화에 대한 신상옥의 열정으로 볼 수도 있다.

4 · 19 혁명은 한국영화의 제작여건과 소재에 많은 영향을 미쳤다. 민주주의적인 개방정책으로 인해 대담한 주제의 작품과 문제작들이 등장했다. <오발탄, 1961>, <삼등과장, 1961>, <현해탄을 알고 있다, 1961> 그리고 <사랑방 손님과 어머니, 1961>, <마부, 1961>와 같이 수준 높은 작품들이 제작되었다. 1958년부터 1961년 작품들을 보면 멜로드라마가 다수를 차지하고 있고 소재적인 면에서 분류하면 현대물이 많았다. 전위적인 예술작품이나 문제의식을 담은 실험적인 작품들이 상당수 제작되어 한국영화의 부흥기를 맞이한다.

그러나 1961년 후반기에 접어들면서 멜로드라마와 문예영화 그리고 코미디물과 사극들이 대거 제작되어 개봉된다. 신상옥은 새롭게 칼라영화로 제작한 <성춘향, 1961>의 흥행을 통해 급성장한다. 사극은 1960년대 한국영화를 견인해간 중요한 장르[15]였다. 대중의 정서와 요구에 잘 맞은 사극

---

15) 「61년도 방화제작 85본/ 거의 사극물, 미개봉도 50여작」, 『경향신문』 1962년 2월 4일자 참조. 「복고조의 연예계」, 『동아일보』 1962년 2월 15일자에는 "1961년 영화계의 주류를 이루던 사극영화 붐의 전세는 1962년도에도 그대로 밀고 나갈 것 같다"는 기사가 실렸다.

의 홍행으로 5·16 군사정부가 펼치려는 영화의 기업화 정책이 가능해졌다. 5·16 쿠데타로 단절된 역사의식을 연결시킨다는 점에서 그리고 영화사의 전면적 통제와 선별적 육성이라는 정부의 정책과 사극 장르는 잘 맞아떨어졌다. 이러한 대중의 취향과 정부의 의중을 정확히 파악한 신상옥은 사극 장르제작에 심혈을 기울였다. 사극 제작을 위해서 다양한 고전의상이 필요했기 때문에 신상옥은 사극 제작에 필요한 소품관리에 집중하여 소품실을 별도로 마련하는 등, 새로운 방식의 사극 영화제작 시스템을 구축해갔다.

대중들의 상상력을 해소시켜주고 새로운 궁금증을 유발하기 위해 신상옥은 영상에 있어 다양한 시도를 한다. 칼라시네마스코프를 도입하고 수중촬영과 동시녹음을 실험하기도 한다. 궁궐의 건축과 복식을 연구하고 이들을 영화의 배경으로 도입하여 화면을 화려하게 장식하기도 했다. 이 시기에 궁궐을 영화의 배경으로 사용할 수 있었던 것은 문화재의 영화 촬영 금지를 해제16)함으로 가능해졌다. 이 모든 시도는 사극의 홍행으로 인한 수익이 영화제작에 재투자됨으로 가능했던 일이었다.

신필름은 사극 제작에 있어 다른 영화사들보다 유리했다. 사극을 제작하기 위해서는 고전분위기를 재현시켜줄 수 있는 소품과 화려한 무대세트가 필요했고 유명한 대중적 배우들이 전속으로 있어야 했다. 무엇보다 사극은 막대한 자본이 뒷받침되어야 제작 가능한데 신필름은 어느 영화사들보다 막대한 자본과 시스템을 구축하고 있었다.

대부분의 고전은 대중들이 대부분 잘 알고 있는 이야기였기 때문에 여기에 스펙터클한 요소만 삽입하고 극적인 서사구조로 재편성하면 대중은 오히려 고전과 비교하면서 홍밋거리를 찾아내었다. 이러한 전략은 영화제작에 그대로 적용되어 1960년대 전반부에 신필름의 사극은 늘 홍행을 보장받았다.

예술적으로 우수한 작품임에도 불구하고 1950년대 후반이나 1960년 초

---

16) 「고궁 로케 금지 해제」, 『동아일보』 1962년 3월 8일자.

반에 제작된 많은 영화들이 5·16 군사정부의 주목을 받지 못했다. <오발탄>의 경우, 해외에서도 인정하는 우수한 작품이었지만 군사정부는 내용을 문제 삼아 국내 상영을 제한한다.

다른 한쪽으로 정부는 영화제를 개최하거나 국제영화제를 유치하고, 해외영화제에 우리 영화들을 참여시키기 위해 영화제작을 독려한다. 1962년 2월 22일에는 국내의 두 영화잡지가 주최하는 '제3회 영화세계 인기상'과 '제6회 국제영화 인기상'을 '한국의 아카데미'상이라고 추어올리며 포상 제도를 확대 실시해나간다. 같은 해 3월에 우수국산영화와 국제영화제 출품작들을 공모하면서 선발된 작품에 처음으로 정부의 보상이 수여될 것[17]이라고 대대적으로 홍보한다. 정부는 1962년 5월 '아시아 영화제'를 유치하면서 당선작품에 대한 정부의 지원이 있을 것이라는 예고와 더불어 5·16 혁명 예술제의 대대적인 선전을 감행[18]한다.

정부는 영화산업을 육성하려는 대상과 그 범위를 대종상을 통해 과감하게 드러냈다. 1962년 3월 31일 정부가 주도하여 개최한 '제1회 대종상 시상'의 17개 부문에서 '신필름'이 11개 부문을 휩쓴다. 특히 <연산군, 1962> 연작 시리즈가 8개 부문을 차지하게 되는데, <연산군>은 아시아영화제 출품작으로 뽑히는 영예도 얻게 된다. 이것은 신필름과 그의 사극을 적극 지원하겠다는 정부의 제스처였다.

정부는 '칸영화제'와 '시드니영화제', '백림영화제' 등의 해외영화제에 출품하기로 하고 영화사들에게 작품을 제출하도록 종용한다. 이렇듯 갑작스럽게 정부가 영화에 대한 정책을 의욕적으로 펼친 것은 공교롭게도 영화법 공포 직후부터였다. 이것은 정부의 영화사의 선별과 집중 그리고 통제와 육성이라는 영화정책이 구체화되고 있다는 것을 의미한다.

1962년 5월에 열린 제9회 아시아영화제의 한국 출품작 5편 중, 4편이 신

---

17) 「우수영화 3월에 선정/당선 작품에는 정부 보상도」, 『경향신문』 1962년 2월 22일자.
18) 「성황이룰 아시아영화제/ 5월 16일에 입선발표/ 한국선 처음인 국제문화향연/ 혁명기념 예술제와 겹쳐」, 『동아일보』 1962년 3월 5일자.

필름의 작품이었고, 여기서 총 7개 부문에서 우리 영화가 수상을 했는데 모두 신필름의 작품이었다.

> 사극영화의 성행은 외국에서도 볼 수 있는 현상이자만 여기 경우는 동기가 좀 다른 것 같다. 이 원인에 대해 씨나리오 작가 유한철 씨는 「국산 스펙터클 스크린에 대한 동경, 국사적인 애국주의에의 편승……」이라고 분석하는 견해도 있고 「스토리의 빈곤」 또는 「어수선한 현실에서의 도피, 과거에의 향수」, 「만네리즘에 빠진 메로드라마에 식상 반발」 등등으로 분석하는 사람도 있다.19)

위 글은 1960년대 초반에 불어 닥친 사극의 붐에 대해 영화의 한쪽에서는 여전히 우려의 목소리가 있음을 반영하고 있다. 그러나 무엇보다 한국영화의 사극으로의 전환은 정부의 방침과 밀접한 관계가 있었다. 1962년 초, 정부는 국산영화육성정책을 내놓았는데 2억 환을 들여 '영화 금고'를 마련하여 영화사를 지원한다는 것과 한 편당 200환 정도의 포상금을 수여하는 포상제도가 핵심20)이었다. 문공부가 최초로 지원한 영화 장르 역시 사극이었다. 첫 영화 금고의 혜택자는 <임진난과 성웅 이순신>이란 시나리오로 정부로부터 3천만 환을 보조받아 제작21)에 들어간다.

사극의 소재는 주로 1930년대의 역사소설에서 빌려왔다. 1930년대 역사소설을 원작으로 사용하는 데는 여러 가지 유익함이 있었는데, 특히 검열에 있어 확실한 안전성을 보장해주었다. 1930년대 소설들은 이미 일제강점기에 총독부의 검열을 통과하여 신문이나 잡지에 등재한 작품이었기 때문에 5·16 군사정부와 제3공화국 정부의 까다로운 검열에 저촉될 위험성이 상대적으로 적었다. 또한 사극은 정부의 정통성을 확보하기 위해 전통인물과

---

19) 「복고조의 연예계」, 『동아일보』 1962년 2월 15일자.
20) 「연내로 칼라·라보 완성/ 2억 들여 영화 금고도 마련/ 정부서 국산영화육성책」, 『동아일보』 1962년 2월 10일자.
21) 정부는 국민적인 사극물이라고 대대적으로 선전했다. 1962년 3월 19일 촬영을 완료했다고 발표된다.

의 연결고리를 찾으려는 정부의 욕구와 잘 맞았다.

그러나 현실적으로 무엇보다 사극 제작이 용이했던 또 다른 이유는 영화법에 내재해 있는 모순에 있었다. 영화사는 영화를 제작하기에 앞서 사전에 '저작권 획득 증명서'를 정부에 제출해야 하는데, 새로운 영화법에는 각색자의 승낙서가 첨부되지 않아도 되도록 되었다.

> 이 법령이 공포되기 전까지도 엄연히 각색자의 승낙서를 첨부하도록 되어 있던 것을 새삼스럽게 원작자 승낙서면 고만이라고 하여 최근에는 각색자의 승낙서 없이 제작 신고는 물론 상영허가 신청서를 접수하고 있는 것이다. (중략) 심지어 주연(主演)자, 필름의 종별, 규격, 가격까지도 기재해야 하는데 가장 근본이 되는 각본가가 빠졌다고 해서야 될 말인가?[22]

사극의 경우, 원작자가 불분명하여 주로 각색자가 저작권을 갖게 마련인데, 1962년 공포된 영화법에는 사전 저작권 획득이나 상영허가에 각색자의 승낙서가 필요 없게 됨에 따라 사극 제작을 좀 더 쉽게 할 수 있게 되었다.

한편 1960년대 들어 영화제작편수가 많아지자 필름의 수요가 급증했고 이것은 곧바로 필름 값의 폭등으로 연결되었다. 또한 정부가 공포한 한국화폐에 대한 달러 가치의 절상은 기자재의 대부분을 수입에 의존하는 영화계를 곤경에 빠뜨렸다. 무엇보다 작품 제작에 대한 정부의 지나친 규제는 신필름을 비롯한 당시 영화사들을 부도의 지경으로 몰고 갔다.

신필름에 대한 규제는 이미 1962년 초반부터 시작되었다. '제1회 대종상'을 휩쓴 신필름은 열흘이 되지 않아 치안국의 대대적인 수사를 받게 된다. 탈세와 원천과세 포탈 혐의[23]이다. 모든 언론은 일제히 신상옥의 부도덕성을 부각시켰고 신필름은 가장 악독한 영화사라는 인상을 깊게 심어주었다. 그러나 그 후 신필름 수사가 어떻게 진행되었고 결과가 어떻게 되었는지에

---

22) 「무시당한 각본가/ 시정해야 할 현행 영화법 시행령」, 『경향신문』 1962년 7월 17일자.
23) 「신상옥 프로덕숀에 압수수색영장 발부/ 세탈 · 필름 불법도입 혐의」, 『동아일보』 1962년 4월 10일자.

대해서 당시 언론이나 자료에 아무런 언급이 없다. 더욱 놀라운 것은 신상옥은 곧바로 5월의 아시아영화제의 준비 위원장으로 임명되어 더욱 적극적인 활동을 하게 되었다는 사실이다. 이를 통해 5·16 군사정부의 통제와 육성이라는 전략이 당시 가장 크고 영향력 있는 영화사인 신필름에 깊숙이 반영되었다는 것을 짐작케 한다. 당시 정부 세입 중에서 가장 큰 비율을 차지하고 있었던 것이 영화사가 납부하는 세금이었기 때문이다.

1964년 5월 3일 미국의 압력으로 정부는 달러의 환율을 두 배 가까이 인상한다. 당시 생필름에는 특별관세가 부과되어 있었기 때문에 달러의 환율 급등은 곧바로 영화제작비의 상승으로 직결되었다. 영화산업의 육성이라는 정부의 정책과 생필름의 특별관세조치는 상당히 모순된 정책이 아닐 수 없다. 이러한 모순의 기저에는 영화사를 통한 막대한 세입확보라는 논리가 자리하고 있었다.

이러한 혼란 속에서도 신상옥은 여전히 신필름의 무리한 확장을 감행하고 있었기 때문에 정부정책의 급작스런 변화들은 결국 신필름을 부도의 위기에 직면하도록 만든다. 비로소 신상옥은 정부의 영화정책의 문제점을 깨닫게 된다. 정부에 기대어 영화제국을 건설하려던 그의 꿈은 깨어지기 시작한다. 정부의 정책에 의존하여 급성장한 신필름이었지만, 끝없는 정부의 욕구와 모순투성이의 영화정책을 계속 수행하기가 어려웠다.

신상옥은 신필름을 살리기 위해 영화법의 존속을 원했고, 개정된 영화법에서 제작사 요건 완화와 수입영화 쿼터를 얻어내기 위해 정부의 공식적인 검열제도를 받아들인다. 결국 그것은 신상옥 스스로를 옥죄는 자충수가 되고 만다. 정부의 영화육성정책은 근본적으로 문제를 안고 있었다. 영화의 창작과 상영에 대한 통제를 강화하면서 영화산업을 육성시키겠다는 발상 자체가 모순된 일이었다.

> 내가 사극을 많이 만드는 이유는 역사에 대한 관심이 컸기 때문이기도 하지만 그보다 검열을 피해, 하고 싶은 이야기를 할 수 있는 방편이었기 때문이다.[24]

신상옥은 사극으로 그 모순의 간극을 위험스레 지나왔던 것이다.

4. 신상옥 사극의 변이

1960년대 초기 정부의 검열정책에 대해 신상옥은 별다른 반응을 보이지 않았다. 5 · 16 직전 <성춘향>으로 홍행에 성공한 신상옥은 새롭게 등장한 군사정부의 영화정책이 자신의 꿈을 이루어줄 것이라 기대했었기 때문이다. 무엇보다 사극이 대중의 욕구와 정부의 정책 그리고 신상옥의 재능과 잘 맞았다. 1960년대 초반 신상옥 감독이 제작한 대부분의 영화들은 홍행에 성공했고 이에 고무된 신상옥은 사극에 전력을 쏟았다.

군사정부가 안정을 찾게 되고 전국을 확실하게 장악하자 문공부는 영화의 새로운 방향을 제시한다. 문화영화를 독려하고 모든 영화 상영 전에 뉴스영화를 반드시 상영하도록 규정[25]하여 박정희와 그의 정책을 대대적으로 선전하는 방향으로 영화정책을 선회시킨다. 특히 반공영화부문에 대한 정부지원을 확대하는데, 이로 인해 신상옥은 곤경에 처하게 된다.

1960년대 후반부에 제작된 상당수의 영화가 개봉되지 못하는 상황이 발생하게 된다. 이것은 정부가 한편으로는 국내 영화의 제작편수를 제한하면서 다른 한편으로는 수출 진흥책을 단행하는 이중적 태도에서 비롯된다. 신상옥은 순진하게 정부의 초기 선전만 믿고 사극 제작에 집중 투자한 것이 잘못이었음을 뒤늦게 깨닫게 된다. 이러한 정부의 영화정책 변화와 그로 인한 영화사의 부도 위기로 인해 1965년 이후 신상옥의 사극은 변이를 보인다.

---

24) 신상옥, 『난, 영화였다: 영화감독 신상옥 감독이 남긴 마지막 글들』, 랜덤하우스, 2007, 82쪽.
25) 염찬희, 「1960년대 한국영화와 근대적 국민 형성과정」, 『영화연구 Vol.−No.33』, 2007, 22~25쪽 참조.

1) 주변 인물들을 통한 간접표현

신상옥은 <연산군(장한사모 편), 1962>과 <폭군 연산(복수, 쾌거 편), 1962>에서 직유와 직설적인 방식으로 연산군에다 자신의 의욕을 대비시킨다. 이것은 연산군의 폭군 이미지를 장녹수로 대치시키고 전반적인 기조를 완화시킴으로 군사정부의 폭력 이미지를 약화시키는 효과가 있었다. <강화도령, 1963>과 <철종과 복녀, 1963>의 철종 시리즈에서는 철종의 유약함을 자신의 입으로 시인하게 만들어 무력한 전 정부의 모습을 고발하게 하고 군사정부의 수립이 정당성을 피력한다.

그러나 초반에 5 · 16 군사정부에 호의적이었던 신상옥의 사극은 <대원군, 1968>을 기점으로 변모한다. 사극 <대원군>에서 신상옥은 주인공인 대원군에 자신을 유비시킨다. 여기서 신상옥은 자신의 생각을 대원군에게 직접 이입시키지 않는다. 대원군을 둘러싼 주변 인물들을 통하여 하고 싶은 이야기를 표현한다. 특히 홍선의 상대역인 기녀 추선의 입을 통해 홍선의 의지와 지향하는 바를 간접적으로 나타낸다.

> 추선: 대감, 야욕은 사람을 미치게 하기 쉽고, 꿈은 깨어지기 쉬운 것이기에 인생을 무상타하옵니다. 대감! 대감께서는 꼭 이렇게만 사셔야 하옵니까?
> 홍선: 나도 모르겠다. 가슴에 서린 슬픔 터트릴 길이 없어 미쳐가는구나. 잠시도 가만히 있을 수 없으니 내가 내 자신을 믿을 수만 있다면 무엇이든 못하랴. 밤이 길구나. 동창은 어느 하간에 밝겠는지…….

> 추선: 오늘밤 당신이 이렇게 저를 찾아주신 것만으로도 이제 추선인 죽어도 한이 없사옵니다. 오늘 이 시각부터 제 대신 대감의 가슴에 안겨야 할 사람은 기나긴 세월 헐뜯기고 굶주린 이 나라 백성들이옵니다. 무실한 왕권을 바로 잡으시고 당파싸움의 적배(賊輩)를 뿌리째 뽑으시옵고, 도탄에 빠진 민생을 구원하시옵소서.

검열과 영화사의 통제를 통한 정부의 지나친 간섭 때문에 리얼리즘을 지향했던 감독들의 창작의욕은 대폭 위축되고 만다. 현실 모순을 비판적으로 인식하고 그것을 표출할 수 있는 길이 막히자 대다수의 영화감독들은 내면 세계로 침잠하고 만다. 그러나 신상옥은 작품 속에 전통적인 직접서술 방식26)을 지양하고 간접서술 방식으로 자신의 심중을 절묘하게 녹여냄으로 극복하려 한다.

한편 <내시, 1968>를 통해서도 신상옥은 자신이 당하고 있는 온갖 소문에 대해 항변한다.

> 내시(광진): 전하! 풍문은 풍문에 지나지 않사옵니다.
> 명종: 네 말대로 정말 풍문이라면 오죽 좋겠느냐마는…….

1960년대 후반에 들면서 신상옥은 작품 속의 주인공이 전체 이야기를 이끌어가는 방식을 택하지 않고 조연들이 주인공에게 초점을 두게 하여 간접적으로 중심 서사를 형성해나가는 방식을 택한다. 주인공을 통해 자신의 뜻을 직접적으로 표출하려던 감독들이 검열을 통과하지 못해 영화를 제작하지 못하거나 수정제작을 강요당한 것과 비교하면 신상옥의 변이성이 더욱 뚜렷하다는 것을 알 수 있다.

2) 장르의 혼재27)

1960년대 후반기 사극에서 신상옥은 전반기 사극이 취했던 고전 서사의 충실한 답습을 거부한다. 신상옥의 전반기 사극에서도 간혹 멜로드라마 요

---

26) 장우진, 「1960년대 한국영화에 나타나는 직접서술의 양상」, 영화연구 Vol.-No.33(2007)은 신상옥의 <로맨스 빠빠, 1960>와 <사랑방 손님과 어머니, 1961>를 분석대상으로 삼고 있는데 모두 1960년대 전기 작품들이다.

27) 이효인, 「1960년대 한국영화」, 『한국영화사공부: 1960~1979』, 이채, 2004, 63~67쪽은 '모더니즘, 뒤섞임'으로 정의하고 있다. 멜로드라마의 관점에서 바라본 정의이다.

소를 발견할 수 있지만 이것은 당시 유행이었던 멜로드라마의 요소를 외형적으로 빌려왔을 뿐, 사극 장르의 전체적인 특성을 깨뜨리진 않았다. 따라서 멜로드라마와 사극의 장르 교차나 혼재를 시도하지는 않았다.

그러나 후반기에 들어서자 신상옥은 액자소설 형식을 빌려 주변서사들로 하여금 중심 서사를 앞뒤에서 감싸게 한다. 특히 사극 <대원군>의 경우, 중심이 되는 흥선대원군의 이야기를 기생 추선과의 사랑이야기와 교차시키고 도입부와 결말부의 중요한 위치에 그녀와의 사랑이야기를 배치함으로써 장르 간의 결합을 시도한다. 도입부분에서 추선은 좌절한 흥선을 일어서도록 돕는 역할을 하지만, 정작 흥선이 대원군으로 임명되는 결말 부분에서는 그를 먼발치에서 마음으로 후원하는 인물로 한정시킴으로 멜로드라마와 고전사극을 교차시킨다.

이후에 등장하는 신상옥의 사극에서 멜로드라마의 성격은 보다 뚜렷하게 나타난다. 나아가 신상옥은 <내시>, <속 내시, 1969>와 같은 선정성 짙은 작품을 등장시킨다. 사극의 장르에 멜로드라마 요소는 물론 에로티시즘과 섹슈얼리티까지 도입함으로 장르의 혼합을 가속화시킨다. 이러한 시도는 외설성 시비로 비화되는데 언론매체를 통한 평론가들의 집중적인 성토 있었음에도 불구하고 신상옥은 개의치 않고 선정성의 농도를 증대시켜 나간다.

신상옥이 특별히 내시나 궁녀들에게 관심을 둔 것은 왕만을 위한 제한된 공간이라는 영화적 설정과 권력을 승계할 수 없도록 욕망이 거세된 인물들을 통해 권력의 비밀과 치부를 보다 선명하게 드러낼 수 있었기 때문이었다. 사극 <내시>의 곳곳에서 신상옥의 의중을 찾아낼 수 있다.

> 내시(광진): 이놈들아! 상감이 신하들 가운데서 왜 내시를 제일 믿으시는 줄 아느냐? 아느냐 말이다! 모든 신하는 자손이 있고, 자손만대에 영화와 권세를 누릴 것을 생각해서 역적질도 하지만, 내시에겐 자손이 없다. 그래서 상감이 우리를 믿으시는 거다.

왕가의 광기와 탐욕을 직설적으로 드러냈던 신상옥의 1960년대 전반기 작품들과는 달리 후반기의 작품들은 내시나 하녀들의 삶을 들추어냄으로 권력에 의해 희생되는 참혹성을 고발하려고 했다. 그러나 이러한 고발 역시 직접적인 표현으로 해석될 가능성이 높기 때문에 신상옥은 사극 장르에 에로티시즘과 섹슈얼리티 등의 눈요깃감을 덧씌움으로 중심 서사에 대한 대중들의 관심과 정부의 검열을 절묘하게 피해간다. 신상옥은 고전 사극의 윤리성 확보와 멜로드라마의 특이성을 교차시킨다.

3) 희극성 소멸과 공포영화의 출현

초기 사극의 희극성이 줄어든다. 대원군을 소재로 한 신상옥의 영화 <젊은 그들>이 1955년에 제작되었다. 흑백 필름으로 제작된 이 영화에는 무성영화에서 볼 수 있는 희극적 요소들이 들어 있다. 중간에 삽입된 경쾌한 음악은 무성영화의 코믹한 장면을 연상하게 한다.

희극인인 김희갑과 구봉서가 출연한 1960년 전반기의 <연산군> 시리즈 역시 희극적 요소를 삽입함으로써 진지함으로 일관될 수도 있는 사극에 재미를 더했다. 그러나 후반기의 사극들에서는 희극성이 점차 소멸되고 대신 새롭게 공포성이 드러나게 된다.

신상옥은 <이조여인 잔혹사, 1969>, <천년호, 1969>, <이조괴담, 1970>과 같은 영화들을 제작하면서 국가의 권력의 이미지를 작품 속에 투영시킨다. 신상옥은 현실 정치권력의 폭력성을 공포성으로 대치시키려 했다. <연산군> 연작의 연장으로 볼 수 있는 <이조괴담>은 폐비 윤씨와 장녹수를 통해 공포의 코드[28]를 생성해낸다. 사극과 공포 코드의 결합은 5 · 16 군사

---

28) 백문임, 「역사물과 공포영화: 신상옥의 경우」, 『민족문학사연구 제20호』, 2002, 301~302쪽. 여기서 필자는 한국 공포영화의 가장 두드러진 특징을 전통 서사물에 기대어 만들어진 것으로 보았다. 그러나 필자는 공포영화의 은유가 사회비판을 담는 도구가 되기도 한다고 날카롭게 지적하고 있지만, 정작 검열이라는 현실적 억압기재를 직접적으로 취급하지 않고 있다.

정권의 폭력성과 독재성의 내재라는 역사적 현실 속에서 가능했다.

신상옥의 공포성은 원한을 가진 귀신이라는 초현실적 존재의 등장으로 표출한다. 신상옥의 후반기 사극에서 귀신은 흔히 우리 민족이 정서적으로 안고 있는, 원한을 풀어주면 악행을 거두고 사라지는 동정의 여지가 있는 그런 존재가 아니다. 귀신의 악행은 기존의 인과응보의 윤리적 원칙이나 원한의 원인이 되는 인물에게만 가해지는 특정한 사건으로 한정되지 않는다. 원한의 근원을 해결해주면 모든 것이 정상적으로 되돌아가는 기존의 공포영화와 달리, 신상옥의 공포영화에서 귀신은 반드시 제거되어야 할 절대적인 악으로 표현되고 있다. 절대악이 등장한 것은 정부의 집권에 대한 야욕이 가시화되고 영화인을 비롯한 예술인들에 대한 정부의 통제와 압박의 수위가 증가되면서 한계성을 인지했기 때문이다.

"특히 공포영화의 은유는 문화가 직접적으로 다룰 수 없는 불안감을 표현하는 매개물인 동시에 주류문화가 다루기에는 지나치게 급진적인 사회비판을 다루는 도구가 되기도 한다"[29]는 논리를 그대로 받아들인다면, 신상옥의 후반기 사극 속에 나타나고 있는 공포성은 점차 확고해져가는 현실권력에 대한 일종의 저항임이 분명하다.

4) 부성의 몰락과 여성성 부각

1960년대 초반 신상옥은 전통적인 유교도덕관을 비판이 담긴 영화로 출발한다. 이승만의 하야를 '아버지 권위'의 상실[30]로 여겼던 대중들에게 사극은 가부장제의 새로운 부활을 기대하게 했다. 1950년대 후반 사극의 소재가 주로 왕의 무능함에 대한 고발과 유교사회로의 회귀였다. 1960년대로 들어서면서 사극은 가부장제의 부활을 꿈꾼다. 특히 왕이라는 최고 권력자

---

29) 더글라스 캘너 & 마이클 라이언, 백문임 · 조만영 역, 『카메라 폴리티카 下』, 시각과 언어, 15쪽.
30) 김숭경, 「1960년대 초 조선왕조 사극의 한 양상」, 『한국영화와 4 · 19』, 한국영상자료원, 2009, 181쪽.

의 모습이 서서히 권위를 찾아가면서 가족이라는 틀 속에서 인간적인 모습을 갖추어가기 시작했다.

가족의 회복과 가부장제도의 부활은 군사정부의 근대화 프로젝트의 일환이었다. 신상옥은 1960년대 전반기의 <연산군> 연작 시리즈를 통해 대중들로 하여금 가장에 대한 이해와 용서라는 접근방식 취하게 함으로써 가부장제도의 부활을 꿈꾼다. 5·16 쿠데타를 통한 근대성 확보는 결국 남성성의 회복을 의미한다. 그러나 1960년대 후반기에 들어서면서 신상옥은 남성성의 회복을 꿈꾸었던 태도에서 변모한다.

신상옥이 <대원군> 등을 통해 현실도피하려는 남성의 태도를 현실참여 쪽으로 전이시키고 있음을 알 수 있다. 그러나 동시에 현실참여의 한계성을 극명하게 보여주어 독자적으로 남성성을 회복하는 것은 한계가 있음을 보여준다. 여기에 여성과의 만남은 남성의 현실 참여로 나아가는 은유로 등장한다. 대비나 기녀 등의 여성을 전면에 등장시킴으로 남성의 현실참여의 적극적인 의지를 내면화시킨다.

한편 신상옥은 다음 세대를 이어갈 남성인 아들에게로 권위를 이양하기 시작한다. 영화 속 아들의 등장은 다음 세대에 대한 희망을 의미한다. 영화 <대원군>에서 홍선은 아들이 병을 눕자 그를 붙들고 다음과 같이 호소한다.

> 홍선: 전하! 언제나 때가옵니까, 전하. 전하 옥체를 보존하셔야 합니다. 그때까지 옥체를 보존하셔야 합니다. 기필코 때는 옵니다. 와야 합니다, 전하! 가렴주구에 헐벗고 굶주린 1,200만의 민초가 때를 기다리며 전하를 기다립니다, 전하! 조정 태자의 핏줄을 이어받은 왕손들은 엉뚱한 외척의 발호(跋扈)로 천지사방에 흩어져 몸을 숨겨 산송장이나 다름이 없습니다. 전하! 쾌차하셔야 합니다. 이 홍선이 당하고 있는 승혈(昇血)을 풀어주셔야 합니다, 전하!

신상옥의 후기 영화들은 현 지배계층 남성의 상대적 개념인 여성과 아이의 말과 행동에 무게를 싣고 있다. 상대적으로 현재 지배계층의 남성 말은 점차 무기력해진다. 사극에 종종 등장하는 최고 여성의 상징성으로 표현되고 있는 대비의 경우, 초기 작품에서는 주인공의 뜻에 반하는 부정적인 인물로 등장하지만 후기 작품으로 가면 주인공을 세워주고 서사의 전체 흐름을 전환시키고 새로운 흐름을 결정하는 중요한 인물로 등장한다.

5. 나가는 말

1960년대 영화의 변이에는 검열이라는 기제가 주로 작용했다. 검열은 5·16 군사정부 영화정책에 따른 영화계의 길들이기라는 큰 틀에서 접근되어야 그 실체를 파악할 수 있다. 정부는 전파력이 강한 영화를 제작구상단계로부터 상영 이후까지 영화의 전 과정을 철저하게 통제하려고 했다. 한편 군사정부의 부정적 이미지를 감소시키기 위해 영화산업 육성이라는 정책을 병행했다. 정부정책에 비협조적이거나 자유분방한 영화사는 검열을 통해 활동을 축소시키면서, 정부정책을 충실하게 따르는 영화사는 적극적으로 지원해주겠다는 양면정책을 사용했다.

검열이라는 악제惡制를 내면화하는 과정에서 멜로드라마가 등장하고 공포영화의 출현하게 되었다. 그러나 이들 새로운 장르의 영화들은 정형적인 방식의 장르 영화가 아니라 왜곡되거나 혼재된 형태로 등장하게 된다. 결국 이들의 혼재장르의 영화 출현은 한국 고유의 장르영화 발전을 지체시켰다. 장르영화의 영상미학적 발전을 저해하고 유사한 질 낮은 영화들을 양산하게 했다. 이런 이유로 1960년대 영화제작편수가 많음에도 불구하고 영상미학적 발전이나 영상시스템의 발전은 기대할 수 없게 되었다. 그러나 1960년대의 영화는 1970년대 영화에 부정적인 영향을 주었다. 호스티스 영화, 청춘영화, 멜로드라마 등의 장르를 구축하는 데 일정 부분 도움을 주어 장르영화의 발전 가능성을 지원했다.

<참고문헌>

1. 1차 자료

『경향신문』, 『동아일보』, 『한국일보』.

2. 2차 자료

백문임, 「역사물과 공포영화: 신상옥의 경우」, 『민족문학사연구 제20호』, 2002.
신상옥, 『난, 영화였다: 영화감독 신상옥 감독이 남긴 마지막 글들』, 랜덤하우
스, 2007.
염찬희, 「1960년대 한국영화와 근대적 국민 형성과정」, 『영화연구 Vol.−No.33』,
2007.
이영일, 『한국영화전사』, 소도, 2004.
이효인, 『한국영화사공부: 1960~1979』, 이채, 2004.
장우진, 「1960년대 한국영화에 나타나는 직접서술의 양상」, 『영화연구 Vol.−
No.33』, 2007.
정태수 외, 『남북한 영화사 비교연구』, 국학자료원, 2007.
조준형, 『영화제국 신필름』, 한국영상자료원, 2009.
주요신 외, 『한국영화와 근대성』, 소도, 2001.
차순하 외, 『근대의 풍경: 소품으로 본 한국영화사』, 소도, 2001.
함충범 외, 『한국영화와 4 · 19』, 한국영상자료원, 2009.

이용악과 백석 시에 나타난 '집'의 형식주의적 접근

-이용악의 「낡은 집」과 백석의 「황일」을 중심으로

반 지 영

1. 들어가는 말

이용악¹⁾의 「낡은 집」은 1938년에 간행된 이용악의 두 번째 시집 題名이면서 그 시집에 수록되어 있는 작품의 제목이기도 하다. 이 시는 많은 논자들에 의해 이용악의 대표적인 성공작으로 꼽힐 만큼 튼튼한 서사적 골격 위에 서정성을 배합하여 일제하의 궁핍한 현실과 그 폐허의 과정, 이에 따른 조선 유랑민의 족적을 가장 뛰어난 시적 성취로 보여주고 있다. 백석²⁾의 「황일」은 시집 『사슴』 이후인 1936년 『조광』에 「春郊七題」라는 큰 제목

---

1) 이용악은 1914년 함경북도 경성에서 출생하였으며, 1935년 3월 『신인문학』을 통해 「패배자의 소원」으로 등단하였다. 동경 유학 중 『분수령』(1937)과 『낡은 집』(1938) 두 권의 시집을 발간하였고 귀국하여 『오랑캐꽃』(1947), 『이용악집』(1949, 以前 시집의 작품과 해방기 작품을 함께 수록한 選集)을 발간하였다. 1950년 6월 28일 월북하여 북한에서 활동하다 1971년 폐병으로 사망한 것으로 추정된다.

2) 백석은 1912년 평안북도 정주에서 출생하였으며, 1935년 8월 『조선일보』에 「정주성」을 발표하며 등단하였다. 33편의 시를 모아 시집 『사슴』(1936)을 간행하였고 영어교사와 편집주간 일을 하다 해방 후에는 외국 작품들을 번역하기도 했다. 북한에서 활동하다 1995년 사망한 것으로 언론에 추정 보도되었다.

아래 묶인 일곱 편의 글 중 하나로 그 형식상 산문인지 시인지 명확히 구분하기 어려우나 백석 특유의 동화적 발상을 담은 시로 분류하는 것이 일반적이다.

이 두 작품의 공통점은 첫째 시적 대상이 '빈집'이고 그 주변의 정황을 표현했다는 점, 둘째 두 시인의 작품 활동 시기 및 경향이 비슷하면서도 각기 개성이 드러나 비교 연구가 가능하다는 점, 셋째 장르상 시이지만 서정성 못지않게 서사성을 구축하여 여러 방법으로 '낯설게 하기'의 효과를 주고 있다는 점이다. '낯설게 하기'란 러시아 형식주의비평에서 가장 대표적인 개념으로 일상화되어 친숙하거나 반복되어 참신하지 않은 사물이나 관념 등을 특수화하고 낯설게 하여 새로운 느낌을 갖도록 표현하는 것을 말한다. 특히 시에서 얻을 수 있는 깨달음의 감동, 일상어를 색다른 시어로 사용하거나 시 배열을 자유롭게 하는 데서 오는 새로움의 충격, 정해진 논리나 언어규범의 파괴로 인한 신선함 등 다양하게 나타날 수 있다.

본 연구는 형식주의 이론에 기반하여 두 작품을 분석해 그 미학성을 찾아보고자 한다. 특히 시의 구조와 조직 원리, 일상어와 다른 시어 사용의 효과, 시적 주체인 화자의 역할과 태도, 시간과 공간적 배경, 이미지의 활용 등을 분석해 봄으로써 이용악이 '말하'는 '빈집'의 의미와 백석이 '보여주'는 '빈집'의 의미를 파악해 보고자 한다. 이를 통해 집[3]을 시적 소재로 삼은 시인의 의도와 형식의 유기적 관계, 그 의미망이 긴밀히 연결되어 시적 형상화를 이룸을 밝혀낼 수 있을 것이다.

---

3) 에드워드 렐프, 김덕현 · 김현주 · 심승희 역,『장소와 장소상실』, 논형, 2005, 97쪽.
　　집은 개인으로서 그리고 한 공동체의 구성원으로서의 우리 정체성의 토대, 즉 존재의 거주 장소이다. 집은 단순히 당신이 어쩌다 우연히 살게 된 가옥이 아니다. 그것은 어디에든 있는 것이거나 교환될 수 있는 것이 아니라, 무엇으로도 대체될 수 없는 의미의 중심인 것이다.

2. 형식주의비평에 대하여

형식주의(formalism)비평은 문학을 언어적 형식 또는 언어적 구조로 보고 작품 그 자체에 내재한 문학의 존재성, 독자적 자율성 등을 객관적으로 밝히려는 비평 방법이다. 역사전기비평이 작가의 사상이나 감정, 문학적 생애, 작품에서 다루는 사회상, 사회와의 영향 관계 등을 통하여 작품을 바라보는 관점이라면, 형식주의비평은 작품 자체가 지니고 있는 형식적인 문제, 언어적 제 조건들을 통하여 작품을 분석하려는 비평 방법이다. 즉 모든 문학작품은 그 자체만으로 자율적이고 완전하므로 작품 외적인 부분에 의존하지 말고 작품 자체에 집중해야 한다는 입장이다. 따라서 작품을 구성하고 있는 언어의 상호관계, 문장 패턴, 유사한 낱말과 어구, 주부와 술부의 호응 관계, 말투, 말들의 선택, 문맥의 연결 관계 등과 같은 '내적 관련성', 즉 어떤 형식, 어떤 원리가 있는가를 고찰하는 데 관심을 기울이고 있다. 실제 텍스트 분석을 할 때, 언표적 층위, 통사적 층위, 의미적 층위로 나누어 면밀한 분석을 하게 되며, 문체, 구성, 주제 등으로 표현되기도 한다.

러시아 형식주의는 미래파 시인에 대한 빅토르 쉬클로프스키의 논문 '말의 부활' 이후 시작되었으며 1915년 창립된 '모스크바 언어학회'와 1916년에 창시된 '시어 연구회 오포야즈OPOYAZ'에 의해 이론적인 토대를 마련하였다. 이들은 사물을 지시하는 능력보다 언어의 독립적인 소리 유형(형식적인 측면)을 강조했으며 쉬클로프스키는 문학에 대한 정의로 '문학은 그것에 사용된 모든 스타일상의 기교의 총화'라고 하였다. 러시아 형식주의는 야콥슨과 르네 웰렉이 창설한 프라하 언어학회에 의해 구조주의적 형식주의로 발전하였고, 바흐찐 학파에 의해 마르크스적 형식주의로 발전하였다. 프라하 언어학파에 소속되어 활동하다가 미국으로 건너간 로만 야콥슨, 얀 무카로브스키, 르네 웰렉 등과 랜섬, 앨런 테이트 등의 연구자들이 1940년대 이후 미국에서 전개한 연구 활동을 '신비평'이라 부르며, 형식주의비평과 신비평을 넓은 의미의 형식주의비평의 범주 속에 넣는 것이 일반적이다. 문학의 자율적인 존재성과 탐구라는 면에서 러시아 형식주의나 영미 신비평은 공통점을 갖고 있지만 그 출발에 있어서는 영미 신비평의 경우, 기존의 역사주의나 인상주의에 대한 비판이 강하고 러시아 형식주의는 일상 언어와 문학적 언어의 구별에 더 많은 관심을 갖는다. 문학의 문학성(법칙)을 '낯설게 하기'로 파악한 러시아 형식주의는 영미의 신비평과 함께 광의의 형식주의로 불리면서도 "신비평이 문학적 형식이 생산하는 의미를 강조한다면 러시아 형식주의는 문학적 형식 그 자체를 강조한다"[4]는 차이를 보인다.

러시아 형식주의는 본질적으로 언어학을 문학연구에 응용한 것이었다. 그들의 관심은 '무엇이 문학을 문학답게 만드는 문학성인가?'에 있었다. 가장 대표적 개념인 '낯설게 하기(ostranenie)'는 낯익은 일상 언어, 습관적으로 자동화된 사고방식 등을 낯설게 만들거나 배경화함으로써 생기는 미적 효과이다. 특히 시에서 얻을 수 있는 깨달음의 감동, 일상어를 특수한 기능의 시어로 사용하거나 시 배열을 자유롭게 하는 데서 오는 신선함, 논리나 언어규범의 파괴로 인한 충격 등의 중의적이고 애매모호한 느낌이 독자반응비평에까지 영향을 미쳐 독자들의 시적 효용을 높이게 된다. 이 개념이 체코 구조주의에서는 배경화(backgrounding)와 전경화(foregrounding)의 역동적 구조로 드러나며, 특히 시에서는 체계성과 수미일관성으로 강조된다.

수사법상 기본적인 두 종류의 비유법인 은유(metaphor)와 환유(metonymy)는 선택과 결합이라고 하는 언어의 기본 속성과 밀접하게 연관되어 있는 것이다. 이러한 문학텍스트의 비유법에서 표현 대상(tenor)과 비유적 대치물(vehicle) 사이의 관계가 등가성의 원리로 작용하는 것은 동일하되 은유는 언어의 양극성 중 수직적 측면, 즉 선택의 측면을 확대하는 현상이고, 환유는 수평적 측면, 즉 결합의 측면을 확대함으로써 이루어지는 것이다. 은유는 표현대상과 비유적 대치물 사이에 어떤 유사점이나 유추관계를 바탕으

---

4) 이승훈, 「신비평과 러시아 형식주의」, 『신비평과 형식주의』, 고려원, 1991, 237쪽.

로 성립되는 것인 반면에, 환유는 표현 대상과 비유적 대치물 사이에 인접하는(공간적, 시간적, 인과적) 연상이 있다고 믿어지는 데서 성립되는 비유인 것이다. 다시 말해 결합(syntagmatic)의 과정은 인접(contiguity, 한 어휘가 다른 어휘의 다음에 놓이는 것)이라는 형식에서 나타나는데 그 양식은 환유적이고 선택(associative, paradigmatic)의 과정은 유사(similarity, 한 어휘나 개념이 서로 비슷하다는 것)라는 형식에서 나타나는데 그 양식은 은유적이다. 이러한 특성에 대해 가장 먼저 언급한 것은 야콥슨R. Jacobson의 '시적 기능(poetic function)'에 대한 정의인데, 이 시적 기능은 등가관계(equivalence)를 만들어 내는 수단으로서 선택의 양식과 결합의 양식이라는 언어의 양극성에 의존한다는 것이다. 말하자면 시적 기능은 등가성의 원리를 선택의 축에서 결합의 축으로 투영한다는 것이다. 즉 야콥슨은 외적 소통체계를 도표화하고 여섯 가지의 언어의 기능을 밝히면서5) 특히 '시적 기능'이 우세한 텍스트에서 시성을 발견해내어 시학의 입지를 마련하였다. 위에서 언급한 선택과 결합이라는 언어의 양극성 중 선택의 측면을 확대하는 것은 詩에서 의미의 망을 형성하는 중요한 수단으로 활용되는 것이고, 결합적 측면을 확대·변형하면 산문양식에서 문장 유형의 창조적 형식에 활용될 수 있다. 그러나 선택과 결합이라고 하는 양면의 어느 한쪽만의 확대나 변형이란 있을 수 없는 것이다. 이 양면의 관계는 상호보완적인 것으로서 어느 쪽에 높은 비중을 두는가에 따르는 상대적인 확대현상인 것이다.

그런데 야콥슨의 경우, 반복구조에 의거한 은유적 문체를 밝히는 데 집중하여 병렬법의 시학을 제시, 서정시의 원리를 설명해내고 있지만, 인접구조에 의거한 환유적 문체에 대한 이론적 전개는 보여주지 않고 있다. 따라서

---

5)   관련상황(지시적 기능)

             메시지(시적 기능)

발신자(표현적 기능) ──────── 수신자(능동적 기능)

            접촉(친교적 기능)

            약호체계(메타언어적 기능)

로만 야콥슨, 신문수 역, 『문학속의 언어학』, 문학과지성사, 1989, 55쪽.

그의 시학적 논의는 전통적인 서정시 장르 즉 시인의 '표현기능'이 우세하고 리듬, 구문, 이미지의 반복 구조가 활발하게 작용하여 메시지의 시적기능이 우세한 계열의 작품들만을 대상으로 하게 되는 한계를 지닌다.

3. 화자의 말하기 —「낡은 집」

1연
　　1 날로 밤으로
　　2 왕거미 줄치기에 분주한 집
　　3 마을서 흉집이라고 꺼리는 낡은 집
　　4 이 집에 살았다는 백성들은
　　5 대대손손에 물려줄
　　6 은동곳도 산호관자도 갖지 못했니라

2연
　　7 재를 넘어 무곡을 다니던 당나귀
　　8 항구로 가는 콩실이에 늙은 둥글소
　　9 모두 없어진 지 오랜
　　10 외양간엔 아직 초라한 내음새 그윽하다만
　　11 털보네 간 곳은 아모도 모른다

3연
　　12 찻길이 뇌이기 전
　　13 노루 멧돼지 쪽제비 이런 것들이
　　14 앞뒤 산을 마음놓고 뛰어다니던 시절
　　15 털보의 세째 아들은
　　16 나의 싸리말 동무는
　　17 이 집 안방 짓두광주리 옆에서
　　18 첫울음을 울었다고 한다

4연
　　19 "털보네는 또 아들을 봤다우
　　20 송아지래두 불었으면 팔아나 먹지"

21 마을 아낙네들은 무심코
22 차그운 이야기를 가을 냇물에 실어보냈다는
23 그날 밤
24 저릎등이 시름시름 타들어가고
25 소주에 취한 털보의 눈도 일층 붉더란다

5연

26 갓주지 이야기와
27 무서운 전설 가운데서 가난 속에서
28 나의 동무는 늘 마음졸이며 자랐다
29 당나귀 몰고 간 애비 돌아오지 않는 밤
30 노랑고양이 울어 울어
31 종시 잠 이루지 못하는 밤이면
32 어미 분주히 일하는 방앗간 한구석에서
33 나의 동무는
34 도토리의 꿈을 키웠다

6연

35 그가 아홉살 되던 해
36 사냥개 꿩을 쫓아다니는 겨울
37 이 집에 살던 일곱 식솔이
38 어데론지 사라지고 이튿날 아침
39 북쪽을 향한 발자욱만 눈 우에 떨고 있었다

7연

40 더러는 오랑캐령 쪽으로 갔으리라고
41 더러는 아라사로 갔으리라고
42 이웃 늙은이들은
43 모두 무서운 곳을 짚었다

8연

44 지금은 아무도 살지 않는 집
45 마을서 흉집이라고 꺼리는 낡은 집
46 제철마다 먹음직한 열매
47 탐스럽게 열던 살구
48 살구나무도 글거리만 남았길래

49 꽃피는 철이 와도 가도 뒤울안에
50 꿀벌 하나 날아들지 않는다

―「낡은집」全文6)

　시 전개상으로 볼 때, 1, 2, 8연은 현재 시제로 화자가 현재의 낡은 집을
보면서 과거의 이야기(3, 4, 5, 6, 7연)를 회상하는 형식의 구성으로 되어 있
다. 이러한 시간적 구성은 서정장르의 본질적인 시제인 현재형을 시 전체의
축으로 삼고 그 안에 과거의 이야기를 도입한 일종의 액자적인 구조와 비슷
하다.7) 즉 시적 주체(화자)의 존재가 잘 드러나 있는 1연과 마지막 8연이 도
입액자와 종결액자의 구실을 하고 있고, '털보네'의 사연만이 제시되는 나
머지 연은 내부액자 혹은 내화内話의 역할을 하는 것이다. 따라서 이 시를 형
식적으로 분절해보면 수미상관식의 ABA'구조가 된다.
　수식절+명사로 동일하게 구성된 부분은 '현재의 상황+집'(1 · 2 · 3, 44 ·
45)과 '과거의 상황+구성원(가축, 과일)'(7 · 8, 46 · 47)으로 변별되어 현재
와 과거가 부재/ 존재, 부정/ 긍정의 대립적 의미를 구축하며 현재의 부정성
을 대조적으로 강화한다. 즉 주거 공간으로서의 '집'에 죽음과 흉이라는 속
성이 생명과 생활의 결여로 구체화된다.
　또 (10)과 (49)는 공간에 나타난 흔적을 통해 생명과 생활의 결핍을 환기
시키는 후각적 · 시각적 묘사이다. 따라서 AA'는 집의 붕괴, 상실을 의미하
는 유사한 이미지들이 반복, 병렬되어 현재의 부정적 상황을 제시하고 있다.
　3연부터 7연까지는 낡은 집의 내력을 이야기 형식과 설화적 소재를 차용
해 밝히고 있다. 인물과 공간의 이름과 시간, 제재 등이 사실적이고 구체적
으로 명시됨으로써 그 이야기의 그럴듯함이 우세해진다. 또한 사투리의 사
용으로 북방정서를 잘 드러내고 있다. 이 시에 쓰인 사투리는 그 지역 사람
들의 일상 언어인 동시에 시적 효과를 위해 의도적으로 사용된 시적 언어로

---

6) 윤영천 편, 『이용악 시전집』, 창작과비평사, 1988, 70~72쪽(각 행 번호는 필자 붙임).
7) 오성호, 『한국근대시문학연구』, 태학사, 1993, 373쪽.

보는 것이 옳다.

낡은 집의 부정성은 결여, 상실, 부재의 본질적 문제로 그 의미망의 확대 증폭을 이룰 수 있는 한편 집의 사회적 속성을 문제 삼는 경우에는 제한된 삶의 진실을 드러내야 하므로 서사적 진술 형태8)가 요구된다. 서정적 경향의 액자 사이에 도입된 털보네 셋째아들의 탄생, 성장, 이주의 이야기는 연구조로 제시되어 독자에게 장면전환을 알리고 있다. 즉 개개의 사건이 연대기적으로 배열 서술되는 것이다.9)

찻길이 뇌이기 전(12)에서 소주에 취한 털보의 눈도 일층 붉더란다(25)까지는 '털보의 셋째 아들'의 탄생과 그에 대한 반응이 진술되고 있다. 탄생의 상황은 '이 집 안방 짓두광주리 옆'에서 이루어지는 울음의 행위로 드러나며 시간은 찻길이 놓이기 전 즉 문명 이전으로 설정되어 있다. 여기서 찻길의 부설은 문명의 발달을 의미하는 동시에 일제의 침략행위를 상징하는 것이기도 하다. 우리나라의 도로나 철도는 일제의 만주침략이라는 군국주의적 야욕에 의해 처음 만들어졌기 때문이다. 이러한 시간 설정은 기계문명(찻길) 이후 생계유지 수단이던 무곡을 할 수 없게 되어 그전부터 지속된 가난이 계속되거나 더 가중될 것임을 암시한다. 또 짓두광주리란 바느질 도구를 담는 '반짇고리'의 함경도 방언으로 노동 혹은 생계유지의 방편을 의미하기도 한다. 따라서 경제적 가치가 없는 아들의 탄생에 대한 반응은 부정적일 수밖에 없다. 또한 백성이라는 표현을 통해 그 비극적인 현실이 개인적인 것이 아니라 사회 전반적인 상황이었음을 나타내고 있다.

갓주지 이야기와(26)에서 도토리의 꿈을 키웠다(34)까지는 '털보의 셋째

---

8) 여기에서 말하는 '서사'는 장르 구분과 관련된다기보다는 주로 '인간의 행위에 대한 기술'로서의 의미를 지닌다. 서사성의 문제는 곧 산문적 확장의 문제와 긴밀하게 결부되는 듯하고 「낡은 집」은 이러한 대표적인 시라 하겠다.
최두석, 『시와 리얼리즘』, 창작과비평사, 1996, 143쪽.

9) 서사체란 제재에 의해서 연관되고, 시간에 의해서 관계된 연속적인 사건들의 현현이다. 즉 시간적 사실이나 우리가 일상적인 말로 '사건'이라 부르는 것만이 이야기가 될 수 있다. 사건들은 이미 발생한 것으로서 과거시제로 실현된다.
박종철 편역, 『문학과 기호학』, 대방출판사, 1983, 173~176쪽.

아들'이자 '나의 동무'의 성장과 관련된 부분이다. 갓주지란 갓을 쓴 절의 주지로 옛날에 아이의 울음을 그치게 할 때 쓰였다 한다. '갓주지 이야기, 무서운 전설, 가난'은 '나의 동무'가 밤새 마음 졸이고 불안해하는 원인 제공의 요소이다. 밤(29 · 31)으로 설정된 시간은 일하러 간 애비의 부재, 어미의 노동, 동무의 불면과 맞물려 부정의 요소로 작용한다. 가족들의 고단한 노력과 노동에도 불구하고 가난은 끝내 해결되지 못하고 집은 이미 휴식과 안락함의 기능을 상실한 채 노동과 불안의 장소로 전락한다.

　그가 아홉 살 되던 해(35)에서 모두 무서운 곳을 짚었다(43)는 털보네 가족들의 이주, 야반도주에 관한 것이다. 탄생, 성장의 장면과 마찬가지로 시간에 관한 진술로 시작된다. '그가 아홉 살 되던 해'라는 사실적 시간 흐름으로 전술된 담화와 연결되는 계기적 시간 진행을 드러낸다. '이튿날 아침'도 사라짐과 흔적의 발견이라는 시간적 순서를 드러내어 계기적 질서화를 이룬다. 특히 '사냥개 꿩을 쫓아다니는 겨울'(36)에서 보듯, 겨울이라는 시간은 이주의 어려움이 많고 집의 비호성이 더욱 필요함에도 불구하고 털보네 가족은 쫓기듯 야반도주를 택하게 된다. 그들의 이주는 '북쪽을 향한 발자옥'의 흔적으로 추측될 뿐 언제 어디로 간 것인지에 대해서는 확실치 않으나 단지 마을 사람들의 입을 통해 '무서운 곳'으로 짐작될 뿐이다.

　가난 때문에 절망과 불안감을 가지고 결국 집을 떠난 털보네 가족들의 이야기가 제시됨으로써 현재 낡은 집의 내력이 밝혀진 셈이다. 이는 낡은 집의 현재 상황을 묘사하는 것에 그치지 않고 그 상황이 충분히 역사적인 조건하에 보편적으로 발생할 수도 있다는 사실을 알려주는 역할을 하며 시대 상황과의 연관성 속에서 살필 때, 그 의미는 좀 더 현실을 사실적으로 대변해주는 역할을 할 것이다.

　이 시는 현재 아무도 살지 않는 흉집의 내력을 다루고 있다. 그 대상은 낡은 집이면서도 이야기의 주인공은 '털보의 셋째 아들'이자 '나(시적 주체)의 싸리말 동무'이다. 여기서 일곱 식솔의 가장인 털보는 당나귀를 몰고 무곡을 다니던 사람이다. 방앗간에서 분주히 일하는 어미가 밤새 디딜방아나 절구 등의 재래식 기구로 곡식을 찧어 놓으면 애비인 털보가 당나귀 등에 싣고 다니며 팔아 생계를 유지했던 것이다. 항구는 일제 식민지 수탈을 상징하는 공간이다. 당시 일제의 식량수탈과 노역으로 농민들의 경제적 어려움이 가중되었다. 그런데 찻길이 놓이고 기계화된 방앗간이 생김으로써 살 길이 없어지자 결국 고향을 떠나게 된 것이다. 그 후로는 아무도 그들이 간 곳을 모르는 채 낡은 집만 남아 있다는 내용을 담고 있다.

이 시에 나타난 이야기는 시적 주체가 속해 있는 공간인 실제 경험의 세계, 곧 그의 이웃인 털보네 가족의 비극에만 초점을 두고 있다. 즉 털보네 가족의 떠남은 사건이 되고 인물들의 행위가 시간적 질서에 따라 이야기화되고 있는 것이다. 시간적 계기축과 공간적 틀을 보면 현재의 낡은 집에서 과거를 회상하는 형식이다. 이로 인해 인접적인 대상(공간적 또는 시간적)에 초점을 맞추거나 인과적 사유를 드러내는 환유적 문체의 특징이 나타난다. 즉 이 시는 시간적, 공간적, 의미론적 인접원리가 복합적으로 작용하는 환유적 문체[10]로 구성되었다고 볼 수 있다.

인접원리의 실현 양상을 살펴보면 과거의 일화를 시적 담론 속에 수용했기 때문에 시간적 인접성이 우세하게 나타남을 볼 수 있다. 털보네 셋째 아들의 탄생-성장-이주로 구성된 이야기가 과거라는 시간 축에 의해 서술됨으로써 메타언어적, 지시적 기능이 우세하게 된다.

찻길이 뇌이기 전(12) 태어난 털보네 셋째 아들에게 마을 아낙네들이 차그운 이야기를 한 그날 밤(23)은 바로 털보가 자식을 보고도 시름에 겨워 술로 달래며 슬퍼하던 밤이다. 즉 탄생 → 아낙네들의 발화 → (밤) 털보의 모

---

10) 로만 야콥슨은 인접구조에 기반한 환유적 문체를 산문 텍스트의 특징으로 파악하였다. 여기서 시간적 인접성이란 시적 진술이 시간의 선형적 추이에 기반을 두는 것이며, 공간적 인접성은 특정한 시적 대상을 중심으로 하여 그것에 인접하는 대상으로 이동하면서 묘사가 이루어지는 것을 말한다. 의미론적 인접성이란 시적 진술이 시인의 인과적 사유에 기반하여 전개되는 것을 뜻한다.
로만 야콥슨, 신문수 역, 『문학속의 언어학』, 문학과지성사, 1989, 111~112쪽.

습이 시간적으로 인접하여 나타난다. 밤은 나의 동무의 성장 이야기 내에서 불안함과 불면의 배경으로 제시되며, 태어나 줄곧 살아온 집을 그가 아홉 살 되던 해 겨울(35 · 36) 떠나버린 시각으로 추정되기도 한다. 털보의 붉어진 눈은 저룹등의 불빛으로 전이되어 시름시름 타는 등불은 털보의 애타는 심정을 상징한다. 그런데 그들이 떠나고 낡은 집이 현재의 시간 속에 존재함으로써 과거의 시간성은 더 이상 서사적 구조 속에 발전되지 않고 현재의 공간 상황이 초점화되면서 절망에 가까운 비애의 정서로 전이된다.

흉집이 되어버린 현재 상황은 털보네 식구들의 이주로 비롯된 것이며 추운 겨울밤 야반도주하듯 떠나버릴 수밖에 없었던 원인이 경제적 궁핍함과 생활고 때문임이 밝혀지면서 인과적 인접성이 드러난다. 또한 '낡은 집'에 대한 유사한 이미지는 그것과 인접한 배경 이미지(외양간, 살구나무)와 관련해 제시되며, 후각적(초라한 내음새) · 시각적 이미지의 결합 등 인접 원리에 의해 진행됨을 알 수 있다. 낡은 집에 대한 묘사를 대상 자체에 치중하지 않고 낡은 집 주변의 살구나무가 글거리만 남았음과 외공간인 외양간이 그 기능을 상실했음을 보여주는 공간적 인접성의 원리에 의해 보여주는 형식이다.

시 속에 메타언어적 기능과 지시적 기능이 활발하게 작용함으로써 서술적인 어법의 획득과 지시적 세계의 정보제시 효과를 가져 오면서도 반복되는 이미지 산출이라는 시적 기능도 결합되어 나타나고 있다. 즉 이 시에서 낡은 집(공간성)의 현재 상황은 유사한 이미지의 병렬 및 반복이라는 시적 기능이 우세하다. 그리고 일제하(시간성)의 궁핍한 현실과 그 폐허의 과정을 이야기(서사적 요소)화 했으므로 메타언어적 기능이 나타나고, 경험적 현실의 세계를 형상화함으로써 지시적 기능이 우세하게 작용하여 산문성이 두드러진다. 이렇게 산문성과 시적 은유가 상호충돌하면서 역동적인 기호작용을 하게 되는 것이다.

작품의 언술은 모든 의사 전달 행위에 사용되는 기호들과 마찬가지로 발신자(작자)와 수신자(독자) 사이의 매개체이므로 화자(서술자)없는 이야기란 있을 수 없다.[11] 특히 시에서의 서사는 시적 주체(화자)와 밀접한 관계 속에서 구사되는 것이 일반적이다. 「낡은 집」 역시 시적 주체는 서사의 서술자 혹은 이야기 화자의 역할을 수행하고 있다.

이 시는 화자가 과거에 목격한 일을 이야기하는 서술적 구성을 보여주고 있는데, 화자인 '나'는 자신의 주변인물인 '털보네'의 궁핍한 삶의 이야기를 관찰자라는 관점에서 서술하고 있다. 즉 이야기를 장면 위주로 전달해주는 서사적 태도를 보이고 있다. 낡은 집이라고 하는 공간의 음산한 분위기를 묘사하면서 거미줄만 분주한 그 집의 유래를 설명하듯이 이야기를 시작하는데 추억의 아름다움에 잠기기보다는 과거의 일을 오늘의 입장에서 의미 부여함으로써 현실 문제에 보다 적극적인 탐색을 시도하였다. 여기서 화자는 집단 속에 포함된 한 일원이며, 털보네 가족의 삶을 잘 아는 사이이므로 화자의 진술내용은 신뢰할 만한 것이다. 그러함으로써 털보네의 비극이 개인의 우연한 비극이 아니라 식민지 수탈 구조의 필연적인 결과이며 식민지 조선의 민중들이 처한 보편적인 현실임을 독자들에게 일깨워주는 역할을 한다. 이야기의 구조는 털보네 가족이 유랑을 떠나는 비극적 사건을 압축하여 재현하고 있으며 시적 주체는 보고자의 기능을 수행하고 있는 것이다. 이러한 형식은 독백적 표현양식의 서정시가 대상과의 거리가 부족한 경향에 비해서 일정한 거리를 두고 묘사할 수 있기 때문에 객관성을 띨 수 있다.[12]

그런데 여기서 주목되는 것은 털보네의 이야기를 전달하는 데 있어서 인물설정과 전달태도이다. '발자국이 떨고 있었다'나 '무서운 곳을 짚었다'라는 표현을 통해 화자 자신의 판단과 감정을 바탕으로 깔고 있다. 이것은 털보네에 대한 연대의식을 보여주고 있다. 봉건적 소작제와 일본의 수탈 때문에 유이민이 발생하였던 식민지 현실에 대한 비판과 고통받는 민중에 대한

---

11) 김열규 외, 『현대문학비평론』, 학연사, 1987, 109쪽.
12) 김준오, 『시론』, 삼지원, 1994, 207쪽.

공감을 보여주고 있는 것이다.

시적 주체가 구사하는 진술방식의 특징은 잔잔하고 회상적인 어조와 억양, 좀체 흥분하지 않고 사태를 끝까지 추적하여 제시하며 가능한 한 주관적인 요소의 개입을 억제하고 있는 문체, 비교적 기복이 없고 안정되어 있는 리듬 등이다. 이렇게 시적 주체는 끝까지 일정한 시적 효과를 겨냥하여 세밀하게 계산된 진술방식을 유지할 수 있는 것이다. 그 결과 시적 주체는 '털보네'의 비극적인 사연을 진술하는 데 성공하고 있고, 독자들 역시 쉽게 주관에 빠지지 않은 채 그 비극의 전 과정을 추체험할 수 있게 된다.

이 시에서 '낯설게 하기' 기법이 두드러진 부분은 바로 타인의 발화를 인용한 부분이라 할 수 있다. 인용은 시적 화자의 말 속에 타자의 말이 끼어드는 것으로서 표현의 변이와 전달효과를 고려한 시적 전략이다. 타인 발화의 인용은 어조나 시점의 변이를 통해 체험의 단편성, 장면의 한정성을 극복하는 효과적인 방법이다. 털보네 셋째 아들의 세대로 설정된 화자가 그 전대의 이야기를 인용 발화로 진술하는 것은 시적 화자의 보고자 내지 전달자로서의 성실성을 드러내는 대표적인 경우라 하겠다.[13] 인용 양상에 따라 세 가지로 나누어 살펴보겠다.

먼저 간접화법은 시적화자(인용자)가 전달하고자 하는 내용을 부각시키면서도 객관성을 강화시키는 효과가 있다. 즉 첫울음을 울었다고 한다(18) 소주에 취한 털보의 눈도 일층 붉더란다(25)는 화자의 동무가 태어났을 때의 상황과 그에 대한 아버지의 부정적 반응이라는 진술내용이 인용자의 진술태도와 일치되기 쉽다. 또 더러는 오랑캐령 쪽으로 갔으리라고(40) 더러는 아라사로 갔으리라고(41)는 타자인 이웃 늙은이의 발화의 인용인데, '무서운 곳의 구체적 지적'이라는 인용자의 진술과 일치하는 내용만 남아 객관성이 강화된다. 오랑캐령과 아라사는 바로 일제 강점기에 대량으로 발생한 조선 유이민의 국외이주지인 만주와 시베리아를 가리킨다.

---

13) 황인교, 「이용악 시의 언술 분석」, 이화여대 박사학위논문, 1991, 29쪽.

직접화법은 인용자의 개입이 없어서 타자의 말의 의도나 표현이 그대로 드러나는 특징이 있다. 인용자가 "털보네는 또 아들을 봤다우 송아지래두 불었으면 팔아나 먹지"(19 · 20)라는 '마을 아낙네들'의 말을 직접 빌려 쓴 이유는 극적 효과를 통해 인간의 가치가 송아지보다 못한 존재일 정도로 가난함을 객관적으로 보여주기 위해서이다. 즉 없는 살림에 또 아이를 낳았다고 흉을 보는 아낙네의 말을 그대로 인용한 것이다.

'이 집에 살았다는 백성들은 대대손손에 물려줄 은동곳도 산호관자도 갖지 못했니라'(4 · 5 · 6)는 가난이 그 당대의 사회적 모순에만 국한된 것이 아님을 권위 있는 어법의 형식으로 보여주고 있다. 즉 은동곳과 산호관자는 경제적 여유가 있는 귀족이나 양반들의 장신구이므로 신분적으로나 경제적으로 하층에 속하는 털보네의 가난과 고생이 누대에 걸쳐 이어져왔음을 상징하는 요소이다.

이 시에서 나타나는 인용 발화의 방식은 화자의 진술 내용에 종속되거나(간접화법), 진술내용의 단편성을 극복하거나(직접화법), 진술 내용을 권위 있는 어법으로 강화시키는 세 가지 양상으로 나타난다. 이 세 방식 모두 진술내용과 동일한 방향으로 의미를 실현하고 있으므로 이야기의 내용을 좀 더 객관화시켜 그 내용을 사실적으로 드러내고 있다.

4. 화자의 보여주기 - 「황일」

한 十里 더가면 절간이 있을듯한마을이다. 낮기울은 볕이 장글장글하니 따사하다 흙은 젓이커서 살같이께서 아지랑이긴 속이 안타까운가보다 뒤울안에 복사꽃핀 집엔 아무도없나보다 뷔인집에 꿩이날어와 다니나보다 울밖 늙은들매낡에 튀튀새 한불앉었다 힌구름 딸어가며 딱장벌레 잡다가 연두빛닢새가 좋아 올나왔나보다 밭머리에도 복사꽃 피였다 새악시도 피였다새악시복사꽃이다 복사꽃 새악시다 어데서 송아지 매 - 하고 운다

골갯논드렁에서 미나리 밟고서서 운다 복사나무 아래가 흙작난하며 놀지
왜우노 자개밭둑에 엄지 어데안가고 누었다 아롯동리선가 말웃는 소리 무
서운가 아롯동리 망아지 네소리 무서울라 담모도리 바윗잔등에 다람쥐 해
바라기하다 조은다 토끼잠 한잠 자고나서 세수한다 흰구름 건넌산으로 가
는길에 복사꽃 바라노라 섰다 다람쥐 건넌산 보고 불으는 푸념이 간지럽다

    저기는 그늘 그늘 여기는 챙챙—
    저기는 그늘 그늘 여기는 챙챙—

—「黃日」全文[14]

  '황일'은 한자의 의미 그대로 누르스름한 해 혹은 누런 날로 의미 규정을
지을 때 해가 지는 오후 혹은 봄날을 말한다. 이 시에는 사람이 등장하지 않
고 어느 봄날 한적한 시골 풍경이 묘사되어 있다. 전체 시는 두 개의 연으로
구성되어 있는데 1연은 산문시의 형태로 행 구분조차 되어 있지 않다. 2연
은 1연과는 전혀 다르게 마치 동요의 후렴구 같은 역할의 시행이 두 번 반복
되는 구조이다.

  대체로 압축미와 간결성을 보이지 않는 산문시의 경우 작은 이야기를 내
포하는 경우가 많은데 이 시에는 그러한 이야기가 삽입되어 있지는 않다.
단지 관찰자의 역할을 하는 화자가 어느 마을의 풍경을 빈집 주변의 동물
과 식물 등의 시선을 따라 이동하며 보여주고 있다. 꿩 → 튀튀새 → 딱정벌
레 → 송아지 → 엄지 → 말 → 망아지 → 다람쥐 → 다람쥐의 소리와 몸짓
이 하나의 흐름을 이룬다. 복사꽃 → 들매나무 → 잎새 → 복사꽃 → 미나
리 → 복사나무 → 복사꽃은 화사한 색과 향기로 고요 위에서 일렁인다. 그
위를 흰구름이 가르며 지난다. 가히 동식물의 축제장이라고 할 만하다.[15]

  '한 십리 더 가면 절간이 있을 듯한 마을이다 낮 기울은 볕이 장글장글하

---

14) 고형진 편, 『정본백석시집』, 문학동네, 2007, 225쪽.
   『조광』 2권 3호(1936.3)에 실렸던 표기를 그대로 따랐다.
15) 고형진, 「백석시의 언어와 미적 원리—백석 시의 박물학적 특성과 감각의 깊이」, 『한국문학
   이론과비평』 55, 문학이론과비평학회, 2012, 32쪽.

니 따사하다 흙은 좃이 커서 살같이 깨서 아지랑이 긴 속이 안타까운가보다'에서 '장글장글하니'는 '쟁글쟁글하니'보다 뜻이 큰 말로 몹시 쟁그럽다, 몸을 간질이듯 햇살이 따스함을 의미한다. 이 부분에서 관심을 끄는 대목은 '흙은 좃이 커서 살같이 깨서' 부분이다. 흙을 대지를 상징하는 어머니로 본다 하여도 '살같이 깨서' 부분은 쉽게 의미전달이 되지 않는다. 일반적으로 '살'은 피부, 조개 등의 속에 든 연한 물질, 화살, 떡살로 찍은 무늬, 사람이나 물건을 해치는 독한 기운 등의 뜻이 있다. 따라서 '살같이 깨서'는 '살갗이 깨져서' 혹은 '햇살처럼 내리쬐어' 등 다양하게 의미 해석될 수 있는 가능성을 가지면서도 그 해석이 애매모호하고 난해할 수밖에 없다.

마을의 풍경을 묘사하는 가운데 어느 집에 시선을 집중하여 초점화된다. 그 집은 울 안과 밖으로 나뉘며, 집 안은 '뒤울안에 복사꽃핀 집엔 아무도없나보다 뷔인집에 꿩이날어와 다니나보다'에서처럼 사람의 흔적을 느낄 수 없으나 뒤울안엔 복사꽃이라는 식물 이미지의 정경과 꿩이라는 동물의 움직임이 포착된다. 여기서 '~나보다'의 종결어미를 사용한 것으로 보아 화자는 그 집과 멀리 떨어진 곳에서 그 집을 바라볼 수 있는 위치에 있으며 원근법적 시선의 이동을 보인다. 화자의 시선을 통해 집 밖이 묘사된다. 울 밖 '늙은 들매남'에는 '튀튀새 한불'이 앉아 있다. '들매남'은 들매나무 즉 산딸나무를 뜻하는 방언이며 '튀튀새'는 티티새의 방언이다. 이 시에는 한적한 시골의 풍경을 정감 있게 표현하는 시적 장치의 하나로 지역 방언을 사용하고 있음을 알 수 있다. 방언은 그 지역민들이 일상적으로 사용하는 표준 언어이지만 시 텍스트에 쓰일 때는 시적 효과를 꾀하는 시인의 의도가 다분히 표출되어 시적 언어로서의 기능을 하게 된다.

나열의 방법으로 시선의 이동이 진행되는 가운데 전경화되는 부분은 '밭머리에도 복사꽃 피였다 새악시도피였다새악시복사꽃이다 복사꽃 새악시다'이다. '복사꽃'은 일반적으로 여성의 관능적인 신체나 아름다움, 유토피아 등을 상징할 때 쓰인다. 이용악의 「낡은 집」에서도 복사꽃이 쓰였거니와, 이 시에서도 '빈집'과 '복사꽃'의 이미지가 대립되면서 전경화를 시도한다. 특히 복사꽃의 이미지와 새악시의 이미지를 중첩시키고 반복 나열함으로써 이 시 전체를 아우르는 지배소 역할을 한다고 볼 수 있다.

한적한 마을, 아무도 없는 집, 밭머리의 풍경을 묘사하며 시각적인 이미지로 일관하다가 '어데서 송아지 매— 하고 운다' 부분부터는 밭머리의 동물들을 청각적인 이미지를 사용하여 전경화한다. '골갯'은 '골짜기'를 의미하므로 골짜기의 논두렁에서 우는 송아지를 본 화자는 "복사나무 아레가 흙작난하며 놀지 왜우노"라며 자신의 목소리를 낸다. 시의 전반부에는 풍경과 거리를 두고 관찰자 역할에 머물던 화자가 1연 후반부에 갑자기 등장하며 묘사의 단순성을 파괴하고 입체감을 줌으로써 전경화된다. 또 바로 이어지는 '아룻동리선가 말웃는 소리 무서운가 아룻동리 망아지 네소리 무서울라' 부분에서는 송아지의 울음소리와 말의 웃음소리가 대치되면서 '소리'의 존재가 부각된다. 그 소리의 인과관계가 '무서운가'하는 질문에 이어 '무서울라' 하는 추측으로 연결되면서 재미난 운의 효과를 보여준다.

자갈밭 둑에는 어미소가 누워 있고 바윗잔등에는 다람쥐가 해바라기 하다가 졸고 토끼잠 자고 일어나 세수를 한다. 그리고는 복사꽃을 보기 위해 건너산으로 가는 길에 걸음을 멈춘다. 이 시의 2연은 그러한 행동을 보여준 다람쥐의 푸념이 표현된다. '저기는 그늘 그늘 여기는 챙챙—'이라는 시행이 두 번 반복된다. '챙챙'은 『조선말 대사전』(1992)에 의하면, 탄성이 있는 얇은 쇠붙이나 유리 따위가 자꾸 부딪치거나 바스러질 때 잇따라 맑게 울려 나는 소리, 목소리가 야무지고 맑은 모양, 하늘이 구름 한 점 없이 맑은 모양 등으로 정의내릴 수 있다. 이 시에서는 구조상 '그늘'과 대립되는 의미로, 하늘이 아주 맑은 모양을 의미한다 볼 수 있다. 따라서 이 시는 인적을 느낄 수 없는 빈 집임에도 불구하고 망아지, 송아지, 다람쥐 등의 귀여운 이미지와 어린 아이의 시선을 닮은 동요조의 시행이 어우러져 봄날의 한적한 시골 풍경을 따뜻하게 보여주고 있다.

5. 나오는 말

　지금까지 이용악의 「낡은 집」과 백석의 「황일」 두 작품을 형식주의적인 관점에서 분석해 보고 두 시인이 '빈집'이라는 시적 소재를 어떻게 시적으로 형상화하였는지 살펴보았다. 이용악의 「낡은 집」은 시적 주체가 속해 있는 공간인 실제 경험의 세계, 곧 그의 이웃인 털보네 가족의 비극에 초점을 두어 털보네 가족의 떠남은 사건이 되고 인물들의 행위가 시간적 질서에 따라 이야기화되고 있다. 시간적 계기축과 공간적 틀을 보면 현재의 낡은 집에서 과거를 회상하는 형식이다. 계절적 배경은 가을, 겨울, 꽃피는 봄 혹은 여름이며, 하루 중 주로 밤을 배경으로 하여 꽃피는 봄과 어두운 밤의 이미지 대립을 보인다. 또 설화적 소재인 갓주지 이야기나 사실적인 이름과 지명, 북방 정서를 잘 드러낸 사투리 등을 적절히 활용함으로써 이야기의 극적 효과 및 사실성을 높이고 있다.

　백석의 「황일」은 산문시의 형식을 띠면서도 인물의 등장이나 사건으로 이루어진 이야기가 드러나지는 않는다. 단지 관찰자, 전달자의 역할에 충실한 화자의 시선을 통해 봄날 '빈집'을 둘러싼 시골 마을의 평화로운 풍경을 보여주고 있다. 따라서 공간의 이동에 따른 시각적 이미지가 주를 이루는 가운데 청각적 이미지의 전경화로 한적한 공간에 생동감을 주게 된다. '황일黃日'이라는 제목에서도 알 수 있듯 이 작품의 시간적 배경은 해가 서쪽으로 비스듬하게 기울어가는 오후이다. 시적 소재인 동물들의 모습뿐 아니라 그를 바라보는 시선, 2행으로 된 마지막 연이 1연의 산문시 형태와 달리 동요 후렴구처럼 반복 표현된 점으로 보아 성인화자가 아닐 수도 있음을 짐작케 한다.

　즉 이용악의 「낡은 집」은 관찰자의 역할을 겸한 화자가 당대 현실의 비극적인 내력을 사실적으로 말함으로써 '차그운' 집, 상실과 부재의 집으로 드러나며, 백석의 「황일」은 동화적 요소와 아이의 시선을 다분히 갖고 풍경을 묘사하여 보여줌으로써 '따사'한 집, 풍요와 조화의 집으로 드러난다. 컨텍스트와의 관련성을 살필 때 집의 의미는 단순히 구성원들 거주나 소유로서의 공간이 아닌, 공동체 혹은 고향 등으로 의미 확대될 수도 있겠으나 본고의 목적은 형식주의적 관점에 충실하여 '빈집'의 시성詩性을 살피는 것이었으므로, 두 시인의 다른 작품들이나 시대상황과의 맥락 속에 의미 찾기는 차후 과제로 남긴다.

<참고문헌>

1. 1차 자료

고형진 편,『정본백석시집』, 문학동네, 2007.
윤영천 편,『이용악시전집』, 창작과비평사, 1988.

2. 2차 자료

고형진,「백석시의 언어와 미적 원리—백석 시의 박물학적 특성과 감각의 깊이」,
　『한국문학이론과비평』55, 문학이론과비평학회, 2012.
김열규 외,『현대문학비평론』, 학연사, 1987.
김준오,『시론』, 삼지원, 1994.
박이문,『시와 과학』, 일조각, 1981.
박종철 편역,『문학과 기호학』, 대방출판사, 1983.
송효섭,「소쉬르, 퍼스, 기호학적 시읽기」,『현대시사상』, 고려원, 1994.
오성호,『한국근대시문학연구』, 태학사, 1993.
이경수 외,『신비평과 형식주의』, 고려원, 1991.
이숭원,『백석을 만나다』, 태학사, 2008.
최두석,『시와 리얼리즘』, 창작과비평사, 1996.
황인교,「이용악 시의 언술 분석」, 이화여대 박사학위논문, 1991.
로만 야콥슨, 신문수 역,『문학 속의 언어학』, 문학과지성사, 1989.
야꼽슨 · 바흐진 외, 조주관 역,『러시아 현대비평이론』, 민음사, 1993.
에드워드 렐프, 김덕현 · 김현주 · 심승희 역,『장소와 장소상실』, 논형, 2005.

「총각과 맹꽁이」의 텍스트 의미 구조*

이 광 진

1. 스토리의 의미 체계

어떤 종류의 서술(narration)이건 '모든 서술은 필연적으로 중개된 경험'[1]
이다. 이때 중개된 경험이 스토리이며, 이 스토리의 중개 방식이 담론이다.

스토리는 텍스트라고 하는 관측 가능한 의미체의 집합으로부터 끌어 낸
하나의 추상물이고 구조물이며, 따라서 그 자체로는 무형의 것이다. 스토리
세계는 담론과는 별도의 시공간을 지닌 객체로서 스토리의 바탕이 되는 내
용, 즉 서술자가 담론을 통해 구성하는 사건들의 총계를 의미한다. 무형의
추상 구조물인 사건은 '시퀀스(sequence)'라는 일련의 연대기적 '사건 분류
(event labels)'에 입각하여 단문으로 제시된다. 물론 이들 단문들은 텍스트
의 문장과 일치하지는 않는다. 각각의 분류된 사건들은 시간적 연속 혹은
인과 관계의 원리[2]에 의하여 일정한 사건의 연속으로 결합함으로써 스토

---

* 이 글은 졸고, 「김유정 소설의 서사담론 연구」(강원대학교 박사논문)의 내용 일부를 발췌하여
  수정한 것임.
1) 마리 매클린, 임병권 역, 『텍스트의 역학 : 연행으로서 서사』, 한나래, 1997, 61쪽.

리-선(story-line)을 이룬다. 한 사건은 몇 종류의 물리적/ 정신적 활동, 즉 시간상의 사건 혹은 시간상에 존재하는 상태를 묘사한다. 스토리를 구성하는 사건들은 독립되어 발생하지 않고 시퀀스에 속하는데, 모든 시퀀스는 최소한 두 가지 사건을 포함한다. 그 하나는 서사적 상황 내지 명제를 확립하고, 다른 하나는 그 최초의 상황을 변경한다.

스토리는 또한 서사의 의미론적 구조(semantic structure)를 구성하는 요소이다. 서술자는 자신의 특정 논리에 따라 스토리의 인물, 환경, 사건들을 설정하면서 스토리 세계의 시공간을 구성하고, 그 세계 내의 인물들이 살아가는 모습을 형상화하여 독자에게 전달한다. 즉 스토리 세계는 서술자로부터 일정한 거리가 유지된 채 시공간, 인물, 환경, 사건 등이 서술자의 특정 가치체계에 따라 재구성된 세계이다. 또 스토리 전달자로서 자신의 역할을 수행하는 서술자의 역할은 시대에 따라 다르며, 그 기능 또한 복합적이어서 단순한 스토리의 전달자에만 그치지는 않는다.[3]

이처럼 스토리 세계는 서술자의 통제를 받음으로써 실제 세계와는 다른 세계를 구성한다. 스토리 세계의 사건들은 무한히 확장 가능한 것이긴 하지만, 서술자가 수없이 많은 사건들 전부를 서사의 제재로 사용하지는 않는다. 서술자는 수많은 사건들 중 몇몇 사건들만을 취사선택할 수밖에 없는데, 그 선택의 기준은 곧 서술자의 현실 인식과 대단히 밀접한 관계를 지니게 된다. 이처럼 스토리의 세계, 즉 '실제로 일어난' 것은 오직 스토리를 제시하는 담화를 통해서만 접근할 수 있다.

하지만 스토리 세계의 가장 단순하고 가장 명확한 층위, 즉 주어진 스토리에서 '실제로 일어난' 것에 관한 층위에서조차도 서사는 항상 해석을 놓고 경쟁을 벌이는 독자들을 포함[4]함으로써 일종의 게임 구조로 나타난다.

---

2) 사건들이 인과율의 원리로 결합하는 것을 포스터는 스토리와는 상호 배제적인 서사형식으로서의 플롯이라는 개념으로 보고 있지만 리몬 케넌은 '플롯'을 스토리에 대립되는 서술 형식으로보다는 스토리의 한 유형(인과 관계를 중시하는 유형)을 지칭하는 데 사용하고 있다. 리몬 케넌, 최상규 역,『소설의 현대 시학』, 예림기획, 2003, 37쪽.
3) 나병철,『문학의 이해』, 문예출판사, 1995, 260~62쪽 참조.

따라서 스토리 세계에 대한 독자의 인식 과정은 또한 거기에 반영된 객관현실을 경험하는 과정이라 할 수 있다. 즉 스토리는 서술자로부터 독립된 반자율적인 객체임과 동시에, 독자에게 객관현실을 인식하게 하는 하나의 매개적 기능을 한다. 따라서 서술자의 담론을 통해 재구성된 스토리 세계의 객관현실을 인식하기 위해서는 스토리 세계가 지닌 의미구조를 분석하는 작업이 우선되어야 한다.

이야기는 표면 구조와 심층 구조로 되어 있는데 표면 구조와 심층 구조의 개념은 '변형생성문법'에서 연유한 것이다. 이 문법은 심층 구조를 표면 구조로 전환시키는 일정수의 심층 구조(구절 구조; phrase-structure) 규칙을 설정함으로써 한 언어의 무한수의 문장 집단을 열거하거나, 그 성격을 규정하게 된다. 즉 표면 구조는 관측 가능한 문장 조직의 추상적 공식화인데 반하여, 심층 구조는 보다 더 단순하고 추상적인 형식을 가진 것으로서 그 표면 구조 아래 존재하는 동시에, 오직 그 생성 과정을 소급함으로써만 복구될 수 있다.[5] 이야기의 표면 구조는 시간적, 인과적 원리의 지배를 받는 결합적(syntagmatic) 구조이고, 심층 구조는 정적, 논리적 관계를 기초로 하는 계열적(paradigmatic) 구조인 것이다.

이야기의 표면 구조는 하나의 사태로부터 또 다른 사태로의 변화라고 말할 수 있는 사건을 주요 성분 단위로 한다. 사건은 다시 행동을 전진시키는 종류인 '핵(kernel)'과 핵을 동반하여 또 다른 행동을 유발하는 종류인 '촉매(catalyst)' 혹은 '위성(satellite)'으로 구분된다. 이는 곧 표면 서사구조에서 서사 진행의 관건이 인물의 행동이나 행위에 있음을 뜻한다.

사건을 선택하고 시퀀스를 형성하는 중요한 성분은 행위자인데, 사건들의 관계를 통찰하기 위해서는 행위자의 의미를 기능적 범주로 제한할 필요가 있다. 이렇게 함으로써 사건의 초보적인 분석이 가능해진다.[6] 행위자는

---

4) 패트릭 오닐, 이호 역, 『담화의 허구』, 예림기획, 2004, 58~59쪽.
5) 리몬 케넌, 최상규 역, 『소설의 현대 시학』, 예림기획, 2003, 25쪽.
6) 미케 발, 한용환·강덕화 역, 『서사란 무엇인가』, 문예출판사, 1966, 52~53쪽.

나름대로 의도를 갖고 있으며 목적을 향한 열망을 품고 있다. 이러한 목적론적 관계를 지시하는 것들은 각 요소들 사이의 관련성을 추출하는 데에 유용하게 활용된다.

그레마스는 프롭의 7가지 행위 요소(actants)를 주체-객체, 발송자-수취자, 조력자-적대자라는 이분법적 대립의 논리적 차원으로 끌어 올리면서 6가지로 축소하여 행위자 모델을 구성하였다. 행위자 모델에서는 주인공이라 불릴 수 있는 주체가 어떤 객체나 목표를 추구하면서 이야기가 시작된다. 이러한 과정에서 그는 적대자의 방해에 직면하는데, 조력자가 나타나서 그를 돕는다. 그리고 발송자가 주인공에게 특정한 임무를 부여하고, 이 임무가 완수되면서 그는 목표를 달성한다. 이 추상적 개념인 여섯 가지 행위항들은 작품 속에서 각 행위항에 사회적 문화적 특징이 주어짐으로써 역할이 부여되고, 여기에 개인적 특징이 덧붙여지면서 구체적인 작중인물이 된다.

이러한 그레마스의 행위자 모델은 다음과 같은 도식으로 제시된다.

발신자　　→　　객체　　→　　수신자

↑

조력자　　→　　주체　　←　　적대자

이 도식은 발신자-수신자란 선상에서의 '인식', 조력자-적대자란 선상에서의 '능력', 주체-객체란 선상에서의 '욕망' 등의 양태를 뚜렷이 보여줄 수 있다는 이론적 장점을 가지고 있는데, 서술이 진행되어 나아감에 따라서 '욕망'은 '행동'으로 이행된다.[7]

첫 번째로 가장 중요한 관계는 목적을 추구하는 행위자와 목적 그 자체에

---

7) 체사레 세그레, 「이야기 분석, 서사 논리 및 시간」, 김병욱 편, 최상규 역, 『현대 소설의 이론』, 예림기획, 1997, 155쪽 참조.

있다. 그 관계는 하나의 문장 안에 있는 주어와 목적어의 관계로 '행위자 X는 목적 Y를 이루고자 한다'와 나타난다. 이때 X는 주체이고, Y는 객체이다.[8] 그리고 주체와 객체 사이의 관계에서 주체의 의도를 알게 해주는 성분이 서술어에 해당된다.

주체가 의도 그 자체만으로 목적에 도달하기에는 불충분하다. 목적에 이르도록 허용하거나 혹은 그것의 실현을 가로막는 힘이 항상 거기에 있기 때문이다. 이러한 관계는 소통의 형식으로 볼 수 있으며, 결과적으로 의도를 현실화하는 주체를 지지하고, 객체를 제공하며, 또는 제공하거나 주어지도록 허용하는 것들로 구성되어 있는 또 다른 행위자의 층위를 구분할 수 있다. 그런 유형의 행위자를 발신자라고 한다. 발신자는 사회, 운명, 시간, 이기심, 영리함 등과 같이 사람이 아닌 추상적 존재로 나타나기도 한다. 이때 발신자의 목적어로 주어지는 인물이 수신자이다.[9] 원칙적으로 주체와 발신자는 그들의 '의도/ 회피'나 '줌/ 받음' 등의 기능을 행하는 행위자이거나 문법적으로 주어에 해당되기 때문에 객체나 수신자보다 우월한 위치에 있고, 문법적인 의미에서도 그들보다 능동적이다. 주체나 발신자/ 수신자는 객체와 맞물려 있는데 그 객체는 욕망 및 의사소통과 관련되어 있다.

그러나 주체는 목적 달성 과정에서 저항에 직면하거나 누군가의 도움을 받게 된다. 여기서 계획이 결말로 향하는 상황을 결정하는 세 번째 관계를 구분해 볼 수 있는데, 조력자와 적대자가 그것이다.

한편 그레마스는 '모든 신화 서술물에는 공통적으로 나타나는 구조적 속성들의 총합이 하나의 서술 모델을 구성하고 있고, 그래서 이야기는 단순 의미 구조(structure sémantique simple)로 제시된다'[10]라고 말한다. 즉, 모든 서사물은 서사물 자체의 표현 매체인 언어 실체의 특수 사정에 좌우되는

---

8) 미케 발은 '주체/ 객체'를 '주어-수행자/ 목적어-수행자'라는 용어로 사용한다. 미케 발, 한용환 · 강덕화 역, 『서사란 무엇인가?』, 문예출판사, 1999, 55쪽.
9) 미케 발은 '발신자'를 '행위 제공자'로 '수신자'를 '행위 수용자'라고 부른다.
10) A. J. 그레마스, 「신화적 서술물의 해석 이론을 위하여」, 석경징 외 3인 편, 『현대 서술 이론의 흐름』, 솔출판사, 1997, 229쪽.

'표면 수준'과 서사물이 표명화에 앞서 미리 짜여 있는 내재적 수준인 '심층 수준'을 가지고 있다는 것이다. 다시 말해서 의미는 표명화의 양식에 의해 영향받지 않는다는 것이다.

그레마스가 생각하는 심층 구조로서의 기초적인 의미 구조는 하나의 이원적 의미론적 범주의 논리적 발전이다. 이것은 두 개의 반대 명제(흑과 백)와 두 개의 소반대 명제(흑이 아닌 것과 백이 아닌 것)를 모순의 교차 관계(백 대 백이 아닌 것, 흑 대 흑이 아닌 것)와 내포의 직접 관계(흑이 아닌 것 대 백) 속에 가지고 있다.[11] 이들 구조의 하나하나는 구성적 기호 모형으로 성립될 수 있고, 명료화의 형식에 있어서는 자체 종속적이지만 별도의 이원 범주인, 보다 더 광범위한 의미 분야를 흡수할 수 있다.

모형의 구성요소인 <관계>는 <작용>으로서 투영되는데, 이러한 통사적 작용은 서로 반대되거나 모순되는 항목을 가진 범주와 관계를 갖게 되기 때문에, 작용 방향은 긍정에서 부정으로가 아니면, 그와 반대거나 반대 명제로부터 소반대 명제로 작용하는 식으로 결정되어 있다.

개념적 요소들이 작용을 개시하는 순간 그것들은 의인법적 구조를 가지게 된다. 추상적인 개념이나 무생물조차도 작용 중일 때에는 마치 사람처럼 간주된다. 그러므로 작용은 행위가 되는데, 그것은 최소한 두 개의 반대 행위를 갖게 되기 때문에 그 행위의 실행에 의해서 그것은 하나의 적대적 논쟁을 구현하게 된다.[12]

행위자의 구체적 특성은 진리치에서 나타난다. 진리치란 행위항적 구조의 내부에 있는 행위자의 리얼리티를 의미한다. 이러한 특성에 따라 우리는

---

11) 이것을 그레마스의 기호학적 사각형으로 도식화하면 다음과 같다.

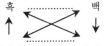

12) 체사레 세그레, 「이야기 분석, 서사 논리 및 시간」, 김병욱 편, 최상규 역, 『현대 소설의 이론』, 예림기획, 1997, 156~158쪽.

행위의 특정한 범주를 구분할 수 있는데, 이러한 가능성은 다음과 같은 도
표13)로 만들어질 수 있다.

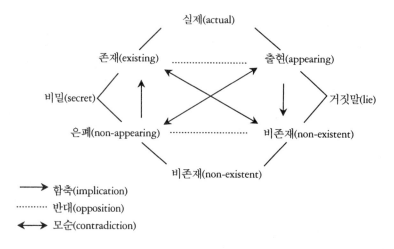

이 도표는 '진리'에 관한 행위자의 현실적 위치 사이에 있는 유사점과 차
이점을 보여준다. '진리'는 존재와 현상, 그리고 한편으로는 행위자의 신분
과 특질, 다른 한편으로는 행위자가 주는 인상, 주장들이 일치하는 속에 존
재한다. 행위자가 모습을 드러낼 때 행위자는 진실하다. 또 실제의 행위자
가 모습을 감출 때 그의 신분은 비밀에 휩싸인다. 그리고 행위자가 아무것
도 아니거나 모습을 드러내지 않을 때는 행위자로 존재할 수 없고, 행위자
가 아무것도 아니라는 것을 드러낼 때 신분은 거짓이 된다.14)

표층 구조의 상태와 행위는 심층 문법의 관계와 조작으로 전환되는 연계
과정을 거치면서 층위별 텍스트의 분석은 통합된다. 하나의 텍스트는 이렇
게 층위별 분석 과정과 최종적인 통합 과정을 통해 총체적 의미 도출의 과
정으로 나아가게 되는 것이다.15)

---

13) 미케 발, 앞의 책, 71쪽.
14) 위의 책, 70쪽 참조.

김유정의 소설에 있어서 이야기 세계의 인물들은 예외 없이 궁핍의 문제와 연결되어 있다. 그의 소설에 있어서 행위항의 주체(subject)는 현재 소작인이거나 그 가족, 혹은 전에는 소작인이었으나 지금은 그보다도 못한 유랑인 또는 품팔이들이다. 이들은 모두 빈곤과 궁핍의 상태 속에서 작게는 먹는 음식에서부터 일확천금에 이르기까지 물질적 풍요를 추구하거나, 적어도 궁핍의 탈출구를 찾으려고 애쓴다.

김유정 소설들 속 인물들은 한결같이 '바라거나', '찾거나', '구하거나', '탐하거나', 무엇인가를 원한다. 그리고 그들은 자신들이 원하는 것을 얻기 위해 스스로 '찾아가거나', '파거나', '잡거나', '따라가거나' 어떻게든 행동한다. 즉, 김유정 소설 속에 주체들은 공통적으로 '원하다'와 '행하다'의 언표적 행위를 보인다. 그리고 '원하다'와 '행하다'는 그들이 처한 빈곤과 궁핍 상황에서의 '정체停滯'냐, '탈출'이냐의 문제와 관계한다.

본고는 텍스트 「총각과 맹꽁이」를 그레마스의 구조 의미론의 틀 중 텍스트의 표층 구조와 심층 구조에 나타나는 각각의 통사론적이고 의미론적인 국면의 변이 과정을 통해 담화적 의미론으로 주제화되어가는 의미생성행로를 기술하고자 한다.

2. 「총각과 맹꽁이」의 의미 구조

1) 표면 구조

「총각과 맹꽁이」는 들병이를 대상으로 하는 인물들 간의 관계에서 주제적 행로16)가 생성된다. 특히 덕만이와 뭉태의 관계는 의형제로서 두 인물간

---

15) 연남경, 「최인훈 소설의 기호학적 분석」, 이화여자대학교 석사학위논문, 2000, 5쪽 참조.
16) 행로는 하나의 기호학적 서사물의 모티프(motif)로 간주할 수 있다. 김성도, 『구조에서 감성으로—그레마스의 기호학 및 일반 의미론의 연구』, 고려대학교 출판부, 2002, 235~239쪽 참조.

의 행위는 신의를 바탕으로 하는 '거래'를 기본적인 주제적 동위소[17]로 형성한다. 텍스트의 내용은 주로 시간적 관점에서 다음과 같은 시퀀스 단위[18]로 분절된다.[19]

> S1 뭉태가 마을에 온 들병이 소식을 알리고 총각들의 바람을 잡다.
> S2 덕만이가 뭉태에게 들병이와의 결혼 주선을 부탁하다.
> S3 덕만이가 뭉태의 결혼 주선 약속에 닭을 내고 술값을 혼자 물기로 하다.
> S4 뭉태가 제집으로 데려온 들병이를 혼자서 독차지하다.
> S5 덕만이가 들병이 앞으로 달려들어 무릎을 꿇은 채 영문 모를 인사를 하고 좌중의 웃음거리가 되다.
> S6 덕만이가 새벽녘 콩밭으로 불러낸 들병이와 놀아나는 뭉태에게 시위를 하다.
> S7 덕만이와 들병이의 술값 실랑이가 시끄러워 뭉태가 술값을 대신 주기로 하고 들병이와 콩밭을 나서다.

---

17) 주제란 인식론적 근원을 지닌 추상적인 개념으로서 '자유', '환희', '사랑' 등이 그 예이다. 그러한 개념을 구체적으로 보여주기 위해서는 인간 사회에서 대할 수 있는 형상들을 통해야 하고, 그러한 의도에서 사물이나 인물, 구체적 장식물을 연상시켜주는 어휘소를 사용하게 된다. 그리고 주제적 행로는 하나의 주제적 배역으로 환원되는 주제를 동위성을 유지하면서 표출하는 과정을 가리킨다. 주제적 배역은 언제나 행위소 형태를 취하게 된다. 예컨대 '낚시'라는 행로는 '낚시꾼'이라는 배역으로 집약될 때 성립된다. 위의 책, 258쪽.

18) 시퀀스는 ① 공간, ② 시간, ③ 배역, ④ 주제 등의 기준에 따라 각각 분절의 양상이 달라질 수 있다. 이 기준은 주어진 텍스트의 표면 구조에서 드러나는 것이기는 하지만, 그 기준이 꼭 표층 층위의 구조에 달린 것은 아니다. 서정철, 『기호에서 텍스트로 : 언어학과 문학 기호학의 만남』, 민음사, 1998, 314쪽. 즉 시퀀스는 시간적 관점을 취하느냐 공간적 관점을 취하느냐에 따라서 그 내용이 달라질 수 있는 것으로, 김유정의 소설들은 공간적이기보다는 주로 시간적 관점에서 사건이 전개되고 있는 점이 특징이다.

19) 서사학자들이 말하는 기본 줄거리나 심층 구조는 실은 작품의 저변에 내재하는 추상적인 존재가 아니라, 모든 판본들이 그렇듯이, 특정인이 특정의 기회에 특정의 목적을 가지고 일련의 원칙하에 만들어낸 특정의 판본이고, 따라서 극히 분명하고 구체적인 개체이다. 바바라 헌스틴 스미스, 손영미 역, 「서술의 판본과 서술 이론」, 석경징 외 3인 편, 『현대 서술 이론의 흐름』, 솔출판사, 1997, 124쪽.
여기서 「총각과 맹꽁이」에 대한 대략적인 줄거리로 '말해진 것'은 이 작품의 스토리 구조를 분석하기 위한 목적에서 쓰여진 「총각과 맹꽁이」에 대한 또 하나의 판본일 수 있다. 즉 이것을 복화술 놀이의 측면에서 본다면 「총각과 맹꽁이」라는 '텍스트'와 이에 대한 연구자로서의 '독자'가 벌이는 또 하나의 놀이인 것이다.

S8 길로 나선 들병이에게 달려드는 깜둥이 총각을 본 덕만이가 큰 돌멩이를 집어 들었으나 곧 단념하고 제집으로 가다.

이 이야기는 덕만이와 뭉태에 의해 대칭적으로 동시에 진행되는 두 개의 이야기 프로그램이 나타난다. 즉 들병이라는 대상(O)을 두고 주체(S1)인 덕만이와 반주체(S2)[20]인 뭉태가 참여하는 이중의 이야기 프로그램으로 볼 수 있다.

주체인 덕만이는 뭉태로부터 마을에 들병이가 들어왔다는 소식을 듣는다. 들병이의 나이가 한창 핀 스물둘이고, 남편이 없는 숫배기라는 정보 역시 뭉태로부터 듣고 들병이에게 장가들 작정을 한다. 덕만이에게 들병이는 아내라는 가치를 지니는 욕망의 대상인 것이다. 들병이와의 결혼은 아들 장가들일 예정이었던 딸의 선채를 빗구멍에 시납으로 녹여버린 어머니의 자탄을 잠재우는 행위임과 동시에 호미도 튕겨지는 정자터 돌밭을 도지로 일구는 처지에 아들을 낳아주고, 술장사를 시켜 두어 해만에 소 한 마리를 벌어다줄 빈곤의 탈출구인 셈이다. 게다가 들병이에게 장가를 들여 주겠다는 다짐까지 한 의형 뭉태와, 들병이를 만나기 위한 비용이자 들병이와의 주선을 도와 줄 뭉태에게 호미씻이날 줄 사례로 등걸 잠방이를 해 입으려던 닭까지 가진 덕만이는 결혼 실현을 위한 실질적인 조력자까지 갖춘 셈이다.

반면 뭉태의 입장에서, 말갛고 살집 좋은, 나려 씹어도 비린내도 없을 그 볼기짝 두두룩한 들병이 역시 하룻밤 재미삼아 가지고 놀고 싶은 욕망의 대상이다. 하지만 뭉태가 획득하고자 하는 대상의 가치인 들병이는 한갓 작부酌婦에 불과하다. 뭉태는 동네 총각들에게 들병이 온 것을 소문내며 바람을

---

20) 주체 개념은 기호학적인 개념으로서 기호 사각형에서 주체에 맞서는 반주체(anti-subject)를 발생시킨다. 때로는 주체가 추구하는 대상이 반주체의 위치에 놓이는 경우도 있지만 반주체는 기본적으로 기능적인 행위소로서 행위소―주체와의 관계를 통해서만 존재하는 기호학적 단위이다. 기호 사각형의 반대 항에 위치하는 반주체는 한마디로 주체의 행로를 방해하는 행위소이다. 주체와 반주체는 상호작용을 통하여 일종의 상호적인 의사소통을 수행한다고 할 수 있다. 서정철, 앞의 책, 330쪽.

잡던 중에 덕만이가 들병이와의 결혼 주선을 부탁해 오자 흔쾌히 승낙한다. 여기에는 어리숙한 덕만이를 꾀어 술값을 내도록 할 계산이 깔려 있는데, 이는 뭉태가 들병이를 취할 수 있는 능력에 해당된다.

여기서 관심을 기울일 점은 들병이의 기능이다. 들병이는 이야기의 여기 저기에서 주체인 덕만이와 반주체인 뭉태의 행위를 결정하는 중요한 요인 으로 각 인물의 행위를 메시지로 객체화하여 독자에게 전달하는 소통의 기 능을 한다. 덕만이는 들병이의 출현 소식을 듣고서야 의형인 뭉태에게 결혼 주선을 부탁한다. 이후 덕만이의 행위는 모두 들병이와 관계되어 행해진다. 또한 뭉태의 모든 행위 역시 들병이와 전적으로 관계되어 이루어진다. 따라 서 덕만이가 장가들고 싶은 욕망도, 뭉태가 계집을 껴안고 물리도록 시달리 고 싶은 욕망도 모두 들병이의 출현에 기인한 것으로, 들병이는 덕만이와 뭉태가 자신들의 욕망을 획득하기 위해 궁극적으로 소통해야 할 대상이자 공통의 발신자[21]가 된다. 이때 발신자 들병이와 각각의 수신자 덕만이, 뭉 태 사이에 원만한 소통이 이루어지기 위한 조건으로 술값이 매개된다.

이것은 다음과 같은 두 개의 행위자 모델로 표현할 수 있다.

들병이	→	아내	→	덕만이		들병이	→	작부	→	뭉태
		↑						↑		
술값, 의형(뭉태)	→	덕만이	←	뭉태		덕만이	→	뭉태	←	술값

<모델 1>   <모델 2>

---

21) 발신자는 빈번하게 초월적 우주에 속하는 것으로 제기되어, 수신자-주체에게 양태적 능력 의 요소들뿐만 아니라, 관건이 되는 가치의 총합을 소통시킨다. 또한 수신자-주체의 수행 결 과가 전달되는 곳은 바로 발신자이다. 이야기 도식의 관점에서 조종하는 최초의 발신자와 주체 의 업적에 대해서 제재와 상벌을 수행하는 최종의 사법적 발신자를 대립시킬 수 있을 것이다. 주체와 반주체의 존재는 발신자와 반발신자의 존재를 전제로 한다. 이 같은 상반항들의 축은 기호학적 사각형 원리와 일치하여 두 개의 새로운 행동자적 위치들인 모순항들을 발전시키 고 산출시킬 수 있다. 비발신자와 비반발신자가 그것이다. 김성도, 앞의 책, 214~215쪽.

<모델 1>에서 덕만이가 마을에 출현한 들병이를 아내로 삼기 위해서는 의형 뭉태의 주선을 필요로 하며, 의형의 마음을 사기 위해서는 술값을 낼 수 있어야 한다. <모델 2>의 뭉태 역시 들병이를 주물며 놀기 위해서는 술값이 필요하므로 덕만이의 속없는 부탁을 이용할 수 있어야 한다. 따라서 술값은 덕만에게는 조력자로서, 반면 뭉태에게는 적대자로서의 행위소로 기능하지만, 들병이에게 술값을 내줄 덕만이는 뭉태의 조력자가 되어 결국 두 주체 사이에는 각자의 욕망을 획득하기 위해 술값을 매개하는 거래가 형성된다.

그러나 뭉태의 욕망은 적자생존이라는 철저한 현실논리에 바탕을 두고 있다. 자신의 사리사욕을 위해서라면 의형제라는 혈족 차원의 의리마저 가볍게 무시하는 논리이다.

> 암만 기달려도 뭉태는 저만놀샌 인사를 아니부친다. 술은 제가내련만 게집도 시시한지 눈거들써보지안는다. 그래 입째 말한마듸 못건네고홀로 씅씅알는다(19쪽).[22]

> 「어이술채 소패좀보고옴세—」
> 썰덕 이러서 비틀거리며 싸리문박그로 나간다. 좀잇드니 게집이마저 오즘좀누고오겟노라고 나가버린다.
> 덕만이는 실죽허니 눈만둥굴린다. 일이 내내마음에 어그러지고마럿다. 그다지 미덧든 뭉태도 저놀구녕만 차즐샌으로심심하다. 그리고 오즘은 맨드는지 여태들안들어온다. 수상한일이다. 그는 벌덕이러서 문박으로나왓다(20~21쪽).

예문에서 드러나는 바와 같이 뭉태의 이기적 행위는 덕만이에 대하여 처음에는 의형의 자격으로 조력자의 위치에 자리하나 막상 들병이와 마주한 자리에서는 자신의 정욕情慾을 채우기 위해 덕만이의 욕망을 가로막는 적대

---

22) 텍스트는 '전신재 편, 『원본김유정전집』, 한림대학출판부, 1987'로 하며 쪽수만을 표기한다.

자의 위치로 옮겨가게 된다. 따라서 뭉태 역시 들병이를 욕망의 대상으로 삼고 있다는 점에서 또 하나의 주체로 설정될 수 있으며, 이는 덕만이에 대하여 반주체로서 작용하게 되는 것이다.

한편 술값을 매개로 하는 거래로 또 하나의 주제 행로를 상정할 수 있는데, 남편을 잃고 술을 팔러 다니는 들병이의 생계 행로가 그것이다. 이는 <모델 3>과 같이 나타낼 수 있다.

뭉태　　→　　술값　　→　　들병이
　　　　　　　　↑
나이 찬
총각들　　→　　들병이　←　　덕만이

<모델 3>

남편을 잃고 술을 파는 들병이가 욕망하는 대상은 오로지 생계를 꾸려갈 술값에 한정된다. 그 술값을 누가 내든 들병이는 관심 밖이다. 남편을 잃고 혼자된 몸으로 살아남기 위해서는 대상이 누구든 술뿐 아니라 교태와 몸까지 팔아 하룻밤 장사를 성공적으로 끝내고 더 많은 돈을 벌어야 하기 때문이다.

> 「술좀 천천이 붓게유」
> 「그거 다업서지면 뭘루놀래는게지유?」
> 「그럼일루밤새유? 업스면 가친자지유−」
> 계집은겻눈을주며 생긋우서보인다. 덩달아 맹입이 맥업시그리고 슬그
> 먼히 쌩긴다(19쪽).

들병이의 장사 행위는 술판의 성립 여부에 좌우된다. 따라서 이런 술판이 벌어지도록 바람을 잡고, 들병이를 자기 집으로 유도하여 직접 데리고 온

것은 뭉태로 들병이에게는 돈을 벌 수 있는 계기와 정보를 제공하는 발신자로서 두 인물 간에는 술값의 지불 방식에 대해 사전에 서로 암묵적 거래가 형성되었을 것임을 미루어 짐작할 수 있다. 이때 술판을 벌인 나이 찬 총각들은 들병이의 장사를 가능케 하는 조력자가 되며, "눈거들써보지" 않던 덕만이는 들병이에게겐 느닷없는 인사로 어안을 벙벙하게 하고 총각들과의 수작을 훼방하여 장사를 어렵게 만드는 적대자에 해당된다.

이처럼 텍스트 「총각과 맹꽁이」는 덕만이-뭉태의 거래와 뭉태-들병이의 암묵적 거래 행위가 서로 얽혀 주체의 임무 수행 과정에서 주체의 존재 방식을 양태화[23]한다. 이렇게 양태화된 주체의 존재를 통해 각각의 행위자들이 추구하는 욕망의 가치와 정체가 드러나면서 텍스트 「총각과 맹꽁이」에 내재된 이야기 프로그램의 심층 의미 구조가 밝혀지게 되는 것이다.

2) 이야기 프로그램의 구성

행위자 모델의 행위자와 기능들로부터 기본적인 통사적 형식들이라 할 수 있는 이야기 발화체(énoncé)[24]를 생성할 수 있는데, 이야기 발화체의 연쇄는 서술적 단위로 조직화되어 세 가지 종류[25]로 나타나면서 수행 단계로

---

23) 이야기성을 드러내는 이야기 도식은 주체의 수행을 중심축으로 주체의 존재 방식에 변화가 일어나는 것을 포착한다. 그 이야기 체계는 기본 이야기체 프로그램의 상호작용에 의해 이루어지기까지 여러 가지 변수의 작용을 받게 되는데, 이러한 변수의 작용에 관한 문제를 통틀어 양태성이라고 한다. 서정철, 위의 책, 256쪽.
수행(performance)은 반드시 그 수행을 가능하게 해주는 조건으로서 잠재능력(compétence)을 전제한다. 즉 잠재능력은 수행을 가능하게 해주는 상태인데, 이처럼 양태화는 어떤 행위를 있게 하기 위한 상태를 말한다. 예를 들어 수행에 해당되는 '하다'는 세 가지의 가능한 양태 술사 '원하다(vouloir)', '알다(savoir)', '할 수 있다(pouvoir)'를 가지는데, '원하다'는 주체-대상의 축에 해당하며, '알다'는 발신자-수신자 축에 해당하고, '할 수 있다'는 조력자-적대자 축에 해당한다. 김성도, 앞의 책, 279쪽 참조.
24) 이야기 발화체(énoncé)의 가장 단순한 형식은 'EN=F(A)'로 표시되는데, 표시되는 행위와 그 주체인 행위자의 결합으로 이루어진다. 이는 '누가 무엇을 하다'로 기술될 수 있다. 송효섭, 「일사본 전운치전의 서사문법과 문학적 성격」, 『한국문학과 기호학』, 문학과 비평사, 1986, 313쪽.

이행한다.

덕만이, 뭉태, 들병이라는 세 인물의 행위를 중심으로 「총각과 맹꽁이」의 기본적인 통사적 형식들은 다음과 같이 나타난다.

EN1=대결(덕만이 ↔ 뭉태: 덕만이와 뭉태가 들병이를 놓고 거래를 하다)
EN2=지배(뭉태 → 덕만이: 뭉태는 덕만이가 믿는 의형이고, 자신의 속
　　　　　　내를 감추어 촌뜨기들을 자신의 목적에 이
　　　　　　용할 줄 알다)
EN3=부여(뭉태 ← 들병이: 뭉태가 덕만이와의 다짐을 저버리고 들병이
　　　　　　를 독차지하다)

이와 같은 이야기의 기본적 통사 형식들은 「총각과 맹꽁이」의 서술을 주체(S1)와 반주체(S2) 간의 대결과 그 임무 수행 결과를 다음과 같은 대칭적 함수(또는 기능 : F)로 나타낼 수 있다.

$$F \rightarrow \left\{ \begin{array}{l} [(S1 \cup O) \rightarrow (S1 \cup O)]: \text{박탈} \\ [(S2 \cup O) \rightarrow (S2 \cup O)]: \text{획득} \end{array} \right. \qquad (S1 \cup O \cup S2) \rightarrow (S1 \cup O \cap S2)$$

즉 욕망 대상인 들병이와 이접의 상태에 놓였던 주체인 덕만이와 반주체인 뭉태는 자신들이 욕망하는 대상을 놓고 맺은 거래의 수행 과정을 이행하면서 뭉태가 덕만에게 한 다짐을 깨뜨리고 들병이를 독차지함으로써 뭉태는 대상과 연접 상태를, 덕만이는 대상과 이접 상태를 이루게 되는 것이다.

텍스트 「총각과 맹꽁이」에서 두 주체가 추구하는 대상은 들병이로 동일

---

25) 이 세 가지 종류의 통사적 형식들은 다음과 같이 표시된다.
　　EN1= F: 대결 (S1 ↔ S2)
　　EN2= F: 지배 (S1 → S2) 또는 (S2 → S1)
　　EN3= F: 부여 (S1 ← O) 또는 (S2 ← O)
　　김성도, 앞의 책, 223쪽 참조.

하지만 그 가치는 서로 다르다. 덕만이가 들병이에게 장가를 들고자 하는 욕망은 자신의 궁핍한 처지와 어머니의 죄책감에 대한 인식에서 출발한다. 즉 덕만이가 들병이에게 장가를 들고 싶은 욕망은 아들 장가 밑천을 딸 시집보내느라 낸 선채를 갚는 데 써버리고 "언제나 돈이잇서 며누리를 좀보나-"라는 어머니의 죄의식에 대한 인식과 뭉태가 예쁘다고 하는 그 계집을 데리고 술장사를 하면서 아들도 낳고 아내를 들병이로 내돌려 돈을 벌기 위한 욕심에서 발현된다. 그러나 술값뿐만 아니라 집안의 닭까지 훔쳐내면서 했던 당부에도 불구하고, 뭉태는 덕만이와의 철석같은 다짐을 어기고 자기의 욕심을 채우기 위해 들병이를 독차지한다. 여기서 의형이라 굳게 믿었던 조력자로서의 뭉태가 사실은 덕만이의 목적 달성을 가로막는 가장 강력한 적대자이면서 반주체로 그 역할이 바뀐다. 뭉태의 배신을 미리 알아채지 못한 덕만이의 믿음은 대상 획득을 위한 임무 수행 과정에 있어서 결국 동무들에게 조롱만 당한 채 "주먹으로 눈물을 비비고" 집으로 돌아가야만 하는 대상 획득의 실패로 종결된다.

반면 뭉태는 들병이의 "말가코 살집 좋은", "나려쌉어두 비린내두업슬" 그 볼기짝에만 관심이 있을 뿐이다. 뭉태는 들병이를, 단지 그녀를 취하려고 안달이 난 좌중들 속에서 잠시 잡았다가 돌리는 술잔에 불과한 것으로 여긴다. 즉 자신의 욕정을 위해 덕만이를 비롯한 뭇 총각들과의 경쟁 속에서 쟁취해야 할 일시적 전리물로 여기는 것이다. 이때 "글세 나만밋어 설사 자네게 거짓말하겠나"라고까지 한 의형으로서의 다짐은 덕만이에게 술값을 내게 하기 위한 한갓 신의를 위장한 속임수에 지나지 않는다.

여기서 두 주체가 추구하는 대상 들병이는 전통적 농촌 사회의 덕목인 '신의'라는 주제적 동위소가 발현된다. 이것은 '거래'와 관련된 「총각과 맹꽁이」의 이야기 프로그램(programme narratif)[26)의 행로를 다음과 같이 나

---

26) 이야기 프로그램(programme narratif)은 행위 주체가 상태 주체에 대한 행위를 통하여 상태의 변화, 즉 가치 대상의 획득이나 상실을 기술하는 것이다. 서정철, 앞의 책, 255쪽.
이야기 프로그램은 다음과 같이 표시한다.

타낼 수 있다.

$$PN = [S1 \rightarrow (S2 \cup Ov)] \quad Ov = 신의$$
$$PN = [S2 \rightarrow (S1 \cup Ov)] \quad Ov = 의형제$$

즉 의형 뭉태가 덕만이에게 자신을 믿도록 다짐까지 해놓고 막상 덕만이가 원했던 들병이를 자신이 독차지한다는 텍스트 「총각과 맹꽁이」의 서사적 표층 구조를 통해, 형제간의 혈족적 유대를 중시하는 공동체적 삶의 덕목인 신의마저 깨진 피폐한 농촌의 윤리적 실체가 폭로되는 것이다.

이런 「총각과 맹꽁이」의 이야기 진행 방향은 서사물의 일반적인 구성 단계인 '조종 → 역량 → 수행 → 상벌'이라는 이야기 도식(schema narratif)[27]의 과정을 따른다. 이 과정에서 두 주체가 추구하는 대상인 '들병이'를 획득하기 위한 수행 가능성 여부는 자신에게 닥친 역량-시련에 대처하기 위해서 행하는 주체의 잠재적 능력에 따라 좌우될 수 있다. 즉 덕만이는 들병이를 아내로 얻기 위해 뭉태와의 거래 상태가 끝까지 유지되어야 하고, 또 유지시킬 수 있는 능력을 지니고 있어야 한다. 반면 뭉태의 경우, 한편으로는 덕만이를 이용하여 술값을 내도록 설득하여야 하고, 또 한편으로는 덕만이

$$PN = F[S1 \rightarrow (S2 \cap Ov)] \text{ 또는 } F [S1 \rightarrow (S2 \cup Ov)]$$
이때 F=함수 또는 기능, S1='하다'의 주체, S2=상태 주체, Ov=대상(가치 v의 형식 아래 의미적 투자를 감수할 수 있다), [ ]=행동의 발화체, ( )=상태의 발화체, →=(변형의 전환으로부터 결과된) 행위의 기능, ∩ 혹은 ∪=행위의 결과나 최종적인 상태를 가리키는 접사를 표현한다. Greimas and Courtés, 천기석·김두한 역, 『기호학 용어사전』, 민성사, 1988, 275쪽.

27) 이야기 도식(schema narratif)은 민담의 논리적 구성과 배열이라는 관점에서 공통적으로 주인공에 대한 세 가지 시련을 부각시킨다. ① 자격 시련, ② 결행 시련, ③ 영광 시련. 이 세 가지 시련은 통합체의 축에서 일정하게 반복적으로 나타난다. 단지 이야기의 내용이나 정황에 따라 각각의 시련에 투여되는 의미론적 가치가 다를 따름이다. 서정철, 앞의 책, 255~256쪽.
일반적으로 '조종 → 역량 → 수행 → 상벌'의 단계로 이야기의 기본 구조를 이룬다. 해당 세계의 가치 체계의 근원이자 보존자인 발신자가 수신자에게 내리는 명령을 '조종'이라 부르며, 주체가 조력자로부터 도움을 얻는 것을 '역량', 주체가 임무를 실현하는 부분이 '수행', 시련이 끝나면 발신자가 주체의 공과에 대해 주는 결과가 '상벌'이다. 박인철, 「그레마스의 설화문법」, 『현대불란서 언어학의 방법과 실제』, 연세대학교 출판부, 1994, 136~152쪽 참조.

와의 거래를 깨뜨려야만 한다. 따라서 「총각과 맹꽁이」에서 들병이와 연접하기 위해 이루어지는 두 주체의 행위는 다음과 같은 언술들에 의해 각각 양태화된다.

<덕만이>
+의지: 들병이를 아내로 맞기를 원하다
−식지: 돈이라면 아무에게나 몸을 파는 들병이가 자신과 가족의 궁핍을 벗어나게 할 대안으로서의 아내가 될 수 없음을 알지 못하다
−능력: 뭉태의 다짐이 들병이를 독차지하기 위한 위장임을 헤아리지 못하다

<뭉태>
+의지: 들병이와 놀아나기를 원하다
+식지: 돈이라면 아무에게나 몸을 파는 들병이의 생리를 잘 알다
+능력: 총각들을 유도하여 술판을 벌이고, 덕만이를 부추겨 술값을 마련할 줄 알다

앞서 제시한 표층 구조의 행위자 <모델 1>에서 덕만이의 조력자로서 뭉태에게 사례하기 위해 내다 팔려는 덕만이의 '닭'은 뭉태가 들병이에게 가지는 강한 욕정의 /+의지/를 꺾을 수가 없다. 또한 고목 느티나무 그늘에 가려 콩을 심어도 잎 나기가 고작인 정자 터를 소작으로 붙이면서도 호포를 내는 덕만이의 어리숙함은 "쑥건달" 뭉태의 의뭉스러운 속마음을 알아차리기에 역부족이다.

이에 반해 뭉태는 들병이를 선점하기 위한 방편으로 자신의 집에다 술판을 벌이는가 하면, 소피를 빙자해 눈치 빠르게 들병이를 밖으로 찍어가는 잔꾀를 부릴 수 있는 능력을 지닌 인물이다. 술자리의 모든 취객들로부터 들병이를 빼낼 줄 아는 뭉태가 순진한 덕만이와의 대결에서 쉽게 이기리라는 것을 짐작할 수 있는 것이다.

그런데, 주제를 '신의'의 측면에서 본다면 상황은 이와는 다른 주제적 양상을 띠게 된다. 덕만이가 자신의 현실적 결핍 상황에 대한 인식을 바탕으로 들병이라는 궁핍의 돌파구를 찾는 것이지만 아내를 들병이로 내돌려 두어 해만에 소 한 마리 쯤 장만할 수 있겠다는 꿍꿍이는 망상에 불과하다. 즉 덕만이는 들병이라는 존재의 실체를 인지하지 못하고 전통적 관점에서 아내의 자격을 부여하고 있는 것이다. 따라서 비록 덕만이가 욕망의 대상으로서 들병이를 획득하였다고 하더라도 들병이가 덕만이의 가정에 정착하여 정상적인 주부로서의 역할을 하리라는 기대는 애초에 할 수 없다.

> 뭉태가입부달째엔 어지간히 출중난게집일게다. 이런걸데리고 술장사를한다면 그박게 더 큰수는업다. 뒤해만 잘하면 소한바리쯤은 락자업시떨어진다. 그리고 아들도 곳 나야할텐데 이게무엇도다 큰 걱정이엇다(18쪽).

예문에서 보는 바와 같이 덕만이가 욕망하는 아내로서의 들병이는 이미 덕만의 공상 속에서 아내라는 신분보다는 "술장사"의 직분을 얻어놓고 있는 상태이기 때문이다. 그러나 덕만이는 뭉태에 대한 의형제로서의 신뢰가 무너짐으로써 들병이의 실체를 정확히 인식하게 된다. 즉 뭉태의 속임수에 빠져 희롱당하는 것은 덕만이가 궁핍한 현실의 진정한 돌파구를 찾는데 필요한 일종의 자격 시련[28]에 해당하며, 이 같은 자격 시련의 과정을 통해 덕만이는 들병이가 궁핍한 현실적 탈출구로서의 아내가 될 수 없음을 깨닫게 되는 것이다. 따라서 덕만이의 입장에서 뭉태의 속임수를 매개로 한 이야기 프로그램은 다음과 같이 나타낼 수 있다.

---

28) 그레마스는 행위자 모델을 통하여 세 가지 시련을 통합적 관계로 규정하는데, 첫째, 주체의 자격 행로로서 이것은 주체로 하여금 자격 시련을 겪게 만든다. 둘째, 결정적인 행동의 주요 시련으로서 여기서 주인공은 그의 임무를 완수한다. 셋째, 영광 시련으로서 그는 자신의 업적에 대한 상을 받는다. 각각의 시련의 구성 자체는 엄격한 통합체적 순서에 의해서 외적인 방식으로 지배되며, 이들 사이의 논리적 연대기적 순서는 변형될 수 없다. 김성도, 앞의 책, 29쪽 참조.

PN=[S2 → (S1∩Ov)]   Ov=자각

즉 덕만이는 뭉태의 배신으로 인해 신의와 의리라는 전통적 규범인 의형
의 도리까지 파기되어 버린 피폐한 자기 현실을 각성하게 되는 것이다. 이
는 농촌의 "촌썩기들"이 아무리 전통의 덕목과 삶의 방식을 고수한다 하더
라도 이미 피폐할 대로 피폐해진 부조리한 사회의 구조적 모순 속에서는 궁
핍의 현실적 문제를 해결할 수 없다는 담론적 주제화로 발전하게 되는데,
이는 텍스트 「총각과 맹꽁이」의 담화 층위에서 다음 예문과 같이 서두와
결말 부분에 나타난 서술자의 극명한 대조적 언술에 의해 주제화29)된다.

> 가혹한 도지다. 입쌀석섬, 버리ㆍ콩ㆍ두포의소출은 근근댓섬, 논아먹
> 기도못된다. 번듸 밧이아니다. 고목느티나무그늘에 가리어 여름날 오고가
> 는 농군이쉬든정자터이다. 그것을 지주가무리로 갈아도지르 노아먹는다.
> 콩을 심으면 입나기가 고작이요 대부분이 열지를 안는것이엇다. 친구들은
> 일상덕만이가사람이 병신스러워, 하고 이밧을 침배타비난하엿다. 그러나
> 덕만이는 오히려안되는 콩을 탓할쑨 올에는 조로바쑤어 심은것이엇다(15쪽).

> 덕만이는 아주낙담하고 콩밧복판에 멍허니서서 그들의뒷모양만 배웅
> 한다. 게집이 길로 나스자눈이싸지게 기다리든 쌈둥이 총각이 쏘 달겨든다.
> (此間四行略)
> 동무가 싸니지키고 섯는대도 쓸고드러가는 그런 행세는 쏘업슬게다.
> 눈물은 급기아 쩌칠한 윗수염을 거처 발등으로 줄대굴럿다.
> 이집저집서 일군 나오는 것이 멀리보인다. 연장을 들고 바트로 논으로
> 제각기 허터진다. 아주활작밝앗다(22쪽).

---

29) 주제는 텍스트 곳곳에서 경험하는 것이지 텍스트를 모두 읽고 총체적으로 찾아낸 형이상학
적 관념과 같은 것이 아니다. 인물이나, 시간, 공간과 같은 구체적인 형상은 텍스트에 특수하
게 구현된 것으로 그때그때 우리에게 의미를 던져주는데, 이것은 주제라기보다는 '주제화
(thematization)'라고 할 수 있는 것으로 진행 중이고 미완결된 것처럼 보이는 것이다. 송효섭,
『인문학, 기호학을 말하다』, 이숲, 2013, 162쪽.

이상과 같이 「총각과 맹꽁이」의 표층 구조에서 나타난 행위소들의 관계와 양태화의 과정을 거친 이야기 프로그램은 들병이를 욕망의 대상으로 한 두 주체 간 거래의 수행이라는 이야기 도식 과정을 통해 인물들의 행위에 대한 양태성이 부여됨으로써 일제강점기 농촌 사회의 정신적 피폐와 사회적·구조의 부조리한 현실을 담론의 차원으로 이끌고 있는 것이다.

3) 심층 구조와 진위 판정

행위자 모델로 밝혀지는 표층의 서술 구조는 동위소(isotopie)[30]에 따른 '기호학적 사각형'을 사용하여 대립, 모순, 함의의 관계를 통해 심층 구조를 이루고 있는 논리적 수준의 주제화를 시도할 수 있다.

텍스트 「총각과 맹꽁이」의 심층 구조에 내재된 주제를 공유하는 동질적인 가치 개념은 덕만이의 '욕망'과, 덕만이-뭉태 사이에 이루어진 '거래'로 집약될 수 있다. 따라서 텍스트의 심층 구조를 이루는 본질적인 구성요소인 덕만이가 추구하는 욕망의 정체와 그 욕망을 추구하기 위해 두 주체 간에 이루어진 거래의 존재 양식들을 정의함으로써 「총각과 맹꽁이」의 구체적 담화의 측면이 지닌 의미의 기호학적 논리가 규명될 수 있다.

먼저 덕만이가 원하는 들병이와의 결혼이라는 욕망의 축에는 /궁핍/과 /망상/이라는 두 자질의 대립이 나타난다.

---

30) 동위소(isotopie)는 기본적으로 통합체(즉 구문) 상에 나타나는 분류소 또는 문맥 의소들의 반복 현상을 지칭하는데, 그러한 문맥 의소의 반복은 언술-담화의 의미론적 동질성을 확실하게 보장해 준다. 동위소의 성립은 최소한 두 개의 공통적인 문맥 의소를 확인할 수 있을 때 가능하다. 한 언어 기호와 반대되거나 그와 모순 관계에 있는 기호들이 서로 같은 의미론적 지평에 있을 때 동위소로 간주된다. 서정철, 앞의 책, 274쪽.

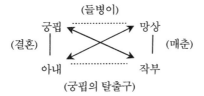

(들병이)
　　궁핍 ················▶ 망상
(결혼) │ ✕ │ (매춘)
　　아내 ················ 작부
　　(궁핍의 탈출구)

　뭉태가 예쁘다고 할 정도로 출중한 들병이의 출현은 덕만이로 하여금 자식을 낳아 길러주고 궁핍한 현실로부터 벗어나게 해줄 아내를 꿈꾸게 한다. 이때 궁핍한 현실과 그 /궁핍/을 벗게 할 들병이가 매개된 /아내/라는 자질은 서로 함의 관계에 놓인다. 하지만 막상 결혼 상대자인 들병이의 본질은 남편을 잃고 제 한 몸 건사를 위해 술과 몸을 파는 /작부/의 자질로서 덕만이의 욕망을 불러일으킨 궁핍한 현실과는 모순 관계를 이루며, /아내/라는 자질과는 하위 층위에서 또 다시 대립 관계를 이룬다. 더욱이 들병이를 아내로 맞고자 하는 덕만이의 결혼에 대한 욕망 속에는 들병이가 술장사로 두어 해만에 소 한 마리를 벌어 오리라는 비밀스런 꿍꿍이가 감추어져 있지만, 실상 덕만이가 꿈꾸는 들병이와의 결혼은 /작부/를 함의한 /망상/에 불과하다. 이때 /작부/와 /망상/ 간 함의 관계의 실체적 진위는 매춘이라는 거짓으로 판명된다. 이는 결국 덕만이가 뚝건달 뭉태와의 거래라는 시련을 무사히 극복하고 들병이를 획득하더라도 주체의 이상적 임무 수행에서는 실패한 결과가 되고 말 것이라는 또 다른 의미의 지향점을 투영한다. 따라서 덕만이가 지닌 욕망의 정체는 작부로서의 아내가 결코 덕만이가 꿈꾸는 궁핍한 현실의 탈출구로 존재할 수 없다는 심층 구조의 담론적 의미로 밝혀진다.

　한편 덕만이와 뭉태 간의 거래 행위에서는 약속의 /이행/과 /파기/라는 자질이 이항적 대립 관계를 형성한다.

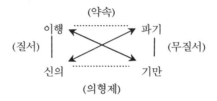

（약속）
이행 ┄┄┄┄┄ 파기
（질서） | ✕ | （무질서）
신의 ┄┄┄┄┄ 기만
（의형제）

　우리의 전통적 혼인 방식은 중매혼이라 할 수 있는데, 결혼 당사자 간의 의사보다 부형父兄의 의사에 의해 혼사가 성립되는 부권혼父權婚을 특징으로 한다. 이는 개인의 행복보다 가계의 영속을 중시하는 공동체적 사회의 특징 이기도 하다. 아들 낳는 것을 최우선으로 여기는 사고방식과 자신을 들병이 에게 소개하는 과정에서 아버지 성을 밝히는 행동 등을 통해 덕만이 역시 전통적 혼인관을 소유한 인물로 나타난다. 게다가 뭉태에게 결혼 주선을 부 탁하는 것은 뭉태를 타인이 아니라 "의형"으로서 아버지의 자격을 대신하 여 혼사에 관여할 수 있는 인물이기 때문이다. 따라서 못할 말 없는 의형 뭉 태에게 중신을 부탁하는 것은 덕만의 입장에선 당연한 혼사의 절차라 할 수 있다. 이때 덕만이가 뭉태에게 제공하는 술값과 닭은 소위 신의를 지켜 의 혼議婚에 임한 중신애비에게 사례하는 고무신값으로, 전통적 답례의 이행이 다. 즉 덕만이의 /이행/은 뭉태에 대한 중신애비로서의 /신의/를 함의하며 이 두 자질간의 함의 관계는 전통적 관습으로서의 질서라는 가치로 판정될 수 있다. 그러나 중신의 대상인 들병이를 가로채는 뭉태의 행위는 단지 자 신의 욕망을 채우기 위해 덕만이를 이용하는 /기만/이자, 중신애비로서의 / 신의/와는 모순되는 약속의 /파기/에 해당된다. 이런 /기만/과 /파기/라는 자 질 간의 함의 관계에 노출된 덕만이와 뭉태 간의 거래는 위장된 거짓으로 판명될 수밖에 없으며, /신의/와 /기만/의 대립 관계에서 의형제란 존립할 수 없는 무질서한 사회만이 폭로될 뿐이다.

　이처럼 정당한 거래와 질서가 무너진 텍스트 「총각과 맹꽁이」에 투영된 무질서한 사회적 배경은 당대의 사회 · 문화적 구조에 대한 환유라는 범서사적汎敍事的 의미로 환원되면서 주제적 의미를 강화하는데, 이는 다음과 같은 진리의 사각형으로 도식화할 수 있다.

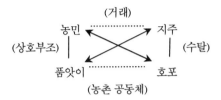

텍스트 「총각과 맹꽁이」의 배경은 /지주/가 기껏 보리, 콩, 두포를 모두 합쳐 다섯 섬밖에 수확할 수 없는 나무그늘 정자 터 돌밭을 제공하면서도 선도지先賭地로 입쌀 석 섬을 받아가는 사회이다. 이런 /지주/는 "무더운 숨을 헉헉" 돌리면서도 상호부조와 의리를 선행 가치관으로 하여야만 성립될 수 있는 /품앗이/를 묵묵히 이행하는 /농민/과는 이항 대립의 관계를 이룬다. 이런 /농민/과 /지주/ 간 대립 관계는 소작제도라는 그럴듯한 거래가 실제한다고는 하지만 양으로 따져도 소출의 60%를 수확도 하기 전에 미리 받아먹는 /호포/로, 뭉태가 덕만이에게 행하는 /기만/의 환유적 의미를 띠게 된다. 마찬가지로 소작제라는 /호포/와 /지주/ 간의 함의 관계에 바탕을 둔 거래는 덕만이-뭉태 간의 위장 거래와 같이 실상은 질서와 상호부조의 공동체적 가치관과는 거리가 먼 수탈이라는 거짓 거래로 판명된다. 이는 담화 구조의 층위에서 "개×두업슨 놈"이라고 지주를 욕하는 청년들과 "네나내가 촌쯱기들이 쩌들어뭣하리"라는 "쑥건달" 뭉태의 생각을 대비시킴으로써 약육강식의 지배 논리가 전제된 사회 구조적 부조리에 대한 폭로라는 주제적 의미로 강화된다.

3. 결론

본고는 텍스트 「총각과 맹꽁이」의 서사적 진행 양상과 의미 구조를 밝히기 위해 먼저 분석의 최초 단계인 본문을 의미 있는 최소 단위인 시퀀스로 분절하고, 스토리의 표면 층위에서 통사 행위의 주체인 주요 행위항을 그레마스의 행위자 모델로 설정한다. 그리고 이야기 프로그램(PN)을 거치면서 하나의 상태가 행위를 통해 다른 상태로 바뀌는 과정을 추적하여 의미의 기호학적 사각형으로 나타냄으로써 텍스트 의미구조의 최종적 통합화를 시도하고자 하였다.

텍스트 「총각과 맹꽁이」의 각 층위에 나타난 통사적 · 의미론적 분절 단위들을 통합하여 정리하면, 먼저 표층 구조에 나타나는 주체의 욕망은 궁핍으로부터의 탈출에서 비롯되며, 이는 곧 주체가 속한 공동체 전체의 문제로 그 의미가 환원될 수 있음을 볼 수 있다. 이러한 주체의 욕망은 반주체에 의해 /망상/의 자질로 드러나면서 결국 적대자(또는 반주체)와의 대결에서 패배하게 된다. 주체의 패배 원인은 객체의 대상 가치에 대한 인식 결핍과 적대자(또는 반주체)의 속임수를 알아채지 못한 주체의 능력 부재로 인한 것이나, 이러한 패배는 주체로 하여금 부조리한 현실에 대한 새로운 각성이라는 보상을 얻도록 한다.

즉 「총각과 맹꽁이」는 계급사회의 허구적 가치인 약육강식의 논리에 사로잡힌 뭉태가 어수룩한 덕만이를 바보로 만들지만 부조리한 현실에 대한 각성이라는 담화 층위의 주제적 측면에서는 오히려 뭉태의 행위로 형상화된 착취계급인 지주 집단이야말로 공동체적 진실한 가치를 얻지 못한 바보들이라는 역설적 의미가 강화되는 것이다.

이런 주제화 요소들의 관계는 의형임에도 불구하고 혈연적 신의를 대수롭지 않게 묵살하는 뭉태의 행위에 투영된 위장과 기만의 자질로 형상화됨으로써 의미의 기호 사각형을 통해 당대 사회 구조의 무질서가 부당 거래의 정체를 감추고 있는 소작제에 기반을 둔 약육강식의 지배적 이데올로기의 부조리함 때문이라는 환유적 의미로 강조된다.

그러나 덕만이의 자격 시련은 결국 궁핍한 삶으로부터 탈피할 수 있는 돌파구 모색이라는 현실적 문제 해결을 위한 행위 수행으로서, 신의를 바탕으로 한 공동체적 사회라는 긍정의 축에 위치한다. 비록 표층 층위에서는 주체의 실패라는 모습으로 나타나지만, 담화 층위의 주제적 차원에서는 공동체 사회에서의 진실한 가치가 무엇인가에 대한 각성을 보상으로 획득한다. 이는 적자생존의 법칙에 따라 권모술수가 만연한 소작제의 병폐를 극복할 수 있게 하는 비밀스런 능력에 대한 정보의 제공이며, 비록 이야기 프로그램에서는 제시되지 않았지만, 이는 곧 텍스트 「총각과 맹꽁이」가 당대의 독자에게 제시하는 범서사적 담론의 지향점이라고 볼 수 있다.

<참고문헌>

김성도, 『구조에서 감성으로―그레마스의 기호학 및 일반 의미론의 연구』, 고려대학교 출판부, 2002.

나병철, 『문학의 이해』, 문예출판사, 1995.

박인철, 『현대불란서 언어학의 방법과 실제』, 연세대학교 출판부, 1994.

서정철, 『기호에서 텍스트로 : 언어학과 문학 기호학의 만남』, 민음사, 1998.

석경징 외 3인 편, 『현대 서술 이론의 흐름』, 솔출판사, 1997.

송효섭, 『한국문학과 기호학』, 문학과 비평사, 1986.

_____, 『인문학, 기호학을 말하다』, 이숲, 2013.

연남경, 「최인훈 소설의 기호학적 분석」, 이화여자대학교 석사학위논문, 2000.

전신재 편, 『원본김유정전집』, 한림대학출판부, 1987.

최상규 역, 『현대 소설의 이론』, 예림기획, 1997.

리몬 케넌, 최상규 역, 『소설의 현대 시학』, 예림기획, 2003.

마리 매클린, 임병권 역, 『텍스트의 역학 : 연행으로서 서사』, 한나래, 1997.

미케 발, 한용환 · 강덕화 역, 『서사란 무엇인가』, 문예출판사, 1966.

패트릭 오닐, 이호 역, 『담화의 허구』, 예림기획, 2004.

Greimas and Courtés, 천기석 · 김두한 역, 『기호학 용어사전』, 민성사, 1988.

폭력과 서사구조와의 상관성

-송영의 「先生과 皇太子」를 중심으로

김 동 현

1. 문제의 제기

소설은 우리의 시야에 들어오는 경험된 현실의 구조를 보여준다기보다는 소설을 감싸고 있는 사회체제가 추구하는 것 뒤에 은닉되어 있는 진실된 현실의 구조를 제시한다. 그렇게 함으로써 현실 구조의 이면에 노출되지 않은 은폐되어 있는 진정성의 가치를 밝히고 사회의 밝음과 어둠을 재조명함으로써 그것에 대한 대응의 방법이나 대안을 모색하게 만드는 구실을 제공할 수 있는 것이다. 소설을 통해 우리는 사회의 문제를 인식할 수 있기 때문에 특히 소설은 자각의 도구 역할을 한다. 소설을 비롯한 다양한 문학장르에 대한 해석의 접근방법은 문학을 감싸고 있는 총체적 접근에서 시작되어 구조주의 방법의 영향으로 개별 문학작품의 형식주의나 구조주의 접근을 통해 문학의 자율적, 미학적 체계에 대한 탐색이 시도되었다. 하지만 이 접근의 방법론은 개별 문학이 지닌 체계적 특성을 확보하거나 드러낼 수 있는 있어도 외적세계와 작품 간의 반영론적 특징을 드러내는 데는 한계를 지닐 수밖에 없다. 개별 문학작품에 투영된 세계의 작용, 작품에 담긴 이데올로기의 수수관계나 영향에 주목할 필요가 있다. 왜냐하면 도식적인 체계에 초점을 맞출 경우 인물의 내면심리나 갈등, 인물 간에 담겨 있는 사회학적 담론들을 도외시할 수도 있기 때문이다.

문학사회학은 넓게는 작품과의 당대 사회관계에 밀착시켜 작품을 이해하는 선에서부터 좁게는 작가가 속한 계층적 속성이나 성향, 사회를 바라보는 이념적 관계, 경제상태, 그리고 그의 말에 귀 기울이는 독자의 부류에 의해 어떻게 영향받는가 하는 방식에 주된 관심을 가진 비평가들과 문학사가들의 저술에만 특별히 적용되는 말이다. 이러한 비평가들과 역사가들은, 문학작품이 그 시대의 사회적 상황과 불가분의 관계에 있으며, 그것들에 의해 결정된다고 본다. 즉 문학사회학은 개별 텍스트가 지닌 미적 자율성을 전제로 인정하면서 사회학을 끌어들여 그 미적 자율성의 구조적 체계에다 사회적 영향력의 관련성을 찾아 문학의 사회학적 역사학적 의미를 찾고자 하는데 목적을 두고 있다. 루시앙 골드만은 "모든 인간 행위는 어느 특정의 상황에서 의미 있는 반응을 부여하는 시도이며, 따라서 그것은 행동 주체와 주체가 지진 객체, 즉 환경과의 사이에서 균형을 이루려는 경향"이 있다는 가설을 내세우며 문학과 사회의 상동성 속에서 의미를 재구조화시켜 현실의 모순을 드러내고자 한다.[1] 그리하여 골드만은 근대사회의 소설의 메시지를 파악하기 위하여 문제적 인물을 내세운다. 가치가 전도되고 타락화된 사회를 통찰할 수 있는 유일한 방법은 타락화된 세계를 살아가는 문제적 인물뿐이 없다는 것이다. 왜냐하면 작가는 인물의 행위를 내세워 인간 자신의 실재적 본질, 즉 의식의 실제적 형식과 실제적 내용을 작품 속의 인물을 통해 나타낼 수 있기 때문이다. 그렇게 파악된 사회적 관습, 제도, 이데올로기의 모순을 드러내기 위해서는 문제적 인물을 내세워 드러내고자 하는 가치관을 찾아내는 것, 더 나아가서는 그 가치관을 가능하게 만든 작품 내의 숨은 구조와 그 가치관의 한계를 인식하는 것이다.

---

1) 루시앙 골드만, 조경숙 역, 『소설 사회학을 위하여』, 청하, 1982, 239~261쪽.

송영은 1967년 현대문학에 「투계」라는 작품으로 등단한 작가이다. 그 후 그는 「先生과 皇太子」 등의 작품을 통해 자신만의 독특한 세계를 구축하려고 했던 작가이다. 송영의 글쓰기는 존재의 소외에 대한 철저한 근원 찾기에 있다. '내면으로의 후퇴와 성찰', '세계와의 탐색과 단절'은 1960년대와 1970년대 문단에 걸쳐 진행되었던 연속선상에서 보면 송영의 글쓰기는 그러한 문단의 당시 풍토와는 무관하지 않다. 특히 새로운 담론의 구축이라는 1960년대 문단의 흐름은 그의 글쓰기 형상화 방법에 영향을 미쳤다고 할 수 있다. 1970년대 문학의 한 위치를 차지하는 송영 문학만이 갖는 독특한 형상화의 방식은 서사로의 진행방법이라는 점이다.

그럼에도 불구하고 송영의 문학의 형상화에 대한 기왕의 평가는 부정적 경향이 짙다. 김윤식은 "그의 인물들이 가지고자 했던 것이 무엇이며 그것이 세계의 어떤 질서에 의해 차단되었던가를 구체적으로 보여주지 않는다"[2]고 언급하면서 서술의 단순성을 송영 소설의 한계나 단점으로 지적하고 있다. 김현은 "그의 주변의 변두리 삶을 묘사할 때에도 단순한 세태소설 世態小說로 끝나지 않고 개인적인 결단을 그릴 때에도 지식인 특유의 제스처 소설로 끝나지 않는다"라고 언급하면서 그의 소설이 이처럼 미완의 메시지로 끝나는 것이 세계와의 대결 구도 속에서 인물 스스로가 좌절하기 때문이라고 주장하고 있다. 이러한 평가들을 토대로 추측해 볼 수 있는 것은 그의 문학적 재현 양상이 시대와 지식인으로서의 책무와 밀접하게 연관되어 있고 그 재현의 문제가 작가에게 지식인으로서의 고통을 안겨주었던 것으로 볼 수 있다. 특히 그의 소설 전반에 드러나는 인물을 통한 시대와 미래의 불안 의식의 재현양상은 당시의 시대상황과 그의 삶에 밀접하게 연관되어 있다.[3] 이러한 지적은 그의 소설적 경향이 개인의 심리적인 측면이 외적 사회

---

2) 김윤식 · 정호웅, 『한국소설사』, 예하, 1993, 410쪽.
3) 송영의 개인사의 일면에서 그 문제점을 포착할 수 있다. 그는 군대에서 탈영을 시도했고, 작품의 형상화의 매개가 되는 감옥의 경험도 있다. 이로 인해 그는 철저하게 오랜 도피생활로 인해 세계와는 단절된 삶을 이어간다. "영창 안에 갇힌 그는 대단히 무겁고 치명적인 군법의 적용을 받아 마땅하였으나 그러나 누구라도 소위 천우신조라는 기적은 생애 동안 한두 번씩 체험하는

상황과 밀접한 관련을 맺고 있음을 반증하는 것이며, 그의 소설 전반적 이해의 접근을 제시하는 단초가 된다.

이 글에서는 이러한 점에 착안해 송영의 「先生과 皇太子」를 중심으로 그의 문학 세계의 특징을 탐색해 보고자 한다. 여러 편의 작품 중에서 이 작품만을 선정한 이유는 이 작품이 송영의 초기작이라는 점, 그리고 일련의 초기 작품들이 일상을 내세운 개인의 공간적 폐쇄에서 자유롭지 못하다는 점을 아우르고 있다는 점, 그 일상의 공간과는 다르다는 점 때문이다.

만일 감옥을 개인의 인생관과 세계관이 이루어지는 직관의 공간이자 삶의 행위가 형성되는 행동 공간으로 받아들인다면, 이때의 감옥은 작가 송영에게 있어 삶의 틀이자 세계를 바라보는 출발지라 할 수 있다. 대부분의 작가들에게 있어 직관과 행동공간이 자신의 생태성인 고향과 연관되어 있는 것에 비하면 송영의 경우는 극히 다른 범주에 속하는 경우이다. 감옥의 설정은 지식인으로서의 한과 역사의 경계에서 이데올로기로부터의 희생과 집단폭력의 욕망을 드러내고자 하는 장치이다. 이러한 감옥의 체험과 경험은 외부세계에 대한 두려움뿐만 아니라 개인 스스로 감시의 눈을 만드는 역기능을 형성하게 된다. 그렇게 됨으로써 개인은 자신과 사회에 대한 이중적 감시의 체계로부터 벗어날 수 없는 구속의 체계 속에 갇혀버린 자신의 모습에 대한 반영이자 성찰인 것이다. 그리고 감옥의 공간 속에서 작가는 닫힌 공간 속에서 인물들의 육체뿐만 아니라 주변에 시선을 모으고 있다.

본고에서 접근하고자 하는 방법은 텍스트 내에서 텍스트의 의미 생산이 어떻게 주체를 그 세계의 과정이나 변화의 시도의 위치에 있게 하는지를 살펴보고자 하는 데 있다. 이때 제기되는 과정 중의 기호계 속에서 주체는 어

모양으로 군법무관을 잘 만났다. 법무관이라고 하는 사람이 송영을 알아보았다. 작품 「투계」가 외국의 저명한 잡지에 영역되어 게재된 것을 그 법무관이 읽었던 것이다. 세계적인 잡지에 소개된 한국의 대표적 문제 작가를 오래 고생시키지 않고 미결수 감방생활을 수개월 만에 풀어 내놓아 주었다."
이만재, 「생각하는 몽상가」, 『제3세대 한국문학—송영』, 삼성출판사, 1983, 440쪽.

떻게 분열을 일으키는지, 주체의 재구성은 사회와의 관계 속에서 문제가 없
는지를 살피게 될 것이다.

2. 성찰적 주체의 불안과 좌절

불안장애는 다양한 형태의 비정상적, 병적인 불안과 공포로 인하여 일상
생활에 장애를 일으키는 정신 질환을 말한다. 불안과 공포는 정상적인 정서
반응이지만, 정상적 범위를 넘어서면 정신적 고통과 신체적 증상을 초래한
다. 이 증상들은 근대 사회에서 현대 사회로의 변화과정에서 일어나는 현대
인의 겪는 질환중의 하나이다. 현대 사회 즉 자본주의 사회의 폐해는 정신
적 측면과 물질적 측면에서의 개인과 사회의 충돌 및 대립의 양상으로 두드
러지게 나타나는 정신적 병리인 것이다. 주체의 존재를 위협할 만한 대상이
아니거나, 존재하고 있을지라도 그 대상의 겁박이 미미할 경우, 주체는 그
러한 대상에서 불안의 증상을 비친다.

사회 외적 측면에서는 전쟁과 그 폐해, 군부독재의 등장과 4 · 19의 실패
는 사회를 구성하고 있는 구성원들에게 공허함뿐만 아니라, 세계에 대한 공
포의 두려움을 갖게 만들었다. 미래에 대한 희망 같은 초월적 가치들을 갈망
하게 했다. 즉 보편적 가치 중에서 자유와, 평등의 강조는 인간의 존재적 가
치와 직결되는 것이기 때문에 그 소중함을 자각한 시대정신의 강조와 1960,
1970년대 문학에서의 특히 1960년대의 혼탁한 사회질서로부터 좌절과 갈
등, 혹은 삶의 희망의 빛을 발견하지 못했던 사회질서로부터 개인적 소외를
체험했던 송영에게 있어 소외는 개인의 문제임과 사회적 문제임을 깨닫게
해주었다. 사회와 개인의 소통 부재에서 비롯된 소외는 당대 현실이 인간
소외의 구조적 표현임을 통찰하고 그것을 폭로함으로써 개인과 사회에 그
문제의 원인을 환기시키고자 하는 의도가 내재되어 있다. "주변부 삶을 묘

사할 때에도 단순한 세태소설世態小說로 끝나지 않고, 개인적 결단을 그릴 때에도 지식인 특유의 제스처로 끝나지 않"[4]으면서 계층적인 관계를 떠나 직면한 세계를 총체적으로 인식하려는 시각을 지니고 있다. 송영의 일련의 초기 단편에서 보여지는 사건의 내러티브는 「先生과 皇太子」, 「鬪鷄」에서는 내면의 갈등과 동기들의 내러티브가 극명하게 드러나지 않는 반면에, 「중앙선 기차」에서는 세태의 조명에 초점을 맞추고 있다. 즉 내면 갈등의 내러티브와 행위의 내러티브의 혼용으로 인해 주체의 욕망이 자신이 추구하는 것과는 반대의 효과를 생산하고 있으며 욕망의 주체와 대상의 위치가 서로 바뀌어 존재하고 있음을 보여준다. 이런 점에서 그의 초기 소설에서의 사회적 내러티브는 욕망을 이야기하는 동시에 욕망을 일으켜 의미화의 장으로 이끌어가는 동력이 되고 있는 것이다. 1970년대 문학의 지평은 세계와의 불화로 인해 파편화된 좌절과 「先生과 皇太子」, 「鬪鷄」, 「중앙선 기차」 등 일련의 초기 작품에서 등장하는 공간은 유폐적인 특성이 강하게 드러나고 있다. 이러한 점들을 감추고 드러내기 위해 그의 소설은 서사의 전개를 함에 있어 한 작중인물에 치우치기보다는 자유로운 서술자를 선택하고 있다. 이런 점에서 그의 소설에서 보이는 전지적 서술자의 편향적 선택은 작가 스스로의 자기 치유적 과정으로서의 서술적 성격이 강하다는 것을 드러내고 있다.

「先生과 皇太子」의 이야기의 시작 역시 화자인 순열의 불안으로 인한 자기부정에서 시작된다.

> 나는 어느 덧 나도 모르는 사이에 내가 어쩌면 환자가 아닐까 하는 자각 증상에 사로 잡히고만 것입니다. 혹시 어디 아픈 데라도 없을까. 그때까지 몸에 이상이 있거나 이렇다 할 치료를 받아 본 일이 없는 데도 공연한 남들의 인사말,

---

4) 김현의 『사회와 윤리』; 박동규, 「자유와 삶의 복합적 양태」, 『제3세대 한국문학』, 삼성출판사, 1983, 417쪽에서 재인용.

요즘 어디 아프니?
혹은 자네 밤낮 무슨 걱정거리가 그다지도 많은가(211쪽)?

이 소설의 서술자이자 관찰자인 순열은 외상적으로 아무런 아픔도 가지고 있지는 않지만 심리적으로 스스로 환자 아닐까라는 망상적 환자로 스스로 규정하고 있다. 그 병의 진원지는 타인의 말 듣기에서 비롯된다. "요즘 어디 아프냐", "자네 밤낮 무슨 걱정거리가 그다지도 많은가?"라고 무심코 내뱉는 타인의 언어가 화자인 '나'를 병든 환자로 각인시켜 버렸다. 그 화자의 말이 '걱정이 많다는 것도 따져보면 자기가 그만큼 무능하고 자기 내부에 그만큼 불가항력적인 요소가 잠재해 있다는 것을 자각하고 있다는 증거이기 때문에 병들었다'는 것으로 자기 합리화시킴으로써 사회에 대한 수동적 태도를 취하고 만다. 이는 환언하면 자기정체성에 대한 확보에 대한 불안에서 기인한 것으로 볼 수 있다. 자기정체성이란 타인과 차이를 통해 개인 스스로를 규정하는 것이라고 볼 때, '순열'을 통한 송영의 자기정체성의 확인과정의 하나로 이해될 수 있다. 현실에 존재하고 있으면서 무기력하지만 현실로부터 소외나 일탈을 꿈꾸는 순열의 무의식적 추구는 사회 참여에 대한 욕망 때문이다. 이는 심리적 자아와 신체적 자아의 분리의 출발점이 된다. 순열 자신은 건강하다고 느끼고 있지만 타인이 건네는 말이 보이지 않는 폭력으로 다가와 자신을 세계와 단절시킨다.

그런데 순열의 불안은 과거 어린 시절의 기억과 연관되어 있다. 감방에 있는 동안 순열이 외부세계를 접할 수 있는 기회는 감방장인 이 중사의 허락에 의해 감방의 통풍구를 통해 외부세계를 바라보는 것이다.

막상 그가 멀리 빨갛고 검은 기와지붕들이 오밀조밀 모여있는 마을을 보았을 때 그는 더럭 겁이 났던 것이다. 그것은 어렸을 때 남의 집 담장을 기어올라가 몰래 뒤란을 훔쳐보고 있을 때 느끼던 불안과 흡사한 것이었다(225쪽).

순열이 위 인용문에서처럼 전쟁의 외상이나 어린 시절의 지울 수 없는 기억의 불안과 동일하다. 그는 항명죄로 감옥에 들어왔다. 그의 실제적 항명죄의 실체는 작품에 드러나지 않는다. 월남전에 참전했다 전쟁터에서 무고한 양민을 죽인 죄로 무기징역을 받고 있는 정철훈 하사와는 다르다. 어쩔 수 없는 전쟁터의 상황에서 상부의 명령으로 베트남 양민을 죽였지만 월남에서 돌아온 후 그에게 내려진 구형은 명령불복종에다 아무 죄 없는 양민학살자의 주범으로 전도되어 있었다. 전쟁 후 즉 순열의 자아는 산업사회로 진입한 사회의 변화나 강직되고 명령하달과 충복적인 체계가 지닌 권력의 폭력에 대처하지 못한 자신의 한계에서 비롯된 것이다. 개인의 사회적 인식 기능 상실의 원인은 보이지 않은 채 진실되고 참된 것의 욕망 찾기에 대한 능동적 행위로의 지향을 철저하게 막아버리고 있는 세계에 대한 고발인 것이다.

감방 안의 수인들이 '순열'에게 폭력을 행사하고 있지는 않지만 그들을 그려내는 육체적 형상의 혐오스러움과 공포는 정신적 불안을 반영화고 있는 것이다. 텍스트에 등장하는 인물들 모두는 자기 자신이나 외부세계를 실재하지 않는 허구로 느끼고 있다. 허구의 대상인 세계를 깨닫기 위한 하나의 방법으로 감각의 지각 중 시각을 사용하고 있다. 감각의 지각은 주인공의 의식과 밀접한 연관을 맺으면서 지각의 한 작용을 하고 있다. 즉 머리만으로의 인지 작용이 아니라 '손', '얼굴', '눈', '이마' 등의 신체에 대한 시선을 통해, 즉각적이고도 원초적인 감각을 통해 의식과 무의식의 경계를 왕복으로써 보이지 않는 권력과 폭력의 흔적을 드러내고자 한다.

푸코는 몸을 권력의 하나로 보았다. 이때의 권력은 근대의 권력이다. 몸을 정치화하고 몸을 분절하고 그 움직임을 하나하나 규율하며, 그 규율을 체계화하도록 사회 구성원 중의 하나의 몸으로 형성된다.[5] 특히 인물의 심리적 변화를 드러내는 어휘들인 "굵다랗고 깊이 패인 주름", "부풀어 오르

---

5) 강미라, 『몸 주체 권력』, 이학사, 2011, 114쪽.

는 굵다란 주름살", "표범의 눈", "턱수염이 쭈뼛쭈뼛 나고 음푹 팬 눈", "딱딱한 표정", "주근깨로 덮여있는 조그만 얼굴" 등은 공포를 야기하는 신체의 특징이자 사회적 분위기의 형상을 드러내는 기표들이다. '순열'이 같은 감방 안의 수인들을 살피는 시선의 끝지점은 얼굴이다. 얼굴은 신체 내부의 이러한 기표의 선택과 배열들과 어울려 자아가 신체 표면을 경험하면서 스스로의 내면적 모습을 드러내기 위한 장치이다. 수인들의 얼굴과 눈에 대한 주의 깊은 관찰은 '순열' 자신의 세계에 대한 적대감이나 거부로 읽힐 수 있다. 피할 수 없는 삶에 처한 개인들의 운명이나 억압된 인간의 육체에 대한 근원적 복귀를 상징하고 있다. 그러면서 반대로 얼굴을 상징하는 이 어휘들은 타인으로부터 자신의 탐욕이나 공격을 막아주는 방어기제로서 작용한다. 그렇기 때문에 이 어휘들은 인물의 개성적 특징을 드러내기도 하지만 내적 심리를 동시에 표출함으로써 '감방'이라는 지각공간의 특징을 함의하게 된다. 그와 동시에 너무나 인간적인 우리 자아의 진정한 모습을 보여주고 있다.

> 그는 이 중사와 나란히 동료들의 중머리 뒤통수들이 모두 한눈에 바라다보였다. 그들의 중머리들은 꼼짝도 하지 않았으므로 뒤쪽에서 보면 마치 여러 개의 같은 석불상이나 목불상들을 나란히 앉혀 놓은 것 같았다. 그리고 불상들은 실은 생명이 전혀 없어 뵈는 것이다. 정좌할 때는 손가락 하나 까딱하지 못했기 때문에 그들의 뒷모양은 숨조차 제대로 쉬지 않는 듯이 보였고, 꼼짝도 하지 않는 삼열 횡대의 뒤통수들에서는 정말 생명의 자취라고는 조금도 찾아볼 수 없었다는 느낌을 받을 때가 있었다.[6]

"석불상", "생명이 전혀 없어 뵈는", "생명의 자취라고는 조금도 찾아 볼 수 없다"처럼 감방 안의 수형인들은 비활동성의 기표들 즉, 공포의 대상이거나 죽음 등과 등가물로 그려지고 있다. 송영에게 있어 이 죽음의 기표들

---

6) 송영, 「선생과 황태자」, 『제3세대 한국문학』, 삼성출판사, 1983, 217쪽.

은 텍스트 전체에 스며들고 있다. 송영은 전혀 정적이거나 이미 죽어버린 존재처럼 인물들을 묘사함으로써 인물의 우울한 내면 풍경을 드러내고 있다. 초월적 존재의 실존보다는 슬픔과 좌절을 이미 경험한 비극적 인물의 형상을 보여줌으로써 주체의 삶의 비극성이 세계 그 자체가 숨어 있음을 제기한다. 삶의 적극적 변화의 의지를 꾀하려는 인물이 아닌 소극적이거나 자포자기적 인물을 그림으로써 보이지 않는 숨은 권력의 존재가 있는 세계 내에 팽배되어 있는 공간임을 보여준다.

보이지 않는 세계의 은밀한 권력 장치가 개인들의 육체로 스며들고 있다. 추상화되어 인지할 수 없는 왜곡된 때문에 관찰의 메카니즘을 통해 사회 역사로부터 내몰리는 비인간적 형태를 잘 포착할 수 있다. 그렇기 때문에 송영의 소설에서 재현되는 감옥의 공간은 불안의 공간이자 미완의 공간의 규정할 수 있다. 불안이라는 측면에서 보면 자아와 세계의 일치가 이루어지지 못하고 있다는 것이며, 성숙되지 못한 공간이라는 점에서는 구성원 누구나가 기본권을 누리지 못하고 있음을 반증하는 것이다. 이러한 불안의 경계에서 비롯되는 그의 문학에서의 불안정성은 당시 시대적 상황과의 관계 부조화 때문이기도 하다.

3. 환멸과 외상의 공존 공간

1950년대 전후나 1960년대 소설에서 보여졌던 전쟁이나 세계로부터 받은 충격적 외상이나 신경증적 증상이 1970년대 문학에서 재현되고 있다는 점은 주목할 만하다. 그 중에서도 전쟁은 개인적 외상이나 심리적 증상을 개인의 관조적 시선의 태도로 극복하려는 의도는 새로운 서사 전개의 출발점이라는 점에서 주목을 요한다. 이 텍스트에서 등장하는 인물군들은 감옥이라는 특수한 공간을 빌어 그 일상의 허무함과 무기력함이 진원지를 탐색하고자 한다. 그 인물들이 갖고 있는 외상 역시 사회적 질곡과 연관을 맺고 있다. 그 사회적 모순이나 적응의 문제를 그려나가기 위해 작가가 선택한 것은 '감옥'이다. <감옥이 갖는 보편적 의미는 사회와의 단절, 소통의 부재를 지고 있지만>, 그 이면에는 감옥이라는 공간이 지니는 계층구조의 대립성이 함축되어 있다. 감시와 수인의 관계는 수직/ 수평, 지배/ 피지배, 주인과 노예 등의 대립은 이 공간이 단지 개인적 공간에 머물지 않고 있음을 보여준다. 즉 근대 자본주의사회로의 이행을 통해 드러나는 인간의 사물화에 대한 날카로운 시선을 던짐으로서 그 이행과정의 모순성을 비판하고 있다.

문학에서 공간은 단순한 영역이나 의미를 지닌 차원을 넘어서 인물의 내적 심리를 반영하거나 표출시킨다. 문학이 방향성을 잃었을 때 내면으로 치닫는 경우가 종종 있다. 이때 먼저 전제가 되는 것은 작가들의 세계를 응시하는 적용의 방법이다. 환상적 리얼리즘은 세계 자체를 희망으로 볼 것인가, 아니면 암흑으로 볼 것인가에 따라 접근의 방법을 달리 하는 것이다. 환상적 리얼리즘은 불명료한 사건의 등장과 인물의 설정 자체가 일상에서 찾을 수 없는 인물들을 그리고 있다. 1970년대 문학이 갖는 한계는 아마도 존재적 불안감과 삶의 탈출구의 막연함이라고 할 수 있다. 산업사회로의 진입은 인간의 기본권에 대한 회의와 새로운 삶 특히 일상으로의 복귀에 대한 갈망이 일기 시작한 시점이다.

1) 모호한 현실—공간의 이중성

공간은 텍스트 내의 인물의 경험과 그에 대한 이해를 가져온다. 공간의 움직임은 철저히 주관적인 성향과 밀접하다. 그렇기 때문에 내면의 심리를 다루는 소설들에서 등장하는 공간은 인물과 세계와의 관계에 대한 지각의 특징에 의존하려는 경향이 강하다. 공간은 작가의 의도나 텍스트 내에서 드러내고자 하는 의미와 밀접한 관계를 맺고 있기 때문에 상징계의 영역에 속한다. 상징계란 세계의 모순을 드러내기 위해 텍스트 내에서 펼쳐지는 대상 즉 오브제이다. 그런 점에서 오브제인 공간은 더 이상의 공적인 공간으로 존재하지 않는다. 공적인 공간의 지형학과 동일시를 이루지 않으면서 주체 자신을 감싸고 있는 진부함이나 반복, 미결정적 요소들로부터 벗어날 수 있는 도피처로서의 역할을 하게 된다. 이러한 이유로 감옥의 공간은 심리적 자기폐쇄와 동일시된다.

감옥이란 닫힌 공간이 극적인 인물들을 통해 주제를 선명하게 드러낼 수 있게 만드는 특성을 자체 내에 지니고 있는데다가, 사람살이의 복잡한 세목을 생략해도 좋은 이점이 있기 때문에 작가들에게 유혹적이 공간이 될 수밖에 없는 사정이 있다.[7] 뿐만 아니라 닫힘이나 고통스런 한계 조건의 기본적인 비유나 상징으로서 또는 역설적인 자유와 몽상의 장소로서의 양면가치로 자주 등장하거나 감금의 상상력에서 법과 문학의 미묘한 상관관계가 노출될 뿐만 아니라 문학의 법에 대한 부정적인 의식이 노출되기도 한다.[8] 그러한 이유로 현대문학에서 감옥을 공간적 소재로 삼은 대부분의 텍스트에서 투쟁이나 저항의 장소라기보다는 협소한 개인의 심리적 상태와의 자아의 동일시된 공간으로 나타나곤 하였다. 또한 감옥의 공간은 이데올로기적 통제가 힘으로 작용하는 공간이며, 또 갇힌 주체가 관념적으로 구성된 세계를 더 본질적인 세계로 여기도록 하면서 자본주의의 이데올로기를 우리 감각기관에 직접 스며드는 형태를 보여주기도 한다.

「先生과 皇太子」에서 공간은 화자인 순열을 비롯한 수형인들이 머무는 감옥과 변소, 그리고, 통풍구를 통해 보이는 일상의 공간이 대부분이다. 화자인 순열, 이 중사, 정철훈 하사가 겪는 경계성 장애는 폐쇄적 공간의 설정과 무관하지 않다. 획일적이고 수직적인 체계만 존재하는 감옥은 수인들이 모여 있는 감방과 감방 안의 변소, 식당 그리고 수인들을 감시하는 철창 밖

---

7) 정호웅, 「한국 현대소설에서의 감옥 체험 양상」, 『문학사와 비평』 4집, 문학사와 비평학회, 1997, 236쪽.
8) 이재선, 『현대한국소설사』, 민음사, 1991, 145~146쪽.

의 공간 역시 감방과 그 속에 거주하는 인물들의 정체성을 이루는 기본적 요소들이다. 특히 이 공간들은 등장인물과 동일하게 경계의 분리가 불명료하게 나타나는 특징을 함께 지니고 있다. 안과 밖의 구분이 되어 있는 듯하면서도 돼 있지 않은 모호함의 경계에 자리 잡고 있다. 동일한 감방의 공간이지만 순열을 비롯한 인물들이 거주하고 있는 공간은 폐쇄적이고 억압적이고 비자유적이면서 비역동적이라면, 식당이나 감방 밖의 복도는 개방적이고 비억압적이며, 자유롭게 행동할 수 있는 공간이다. 이는 인물들이 지닌 세계와의 관계에 대한 정체성의 모호함을 지니고 있음을 의미한다. 그렇다고 이처럼 대립적 공간의 형상만을 갖고 있는 것은 아니다. 이렇게 보면 동일한 교도소 내의 공간이라도 개방과 폐쇄의 대립이 존재한다는 것은 결국 교도소라는 공간이 감시와 처벌로서의 공간으로 작용하면서 탈공간적 지향의 이중성을 보여준다.

특히 인물들이 거주하는 감방 내의 공간은 보이지만 보이지 않는 공간의 구획점이라고 할 수 있는 것은 경계의 문이 존재한다. 감시와 처벌의 경계가 철창이면서 공간의 구획이기는 하지만 공간과 공간의 구획이 명확하지 않은 문이 또한 변소의 문이다. 문은 소통의 통로이자 공간의 이동을 가능하게 해주는 대상이지만 이 텍스트 내에서의 문들은 문으로서의 원래의 기능을 유지하는 철창과 상실한 변소의 문이 공존하고 있다. 철창의 문은 이중사를 비롯한 수형인들이 간접적으로 갇힌 공간에서 외부와 소통할 수 있는 문으로서 기능을 한다. 그와는 반대로 변소의 문은 폭력적인 시선이 가득찬 세계로부터 벗어나 해방감을 주는 문이다.

> 변소 안에 드러간 순열씨는 갑자기 마음이 평온해졌다. 그는 군화 발자국 소리, 욕지거리, 미친듯이 킬킬대는 웃음소리, 취사당번들의 그릇 씻는 소리, 구타당하는 신음소리, 근무자의 위협하는 소리 따위의 소음으로부터 그의 청각을 보호해 준 고마운 문이다(247쪽).

외부세계와 단절된 공간에서 청각의 자극과 위협은 단순히 개인에게 국한되는 것만은 아니다. 공간을 위협하는 소리들은 일상의 반복이자 무의미한 일상에 대한 배타성을 드러냄과 동시에 비결정적인 존재의 불안정을 암시한다. 이 공간에서 순열은 자아를 보호하는 기능을 지닌 궐련을 피움으로써 잠시나마 자기가 감금되었다는 사실을 잊어버린다. 궐련이 잠시나마 삶의 욕동에 감사의 마음을 일으키게는 하지만 궐련을 통한 구강기적 쾌감은 개별 주체가 겪는 내적 공허감을 의미하는 것이다. 변소와 궐련이 고마움/평화로움/안정감을 경험하게 한다면 외부세계인 감방은 불쾌감/전쟁/불안을 의미한다.

그렇다고 해서 이처럼 보이지 않는 공간으로 대변되는 변소가 항상 개인의 자유만을 허락하는 도피처로서의 작용만 하는 것은 아니다. 반수에 빠진 듯한 이 중사나 같은 감방 안의 동료들의 눈과 그리고 여타 촉각은 실내의 구석구석까지, 또는 실내에 있는 사람들의 마음 구석구석까지 하나도 놓치지 않고 지켜보고 있다. 그곳을 드나들 때는 감방 안의 지배자로부터 허락과 승낙을 받거나 개인의 은밀한 부분까지 타인의 시선으로부터 피할 수 없는 공간인 것이다. 공간 안의 감시자로부터 허가를 받아야 한다는 점에서, 같은 수감인이지만 그 속에서도 지배와 피지배의 관계가 형성되고 있다. 이러한 공간의 이동시 동선의 움직임은 직선이 아닌 동심원상을 그리고 있다. 이는 변소라는 배설공간에 대한 흥미와 관심이 줄어들고 있음을 반증하는 것이다. 하지만 대부분의 수감인이 관심을 가지고 있는 것은 변소이다. 이들에게 변소로의 출입은 배설과 금지된 담배를 피울 수 있게 되는 심리적 안정의 공간이다. 그런 차원에서 보면 변소는 자아의 배설욕구를 배출시키는 안의 대립인 밖의 공간이다. 하지만 텍스트 내에서 이러한 공간의 구획은 의미가 없다. 존재하는 공간과 문이 존재하지 않는 공간 즉 감방과 변소의 대립 또한 동일한 공간 내에서의 차이인 것이다. 이렇게 자아 중심적인 공간구조는 물리적 또는 문화적으로 규정되는 경계로 나타나는 선명한 내부와 외부 구분을 약화시키는 데 기여한다.[9] 이러한 약화는 인물의 행위나 시선이 일부 가해자에 의해 움직이고 있음을 보여준다. 기본적으로 자아중심적인 공간은 나를 외부로부터 막아주는 기능을 해야 한다. 하지만 변소는 보호의 기능이나 배설의 기능을 상실한 채 존재한다. 철저하게도 개인의 자유 공간이 억압을 당하고 있다는 것은 심리적 불안을 야기하는 근간이 된다. 그렇기 때문에 감방 내에서의 행위를 나타내는 표현들은 '엉금엉금', '어기적 어기적' 같은 비능동적 행위로 묘사를 함으로써 우회적으로 인물들의 수동적 행위 양상을 보여주고 있다.

공간을 감싸는 기호들은 낯설게 표현된다. '변소, 퀼런, 높은 벽 홈에 파인 홈, 주근깨 투성이 얼굴, 쇠붙이 조각으로 시멘트를 파서 새긴 크고 작은 글자들' 등은 자아를 보호하는 어휘들이다. 이 어휘들은 인물의 불안한 심리적 내면을 보이면서 인물 스스로의 파편화가 아닌 외부에 의해 파편화되었음을 우회적으로 제시하고 있다. 이러한 기표의 미끄러짐은 낡고 은둔적이며 폐쇄적인 질서나 위압, 시선이 개방된 공동체적 삶의 질서를 무너뜨리고 있음을 보여준다.

순열을 감싸고 있는 공간에서의 내뿜는 오염되고 더러운 물질들은 죽음의 그림자를 드리우고 있다. 두 공간은 '갇힘'이라는 점에서 동위관계를 형성하지만 '억압'과 '배설'의 의미층에서는 대립을 이룬다. 그러면서 이 공간은 경계점을 나타내기도 한다. 변소는 유일하게 수감인에게 출입이 허용된 문이자 자유를 내포하고 있다.

2) 거세된 남성지식인의 길찾기

송영의 「先生과 皇太子」가 우리의 주목을 받아야 하는 이유는 폭력화로 변모된 남성화된 사회나 문화의 질서 논리 속에서 개인의 삶이 은폐화되고

---

9) 에드워드 렐프, 김덕현외 역, 『장소와 장소상실』, 논형, 2005, 117쪽.

약화된 거세된 남성성을 보여준다는 사실에 있다. 현대 지식인은 자신의 구체화되고 특수적인 삶의 영역에서 자신도 그 속의 일원이라는 점을 인식해야 하며 그 사회체제나 진리의 체제에 대해 저항해 나가야 한다. 왜냐하면 사회의 지식인이 생산해내는 지적체계나 지식도 그 사회로부터 자유로울 수 없기 때문이다. 이는 비록 「先生과 皇太子」가 베트남 전쟁을 이면에 깔고 있을지라도 앞서 보았듯이 팽배된 폭력화된 남성성에 대한 저항의 담론을 형성하고 있다는 것, 그리고 그것을 기반으로 지배구조 모순과 개인의 소외, 계급의 정체성을 드러내는 서술의 양태를 취하고 있다는 점이다.

「先生과 皇太子」에 대해 김윤식은 "세계의 거대한 벽에 부딪혀 좌절당한 자의 내면을 섬세하게 그려냈다. 세계의 질서는 개인이 가지고 싶어하는 것을 허용하기는커녕 오히려 질서교란자로 취급, 감옥 속에 유폐시켜"[10] 버림으로써 개인과 세계의 단절의 원인을 탐색하는 소설로 규정하였다. 자연적인 육체에 갇혀 있던 남성성이 내면의 세계로 후퇴함으로써 수동적이고 여성적인 관습적인 표현의 기표와 연결됨으로써 기표와 인물의 동일시에 묶여버리게 된다. 이렇게 변모된 주체는 세계와 자신에 대한 불안을 드러내고 정체성에 대한 회의를 품게 되어 근대성 자체에 대한 비판과 의문의 시선을 던지게 된다. 이러한 비판의 시각은 일탈적인 것에 대한 반항적인 숭배와 이성, 진보, 산업적인 남성성 등 자기 만족적인 부르주아 이상을 거부[11]하고 세계에 대한 인식과의 확장과 성찰의 기회를 갖고자 하는 것이다.

이러한 인식의 출발로 송영의 작품세계는 항상 주변부의 사소함에 시선을 고정한다. 이처럼 사소함의 시선으로의 연행은 일상의 삶에 대한 깊은 성찰의 반영임과 동시에 발화주체의 관찰자적 여성성으로의 전환을 의미한다. 하지만 쉽게 포착되고 극복의 대상이 될 수 있으리라 여겼던 사소함이 넘지 못할 괴물의 형상으로 다가오면서 불안과 환멸의 이중고를 겪게 된

---

10) 김윤식, 『한국현대소설사』, 문학동네, 2000, 123쪽.
11) 리타 펠스키, 김영찬 · 심진경 역, 『근대성의 젠더』, 자음과 모음, 2010, 178쪽.

다. 이때 괴물은 억제할 수 없는 잉여의 한계점들을 가리킴으로써 에고가 결코 모든 것의 지배자가 될 수 없음을 의미한다.[12] 일상의 주변을 대상으로 하면서 선정된 대상에 대한 반복적 서술과 등장인물의 내면 심리의 포착이 바로 그것이다.

순열이 자기가 받아온 방식대로 세계를 바라보는 존재라면, 이 중사나 정하사는 가공되지 않은 그대로의 상태, 즉 인간 존재의 동물성을 그대로 드러내는 기표이자 인물들이다. 이런 점에서 이들은 문화/ 자연, 수동/ 능동, 정신/ 육체/ 이성/ 감정의 대립 축을 이끌면서 이야기를 전개한다. 아브젝티브는 우리가 혐오하고 거부하고, 거의 폭력적으로 배제하는 것을 의미한다.[13] 아브젝티브를 바라보는 주체는 자신이 소유하고 있거나 바라보는 대상이 깨끗하지 않고 적절하지도 않은 자아라는 것을 인식하는 순간 육체적으로나 정신적으로 그것을 추방하고자 한다. 이러한 과정을 통해 자아는 분리되기 전의 감각의 복원 회복으로 회귀하고자 하는 것이다.

순열은 남달리 걱정거리가 많은 사내면서 아무것도 아닌 일로 공연히 시달림을 받고 있는 사나이이다. 특히 걱정거리를 타인에게 감출 수 없을 만큼 몹시 시달리는 강박증의 증세를 보인다. 이런 강박증의 증세는 순열에게 매사에 자신 없는 인물로 규정시켜 버린다.

순열은 "나는 병들어 있다"의 고백을 통해 자신의 몸과 자아에 대해 증오한다. 몸뿐만 아니라 이 중사도 순열에게는 아브젝티브이다.[14] 순열에게 '삶이란 스스로 갖고 싶은 것을 갖기 위해 철저한 계획과 끊임없는 노력에 의해 획득되어지는 것'임을 알고 있다. 순열은 자신과 다른 감방 안의 다른

---

12) 리처드 커니, 이지영 역, 『이방인, 신, 괴물』, 개마고원, 2004, 13쪽.

13) 노엘 맥아피, 이부순 역, 『경계에 선 크리스테바』, 엘피, 2004, 92쪽.

14) 이 점에 있어서는 프로이드의 억압의 문제와는 다르다. 프로이드의 억압에서 주체가 드러나기 위해서, 즉 주체가 주체성이나 문명화로 나아가기 위해서는 욕망이 가라앉아야 한다고 보고 있다. 거기에 비해 크리스테바는 주체의 의식 주변을 항상 맴돌고 있기 때문에 주체는 그 아브젝티브를 거역할 수 없고 그 주변을 맴도는 아브젝티브로 인해 심리적 고통의 그늘을 벗어나지 못한다고 한다. 그렇게 때문에 분리 그 자체에 대해 불안을 느끼는 것이다.

사람과를 분명하게 구분하지 못한다. 구분점을 찾기 위해 낯설면서도 친밀한 자신의 육체로 되돌아가는 것이다.[15]

이 중사가 두려운 것은 가늘게 뜬 눈으로 잠을 자는 듯 해보이지만 그의 눈은 실내의 구석구석까지 훑거나 사람들의 마음을 읽고 있다.

> 그들 모든 사람들의 입에서도 한결같이 뜨거운 숨결이 내뿜어졌고 그리고 그 숨결에서는 모두 순열씨의 후각을 괴롭히는 고약스러운 냄새가 스며나왔다. 그들의 냄새는 한결같이 같은 종류의 것이었다. 개고기를 구운 것 같은 약간 노린내에다 썩은 푸성귀에서 나는 퀴퀴한 냄새가 석여있는 냄새, 그러니까 그것은 거리의 싸구려 음식점 주변의 하수구에서 맡을 수 있는 것과는 조금 다른 냄새였다.

감방의 사람들은 모두 순열에게나 혐오의 냄새를 풍기고 있었다. '후각을 괴롭히는 고약한 냄새', '개고기를 구운 듯한 노린내', '썩은 푸성귀가 뿜어내는 퀴퀴한 냄새', '하수구에서 맡을 수 있는 냄새'의 기표들은 결국 순열 자신의 세계를 위축시키면서 수동적으로의 체제내의 변화를 강요받고 있는 자신의 대리자이다. 순열은 자신뿐만 아니라 세상의 모든 것이 썩은 냄새를 내뿜으며 부패해가듯이 세상에 영원한 존재는 없다라는 것을 확신하면서 두려움을 느낀다. 지각에 대한 틈이 보이면서 타인들의 공격이 자아를 위협한다. 그 냄새의 진원지는 불투명하다. 그 대상의 불투명 때문에 불안이 지속된다.

> 하얗든 그의 얼굴이 평온한 채로 있을 때는 얼굴에서 이따금 어린애의 얼굴을 발견할 때도 있는 것이다. 그렇지만 그가 감방장의 권위를 찾기 위해 표정을 일단 딱딱하게 만들거나 또는 누군가에게 고함을 지르거나 발

---

15) 프로이드는 이것을 '억압된 것의 귀환'이라고, 크리스테바는 '어머니의 아부젝시옹(maternal abjection)' 명명한다. 두 명명성은 주체성 상실의 깊은 불안을 드러내는 것일 뿐 아니라 모성의 세계로 돌아가려는 열망을 드러낸다는 점에서 근본적인 의미의 차이는 보이지 않는다. 노엘 맥아피, 이부순 역, 2004, 98쪽.

작적으로 주먹 혹은 발길을 휘두를 때는 그 귀여운 웃음이나 어린애의 얼굴은 찾을 길이 없는 것이다(214쪽).

감방에서 이 중사의 기괴감과 폭압은 삶 이상의 폭력을 드러낸다. 누구도 감히 건드릴 수 없는 폭력 앞에 인간의 무기력함을 보여주고 있다. 감방 안의 모든 사람들은 이 중사가 동료에게 행하는 폭력을 눈감아 주거나 외면해 버리는 방조를 일삼고 있다. 이는 이 중사의 몸이 성적인 대상의 몸이 아니라 권위의 몸, 금지를 명령하는 상징의 몸으로 존재하고 있기 때문이다. 이 중사는 자신의 폭압을 감추기 위해 간혹 순열과의 접점을 시도한다. '하얀 얼굴', '평온한 상태'는 이 중사의 감추어진 성을 보여준다. 그의 변덕스러움을 지닌 여성의 히스테리 양상과 유사함을 지니고 있다. 이런 점에서 이 중사의 여성화는 남성성의 죽음을 의미한다. 시체나 죽음을 연상하는 모습에서 '딱딱하다', '고함을 지르다', '발작적으로 주먹 혹은 발길을 휘두르다'로의 이행은 순수함을 지닌 어린 아이의 모습을 벗어 던지고 주변인을 두렵게 만들고 죽음의 공포로 몰아넣는 포악한 인물로 변함으로써 그가 지닌 인간의 이중성을 폭로하고 있다. 평온과 발작/ 순수와 폭력으로의 대체는 이 중사의 막연한 삶에 대한 두려움과 동시에 삶에 대한 집착의 강한 욕구의 의미를 나타낸다. 이처럼 여성 → 남성, 죽음 → 삶으로 반복적 행위변화는 이 중사의 내면세계인 억압으로부터 벗어나고자 하는 자아의 분열의 세계이자 경계에 놓여 있는 작가 자신임을 보여준다. 반대로 순열의 행위는 삶 → 죽음의 행위로 이 중사와는 정반대의 의식행로를 경험한다. 이러한 대상을 바라보는 시선과 경험의 대립적 양상은 근대적 삶의 고통으로부터 벗어나려는 주체의 심리적 외현이라 할 수 있다. 외부적 환경에 의해 신체적 기능이 상실되었다고 생각하는 이 중사나 순열에게 감각의 회복은 존재에 대한 믿음을 환기시킨다.

3) 단절과 적대의 악순환으로 인한 보이지 않는 계급의 재출현

경계의 모호함, 산업화의 세계로 진입하는 시대에서 찾아야 할 미학의 탐색이나 형성은 또 다른 방향에서 문학적 형상화의 탐색의 길로 이끌었다. 이전의 문학에서 드러났던 존재적 현존에 치우침이나 현실에 갇힌 자아반영의 소극적 형상화의 방법은 주변부에 존재하고 있던 소외된 대상을 관심의 중심으로 끌어냈다. 소외된 대상을 형상화시킬 때 기억이 동원된다. 기억은 이야기의 서사로 표상되는 과정에서 서사표층에 나타나지 않는 기억 주체의 욕망에 의해서 굴절되곤 한다. 그 진행 속에서 주체에게 하나의 상흔으로 남은 형태는 고스란히 정제되지 않은 상태로 주체의 억압의 한 자리를 차지하고 만다. 주체의 심리영역에 자리 잡은 기억의 회상은 현실과의 괴리를 통해 완전 재현이 아닌 허구적 작업의 과정에 머물고 만다. 그렇기 때문에 기억의 재현은 주체의 심리와 밀접한 관련을 가지고 있다.

「先生과 皇太子」에서 '선택'에 대한 기억은 두 가지의 방식으로 존재한다. 하나는 베트남 전장에서 벌어진 오인된 행위의지의 기억에 머물고 있는 것과 또 하나는 자신이 죽은 존재임을 이미 확정하고 나서 그 병적 원인을 찾아 나서는 기억의 진원지에 대한 추적이다. 순열은 이 중사가 순열이 지은 항명죄에 대해 말해 달라는 요청에 자신의 이야기는 재미없다고 한다.

> 순열씨는 덤덤하게 대꾸했다. 그렇지만 그는 아픈 데를 찔린 듯이 속으로 움찔했다. 그는 그곳이 자기의 치부라고 생각해 왔고 지금도 그 생각은 마찬가지였다(259쪽).

순열의 독백을 통해 그가 저지른 죄에 대한 기억을 떠올리기 싫어하는 극단적 부정의식을 보여준다. 그러한 의식은 순열 자신의 심리적인 억압이나 사회의 터부가 잠재적으로 존재하고 있음을 보여준다. '덤덤하게', '아픈 데', '치부'의 표현들은 무언가를 전달하려는 언어가 아니라 말할 수 없는 것을 방어하려는 금지의 의미와 동의어이다. 즉 자신이 저지른 항명죄는 그 사건의 진위 여부를 떠나 사회체제 내에서 받아들일 수밖에 없는 순열 자신에 대한 부끄러움이자 자아비판인 것이다. 그에 비해 베트남 전쟁과 관련된 기억을 갖고 있는 이 중사와 정 하사의 기억에 대한 인식은 다르다. 이 중사는 베트남 술집에서 상관을 폭행한 혐의로 3년의 판결을 받고 생활하고 있는 인물이다. 2호 감방에서 마치 로마시대의 네로처럼 군림하며 폭악을 일삼고 있는 이 중사에게서는 상관 폭행죄에 대한 기억의 흔적을 거의 볼 수가 없다. 그 죄에 대한 기억보다는 오로지 그는 감형을 받아 빨리 이 감옥을 나가는 데 목표를 두고 있다. 그에 반해 베트남 전쟁에서 양민을 학살한 죄로 무기형을 선고받았다가 14년으로 감형되어 복역하고 있는 정 하사는 베트남 전장에서 벌어졌던 양민 학살은 전장에서 일어날 수 있는 어쩔 수 없는 선택이라고 여긴다. 군대에 가기 전에 시장에서 구루마를 끌며 채소를 운반했지만 굶어 지내는 상황이 싫어 군대를 선택했고 월남에서 C레이션을 먹을 때나 감옥에 있는 것이 제일 좋은 시절이라고 말하는 인물이다. 이렇게 볼 때 항명죄나 상관 폭행에 따른 순열과 이 중사의 죄가 개인적인 사건, 우연에 연관된 것이라면 정 하사의 군입대나 베트남에서의 양민학살은 비개인적인 것이자 필연에 의해 일어난 것이다.

화자인 순열은 이 중사에 의해 감방의 동료들과는 다른 대우를 받게 된다. 이 중사는 순열의 나이와 학식, 인품에 좋은 감정을 가지면서 순열을 '선생'이라 부른다. 갑작스러운 순열의 등장과 그에 따른 응대는 감방 안의 사람들에게 불만을 야기하게 되면서 감방 안은 또 다른 폭력의 그림자를 드리우기 시작한다. 특히 감방의 제2인자로 군림해 왔던 정 하사는 순열에게 곱지 않은 시선과 불만을 드러내고 만다. 감방 안의 지배와 피지배의 구조가 순열의 등장으로 이 중사와 정 하사의 보이지 않는 단절과 순열과 정 하사의 보이지 않는 적대의 구조가 형성하면서 변하게 된다.

이 중사가 감형을 받아 감방을 나가면 감방 권력자로 남을 수도 있고 받지 못하면 제2인자로 남아 있어야 하는 처지의 정 하사는 자신에 대한 이 중사의 적대감이 격화되는 것으로 인해 감방의 주변인으로 내몰린다. 순열의 관념적인 어투나 말에 대해 심사가 뒤틀린 정 하사는 "그럼 그렇게 말하면 됐지 왜 선택이니 고정 관념이니 어려운 이야기로 개수작을 떠느냐 이거야. 난 하려고 했는데 안 되더라 이거지? 그거 쪼다들이 하는 얘기라구. 난 내 맘 꼴리는 대로 했는데 뭘 당신이 말하는 선택을 했다 이거야" 하면서 순열에게 욕설을 퍼붓는다.

> 그래 14년도 당신이 선택한 거요? 그렇지는 않겠지. 한마디 당신은 쫓겨다녔을 뿐이오…… 당신은 흡사 궁지에 몰린 쥐새끼처럼 이리저리 쫓겨다니다가 이윽고는 함정에 빠졌다 이거요. 당신이 선택한 건 하나도 없다구. 당신은 이렇게 말했지? 나는 그 여자를 미워하지 않았는데 그 여자가 나를 증오하는 눈초리로 쏘아보길래 한 방 더 갈겼다구, 그것봐요. 그건 충동에서 나온 행동이지 선택이 아니다 이거요(260쪽).

순열은 정 하사의 행동이 이성적 판단에 의한 것이 아닌 충동에 의한 행동이지 선택이 아니라고 규정한다. 그렇게 충동에 의해 행동할수록 삶의 중심에서 주변인으로 내몰릴 수밖에 없음을 강조한다. 순열이 강조하는 선택은 개인의 의지를 함의하고 있는 도덕적 의미와 개인의 자유도 포함하고 있다. 순열이 정 하사의 선택에 대한 문제를 들고 나온 것은 정 하사 스스로가 경제적 궁핍에서 벗어나 물질적 풍요를 추구하려 했던 군대의 입대나 달아나는 베트남 양민의 눈에서 비쳐지는 빛의 오인으로 학살한 지위의 남용은 개인의 선택 밖에 놓여 있는 비본질적인 것을 추구했다는 것에 있다. 이렇게 정 하사를 궁지로 내몰았던 순열은 밤에 감방의 벽에 기대어 눈물을 흘리고 만다. 감방 안의 정 하사나 이 중사 등 수형인들과는 다른 완전한 자유를 추구하고 있다고 믿고 있던 순열 자신도 정 하사와 별반 다르지 않은 비본질적 측면에 집착으로 인한 불안의 기인이라는 점을 깨닫게 되는 순간 흘리는 눈물인 것이다. 불안정한 존재로 삶의 본질적인 것과 비본질적인 경계에 놓인 주인공인 '나'나 '이 중사', '정 하사' 모두 같은 처지에 있는 것이다. 그 속에서 현실(비본질적인 것)과 환상(비본질적인 것)에 대한 인물들의 교차 전개는 결국 문제적 인물의 출현이 사회구조의 모순 속에서 태동되는 것이면서 개인의 의지결여와 밀착되어 있음을 보여주고 있다. 순열, 정 하사, 이 중사 등의 인물 사이에서 일어나는 단절과 적대 행위의 반복은 폭력과 보이지 않는 계급의 재생산을 출현시키는 세계에 대한 저항의 표시이자 작가의 경고인 것이다. 그런 점에서 감옥은 모순된 세계의 악순환의 반복을 드러내는 공간이자 위반, 근접해서는 안 될 금지의 공간인 문제적 세계 그 자체이다.

감옥은 안과 밖이라는 현상적 공간의 대립구조에서 지배와 피지배, 권력과 무권력, 우연과 필연, 개인적인 것과 비개인적인 것, 본질적 측면의 추구와 비본질적 측면의 추구 등이 대립하면서 보이지 않는 세계의 숨은 구조를 인물들의 관계를 통해 드러내고 폭로하고 있는 것이다. 일상의 세계와는 동떨어지고 소외된 고립된 장소이지만 일상의 세계를 그대로 반영한 감옥의 공간은 우리의 현실반영이자 치유해야 할 공간인 셈이다. 치유의 공간이기에 감옥은 혐오스럽고 충동이 지배하는 비본질적 세계만을 쫓는 인물들로 가득 차 있다. 감옥의 공간 내에 팽배되어 있는 마조히즘은 서로 배타적이고 모순된 주체의 방식들 또는 형태들의 불가능한 배치나 동일화에 대한 꿈이다.16) 텍스트의 인물과 감옥 내에서 보이는 공간의 대립을 내세워 대립이 아닌 화해를 이끌고 있지만 이는 보이지 않는 계급의 이항주의가 해체되면서 새로운 계급의 이항이 구성되고 있음을 보여주고 있다. 이렇게 볼 때 결국 권력이란 해체되면 그 자체가 사라지는 것이 아니라 또 하나의 이데올로기를 창출한다는 보이지 않는 폭력의 출현이 인간 존재 자체의 삶에 대한 희망을 박탈하는 것임을 보여주고자 하였다. 또한 이 폭력의 재현은 권력의

---

16) 닉 맨스필드, 이강훈 역, 『마조히즘-권력의 예술』, 동문선, 1997, 106쪽.

부재를 의미하는 것이 아니라 타자를 파괴하고 자신의 권력을 재확인하는 과정에서 생성된다는 점에서 주체의 슬픔을 드러낸 것이다.

4. 결론을 대신하며

'문학은 사회현실의 반영이다'라는 명제를 떠나 문학과 사회의 관계는 수수작용이나 조응관계 속에서 동질성의 형태를 갖고 있다. 인간이 누리고자 하는 자유와 평등정신이 제도라는 외적 체계에 의해 구현될 수 있다면, 미래의 행복한 꿈에 대한 가치지향은 인간이 지녀야 할 윤리의식과 밀접하게 연관되어 있다.

송영은 1970년대 문학을 언급하고자 할 때, 문학과 사회, 윤리의식과 관련해서 언급할 때 빼놓을 수 없는 작가 중의 하나이다. 일상성에 천착하여 전개된 그의 문학에 대한 연구들이 충분히 논의 중심에 서지 못했던 것은 그만큼 그의 문학에 대한 평가절하보다는 충분히 해명되거나 설명되어야 할 미의식이나 가치체계의 문제들이 복잡하게 얽혀 있음을 반증하는 것일 수도 있다. 송영이 활발히 활동했던 1970년대 문학이 1960년대 문학에 뿌리를 두고 출발한다는 점을 받아들인다면 이분법적 인물의 구도와 공간의 배치나 묘사는 송영의 당대 현실을 바라보려는 시선과도 일치하고 있음을 파악할 수 있었다. 특히 작품의 주된 배경이 되고 있는 공간은 모순을 지닌 현실의 공간이자 탈지향을 인식하는 공간인 것이다. 기존의 해석이나 설명들이 지나친 감옥이라는 공간에 치우쳐 의미를 단순화시키거나 획일화시켰다는 점에서 벗어나고자 했던 것도 공간의 묘사와 더불어 그려지는 육체에 대한 시선의 고정화는 세계와 인물이 서로 동질성의 관계에 있다는 시각에서 이루어졌다는 확신에 의해서이다.

송영의 이러한 발상은 문제적 인물을 내세워 세계의 전도화된 가치를 전복시키고 상실되었던 세계의 복원을 제시했던 리얼리즘계의 작품과는 다른 양상을 지닌다. 결과적으로 작품 내의 인물들의 일상이 주는 보이지 않는 세계로부터 느끼는 무력감은 텍스트의 화자를 비롯한 사회적 주체에게 허무적 관념만 심어주는 역할을 할 뿐만 아니라 그로인해 직면하는 모든 사회적 행위에 대한 대응은 수동적이거나 방어적 자세의 형성에도 영향을 미쳤다고 볼 수 있다. 폭력이 난무하고 비도덕적 가치만이 팽배하고 있는 세계에서 순수가 묵인되는 현실에 거세된 무기력한 존재들에게 '선택'의 문제는 주체의 삶의 자기결정권은 존재의 의미와 직결하는 것이다. 그런 점에서 이 작품에 등장하는 인물 간의 단절과 적대의 반복현상은 세계로부터 자유로울 수 없는 인간의 한계이자 강압적 세계에 대한 폭로인 것이다. '선생'의 별명으로 감옥 안의 새로운 제2인자로 등장하는 순열의 삶에 대한 주체의 능동적 인식전환으로의 설득이나 주장은 한계일 수밖에 없는 것이다. 즉 암울한 당대 지식인의 소외와 좌절, 자기부정은 모순된 세계를 전복할 수 없는 나약한 소시민에 불과하다는 자기 확인에 가까운 것이다. 그러한 인식의 저변에는 산업화사회가 가져온 가치의 전도가 개인의 정신적 측면뿐만 아니라 물질적 세계의 영역에도 영향을 미치고 있음을 보여주고 있다.

송영의 「선생과 황태자」에서의 드러난 균질화된 인간과 사회의 모순성은 그의 문학적 세계 가능성이자 한계이다. 하지만 특수한 공간을 통해 폭력적 세계에 무방비상태로 노출되어 있는 무기력한 인물 군상에 대한 자아반영의 성찰의 방식은 방향을 잃은 관념과 현실의 혼돈에서 지향해야 할 목표점을 제기했다는 점에서 의미가 있다.

<참고문헌>

강미라, 『몸 주체 권력』, 이학사, 2011.

권영민, 『한국현대문학사2』, 민음사, 2002.

김윤식 · 정호웅, 『한국소설사』, 예하, 1993.

_____, 『한국현대소설사』, 문학동네, 2000.

김　현, 『문학사회학』, 민음사, 1995.

박동규, 「자유와 삶의 복합적 양태」, 『제3세대 한국문학』, 삼성출판사, 1983.

이만재, 「생각하는 몽상가」, 『제3세대 한국문학 — 송영』, 삼성출판사, 1983.

이재선, 『현대한국소설사』, 민음사, 1991.

정호웅, 「한국 현대소설에서의 감옥 체험 양상」, 『문학사와 비평』 4집, 문학사
　　와 비평학회, 1997.

홍성호, 『문학사회학 골드만과 그 이후』, 문학과지성사, 1995.

노엘 맥아피, 이부순 역, 『경계에 선 크리스테바』, 엘피, 2004.

닉 맨스필드, 이강훈 역, 『마조히즘 — 권력의 예술』, 동문선, 1997.

루시앙 골드만, 조경숙 역, 『소설 사회학을 위하여』, 청하, 1982.

리타 펠스키, 김영찬, 심진경 역, 『근대성의 젠더』, 자음과 모음, 2010.

리처드 커니, 이지영 역, 『이방인, 신, 괴물』, 개마고원, 2004.

에드워드 렐프, 김덕현 외 역, 『장소와 장소상실』, 논형, 2005.

조세희의 『난장이가 쏘아올린 작은 공』에 나타난 사물화적 양상 연구

최 영 자

1. 서론

조세희의 『난장이가 쏘아올린 작은 공』(1975)은 산업화의 정점이던 1970년대 무렵 한 노동자 가장의 비극을 알레고리적 관점에서 형상화하였다는 점에서 많은 논란과 관심을 집중하였다.[1] 그런 만큼 논자들의 많은 연구적 토대가 되기도 하였다. 이러한 선행연구의 대부분은 형상화된 난장이 가족의 비극이 1970년대 구조화되어가는 산업화의 반영물이라는 것에 초점을 맞추고 있다.[2] 이에 난장이와 거인의 이항대립적 관점은 노동자와 자본

---

1) 이청, 「조세희 소설에 나타난 불구적 신체 표상 연구」, 『우리어문연구』 127, 우리어문학회 2006; 양애경, 「조세희의 난장이가 쏘아올린 작은 공 분석」, 『한국언어문학』 33, 한국언어문학회, 1994; 송미라, 「조세희 소설의 갈등 양상 고찰―「난장이가 쏘아 올린 작은 공」을 중심으로」, 『국어국문학』 17, 동아대학교, 1998; 최용석, 「1970년대 산업 사회의 문제의식과 그 극복 방안에 대한 고찰: 『난장이가 쏘아올린 작은 공』에 드러난 소외 의식을 중심으로」, 『語文論集』 28, 중앙어문학회, 2000; 서형범, 「조세희 『난장이가 쏘아 올린 작은 공』의 서사층위분석 시론―서술시점과 진술태도의 변화가 빚어내는 불확정적 시선의 의미에 관하여―」, 『겨레어문학』 43, 겨레어문학회, 2009.

2) 우찬제, 「조세희의 『난장이가 쏘아올린 작은 공』의 리얼리티 효과」, 『한국문학이론과 비평』 21, 한국문학이론과 비평학회, 2003; 심지현, 「조세희의 『난장이가 쏘아 올린 작은 공』 연구―노

가간의 구조적 갈등을 첨예화하는 도구로 작용된다. 『난장이가 쏘아올린 작은 공』에 나타난 버추얼 리얼리티의 문학적 효용성을 다룬 우찬제의 논의는 시공간에 입각한 몰핑적 효과를 통해 텍스트의 미학성을 밝혀냈다는 점에서 독특한 방법론을 제공하고 있다.[3] 이 같은 선행연구들은 당대의 전형인 노동자 가장의 삶을 문학적 형상화를 통해 구체적으로 대중들에게 각인하게 하고 폭넓은 의미에서의 사회적 이슈를 제공하는 성과를 거두었다.[4] 그럼에도 불구하고 정작 주인공들의 현실인식 양상과 산업자본주의 태동의 본질적 의미가 도외시된 점이 있다. 엄밀히 이 텍스트는 노동자의 전형인 난장이 아버지의 죽음을 계기로 새로운 가치관이 형성되고 이것이 1990년대 후반 자본주의 사물화의 본질적인 메커니즘으로 자리잡는 과도기적 과정을 보여주고 있다.[5] 이에 사물화되어가는 주인공들의 현실인식 양상이 텍스트의 주를 이룬다고 할 수 있는 것이다. 사실 이 작품은 연작소설의 형태를 띠고 있지만 인과론적 플롯이라기보다 노동자 계급의 전형인 '영수'의 시점과 자본가 계급의 전형인 '경훈'의 자기반영론적 시점이 지배적이다. 두 명의 주인공이 모두 '나'라는 서술화자로 제시된 것은 주인공들의 인식적 사고를 재현하는 데 기여한다. 이처럼 이 텍스트는 주인공의 반영론적 사고가 플롯을 지배한다고 볼 수 있다. 이에 본고의 목적은 조세희의 『난쏘공』을 중심으로 사물화적 양상으로 변모되어 가는 주인공들의 현실인식 양상을 반영론적 관점에서 고찰하는 것이다. 이는 1970년대 본격화되는 자본주의의 본질을 보다 면밀하게 바라보고 인식하는 계기를 마련하게 될 것이라 믿는다. 더불어 본격화되는 산업자본주의가 당대 주인공들의 의식에 어

동소설의 성립 가능성을 전제로」, 『인문과학연구』 7, 대구가톨릭대학교 인문과학연구소, 2006; 박영준, 「『난장이가 쏘아올린 작은 공』의 인칭변화에 관한 연구」, 『현대소설연구』 41, 한국현대소설학회, 2009.

3) 우찬제, 위의 논문.
4) 많은 조명을 받았던 작품임에 반해 선행연구는 그리 활발하지 않았던 점이 있다. 이하 『난쏘공』으로 표기.
5) 1970년대의 산업자본주의는 1990년 이후 자본주의 사물화를 이끄는 원동력이 된다.

떠한 영향을 끼치는지 살필 것이다. 이를 위해 후기구조주의적 관점에서 마르크스를 재해석한 지젝의 담론을 원용하였다.

인식6)과 인식대상 간의 변증법적 통일성(totality)에 근거하는 반영론은 주지하다시피 루카치, 마르크스, 헤겔로 거슬러 올라가면서 그 시대의 모순을 과학적으로 분석하는 토대로 적용되어 왔다. 특히 조화로운 공동체적 양식의 붕괴와 더불어 도래한 자본주의 체제의 구조적 모순점을 인식하고 그것을 실천적 이성으로 극복하고자 하는 주체의 인식작용에 지대한 영향을 끼쳐왔다고 할 수 있다. 객관적 사물은 인간의 의식작용에 영향을 끼칠 수밖에 없고, 그것은 이념적인 것으로 전이(轉移)되는 것이다.7) 그럴진대 사물화가 자본주의의 끼친 영향을 지대하다고 할 수 있다.

이러한 관점에서『난쏘공』은 산업생산에서 소비와 교환경제로 옮아가는 과도기에 새로운 가치로 편입되는 주인공들의 당대 현실인식 양상을 사물화적 관점에서 재현한다고 볼 수 있다.8) '난장이 아버지'로 표명되는 '영수 아버지'는 아들 '영수'로 하여금 자신의 환경과 계급을 인식하게 하고 나아가 사물의 본질적 의미를 파악하는데 일조한다. 그것은 나아가 '영수'의 투쟁 의식으로 변모하게 한다. 이에 자본가의 아들인 '경훈'의 현실인식 또한 아버지와의 동일성을 통해 구성된다. 이들 두 사람의 자신을 둘러싼 환경과 계급적 갈등은 마르크스의 전통적 이념을 뛰어넘어 새로운 의미에서의 자본주의적 태동을 보여준다고 할 수 있다. 거칠게 말해 난장이 아버지로 표상되는 노동자 아버지의 죽음은 사물화에 예속된 무산자 계급의 몰락을 의도하는 것이다. 더불어 '은강그룹 회장'으로 표상되는 '경훈'의 아버지는 새로운 자본가 계급의 출현을 의도하는 것이다.

---

6) 마르크스는 인간 의식 속에서 이루어지는 객관적 반영을 인식이라고 정의한다. 이때 주체가 인식하는 대상, 즉 객관적 현실은 인식 주체의 복잡한 인식과정에서 실천을 근거로 의식에 따라 파악된다는 점에서 출발한다. 이용필,『마르크스주의-이데올로기 · 國家 · 政治經濟學』, 인간사랑, 1990, 13쪽; 차봉희 편,『루카치의 변증-유물론적 문학이론』, 한마당, 1987, 53쪽 참조.
7) 차봉희 편,『루카치의 변증-유물론적 문학이론』, 위의 책, 53쪽 참조.
8) Hawkes, David, 고길환 역,『이데올로기』, 동문선, 2003, 8쪽 참조.

이러한 관점에서 물질의 감각적 인식에 바탕을 둔 관념론은 '사물화 (Verdinglichung)'의 토대이자 자본주의 사회의 인간관계를 총체적으로 규정짓는 말이다.[9] 사물화는 나아가 '기존에 작동되던 모든 윤리적 신념들을 대체시킬 수 있는 윤리 그 자체로서까지 끌어올'린다.[10] 주지하다시피 사물화는 마르크스의 변증법과 상관관계를 부인할 수 없다. 마르크스에 의하면 역사는 흐름에 따라 어쩔 수 없이 변화하고 발전하는데, 이것은 오직 '물질적 동력에 의해 추진된다.'[11] 그에 의하면 관념은 물질에 의해 인식되고 이 인식은 인간의 실천에 의해 물질들을 결합하게 한다.[12]

전통적인 마르크스의 변증법이 오늘날 자본주의 이데올로기와 상충하는 원동력은 무엇인가.'[13] 그것은 물질을 둘러싸고 벌어지는 노동자와 자본가 간의 계급투쟁이다. 마르크스에 의하면 자본주의 사회에서 모든 관계는 사물화로 나타나게 된다.[14] 자본과 노동이 물질의 개념으로 환원될 때 이를 사용하는 혹은 생산하는 인간은 물질 뒤에 가려지고 소외될 수밖에 없다. 그리고 소외는 결국 계급투쟁의 구조를 생산하는 것이다.

사물적 소외는 전통적 의미에서의 자본주의가 시장경제체제하의 신자본주의로 변형되면서 심화된다. 다시 말해 상품을 생산한 생산자 자신이 상품을 시장에 내다파는 전자본주의적 교환체계에서는 등가적 관계에서 교환이 이루어지고 또한 착취도 일어나지 않는다. 반면 시장경제체제하에서는 투여된 노동력의 잉여가치를 자본가가 전유하는 모순적 구조를 양산한다.[15] 여기에는 인간의 노동 대가가 상품으로 매개되면서 인간의 의지와 상

---

9) 서도식,「사회적인 것의 병리로서의 사물화」,『哲學硏究』66, 철학연구회, 2004; 데이비드 호크스, 위의 책, 97~129쪽 참조.
10) 하영진,「사물화」,『현대사상』2권, 대구대학교 현대사상연구소, 2008.
11) Hawkes, David, 앞의 책, 97쪽 참조.
12) 위의 책, 99쪽 참조.
13) Elliott, Gregory, 이경숙·이진경 역,『알튀세르: 이론의 우회』, 새길, 1992, 270쪽.
14) 이용필,「마르크스주의-이데올로기·國家·政治經濟學」, 인간사랑, 1990, 306쪽.
15) Žižek, Slavoj, The Sublime Objeoct of Ideology, Verso trans, prined and bound in Great by Bookmarque Ltd. Croydon, 1989, pp.22~23 참조.

관없는 물질화가 초래된 것이다. 다시 말하면 상품은 다른 상품과의 상관관계를 통해서, 즉 네트워크의 효과를 통해서 본질적 가치가 창출된다. 이때 상품은 다른 상품들과 동일한 수준에 놓이게 되고 이로 인해 상품 자체에 내제한 본질적 가치는 소외될 수밖에 없다.[16] 이처럼 동일성과 소외는 상관성을 갖게 된다.[17]이 같은 네트워크화는 자본가의 잉여가치를 전유화하고 노동자의 노동력을 착취하는 구조적 모순을 야기하게 한다.

전통적 마르크스의 개념이 '사물' 혹은 '물질' 본질에 대한 가치, 즉 사용가치를 어떻게 계량화하느냐 하는 문제에 치중했다면, 후기 마르크시즘에서는 '물질'이 함유하고 있는 추상성 그 자체가 생산과 소비의 메커니즘으로 네트워크화되면서 생산력의 원동력이 되는 것이다. 이것은 근본적으로 물질 자체가 함유하고 있는 추상성에서 비롯된다. 예컨대, 노동력은 노동의 양으로만 평가가 가능한가 하는 것이다. 때문에 물질을 둘러싼 계급투쟁은 영원히 반복될 수밖에 없는 구조를 생산하는 것이다. 그로 인해 자본주의 이데올로기는 추상화될 수밖에 없고 계급간의 적대의식은 폭력을 낳게 하는 것이다.[18] 엄격히 말해 교환원칙에는 보이지 않는 이데올로기적 보편성이 내재되게 되는데, 이는 노동자로 하여금 여전히 자신이 생산수단의 소유자이고 그로 인해 착취되지 않고 등가적 교환이 가능하리라는 믿음에 대한 환상을 갖게 한다는 것이다.[19] 이로 인해 교환되는 상품은 이미 그 자체에 부정성이 내재되게 된다.[20] 이러한 부정성은 새로운 상품 출현의 반복, 즉 '증상'을 초래하고 이는 나아가 인간을 사물로 대체하는 물신화를 야기한다.[21] 돈은 마치 자신이 그 자체로 직접적인 의미를 함축하고 있는 것처럼 구현되는 것이다. 여기에서 우리는 물화(reification, 物化)의 개념이 어떻게

---

16) 위의 책, 25쪽 참조.
17) 위의 책, 24쪽.
18) 이용필, 위의 책, 304쪽.
19) Žižek, 앞의 책, 24쪽.
20) Žižek, 앞의 책, 23~24쪽 참조.
21) Žižek, 앞의 책, 23쪽 참조.

작동되는지 알게 된다.

마르크스의 '증상(Sympton)'을 개념을 후기구조주의적 관점에서 재해석한 지젝S. Žižek은 봉건적 마르크시즘에서는 인간관계가 이데올로기적인 신앙과 미신의 그물망을 통해 매개되어 있으며, 신비화되어 있다고 말한다. 그들은 주인과 노예 사이의 관계이며, 이때 주인은 매혹적인 힘을 발휘한다. 이 같은 마르크스의 요점은 주체 대신에 상품 자체가 믿음을 가지고 있다는 것이다.[22] 이 같은 사물화는 사회적 관계로 구현된다.[23] 자본주의사회에서 인간들 간의 관계는 탈물신화되어 있다. 물신주의하에서 인간관계는 봉건제에서의 주인과 노예의 변증법적 관계에서 벗어나 보다 오직 이윤추구에 의해서만 관계가 형성되는 공리주의자로 변모한다. 반면 인간관계 속에 물신주의라는 또 다른 형태의, 즉 주인과 노예의 관계처럼 확연하게 외연화되지는 않지만 물신에 의한 지배와 예속의 관계가 더욱 강화되는 것이다.[24]

인간을 환경의 산물로 본 헤겔, 마르크스를 비롯한 유물론적 입장의 단점은 인간은 자신을 둘러싼 환경을 벗어나서는 인간의 본질을 현실적으로 획득할 수 없음이다. 마르크스에 의하면 인간이 소유한 감각성으로 인해 '사물'과 관계할 수밖에 없는데, 이때 인간이 사물적 소외를 벗어나 완전한 자기의 실존으로 돌아가기 위해서는 인간적 자각과 투쟁이 필요하다.[25] 달리 말하면 인간은 스스로를 자각하는 물질적 표상을 통해 항구성을 지니게 되고 비로소 주체성을 획득하게 됨을 말한다.[26] 여기에는 칸트적 의미의 경험적 혹은 감각적 의미에서의 인식론이 작용한다.[27]

---

22) Žižek, 앞의 책, 33~35쪽 참조.
23) Žižek, 앞의 책, 34쪽.
24) Žižek, 앞의 책, 26쪽 참조.
25) 피터 위슬리, 진덕규 역,『마르크스와 마르크스주의』, 학문과 사상사, 1983, 50~51쪽 참조; K. 마르크스 · F. 엥겔스; L. 박산달 · S. 모라브스키 편, 김태웅,『마르크스 · 엥겔스 문학예술론』, 한울, 1988, 98~99쪽 참조.
26) Elliott, Gregory, 위의 책, 266쪽.
27) Žižek, 앞의 책, 14~19쪽 참조.

헤겔의 추상적이고 관념론적인 인간관에서 벗어나 경제적인 활동만이 역사발전의 원동력이라는 마르크스의 유물론적인 철학은 인간의 모든 행위는 오직 물질적인 현실의 비판에서 비롯되는 것이다.[28] 다시 말해 자본주의 시장경제하에서의 인간의 모든 가치는 교환가치와 시장가치라는 물리적 가치로 평가받게 되고 이는 나아가 인간관계를 규정짓는 '구조적 병리현상'[29]으로 강화되는 것이다.

2. 사물의 본질성에 대한 인식과 자기성찰

『난쏘공』은 필연적 플롯에 의지하지 않고 사물화된 인물의 자기성찰을 통해 현실을 냉철하게 분석하고 비판하는 서술구조를 보여준다.

> 두 아이는 함께 똑같은 굴뚝을 청소했다. 따라서 한 아이의 얼굴이 깨끗한데 다른 한 아이의 얼굴은 더럽다는 일은 있을 수가 없다(『난쏘공』, 12쪽).

균등적 배분의 입장에서 보면 같은 굴뚝 청소를 했는데 한 사람만 깨끗한 것은 있을 수 없다. 어느 날 철거반원들이 들이닥쳐 '행복동 난장이 집'의 철거를 명령하고 이에 복종하지 않자 강제로 철거를 집행한다. 이에 아버지를 비롯한 영수의 가족들은 사물에 대한 본질적 인식을 시도하며 자신들의 정당한 가치를 주장한다. 이들의 현실에 대항하는 방법은 오직 "사물을 옳게 이해"(『난쏘공』, 25쪽)하는 것이다. 그들이 당면한 구체적 현실을 도외시하

---

28) 김남희, 「자본주의와 후기자본주의, 그리고 인간소외」, 『국민윤리학회』 제15집, 2002, 323쪽 참조.

29) 문병호, 「사물화에 대한 문학적 비판의 시의성」, 『독일어문학』 44, 한국독일어문학회, 2009, 54쪽 참조; 서도식, 「사회적인 것의 병리로서의 사물화」, 『哲學硏究』 66, 철학연구회, 2004, 188쪽 참조.

고 모든 사물을 계량화된 돈으로 환산하는 보이지 않는 힘에 그들의 저항의 식은 깊어간다. 『칼날』 연작에서 '신애'는 남편 현우가 사온 칼의 본질을 읽는다. 오랜 세월 동안 대장장이와 그 아들이 풀무질을 해서 단련한 칼은 그 대장이가 죽어도 알아볼 수 있다. 그렇게 풀무질한 칼은 시장에서 거래되는 막칼과는 다르다. 신애의 남편은 많은 지식을 습득했지만 모든 지식이 본질을 알게 해주는 것은 아니었다. 어머니와 아버지가 병으로 죽고 집을 팔아 병원비를 갚고 남은 돈으로 변두리 작은 집을 사 이사했다. 죽어라 일했지만 생활은 점점 나빠졌다. 남편은 스스로 난장이라고 자책했다. 이때 '난장이'는 신애의 부엌 파이프를 교체해준다. 그런 난장이에게 폭력을 휘두르는 주변사람들을 보고 분개한 신애는 칼을 휘두른다. 칼의 본질은 사물의 본질을 올바로 판단하고 정의를 위해 휘두르는 것이다. 칼의 본질에는 할아버지로 이어지는 긴 단련의 시간과 땀 그리고 담금질과 망치질에 필요한 연장이 투여돼 있다. 신애는 그런 사물의 이면을 볼 수 있어야 사물을 옳게 이해하는 것이라고 생각한다. 이 같은 사물적 인식은 추상적 사물화와는 다르다. 신애는 학교 때 많은 지식을 책으로부터 습득하고 남편과 미래를 꿈꾸었지만 현실에서 관념은 조금도 도움이 되지 못했다. 아버지는 전 생애를 시대와 불화했고 아버지와 같은 계급이던 남편은 실어증 환자라고 자책한다. 그들의 오류는 사물의 본질을 추상적 관념을 통해 인식한 결과인 것이다.

이러한 의미에서 자본가와 노동자 간의 계급투쟁 역시 이 같은 사물의 본질적 개념을 달리한 데서 비롯됐다고 볼 수 있는 것이다. 노동자의 본질은 자신의 계급적 본질을 제대로 인식할 때 비로소 주인과 노예의 변증법을 탈피할 수 있는 것이다. 엄격히 말해 자본주의가 본격화되면서 '노동'이 '사물'로 대체되는 사물화 양상은 자본가와 노동자 계급 간의 갈등을 부추기는 원동력이 된다. 이는 사물의 본질에 대한 인식 차이인 것이다. 이로 인해 마르크스는 계급적 관계는 소외를 야기시킬 수밖에 없으며, 이로 인한 적대감이나 좌절은 투쟁으로 이어진다고 했다.[30] 난장이 아들 '영수'는 언젠가 본 할

아버지의 노비계약서를 보고 자신의 아버지가 "씨종의 자식"(『난쏘공』, 75
쪽)임을 알게 된다. 자신은 태어날 때부터 피지배 계급이었던 셈이다. 반면
'영수'와 동일 계층인 '지섭'의 할아버지는 '썩은 조밥'을 먹으며 '염색한 군
복'을 입고 추위를 참으며 타국에서 나라를 위해 싸웠다. 그리고 고향으로
돌아와 고문을 받았고 그러느라 자식들을 가르치지 못했다. 그로 인해 지섭
은 노동자 계급이 되었는데 잉여자인 '윤호'네는 자본가 계급이 되었다. '영
수'는 노동이 노동의 정당한 대가를 인정받지 못하는, 다시 말해 인식과 인
식대상이 불일치하는 사회적 현실을 비로소 인식하는 것이다. 영수의 신분
에 대한 자기 인식은 보다 심오한 성찰로 이어진다. 더불어 그것은 많은 모
순적 시간의 축적임을 알게 되는 것이다. 많은 세월이 지났지만 여전히 세
상은 엄격하게 나누어져 있고 여전히 "끔찍할 정도로 미개한 사회"(『난쏘
공』, 83쪽)인 것이다. 그리고 지금까지 군림해온 많은 이데올로기적 관념들
은 인류에게 "아무것도 첨가하지 못했"(『난쏘공』, 94쪽)다는 사실이다. 이
때 영수의 자기인식은 '씨종의 자식'이라는 사물적 매개를 전제한다. 더불
어 그것은 이념적 인식으로 전환하게 하는 매개체가 된다.

노동이 생산 혹은 경제의 본질적 가치라는 추상적 관념에 입각해 있는
'영수'에(「내 그물로 오는 가시고기」, 246쪽) 비해, '은강그룹' 회장 아들 '경
훈'에게 있어 자본가는 노동자 계급에게 일터를 마련해주고 노동의 대가를
지불한다. 이로 보면 '노동'은 곧 계량화할 수 있는 물질인 것이다. 이 같은
경훈의 사물화적 인식은 철저한 자본주의의 메커니즘인 것이다. '경훈'의
'사촌'은 자신들의 한 일이 결국 인간을 소외시켰다고 말하지만, 경훈은 이
에 냉소하며 사회는 철저한 자본적 메커니즘에 의해 사물화되는 것이라고
믿는 것이다. 자본주의는 그러한 불평등에 기초해 있는 것이다. 이 같은 '경
훈'의 자기반영 의식은 내재화된 사물의 본질적 인식에 의한 것이 아니라
연관성에 바탕을 둔 추상적 관념에 의한 것이다.

---

30) 피터 위슬리, 앞의 책, 57쪽 참조.

아버지가 왜 그 따윌 생각해야 된단 말인가. 아버지가 바쁜 사람이라는 것, 그리고 아버지에게는 그런 것 말고도 계획하고, 결정하고, 지시하고, 확인할 게 수도 없이 많다는 것을 작은 악당은 몰랐다. (중략) 설혹 가난이라 하고 그들 모두가 아버지의 공장 에서 일했다고 해도 아버지에게 그 책임을 물어서는 안 되었다. (중략) 머릿속에는 소위 의미있는 세계, 모든 사람이 함께 웃는 불가능한 이상 사회가 들어 있었다. (중략) 이상과 현실을 대어보는 엄숙주의자들은 생각만해도 넌더리가 났다(「내 그물로 오는 가시고기」, 251~252쪽).

위 인용과 같은 '경훈'의 현실인식은 결국 '자본의 주인'이라는 '사물'적 이해에서 비롯된다. 그리고 그런 '경훈'의 인식적 원천은 사물화된 '아버지'인 것이다. '경훈'의 입장에서 보면 '모든 사람들이 함께 웃는' '이상사회'는 이미 '불가능한' 것이다. 그의 입장에서 이는 사물의 본질에 대한 왜곡이자 엄숙주의자들의 공허한 이상이다. '경훈'은 영수의 재판현장에 증인으로 출석한 '지섭'이 손가락이 여덟 개밖에 없는 것을 보고 그것이 근본적으로 '사물에 대한 그의 이해'(『난쏘공』, 252쪽)를 왜곡되게 하였다고 생각한다. 그는 사물에 대한 본질적 이해를 물질의 외양에서 간파한다. 그러면서 경훈은 눈을 감고 호수와 모터보트와 잔디 위에서의 스키와 사슴 사육장과 여자아이와 낮잠을 떠올린다.

아버지는 말했다. 우리가 지금까지의 경영 방법을 고수한다면 1년 후에 우리의 이익은 줄어들 것이고, 2년 후에는 현상 유지도 어려울 것이며, 3년 후에는 선두 그룹에서 탈락하게 될 것이라고 말했다. 나는 어렸지만 아버지가 옳다는 것만은 알 수 있었다. (중략) 아버지는 머리를 썼다. 경제 규모가 커지고 그 구조가 고도화함에 따라 기업의 행동 양식도 달라져야 된다고 생각했다(「내 그물로 오는 가시고기」, 236쪽).

위 인용에서와 같이 '경훈'의 아버지에 대한 인식은 혈연적 의미보다 '경영자'로서의 아버지와 동일화되어 있다. '영수'의 현실인식이 노동의 본질

적 혹은 물질적 가치가 존재한다는 것에 치우쳐 있다면, '경훈'의 입장에서 영수의 노동력은 상품이라는 교환가치에 불과하다.[31] 또한 '영수'의 현실인식이 부의 평등에 있다면, '경훈'의 현실인식은 어디까지나 불평등이다. 사실 '경훈'이 누리는 부의 원천은 '노동력 착취'에 대한 잉여가치'이다. 이는 후기자본주의 특성인 물신적 메커니즘의 태동이기도 하다.

이러한 의미에서 '경훈'과 '영수'는 사물의 본질적 가치를 받아들이는 방법이 다르다. 경훈은 영수의 노동력을 사물화하고 자신은 그들의 노동력의 대가인 잉여를 향락적 차원에서 누린다. '경훈'의 물질에 대한 감각적 관념은 그의 사고와 행동을 좌우하고 이는 나아가 후기자본주의라는 사회의 구조적 지표를 형성한다. '경훈'은 주로 눈에 보이는 사물의 외양에 중점을 두거나 그것의 쾌락·소비적 가치에 치중한다. 다시 말해 '영수'를 비롯한 행복동 주민들이 사물의 본질적 가치 나아가 생산적 가치를 추구하려고 한다면, '경훈'은 물신적 메커니즘에 치중한다. '경훈'의 입장에서 인간의 '물신'적 욕망이야말로 소비의 원동력이고, 이것은 나아가 생산적 메커니즘으로 이어지는 것이다. '경훈'을 비롯한 '윤호', '은희' 등의 유산자 계층의 자녀들이 사용하는 어휘들은 대개 '더럽다', '깨끗하다'와 같은 시각적 형용사로 사물의 본질보다는 차이, 특권, 배제에 의해 의미를 획득한다. 예컨대, 경훈의 의식을 지배하는 것은 '모터보트, 따뜻한 침대, 호수, 잔디, 스키, 사슴 사육장' 등은 이들 사물의 기능적 의미보다는 그것이 환기하는 환유적 분위기에 치중한다. 여기서 사물은 사물의 본래성과는 다른 의미를 창출한다. 그리고 특권계급의 신분적 기호로서의 의미를 지닌다. 사물화는 이처럼 개인의 의식은 물론 사회 전체를 변형시키는 배타성을 내포하고 있다. 다시 말하면 이는 '경훈' 계급만이 누리는 특권이자 희소성인 것이다. 노동이 인간의 본질적 가치를 실현시키는 행동으로 본 헤겔에 대해 마르크스는 이에 동조하

---

31) 마르크스에 있어 노동자의 노동은 이미 물질 속에 구현되어 있고, 이로 인해 소외를 야기할 수밖에 없다. 데이비드 호크스, 앞의 책, 106쪽 참조.

면서도 인간은 그 노동 안에서 스스로 대자적, 즉 소외가 된다고 말한다. 그러면서 마르크스는 노동이 추상화된 정신노동이라고 말하고 있다. 더불어 자본주의 모순을 해결하고 그에 따른 실천의식으로 이어지려면 소외 계급인 노동자만이 모든 사회계급을 해방할 수 있다고 보는 것이다.[32]

① 콩나물 값 · 소금 값 · 새우젓값에서 두통 · 치통 약값까지 읽어내려 가더니 도시 근로자의 최저 이론 생계비, 생산 공헌도에 못 미치는 임금, 그리고 노동력 재생산이 어렵다는 생활 상태를 두서없이 주워섬겼다(「내 그물로 오는 가시고기」, 253쪽).

② (전략) 호수의 물빛, 뜨거운 태양, 나무와 들풀, 거기 부는 바람, 호수를 가르는 모터 보트, 잔디 위에서의 스키, 이상한 버릇이 있는 여자 아이, 그리고 아주 단 낮잠들이었다. 벌통과 사슴 사육장이 보였다. 낮잠 뒤에 대할 식탁도 떠올랐다(「내 그물로 오는 가시고기」, 252쪽).

①의 인식이 최저생계비에 기초한 '영수'의 현실인식임에 반해 ②는 물신적 향락을 추구하는 '경훈'의 현실인식이다. 사물의 내재성에 의존하는 '영수'의 현실인식에 비해 '경훈'은 감각적 관념으로 사물을 인식한다. 아름다운 섬과 농장, 풀장 · 홈바 · 에스컬레이터 시설을 갖춘 저택에서 겨울에도 반팔을 입고 자신의 방에 딸린 목욕탕에서 겨울에도 따뜻한 물로 목욕하는 '경훈'의 인식은 환유적 메커니즘에 근거한 사물화적 관념에 기초해 있다. 경훈의 이 같은 현실인식은 후기자본주의 사물화의 원천이며 곧 새로운 계급적 이데올로기의 태동이라고 볼 수 있다. 자본주의의 태동에 따른 시장경제에서 과거 생산수단의 소유자였던 노동자는 자신의 노동력을 시장에 다 내다파는 상품형식으로 둔갑하게 되며, 이로 인해 노동을 통해 생산된 상품의 잉여가치는 자본가가 누리게 된다.[33] 이러한 관점에서 '경훈'이 누리고

---

32) 김남희, 앞의 논문, 324~326쪽 참조.
33) Žižek, 앞의 책, 22쪽 참조.

있는 부의 원천은 상품으로 둔갑한 노동력의 가치에 대한 잉여물인 것이다.

'경훈'의 입장에서 보면 불평등이 곧 존재의 이유인 것이다. 전자의 논리가 '진짜', '평등', '관념'의 추구에 있다면 후자의 논리는 '가짜', '특권', '추상'에 기초해 있는 것이다. 이로 볼 때, 경훈이 누리는 감각적 관념들은 물신적 우상의 원천이다. 이때 사물은 본질적 가치보다 계급적 기호의 의미를 표상한다. 이로 볼 때 사물의 본질적 의미는 내재하는 것이 아니라 외재화된 것이다. 때문에 '영수'가 추구하는 사물의 근원적 가치, 즉 노동의 본질적 가치는 무의미한 것이 된다. 장 보르리아의 말처럼 인간을 구분 짓는 것은 인간의 본연적 자질에 있는 것이 아니라 사물의 영역이고 사물의 특권이다.[34] '영수'의 현실인식이 고전적 사물화의 개념인 윤리적 보편성에 치우쳐 있다면, '경훈'의 현실인식은 일반적인 보편성을 뛰어넘는 추상성 그 자체, 즉 '마치 ~인듯이 보이는' 물신적 환영 그 자체에 있는 것이 된다.

이러한 의미에서 '최저생계비'와 노동의 가치를 운운하는 '지섭'의 발언이 '경훈'의 입장에서는 냉소적일 수밖에 없다. '경훈'의 냉소적 시선은 결국 사물의 본질적 의미가 내재하지 않는다는, 그리고 그것을 넘어서 사물의 외재성에 대한 자의식적 인식에 근거한다고 할 수 있다. '경훈'은 사회의 균형이란 미덕이 아닌 악에 의해서, 물질적 풍요가 아닌 빈곤에서 구조화됨을 이미 터득하고 있는 것이다.[35] 겨울에도 더운물이 콸콸 쏟아지는 온수를 사용하는 '은강시'의 사람들은 기초생계비에 연연하는 영수 가족의 현실과는 다른 차원을 보여주는 것이다. '행복동'이 아직도 재현적 현실이 존재한다고 믿는 리얼리즘적 시공간이라면, '은강시'는 자본주의가 본격적으로 태동하는 시공간이라고 볼 수 있는 것이다. 그들에게 성, 행복, 사람에 대한 평가 기준 등은 추상적인 보편성, 즉 물질이 구현되는 메커니즘이나 그것이 야기하는 환영적 효과에 기인하는 것이다.

34) 장 보드리야르, 배달영 역, 『사물의 체계』, 지식을만드는지식, 2011, 214쪽 참조.
35) 장 보드리야르, 이상률 역, 『소비의 사회』, 문예출판사, 1991, 41쪽.

'경훈'은 인간의 욕구가 사물을 구조화하고 이는 나아가 인간을 비롯 모든 관계를 규정한다는 것을 구조적으로 인식하고 있다. 다시 말해 자본주의 사물화적 관점에서 인간을 계급화하고 구분 짓는 것은 어떤 환경에 놓여있고 어떠한 생각을 하고 어떠한 물건을 사용하는지에 대한 사물화적 원리가 우선적으로 지배한다. 모든 사람들이 평등하게 이 같은 물질적 풍요를 누리고 있는 오늘날의 입장에서 '경훈'이 당대 누리고 있던 특권의식은 사물화의 의미를 상실한다. 평등은 사물의 효용적 가치에 기여하지 못한다.36)

3. 아버지의 시간에 대한 인식과 새로운 주체로 거듭나기

네트워크의 효과에 의해 사용가치가 평가되는 자본주의 사사물화는 환영적 인식에 지나지 않는다. 그럼에도 불구하고 그것은 인간의 욕망에 바탕을 둔 또 다른 사물화의 원동력이 된다. 이는 인간에게도 같은 의미로 적용된다. 아들에서 아버지로 거슬러 올라가면서 계속되는 계급적 투쟁의 원천이 그것이다. 그것은 아들에서 아버지의 아버지로 거슬러 올라가는 어떤 연쇄적 등가물과 동일성적 접점을 이룬다.37) 이때 영수'는 아버지의 아버지로부터 반복되는 자신 계급의 고리를 끊기 위해서는 포기하지 않는 실천의식이 전제되어야 한다. 이것만이 '영수'가 죽은 아버지에 대한 죄의식에서 놓여나고 아버지에 대한 부채를 청산하는 일이며 동시에 새로운 주체로 거듭나는 일이다.

> 우리가 말을 할 줄 몰라서 그렇지, 이것은 일종의 싸움이다. 형이 말했다. 형은 말을 근사하게 했다. 우리는 우리가 받아야 할 최소한도의 대우를 위해 싸워야 돼. 싸움은 언제나 옳을 것과 옳지 않은 것이 부딪쳐 일어나는

---

36) 장 보드리야르, 『소비의 사회』, 위의 책, 61쪽 참조.
37) Žižek, 앞의 책, 87~88쪽 참조.

거야. 우리가 어느 쪽인가 생각해봐(『난쏘공』, 91쪽).

위 인용은 '난장이 아버지'의 아들 '영호'와 '영수'가 자신의 처한 상황을 인식하는 부분이다. 이들은 '싸움'을 통해서만 자신들의 권리를 쟁취할 수 있다고 인식하기 시작한다. 이는 이들의 주체성에 대한 자각이자 아버지와 동일성을 인식하는 순간이기도 하다. 자신들이 처한 상황은 결국 아버지의 아버지로 이어지는 변증법적인 반복에 기인했던 것이고 이는 아들 세대로 반복될 수밖에 없다는 사물화적 인식인 것이다.

> 우리는 아버지에게서 무엇을 바라지는 않았다. (중략) 아버지만 고생을 한 것이 아니다. 아버지의 아버지, 아버지의 할아버지, 할아버지의 아버지, 그 아버지의 할아버지-또-대대로 거슬러 올라간다. (중략) 나는 공장에서 이상한 매매문서가 든 원고를 조판한적이 있다. (중략) 奴 金수伊의 양처 소생 奴 수山 戊子生 (중략) 노비 매매 문서의 한 부분이었다. (중략) 우리의 조상은 상속 매매ㆍ기증ㆍ공출의 대상이었다(『난쏘공』, 74쪽).

'나'는 지금껏 나의 존재의 근원으로서의 아버지를 성찰한 적이 없었다. 나의 존재의 근원은 아버지의 아버지의 축적된 시간인 것이며, 나아가 그것은 '상속ㆍ매매ㆍ기증ㆍ공출'을 기반으로 하는 복종의 복종으로 시작된 것이었다. 그러한 복종의 시간은 따지고 보면 그들 자신이 자신의 계급적 본질성을 인식하지 못한 인식의 부재에서 비롯된 것이다. 그리고 그러한 반복이 천 년 넘게 대대로 세습되며 이데올로기적 모순을 생산해낸 셈이다. 이 같은 '영수'의 주체성적 인식은 스스로를 성찰하는 반영적 시간을 통해서 획득된 것이다. 이러한 성찰적 시간은 영수로 하여금 좀 더 발전적 시간의 토대로 인도한다.

짓는 데 천 년이 걸린 아버지의 집이 몇 분 만에 철거당하는 부조리한 현실은 아버지의 시간이 혹은 역사가 한순간에 박탈당하는 시간인 것이다. 이러한 시간을 인식조차 하지 않는다면 이는 나를 부정하고 나아가 존재의 근원으로서의 아버지의 시공간 자체를 부정하는 것이 되는 것이다. 그러한 의미에서 쇠망치를 집어 들고 철거를 집행하는 현장에서 묵묵히 마지막 저녁밥상을 마련하는 난장가족들의 행동은 거대담론에 맞서는 저항적 행위로 볼 수 있다. 이러한 인식적 행동은 곧 지나간 아버지의 시간에 대한 새로운 인식임과 동시에 나아가 이어질 자신들의 시간에 대한 확장적 인식에 기인하는 것이다. '영수'는 비로소 지금껏 학교에서 받은 교육은 인식이 아닌 주입에 불과했음을 인식한다. 그것을 결국 본질을 도외시한 똑같은 변증법적 모순을 양산해내는 기제였던 것이다.

이는 '지섭'도 마찬가지다. 난장이 가족의 마지막 저녁식사를 방해하는 철거대원들에게 '지섭'은 다음과 같이 말한다.

> 지금 선생이 무슨 일을 지휘했는지 아십니까? 편의상 오백 년이라고 하겠습니다. 천 년도 더 될 수 있지만. 방금 선생은 오백 년이 걸려 지은 집을 헐어버렸습니다. 오 년이 아니라 오백 년입니다(『난쏘공』, 106~107쪽).

'오백 년'이라는 역사적 시간은 계량화된 자본적 시간으로 대체되는 현실에 대해 '지섭'은 절망한다. 이는 노동자이면서 무산자인 아버지의 죽음을 의도하는 것이나 다름없다. 반면 영희 또한 자신의 집을 객관적 사물로 응시하게 된다.

> 우리의 생활은 회색이다. 집은 나온 다음에야 나는 밖에서 우리의 집을 들여다 볼 수 있었다. 회색에 감싸인 집과 식구들은 축소된 모습을 나에게 드러냈다. 식구들은 이마를 맞댄 채 식사하고, 이마를 맞대고 이야기했다. (중략) 나는 나 자신의 독립을 꿈꾸고 집을 뛰쳐나온 것이 아니다. 집은 나온다고 내가 자유로워질 수는 없었다. 밖에서 나는 우리집을 들여다볼 수 있었다. 끔찍했다. (중략) 배를 잃은 늙은 수부가 바다에 떠 있었다(『난쏘공』, 109쪽).

지금껏 살던 집은 '영희' 자신이 소중히 여기던 '팬지꽃'처럼 분홍색이 아니라 '회색'이었음을 인식하는 것이다. 이때 '회색'은 곧 아버지와 아버지로 이어지는 '늙은 수부' 즉 아버지의 노동의 대가이자 천 년의 시간이 누적된 아버지의 '피'의 응집인 것이다. '영희'는 비로소 자신은 출생부터 다른 본질이라는 것, 그리고 아버지의 집은 천 년을 걸쳐 지은 집이라는 것, 또 이십오만 원에 팔린 입주권이 사십오만 원에 팔려가는 구조적 모순을 인식하게 된다. 그리고 무엇보다 어머니가 새벽마다 일터로 나가면서 맞았던 그 '새벽의 빛깔'을 인식한다. 영희는 비로소 자신이 무엇을 해야 하는지 깨닫는다. 매매계약서를 찾아 찢어 버리고 아버지의 집을 되찾고자 한다. 그것은 아버지의 노동의 대가인 것이다. 자본의 본질은 그런 아버지의 아버지에서 비롯된 노동의 대가이자 죽음의 원천이었던 셈이다. 그런 의미에서 '金不伊'는 아버지의 이름이자 그 아버지의 아버지의 천 년의 세월이 응집된 자신의 존재의 본질이다. 이렇듯 난장이 가족들은 사물화된 자기성찰을 통해 자신들 계급의 본질성을 인식한다. 계급의 본질성은 이처럼 지배 계급과 피지배 계급의 불균형적인 배분에서 비롯되고 그것은 나아가 자본적 메커니즘을 형성하는 것이다. 이는 오로지 반영적 자기인식을 통해서 가능한 것이다.

> 식칼 자국이 난 아버지의 표찰, 이십오만 원에 거래, 매일 다르게 매겨지는 값, 이십오만 원에 팔린 아파트 입주권은 또다시 사십오만 원에 다른 사람에게 팔린다(『난쏘공』, 102쪽).

위 인용은 영희가 아파트 입주권이 매매되는 과정을 목격하는 것이다. 이십오만 원에 거래된 난장이 아버지의 집이 사십오만 원에 팔리고 발생한 이득은 자본가가 차지하는 것이다. 이는 자본주의적 메커니즘이 구조적 모순을 본질로써 내재하는 것을 투영한다. 이처럼 자본주의적 메커니즘의 본질은 유령화된 자본에 의해 구조화되는 것이다. 이로 보면 난장이의 집은 자본의 원동력이 되는 것이다. 이것은 난장이 아버지의 아버지로 이어지는 노동의 대가와 천 년에 걸치는 가족사가 가려지고 자본적 메커니즘만이 판을 치는 형국이 돼버리는 것이다. '난장이 아버지'는 집을 떠난 것이 아니었다. 아버지는 죽음으로써 아들에게 자신의 반영을 영원히 각인한다. 다시 말해 '난장이 아버지의 죽음'은 노동자 가부장의 거세를 상징하지만, 죽은 아버지의 되돌아옴이라는 반복 구조를 생산하는 것이다. 이로써 아버지는 비로소 자신의 사물성을 극복하고 진정한 아버지로 거듭나게 되는 것이다. 이때 아버지는 더 강력한 유령이 되어 아들에게 균열을 가한다. 이처럼 난장이 가족들은 사물화를 통해 자본주의를 새로이 경험하게 된다. 이러한 의미에서 무산자의 전형인 '난장이 아버지'는 후기자본주의 사물화에 예속되는 알레고리인 것이다. 난장이 자식들은 아버지와의 동일성적 인식을 통해 결국 자기를 인식하고 그를 위한 실천적 투쟁에 돌입한다. 이 같은 영수 가족의 자기인식은 결국 역사발전의 한 동력으로 작용하게 되는 것이다. 이로 볼 때 이데올로기의 본질은 원초적인 것이 아니라 파생된 것이다. 다시 말하면 난장이 가족은 지금껏 자신들이 살아온 안식처를 잃고 거리에 나앉으면서, 즉 '철거 계고장'이라는 물리적 폭력을 통해서 주체성과 계급의 본질적 의미를 깨닫게 되는 것이다.

> 아버지에게는 숭고함도 없었고, 구원도 있을 리 없었다. 고통만 있었다. 나는 형이 조관한 노비 매매문서를 본 적이 있다. 확실히 아버지만 고생을 한 것이 아니다. 아버지와 어머니는 자식들이 전혀 새로운 삶을 시작하기를 바랐다. 그러나 우리는 이미 첫 번째 싸움에서 져버렸다(『난쏘공』, 99쪽).

난장이 아버지는 죽음으로써 항거한다. '영호'는 아버지의 죽음을 생각하면서, 할아버지와 아버지로 이어지는 주인과 노예의 변증법처럼 되풀이되는 '노비 매매문서'를 보면서 자신의 아버지는 자식들이 자신들과는 다른 새로운 삶을 시작하기를 바란다고 생각한다. 그럼에도 이번 싸움에도 패배한 것이다. 그러면서 자신은 아버지만 못한 '어릿광대'로 눈을 감을 것이라는 자괴감에 빠진다. 사장과 담판하기로 했던 아이들이 다 빠지고 영수와 영수 형제만 남았다는 얘기를 들은 난장이 아버지는 아들에 대한 뿌듯함과 동시에 좌절감을 절감한다. 아버지는 투쟁에는 누군가 혹은 몇 사람의 '목' 이 필요하고 때에 따라 하고 싶지 않은 일을 하는 것이 필요하다고 말한다 (『난쏘공』, 100쪽). 바로 이 점이 난장이 아버지의 죽음이 갖는 의미일 것이 며, 이후 '영수'가 은광그룹 회장을 죽이려고 했던 이유일 것이다. 이럴 진대 '영수'의 저항은 무의미한 일이다. 예컨대, '윤호'의 시점에서 '은강시'는 화 려한 자본주의 사물화가 은폐하고 있는 '유성표면'에 지나지 않는다. 그것 은 또 다른 역사의 한 페이지를 장식하기 위해 태동에 불과하다. 이러한 의 미에서 '윤호'는 난장이의 죽음은 '한 세대의 끝'인 것으로 보인다. 난장이의 삶의 도구였던 절단기, 멍키, 스패너와 같은 용구들은 하나의 도구에 불과 하게 되고, 은강그룹에서 일하고 있는 노동자들 역시 도구라는 물질적 개념 으로 인식될 뿐인 것이다.

반면 '경훈'이 더욱 견고한 자본주의 메커니즘을 구축하는 일 또한 아버 지의 아버지와의 동일화를 통해 더 강한 아버지로 거듭나는 일이다. 이러한 의미에서 '경훈(나)'은 사촌의 약하고 무능함 경멸하며 아버지에 대한 반영 의식을 통해 아버지보다 강한 자신이 되고자 한다. '경훈'의 입장에서 자본 가는 노동자들에게 일할 곳을 제공하고 그 대가로 돈을 주었다고 물질적으 로 인식하는 것이다. 텍스트의 말미에 '경훈'은 아버지보다 더한 자가 되어 노동자로 대변되는 앙상한 뼈의 고기를 얽는 꿈을 꾼다. 나름 이 작품의 미 학으로 여겨지는 이 독백은 아버지보다 더한 착취자를 양산하는, 그래서 불 가시적 영역으로서의 새로운 자본주의적 아버지, 더 강력한 아버지의 도래 인 것이다. 이는 더 강한 대체물을 형성하는 새로운 자본주의의 도래이자 이데올로기적 메커니즘의 태동이다. 아파트로 표명되는 자본주의적 거대 담론은 이처럼 전통적 가부장의 죽음에 일조하지만, 그것은 결국 더욱 강력 한 이데올로기, 즉 사물적 메커니즘을 생산한다.

4. 능동적 의지의 실천과 감각적 사물의 예속화

이처럼 『난쏘공』은 두 명의 문제적 주인공과 그들을 둘러싼 전형적 배경을 통해 1970년대 중반 생산과 소비적 메커니즘으로 양분화되고 있는 과도기적 자본주의 사회의 여러 양상을 반영하고 있다. 난장이 아버지의 죽음을 통한 '영수' 가족의 자기성찰과 저항적 인식에 있다면, 「내 그물로 오는 가시고기」 또한 아버지와의 동일화를 통한 자본주의 본질적 메커니즘을 자기 반영을 통해 인식하고 있다. 『난쏘공』의 '영수'가 무산자 아버지의 계급을 환경적으로 물려받았다면, 「내 그물로 오는 가시고기」에서의 '경훈'은 자본가 아버지의 계급을 환경적으로 물려받는다. 이 같은 물질적 환경은 결국 주인공들의 인식적 토대가 된다. '은강그룹'의 경영구조를 생태적으로 인식하는 경훈은 자본의 구조적 메커니즘을 통해서 자신의 계급과 자본의 본질성을 인식한다. '경훈'은 태생적으로 '영수'의 인식과 동일화될 수 없는 관계로 의미화된다.

> (전략) 우리가 필요로 하는 것은 노동자의 근육활동뿐이었다. 공장 노동이 방청석을 메운 공원들에게 고통이 아닌 즐거움이 된다면 아버지도 아버지의 의지대로 움직일 수 있었던 것들을 모두 잃게 될 것이다(「내 그물로 오는 가시고기」, 246쪽).

은강그룹 회장을 죽이려다 오인해 숙부를 죽이게 된 '영수'는 재판을 받게 된다. 그런 '영수'를 사물화적 관점에서 바라보는 '나'의 시간은 더불어 자신의 계급을 새로이 인식하고 아버지와의 동일화를 인식하는 순간이면서 자본주의의 구조를 보다 구체적으로 인식하는 순간이기도 하다. 그런 관점에서 '나(경훈)'는 노동자 계급의 '영수'를 이해할 수 없다. 더불어 '경훈'은 자신의 행복이 타자와 평등하게 누리는 순간 달아난다고 생각한다. 또 노동자의 고통이 곧 아버지의 의지와 비례하는 것이고 그것이 곧 그룹 전체의 잉여를 가져온다고 생각하는 것이다.[38] '경훈'의 입장에서 볼 때 자본가의 노동자에 대한 횡포는 무산자들의 저항을 낳고 그 저항은 또 다른 억압적 메커니즘을 생산하는 기제가 된다. 그리고 이러한 구조는 더 풍요로운 생산과 소비적 메커니즘으로 이어지고 이는 결국 상품의 사물화를 양산한다. 이는 내면적으로 자본주의적 폭력을 구조화하는 형태인 것이다.

반면 '영수'의 입장에서 보면 피폐한 노동자의 '노동력'인 '가시고기'가 자본가의 '자본'을 생성해주는 형식이 된다. 또한 텍스트의 전반부에 나타난 것처럼 입주권 매매 투기업자들은 '영수' 가족이 거주하는 행복동 일대 입주권을 모두 사버린다. 무산자의 집을 담보로 자본이 부풀려지는 것을 본 '영수'의 거세콤플렉스는 급기야 자본의 원천인 '은강그룹' 회장을 죽이고자 하는 것으로 나타난 것이다. '영수'에게 자본주의의 모순과 추상적 사물화를 극복하는 것이야말로 노동자의 권익을 회복하고 나아가 노동자의 이름으로 죽어간 아버지에 대한 부채를 청산하는 것이 된다.

이러한 인식은 무산자의 노동력의 대가뿐만 아니라 거대자본의 불쏘시개가 된 그들에 대한 증오에서 비롯된다. '영수'의 저항 행위는 이 같은 구조적 모순의 인식에서 비롯되는 것이다. 다시 말하면 자기 반영을 통한 현실인식 만이 아버지의 죽음을 헛되이 하지 않는 것이다. '영수'의 회장을 죽이고자 하는 현실인식은 여기서 비롯된다. 그러나 '영수'의 이 같은 계획은 처음부터 불가능한 것이다. 동시에 그것은 '영수'의 관념적 오류에 불과하다. 왜냐하면 누구도 불가시적 영역으로서의 자본의 본질을 들여다볼 수 없기 때문인 것이다. 다시 말하면 '아파트'는 거대자본을 의미하는 사물적 표상으로 존재할 뿐 그 본질을 파악할 수 없다. '영수'는 결코 '회장' 너머에 존재하는 '자본'의 실체를 볼 수 없다. 그것은 단지 어떤 보이지 않는 메커니즘에 의해 작동되는 이데올로기적 실체일 뿐인 것이다. 이러한 의미에서 회장을

---

38) 김남희, 「자본주의와 후기 자본주의, 그리고 인간소외」, 『한국시민윤리학회보』 15, 한국시민윤리학회, 2002, 323쪽 참조.

죽이는 것은 이미 무의미한 일이다. 그럼에도 '영수'의 실천적 투쟁은 계속되어야 한다. 저항의식의 부재는 사물화의 예속, 곧 죽음으로 이어지기 때문인 것이다. 이 같은 반영론적 인식은 사물에 대한 본질적 이해 없이는 어렵다. 사물에 대한 본질적 인식은 곧 의식의 확장으로 이어지고 이는 주체의 능동적 실천으로 이어지게 되는 것이다. 이것은 나아가 역사발전의 또 다른 원동력이 되는 것이다.

때문에 '영수'의 진정한 적은 은강그룹 회장이 아닌 자본의 불가시성이다. '영수'는 결코 '회장'을 죽일 수 없다. 왜냐면 '은강그룹'은 근대 자본주의가 잉태한 또 다른 형태의 아버지의 개념이기 때문인 것이다. 그럼에도 '난장이 아버지'의 죽음이 헛되지 않은 것은 '상부구조' 자체를 무너뜨리지는 못하지만 균열시키는 데 일조한다. '영수'를 비롯한 영수 가족의 반영적 의식이 그것인 것이다. 이러한 의미에서 회장을 죽이는 것은 이미 무의미한 일이지만 영수의 투쟁은 계속되어야 한다. 그것은 또 다른 실천의식의 토대가 될 것이기 때문인 것이다. 이 같은 '영수'의 저항 행위는 마르크스의 주장처럼 영수 본인이 자신계급의 본질성을 아버지를 통해 인식하면서 비롯된 것이다. 이로 볼 때, '영수', '영희'를 비롯한 '난장이 가족'들이 아버지 대로부터 대물림되는 계급적 동일성을 사물의 내재성을 통해 인식하고 자신을 성찰하는 모습을 보여준다. 이러한 의미에서 '영수'의 저항행위는 사물의 본질적 가치를 추구하려는 관념적 인식에서 비롯되며 이것이 나아가 의식의 실천으로 이어지는 것이다. 결과적으로 난장이 가족에게 어느 날 날아든 아파트 분양권은 미시적으로 어느 한 가족의 보금자리를 무너뜨리는 것이지만 거시적으로 산업현장의 중심에 있었던 노동자 아버지의 죽음에 저항하는 인식적 실천으로 이어진다. 이는 동시에 새로운 자본가 아버지의 탄생을 의도한다. '나(영수)'를 비롯한 가족들의 자기성찰의식은 결국 아버지와의 동일화로 귀결된다. 때문에 이들의 의식적 원천은 헤겔식의 환원론적 유물론에 의거한다기보다 물질적 활동을 사유와 결합시키려고 하는 관념적 의지의 실천성에 있다고 볼 수 있다.[39] 말하자면 죽은 아버지를 통한 자기의 반영적 응시는 결국 역사발전의 한 동력으로 작용하는 셈이다. 말하자면 사물화된 아버지를 통한 주체의 인식론적 확장은 욕망의 주체로 거듭나게 하는 동시에 그것에 예속시킨다.[40]

이에 반해 '경훈'은 이미지와 시각적 가치를 기반으로 한 교환가치, 즉 소비사회의 입장에서 사물화의 개념을 수용하고 있다. 이와 같이 본격화되는 자본주의 사물화는 소수와 비소수, 평등과 불평등, 현실과 환상, 특권과 비특권, 깨끗함과 더러움, 평등과 차별을, 최저와 최고, 무산자와 부르주아 등의 차별적 가치를 더욱 확고하게 하면서 물신적 메커니즘의 태동을 확고히 한다.[41] 이러한 관점에서 노동의 본질적 가치와 같은 사용가치를 중시하는 '영수'는 고전적 마르크스, 즉 생산사회의 입장을 견지하고 있다.

『난쏘공』은 전반적으로 자본이 결국 무산자의 노동력과 땀으로 쟁취된 것이라는 인식에 도달하지는 못한다. 또한 '난장이' 아버지가 그와 닮은 또 다른 '난장이' 아버지로 이어지는 것처럼, 또 다른 닮은꼴의 아버지를 생산해낼 수밖에 없기 때문인 것이다. 이 같은 반복적 메커니즘은 아버지와 아들 세대로 이어지면서 사회의 구조적인 모순을 양산하는 기제가 되고 있다. '경훈'은 사촌의 약하고 무능함 경멸하며 아버지와 작은 아버지보다 더한 쟁취자가 될 것임을 인식한다. '영수'의 관념적 사유가 능동적 주체의 실천의식으로 이어진다면, '경훈'은 물질 그 자체에 현혹되는 감각적 사물화의

---

39) Hawkes, David, 앞의 책, 99쪽 참조.

40) 내가 보는 빛의 반대쪽에 있는 지점은 나를 바라보고 있는 나의 시점이지만, 이는 결코 나와 동일화될 수 없는 타자의 욕망에 예속된 '사로잡힌 나'일 뿐이다. Lacan, Jacques, *The Four Fundamaletal Concepts of Psychoanalysis*. Alan Sherida. trans, New York: Norton. Lacan, 1978, pp.79~88 참조.

41) 부르주아 산업혁명은 사물과 개인을 종교와 도덕과 가정적 모순으로부터 해방시킨다. 이제 사물은 의례와 의식 그리고 이데올로기와 같은 기능적 전체로부터 해방되어 보다 자유로운 거래에 접근한다. 이로써 사물은 새로운 시간과 공간적 차원에서의 상관관계를 맺는다. 장보드리야르, 『사물의 체계』, 앞의 책, 19~25쪽 참조.

예속화를 보여준다. 이는 다시 말하면 사물에 대한 이해의 관점을 달리 하는 것이다. 『난쏘공』 연작은 이러한 의미에서 후기자본주의적 관점에서의 사물화의 극복은 진정한 의미에서의 자기성찰인식이 전제됨으로써 가능함을 보여준다.

5. 결론

지금까지 조세희의 『난쏘공』을 중심으로 1970년대 산업자본주의 이후 사물화적 양상으로 변모되어 가는 주인공들의 현실인식 양상을 반영론적 관점에서 고찰하였다. 자본적 메커니즘에 의해 자신의 보금자리가 하루아침에 철거당하는 현실을 직면한 『난쏘공』의 주인공 '영수'는 사물의 본질적 인식을 통해 물질성을 극복하고자 한다. 더불어 지금껏 자신의 존재의 근원으로서의 아버지를 성찰한 적이 없었던 '영수'는 아버지의 죽음을 통해 비로소 자신의 근원인 아버지의 시간을 인식하게 된다. 행복동으로 지칭되는 아버지의 집은 아버지의 아버지를 거슬러 올라가는 반복적 시간의 축적이었던 것이다. 아버지로부터 비롯된 '상속·매매·기증·공출'을 기반으로 하는 자신의 계급이 반성적 시간의 부재에서 비롯된 것임을 비로소 인식하게 되는 것이다. 동시에 이십오만 원에 거래된 자신의 집이 사십오만 원에 팔리고 발생한 이득은 자본의 불쏘시개가 됨을 알게 되는 확장된 시간이기도 한 것이다. 이는 결국 난장이 가족의 저항의식으로 이어진다. 예컨대, '영희' 또한 지금껏 자신이 살던 집이 '팬지꽃'처럼 분홍색이 아니라 '회색'이었음을 알게 되면서, 그것은 아버지의 노동의 대가이자 천 년의 시간이 누적된 것임을 인식한다. '영희'는 비로소 자신은 출생부터 다른 본질이라는 것, 그리고 아버지의 집은 천 년을 걸쳐 지은 집이라는 것, 또 이십오만 원에 필린 입주권이 사십오만 원에 팔려가는 구조적 모순을 인식하게 된다. 그리고 무엇보다 어머니가 새벽마다 일터로 나가면서 맞았던 그 '새벽의 빛깔'을 인식한다. 영희는 비로소 자신이 무엇을 해야 하는지 깨닫는다. 매매계약서를 찾아 찢어 버리고 아버지의 집을 되찾고자 한다. 이렇듯 난장이 가족들은 사물화된 자기성찰을 통해 자신들 계급의 본질성을 인식한다.

이는 오로지 반영적 자기인식을 통해서 가능한 것이다. 이처럼 난장이 가족들은 사물화를 통해 자본주의를 새로이 경험하게 된다. 난장이 자식들은 이처럼 아버지와의 동일성적 인식을 통해 자기를 인식하고 실천적 투쟁에 돌입한다. 이러한 인식적 행동은 곧 지나간 아버지의 시간에 대한 새로운 인식임과 동시에 나아가 이어질 자신들의 시간에 대한 확장적 인식에 기인하는 것이다. 이로써 아버지는 비로소 자신의 사물성을 극복하고 진정한 아버지로 거듭나게 되는 것이다. 이때 아버지는 더 강력한 유령이 되어 아들에게 균열을 가한다.

반면 자본가 아버지의 계급을 환경적으로 물려받은 「내 그물로 오는 가시고기」에서의 '경훈' 역시 아버지와의 동일화를 통해 자본주의의 구조를 보다 구체적으로 인식한다. 그의 관점에서 '영수'의 노동은 계량화할 수 있는 물질일 뿐이다. 이처럼 모든 것을 물질적으로 인식하는 경훈의 논리는 자본주의의 구조적 메커니즘에 의한 것이다. 더불어 이 같은 사물화된 자본주의의 구조는 더 풍요로운 생산과 소비적 메커니즘으로 이어지고 이는 결국 사물화를 양산하는 기제가 된다. 겨울에도 더운물이 콸콸 쏟아지는 온수를 사용하는 '은강시'의 사람들은 기초생계비에 연연하는 영수 가족의 현실과는 다른 차원을 보여준다. '행복동'이 아직도 재현적 현실이 존재한다고 믿는 리얼리즘적 시공간이라면, '은강시'는 자본주의 사물화가 본격화되는 자본주의적 시공간이다.

『난쏘공』 연작은 본격 자본주의 사회로 진입하는 과정에서 '영수'와 '경훈'으로 대립되는 주인공들의 반영적 인식을 통해 후기자본주의적 관점에서의 사물화적 양상을 투영한다. 『난쏘공』이 난장이 아버지의 죽음을 통한

'영수' 가족의 자기성찰과 저항적 인식에 있다면, 「내 그물로 오는 가시고기」 또한 아버지와의 동일화를 통한 자본주의 본질적 메커니즘을 자기반영을 통해 인식하고 있다. 영수'의 관념적 사유가 능동적 주체의 실천의식으로 이어진다면, '경훈'은 물질 그 자체에 현혹되는 감각적 사물화의 예속화를 보여준다. 이러한 의미에서 『난쏘공』 연작은 자본주의적 사물화의 극복은 진정한 의미에서의 자기성찰의식이 바탕이 될 때 가능함을 보여준다. '영수'가 생산사회의 입장을 고수하고 있다면, '경훈'은 소비사회의 입장을 견지하고 있다. 이처럼 『난쏘공』은 1970년대 중반 생산과 소비적 메커니즘으로 양분화되고 있는 과도기적 자본주의 사회의 여러 양상을 두 명의 전형적 인물과 배경을 통해 반영하고 있다.

<참고문헌>

1. 기본자료

조세희, 『난장이가 쏘아올린 작은 공』(3판), 문학과지성사, 1993.

2. 단행본

김형효, 『구조주의; 사유체계와 사상』, 인간사랑, 2001.
장 보드리야르, 이상률 역, 『소비의 사회』, 문예출판사, 1991.
피터 위슬리, 진덕규 역, 『마르크스와 마르크스주의』, 학문과 사상사, 1983.
Elliott, Gregory, 이경숙·이진경 역, 『알튀세르: 이론의 우회』, 새길, 1992.
Hawkes, David, 고길환 역, 『이데올로기』, 동문선, 2003.
Jean Baudrillard, 배영달 역, 『사물의 체계』, 지식을만드는지식, 2011.
K. 마르크스·F. 엥겔스, L. 박산달·S. 모라브스키 편, 김태웅 역, 『마르크스·엥겔스 문학예술론』, 한울, 1988.
S. Freud, 윤희기·박찬부 역, 「본능과 그 변화(Tribe und Triebschicksale)」, 『정신분석학의 근본개념』, 열린책들, 2003.
Žižek, Slavoj, 이수련 역, 『이데올로기라는 숭고한 대상』, 인간사랑, 2002.

3. 논문

김남희, 「자본주의와 후기 자본주의, 그리고 인간소외」, 『한국시민윤리학회보』 15, 한국시민윤리학회, 2002.
문병호, 「사물화에 대한 문학적 비판의 시의성」, 『독일어문학』 44, 한국독일어문학회, 2009.
박영준, 「『난장이가 쏘아올린 작은 공』의 인칭변화에 관한 연구」, 『현대소설

연구』 41, 한국현대소설학회, 2009.

서도식, 「사회적인 것의 병리로서의 사물화」, 『哲學硏究』 66, 철학연구회, 2004.

서형범, 「조세희 『난장이가 쏘아 올린 작은 공』의 서사층위분석 시론」, 『겨레 어문학』 43, 겨레어문학회, 2009.

송미라, 「조세희 소설의 갈등 양상 고찰 : 『난장이가 쏘아 올린 작은 공』을 중심으로」, 『국어국문학』 17, 동아대학교, 1998.

심지현, 「조세희의 『난장이가 쏘아 올린 작은 공』 연구 - 노동소설의 성립 가능성을 전제로」, 『인문과학연구』 7, 대구가톨릭대학교 인문과학연구소, 2006.

양애경, 「조세희의 난장이가 쏘아올린 작은 공 분석」, 『한국언어문학』 33, 한국언어문학회, 1994.

우찬제, 「조세희의 『난장이가 쏘아올린 작은 공』의 리얼리티 효과」, 『한국문학이론과 비평』 21, 한국문학이론과 비평학회, 2003.

이 청, 「조세희 소설에 나타난 불구적 신체 표상 연구」, 『우리어문언구』 127, 우리어문학회, 2006.

최용석, 「1970년대 산업 사회의 문제 의식과 그 극복 방안에 대한 고찰 : 『난장이가 쏘아올린 작은 공』에 드러난 소외 의식을 중심으로」, 『語文論集』 28, 중앙어문학회, 2000.

하영진, 「사물화」, 『현대사상』 2권, 대구대학교 현대사상연구소, 2008.

4. 국외 자료

Lacan, Jacques, *The Four Fundamaletal Concepts of Psychoanalysis*. Alan Sherida. trans, New York: Norton. Lacan, 1978.

Žižek, Slavoj, *The Sublime Objeoct of Ideology*, Verso trans, prined and bound in Great by Bookmarque Ltd. Croydon, 1989.

천상병의 시에 나타난 원형심상 연구

김 종 호

1. 시작하며

원형비평은 문학작품 상호 간에 내재하는 원형적 이미지를 추출하여 문학작품 전체를 질서화하는 데 초점을 맞춘다. 이러한 작업에는 정신분석학 및 심리학이 밀접하게 관련된다. 핵심적 개념이 되는 '원형(archetype)'도 융 C. G. Jung의 분석심리학에서 사용된 용어로, '집단무의식의 일부인 원초적 이미지(primordial image)', 혹은 '개인에게 선험적으로 유전되어오는 동일한 것의 무수한 반복체험에 의한 심리적 잔유물(psychic residue)'로 정의된다.[1] 융에 의하면, 인류 선조의 생활 속에 나타나는 반복적 경험 유형의 이미지나 잔유물은 인류의 '집단적 무의식' 속에 계승되어지고, 문학작품뿐만 아니라 신화, 종교, 꿈, 개인적 환상 속에 표현된다.

한 시인의 작품 속에서 어떤 특정한 사물이나 대상이 되풀이되어 나타날 때, 그것은 그 시인의 심층의식이 반영된 것으로 볼 수 있다. 곧, 시인의 작

---

1) 이부영, 『분석심리학』(개정증보판), 일조각, 1998, 100~104쪽 참조.

품 속에 투사된 정신은 바로 상상력의 궁극성을 표현하는 심상으로 나타난다. 일반적으로 문학은 인간의 원초적 심성을 가장 잘 드러내는 예술이라고 일컬어진다. 특히 시의 영역은 그 언어의 상징성으로 말미암아 이러한 원초적인 정서 표출을 더욱 쉽게 한다. 우리가 시를 읽었을 때, 그 이미지 속에 동화되고 감동하는 것은 시가 인간 내부에 잠재한 원초심성을 내포하고 있기 때문이다. 그러나 시인 개인의 지성과 감각의 차이에 따라 원초심성은 여러 형태로 나타난다. 결국 문학작품은 시간을 초월하여 인간의 의식 속에 재현되는 원형들의 표현이라 할 수 있다. 아울러 '원형은 재현된 심층적 경험, 즉 무의식의 상징적 형상이다. 구체적으로 말하면 의식적 사고의 영역에서 선택되어 이미지의 형태로 재현된 그 이미지와 그것에 반영된 심층 경험을 한 데 아우른 것'2)이라고 할 수 있는데, 이는 전형적 또는 반복적인 이미지를 원형으로 보고 있는 프라이N. Frye나, 인류 전체 아니면 그 대부분 사람들에게 동일하거나 매우 유사한 의미 내용을 갖는 상징들을 원형 또는 원형상징으로 부르고 있는 휠라이트P. Wheelwright의 견해와 크게 다르지 않다. 이렇듯 원형은 역사나 문학, 종교, 풍습 등에서 수없이 되풀이된 이미지나 모티프, 혹은 테마로서 보편적인 상징인 동시에 반복성과 동일성이라는 본질적 속성을 갖는다. 원형적 이미지의 형성 그 자체가 원시시대부터 생성된 집단무의식의 산물이라는 점을 생각할 때, 원형은 인간성 자체에 뿌리박은 무의식적 산물이라고 보아야 할 것이다. 일반적으로 문학에서 원용하여 사용하는 원형의 개념 역시 '시대를 초월하여 끊임없이 반복적으로 나타나는 원시적이며 전형적인 심상'3)을 가리킨다. 현대비평에서 '원형'은 다양한 문학작품에서뿐만 아니라 신화, 꿈, 의례화된 사회적 행동양식에서도 찾아볼 수 있는, 설화적 구상이나 인물 유형, 이미지 등에 적용된다. 이러한 상이한 현상 속의 유사성은 일련의 보편적이고 원초적이며 기본적인 정형을 반영

2) 제임스 베어드, 박성준 역, 「칼 융의 원형 이론과 문예비평」, 김열규 외, 『정신분석과 문학비평』, 고려원, 1992, 39쪽.
3) Maud Bodkin, *Archetypal Patterns in Poetry*, Oxford University Press, 1974, p.4~5 참조.

하고 있으며, 그것이 문학작품 속에 효과적으로 구체화되었을 때 독자로부터 심오한 반응을 불러일으킨다고 주장되고 있다.4) 이상에서 인용한 몇몇 자료를 통해 확인할 수 있듯이 원형은 보편적 상징으로 인간의 원초적 사고에 그 뿌리가 닿아 있다. 인간의 심성 근저에 집단무의식의 형태로 내재하면서 여러 작품 속에 끊임없이 되풀이되어 나타나기 때문에 독자의 마음에 무의식적으로 반향을 일으킨다. 또한 원형은 한 편의 작품을 다른 작품과 연결하는 기능을 함으로써 우리의 문학적 경험을 통일하고 종합하게 하는 것이다.

본고에서는 이러한 원형이론을 바탕으로, 천상병 시에 나타난 원형의 양상을 고찰해보고자 한다. 천상병은 1950년대 초반에 등단하여 1993년 타계하기까지 꾸준히 창작활동을 해 왔음에도 불구하고, 그의 시에 대한 관심보다는 그의 기행과 관련한 문학 외적인 것에 관심이 집중되어 왔다. 특히 1970년대 초, 그의 실종사건이 사망으로 추정되어 유고시집 『새』5)가 발간된 일화는 그를 세상에 알리는 계기가 되었지만, 그의 시에 대한 종합적인 연구는 아무래도 빈약한 편이라고 하겠다. 1993년 천상병 작고 이후 『천상병 전집』6)이 발간됨으로써 그의 시세계에 대한 전반적인 연구와 평가가 가능하게 되었고, 따라서 그의 시에 대한 본격적인 연구가 이루어지고 있다.

이제까지의 선행연구들을 살펴보면, 천상병의 시세계는 전통 서정의 세계와 닿아 있다는 대체로 공통된 견해를 나타내고 있다. 또한 그의 시는 소외와 순수함, 관용과 개방성을 지녔으며, 인생에 대한 긍정적 태도와 아울러 비극적인 세계인식에 닿아 있다는 것도 공통된 분석이다. 천상병의 시가 차지하는 문학사적 비중이 아주 크다고는 할 수 없겠지만, 나름대로 자신의 시세계를 구축하였다는 점을 감안할 때 그의 시에 대한 다양한 층위에서의 총체적인 연구가 필요하다고 본다.

---

4) M. H. Abrams, 최상규 역, 『문학용어사전』, 보성출판사, 1991, 16쪽 참조.
5) 천상병, 『새』, 조광출판사, 1971.
6) 천상병, 『천상병 전집 · 시』; 『천상병 전집 · 산문』, 평민사, 1996.

많은 논자가 연구대상으로 삼고 있듯이, 천상병의 시에는 '새, 물, 하늘, 길' 등의 심상이 빈번하게 사용되고 있다. 이러한 심상들은 동서고금의 문학작품에서 자주 사용되고 있는 원형적 심상이라 할 수 있는 것들이다. 따라서 본고에서는 천상병의 시에 반복되어 나타나는 심상들이 상징하는 바와 함께 이들이 유발하는 정조의 원천을 규명해 보고자 한다.

2. 원형심상의 양상과 상징체계

앞에서 이미 언급했지만 원형심상은 많은 작품에 되풀이되어 나타나며, 모든 인간에게 유사한 의미나 반응을 환기시킨다. 그러므로 이것은 어떤 한 작품의 개별적 의미나 정서를 초월한다. 물론 문학이 개인적 체험과 상상력의 소산이기는 하지만 그 상상력은 개인의 체험에 의존함과 동시에, 한 집단의 무의식적 원형의 영향을 받는다는 것이 심층심리학자들의 주장이다. 즉 개인적인 성향과 집단적인 무의식이 종합되어 나타나는 것이 문학적 상상력이라고 보는 것이다. 또한 문학은 자연에 대한 개인체험과 인류의 보편적인 관점, 그리고 자연관을 상징적으로 형상화한다. 사실 문학작품은 작가의 관념과 체험의 구체적인 표현이기 때문에, 그 표현은 상징성을 띨 수밖에 없다. 그러므로 자연을 소재로 한 모든 시에는 자연에 대한 시인의 상징적인 해석이 들어 있다고 할 수 있다. 일반적으로 상징이란 우리의 지각경험 가운데 비교적 지속적이며 반복적인 요소를 말하며, 지각경험만으로 전달되지 않거나 충분히 전달될 수 없는 일련의 의미를 뜻한다. 휠라이트에 의하면, 어떤 특이한 통찰력이 번득일 때 단 한 차례 은유로 사용된 이미지는 상징적 기능이 있다고 말하기 어렵다. 상징성을 띠는 것은 어떤 변용을 거쳐서라도 회기성을 지니거나 그 가능성이 있어야 된다는 것이다.[7] 또한,

---

7) Philip Wheelwright, *Metaphor and Reality*, Indiana University Press, 1973, p.92 참조.

'상징은 인간실존의 구조와 우주의 구조 사이에 내재하는 상호의존성'[8]을 밝혀주어야 한다.

이러한 상징의 원리에 근거하여 천상병의 시에 집중적으로 나타나는 원형심상 요소들을 추출하여 몇 개의 영역으로 체계화할 수 있다. 첫째, 천상적 혹은 우주적 심상, 둘째, 지상적 자연심상,[9] 셋째, 유년회상과 모성심상인데, 이들이 유발하는 정조가 무엇이며 그 정조의 원천은 무엇인가 규명해 보도록 한다.

1) 천상적 이미지와 영원회귀

천상병은 유고시집까지 포함하여 모두 6권의 시집과 2권의 시선집, 그리고 사후에 발간된 『천상병 전집』을 남기고 있다. 천상병 시세계의 특징은 자신과 자신의 삶을 둘러싸고 있는 현실에 대한 꾸밈없는 천착에 있다. 평생을 가난하고 외롭게 살면서도 자신의 삶을 부끄럽게 여기지 않았고, 주변 현실을 시를 통하여 끊임없이 나타냈다는 점에서, 시에 대한 그의 애정을 읽을 수 있다. 비록 문학적 논의의 중심부에서 소외되어 있었지만 지속적으로 시를 창작하며 삶의 진실을 추구한 천상병 시인의 역정은, 우리의 삶과 시의 본래적 의미를 돌아보게 하는 계기를 마련해 준다.

천상병 시에서 거듭하여 나타나는 주요 심상 중의 하나가 '하늘'이다. 이 하늘의 심상은 초기시에서부터 후기시에 이르기까지 일관되게 등장한다.[10] 하늘의 심상은 지상적인 세계와 대립되는 천상적인 세계를 표상한다. 엘리아데는 "창공은 단지 고개를 들어 그것을 바라보는 것만으로 벌써 종교적인

---

8) Mircea Eliade, 박규태 역, 『상징, 신성, 예술』, 1991, 서광사, 48쪽.
9) 자연적 상징은 원래 대중적 상징에 속하지만, 본고에서는 원형적 상징의 개념에 가까운 것으로 해석하고자 한다. 원형이란 근원적으로 자연적인 것이기 때문이다.
10) 천상병의 전체 작품 355편 중, 『새』에 6편, 『주막에서』에 10편, 『천상병은 천상 시인이다』에 10편, 『저승 가는데도 여비가 든다면』에 6편, 『요놈 요놈 요 이쁜 놈』에 7편, 유고시집 『나 하늘로 돌아가네』에 1편이 '하늘'을 소재로 쓰고 있어, 약 12%의 빈도를 보이고 있다.

체험을 불러일으킨다. 하늘은 그 자신을 무한한 것, 초월적인 것으로 보여준다. 그것은 인간과 그 환경에 의하여 표상된 그 어떤 것과도 비교할 수 없는 '전적으로 다른' 뛰어난 것"11)이라고 말한다. 전통적으로 하늘은 그 자체에 부여된 신격으로 인해 우주를 창조한 초월적 존재로 간주되어 왔다. 아울러 낙원을 상징하기도 하는데, 최고의 행복, 기쁨, 아름다움의 공간으로 여겨진다. 이밖에도 청정무구한 곳을 뜻하며, 사람이 죽은 뒤 그 영혼이 가는 곳이 하늘이라고 생각하였다. 천상병 시에서 핵심적인 심상이라 할 수 있는 '새'와 함께 그의 시세계에서 중요한 의미를 갖는 '하늘'의 심상 역시 지상적 삶의 구속성에서 벗어나 영원한 자유를 지향하는 상징성을 갖는다. 융은 고태적인 성질을 가진 모든 심상, 달리 말하면 신화의 잘 알려진 모티프들과 부합하는 모든 심상을 '본원적 심상'이라 불렀다. 본원심상, 곧 '원형'은 개인적 심상과는 달리 항상 집단적이다. 이 본원심상은 적어도 한 국민, 혹은 한 시대 안에서 공통적이다. 신화의 주요 모티프는 모든 인종들에게 그리고 모든 시대에 있어 십중팔구 다시 나타나기 마련인 것이다.12) 그러나 한편 원형의 속성은 매우 불가해하다. 왜냐하면 이는 집단무의식이라는 신비한 그늘의 영역을 다루어야 하는 것이어서, 우리가 결코 집단무의식의 심층에 도달할 수 없는 한, 원형에 대한 직접적인 조명 역시 불가능한 일이다. 다만 우리가 바랄 수 있는 최선의 방법은 그것을 우회적인 방법으로 기술함으로써, 원형의 일반적 의미를 제시하는 것뿐이다. 곧 원형은 심리요소를 일정한 이미지로 배열시켜 원형적 성격을 부여하는 요인들이며 모티프들이다. 이러한 원형의 개념에 근거하여 천상병 시에 나타난 '하늘'을 비롯한 우주적 자연심상을 통하여 보다 원초적이고 근원적인 상상력의 심층을 파악할 수 있다. 대체로, 천상병의 시에는 주체보다는 자아가 강하게 드러나는 작품이 많다. 특히 시인은 '하늘'의 심상을 통해 영원한 자유의지를 표출

---

11) Mircea Eliade, 이은봉 역, 『성과 속』, 한길사, 2004, 122쪽.
12) C. G. Jung, 전혜정 역, 「융 심리학의 주요 개념들」, 장경렬 외 편, 『상상력이란 무엇인가』, 살림, 2000, 145~146쪽 참조.

한다. 그 하늘은 죽음과 밀접하게 연관된 회귀처로서의 의미를 갖기도 한다.

> 지난날엔 싸움터였던/ 흙더미 위에 반듯이 누워/ 이즈러진 눈으로 그대
> 는/ 그래도 맑은 하늘을 우러러 보는가// 구름이 가는 저 하늘 위의/ 그 더
> 위에서 살고 계신/ 어머니를 지금 너는 보는가/ 썩어서 허무러진 살/ 그 살
> 의 무게는/ 너를 생각하는 이 시간/ 우리들의 살의 무게가 되었고/ 온 몸이
> 남김 없이/ 흙 속에 묻히는 그때부터/ 네 뼈는/ 영원한 것의 뿌리가 되어지
> 리니// 밤하늘을 타고/ 내려오는 별빛이/ 그 자리를 수억만 번 와서 씻은 뒷
> 날 새벽에// 그 뿌리는 나무가 되고/ 숲이 되어/ 네가/ 장엄한 산령(山嶺)을
> 이룰 것을 나는 믿나니// ─이 몸집은/ 저를 잊고/ 이제도 어머니를 못 잊은
> 아들의 것이다.
>
> ─「無名戰死」 전문

위에 인용한 「무명전사」는 총 7연으로 되어 있는데, 도입부터가 '上下의
원형심상'으로 되어 있음에 주목하게 된다. 上의 이미지는 '하늘, 밤하늘, 구
름, 별빛'으로 표출되며, 下의 이미지는 '흙더미, 나무, 숲, 산령'으로 나타나
는데 이들 심상들은 궁극적으로는 모성원형과 접맥되고 있다. 이 시는 '지
상(흙) → 천상(하늘)'으로 전개되는 상상력에 의해 시적 공간을 형성한다. 1
연의 내용은 전쟁터에서 죽은 이에 대한 회고이다. '싸움터'와 '흙더미', '반
듯이 누워', '이즈러진 눈' 등 죽음과 관련된 심상은 쓸쓸하고 어두운 분위기
를 형성하지만, '그래도 맑은 하늘을 우러러 보는가'라며 죽음이 지향하는
곳이 하늘이라는 것을 나타내고 있다. 2연에서 화자는 죽은 이의 시선이 영
원한 구원과 안식의 품인 '어머니'를 향하고 있음을 말한다. 3연은 그들의
죽음은 오늘 우리들 삶의 근원이 된다는 것을 말하고 있다. 4~6연에서 화
자는 죽은 자의 시신은 비록 흙에 묻혔지만 그 죽음은 '영원한 것의 뿌리'가
되고 '나무'가 되고 '숲'이 되며, '장엄한 산령'이 될 것이라고 믿는다. 마지막
연에서 죽음은 곧 원초적인 '어머니'의 품으로 돌아가는 것임을 역설하고
있다.

동서양을 막론하고 대지는 지모신적 풍요를 상징하는 원형심상이다. 따라서 영원한 대지에의 회귀는 근원적인 모성으로 돌아가는 것이다. 그것은 죽음의 현실로부터 자유로워지는 것이며 죽음과의 화해를 뜻하는 것이기도 하다. 죽은 이의 육신이 어머니의 품에 안길 때 그의 영혼은 하늘을 지향한다. 하늘은 삶의 질곡을 뛰어넘어 평안과 영생을 누릴 영원공간으로 제시되고 있다. 그에 비해 지상은 싸움의 공간으로 나타나며, 따라서 지상에서의 삶은 부정적 의미를 지닌다. 이러한 질곡의 삶으로부터 바라보는 하늘은 '맑은' 세계, 곧 지상의 인간이 동경하는 자유와 평화의 공간이며 이상적 염원의 세계인 것이다.

휠라이트에 의하면, 원형상징은 인류 전체나 아니면 그 대부분의 사람들에게 동일하거나 매우 유사한 의미를 갖는 상징들이다. 시간적으로나 지리적으로 상당한 거리가 있어 역사적으로 어떤 영향을 주고받거나 인과관계가 전혀 없는 이질 문화 사이에서 아버지인 하늘, 어머니인 대지, 上下 등의 상징들이 거듭 사용되는 사실을 흔히 찾아볼 수 있는데, 이는 인간사회와 그들의 사고·반응의 방식이 무척 다양하지만 사람들의 육체적, 심리적 구성은 자연적인 유사성을 지녔기 때문이라는 것이다.13) 육체상으로 모든 사람은 중력의 법칙에 종속되어 있으며 그 때문에 상향작용은 하향작용보다늘 더 어렵고, 그래서 상향운동은 성취의 개념으로 연상된다고 밝히고 있다. 하늘은 시적 자아가 삶에서 고통을 느낄 때, 질곡을 뛰어넘어 평안과 영생을 누릴 영원공간으로 제시되고 있는 것이다.

> 어느 구름 개인 날/ 어쩌다 하늘이/ 그 옆얼굴을 내어보일 때,// 그 맑은 눈/ 한 곬으로 쏠리는 곳/ 네 무덤 있거라.// 잡초 무더기./ 저만치 가장자리에/ 꽃, 그 외로움을 자랑하듯,// 신동엽!/ 꼭 너는 그런 사내였다.// 아무리 잠깐이라지만/ 그 잠깐만 두어두고/ 너는 갔다.// 저쪽 저/ 영광의 나라로!
> ─「哭 申東曄」 전문

───────────────
13) Philip Wheelwright, 앞의 책, 1973, p.111.

시인 신동엽의 죽음을 애도하는 이 시에서 '하늘'의 심상은 '무덤'의 심상과 동일시되어 있다. '하늘, 대지, 광명, 上下' 등의 상징들은 대표적인 원형 상징이다. 이 시에서 하늘은 上의 이미지와, 무덤은 下의 이미지와 맞닿아 있다. 이 상승과 하강의 이미지는 홀로 존재하기보다는 다른 관념이나 이미지와 혼합되어 나타나기 마련인데, 이 시에서 하강이미지는 무덤과 동궤에 놓여있는 잡초 무더기, 꽃 핀 대지, 곧 궁극적인 모성을 지향한다. 이 시에서의 상상력의 구조는 '지상(무덤) → 하늘(영광의 나라)'의 시적 공간을 형성한다. 지상은 죽음이 존재하는 곳이지만 화자는 죽음을 슬퍼하거나 두려워하지 않는다. 오히려 죽은 다음의 세계인 '저쪽' 세계, 즉 광대무변한 부성적 원형이미지인 하늘을 '맑은 눈이 쏠리는 곳', '영광의 나라'라고 표현함으로써 영혼이 기거하는 곳이 하늘임을 암시함과 동시에, 시적 자아가 영적 순수성을 갈망하고 있다는 것을 유추하게 한다. 결국 시적 자아는 죽음 자체를 '영광'으로 받아들이고 있으며, 죽음 이후의 세계를 어둡거나 두려움의 공간이 아닌 밝은 공간으로 제시하고 있는 것이다. 시인의 이러한 관념은 무속의 영혼관과 일맥상통한다. 무속에서는 인간을 육신과 영혼의 이원적 결합체로 본다.[14] 영혼은 시공을 초월한 무형의 정기로 인간 생명의 근원인데, 이 영혼이 육체와 결합될 때 인간으로서 존재성이 부여되지만, 분리될 때는 죽음의 상태에 이르게 된다. 그러나 죽음의 상태인 영혼의 분리를 두려워하지 않는데, 그것은 죽음을 단지 이승을 떠나 제자리인 저승으로 돌아가는 회귀과정으로 여기기 때문이다. 천상병은 이렇듯 영혼불멸의 원형적 패턴 속에서 상상력의 깊이를 보여주고 있는 것이다.

　　　나무가 타면/ 연기가 나고/ 그 연기는 하늘하늘 올라간다.//
　　　나는 죽으면 땅 속인데/ 그래도 나의 영혼은/ 하늘에의 솟구침이어야 하는데//
　　　어찌 나의 영혼이/ 나무보다 못하겠는가?/ 죽은 다음에는 연기이기를!
　　　　　　　　　　　　　　　　　　　　　　　　　　　－「연기」 전문

---

14) 김태곤, 『韓國巫俗硏究』, 집문당, 1991, 300~306쪽 참조.

이 시에서 화자는 식물심상인 '나무'로, 그의 영혼은 나무가 타면서 하늘로 올라가는 '연기'로 환치되어 있다. 앞의 작품 「哭 신동엽」에서와 마찬가지로 여기서도 죽음을 슬프거나 어두운 것으로 인식하지 않는다. 나무가 탄 연기가 하늘로 올라가는 것이 자연스러운 현상인 것처럼 죽은 뒤의 자신의 영혼 또한 '하늘에의 솟구침'이기를 바라고 있다. 화자는 죽음을 슬픔으로 받아들이지 않는다. 죽음과 동시에 자연의 일부로 돌아가 영원한 자연으로 남기를 소망한다. 시인의 이와 같은 사유는 그가 갖고 있는 영혼관에 바탕을 둔 것이라 해석된다. 천상병은 영세를 받은 천주교인이면서 수년간 개신교에 다니기도 했고, 또는 무교주의자로 자처하며 성경 읽기에 몰두하기도 하였다. 그가 무소유의 삶을 추구하며 그 속에서 참된 자유와 행복을 느꼈던 것도 예수의 가르침을 따른 것으로 볼 수 있다. 그의 시 배경에 기독교적인 맥이 흐르는 것도 이와 같은 연유에서이다. 그러나 본 절에서는 그의 시에 나타난 샤머니즘적 성격에 주목하려 한다. 무속은 불교나 기독교보다 훨씬 더 일찍부터 우리 민족의 민간생활신앙이 되어 있었다.

전통적으로 우리 민족의 영혼에 대한 원형적 사고는 영육분리의 이원적 사고와 영혼불멸관을 바탕으로 한 것이다. 물론 무속의 영혼불멸관은 모든 종교에 편재하는 사상으로, 무속의 종교체제도 다른 고등 종교와 마찬가지로 이 신념을 토대로 성립되었다.[15] 인간의 생존은 육신과 영혼의 결합에 의한 것으로, 육신에서 영혼이 이탈하면 죽고, 영혼이 깃들어 있을 때에만 육신은 살아 있을 수 있다. 따라서 인간의 존재근원은 영혼이라고 보는 것이 한국인이 갖고 있는 영혼관의 원형이다. 위의 시에서 화자는 무형의 '연기'를 매개로 하여 자신이 지향하는 곳이 지상세계가 아니라 하늘 즉, 천상세계(또는 우주적 공간)임을 분명히 하고 있다. 이 시는 '지상 → 연기(영혼) → 천상'으로 전개되는 상상력의 구조를 갖는다. '연기'가 영혼과 등가의 관계에 놓이는 것은 여러 나라의 무속이나 민속에서 쉽게 확인된다. 전통적

---

15) 이몽희, 『한국현대시의 무속적 연구』, 집문당, 1990, 27쪽.

으로 제단의 향연은 신에게 전달하는 기원이자, 신을 지상으로 초대함을 나타낸다. 또 장례식이나 지노귀굿이 끝나고 망자의 의복이나 소지품, 종이꽃 등을 태우게 되는데, 이때 연기가 오르는 것은 망자의 영혼이 극락세계로 들어가는 것을 의미한다.[16)

천상병 시인이 지향하는 영원공간인 하늘은 다음의 시에도 나타난다.

> ① 아버지 어머니, 어려서 간 내 다정한 조카 영준이도, 하늘 나무 아래서 평안하시겠지요. 그새 시인 세 분이 그 동네로 갔습니다. 수소문해 주십시오. 이름은 조지훈 김수영 최계락입니다. (중략)

> ② 아침 햇빛보다/ 더 맑았고// 전 세계보다/ 더 복잡했고// 어둠보다/ 더 괴로웠던 사나이들,// 그들은/ 이미 가고 없다.
>
> ─「편지」 부분

일반적으로 죽음이란 인간에게 부과된 어쩔 수 없는 운명이면서도 늘 두렵고 거부하고 싶은 대상이다. 그런 만큼 죽음을 노래할 때에는 언제나 슬픔이나 비통함을 동반하게 된다. 두 부분으로 이루어진 이 시에서도 상상력의 구조는 '지상 → 천상'으로 전개됨으로써, 천상병 시의 전체적 주제소들이 이루어내는 상상력의 구조와 일치하고 있다. 이 시에서의 하늘 역시 화자가 존재하고 있는 현실적 공간과 대비되는 곳으로, 현실세계에서 떠난 죽은 자들의 영혼이 사는 공간으로 상정되어 있다. 그러나 그곳은 슬프거나 어두운 곳이 아니라 언제나 평안하고 아름다운 곳으로 인식된다. 그것은 1연 첫 행의 '하늘 나무 아래서 평안하시겠지요'라는 표현에서 나타난다. 화자는 영혼들의 세계인 하늘을 '푸름'의 심상을 지닌 '나무'와 결합시킴으로써 삶의 세계에 비해 더 조화롭고 참된 생명을 누리는 영원공간으로 생각하고 있다. 인간의 삶과 죽음은 현세적 입장에서 본 가시적 존재인 육신의 공

---

16) 한국문화상징사전편찬위원회 편, 『한국문화상징사전2』, 두산동아, 2000, 510~511쪽 참조.

간적 지속과 단절에 의한 것이다. 삶은 가시적 존재의 공간적 지속이고, 죽음은 가시적 존재 조건이 단절되어 순간존재(육신)가 영원존재(영혼)로 회귀해 가는 것이다.[17] 천상병 시인이 갖고 있는 영혼관 또한 이와 같은 인간의 존재 자체는 영원한 것이라고 믿는 존재근원으로서의 회귀사고에 근거한 것으로 판단된다. 아울러 이 시인이 속세의 삶에서 벗어나 원초적인 영원세계를 지향하는 삶의 자세는 그의 무의식이 작품 속에 투사되어 나타난 것이라고 해석할 수 있다. 한편, 죽음 이후의 세계는 존재가 연장된 세계라는 점에서 종교적 의미와 연관성을 갖지만, 천상병 시인에게는 종교적 의미보다는 지상적 삶의 고통과 더 관련이 있다. 즉 천상병의 초기시에는 소외와 고독, 허무감, 슬픔과 괴로움, 방황과 좌절 등의 비관적 인식이 현저하게 나타나고 있어, 그러한 부정적 상황에서 벗어나고자 하는 시적 자아의 염원이 곧 죽음과 연관된 하늘을 지향하는 것이라고 판단된다. 천상병은 영세를 받은 천주교인이지만 성당에도 잘 나가지 않았고, 목사의 설교가 마음에 든다 하여 잠깐 교회에 나가기도 했다. 그렇지만 그는 하느님은 하나인데 구교와 신교로 나눠지는 것에 대해 거부감을 나타내기도 했고, 또한 하느님이 항상 자기와 함께 있기 때문에 교회에 나갈 필요성을 느끼지 않는다고도 했다.[18] 이러한 사례들은 천상병이 신의 절대적 권위와 교리에 얽매이거나 일원론적 사고에 구속받지 않았음을 알려 준다. 그는 오히려 자유분방한 사유의 틀 속에서 절대적이고 영원한 어떤 이념이나 초월적 실재를 믿고 있었다고 여겨진다. 이와 같은 영혼관과 내세관을 갖고 있던 천상병 시인이 지향하는 신화적 공간으로서의 하늘은 다음의 시에서 더욱 분명히 나타난다.

　　나 하늘로 돌아가리라./ 새벽빛 와 닿으면 스러지는/ 이슬 더불어 손에 손을 잡고,//
　　나 하늘로 돌아가리라./ 노을빛 함께 단 둘이서/ 기슭에서 놀다가 구름

---

17) 최운식, 『한국설화연구』, 집문당, 1991, 255쪽 참조.
18) 목순옥, 『날개 없는 새 짝이 되어』, 청산, 1994, 56~57쪽 참조.

손짓하며,//

　　나 하늘로 돌아가리라./ 아름다운 이 세상 소풍 끝내는 날,/ 가서, 아름
다웠더라고 말하리라…….

-「귀천」전문

이 시는 천상병이 알코올중독으로 실종되기 전 해인 1970년에 발표된 작
품으로 독자들의 사랑을 받아 온 그의 대표작이다. 여러 논자들에 의해 집
중적으로 거론되면서 이 시의 의미는 대체적으로 규정지어졌다고 본다. 여
기서는 원형적 상상력의 모티프들을 중심으로 시가 유발하는 정조의 원천
을 규명해 보도록 한다. 먼저「귀천」의 전체적인 의미구조를 살펴보면, 매
연마다 첫머리에서 '나 하늘로 돌아가리라'는 미래의지를 나타내는 진술을
반복하고 있는데, 화자가 '돌아가리라'는 그 지향의 세계는 영원한 생명의
세계, 곧 다름 아닌 죽음의 공간인 하늘이다. 그러나 작품의 분위기는 전혀
어둡거나 침울하지 않고 오히려 죽음을 아름답게 생각할 만큼 맑고 곱다.
'죽음이란 단지 이승을 떠나 원초적 공간인 저승으로 돌아가는 회귀과정'[19]
일 뿐이며, 삶이란 결국 아름다운 이 세상으로 소풍 나온 것과 같기 때문에
하늘로 돌아가 아름다웠다고 말하겠다는 것이 시적 자아의 의지이다. 이는
지상적 삶을 초월하고자 하는 자아의 강한 의지를 표출하고 있는 것이라 할
수 있다. "초월이 불완전한 '여기'에서 완전한 '거기'를 지향해 가는 것"[20]이
라고 할 때, 비로소 이 시에서는 초월이 지상에서 천상으로의 지향성 혹은
방향성을 갖게 된다. 현실로부터 천상으로의 초월은 무속이나 종교의 전형
적 사고이다. 자아 스스로가 초월적 존재가 되어 하늘로 오른다는 상상력은
바슐라르가 말한 바 있는 '원형적 상상력'[21]에 기인한다고 하겠다. 이 시의
전체적인 구조는 '천상 → 지상 → 천상'으로 이어지는 상상력에 의해 전개

---

19) 이몽희, 앞의 책, 27쪽 참조. 이러한 사고는 코스모스적 육신의 존재로부터 카오스적 영원존
　　재로 회귀한다는 무속의 원형적 영혼관·사생관이라 할 수 있다.
20) 정한용,「한국 현대시의 초월지향성 연구」, 경희대학교 대학원, 박사학위논문, 1996, 189쪽.
21) 곽광수·김현,『바슐라르 연구』, 민음사, 1976, 37쪽 참조.

되고 있다. 곧, 세속적 한계를 뛰어넘는 상상력을 보여주고 있는 것이다. 한편, 원형적 상상력에 지배되고 있는 이 시는 원형적 심상들이 주조를 이루고 있다. '빛, 上下, 물'의 심상이 그것인데, '하늘/ 세상·기슭', '새벽빛/ 노을빛', '구름/ 이슬' 등이 대립적인 이미지를 나타낸다. 이 시에서 빛의 심상인 '새벽'은 하루의 시작을, '노을'은 하루의 끝을 상징하므로, 이들은 삶의 시작과 끝, 곧 삶 전체를 대표하는 개념이 되고 있다.[22] '구름'과 '이슬' 또한 상하의 대립 관계, 그리고 물의 순환 구조 속에서 생성과 소멸, 시간과 공간을 초월하고자 하는 화자의 의식을 반영한다. 물은 원초적으로 죽음과 재생을 모두 내포하고 있는 원형상징이다. 물과의 접촉은 항상 재생을 함축한다. 가장 정화된 물을 나타내는 이슬은 하강이미지이지만, 새벽빛을 받아 증발하는 상승이미지로서 동시에 작용한다. 따라서 새벽빛이 표상하는 새로움, 희망의 의미와 함께 맑고 투명한 마음으로 하늘이라는 천상의 근본세계로 돌아가고자 하는 화자의 적극적인 의지와 소망이 드러난다. 이와 같은 존재 근원으로의 회귀의지는 한국인이 갖고 있는 '원본사고'[23]에 의한 것이라고 하겠다. 결국 이 시는 '순환하는 시간으로서의 신비스러운 침잠, 끝없는 죽음과 재생, 자연과 인간의 영원한 순환'[24]의 원형적 정형(archetypal pattern)인 '천상계 → 지상계 → 천상계'의 우주적 순환원리를 함의하면서 '영원불멸'을 성취한다.

결국, 「귀천」에서 하늘은 죽음을 초월하여 영원함과 자유로움, 진정한 안식의 공간으로 제시되고 있음을 확인할 수 있다. 또한 생사 초월의 우주

---

22) 모든 원형상징 가운데 '빛'은 가장 널리 알려지고 직접적으로 이해될 수 있는 상징이다. 빛은 어떤 정신적이며 영적 성격을 상징한다. Philip Wheelwright, 앞의 책, 1973, p.116 참조.

23) 김태곤, 앞의 책, 305쪽 참조. 원본사고는 존재 자체를 카오스(chaos)와 코스모스(cosmos)의 순환체계로 인식한다. 이에 따르면, 존재의 근원적 원질은 카오스이고, 존재의 조건은 코스모스의 공간과 시간이다. 따라서 코스모스의 공간과 시간이 소거되면, 그 존재는 존재의 근원인 카오스로 회귀한다. 이러한 순환패턴을 존재의 원형(archetype)으로 보는 것이다. 김태곤이 사용한 '원본사고(arche-pattern)'는 본고에서 사용하고 있는 '원형적 사고'와 같은 뜻으로 쓰이고 있음을 알 수 있다.

24) Wilfred L. Guerin 외, 최재석 역, 『문학비평의 이론과 실제』, 한신문화사, 2000, 184쪽.

적 생명관과 순수성, 동양적 상상력의 바탕 위에, 반복과 순환원리를 통해 근원회귀의 원형성을 획득하고 있는 것이다.

이제까지 본 절에서는 천상병 시에 나타나는 주요 심상인 '하늘'을 중심으로, 시 텍스트가 유발하는 정서적 효과의 원천을 규명하고자 하였다. 무엇보다도 천상병 시에 내재한 원형성을 확인하는 데에 중점을 두었다. 그의 시에서 '하늘'은 초기시에서 후기시에 이르기까지 끊임없이 나타난다는 점에서 중요한 의미를 지닌다. 원래 반복을 통해 상징적 의미를 드러내는 것 그 자체가 원형의 속성이다. 단지 몇 편만을 제시했지만, 천상병의 하늘을 소재로 한 일련의 시들은 공통적으로 '현실 → (비상) → 천상', 혹은 '천상 → 지상 → 천상'으로 전개되는 상상력에 의해 이루어졌음을 알 수 있다. 그의 시에서 하늘은 단순한 자연 혹은 배경의 공간으로 드러나는 하늘이 아니라, 지상적 삶의 구속성에서 벗어나 영원한 자유를 지향하는 신화적 공간이라는 상징성을 내포한다. 곧 시인이 지향하는 이상세계, 평안과 영생의 공간, 천상의 세계, 영원한 자유의 공간, 절대자 등을 내포하는 심상으로, 현실적 고난을 극복하고 정신의 자유로움과 초월성을 획득하려는 인간의 소망과 염원의 원형공간으로 설정하였다고 판단된다.

2) 현실 극복과 자유의 지향

천상병의 첫시집 명칭이 『새』인 것에서도 알 수 있듯이, 그의 초기시에는 '새'의 심상이 빈번히 나타나며[25] 중요한 상징적 의미를 띤다. 이는 시인의 시정신을 엿볼 수 있는 좋은 지표가 된다. 융에 의하면 새는 '초월의 상

---

25) 『새』에 11편, 『천상병은 천상 시인이다』에 8편, 『저승 가는데도 여비가 든다면』에 11편, 『요놈 요놈 요 이쁜 놈』에 10편이 실려 있다. 그런데 천상병 시집은 시선집과 구별이 되지 않을 정도로 이전 시집에 들어 있던 작품을 일부 섞어 넣어 출간하였다. '새'도 동일한 작품이 시집마다 반복되어 나타난다. 그리고 시집 『새』에 등장하는 새는 데뷔 무렵의 시 '갈매기'를 제외하고는 구체적 종류가 아닌, 일반적인 '새'로 나타나며, 후기시에 등장하는 새는 구체적인 명칭을 갖는 새, 즉 참새, 기러기, 봉황 등으로 제시된다.

징'으로 가장 적합한 동물이다. 우리가 이른바 '초월의 상징'이라고 부르는 것은 이 목표를 성취하기 위한 인간의 노력을 나타내는 것들이다. 그 상징들은 무의식적인 내용이 의식 속에 들어갈 수 있게 하는 수단을 마련해주는 것이며, 또한 상징 그 자체가 이러한 내용의 적극적인 표현인 것이다.[26] 새는 하나의 '영매'[27]의 작용을 통해 일어나는 직관의 특성을 나타낸다. 새를 인간의 분신이거나 영혼의 상징으로 해석하는 전통은 전 세계에 걸쳐있는 여러 신화, 민속, 문학에 두루 나타난다. 심리학에서는 아니마, 아니무스, 즉 심혼의 상징이다. 무의식에 있는 원형으로서 의식으로 하여금 무의식의 깊은 세계로, 궁극적으로는 전체 정신의 중심인 '자기'로 이끄는 역할을 한다. 또한 새는 인간이 신성에 근접할 수 있는 상징적 매개체가 되는 것으로, 유한적 존재인 인간이 하늘에 오르고 싶어 하는 비상의지를 표상한다. 우리나라의 무속이나 설화에서도 천공과 지상세계 사이의 매개자 혹은 지상적인 것을 초월하여 천공으로의 비상을 상징하거나,[28] 사람과 자연의 순환 변신으로 죽은 사람의 영혼이 새가 된다고 믿고 있다.[29] 이렇듯 새는 현실의 고난, 죽음, 탐색 등과 밀접하게 관계가 있으며, 그와 함께 순수와 자유를 향한 비상이라는 속성을 지닌 객관적 상관물로서 시인의 아니마[30]가 투사되어 나타난 것으로 해석되기도 한다. 아니마 원형은 반드시 어떤 인물에만 투사되는 것은 아니다. 예술가, 시인은 자기의 아니마, 아니무스를 화폭이나 작

---

26) C. G. Jung 편, 이부영 외 역, 『인간과 무의식의 상징』, 집문당, 1995, 153쪽.
27) 위의 책, 154쪽. 영매란 인간이 황홀경 비슷한 상태에 빠짐으로써 멀리 떨어진 곳에서 일어난 일도 알아낼 수 있거나 자신이 의식적으로는 전혀 모르는 일에 대해서도 알 수 있는 존재이다.
28) 김열규, 『한국의 신화』, 일조각, 1998, 106~107쪽.
29) 김태곤, 앞의 책, 490쪽.
30) C. G. Jung · C. S. Hall · J. Jacobi 편, 설영환 역, 『융 심리학 해설』, 선영사, 1997, 99~100쪽 참조. 모든 남성은 자기 속에 영원한 여성상을 가지고 있다. 그것은 특정한 어떤 모습을 가진 여성의 이미지가 아니라 일정한 여성상이다. 이 이미지는 기본적으로 무의식적인 동시에 남성의 살아 있는 유기조직에 새겨져 있는 원시적 기원의 유전적 요인이며, 모든 조상의 여성 경험의 흔적 또는 원형으로, 말하자면 일찍이 여성에 의해 만들어진 모든 인상의 침전물이다. 이와 같은 융의 이론을 요약하면, 남성 속의 여성적 요소가 바로 아니마이며, 이때 여성적이란 사회적인 통념을 넘어선 보편적, 원초적 특성을 말한다.

품 속에 형상화하는데, 이름 모를 새, 비둘기, 학, 혹은 태양과 달 속에 아니마, 아니무스의 원형을 그려내어 그것이 그들 작품의 독특한 특질을 이루게 된다.31)

천상병 시에서 '새'의 심상이 유발하는 정조와 작품의 상징체계에 대해 고찰해 보자.

> 가지에서 가지로/ 나무에서 나무로/ 저 하늘로/ 이 하늘로,// 아니 저승에서 이승으로// 새들은 즐거이 날아 오른다.// 맑은 날이나 궂은 날이나/ 대자대비(大慈大悲)처럼/ 가지 끝에서/ 하늘 끝에서……// 저것 보아라,/ 오늘 따라/ 이승에서 저승으로/ 한 마리 새가 날아간다.
>
> —「새」전문(『시문학』 1966.2)

위의 시에서 새는 이승과 저승을 넘나드는 존재로 표상되고 있다. 이러한 새는 현실세계에서의 허영과 욕망을 떨쳐버리고 무한세계, 곧 신의 세계로 초월하고자 하는 시적 자아의 아니마 원형이 그대로 투영된 매개물로 작용한다. 이 시에서 파악되는 상상력의 구조는 '현실(이승)-새(비상)-천상(저승)'으로 전개되고 있다. 이미 앞에서 작품 분석을 통해 밝혀졌지만, '천상(하늘)'의 이미지는 시인이 고통스런 현실로부터 벗어나 도달하고자 하는 지향점을 의미하였다. 즉 시적 자아가 현실을 초월하여 나아간다고 할 때 닿을 수 있는 극점이 천상병 시인에게는 저승으로 표상되는 '천상(하늘)'이라고 할 수 있다. 여기서 우리가 알 수 있는 것은, 시적 자아가 도달하고자 하는 그 천상의 세계는 현실에서의 삶이 불완전할 때 그 불완전에서 벗어나기 위한 가상의 세계에 불과하다는 점이다. '결코 현존재는 현존의 틀을 벗어날 수 없다'32)는 논의에 비추어 보면, 천상병 시의 비극성은 바로 이러한

---

31) 이부영, 앞의 책, 88쪽 참조.
32) 하이데거는 현존재가 바른 존재의 근원이라고 한다. '있음을 이해한다는 것은 우리들 현존재에 있어서는 있음이, 이 있음 안에 우리들 현존재의 본질적 가능성이 근거 지워지고 있는 그어떤 힘이 자신을 스스로 나타내어 보인다는 의미에서, 그 품위의 서열에 있어서 최고의 위치

존재의 한계에 대한 인식에서 발생한다고 여겨진다. 결국 이 시에서 새는 단순히 이승에서 저승이라는 공간으로의 이동뿐만 아니라, 현실세계에 존재하던 인간이 신의 세계로 비상하는 영혼으로 그 의미를 확대시킴으로써 '근원회귀의 원형성'을 갖는다. 시적 화자는 '이승에서 저승으로/ 한 마리 새가 날아간다'라는 초월의지마저 보이고 있는 것이다.

> 저것 앞에서는/ 눈이란 디딤 무력할 따름./ 가을 하늘가에 길게 뻗친 가지 끝에,/ 점찍힌 저 絕對靜止를 보겠다면……// 본다는 것은 무엇인가/ 있는 것과 없는 것의/ 미묘하기 그지없는 間隔을,/ 이어주는 다리(橋)는 무슨 象形인가.// 저것은/ 무너진 視界 위에 슬며시 깃을 펴고/ 피빛깔의 햇살을 쪼으며/ 불현듯이 왔다 사라지지 않는다.// 바람은 소리없이 이는데/ 이 하늘, 저 하늘의/ 純粹均衡을/ 그토록 간신히 지탱하는 새 한 마리.
> ─「새」 전문(『현대문학』 1967.5)

이 시에서 새는 차안과 피안의 경계지대에서 '순수균형'을 간신히 지탱하여 주는 추상적 의미의 새로 표상되고 있다. 시인은 '현상을 인식하는 매개체[33]'로서 새를 바라보고 있는데, 1연에서는 가을하늘을 배경으로 길게 뻗은 가지 끝에 앉은 새의 모습을 '절대정지'로 표현하고 있다. '새의 모습에 절대성을 부여한다는 것은 구체적 사물을 순수라는 관념의 세계로 밀어 올리는 것과 같다[34]'는 지적처럼, 결국 새는 순수의 실체로 표상되며, 2연에서 있는 것과 없는 것의 간격을 이어주는 추상적 의미의 새로 자리 잡는다. 3연에서는 '무너진 시계 위에' 깃을 펴고, 왔다가 사라지지 않음으로써 시적 자아가 어느 것에도 머무르지 않는 긴장을 유지하고 있으며, 마지막 연에서 이 하늘과 저 하늘의 균형을 간신히 지탱해 나간다. 그렇다면 새가 지탱하고 있는 순수균형의 한계점은 어디인가. 새가 '순수함과 투명함, 경계를 부

를 나타내어 보인다'; M. Heidegger, 박휘근 역, 『형이상학 입문』, 문예출판사, 1994, 39쪽.
33) 최동호, 「천상병의 무욕의 새」, 『아름다운 이 세상 소풍 끝내는 날』, 미래사, 1991, 141쪽.
34) 정한용, 앞의 논문, 112쪽.

쉬 버림'35)으로써 현실의 고난, 죽음을 초월하는 상징체로 존재한다고 볼 때, 그 순수균형의 경계는 '삶과 죽음'이라는 두 세계의 교차점임을 알 수 있다. 그것은 '미묘한 간격을 이어주는 다리', '이 하늘 저 하늘' 등의 표현에서 유추할 수 있다. 여기에서 시적 자아는 '있는 것과 없는 것', '이 하늘, 저 하늘' 등의 대비에서 보이듯이, 그 어디에도 안주하지 못하고 긴장과 불안, 고된 삶의 공간에 머무르고 있음을 말해준다. 순수균형을 간신히 지탱하는 새가 상징하는 것은, 인간 존재 전반에 대한 회의와 함께 삶의 문제에 대한 근본적 성찰이라고 할 수 있다. '지상적인 삶에 짓눌린 자가 그 삶의 지양을 꾀할 때 육신이란 영혼의 영어일 수밖에 없다. 보다 높은 차원, 저 피안의 삶을 가로막고 있는 장벽 그것이 육신으로 의식되기 때문'36)이라는 말에 비추어 보면, 이 시에서 시인의 아니마 원형은 지상적인 것의 초월상징인 새에 투사되고 있는 것이다. 천상과 지상을 자유자재로 넘나드는 존재로서의 새는 외연적 의미를 넘어 순수 실재로서의 의미를 지니게 된다.

> 입가 흐뭇스레 진 엷은 웃음은/ 삶과 죽음가에 살짝 걸린/ 실오라기 외나무다리.// 새는 그 다리 위를 날아간다./ 우정과 결심, 그리고 용기/ 그런 양 나래 저으며……/ 풀잎 슬몃 건드리며는 바람이라기보다/ 그 뿌리에 와 닿아주는 바람,/ 이 가슴팍에서 빛나는 햇발.// 오늘도 가고 내일도 갈/ 풀밭 길에서/ 입가 언덕에 맑은 웃음 몇 번인가는……// 햇빛 반짝이는 언덕으로 오라/ 나의 친구여.// (후략)
>
> ―「미소―새」 전문

새는 천상병의 시에서 현실세계와 초월의 세계를 이어주는 주요 모티프로서 자주 등장하고 있는데, 이 시에서도 새는 아니마 원형의 투사 대상으로서 무의식적 원형에 기반을 두고 있다. 이 시에서 새가 처한 실존적 상황

---

35) 아지자 · 올리비에리 · 스크트릭 공저, 장영수 역, 『문학의 상징 · 주제 사전』, 청하, 1997, 269쪽.
36) 김열규, 앞의 책, 109쪽 참조.

은 삶과 죽음의 경계에 걸린 '외나무다리'로 제시된다. 여러 문화 속에서 다리는 원래 분리된 두 세계를 연결하거나 분리하는 매개물로서 신과 인간의 경계를 의미한다. 또한 지각할 수 있는 것과 지각을 초월하는 세계의 연결을 상징하거나, 이런 신비한 의미가 없는 경우에도 다리는 한 상태에서 다른 상태로의 전환, 혹은 변화나 그런 변화에의 욕망을 상징한다. 그러한 다리 중에서 특히 외나무다리는 외로움과 쓸쓸함을 상징한다.[37] 위의 시에서 시적 자아는 고독하고 쓸쓸한 현실상황에서 필요한 것이 우정과 결심, 그리고 용기라고 말한다. 그래서 화자는 삶과 죽음의 숙명성을 인식한 바탕 위에서도 흐뭇한 미소로 세계를 바라보는 것이다. 새는 풀잎 뿌리에 닿는 바람을 가슴팍에 느끼며 삶과 죽음의 경계인 '외나무다리' 위를 날아간다. 더더욱 그 '외나무다리'는 '실오라기'로 표현됨으로써 현실상황의 비극성이 극대화된다. 그러나 죽음을 의식하면서도 삶에 대한 적극적 노력을 포기하지 않는 실존자의 모습이 '새'로 형상화되어 있다. 곧 '이 하늘 저 하늘의 순수 균형을 간신히 지탱하는' 존재였던 새가, 여기에서는 우정과 결심, 용기를 품고 삶과 죽음의 경계인 외나무다리 위를 날아가는 새로 변모되었다. 이 시는 '현실(외나무다리)─비상─언덕'으로 전개되는 상상력의 구조를 갖는다. 여기서 '햇빛 반짝이는 언덕'은 시적 자아가 돌아갈 원초적 공간임을 유추할 수 있다. 생사 문제의 현실적 구속감을 벗어나는 정신적 자유의 꿈은 현실적 장애인 바다를 건너 햇빛 반짝이는 언덕을 지향한다. 삶과 죽음에 대한 성찰에만 머무르지 않고 자신의 염원에 대한 확신을 갖고 비장한 날갯짓을 하고 있는 또 다른 자아의 모습을 보여주고 있는 것이다.

　　지난날, 너 다녀간 바 있는 무수한 나무가지 사이로 빛은 가고 어둠이
　　보인다. 차가웁다. 죽어가는 자의 입에서 불어오는 바람은 소슬하고, 한번
　　도 정각을 말한적 없는 시계탑침이 자정 가까이에서 졸고 있다. 계절은 가

---

37) 한국문화상징사전편찬위원회 편, 『한국문화상징사전1』, 동아출판, 1996, 186~187쪽; 이승훈 편, 『문학상징사전』, 고려원, 1996, 108쪽 참조.

장 오래 기다린 자를 위해 오고 있는 것은 아니다./ 너 새여……

　　　　　　　　　　　　　　　　　　 -「서대문에서-새」 전문

　이 시에서의 새는 이미 다녀가 버린 새, 즉 부재하는 새이다. 현실에 구속된 자아가 외부와의 단절에 대한 탈출의 도구로 새를 상징적으로 나타냈다고 할 수 있다. 여기서 '새는 삶이 소멸해 가는 흔적을 확인하는 구체적 상징물'[38]이 된다. 화자가 선택한 다른 소재들도 화자의 내면세계를 표출하기 위한 시적 도구에 지나지 않는다. '어둠, 차가움, 죽어가는 자의 입에서 불어오는 소슬한 바람, 자정에서 조는 시계' 등으로 제시되는 현실의 이미지는 시인이 처한 시련을 드러내며, 그에게 다가오는 어떤 절박한 죽음이나 위기를 시사한다. 이 시의 제목 '서대문에서'는 시인이 어두운 감옥 속에 갇혀서 죽음이라는 극한상황을 견디고 있음을 암시한다. 이러한 상황에서 시적 자아가 추구하는 것은 '빛이 머무는 나무가지' 즉 자유가 있는 공간이다. 그러나 이 시에서는 자유를 갈구할 뿐 자유를 얻기 위한 적극적인 노력은 보이지 않는다. 후반부의 '계절은 가장 오래 기다린 자를 위해 오는 것은 아니다'라는 표현 역시 시적 자아가 현실에서의 엄청난 억압에 놓여있음을 나타낸다. 그러한 위기의식은 마지막 행에서 '너 새여……'라고 호칭함으로써 다시 한 번 새의 순수와 자유를 소망하고 있는 것이다.

　천상병의 시에 새를 소재로 했거나 제목으로 쓴 시가 많은 것은, 그가 정신적·육체적으로 자유를 갈구하고 있었다는 것을 짐작하게 한다. 천상병의 초기시에서는 '새=시인'이라는 등식이 가능할 정도로 새는 현실적 자아와 밀접하게 관련된다. 새의 이미지는 현실의 고난과 연결되어 있으며, '자유로운 비상과 초월' 혹은 '밝음의 세계 지향' 등의 의미를 지니고 있는 원형상징으로 파악된다. 그러나 후기시들은 보다 일상과 현실을 나타내는 데 몰입하고 있음을 볼 수 있다.

---

38) 최동호, 앞의 글, 139쪽.

이제까지 본 절에서는 천상병 시에 나타나는 '새'의 의미를 시인의 아니마 원형의 표출로 보고 논의하였다. 우리는 원형적 존재를 신화나 민담의 세계에서, 혹은 민속에서 흔히 발견할 수 있다. 전 세계에 퍼져 있는 이야기 속에서 언제나 어디서나 발견되는 이야기의 핵, 이른바 신화소는 바로 원형의 내용—원형상이다. 여기서 논의의 대상이었던 '새'의 경우, 천상병 시인 개인의 무의식을 구성하고 있는 아니마 원형인 동시에, 집단적 무의식을 구성하고 있는 원형으로 파악된다. 새는 우리의 신화나 그 이후의 고시가 속에 무수히 나타나는 원형이미지이다.

천상병 시에서 새를 소재로 한 일련의 시들은 '현실(이승)—새(비상)—천상(저승)'으로 전개되는 상상력의 구조를 갖고 있는데, 작품에 따라 다양한 양상을 보인다. 곧, 새는 절대적인 세계, 순수균형을 지탱하는 존재, 삶과 죽음을 노래하는 존재, 분열된 자아의 표상, 현실 생활의 억압을 뚫고 비상하는 존재, 인간의 어리석음을 일깨우는 존재 등을 상징하는 것으로 분석된다. 전체적인 흐름으로 볼 때, 새는 시인의 자화상의 성격을 띠면서 현실적 자아와 시인이 꿈꾸는 자유의 초월 공간을 연결하는 상징적 의미로 판단된다.

3) 존재인식과 모성회귀

천상병의 초기시에 드러나는 세계인식의 경향은, 앞에서 이미 살폈듯이 삶의 비극성에 있었다. 그의 세계인식의 태도는 삶의 구체적 현실과 만날 때 강하게 드러나는데, 그러한 구체적 현실은 그가 처해 있던 가난과 소외의 체험이었다. 시인은 현실로부터 받은 상처와 좌절로 인해 분열된 자아의 모습을 '새'에 투사하여 자신의 지향점을 드러냈다. 시인의 아니마 원형의 표출로 판단되는 새는 자유를 갈망하며 현실의 세계를 넘어선 초월의 세계를 향해 비상한다. 그 초월의 세계는 어떤 절대의 세계, 즉 막연한 지향점이지만 시인의 상상력을 통해 인식된 자유의 공간이며 또한 원초적인 영원세계이다. 그렇게 초월세계를 지향하는 시인의 의식은 '물', '나무', '고향' 등의 원형심상을 통해 현실세계와 화해의 공간을 마련한다.

천상병이 그의 작품을 통해 보여주는 상상력은 우리가 살아가는 현실세계에서 잃어버린 영원한 것을 우리들의 영혼에 불러일으키는 재생의 원동력이 되고 있다. 이러한 영원한 인간정신의 내면세계를 중요시하는 것은 20세기 문학의 한 특성이기도 하다. "시인은 자신의 상상을 하나의 새로운 현실로 형성하려고 한다."[39] 이러한 새로운 현실의 재생을 위한 천상병의 시는 원형비평적인 측면에서 반드시 고찰되어야 할 부분이다.

천상병은 그의 시에서 '물'의 원형심상을 통하여 인간존재에 대한 나름대로의 인식을 드러낸다. 특히 물의 본질에 대해 탐구하면서 원초적 모성에까지 그의 상상력을 확대시킨다. 직접적인 물의 형태인 '비, 강물, 이슬, 시냇물, 조류' 등과 물의 변형태로서 '울음, 구름, 술, 맥주, 막걸리' 등 물과 관련된 소재 또는 제재들이 그의 시에서 상당한 비중을 차지하고 있다. 천상병 시에서 물의 심상은 주로 정화, 모성회귀, 소외, 순수함, 죽음 등의 의미를 나타내는 것으로 분석된다.

물은 문학작품에 반복해서 나타나는 원형상징의 하나이다. 물은 창조의 신비, 죽음, 소생, 정화와 속죄, 풍요와 성장의 상징이며, 융에 의하면 무의식의 가장 일반적인 상징 가운데 하나이다. 천상병의 초기시에 나타나는 물은 죽음을 염두에 둔 허무의식을 드러낸다. 이러한 허무의식은 현실에 대한 좌절에서 기인한 것으로 보이지만, 근원적으로 인간존재에 대한 본질적 인식에서 비롯된 것이라고 할 수 있다. 천상병은 근원적으로 '인간은 유한한 존재'라는 인식을 가지고 있었다. 이로부터 야기된 절대적 허무의식은 '물' 이미지를 통해서 제시된다. 강물이 종내는 바다로 가듯 우리의 삶도 궁극적으로는 죽음으로 향한다고 본다. 강물의 흘러감을 통해서 시간적 존재인 인

---

39) 정영자, 『韓國文學의 原型的 探索』, 문학예술사, 1982, 108쪽 참조.

간의 한계를 드러내며, 강물이 흘러가는 모습과 삶을 연결하여 인생의 본질로서의 허무를 조명하고 있다.

> 평면적으로 흐르는 의젓한 계곡물./ 쉼 없이 가고 또 가며,/ 바다의 지령대로 움직이는가!/ 나무뿌리에서 옆으로 숨어서 냇가에 이르고,/ 냇가에서 아래로만 진군하는 물이여// 사랑하는 바위를 살짝 끼고,/ 고기를 키우기도 하며,/ 영원히 살아가는 시냇물의 생명이여!
>
> ─「계곡물」 전문

이 시에서 시적 자아의 세계인식은 '물의 영원성'에 근원을 두고 있다. 1연의 '평면적으로 흐르는 계곡물'은 자신의 의지대로 흐르는 것이 아니라 '바다의 지령'을 통해 움직인다. 그것은 바다에서부터 시작된 물의 움직임이다. 이는 물의 순환구조에 근거한 것으로 해석할 수 있는데, 지구 위의 모든 물의 흐름을 움직이고 조정하는 것은 태초의 물이며, 곧 우주의 근원을 의미하기 때문이다. 이러한 바다의 지령으로 움직이는 물의 흐름을 평면적으로 흐른다고 표현했지만 실상은 '아래로' 흐르고 있다. 그것은 '계곡물 → 냇가 → 시냇물'로 내려오는 '물'의 근원을 찾아가는 화자의 시선을 통해 알게 된다. 여기서 바다를 향해 흘러가는 계곡물은 시적 자아가 삶의 원초성을 향한 동경을 드러내고 있는 원형심상으로 파악된다. 이 원초성은 인간의 무의식에서 발원되는 것으로 영원한 것이며 또한 모든 것을 포용하는 모성적인 것이기도 하다. 그것은 계곡물이 단순히 아래로 하강만을 하는 것이 아니라 '나무뿌리'로, '바위'로, '고기'로 옮겨가면서 그들에게 새로운 '생명'을 불어넣고 있다고 사유하는 데서 알 수 있다. 이는 곧 모든 생명이 물에서 태어난다고 생각하는 물의 가장 원초적인 모성원형과 일맥상통한다. '계곡물'이라는 물질을 통해 시인의 상상력은 '바다 → 영원 → 생명'으로 이어져 마침내는 원초적 모성까지 이르게 되는 것이다. 생명의 원천을 물에 두는 것은 물이 지니는 源水로서의 生生力이 여성의 생식력과 관계되기 때문이다. 그래서 물은 흔히 모성의 이미지와 결부되는 것이다. 물은 죽음, 재생, 부활, 창조 등의 원형심상과 결부되며 물에의 지향성은 곧 모태에의 회귀성과 상통한다.

이처럼 모성적 세계의 영원성에 대한 동경은 천상병 시인의 시정신이 원형적 상상력에 원천을 두고 있다는 것을 말해주는 것이다.

> 부슬부슬 비내리다./ 지붕에도 내 마음 한구석에도—/ 멀고 먼 고향의 소식이/ 혹시 있을지도 모르겠구나……/ 아득한 곳에서/ 무슨 편지라든가……/ 나는 바하의 음악을 들으며/ 그저 하느님 생각에 잠긴다./ 나의 鄕愁여 나의 향수여/ 나는 직접 비에 젖어보고 싶다./ 鄕이란 무엇인가,/ 先祖의 선조의 선조의 本鄕이여/ 그곳은 어디란 말이냐?/ 그건 마음의 마음이 아닐는지—/ 나는 진짜가 된다.
>
> —「비」 전문

천상병은 「비」라는 제목으로 십여 편의 작품을 남기고 있다. 이 시에서 화자는 비가 내리는 가운데 고향을 생각한다. '비'는 화자로 하여금 향수를 느끼게 하는 매개물로 작용한다. 비는 현실세계를 표상하는 '지붕'과 자아의 내면을 동시에 적시면서 화자의 잠재의식으로부터 향수를 불러일으키고 있다. 곧, '마음 한 구석'에 내리는 비는 '멀고 먼 고향의 소식'을 궁금해 하는 계기를 마련한다. 그런데 우리는 이 고향이 '아득한 곳'이라는 시어를 통해서 현실세계에 존재하는 고향이 아닌 태초의 본향 즉, 모성으로서의 원형공간을 생각하게 된다. 인간이 유년기에 떠난 고향으로 돌아가고자 하는 회귀의지는 시인의 무의식에 잠재해 있는 '모성본능'과 관계된다. 그것은 제8행의 '하느님 생각에 잠기'는 행위를 통하여 더욱 확실해진다. 비는 천상에서 지상을 향해 내려오는 물이기에 신성성을 지닌 존재라고 할 수 있다. 그것은 '우주적 실체'로서의 물의 가치뿐만 아니라 빗방울이 하늘에서 떨어진다는 사실 때문이다. 많은 신화 속에서 비가 지상으로 내려오는 천상의 '정신적 영향'을 상징한다고 믿는 것은 이런 사정 때문이다.[40] 이 시에서 화자는 물의 상상력을 통하여 하느님으로 표상되는 신성성을 드러내고자 한다. 원초적인 모성에의 회귀를 동경하는 시인의 원형적 상상력은 다시 시적 화자로 하여금 '비에 젖어보고 싶은' 욕망을 갖게 한다. 이것은 몇 가지 해석이 가능하다. 그 하나는 고향의 소식을 알고자 하는 마음에서 적극적으로 '직접 비에 젖어보고 싶은' 것이라 할 수 있다. 또 다른 측면에서 해석하면, 신성성을 갖고 있는 비에 젖어보고 싶은 마음은 인간이 모체의 태반에서 양수 속에 있을 때 느끼는 원초적 감정에 해당된다. 그것은 '선조의 선조의 선조의 본향이여'라는 표현에서 볼 수 있듯이 결국 태초의 세계에 대한 회귀의식의 발현이라고 생각된다. 화자는 그 세계를 '마음의 마음'이라는 추상적 형태로 표현하고 있다. 그 '마음'은 곧 인간의 정신세계를 의미한다고 볼 수 있다. 즉, 시인은 '비'라는 매개를 통해 원초의 세계로 복귀하고자 하는, 진정한 '나'의 모습을 되찾게 됨을 의미한다. 결국, 이 시에서 물의 상상력을 통하여 자아는 '고향 → 하느님 → 본향 → 진짜(본질)'에 이르게 된다. 근원 세계로 회귀하려는 천상병 시인의 상상력을 엿볼 수 있다.

> 환한 달빛 속에서/ 갈대와 나는/ 나란히 소리 없이 서 있었다.// 불어오는 바람 속에서/ 안타까움을 달래며/ 서로 애터지게 바라보았다.// 환한 달빛 속에서/ 갈대와 나는/ 눈물에 젖어 있었다.
>
> ―「갈대」 전문

천상병의 시에서 유동적인 물의 또 다른 형태는 '눈물'로 나타난다. 눈물은 변용된 물의 심상이지만 직접적으로 물의 속성을 드러낸다. 널리 알려진 바와 같이 전통적으로 물은 여성성을 나타내는 원형이미지이다. 이 시에서는 중심 이미지인 '달빛', '갈대'와 함께 '안타까움, 눈물' 등의 시어가 시적 분위기를 주도하고 있어 여성적 정조를 더욱 두드러지게 한다. 이러한 여성적 정조는 시인의 무의식 속에 있는 여성성의 표출, 즉 아니마 원형의 개입

---

40) 이승훈 편, 앞의 책, 241쪽 참조.

에 의한 것이라고 볼 수 있다.

이 시에서 눈물은 달빛과 조응되어 고요하고 은은한 시적 분위기를 형성하며 개인의 감수성을 섬세한 아름다움으로 나타내고 있다. 시에서 느껴지는 주된 정조는 외로움과 슬픔이다. 이런 외로움과 슬픔의 정서는 객관적 상관물이라고 할 수 있는 달빛 속에 서 있는 갈대를 통해 표상되고 있는데, 여기에서 두 개의 시적 자아를 발견할 수 있다. '갈대'로 표상된 현상적인 자아와 절대적 자아인 '나'가 그것인데, 이는 자아가 현실에서 겪고 있는 갈등을 의미한다. 이러한 시적 전개는 자아의 존재에 대한 인식을 자신의 내면에 초점을 맞추어 응결시킨 결과라고 생각된다.

외로움과 슬픔에 젖어 있는 시적 자아가 지향하고 있는 것은 '그리움'이라는 말로 압축할 수 있다. 그런데 '그리움'의 본질 속에는 근원적인 것을 동경하는 '목마름'과 '서러움', '울음' 등 물의 심상이 내포되어 있다. 시적 자아의 슬픔 또는 외로움이 물의 심상인 눈물로 표현된 것이라 하겠다.

'달(달빛)'은 동서고금을 통해 가장 많이 다루어지는 원형심상 가운데 하나이다. 우리나라의 경우도 예로부터 '원왕생가', '정읍사', '정과정' 등 많은 시가문학작품에서 달을 통해 시적 서정을 노래해 왔다. 우리 민족은 달의 운행원리를 기준으로 삼아 삶을 영위할 만큼 달에 대한 의식, 무의식적 애착을 가지고 있었다. 그런데 우리가 여기서 주목해야 할 것은 달과 물이 공통으로 갖는 상상력이다. 엘리아데는 달의 여러 위상들—탄생, 죽음 및 부활—을 통해서 인간은 우주 가운데서 자신의 존재양식과 동시에 그들의 사후의 존속, 혹은 재생에 대한 희망을 알게 됐다고 말한다.[41] 달은 물을 부풀리고 줄이면서 물에 목숨을 주고 여인들의 가장 여인다운 삶의 리듬을 결정짓는다. '달—물—여성'의 은유적 상징성은 오랜 세월 동안 인류가 추구해 온 풍요와 다산성으로 볼 때 하나의 원형을 이루는 은유적 대응관계 중의 하나이다.[42] 이에 대해 김열규는 '대지의 여신 그리고 대수모신, 이 양대 모

---

41) Mircea Eliade, 이은봉 역, 앞의 책, 150쪽.

신은 인간 모성의 원상이거니와 그들 모신의 어머니가 다름 아닌 달이다. 달은 인류의 어머니의 어머니, 原母의 또 原母'43)라고 말한다. 전통적으로 우리 시가문학작품 속에서의 달과 물은 등가의 밀접한 연관성을 지니고 나타난다.

한편, 천상병은 '고향' 심상을 통해 모성회귀의 의지를 표출하기도 한다. 천상병의 시에서 고향으로 돌아가려는 의식은 모성회귀의 원리를 적용해도 무방하리라 본다. 고향을 떠난 자의 의식 속에서 고향은 마치 유년기의 어머니와 같은 구실을 한다. 흔히 고향과 어머니가 함께 떠올려지는 것도 이런 이유에서일 것이다. 천상병에게 어린 시절 고향의 추억은 어머니, 이모, 할머니 등과 같은 자애로운 여성의 이미지를 동반한다. 그러나 이러한 고향은 그의 시에서 현실의 비애와 함께 나타난다. 다음의 시에서는 타향에서 안주하지 못하고 떠도는 자의 향수를 드러내고 있다.

> 내 고향은 경남 창원군 진동면. 어린 시절 아홉 살 때 일본으로 떠나서, 지금은 서울 사는 나는 향리 소식이 消然해-// 어른 되어 세 번쯤 갔다 왔지만 옛이 안 돌아옴은 絶對眞理니 어찌 할꼬? 생각건대 칠백 리 밖 향수 뭘로 달래랴……// 願하노니 鄕土堂山에 묻히고파. 바다가 멀찌감치 보일 듯 말 듯 淸明天然에……
>
> -「故鄕思念」 전문

현실에 정착하지 못하고 타향을 떠도는 시인에게 고향에 대한 그리움은 절실한 정서 가운데 하나일 것이다. 고향은 우리가 태어난 공간이며 동시에 태어난 시간이기도 하다. 더 나아가 그것은 인간 성장의 환경이며 정신적 원천이 된다. 그렇지만 그 고향 공간은 돌이킬 수 없는 과거로서 존재한다. 이런 까닭에 고향으로 돌아가고자 하는 욕구가 클수록 비애의 정서가 더욱

---

42) 김옥순, 「한국 현대시에 나타난 모성 이미지」, 이화어문학회 편, 『우리 문학의 여성성·남성성』, 월인, 2001, 31쪽 참조.
43) 김열규, 『한국문학사』, 탐구당, 1983, 242~243쪽 참조.

커질 수밖에 없을 것이다. 이 시에서 고향에의 회귀 욕구가 '칠백 리 밖 향수 뭘로 달래랴……'라고 영탄에 머물고 마는 것은 이러한 시간적 거리감의 확인에서 비롯된다고 하겠다. 인간의 모든 체험은 시간의 경과에 따라 의식에서 소멸된다. 그러나 그것은 결코 문자 그대로의 소멸이 아니라, 무의식 속으로 침전하는 것이다. 회상은 그렇게 무의식에 침전되어 있는 체험이 하나의 이미지로 떠오르는 상태인 것이다. 마지막 행에서 화자는 '향토당산에 묻히고' 싶다는 강한 염원으로 귀향의 의지를 직접적으로 표명한다. 이러한 정조는 거의 동물적인 귀소본능을 드러내는 모습이다. 현실적 삶은 비록 타향에 있지만, 죽는 날엔 반드시 고향에 가서 죽고 또 거기 묻히겠다는 원초적인 회귀의지이다. 천상병의 시에서 향수는 실제의 고향에 대한 회상으로 나타나지만, 그 범위를 확대시켜보면 근원적인 원초적 모성공간으로 돌아가려는 의식과 연결되고 있는 것이다.

> 어머니는 60년대말에 가셨지만/ 두고 두고 생각이 난다/ (중략)
> 그렇게도 사랑스러웠던 어머니/ 이제 언제 만납니까 언제 만납니까
> —「어머니 생각」부분

> 그날을 위하여/ 오후는/ 아무 소리도 없이……// 귀를 기울이면/ 그래도/ 나는 나의 어머니를 부르며/ 울고 있다.// (중략) 그리하여/ 고요한 오후는/ 물과 같이 나에게로 와서/ 나를 울리는 것이다.// 귀를 기울이면/ 어머니를 부르는/ 소리가 들려온다.
> —「오후」부분

위의 시편들 역시 과거적 회상에 근거들 두고 있다. 가난과 소외감으로 점철된 천상병의 삶은, 유년의 안식을 그리워하고 모성의 세계로 회귀하고자 하며, 그럼으로써 이 절박한 현실과의 화해를 도모하려고 한다. 어린 시절에 대한 화자의 추억은 어머니를 향한 그리움의 정서로 나타난다. 바슐라르는 "어린 시절의 추억 자체의 아름다움과, 거기에 포함되어 있는 그때에

느꼈던 아름다움, 이 이중의 아름다움으로 하여 어린 시절은 그 자체가 정녕 인간의 이상향, 그 자체가 인간의 상상력이 지향하는 원형이 된다"[44]고 말한다. 어린이나 어린 시절의 테마는 원형적 상태에 가장 가까이 있는 것이라고 할 수 있다. 이처럼 어머니에 대한 그리움은 결국 근원적 유토피아인 고향을 지향하는 시인의 상상력이 만들어낸 고향의 또 다른 모습인 것이다.

일반적으로 세계와의 사이에서 단절을 느낄 때 자아는 유년의 안식으로 돌아가고 싶어 한다. 유년은 어머니의 보호 속에서 절대적 행복을 느끼는 시기라 할 수 있기 때문이다. 그렇기 때문에 유년의 환상은 대개 순수한 행복의 이미지를 지니게 된다. 인간은 현실에 좌절감을 느낄 때 안식처인 모태를 갈구한다고 한다. 천상병의 시에서 어머니의 이미지는 자아가 비극적 세계로부터 물러나 자아의 내면공간으로 돌아갈 때 나타난다. 그의 시에서 어머니의 이미지는 자아에게 슬픔의 대상이다. 유년의 추억은 '어머니를 부르며 울고 있는' 어린이의 울음과 동일시되면서 슬픔의 공간으로 기억될 뿐이다. 따라서 그의 시에서의 어머니는 현재는 물론이고 과거의 회상공간에서도 부재하는 어머니이다. 이는 곧 자아가 궁극적으로 찾아야 하는 어머니, 즉 '모성원형'으로의 회귀의지가 제시된 것이라 하겠다. 천상병은 시를 통해서 모태로 회귀하고자 하는 소망적 사고를 표출시키고 있는 것이다.

이제까지 천상병의 시에 나타난 '물'과 '고향' 심상을 중심으로 하여, 보다 원초적이고 근원적인 상상력의 심층이 무엇인가를 탐색해 보았다. 물론 여러 작품 중에서 몇몇 작품밖에 제시하지 못했지만, 천상병은 물의 심상을 통해, 인간을 유한한 존재로 보고 절대적 허무의식을 드러낸다. 초기의 작

---

44) Gaston Bachelard, 곽광수 역, 『공간의 시학』, 민음사, 1996, 116~117쪽 참조. 추억은 상상력의 작용을 가장 잘 보여주는 예이다. 추억이 아름다워 보이는 것은 상상력이 추억, 즉 과거의 이미지를 그것이 지향하는 원형으로 변화시켜 나가기 때문이다. 그러므로 추억과 원형은 상상력을 통해 종합된다. 그런데 추억이 개인의 과거에 속하는 것이라면, 원형은 인류의 과거에 속하는 것이다. 왜냐하면 원형은 집단무의식적 현상이고, 집단무의식은 인간이 최초로 이 세상에 태어난 이후 전체 인류의 삶을 통해 형성된 것이기 때문이다.

품에서 그는 자신이 놓인 현실이 절망적인 것임을 깨닫고 소외감으로 인해 도피거나 자학·갈등했으나, 나름대로 이를 극복하는 방법으로 자신의 내면을 정화하고, 삶과 죽음의 숙명성을 인식한 바탕 위에서 인간존재 전반에 대한 성찰을 하고 있다. 물이 문학작품에 반복해서 나타나는 원형상징의 하나이듯, 천상병의 시에서도 물의 심상은 가장 원초적인 모성원형과 일맥상통하고 있다. 그러한 물의 심상을 통하여 유년과 향수의 대상인 고향으로 돌아가고자 하는데, '고향'의 심상은 죽음 이후에 갈 수 있는 근원적인 원형 공간—모성회귀를 지향하고 있음을 볼 수 있다.

3. 마치며

지금까지 본고는 천상병의 시에 나타난 원형심상을 중심으로 작품들을 분석하면서, 이 작품들이 유발하는 정서적 효과의 원천을 규명하고자 하였다. 천상병의 시세계는 본질적으로 '서정성'에 그 뿌리를 두고 있으며, 그의 작품세계에 표출된 심상 중에서 많은 이미지들은 신화시대부터 현대에 이르기까지 끊임없이 표출되는 원형상징으로 무의식적 원형에 그 기반을 두고 있는 것으로 해석된다.

첫째로는, 천상적 혹은 우주적 심상을 중심으로 검토하였다. 천상병의 시에서 반복되어 나타나는 주요 심상 중의 하나가 천상적 세계의 표상인 '하늘'이다. 하늘은 그 자체에 부여된 신격으로 인해 우주를 창조한 초월적 존재로 간주된다. 하늘을 소재로 한 일련의 시들은 공통적으로 '현실-(비상)-천상'으로 전개되는 상상력에 의해 이루어졌다. 천상병의 시에서 하늘은 단순한 자연 혹은 배경의 공간으로 드러나는 하늘이 아니라, 영원한 자유의 공간이라는 상징성을 내포하고 있다. 곧 시인이 지향하는 이상세계, 평안과 영생의 공간, 천상의 세계, 영원한 자유의 공간 등을 내포하는 심상으로써,

지상의 고통스런 현실에서 벗어나 정신의 자유로움과 영원성을 획득하려는 인간의 소망과 염원의 원형공간으로 설정되었다고 판단된다.

둘째, 자연심상을 중심으로 한 상징체계를 검토하였다. 문학은 자연에 대한 개인 체험과 인류의 보편적인 관점, 자연관을 상징적으로 형상화한다. 문학작품은 작가의 관념과 체험의 구체적인 표현이며 그 표현은 상징성을 띨 수밖에 없다. 천상병의 시에서 특히 '새'를 소재로 한 일련의 작품들을 살폈는데, 그 작품들은 '현실(이승)―새(비상)―천자(저승)'으로 전개되는 상상력의 구조를 갖고 있다. 새는 작품에 따라 다양한 양상을 보이고 있지만 전체적인 흐름에서 고찰할 때, 새는 시인의 자화상의 성격을 띠면서 현실적 자아와 시인이 꿈꾸는 자유의 초월공간을 연결하는 상징적 의미로 해석된다.

셋째, 유년 회상과 모성적 원형심상이 표출되는 작품들을 검토하였다. 특히 '물'과 '고향' 심상이 표출되는 작품을 중심으로 하여 상상력의 심층을 탐색하였는데, 물의 심상은 가장 원초적인 모성원형과 일맥상통하고 있음을 확인할 수 있었다. 즉, 물은 단순히 물질이 아니라 순환을 통해 생명의 근원을 창조해 내는 원천과 모성으로서의 의미를 함축하고 있는 것으로 해석된다. 그의 시에서 모성 이미지는 자아가 비극적 세계로부터 물러나 자아의 내면공간으로 돌아갈 때 나타난다. 이는 자아가 궁극적으로 찾아야 하는 어머니, 즉 '모성원형'으로의 회귀의지가 제시된 것이라 하겠다. 즉, 개인무의식이 의식화된 원형이미지가 지배적 공간을 형성하고 있음을 볼 수 있다.

원형은 보편적 상징으로 인간의 원시적인 사고에 그 뿌리가 닿아 있다. 인간의 심성 근저에 집단무의식의 형태로 내재해 있는 이 원형은 여러 작품 속에 끊임없이 되풀이되어 나타난다. 때문에 독자의 마음에 무의식적으로 반향을 일으키며, 한 편의 작품을 다른 작품과 연결하는 기능을 갖고 우리의 문학적 경험을 통일하고 종합하게 한다.

천상병의 시에 나타나는 원형이미지들은 시적 변용의 실체를 이루며, 또한 시적 상상력을 유발시키는 원초적 물질 혹은 대상이라 할 수 있는 것들이다. 이들 원형심상들은 모든 인간에게 심리적으로 유사한 반응을 일으키고 유사한 문화적 기능을 담당한다. 이러한 원형적 모티프와 이미지는 시공을 초월한 관습적 패턴으로 인류의 가장 근본적인 경험이며 인류가 공통적으로 무의식 속에 이어받은 심리적 유산이기 때문에 여러 시인들의 작품에서 상당 부분에 걸쳐 동일하거나 유사한 의미를 지니는 것들이다. 그러므로 원형은 모든 시인들에게 무의식적으로 작용하여 보편적 의미를 지니면서 궁극적으로는 원시심성으로 회귀하고자 하는 인간의 본성을 자극한다. 천상병이 보여준 원형의 세계는 바로 그러한 궁극적인 인간의 본성을 지향하고 있는 것이다.

그러나 한편, 본고의 논의와 견해를 달리하는 사람도 있으리라 본다. 연구자에 따라서는 또 다른 원형상징이 추가될 수도 있을 것이다. 다만, 원형은 본질적으로 되풀이되는 영원불변의 심상으로, 근원으로의 회귀를 지향하며 언제나 문학작품에서 반복 · 재현되는 것이다. 따라서 원형에 대한 탐색은 시적 실체에 접근하는 하나의 통로를 마련하는 계기가 되리라 생각한다.

<참고문헌>

1. 1차 자료

천상병,『새』, 조광출판사, 1971.

_____,『천상병 전집 · 시』, 평민사, 1996.

_____,『천상병 전집 · 산문』, 평민사, 1996.

2. 2차 자료

곽광수 · 김현,『바슐라르 연구』, 민음사, 1976.

김열규,『한국문학사』, 탐구당, 1983.

_____,『한국의 신화』, 일조각, 1998.

김옥순, 「한국 현대시에 나타난 모성 이미지」, 이화어문학회 편,『우리 문학의
　　여성성 · 남성성』, 월인, 2001.

김태곤,『韓國巫俗研究』, 집문당, 1991.

목순옥,『날개 없는 새 짝이 되어』, 청산, 1994.

이몽희,『한국현대시의 무속적 연구』, 집문당, 1990.

이부영,『분석심리학(개정증보판)』, 일조각, 1998.

이승훈 편,『문학상징사전』, 고려원, 1996.

정영자,『韓國文學의 原型的 探索』, 문학예술사, 1982.

정한용, 「한국 현대시의 초월지향성 연구」, 경희대학교 대학원, 박사학위논문 ,
　　1996.

최동호, 「천상병의 무욕의 새」,『아름다운 이 세상 소풍 끝내는 날』, 미래사, 1991.

최운식,『한국설화연구』, 집문당, 1991.

한국문화상징사전편찬위원회 편,『한국문화상징사전1』, 동아출판, 1996.

_____,『한국문화상징사전2』, 두산동아, 2000.

아지자 · 올리비에리 · 스크트릭, 장영수 역, 『문학의 상징 · 주제 사전』, 청하, 1997.

C. G. Jung 편, 이부영 외 역, 『인간과 무의식의 상징』, 집문당, 1995.

_____, 전혜정 역, 「융 심리학의 주요 개념들」, 장경렬 외 편, 『상상력이란 무엇인가』, 살림, 2000.

C. G. Jung · C. S. Hall · J. Jacobi 편, 설영환 역, 『융 심리학 해설』, 선영사, 1997.

Gaston Bachelard, 곽광수 역, 『공간의 시학』, 민음사, 1996.

제임스 베어드, 박성준 역, 「칼 융의 원형 이론과 문예비평」, 김열규 외, 『정신분석과 문학비평』, 고려원, 1992.

M. Heidegger, 박휘근 역, 『형이상학 입문』, 문예출판사, 1994.

M. H. Abrams, 최상규 역, 『문학용어사전』, 보성출판사, 1991.

Maud Bodkin, *Archetypal Patterns in Poetry*, Oxford University Press, 1974.

Mircea Eliade, 박규태 역, 『상징 · 신성 · 예술』, 서광사, 1991.

_____, 이은봉 역, 『성과 속』, 한길사, 2004.

Philip Wheelwright, *Metaphor and Reality*, Indiana University Press, Wilfred L. Guerin 외, 최재석 역, 『문학비평의 이론과 실제』, 한신문화사, 2000.

김종삼 시의 독자반응론적 연구

－「북치는 소년」을 중심으로

박 창 민

1. 머리말

김종삼(1921~1982)은 그의 시에서 압축적인 묘사와 과감한 생략, 외래어와 인명의 빈번한 차용으로 전후 현대시의 특성인 난해성을 보여주면서, 김수영, 김춘수와 함께 1950년대를 대표하는 모더니즘 시인으로 평가된다.[1] 김종삼의 시는 지금까지 기법적[2]·주제적[3]·내면의식적[4]·인접예

---

1) 김화순, 「김종삼 시 연구: 언술구조와 수사법을 중심으로」, 고려대학교 박사논문, 2011, 2쪽.
　　김용희, 「전후 한국시의 '현대성'과 그 계보적 가설: 김종삼 시를 중심으로」, 2009, 90~94쪽.
2) 김승희, 「김종삼 시의 전위성과 미니멀리즘 시학 연구: 자아의 감소와 서술의 축소를 중심으로」,
　　『비교한국학』 제16권 1호, 국제비교한국학회, 2008.
　　김화순, 앞의 논문.
　　류명심, 「김종삼 시 연구: 담화체계 및 은유를 중심으로」, 동아대학교 박사논문, 1998.
　　박현수, 「김종삼 시와 포스트모더니즘의 수사학」, 『우리말글』 제31집, 우리말글학회, 2004.
　　서범석, 「김종삼 시의 건너뜀과 빈자리」, 『문예운동』 115호, 문예운동사, 2012.
　　이승훈, 「평화의 시학」, 김종삼, 『평화롭게』, 고려원, 1984.
　　황동규, 「잔상의 미학: 김종삼의 시세계」, 김종삼, 『북치는 소년』(개정판), 민음사, 1995.
3) 강연호, 「김종삼 시의 대립 공간 연구」, 『현대문학이론연구』 제31집, 2007.
　　권명옥, 「적막의 미학: 김종삼의 『북치는 소년』, 『돌각담』, 『라산스카』」, 『한국현대문예비평
　　연구』 제15집, 2004.

술과의 영향적5) · 시사적 위치에 따른 다른 시인과의 비교 연구적6) 측면 등으로 다양하게 논의되어 왔다. 그 결과 김종삼의 시는 비애(김춘수) · 잔상(황동규) · 절제(김준오) · 적막(권명옥) · 죽음(진순애)의 미학, 평화(이승훈) · 미니멀리즘(김승희)의 시학, 귀향적 도정의 언어(남진우) 등으로 규정된다.

이와 같은 논의들로 인해 김종삼 시의 특성은 충분히 규명되었다고 판단된다. 그래서 또 다시 김종삼 시의 특성을 밝히는 데 목적을 두는 연구는 기존의 논의를 극복하기 힘들 것이라고 생각한다. 따라서 본고에서는 김종삼 시에 대한 논의를 새롭게 하기 위해 수용미학의 관점에서 독자반응비평을 시도해 보고자 한다.7)

김성조, 「김종삼 시 연구: 시간과 공간 인식을 중심으로」, 한양대학교 박사논문, 2010.

김준오, 「완전주의, 그 절제의 미학」, 김종삼, 『요단강이랑 스와니강이랑』, 미래사, 1994.

김춘수, 「김종삼과 시의 비애」, 『김춘수 시론 전집』 I, 현대문학, 2004.

진순애, 「김종삼 시의 현대적 자아와 현대성」, 『비교어문연구』 제10집, 1999.

4) 라기주, 「김종삼 시에 나타난 환상성 연구」, 『한국문예비평연구』, 2008.

송경호, 「김종삼 시 연구: 죄의식과 죽음의식을 중심으로」, 서울시립대학교 박사논문, 2007.

이숭원, 「김종삼의 시의식과 생의 아이러니」, 『태릉어문연구』 제10집, 서울여대, 2002.

장동석, 「김종삼 시에 나타난 '결여'와 무의식적 욕망 연구」, 『한국문예비평연구』, 2008.

5) 류순태, 「김종삼 시에 나타난 현대미술의 영향 연구」, 『국어교육』 제125호, 한국어교육학회, 2008.

박민규, 「김종삼 시에 나타난 추상미술의 영향」, 『어문논집』 제59호, 민족어문학회, 2009.

서영희, 「김종삼 시의 형식과 음악적 공간 연구」, 『어문논총』 제53호, 한국문학언어학회, 2010.

6) 김용희, 앞의 논문.

남진우, 『미적 근대성과 순간의 시학』, 소명출판사, 2001.

박은희, 『김종삼 · 김춘수 시의 모더니티 연구』, 한국학술정보, 2006.

한명희, 「<오이디푸스 콤플렉스>를 통해 본 김수영 · 박인환 · 김종삼의 시세계」, 『현대시와 오이디푸스 콤플렉스』, 울력, 2009.

7) 로버트 C. 홀럽은 '수용 이론(reception theory)'이라는 용어를, 야우스와 이저의 이론 체계뿐만 아니라 경험적 연구, 그리고 영향에 관한 전통적인 연구를 총망라하는 하나의 포괄적 용어로 사용한다. 반면에 '수용미학(aesthetics of reception)'이란 말은 야우스(Hans Ribert Jauss)의 초기 이론적 저술만을 가리키는 용어로 사용한다. 또 독자반응비평이란, 노먼 홀런드(Norman Holland)의 '거래적 비평(transactive criticism)', 조나단 컬러(Jonathan Culler)의 구조주의 시학(詩學), 스탠리 피쉬(Stanley Fish)의 감정적 문체학(affective stylistics) 등 여러 가지 이론 체계들을 망라하는 포괄적 용어로 사용한다. 로버트 C. 홀럽은 수용 이론의 가장 중요한 창시자의 한 사람인 이저(Wolfgang Iser)를 '독자반응비평가'로 간주한다(로버트 C. 홀럽, 최상규 역, 『수용미학의 이론』, 예림기획, 1999. 본고에서는 수용미학을 야우스와 이저의 이론을 포괄하는 용

이저에 의하면, 텍스트는 아무리 촘촘히 짜인 것이라도 빈틈이 있기 마련이며 바로 그 빈틈들을 적절히 메워 나가는 게 독자의 몫이고, 독자는 빈틈을 채워 넣는 창조적 행위를 부단히 하는 데에서 즐거움을 느끼고 텍스트의 의미를 인식하게 된다.[8] 즉 한 편의 시가 작품이기 위해서는 창조적 능력을 갖춘 독자를 만나야 하는 것이다.[9] 본고에서는 창조적 능력을 갖춘 독자의 입장에서 김종삼의 시를 읽어나가는 과정을 보여주고, 그 작품과 관련된 다른 논의를 참고하면서 필자가 기존과 달리 그 텍스트를 어떻게 구체화하였는지를 제시하여 김종삼 시에 축적된 문학적 담론의 확장에 기여하고자 한다. 이저의 심미적 구체화 이론을 중심으로 텍스트를 분석하고 필요에 따라 야우스의 '기대지평'이라는 개념을 차용하기로 한다.

이러한 연구는 일정 방향으로, 한 시인을 정의하고 특징지으려는 기존 연구에서 탈피하여 독자에게 심미적 체험을 제공하는 텍스트의 문학성이 독자에 의해 어떻게 구체화되는지에 초점을 둔다. 이는 기표를 무시한 채 기의에만 의존하여 논리 전개에 편리한 대목만을 인용하던 방식을 벗어나 언어예술로서의 문학 원전을 중심에 두고 그것이 독자에게 주는 즐거움(문학성)[10]이 무엇인지 밝히려는 것이다.

어로 사용하되, 본 논문에서는 이저의 이론이 가장 중심이 되기 때문에 독자반응비평이라는 용어를 사용하였다.

8) 이상섭, 『문학비평용어사전』(개정판), 민음사, 2001, 67쪽.

9) 강남주, 『수용의 시론』, 현대문학, 1986, 186쪽.

10) 유종호는 문학이 즐거움을 주는 글이라고 정의하면서, 한 텍스트가 가지고 있는 즐거움의 제공능력을 그 텍스트의 문학성이라고 규정한다(유종호, 『문학이란 무엇인가』, 민음사, 1989, 29쪽). 이는 텍스트의 '의미'가 독자의 유희로부터 생겨난다고 보는 이저의 관점과 같은 맥락이라고 판단된다.

2. 독자반응비평의 원리와 목적

수용미학은 독자(수용자)의 작품 경험에서 그 내용의미(또는 진리)가 활성화되고 구체화된다고 보기 때문에 독자 중심적인 문학연구 방법론이다. 그래서 수용미학적 작품 이해는 고전미학에서처럼 작가의 의도나 작품에 감추어진 의미를 찾는 것이 아니라 텍스트와 독자 사이에 이루어지는 소통의 내용이 구체화되는 것을 말한다.[11] 가다머H. G. Gadamer의 해석학으로부터 영향을 받은 야우스Hans Robert Jauss의 역사적 접근법에 있는 수용미학은, 잉가르덴Roman Ingarden의 현상학으로부터 영향을 받고 독자와 텍스트의 상호작용에 초점을 둔 이저Wolfgang Iser에 의해 보완되기 때문에[12] 야우스와 이저의 이론은 상보적 관계를 이룬다고 할 수 있다.[13] 야우스는 '기대지평(Erwnrtungshorizont)'이라는 개념으로 문학과 역사, 심미적 인식과 역사적 인식 사이의 간격을 좁혀보려는 의도에서 수용이론을 주도하였고,[14] 이저는 독자가 작품을 체험하는 현장, 즉 작품의 수용과 영향의 현장을 독서과정으로 보고[15] 문학 텍스트의 구조와 독자 간의 상호작용을 독서과정의 핵심으로 본다.[16]

이저는 독서과정에서 텍스트와 독자 간의 상호작용을 일으키는 요소로 문학 텍스트의 불확정성(미확정성)을 든다. 이 불확정성이 담긴 형식은 빈

---

11) 차봉희 편, 『수용미학』, 문학과지성사, 1985, 21~22쪽.
12) 김혜니, 「수용미학 · 독자반응비평」, 『외재적 비평문학의 이론과 실제』, 푸른사상, 2005, 415~429쪽.
13) 차봉희, 앞의 책, 154쪽 참고.
14) 차봉희, 앞의 책, 17, 31~32쪽.
   '기대지평'은 작품에 대한 수용자의 관계 · 바람 · 편견 등을 총망라한, 이해를 가능케 하는 모든 범주를 말한다. 한 편의 작품을 이해하고 받아들이는 과정에서는 '수용자의 기대지평'이 그 바탕을 이룬다. 따라서 작품 수용이란 이러한 기대지평을 재구성하는 것을 전제로 한다(차봉희, 「현대문예학과 수용미학」, 박찬기 외, 『수용미학』, 고려원, 1992, 88~89쪽).
15) 차봉희, 앞의 책, 61쪽.
16) 볼프강 이저, 여홍상 역, 「텍스트와 독자의 상호작용」, 차봉희 편, 『독자반응비평』, 고려원, 1993, 231쪽.

자리(공백 또는 빈틈)라고 일컬어지며 이는 텍스트의 효과(호소) 구조에서 중심 요소가 된다.17) 이 빈자리18)는 독자가 상상력으로 채워야 할 부분이기 때문에 독자의 몫으로 개방되어 있는 공간이다. 즉 이저는 텍스트 내에서 불확정성의 요소를 추출하고 그것이 독자에게 호소하는 작용을 파악하려는 것이다.19) 그 과정에서 독자의 독서 행위, 곧 수용자의 심미적 경험을 토대로 하여 텍스트의 구체화를 주장하는 이저는 텍스트text와 작품(work)을 구별한다. 문학작품은 두 개의 극, 즉 예술적인 극과 심미적인 극이라고 할 수 있는 양극을 지니는데, 전자는 작가에 의해서 생산된 텍스트이고 후자는 독자에 의해 이루어진 텍스트의 구체화이다.20) 다시 말해 텍스트는 허구적인 상상력에 의해 세계를 언어적으로 형상화한 것이고 작품은 독자의 의식 속에서 텍스트가 재구성된 것인데, 이것이 독자반응비평의 핵심이다.21) 이저에 의하면, 문학 텍스트는 언어 구조와 효과 구조를, 독자는 반응구조를 가지고 있는데 이러한 구조는 텍스트와 독자의 상호작용에서 뚜렷하게 나타나며, 텍스트 구조 내의 상호작용적인 조건들은 독자의 반응에서 그 기능

---

17) 볼프강 이저, 이유선 역, 『독서 행위』, 신원문화사, 1993, 24쪽.
　　이저는 텍스트 내에서 빈자리를 만드는 형식적 조건들로 절단 기법, 몽타주 기법, 단정 기법, 서술의 초점세화, 넓은 의미에서의 낯설게 하기 기법 등등을 제시한다(볼프강 이저, 『독서 행위』, 24쪽). 이저는 텍스트가 결정성을 잃으면 잃을수록, 독자는 이것의 가능한 의도를 완성시키는 데에 더욱 더 적극적으로 참여하게 된다고 한다. 그리고 미확정성의 기능은 텍스트가 수용될 수 있는 가능성을, 즉 독자 성향이 가장 개성적으로 활성화되는 가운데서 실현될 수 있게 하는 데에 있다고 한다. 텍스트의 미확정성은 독자로 하여금 그 뜻을 찾아보게 하는데, 이를 위해 독자는 그의 상상의 세계를 동원해야 한다. 이때 독자는 자신의 성향을 의식하는 기회를 얻게 된다고 한다(볼프강 이저, 「텍스트의 호소구조: 문학 텍스트의 효과(영향) 조건으로서의 미확정성」, 차봉희 편, 『독자반응비평』, 198~224쪽).
18) 이저는 독자가 빈틈을 채울 때마다 의사소통이 시작된다고 보기 때문에 그에게 문학 텍스트의 빈틈은 독자의 구성적 활동을 유도하고 안내하는 것이다(볼프강 이저, 「텍스트와 독자의 상호작용」, 차봉희 편, 『독자반응비평』, 237~243쪽).
19) 박찬기, 「문학의 독자와 수용미학」, 박찬기 외, 『수용미학』, 24쪽.
20) 차봉희, 『수용미학』, 67쪽. 여기서 구체화는, 허구적인 것을 본질로 하는 텍스트가 독자의 상상력에 의해 작품으로 탄생하는 과정을 말한다(차봉희, 『독자반응비평』, 88쪽).
21) 차봉희, 『독자반응비평』, 58~59쪽. 이와 관련하여 이저는 텍스트를 일종의 악보라고 보며, 다른 한편으로 그 악보를 개성적으로 연주하는 독자의 능력이 존재한다고 한다(볼프강 이저, 『독서 행위』, 187쪽).

을 발휘한다.22)

문학 텍스트는 그 속에 어떤 의미만을 감추고 있는 것이 아니라 그 구조가 발휘하는 문학적 영향력을 내포하기 때문에 독서과정에서 이루어지는 의미 구성은 텍스트에 표현되지 않은 것을 독자가 표현함으로써 독자 스스로를 표현해 보는 것이라고 할 수 있다.23) 텍스트와 독자 간의 대화 과정으로서의 독서 행위에서는 텍스트의 구조적인 힘이 가장 본질적인 것이 된다. 환언하면, 텍스트의 의미24)는 텍스트 속에 주어진 내용 의미나 이념이 아니라 텍스트의 구조가 발휘하고 있는 힘(영향력), 즉 '구조의 힘'25)이고 구체화는 이 구조적인 힘을 체험하는 것이다.26) 독자는 독서과정에서 텍스트의 의미 내용보다 그것의 구조를 대면하고 그 구조의 힘이 작용하는 영향력을 파악한다는 의미에서, 이저는 문학 텍스트의 독서 행위를 심미적 행위로 규정한다.27) 따라서 독자반응비평에서 문학 텍스트의 이해란 이것을 읽고 소

---

22) 텍스트 구조의 안은 곧 독자 구조의 안인 동시에 텍스트 효과 구조의 안이기도 하다(차봉희, 「작가 · 작품보다 독자 중심으로」, 박찬기 외, 『수용미학』, 109쪽).

23) 차봉희, 「작가 · 작품보다 독자 중심으로」, 박찬기 외, 앞의 책, 108~110쪽.

24) 여기서의 '의미'는 텍스트와 독자 간에 일어나는 상호작용의 결과로서의 의미이며, '경험되어야 할 효과'로서의 의미를 말한다. 즉, '의미'는 결코 텍스트에 주어져 있는 것이 아니고 오히려 유회로부터 생겨난다는 것을 뜻한다. 결국 이저는 어떻게 하여 의미가 생성되는가 하는 것뿐만 아니라 텍스트가 독자에게 어떠한 영향을 미치는가 하는 것까지를 밝히려고 하는 것이다(로버트 C. 흘립, 앞의 책, 116쪽; 볼프강 이저, 「텍스트의 유회」, 차봉희 편, 『독자반응비평』, 298쪽).

25) 문학 텍스트가 발휘하는 구조적인 힘은 독자에 의해서 구체화된다. 따라서 텍스트의 의미 형태는 그 형성 과정에서 맛보는 기대 · 만족 · 경이 또는 실망 속에 들어 있다기보다는 오히려 이 과정에서 경험하는 방해 · 간섭 · 중단 · 좌절 등의 반응을 통해 이루어지고 있다(차봉희, 「작가 · 작품보다 독자 중심으로」, 박찬기 외, 앞의 책, 108쪽). 예술의 기능은 우리의 지각을 비습성화시켜서 대상을 되살아나게 하는 것이고, 문학 텍스트에서 이런 효과는 '생소화' 또는 '낯설게 하기'의 기법을 통해 나타난다. 일상 언어에 대한 조직적 파괴의 결과로서 생산된 문학 텍스트의 특성 때문에 독자는 독서과정에서 방해 · 간섭 · 중단 · 좌절 등의 경험을 하게 되고 그로 인해 대상을 새롭게 지각하게 되는 것이며, 그러한 지각이 이저가 말하는 텍스트의 의미 형태인 것이다. 이렇게 볼 때 예술적 질을 결정하는 것은 지각자라는 결론이 나오는 것이고 수용자의 역할이 가장 중요해지는 것이다(로버트 C. 흘립, 앞의 책, 30~36쪽 참조).

26) 차봉희, 『수용미학』, 83~87쪽.

27) 차봉희, 『독자반응비평』, 29쪽.

화시키는 독자의 반응에 의해서 이루어지고, 텍스트의 의미 내용은 이에 대한 독자의 반응들이 모인 집합체이며, 이를 근거로 작품 평가도 이루어져야 한다는 것이다.[28]

이러한 '구조적인 힘'을 시 텍스트에서 살펴본다면, 인생에 대한 깊은 통찰을 가져오는 사색의 즐거움이나 주술적·중독적 리듬의 묘미, 정서적·지적 자극, 기발한 기지(위트)에서 오는 유희 등이 시가 독자에게 줄 수 있는 영향력이자 시가 갖는 구조의 힘이라고 할 수 있다. 바꿔 말하면, 신선한 이미지의 제시나 독특한 비유의 사용, 리듬에 의한 일상어의 조직적 파괴에서 오는 '낯설게 하기(ostranenie)' 또는 '생소화(defamiliarzation)'의 효과(독자에게 끌리는 텍스트의 매력)가 시의 구조적 힘인 것이다.[29]

작품은 독자 반응의 총집합체이기 때문에 텍스트 이해의 최종지평은 끊임없이 지속되는 '문학적 담론'으로 개방된다는 것이 이저의 견해이다. 따라서 독자반응비평에서는 문학적 소통의 가능성과 개방성이 문학 텍스트의 평가 대상이 되고, 심미적 경험의 방식으로 문학 텍스트가 발휘하는 구

---

28) 차봉희, 『독자반응비평』, 48쪽. 이저의 독자반응비평이 새로운 시각을 열었다고 할 수 있는 것은 텍스트의 의미 내용을 독자 반응의 총집합체로 인정한다는 점 때문이다(차봉희, 『독자반응비평』, 58쪽). 문학적 텍스트는 그 구조적인 힘이 인식됨으로써 평가되어야 한다는 것이 실제 비평에서 의미하는 바는 텍스트에 대한 수용자의 반응에서 관찰해 볼 수 있다. 즉, 명작의 감상에서 '깊은 감명을 받았다.' 또는 '나의 전생애에 지대한 영향을 미쳤다'는 등의 표현을 보면, 작품 평가는 그것이 영향을 발휘하고 미치는 힘의 정도에 따라 이루어짐을 알 수 있게 된다. 특히 '의식 구조의 변화'와 같은 개념은 문학 텍스트의 구조적인 힘이 미치는 영향을 대변하는 좋은 예가 된다(차봉희, 『독자반응비평』, 126쪽).

29) 텍스트─독자 관계를 다루는 태도의 전환으로서 러시아 형식주의는 수용 이론의 발전에 크게 기여했다. 즉 형식의 개념을 미적 지각(知覺)에까지 확대시키고 예술 작품을 그 '수법(devices)'의 총합으로 정의하는 한편 작품 자체의 해석의 과정에 직접적인 주의를 경주함으로써 러시아 형식주의는 수용 이론과 밀접한 관계를 갖는 원전 해석의 새로운 방식을 이루는 데 기여하고 있는 것이다. 습관적이고 자동화된 지각의 대상으로부터의 일탈(逸脫, deviation)이라고 지각되는 대상들만이 '예술적'이라는 형용사가 붙을 수 있다는 점에서 창조가 아니라 지각, 생산이 아니라 수용이 예술의 성분 요소가 되는 것이다. 수법은 작품 자체를 가치 있는 것으로 만들고 진정한 미적 대상으로 만들어 놓음으로써 텍스트와 독자 사이에 다리를 놓아주는 요소인데, '낯설게 하기'와 '생소화'는 수법과 가장 빈번하게 관계되는 것으로, 대상을 정상적인 지각의 장(場)에서 분리시키는 독자와 텍스트 사이의 관계를 가리키는 말이다(로버트 C. 홀럽, 앞의 책, 29~34쪽).

조적인 힘을 읽어 내면서 그 내용을 바탕으로 문학적 소통의 질을 평가해야 한다.30) 김종삼의 시는 극도의 생략과 암시, 구문 구조의 불완전성, 논리적 단절과 모호성 등을 특성으로 한다는31) 점에서 난해하지만 바로 이 점은 독자반응비평에서 보면 문학적 소통의 가능성이 풍부한 텍스트라고 평가될 수 있다. 이런 점에서 독자반응비평은 김종삼 시에 대한 새로운 논의를 계속 가능하게 할 수 있는 유용한 방법론인지를 시험해 보기로 한다.

3. 「북치는 소년」의 구체화와 문학적 소통

이저는 텍스트의 구조인 동시에 독자의 독서 행위를 성립시키는 조건으로 텍스트의 레퍼토리(repertoire), 전략(strategies), 현실화(realization)의 요소를 제시한다.32) 언어 구조와 효과 구조는 텍스트 구조의 골격이 되는데, 이는 텍스트의 의미 곧 심미적 대상을 구축하기 위한 구조가 된다. 이 구조와 독자(반응구조)의 상호작용에 의해 작품으로 구체화되는 것이 현실화이다. 레퍼토리는 텍스트의 소재와 내용의 집합으로서 내용 종목에 해당하고 독자가 텍스트의 효과 구조를 현실화한 것이라고 할 수 있다. 내용 종목은 작가와 독자가 공통적으로 가진 지식이나 문화의 경험적 축적이면서, 작가와 독자가 공유하는 사회 · 역사적 규범이 텍스트에 조직된 것이다. 이 레퍼토리를 제시하는 구조나 형식의 기능을 하는 것이 전략인데, 이는 독자가

---

30) 차봉희, 『독자반응비평』, 102~138쪽.
31) 강연호, 앞의 논문, 6~7쪽. 김종삼 시의 이러한 특성에 대해, 서범석은 독자들의 상상력을 미적 세계로 동참하게 하여 즐기게 하는 시적 장치로서 기능하는 '건너뜀에 의한 빈자리'를 시적 본질 구현의 방법으로 보고, 김종삼의 시를 전형적인 예로 들고 있다(앞의 논문, 286~288쪽).
32) 김혜니, 앞의 책, 428쪽. 이는 텍스트 유회의 세 가지 차원인데, 레퍼토리에 대한 논의는 구조적 기술로서 텍스트 유회의 체계를 밝히는 것이고, 전략에 대한 논의는 기능적 기술로서 텍스트 유회를 통해서 무엇이 일어나는지를 밝히는 것이며, 현실화에 대한 논의는 작품 해석적 기술로서 텍스트 유회의 '이유'를 밝히는 것을 목표로 하는 것이다(볼프강 이저, 차봉희 역, 「텍스트의 유회」, 『독자반응비평』, 296쪽).

텍스트의 언어 구조를 현실화한 것으로서 기법, 문체, 플롯, 서술 등을 의미한다.

텍스트의 언어 구조는 독자의 지각을 조종하고 텍스트의 의미를 좌우하는 것으로서 이에 의해 독자가 대상을 지각하게 된다. 이 지각에 의해 독자는 대상을 상상하고 텍스트의 일관된 '관념 또는 형태(Gestalt)'를 형성하는데, 이 과정은 독자가 빈틈을 메우는 구체화의 과정이라고 할 수 있고, 미적 대상을 만들어내는 상상 작용의 본질적 부분이다. 독자는 독서 과정을 통해 텍스트를 수용하고 이해하는 과정을 보여주며, 독자의 이와 같은 의식 작용 (텍스트와 독자의 상호작용)의 결과로 '텍스트'는 '작품'이 된다.

독자는 텍스트의 독서 과정 속에서 '이동시점'의 방식으로 현존하는데, 이러한 이동시점은 전상(Protention)과 후상(Retention)의 변증법으로 나타난다. 전상은 텍스트의 전개에 대한 독자의 예상이고, 후상은 독자가 읽어온 텍스트에 대한 기억인데, 독자는 독서 과정 중에 전상과 후상의 변증법에 따라 예상을 수정하고 기억을 변형시키면서 텍스트의 일관된 '관념 또는 형태(Gestalt)'를 구성하는데, '작품'은 이런 과정의 결과로 산출되는 것이다.[33] 이제 이러한 독서 과정을 통해 김종삼의 「북치는 소년」을 '작품'으로 구체화해 나갈 것이다.

1) '작품'으로 구체화하는 독서과정

　　　　내용 없는 아름다움처럼

　　　　가난한 아희에게 온

---

33) 로버트 C. 홀럽, 앞의 책, 121~124쪽 참조.
　　볼프강 이저, 이유선 역, 『독서행위』, 104~192쪽 참조.
　　Wolfgang Iser, 「III. Phenomenology of Reading(독서의 현상학)－A. grasping a text(텍스트의 파악)」, 『The Act of Reading(독서행위)』, 강남주 역, 『수용의 시론』, 현대문학, 1988, 206~245쪽 참조).

서양 나라에서 온
아름다운 크리스마스 카드처럼

어린 羊들의 등성이에 반짝이는
진눈깨비처럼

—「북치는 소년」 전문[34]

    권명옥에 의하면 「북치는 소년」은 김종삼의 시 가운데 가장 아름다운 명편 가운데 하나이고 아주 잘 짜여진 작품,[35] 즉 형식미가 뛰어난 작품이다. 이 시는 각 연을 하나의 문장 단위로 생각할 수 있는데 특이한 점은 주어와 서술어가 생략되어 있고, 각 연마다 '~처럼'이라는 직유의 언어 구조를 보이면서 비유의 대상이 모두 생략되어 있다는 점이다. 그래서 한 번 읽어서는 매우 난해하게 느껴지는 텍스트이지만 그만큼 독자가 채워야 할 빈자리(공백)가 매우 커서 독자의 능동적이고도 창조적인 참여를 요구하는 텍스트라고 할 수 있다.

    제목만 하더라도 공백이 매우 커서 독자는 '북치는 소년'의 모습을 연상하여 그 빈자리를 채우려는 시도를 하게 된다. 즉 북을 혼자서 치는 소년인 것인지, 다른 아이들과 어울려서 치는 소년인 것인지, 그 소년은 화자 자신인지, 아니면 화자가 사랑스럽게 보고 있는 아이인지, 화자가 꿈에서 본 것인지, 아니면 화자가 어느 행사에서 그 모습을 보고 말하는 건지, 그 소년은 한국의 시골 소년인지, 도시 소년인지, 외국의 소년인지, 그 소년의 외모와 옷차림새는 어떠할지 등등을 예상(전상)해 보는 것이다.

    그런데 첫 연 단행의 "내용 없는 아름다움처럼"을 보는 순간 독자는 당황하게 된다. 직유이기는 한데 비유의 대상(주어)이 생략되어 있고 서술어조차 생략되어 있기 때문이다. 하지만 곧 제목을 기억(후상)하고 비유의 대상

---

34) 권명옥 편, 『김종삼 전집』, 나남출판사, 2005, 112쪽.
35) 권명옥, 앞의 논문, 10쪽.

이 '북치는 소년'과 관련된 게 아닐까하고 추측하여 알맞은 서술어가 무엇인지 연상해 보게 된다. 결국 이 구절은 주어와 서술어가 생략되어 있기 때문에 독자는 다음과 같이 알맞은 단어를 연상하게 된다.

(북치는 소년의 모습은)   (보인다)

                          내용 없는 아름다움처럼   (느껴진다)

                                                 (늘린다)

(소년의 북소리는)   (내게 다가왔다)

위와 같이 독자는 주어의 자리에 '북치는 소년의 모습은'과 '소년의 북소리는' 등이 들어갈 수 있다고 보고, 서술어의 자리에는 '느껴진다'나 '내게 다가왔다' 등이 들어갈 수 있다고 생각하게 된다. 이러한 서술어는 주어의 성격이 시각적이든 청각적이든 간에 양쪽 모두를 포괄할 수 있기 때문이다. 그런데 독자는 "내용 없는 아름다움"이 어떤 것인지 굉장히 애매모호해서 또 한 번 당황하게 된다. 보통 '내용이 없다'는 말은 시시한 것이나, 자극적인 요소만 있고 감동이 없을 때 실망의 의미로 사용하게 된다. 그렇다면 "내용 없는 아름다움"이란 겉보기에 아름다워 보이나 감동을 느낄 수 없음을 말하는 것일까? 그러니까 아름답다고 느껴지기는 하는데 알맹이(내용)가 없는 것 같아서 허탈하고 허무함을 느끼게 된다는 것일까? 아니면 내용이 없음에도 불구하고 아름다움을 강렬하게 느끼게 된다는 것일까? 독자는 "내용 없는 아름다움"의 의미를 유보하면서 2연을 읽기로 한다.

"가난한 아희에게 온/ 서양 나라에서 온/ 아름다운 크리스마스 카드처럼"에서 먼저 '아희'라는 단어에 주목하게 된다. 대다수 연구자들은 이 시의 '아희'를 단순한 '아이'라고 보는데, 만약 그렇다면 '아이'라고 써야 올바른 표현일 텐데 '아희'라고 쓴 건 다른 의미가 있는 게 아닌지 생각하게 되기 때문이다. 이를 알아보기 위해 독자는 김종삼의 다른 시를 검토하여 이 시에 쓰인 '아희'라는 시어를 '아이'라는 의미로 받아들여야 하는 것인지, 다른 의미가 있는 것으로 받아들여야 하는지에 대해 판단하기로 한다. 김종삼의 다른 시를 검토해본 결과 「개똥이」, 「그리운 안니 · 로 · 리」, 「부활절」, 「문장수업」. 「풍경」 등의 텍스트에선 '아이'라는 시어를 사용하고 있고 「북치는 소년」. 「아우슈비츠」 II 에서만 '아희'라는 시어를 사용하고 있음을 파악하게 된다. 그러면 이제 이 텍스트에 쓰인 '아희'는 단순한 '아이'의 의미는 아닌 것이다.

'아희'를 사전에서 찾아보면 '兒戲'라는 한자어이고, '아이들의 장난'이라는 뜻이다. 그리고 독자는 '아이'와 '아희'를 각각 발음해본다. '아희'에는 'ㅎ'이라는 장애음(자음) 때문에 '아이'를 발음할 때보다 거칠게 느껴지고, '아희'에게서 '아이'라는 일상어와는 다른 미적 쾌감을 느끼게 된다. 그리고 는 '兒戲'라는 의미를 원문에 풀어 넣어서 '서양 나라에서 가난한 <아이들의 장난>에게 온 아름다운 크리스마스 카드처럼'으로 2연을 재구성하게 된다. 그러면 독자는 '서양나라에서' 왔다는 점을 통해 가난한 아이들에게 이 국적 낯설음과 신기함 그리고 호기심으로 다가오는 '크리스마스 카드'처럼 '북치는 소년'은 화자에게 무엇인지 알 수 없는 복잡한 정서를 불러일으키는 대상임을 알 수 있게 된다.

그러면서 여기에서는 1연과 같은 '아름다운'이란 시어가 반복되고 있음을 주목하고, 1연에서 말하는 "내용 없는 아름다움"과 "가난한 아이에게 온/ 서양나라에서 온/ 아름다운 크리스마스 카드"가 등가의 관계라고 추측하게 된다. 그 결과 독자는 화자에게 '북치는 소년'이 아름답게 보이는(또는 느껴지는, 또는 다가오는) 대상임을 분명하게 알게 된다. 그리고 '북치는 소년'에게서 화자에게 느껴지는 아름다움은 강렬한 심미적 체험이지만 이를 화자가 명확하게 설명하기는 어렵다는 의미로 독자는 생각하게 된다.

그리고 독자는 그 아름다움이 "가난한 <아이들의 장난>에게 온/서양 나라에서 온/ 크리스마스 카드"같다는 부분에 다시금 주목하게 된다. '서양나라에서' 왔다는 '크리스마스 카드'는 가난한 아이들에게 막연하게 들어왔던,

우리나라보다 잘사는 동화 속 세상 같은, 환상과 동경을 불러 일으켰을 것이다. 이것이 한 아이에게 온 게 아니라 <아이들의 장난>에게 왔다는 건 아이들이 그 카드를 보고 서로 즐거워하고 신기해하며 재미있게 보고 있다는 의미로, 독자는 그 상황을 상상하게 된다.

또 '크리스마스 카드'란 예수(구원자)의 탄생을 기뻐하고 신에게 그 은혜에 감사하며 서로 이 은총을 받은 것에 대해 축하하는 의도로 보내는 것인데, 가난한 아이들이 이러한 사실을 알 리는 없고, 다만 그와 같은 즐거움과 기쁨, 그리고 크리스마스 카드의 평화롭고 평안한 분위기를 막연하게 느끼는 수준이었을 것이라고 생각하게 된다. 또한 '~에게 온', '에서 온'의 반복에 주목하면서 화자에게 '북치는 소년'의 '아름다움'은 그렇게 (다가)'온' 것임을 알게 된다.

독자는 이제 3연을 읽으면서 3연이 '크리스마스 카드'에 있는 그림과 관련된 것이라고 생각하게 된다. "어린 羊들의 등성이"는 눈이 내리는 추운 겨울과 대비되어 매우 연약한 존재로 생각되기 때문에 추운 겨울을, 그런 어린 것이 견디기엔 버거울 것이라고 본다. 그래서 독자는 화자가 그 대상에게서 동정과 연민을 느꼈을 것이라고 생각한다. 그리고 독자는 '羊'이라는 시어에 주목하게 된다. 이 텍스트의 유일한 한자어이기 때문이다. 이는 그만큼 이 시어가 강조된 것이라고 생각된다. '羊'은 양의 머리를 본떠 만든 상형자이다. 이를 통해 독자는 추운 겨울 속의 양의 얼굴을 상상하게 되고, 이렇게 표현한, 양에 대한 화자의 연민과 동정의 정서와 공명하게 된다.

독자는 '진눈깨비'라는 시어에도 주목하게 된다. 크리스마스 카드에는 일반적으로 포근하고 평화로운 느낌을 주는 함박눈이 내리는 모습을 그렸을 텐데 '진눈깨비'는 비가 함께 섞여 내리는 눈이기 때문에 포근하고 평화로운 느낌과는 거리가 멀기 때문이다. 그래서 독자는 '진눈깨비'를 시련과 고난의 의미로 해석하게 되고, 그 때문에 '어린 羊들'에 대한 동정과 연민이 극대화됨을 발견하게 된다. 그리고 나서 독자는 '진눈깨비'를 수식하고 있는

'반짝이는'에 주목하게 된다. '진눈깨비'가 '반짝'거리려면 그림에 표현되지 않은 어딘가에, 먹구름 사이로 따뜻한 햇빛이 있어야 한다.

여기서 독자는 성경의 내용을 기대지평으로 떠올리면서 '어린 양'과 '목자'의 관계를 생각하게 된다. 성경에서 '어린 양'은 신의 도움이 반드시 필요한 연약한(helpless) 존재로서 자기 힘으로는 구원을 얻을 수 없는 인간을 상징한다. '신'은 '목자'에 비유되는데, 그런 인간을 돌보고 사랑하는 존재이면서, 인간을 고난 가운데에서 연단하는 존재이다. 독자는 이 시에서 '목자'로서의 '신'이 따뜻한 햇빛의 '반짝'임으로 표현된 것이라고 보게 된다. 따라서 "어린 羊들의 등성이에 반짝이는 진눈깨비"는 독자에게 '어린 羊들'을 '진눈깨비' 가운데에서 연단하면서도 그 속에 사랑을 머금고 있는 '신의 은총'의 의미로 해석된다.

결국 독자는 3연의 내용을 다음과 같이 종합하게 된다. 너무나 연약해 보이는 "어린 羊들의 등성이"에 '진눈깨비'같은 견디기 힘든 시련이 닥치지만 그 '진눈깨비'가 반짝이는 걸 보면 그 양들을 사랑하고 불쌍히 여겨서 따뜻한 햇살을 비추는 신의 은총처럼, '북치는 소년'은 힘든 시련 속에 있는 화자에게 그렇게 느껴진다는 것이다. 여기에서 독자는 1·2연에 반복된 '아름다움'이란 시어를 기억하고 3연에는 이 시어가 생략된 것이라고 판단하게 된다. 그러면 화자에게 '북치는 소년'은 어린 양들을 향한 따뜻한 신의 은총처럼 아름답게 느껴졌다(또는 다가왔다)는 의미일 것이라고 해석하게 된다.

그리고 독자는 2연과 3연에서 대응되는 것이 있음을 보게 된다. "가난한 <아이들의 장난>"은 "진눈깨비 속을 지나는 어린 양들"과 대응되는데, '가난함'과 '진눈깨비'가 시련을 내포하는 의미로 등가관계를 지니고 '아이들'과 '어린 양들'이 어리고 연약한 존재라는 의미로 등가관계를 지닐 수 있기 때문이다. 그리고 "가난한 아희에게 온/ 서양나라에서 온/ 아름다운 크리스마스 카드"는 "어린 양들의 등성이에 반짝이는 진눈깨비"와 대응될 수 있는데, '가난한 아희'와 '진눈깨비 속의 어린 양들'은 시련 속에 있는 존재를 내포하기에 등가관계를 지니고, '아름다운'과 '반짝이는'은 대상의 긍정적인 부분을 부각시킨다는 면에서 등가관계를 지닐 수 있기 때문이다. 이러한 대응을 통해 독자는, 화자에게 '북치는 소년'의 '아름다움'이란 '가난'이라는 '진눈깨비'를 견디면서도 즐거워하고 기뻐하는 아이들의 모습 같은 것이고, 그런 연약한 존재들의 시련(진눈깨비) 속에 '반짝이는' 신의 은총과 같은 것임을 파악하게 된다. 그리고 독자는, 1연에서 그 의미를 유보했던 것을 떠올리며 화사에게 '북치는 소년'이 "내용 없는 아름다움"같은 것은, 그것이 남들에게는 시시해보이고 특별한 감동을 주지 못하는 것이라 하더라도 화자에게는 그 아름다움이 강렬하게 다가온다는 의미라고 해석하게 된다.

이제 독자는 김종삼 시에 대한 기존의 논의를 기대지평으로 떠올리며, 김종삼이 매우 가난하고 어려운 환경 속에서 힘들게 살았음에도 불구하고 미술, 음악, 문학과 같은 예술에 탐닉했고, 이러한 점은 그의 여러 텍스트에 반영돼 있음[36]을 주목하게 된다. 독자는 이를 이 '작품'과 관련시켜 '진눈깨비' 같은 가난의 어려움을 지나가고 있는 김종삼에게 예술은 '북치는 소년'처럼 강렬한 아름다움으로 다가와서 자신을 위로하고 치유하는 역할을 한 것이라고 규정하게 된다. 이런 점은 「북치는 소년」이 김종삼의 시세계 전체를 포괄하는 대표적인 텍스트임을 함의한다.

2) 텍스트의 구조의 힘과 「북치는 소년」에 대해 축적된 문학적 담론

전술한 바와 같이 독서 행위에서는 텍스트의 구조적인 힘이 가장 본질적인 것이 되고, 텍스트의 구체화란 이 구조적인 힘을 체험하는 것이다. 텍스트의 구조가 독자의 반응구조에 의해 구체화(현실화)되면 레퍼토리와 전략의 형태로 독자의 의식에 남게 되는데, 이는 텍스트가 지닌 구조의 힘을 독

---

36) 류순태, 앞의 논문, 504~506쪽; 박민규, 앞의 논문, 381쪽; 서영회, 앞의 논문, 378쪽; 이성일, 앞의 논문, 35~36쪽 참조.

자가 느낀 결과에 해당한다. 그러므로 「북치는 소년」을 읽으며 독자가 느낀 텍스트의 구조의 힘이 무엇인지를 밝히기 위해서는 독서 과정에서 독자에 의해 현실화된 레퍼토리와 전략을 추출하여 체계적으로 정리할 필요가 있다. 따라서 이 부분에서는 독서 내용을 체계적으로 정리하여 독서 과정의 결과를 레퍼토리와 전략의 형태로 제시하기로 한다. 단, 레퍼토리는 전략에 의해 전달되기 때문에 각각을 추출하는 데 어려움이 있어 레퍼토리 정리라 하더라도 전략의 요소를 완전히 배제하기는 어렵다는 점을 먼저 밝힌다.

독자에 의해 현실화된 이 시의 레퍼토리를 정리하면, '북치는 소년'의 '아름다움'이 화자에게 갖는 의미가 이 시의 주된 내용을 이룬다고 할 수 있다. 그 '아름다움'은 2연과 3연의 대응 구조에 의해 '가난'이라는 '진눈깨비'를 견디면서도 '크리스마스 카드'를 보고 즐거워하는 아이의 '아름다움'과, 그런 존재들의 시련 속에 반짝이는 신의 은총이 지닌 '아름다움'이라고 할 수 있다. 그리고 1연은 2연, 3연을 포괄하고 종합한 것으로서 북치는 소년의 모습이, 다른 사람에게는 시시하고 별 감동이 없는 것이라 해도 화자에게는 강렬한 아름다움으로 다가온다는 의미로 볼 수 있다. 그리고 김종삼에 대한 기존 논의를 기대지평으로 떠올릴 때, '진눈깨비' 같은 가난의 어려움을 지니는 김종삼에게 예술은 '북치는 소년'처럼 강렬한 아름다움으로 다가와서 자신을 위로하고 치유하는 역할을 하고 있음을 보여준다고 할 수 있다. 이와 같은 레퍼토리는 텍스트 자체에 있는 내용이 아니라 독자가 텍스트와의 상호작용을 통해 부여한 의미이고, 독자는 이러한 독서 과정을 통해 능동적이고 창의적인 독서의 즐거움을 누리게 된다.

그리고 이 시의 언어 구조와 독자의 반응 구조가 상호작용한 결과인 이 작품의 전략을 정리하면, 거시적인 부분과 미시적인 부분으로 나눌 수 있다. 거시적인 부분을 보면 다음과 같이 체계화된다.

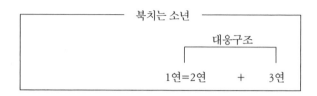

즉 '북치는 소년'이라는 제목 아래에서 1연은 2연과 3연을 포괄하고, 2연과 3연은 서로 대응되는 것이다. 통사구조는 주어와 서술어가 생략되고, 비유구조에서는 비유 대상이 생략되어 독자를 당황하게 하고 독자의 의표를 찌르나 이로 인해 오히려 독자가 능동적·창의적으로 작품에 참여하게 되는 결과를 낳게 되었다. 또한 '~처럼', '~온' 등은 동일한 통사구조를 생성하여 독자에게 리듬을 느끼게 만든다. 그리고 각 연의 행을 달리하여 변주된 반복을 독자에게 느끼게 만들어 낭독의 즐거움을 준다. 게다가 이러한 리듬은 독자가 3연을 읽을 때 1연의 '아름다움'과 2연의 '아름다운'이라는 시어를 무의식적으로 의식하게 만들어서 '아름다움'이라는 시어가 없음에도 있는 것 같은 잔상殘像 효과37)를 불러온다.

미시적으로, "내용 없는 아름다움"이라는 역설에 가까운 표현 때문에 독자는 '내용 없는 아름다움'이란 말을 계속 되뇌면서 독자 나름대로 그 의미를 부여하고 싶은 충동을 강렬하게 느끼게 된다. 또한 '아희', '羊', '진눈깨비' 등은 독서 과정 중에 있는 독자에게 생소하고 낯설게 느껴지게 만드는 시어로서, 왜 이 단어가 선택되었는지에 대한 의문과 그에 대한 추측을 불러일으키고 결과적으로 독자에게 그 의미를 강조하게 만든다.

전술했듯이 이저에 의하면 작품은 독자 반응의 총집합체이기 때문에 텍스트 이해의 최종지평은 끊임없이 지속되는 '문학적 담론'으로 개방된다.

---

37) 황동규는 김종삼이 잔상 효과를 노린다고 보는데, 언어 습관이나 일상 생활 면으로 보면 꼭 있어야 할 것을 꼭 있을 자리에서 빼버리고 그 빈자리에 앞서 나온 시행들의 울림을 있게 하는 것은 감각의 관성(慣性)을 이용한 것이라고 한다(황동규, 앞의 책, 92쪽).

따라서 독자반응비평에서는 문학적 소통의 가능성과 개방성이 문학 텍스트의 평가 대상이 되고, 문학 텍스트가 발휘하는 구조적인 힘을 읽어 내면서 그 내용을 바탕으로 문학적 소통의 질을 평가해야 한다. 이를 위해 본고에서의 구체화를 다른 논의와 비교하여 독자반응비평이라는 방법론이 「북치는 소년」에 대한 기존 논의와 변별되는 점이 있는지를 밝혀, 이러한 방법론이 김종삼 시에 대한 새로운 논의를 계속 가능케 할 수 있는 유용성이 있는지 판단해보기로 한다.

황동규는 「북치는 소년」에 대해, 화자는 지금 서양 소년의 북치는 그림을 보고 생소함과 아름다움을 동시에 느끼는데 "내용 없는 아름다움"은 이 느낌을 표현한 것이라고 해석하였고,[38] 김준오는 "내용 없는 아름다움"에 대해 세속화되기 전의 순수 무의미의 세계이고, 일체의 존재와 행동에 있어 아무런 현실적 목적이나 동기를 갖지 않는 비공리적 세계라고 보았는데,[39] 본고에서는 타인에게 시시해 보일지 모를 '북치는 소년'의 모습이 화자에게는 강렬한 아름다움으로 다가왔음을 표현한 것이 "내용 없는 아름다움"의 의미라고 보았다.

권명옥은 "크리스마스 카드"의 비유적 의미를 가난함에 대한 기독교적 복음으로 보면서, 가난한 자가 천국에 든다는 '아름다운' 복음(크리스마스 카드)으로 수용하고 따랐던 천진난만의 시간을 "내용 없는 아름다움"으로 노래한다고 하였다. 그리고 이 시에 나오는 순백의 색채 이미지에서 눈부신 무염성의 세계와 겨울 동화적 요소가 있다고 하였다.[40] 한편, 김성조는 이 시에서, '가난한 아희'는 시인의 유년 부재의 상징적 인물이며, '서양나라'로 표상된 동경의 세계는 '아희'가 가진 내적 결핍을 채워주지 못하기에 '크리스마스 카드'는 그 외형적 아름다움에도 불구하고 또 다른 부재요소를 함유하고, '반짝'하고 순간의 아름다움을 발산하다 사라져버리는 세계이기 때문

---

38) 황동규, 앞의 책, 90~91쪽.
39) 김준오, 앞의 책, 142쪽.
40) 권명옥, 앞의 논문, 10~15쪽.

에, "내용없는 아름다움"의 세계는 꿈의 세계이며 부재하기에 아름답다는 역설적 의미를 생산한다고 하였다.[41] 반면에 본고에서는 '서양나라'에 대해 잘 모르는 아이들이 '크리스마스 카드'의 상징적 의미(복음)에 대해 알 리는 없고 단지 그 카드에서 즐거움과 기쁨, 평화로운 분위기를 막연하게 느끼는 수준이었는데, '아희'를 단순한 '아이'의 의미로 보지 않고 '아이들의 장난'으로 해석하여, 화자에게 '북치는 소년'의 아름다움은 '가난'이라는 '진눈깨비'를 건디면서도 '크리스마스 카드'를 보고 즐거워하는 아이들에게 느껴지는 '아름다움' 같은 것이며, 그런 존재들의 시련 속에 반짝이는 신의 은총이 지닌 '아름다움' 같은 것이라고 보았다.

류명심은 이 시에 대해, 어린 시절의 행복한 고향의 모습을 환상적으로 추구한 것일 수도 있고, 북치는 소년의 모습을 담은 그림 카드를 마주한 한 시인의 환상적 그림 그리기 일 수도 있으며, 부재하는 것에의 추구일 수도 있다고 한다.[42] 김용희는 이 시에 대해 현실 너머의 세계에 대한 추구라고 하면서 실향민 체험이라는 실낙원 경험과 연결되고, 이는 술과 음악에 탐닉하는 시인의 탐미주의와 관련되면서, 당시 한국 사회의 소외와 비극성을 동화적 이미지와 병치시켰다고 한다.[43] 라기주는, 이 시가 표면적으로 삶의 모순과 고통을 감추고 어린 화자가 즐겁고 신나게 북을 치며 아름다운 세계를 보여주지만 그 흥겨운 논의의 이면에는 현실에 부재하는 아름다움의 비애미를 감추고 있으며 소외된 자들의 현실적 고통을 부각시켜 진한 페이소스를 던져준다고 하였다.[44] 본고에서는 이 시에 대해, '진눈깨비' 같은 가난의 어려움을 지내는 김종삼에게 예술은 '북치는 소년'처럼 강렬한 아름다움으로 다가와서 자신을 위로하고 치유하는 역할을 하고 있음을 보여준다고 하였다.

---

41) 김성조, 앞의 논문, 42~43쪽.
42) 류명심, 앞의 논문, 70~71쪽.
43) 김용희, 앞의 논문, 102쪽.
44) 라기주, 앞의 논문, 243~244쪽.

이와 같이 「북치는 소년」은 다양한 문학적 담론으로 축적되어 있고, 본고에서의 해석은 기존 논의를 기대지평으로 삼아 소통하면서 구체화한 것으로 이 시에 축적된 또 다른 담론으로 남겨질 수 있다고 본다. 그리고 이 시는 창조적 능력을 갖춘 독자에 의해 새롭고 다양한 모습으로 계속 구체화될 수 있다고 본다. 그만큼 이 텍스트는 문학적 소통을 풍부하게 만들어주는 예술성을 지닌 것이다.

4. 맺음말

본고에서는 김종삼 시의 특성을 밝히는 데 목적을 두는 연구가 이제 한계가 있다고 보고 김종삼 시에 대한 논의를 새롭게 하기 위해 수용미학의 관점에서 독자반응비평을 시도해 보았다.[45] 이를 위해 창조적 능력을 갖춘 독자의 입장에서 김종삼의 「북치는 소년」을 읽어나가는 과정을 보여주고, 그 작품과 관련된 다른 논의를 참고하면서 필자가 기존과 달리 그 텍스트를 어떻게 구체화하였는지를 제시하였다.

「북치는 소년」은 다양한 문학적 담론으로 축적되어 있고, 본고에서의 해석은 기존 논의를 기대지평으로 삼아 소통하면서 구체화한 것으로 이 시에 축적된 또 다른 담론으로 남겨질 수 있다고 본다. 그리고 이 시는 창조적 능

---

45) 현대시 연구에서 독자반응비평이 방법론으로 원용된 논의는 김영미, 「무의미시의 독자반응론적 연구」, 『국제어문』 제32집, 국제어문학회, 2004; 김경숙, 앞의 논문; 이연승, 「해체시의 독자 반응론적 연구: 황지우의 시를 중심으로」, 『어문연구』 제71집, 어문연구학회, 2012 정도이다. 이들의 연구는 독자반응비평을 잘 원용하여 좋은 성과를 내었다고 판단되지만 구체화 과정에서 전상과 후상의 변증법을 통해 텍스트의 일관적 의미를 도출하고 독서과정을 보여주는 데만 초점을 두었고, 텍스트가 지닌 '구조의 힘'을 통사구조의 차원에서만 이해하여 적용했다는 한계를 지적할 수 있다. 본고에서는 이저의 이론을 포괄적으로 이해하여 텍스트 분석에서 이저가 하고자 했던 것을 현대시 연구의 차원(이저는 현대 소설 연구에 치중함)에서 모두 실행하려고 시도했고, 기존 논의와 달리 텍스트가 지닌 구조의 힘을 레퍼토리와 전략의 부분으로 추출하여 정리하여 보았다는 데 의의가 있다.

력을 갖춘 독자에 의해 새롭고 다양한 모습으로 계속 구체화될 수 있다고 본다. 그만큼 이 텍스트는 문학적 소통을 풍부하게 만들어주는 예술성을 지 닌 것이다.

본고에서는 지면 관계상 김종삼 시 전체를 대상으로 하지 못하고 「북치 는 소년」만 구체화했다는 한계가 있다. 김종삼 시의 문학성을 좀 더 깊이 있 고 폭넓게 논의하기 위해 김종삼 시 전체를 구체화하는 논의가 필요한데, 이는 다음 연구에서 시도해 보고자 한다.

<참고문헌>

1. 기본자료

김종삼, 『북치는 소년』(개정판), 민음사, 1995.

김종삼, 권명옥 편, 『김종삼 전집』, 나남출판, 2005.

2. 저서 및 논문

강남주, 『수용의 시론』, 현대문학, 1986.

강연호, 「김종삼 시의 대립 공간 연구」, 『현대문학이론연구』 제31집, 2007.

권명옥, 「적막의 미학: 김종삼의 『북치는 소년』, 『돌각담』, 『라산스카』, 『한국 현대문예비평연구』 제15집, 한국문예비평학회, 2004.

김경숙, 「윤동주 시의 독서과정 연구」, 『한국문학이론과 비평』 제49집, 한국문 학이론과 비평학회, 2010.

김성조, 「김종삼 시의 소리 이미지와 의미적 표상」, 『한국문예창작』 제9권 제3 호, 한국문예창작학회, 2010.

김영미, 「무의미시의 독자반응론적 연구」, 『국제어문』 제32집, 국제어문학회, 2004.

김용희, 「전후 한국시의 '현대성'과 그 계보적 가설: 김종삼 시를 중심으로」, 『한 국근대문학연구』 19, 한국근대문학회, 2009.

김승희, 「김종삼 시의 전위성과 미니멀리즘 시학 연구: 자아의 감소와 서술의 축소를 중심으로」, 『비교한국학』 제16권 1호, 국제비교한국학회, 2008.

김준오, 「완전주의, 그 절제의 미학」, 김종삼, 『요단강이랑 스와니강이랑』, 미 래사, 1994.

김춘수, 「김종삼과 시의 비애」, 『김춘수 시론 전집』 I, 현대문학, 2004.

김혜니, 「수용미학·독자반응비평」, 『외재적 비평문학의 이론과 실제』, 푸른

사상, 2005.

김화순, 「김종삼 시 연구: 언술구조와 수사법을 중심으로」, 고려대학교 박사논문, 2011.

라기주, 「김종삼 시에 나타난 환상성 연구」, 『한국문예비평연구』 제26집, 한국문예비평학회, 2008.

류명심, 「김종삼 시 연구: 담화체계 및 은유를 중심으로」, 동아대학교 박사논문, 1998.

류순태, 「김종삼 시에 나타난 현대미술의 영향 연구」, 『국어교육』 제125호, 한국어교육학회, 2008.

박민규, 「김종삼 시에 나타난 추상미술의 영향」, 『어문논집』 제59호, 민족어문학회, 2009.

박은희, 『김종삼 · 김춘수 시의 모더니티 연구』, 한국학술정보, 2006.

박찬기 외, 『수용미학』, 고려원, 1992.

박현수, 「김종삼 시와 포스트모더니즘의 수사학」, 『우리말글』 제31집, 우리말글학회, 2004.

서범석, 「김종삼 시의 건너뜀과 빈자리」, 『문예운동』 115호, 문예운동사, 2012.

서영희, 「김종삼 시의 형식과 음악적 공간 연구」, 『어문논총』 제53호, 한국문학언어학회, 2012.

송경호, 「김종삼 시 연구: 죄의식과 죽음의식을 중심으로」, 서울시립대학교 박사논문, 2007.

유종호, 『문학이란 무엇인가』, 민음사, 1989.

이숭원, 「김종삼의 시의식과 생의 아이러니」, 『태릉어문연구』 제10집, 서울여대, 2002.

이승훈, 「평화의 시학」, 김종삼, 『평화롭게』, 고려원, 1984.

이연승, 「해체시의 독자 반응론적 연구: 황지우의 시를 중심으로」, 『어문연구』 제71집, 어문연구학회, 2012.

장동석, 「김종삼 시에 나타난 '결여'와 무의식적 욕망 연구」, 『한국문예비평연구』 제26집, 한국문예비평연구학회, 2008.

진순애, 「김종삼 시의 현대적 자아와 현대성」, 『반교어문연구』 제10집, 반교어문학회, 1999.

차봉희 편,『수용미학』, 문학과지성사, 1985.

_____,『독자반응비평』, 고려원, 1993.

한명희,『현대시와 오이디푸스 콤플렉스』, 울력, 2009.

황동규,「잔상의 미학: 김종삼의 시세계」, 김종삼,『북치는 소년』(개정판), 민
     음사, 1995.

로버트 C. 홀럽, 최상규 역『수용미학의 이론』, 예림기획, 1999.

볼프강 이저, 이유선 역,『독서 행위』, 신원문화사, 1993.

독자의 목소리를 위한
「木馬와 淑女」의 실천적 읽기*

이 광 형

1. 독자반응비평에 대하여

한동안 춘천은 외국인들로 북적거렸다. 드라마 <겨울연가>가 해외에서 인기를 끌면서 드라마 속 "준상"이 살던 집을 보기 위해 춘천을 찾는 일본인의 발길이 이어졌다. 춘천 시내뿐만이 아니다. <겨울연가> 때문에 한국을 찾은 일본인들은 남이섬과 춘천 시내를 거쳐 속초까지 이동한다. 자신들 삶의 터전에서부터 가상의 캐릭터인 '준상'이 머물던 지점까지 이 새로운 순례자들은 실제로 비행기를 타고 먹고 자고 돈을 쓰고 움직이며 <겨울연가>를 소비했다.

독자반응비평(Reader response criticism)은 이런 '<겨울연가> 현상'에서 시청자의 움직임에 주목한다. 이전의 비평이론들이 '작가-텍스트-독자'

---

* 이 글은 필자의 박사학위논문(2013, 「한국 시가의 발화주체 연구」, 강원대박사논문)을 'Ⅴ-1' 부분을 중심으로 발췌, 수정, 보완한 것이다. 그 논문은 독자반응비평이나 수용미학을 논의의 주된 이론적 기반으로 다루지는 않지만 결과적으로 텍스트-독자의 관계에 초점을 맞춘 시 읽기를 실천한 셈이 되었다. 이 책의 발간 의도에 맞추어 본문 첫머리(1항)의 독자반응비평에 대한 간단한 설명과, 본문의 몇몇 주석을 새로 추가한다.

의 관계망에서 '작가-텍스트'의 관계에 초점을 맞추었다면 독자반응비평은 '텍스트-독자'의 관계에 초점을 맞추기 때문이다. 2002년도에 <겨울연가>가 한국에서 처음 방영될 때, 드라마 속 애절한 사랑이 준상의 죽음으로 끝나는 것을 원치 않는 시청자-독자들은 온라인 공간에서 실시간으로 반응하였다. 일본에서는 <겨울연가>가 처음 방영된 2003년부터 본격적으로 '한류' 열풍이 불기 시작했고, '준상' 역을 연기한 배용준은 '욘사마'로 불리며 한국에서보다 훨씬 큰 인기를 얻게 된다. 그 '욘사마'의 팬들이 춘천 명동의 닭갈비집까지 꽉꽉 채운 것이다.

독자반응비평은 예술의 다중 소비 현상, 온라인을 통한 소통의 일상화와 밀접한 연관성을 띤다. 독자반응비평에서 '독자'는 천재적인 작가일 수도 있고 권위적인 비평가일 수도 있다. 이전의 비평이론은 이런 작가나 비평가의 고정된 위상을 암묵적으로라도 전제하고 있다. 독자반응비평은 이런 작가나 비평가의 고정된 위상을 다양한 독자들의 읽기라는 변화하는 위상으로 전환한다. 독자반응비평은 다양한 방식으로 예술 텍스트를 소비하는 독자들을 전제하는 것이기에 예술의 다중 소비 현상과 밀착되어 있다. 또한 다양한 독자들의 서로 다른 읽기가 실질적으로 텍스트를 풍요롭게 하기 위해서는 그 독자들이 목소리를 낼 수 있는 공간이 필요하기에 온라인을 통한 소통의 일상화도 중요하다. 모든 독자가 전문적인 비평가가 되어 문학지에 평론을 쓰거나 관련 이론서를 펴내는 것이 불가능하다면 보다 쉽고 빠르게 각자의 목소리를 내며 소통할 수 있는 공간이 필요한 것이다. 독자가 고정된 지점에서 하나의 목소리만을 생산할 뿐이라면 독자반응비평은 존립 근거를 잃을 수밖에 없다. 예술 텍스트의 소통은 더 이상 소수의 천재적인 작가나 권위적인 비평가의 목소리만으로 이루어져서는 안 된다.

영미 비평계의 독자반응비평과 가장 비슷한 경향의 비평으로는 독일의 수용미학(Rezeptionsàthetik)이 있다. 두 비평 모두 텍스트-독자의 관계에 초점을 맞춘다. 용어 자체에서 드러나듯 독자반응비평이 문학 텍스트에 대한 독자의 반응을 강조한다면, 수용미학은 텍스트의 영향(*Wirkung*)과 독자의 수용(*Rezeption*)을 강조한다. 어떤 텍스트의 의미나 가치는 미리 결정되어 있는 것이 아니라 수용자—독자의 읽기 현장에서 구체화된다. 텍스트는 독자의 읽기에 영향을 미치고 독자는 텍스트를 자신의 현실 속에서 수용한다. 이전의 비평에서 '텍스트는 무엇인가?'가 주 관심사였다면 두 비평에서는 '텍스트는 무엇을 하는가?', '텍스트를 어떻게 읽을 것인가?'가 주 관심사이다. 따라서 두 비평 모두 '나'의 읽기와 다른 '타인'의 읽기에 대해서도 열려 있어야 한다는 점을 간과하지 말아야 한다. 텍스트가 무엇을 하는 곳도, 텍스트를 어떻게 읽는 곳도 독자가 서 있는 지점이고, 어떤 독자도 정확히 같은 지점에 서 있을 수는 없기 때문이다.

2013년 춘천을 찾는 일본인의 수가 부쩍 줄었다. <겨울연가>—텍스트에 대한 일본인—독자의 반응과 수용이 시들해진 것이다. 최근 일본의 우경화와 혐한 기류의 확산, 엔저 현상 등 텍스트 밖 독자의 상황 변화가 <겨울연가>—텍스트의 위상에도 변화를 가져온 것으로 파악할 수 있다. 마찬가지로 요즘 우리는 텔레비전 드라마의 방영횟수나 기간이 시청률에 따라 확 줄기도 늘기도 하는 것에 익숙하다. '소비'가 중심인 후기 자본주의 시대의 새로운 단면이다. 2013년 춘천에서 「목마와 숙녀」를 다시 소리 내어 읽으며 시를 읽는 다른 목소리를 떠올린다. 돈을 내고 시집을 사서 한 편의 시를 소리 내어 읽는 목소리야말로, 그 서로 다른 목소리에 대한 귀 기울임이야말로 독자반응비평의 시작이자 실천이다.

2. 한국 시가의 구비적 전통과 '목소리 들'

한국 시가는 운문으로서 오랜 전통과 역사를 지닌다. 그 대시간[1]의 흐름

---

1) 본고에서 '대시간'은 바흐친의 용어로 다음 글과 같은 맥락에서 쓰인다. "작품은 자기 시대의

에서 가장 큰 변화는 노래로 불리는 구비口碑에서 문자 텍스트로 소통 방식이 전환한 것이다. 구비는 창자와 청자가 같은 시·공간에 위치함을 전제로 소통되지만 문자 텍스트는 시인과 독자가 다른 시·공간에 위치함을 전제로 소통된다. 현대시는 이런 소통 방식의 전환 끝에 출현하여 주로 눈으로 읽는 문자 텍스트로서 소통되고 있다.

그런데 현대시도 운문인 이상 눈으로만 읽을 것이 아니라 소리 내어 읽어야 한다. 왜냐하면 시의 리듬은 지면에 인쇄된 문자에 있는 것이 아니라 시를 소리 내어 읽는 독자의 시·공간 속에 있는 것이기 때문이다. 시의 리듬은 문자 텍스트를 소리 내어 읽는 독자의 목소리가 음성吟聲2) 텍스트를 구성할 때 비로소 구체화된다.

우리는 혼자서 시를 소리 내어 읽을 때 스스로의 목소리를 들으며, 다른 때 다른 곳에서 그 시를 읽는 다른 사람의 목소리에 관심을 가지게 된다. 한 편의 시를 읽는 나의 목소리가 곧 사라지기 때문이다. 시를 눈으로만 읽을 때는 수신자 중심인 시각의 특성 때문에 그 한 편의 시 텍스트가 나만의 것이라는 느낌을 받을 수 있다.3) 목소리를 내어 시를 읽으면 그런 느낌은 목

경계를 파괴하고 여러 시대에, 다시 말해 대시간(大時間) 속에 살며, 그 속에서 종종 (위대한 작품이라면 언제나) 자기 시대에서보다 더욱 강렬하고 충만한 삶을 영위하게 된다. 이를 단순하게 개략적으로 말하자면 다음과 같다. 예를 들어, 만약 어떤 작품의 의미가 (중등학교에서 흔히 그렇듯이) 농노제와 투쟁하는 것으로 귀결된다면, 농노제와 그것의 잔재가 삶에서 사라져 버린 연후에는 그 작품의 의미가 완전히 상실되어야 마땅할 것이다. 그러나 그 작품은 때때로 자신의 의미를 더욱 확대하기도 하는데, 이것은 바로 그 작품이 대시간으로 진입해 들어감을 뜻하는 것이다. 그러나 작품이 어떤 식으로든 과거 속에서 자양분을 흡수하지 못한다면 미래에서도 생존할 수 없다. 만일 어떤 작품이 전적으로 현재에(즉 당대에) 태어나는 것으로, 과거의 지속도 아니고 과거와 본질적 연계를 맺지 못한다면, 그 작품은 미래에도 삶을 이어나갈 수 없다는 말이다. 오로지 현재에만 속해 있는 모든 것은 현재와 더불어 사멸한다." 바흐친, 『말의 미학』, 김희숙·박종소 역, 길, 2006, 471쪽.

2) 본고에서 음성 텍스트에서의 '음성'은 '音聲'이 아니라 '吟聲'으로 표기한다. '音聲'보다는 '吟聲'이, 독자반응비평이나 수용미학이 주목하는 텍스트-문자의 관계를 더 잘 드러낸다. 다음 글 참조. "다시 말해 <수용>이라는 것은 독자 내지는 수취인이 결정적인 역할을 하는 부분, 즉 창작 텍스트가 수용자에 의해서 구체화될 때 수취인(독자)이 결정적인 작용을 하는 측면을 가리키는 것이고, <영향>이라는 것은 문학작품이 구체적으로 읽혀질 때 텍스트 자체가 가지는 영향력의 측면을 가리킨다." 차봉희 편, 『수용미학』, 문학과지성사, 1985, 29쪽.

소리와 함께 사라질 수밖에 없다. 사라지는 목소리가 시를 읽는 나의 시·공간과 문자 텍스트에 형상화되어 있는 시·공간을 불일치로 만들어 버린다. 나와 텍스트는 위상이 다르다. 혹시 한 편의 시에 '나'가 나와도 그 '나'는 역사적으로 실존하고 있는 나와는 전혀 다르다. 시 속의 '나'는 퍼소나(persona)[4]일 뿐이다. 그 한 편의 시를 읽으며 잠시 시 속의 '나'와 동일시를 느꼈다 할지라도 그런 동일시는 곧 깨진다. 시를 읽는 목소리가 사라지기 때문이다. 그때 우리는 그 시를 읽는 다른 사람의 목소리에 관심이 생긴다. 나의 목소리는 사라져도 문자 텍스트는 사라지지 않는다. 사라지지 않는 사물인 문자 텍스트가 지니는 물질성이 사라지는 목소리 들을 떠올리게 하는 것이다. 언제 어디서 누가 어떤 언어를 처음 소리 내기 시작했는지 알 수 없는 것처럼 그 한 편의 시를 소리 내어 읽고 사라진 목소리 들을 알 수 없다는 점이 그 텍스트를 소리 내는 목소리 들에 대한 관심을 촉발한다. 그래서 시를 소리 내어 읽으면 그 목소리의 시·공간과 텍스트의 시·공간, 그 텍스트를 읽는 다른 목소리의 시·공간이 서로 다른 위상으로 소통할 가능성이 열리기 시작한다. 본고에서 '목소리 들'[5]은, 첫째 동일한 한 편의 문자 텍스

---

3) "청각이나 체감각, 촉각 같은 감각과 시각은 근본적으로 다릅니다. 청각이나 촉각은 방향성 있는 감각이죠. 발신자가 있고 그걸 받는 수신자가 있는 것이죠. 분명히 누군가와 이야기를 했고 누군가가 건드렸죠. 그런데 시각은 어떻습니까? <u>시각의 경우에는</u> 스위치를 켜서 밝아지면 영향권 안에 있는 것들 중 누가, 뭐가 발신했는지 모르죠. 발신자는 <u>없고 수신자만 있는 겁니다</u>"(인용자 강조). 박문호, 『뇌, 생각의 출현』, 휴머니스트, 2008, 275쪽.

4) "시인은 작품 '밖'에 존재하지만 화자는 작품 '안'에 존재하는 것이다. 화자를 시인과 구분할 때 퍼소나라 불린다. 퍼소나(persona)는 배우의 가면을 의미하는 라틴어 퍼소난도(personando)에서 유래한 연극 용어다. 이것은 처음 화자의 목소리를 집중시키고 확대시키는, 가면의 입구(mouthpiece)를 뜻하다가 배우가 쓰는 가면, 배우의 역할 등의 의미를 거쳐 드디어 어떤 뚜렷한 인물 혹은 개성을 가리키게 되었다." 김준오, 『시론』(제4판), 삼지원, 1999, 282쪽.

5) 본고에서 '목소리 들'은 저마다의 현실에서 서로 다른 목소리로 음성 텍스트를 구성하는 타인-독자를 나타내기 위한 비문법적 표기이다. 독자반응비평이나 수용미학에서는 불특정 다수인 '독자'를 학문적으로 지칭하기 위한 다양한 시도가 이어지고 있다. 다음 글 참조. "혹시 눈치 챘을지 모르지만, 독자반응이론에서 말하는 '독자'라는 개념과 관련하여 어떤 이론가들은 '독자들(readers)'이라는 복수형을 쓰는 데 반해, 그 외의 이론가들은 '독자the reader'라는 단수형을 쓴다." 타이슨, 윤동구 역, 『비평이론의 모든 것』, 앨피, 2012, 399쪽.

트라 할지라도 그 텍스트를 소리 내는 나의 목소리와 타인의 목소리가 같을 수 없다는 점을, 둘째 한 편의 문자 텍스트를 둘러싸고 벌어지는 다양한 읽기의 소통가능성을 강조하기 위한 표기이다.

본고에서는 시적 주체라는 용어를 써서 시에 사람이 없다는 점을 분명히 드러내려 한다. 시 텍스트에서 시적 주체[6]는 장소이다. 이 장소(place)[7]는 누군가가 시를 소리 내어 읽을 때 모습을 드러낸다. 독자가 목소리를 내는 시·공간은 텍스트에 그려진 시·공간과 다른데 이 두 시·공간을 교통 가능하게 이어주면서 시적 주체가 드러난다. 시적 주체는 텍스트에 형상화된 시·공간을 텍스트의 장소성場所性으로서 모으면서 그 장소의 문턱이 된다. 텍스트의 장소성은 미리 결정되어 있는 것이 아니라 목소리를 내는 독자의 시·공간과의 상대적 거리에 의해 형성된다. 독자가 시를 읽으며 텍스트의 장소성을 자신의 시·공간으로 인식하려 해도 시적 주체는 그 독자를 그 독자의 생활 터전으로 되돌려 보낸다. 시적 주체는 텍스트란 장소의 문턱으로서 텍스트 안쪽을 향해서는 장소성을 띠지만 텍스트 바깥쪽을 향해서는 이소성離所性을 띤다. 시 텍스트를 소리 내어 읽는 목소리는 그 목소리를 낼 때 자족감을 느끼면서도 계속해서 사라지는 목소리로 인해 또한 불안감에 빠져든다. 시적 주체는 장소성과 이소성으로 그 목소리가 텍스트 안을 경유하여 텍스트 밖으로 나오게 함으로써 그 목소리를 독자의 현실로 되돌려 준

---

6) '주체(主體)'는 사전적으로 '어떤 단체나 물건의 주가 되는 부분', '사물의 작용이나 어떤 행동의 주가 되는 것' 등을 의미한다. 따라서 '시적 주체'란 용어를 쓰면서도 '시적 화자'나 '시적 자아', '서정적 자아'에서처럼 '시적 주체'를 사람으로 한정하여 파악하는 것은 일종의 선입견이다. 비교적 최근의 한국 현대시 읽기에서 '시적 주체'란 용어는 텍스트의 안과 밖을 담론 구성의 조건으로 연결하기 위한 고구(考究)의 소산으로서 다양하게 변화하는 개념으로 쓰이고 있다.

7) 'place'는 실재하는 장소뿐만 아니라 추상적 개념으로서의 장소도 뜻한다. 텍스트 밖 실재하는 장소에서 누군가가 목소리를 낼 때, 그 목소리의 시·공간과 대응하여 텍스트의 장소가 열린다. 이 장소는, 목소리를 내는 독자의 생활 터전이 실재적임에 비해 추상적이며, 그 목소리가 소리 나는 시간에 대한 공간이며, 한 편의 텍스트를 서로 다른 목소리 들로 소리 날 수 있게 만드는 여지(餘地)이다. 이런 개념을 객관화하기 위하여 본고는 '3'항에서 구비가 소리 나는 현장으로부터 본격적인 논의를 시작한다. 본고는 '구비가 소리 나는 현장'과 '현대시를 소리 내어 읽는 목소리가 촉지하고 있는 생활 터전'의 관계에 대해 주목한다.

다. 누구든 자족감과 불안감 사이에서 균형을 찾아야 하는 곳은 텍스트의 밖, 자신이 목소리를 내며 촉지觸地하고 있는 그 지점이다.

이런 입장(ground)에서 필자는 박인환의 「木馬와 淑女」를 다시 새롭게 소리 내어 읽고자 한다. 필자는 중학생 시절부터 시를 소리 내어 읽는 것을 좋아했다. 「木馬와 淑女」 또한 지금까지도 다양한 문자 텍스트를 보며 소리 내어도 읽고 자주 암송하기도 한다. 우선적으로 이 글은 「木馬와 淑女」를 소리 내며 매혹당하면서도 정확한 이유를 알 수 없었던 그때그때의 나의 물음에 대한 대화[8]의 기록이다.

3. 사라지는 노래와 살아 있는 독자의 목소리

"인제 가면 언제 오나, 원통해서……." 이 말은 인제, 원통과 통하는 '길'이 가깝지 않고 멀다는 뜻으로, 1960~1970년대 오지인 인제에서 군 생활을 한 사람들의 입을 통해 전국적으로 퍼졌다. 이 유행어는 인제라는 지역이 우리 현대사에서 지니는 지역성을 단적으로 보여준다. 남북 분단 상황에서 최전방인 점, 교통이 불편하여 접근하기 어려운 점 등 인제군의 위상이 고스란히 드러난다. 그런데 이 위상은, 영구불변 고정되어 있지 않고 시대에 따라 달라진다. 소양강과 북한강 수계에 댐들이 생겨 물길이 막히기 전

---

8) 독자반응비평의 형성·전개에 대해 깊이 있게 연구한 프로인드는 논의의 마지막 부분에서 다음과 같이 '대화'를 강조한다. "만약에 [텍스트와 독자, 주체와 객체의 철퇴하기 어려운] 이 (이분 구조의) 예속으로부터의 돌파구가 없다면, 텍스트적 제약과 독자의 경험 및 역사 사이의 투쟁을 해결해줄 명확한 해결책 내지 지배적 이론도 존재할 수 없다면, 그리고 이것이 읽기 상황의 진정으로 중요한 구조적 양상이라면, 적어도 이 예속(이제 우리는 이것을 회피할 수 없는 예속으로 인식해야 되지 않을까?)에 대한 우리의 반응은 어떤 엄격한 책임 있는 차원의 태도를 취해야 하리라 생각한다. 이 책임 있는 태도는 텍스트에서 뿐만 아니라 해석에서도 '반대되고' 독창적이며 제외되었고 이상한 것에 대한 독자들의 영구한 개방성을 의미한다. 내가 보는 바로는, 그런 어떤 예는 읽기의 문제를 지배나 전유로 보기보다 끈기 있는 대화나 질문 행위로 보는 당황스러운 포스트 구조주의적 관심의 특징이 되고 있다." 프로인드, 신명아 역, 『독자로 돌아가기』, 인간사랑, 2005, 52~253쪽.

에 인제는 서울과 가까운 '물길'로 이어져 있었다.[9] 인제의 대표적인 노농요
인 '뗏목노래'가 기록으로 남아 그 물길을 입증한다.

> 인제골 합강정 양소 앞에서 뗄 맸소.
> 귀암 여덟 치올라 가니 뒷다리가 떨리네
> 귀암 여덟 지나니 신라오가 당해
> 신라오 당하니 겁이 뚝뚝 난다.
> 그 아래 뚝떨어지니 비틀이가 당해
> 비틀이 산고개 술붜나라.
> (중략)
> 송산파리여 다 지내가니 어디메나 하니
> 춘천에 우두구아고 아우구가 나온다.
> 우두구하고 밑에는 어디가 나오나
> 뒤뚜루 앞에야 모새여울 나온다
> (중략)
> 우미네 광나루 다리빨을 뚝떨어지니
> 그 마을에 내려가니 천양산양소라
> 그 소를 다 지내니 어디메가 당하나
> 뚝섬을 들어가니 마지막이로다(심복남)[10]

인제는 조선 시대부터 삼림 자원의 우수성을 인정받아 우수한 목재를 서
울에 공급해 왔다. 북한강에 댐이 생기기 전에는 인제에서 서울까지 물길이
열려 있었다. 인제에서 춘천 우두까지는 소양강 줄기로, 춘천 우두부터는
화천에서 내려온 물줄기와 합쳐져 북한강 줄기로 서울까지 통했다. 인제 합

---

9) 북한강 물길은 1943년 청평댐 건설과 함께 막히기 시작한다. 그 이전에는 화천, 양구, 인제
   등에서 서울까지 물길이 통했다.
10) 김훈 · 정금철 · 유태수 편, 『강원문화전통문화총서 민요』, 국학자료원, 1998, 366~388쪽.
   인용한 텍스트는 1989년 학술 답사에서 채록된 것으로서, 분연 없이 총 37행으로 기록되어
   있으며, "~술 붜놔라"가 5번(6, 8, 10, 12, 14행) 반복되고, 음절수가 가장 적은 행은 14행("화
   리 앞에다 술 붜놔라")으로 9음절이고, 가장 긴 행은 31행("차돌맹이 뚝떨어지니 양수리 다리
   빨이야 정말 무서워")으로 22음절이다.

강정에서 서울로 운반해야 할 목재를 모아 뗏목으로 만들면 뗏목꾼들이 열흘 남짓 물길을 따라 서울로 목재를 날랐다. '뗏목노래'는 그 힘든 삶의 현장에서 부르는 살아 있는 소리였다. 생사가 걸린 물길을 오가는 삶의 희로애락이 진술하고 생동감 있는 소리로 펼쳐진다. "뒷다리가 떨리네"나 "뚝떨어지니"에선 삶과 죽음을 넘나드는 물길 위에서의 두려움이, "술붜놔라"에서는 그 두려움을 넘어서는 삶에의 의지가 핍진逼眞하게 느껴진다. 거세게 빨라졌다 잔잔하게 느려지는 물길의 유장한 흐름이 연 구분 없이 일정하지 않은 행 길이로 형상화되어 있다. 그 물길은 고단한 대로 생존을 위한 노동의 길이었고, 그 길을 따라 한쪽으로는 자연의 산물인 '목재'가 한쪽으로는 문명의 산물인 '신식'이 오갔다. 뗏목꾼들에게 삶의 터전은 강원도 두메산골에만 한정되지 않고 서울로 이어졌다. 이제 그 물길은 사라지고 없다. '뗏목노래'는 보존해야 할 '전통'으로서 인제 합강정 공원에서 '뗏목놀이'로 가끔 재연될 뿐이다. 문화재로서 보존할 만한 가치를 인정받았다는 점과 '뗏목놀이' 재연 시에 불리는 '뗏목노래'가 삶과 밀착된 '소리'의 핍진乏盡이라는 점은 별개이다. 소리로서의 '뗏목노래'는 물길과 함께 사라지고 없다. 물길이 끊기며 서울과 가까웠던 인제도 사라지고, 공교롭게 남북 분단의 최전방 현장이라는 위상까지 더하여 "인제 가면 언제 오나, 원통해서……"가 된다. '구비'가 '구비 문학'이 되는 변화를 "인제 가면 언제 오나, 원통해서 못 가겠네."와 같이 잘 표현하기도 어려울 것이다. 한국 현대시의 성립과 전개 과정은 '구비'가 사라지고 '구비 문학'이 학문적으로 본격화되고 성장하는 과정과 시기적으로 겹치는 것이다.

박인환은 1926년 8월 15일 강원도 인제에서 태어나 1956년 3월 20일 서울에서 생을 마감한다.[11] '뗏목노래'가 구비로 살아 소리 날 때 인제에서 태어나 '뗏목노래' 소리의 물길이 끊기 시작한 서울에서 죽은 것이다. 박인

---

11) 이하 박인환의 전기적 사실은 다음 자료들을 참조함. 김광균 외, 『세월이 가면』, 근역서재, 1982, 279~81쪽; 김영철, 『박인환』, 건국대출판부, 2000, 13~103쪽, 213~215쪽.

환의 문단 활동은 1945년 말 마리서사[茉莉書舍] 개점부터 잡아도 10년 남
짓이고 1946년 12월 시「거리」 발표부터 잡으면 만 10년이 채 안 된다. 비
록 짧은 기간이었지만 박인환이『신시론』과『후반기』를 주도함으로써 한
국 현대시 전개의 중추적인 역할을 수행한 점에 대해 1990년대 이후 새롭
게 정당한 평가[12]가 이어지고 있다. 특히 2000년대 들어 박인환을 둘러싼
논의는 양적으로 질적으로 확대일로이다. 대부분의 논자가 동의하듯이 박
인환의 시는 1950년부터 3년 동안 한반도를 휩쓴 6·25와 밀접한 연관성을
띤다.[13] 한국 현대시를 둘러싼 위상 집합에 전쟁의 풍경이 틈입하는 것이
다. 고석규는 이러한 정황을 예리하게 당대적으로 집어낸다.

　　시간에 뒤쫓기며 살아가는 우리들은 가끔 정지된 공간을 눈여겨봅니
다. 그것은 볼수록 움직여가는 어떤 내재의 화면이올시다. 그 화면에는 무
수한 물상들이 위치하고 있습니다. 구름과 비둘기와 사내와 과수원들이
그리고 ① 벙커와 보초와 철망과 주검들이 무슨 필요가 있어서가 아니라

---

12) 박인환은 1980년대까지 김수영에 비해 상대적으로 폄하되기 일쑤였다. 그런 폄하에 대해서
　　는 최근까지도 반론이 제기되는데, 그 중 서규환의 비판 어조가 격정적이다. 서규환,『박인
　　환, 정치적 메타비판으로서의 시세계』, 다인아트, 2008, 25~32쪽. 서규환은 이 글에서 박인
　　환 폄하와 관련해서 김수영, 이동하, 이남호 등을 비판한다; 최근에 곽명숙은, 1991년 한계전
　　의 글(「전후시의 모더니즘적 특성과 그 가능성 (2)」,『시와 시학』, 1991.여름, 404쪽)을 인용
　　하면서 박인환 시의 가능성에 주목한 바 있다. "한계전은 박인환을 비롯한 후반기 동인들이
　　전쟁을 '현대인의 상처의 심화'로 인식하고 있었음에 주목한 바 있다. 특히 박인환에게서는
　　모더니즘의 다양성과 가능성이 한꺼번에 드러나 있는데, 그에 비한다면 김수영이나 김춘수,
　　김경린, 김종삼 등의 시적 세계는 그 영역이 넓지 못하다는 것이다." 곽명숙,「1950년대 모더
　　니즘의 묵시론적 우울」, 오문석 편,『박인환』, 글누림, 2011, 35쪽.
13) 조영복은 박인환 시와 전쟁 체험의 연관성을 다음과 같이 요약한다. "요약하면 박인환의 시
　　들은 전쟁 체험이 내적 기호화된 것이라고 할 수 있다. 이는 '살아남은 자'의 부끄러움과 전쟁
　　이 가지는 실존적인 여러 상황에 의해 '자기 성찰'의 문제에서 비롯된 것이다. 이는 불안과 죽
　　음 의식을 텍스트상의 기호로 드러내지만 그것은 현실로부터의 도피라기보다는 항상 현실의
　　선에서 완전히 물러서지 못하는 그의 내적 욕망 때문이다. 즉 현실과의 끊임없는 의사소통의
　　계기를 천착하려는 그의 처절한 몸짓이지만 거대한 현실의 벽에 갇혀 그로부터 압도당하는
　　정신상의 위기가 불안 의식과 죽음에의 친화성으로 이어진 것이다." 조영복,「1950년대 모더
　　니즘 시에 있어서 '내적 체험'의 기호화 연구」, 서울대석사논문, 1992, 44쪽. 현대시 텍스트는
　　스스로 벽에 갇힘으로 해서 타인의 목소리에 열리는 것으로 파악할 수 있다.

각기 마련된 자리에 머물러 있는 것입니다.

그들은 말할 수 없는 정적에 싸여 있습니다. 정적, 그렇습니다. ② <u>지금</u> <u>은 아무런 음운도 들을 수 없는 것이나 사실 그들의 침묵은 우리에게 무엇</u> <u>인가 전하고 있는 것입니다.</u>

그들의 고독한 위치와 경건한 자세를 바라볼수록 정적이란 다만 들을 수 없는 소리에 절로 상태한 것입니다. ③ <u>그들은 저마다 소리와 같은 파문</u> <u>을 던지며 저 무한한 공백 속에서 스스로의 위치를 떠나기 위하여 울고 있</u> <u>는 것인지도 모릅니다</u>(인용자 강조).[14]

박인환과 마찬가지로 일제 강점기에 태어나 1950년대에 완결된 고석규의 정신에도 6·25는 새로운 풍경을 그려 넣는다. 미국으로 대표되는 자본주의와 소련과 중공으로 대표되는 국가사회주의 두 진영이 직접 충돌한 초유의 현대 살육전이 빚은 참상은 당대뿐만 아니라 지금까지도 이 땅의 거주민들에게 지울 수 없는 풍경으로 남아 있다. ①은 특히 의무적으로 군복무를 해야 하는 남성들에게 "인제 가면 언제 오나, 원통해서 못 살겠네" 하는 현실의 지점으로 계속해서 되살아날 수밖에 없다. 그 전쟁의 풍경이 머물러 있는 '마련된 자리'에 한국 현대시 또한 머물러 있다. 현대시는 그 자리에서 아무 소리도 내지 않으면서 침묵으로 우리에게 무언가를 전한다. '뗏목노래'가 서울 인제를 오가는 물길과 소리로서의 생명을 함께 하는 것과는 다르다. 그 물길 위에서 혹은 그 물길 곁 춘천 우두벌 주막에서 삶의 고단함과 신명으로 소리 나야 하는 것과는 전혀 다르다. '뗏목노래'는 소리 나며 굽이굽이 물길의 풍경을 살려낸다. 그 물길이 끊기고 한국 현대시의 길이 열린다. 공존할 수 있는 양식이 있고 공존할 수 없는 양식이 있다. ②는 새로운 양식으로서 열리는 한국 현대시의 정체성을 간명하고 빼어나게 선언한다. 6·25가 한국 현대시에 아로새긴 풍경에는 소리가 없다. 이 풍경은 이미 이 땅에 다른 문명의 자본과 군대가 진주하며 생긴 것[15]이기도 하다. 시에서

---

14) 고석규, 「여백의 존재성」, 『고석규 문학전집2』, 마을, 2012, 11쪽. 고석규는 1932년 함흥 생
   으로 1958년 부산에서 생을 마감한다.

살아 있는 소리가 사라진다. 풍경에 자리를 내준 소리는 '텍스트 밖 한점'
의 목소리로서만 소리 날 수 있다. 한국 현대시에는 우는 풍경은 있지만 울
음소리는 없다. ③의 '그들'은 본고의 입장에서는 시 텍스트를 텍스트이게
끔 하는 '시적 주체들'이고 서로 다른 목소리로 소리 날 때 텍스트 밖 '목소
리 들'로 차연16)하는 위치이다. 박인환의 전쟁 체험이 직접적으로 드러나
는 「어린 딸에게」는 이렇게 시작한다.

> 機銃과 砲聲의 요란함을 받아가면서
> 너는 世上에 태어났다 주검의 世界로
> 그리하여 너는 잘 울지도 못하고
> 힘 없이 자란다.
>
> 엄마는 너를 껴안고 三개월 간에
> 일곱번이나 이사를 했다.
>
> 서울에 피의 비와
> 눈바람이 섞여 추위가 닥쳐 오던 날
> 너는 입은 옷도 없이 벌거숭이로
> 貨車 위 별을 헤아리면서 南으로 왔다.

---

15) 『새로운 도시와 시민들의 합창』 자서(自序)에 박인환은 이렇게 쓰고 있다. "나는 불모의 문명
  자본과 사상의 불균정한 싸움 속에서 시민정신의 이반된 언어작용만의 어리석음을 깨달았었
  다. 자본과 군대가 진주한 시가지는 지금은 증오와 안개 낀 현실이 있을 뿐…… 더욱 멀리 지
  난날 노래하였던 식민지의 애가이며 토속의 노래는 이러한 지구에 가라앉아간다." 박인환,
  『한국대표시인 101인선집 박인환』, 문학사상, 2005, 185쪽.
16) '차연'이란 용어의 등장은 다음 참조. 자크 데리다, 그라마톨로지에 대하여, 김웅권 역, 동문
  선, 2004, 51~52쪽. "차연은 이중의 의미(차이가 난다와 지연시킨다)를 지닌 차연하는 것의
  생산을 지칭하는 경제적 개념이다"; 그 용어에 대한 이해는 다음 참조, 김형효, 『데리다의 해
  체철학』, 민음사, 1995, 206~231쪽. 데리다의 신조어인 '차연(la différance)'은 프랑스어에서
  'différer'라는 동사 자체가 이미 '차이가 나다'와 '지연하다'의 두 가지 복합적 의미를 지닌데 착
  안하여 새롭게 그 동사를 명사화한 것이다. "그런데 차연의 <différance>와 차이의 <différence>
  는 불어의 발음상에는 아무런 변별적 차이가 없고, 단지 글자상에서 <a/ e>의 구분이 있을
  뿐이다(207쪽)."

나의 어린 딸이여 苦痛스러워도 哀訴도 없이
<u>그대로 젖만 먹고 웃으며 자라는 너는</u>
<u>무엇을 그리 우느냐</u>
(상략)(인용자 강조)17)

밑줄 친 부분을 눈으로 읽으며 누군가는 기총과 포성 소리, 아기 울음소
리를 상상으로 떠올려 들을 수도 있다. 그러나 소리 내어 읽어 보면 누구나
쉽게 알 수 있듯이 실제 음성 텍스트에는 기총 소리도 포성 소리도 울음소
리도 없다. 음성 텍스트의 지시적인 의미가 그런 소리가 나는 풍경만을 떠
올리게 할 뿐이다. 다른 어떤 풍경도 떠올릴 수 없는, 압도적인, '어린 딸의
호수처럼 푸른 눈'에도 자리가 마련되어 있는 전쟁의 참상만이 여백처럼 소
리 없이 머물러 있다가 음성 텍스트와 함께 사라진다. 전쟁 풍경의 자리가
너무 강렬해서 음성 텍스트가 사라진 후에도 에코처럼 그 풍경이 되울릴 정
도이다. 박인환이 죽기 전에 직접 고르고 배치하여 펴낸『選詩集』거의 대
부분의 시들에는 의성어나 의태어가 거의 없다. '뚝뚝, 뚝떨어지는' 살아 있
는 소리가 없다. 독자의 목소리만이 살아 있는 발밑을 지닌 소리로 소리 나
고 사라져 갈 뿐이다.

4. 준열한 타인의 언어 '木馬[몽마]'

리듬이 뛰어나기로 유명18)한 「木馬와 淑女」를 눈으로도 읽고 소리도 내
어 읽어야 한다. 문자 텍스트 「木馬와 淑女」19)—이하 「木馬」로 지칭—는 분

---

17) 박인환,『選詩集』, 산호장, 1955, 172~173쪽.
18) 신경림은 「木馬와 淑女」의 리듬을 높이 평가한 바 있다. "이 시에서 또 간과해서는 안 될 것은
서구 취향적 도시적 서정과 함께 리듬이다. 실제로 그의 시에 있어 리듬은 생명으로, 이 시가
아직도 많은 사람들에게 애송되는 것은 바로 그 리듬 덕이다." 신경림,『신경림의 시인을 찾
아서』, 우리교육, 1998, 230쪽.

연 없이 제목을 제외하고 32행으로 쓰여 있다. 가장 짧은 행은 B-6으로 3음절이고 가장 긴 행은 B-12로 23음절이다. 32행 전문을 다음 표와 같이 시간 흐름에 따라 현재 종결적 정황: A-1~11, 미래 당위적 정황: B-1~14, 현재 순간적 정황: C-1~7로 분할하여 논의를 진행한다.

제목		木馬와 淑女
A	1	한 잔의 술을 마시고
	2	우리는 바아지니아 · 울프의 生涯와
	3	木馬를 타고 떠난 淑女의 옷자락을 이야기한다
	4	木馬는 主人을 버리고 거저 방울소리만 울리며
	5	가을 속으로 떠났다 술병에서 별이 떨어진다
	6	傷心한 별은 내 가슴에 가벼웁게 부서진다
	7	그러한 잠시 내가 알던 少女는
	8	庭園의 草木옆에서 자라고
	9	文學이 죽고 人生이 죽고
	10	사랑의 진리마저 愛憎의 그림자를 버릴 때
	11	木馬를 탄 사랑의 사람은 보이지 않는다
B	1	세월은 가고 오는 것
	2	한때는 孤立을 피하여 시들어 가고
	3	이제 우리는 作別하여야 한다
	4	술병이 바람에 쓰러지는 소리를 들으며
	5	늙은 女流作家의 눈을 바라다보아야 한다
	6	……燈臺에……
	7	불이 보이지 않아도
	8	거저 간직한 페시미즘의 未來를 위하여
	9	우리는 처량한 木馬 소리를 記憶하여야 한다
	10	모든 것이 떠나든 죽든
	11	거저 가슴에 남은 희미한 意識을 붙잡고
	12	우리는 바아지니아 · 울프의 서러운 이야기를 들어야 한다
	13	두 개의 바위 틈을 지나 靑春을 찾은 뱀과 같이
	14	눈을 뜨고 한 잔의 술을 마셔야 한다
C	1	人生은 외롭지도 않고

---

19) 박인환, 앞의 책, 112~115쪽.

	2	거저 雜誌의 表紙처럼 通俗하거늘
	3	한탄할 그 무엇이 무서워서 우리는 떠나는 것일까
	4	木馬는 하늘에 있고
	5	방울 소리는 귓전에 철렁거리는데
	6	가을 바람소리는
	7	내 쓰러진 술병 속에서 목메어 우는데

「木馬」에서 단연 두드러지는 기표는 '木馬'이다. 우선 제목, A-3, A-4, A-11/ B-9/ C-4에 걸쳐 여섯 번 쓰인 목마를 중심 이미지로 전제하여 텍스트를 살펴본다. 목마의 사전적 의미는 '나무로 만든 말[20]'이다. 따라서 목마는 스스로 움직일 수 있는 힘을 지니고 있지 못하다. 일상에서 쉽게 볼 수 있는 회전목마 또한 일정한 궤를 빙빙 돌 뿐 벗어날 수 없다. 그러나 텍스트에서는 표면적으로 목마가 떠난 것으로 되어 있다. 현실적으로 불가능한 모순된 진술이다. 목마가 쓰인 구절들은, A-3~5: '목마는 주인을 버리고-숙녀를 태우고 떠났다', A-10~11: '사랑의 진리가 애증의 그림자를 버릴 때 목마를 탄 사랑의 사람은 보이지 않는다', B-8~9: '페시미즘의 미래를 위하여 우리는 목마소리를 기억하여야 한다', C-4~5: '목마는 하늘에 있다'이다. A에서 목마는 세 번 쓰이고 있는데, '버리고'와 '울리며', '떠났다'의 술어와 결합되어 있다. 제목에 함께 쓰인 '숙녀'와도 밀접한 연관관계를 맺고 있다. '버리고'는 '목마는 주인을 버리고'와 '사랑의 진리마저 애증의 그림자를 버릴 때'에 걸쳐 쓰이고 있는데, 후자 뒤에 오는 A-11이 이 둘을 심층적으로 연결시켜 주고 있다. 목마는 실제로 떠날 수 있는 생명력을 지니고 있지 못하다. 따라서 목마가 주인을 버리고 떠난다는 진술은 거짓이다. 그런데 이 구절의 의미를 '주인이 목마를 버리고'로 바꾸어 생각해 보면 이 진술은 가능한 것이 된다. A-10을 '사랑의 진리'-'애증의 그림자'-'버리다'로 나누어 생각해보면 A-4는 '주인'-'목마'-'버리다'로 읽어내는 것이

---

20) "나무로 만든 말. 이 시에서는 권태롭고 덧없는 일상을 비유한 말." 김재홍 편, 『한국현대시시어사전』, 고려대 출판부, 1997, 396쪽.

타당할 것이다. 그러면 A—5의 '떠났다'는 A—11의 '보이지 않는다'와 연결되어 무리 없이 이해할 수 있다. 사랑이 애중의 그림자를 버리면 더 이상 진리—사랑일 수 없는데 비해 목마는 주인으로부터 버림을 받을 때—현실의 무생명체에서 주인의 버리는 행위로 인해 동력을 획득하게 되어 떠날 수 있는 것이다.

목마와 밀접하게 쓰이고 있는 '淑女'는 A—7~11에서 쓰인 '少女'와 대비적인 결합관계 속에 위치하고 있다. '(떠난 목마/) 다 자란 초목—죽은 나무/ 숙녀': '(떠나지 않은 목마/) 자라는 초목—생명 있는 나무/ 소녀'의 대립관계는, '죽고'와 '버리다'라는 의미상 부정적인 술어와, '보이지 않는다'란 이 시에서 유일한 부정문 술어의 사용으로 더욱 공고해진다. 목마는 그것을 소유하고 있는 '나'의 버리는 행위를 통하여 모순되게나마 떠날 수 있다. A에서 목마가 떠난다는 모순된 진술로 볼 때, '나'가 목마를 떠나보내는 행위는 긍정적인 행위로 보기 어렵다.

B—9와 C—4~7에서 목마는, '기억하여야 한다'에서의 '기억'과 B에 반복 사용되고 있는 '~하여야 한다'의 통사구조, 그리고 '방울소리' · '가을 바람 소리'로 땅과 교통할 수 있는 길이 열려 있는 '하늘'과 결합하여 쓰이고 있다. 이렇게 볼 때 A의 목마는 '나'의 버리는 행위가 배제될 때 '나'와 긍정적인 관계를 맺을 수 있게 된다. 또한 목마가, 긍정의 기호로서의 소녀와 대비적인 결합관계 속에 위치하고 있는 숙녀와 함께 쓰이고 있는 점은 의미심장하다. 표면적으로는 목마가 일탈의 기호로 보이지만 목마를 타고 떠나는 행위의 주체는 바로 숙녀이기 때문이다. 지금 여기에서 술을 마시는 '나—우리'와 우리가 이야기하는 '숙녀'의 관계는, 술을 마시는 행위가 현대의 일상성과 아울러 일상성으로부터의 축소화된 일탈의 의미를 지니듯이, 단순히 대립적으로 얽혀 있지는 않다. 술을 마시며 일상사를 이야기하는 우리의 행위가 현대의 일상성을 의미하는 것으로 보면, '목마를 타고 떠난 숙녀의 옷자락을 이야기'하는 것은 일상성으로부터의 일탈을 바라는 욕망을 의미하

는 것으로 볼 수 있을 것이다.

텍스트를 A/ B/ C 셋으로 나눌 수 있는 또 다른 이유는, A: '〜ㄴ다'의 반복, B: '〜하여야 한다'의 반복, C: '〜는데'의 반복에 있다.[21] A는 '떠난', '이야기한다', '버리고', '떨어진다', '부서진다', '죽고', '보이지 않는다' 등의 술어가 반복 사용되고 있음으로 해서, '나'가 목마를 버릴 수밖에 없는 상황을 보여준다. "'떠나다', '죽다', '버리다', '보이지 않다' 등의 동사적 서술어가 반복됨으로써, 존재해야 하는 것들이 모두 부재하는 상태가 강조되"[22]는 것이다. B는 '〜(하)여야 한다'의 술어가 2〜3행씩의 반복단위로 유형적으로 반복 사용되고 있다. B−1〜3: '〜작별하여야 한다', B−4〜5: '〜바라다보아야 한다', B−6〜9: '〜기억하여야 한다', B−10〜12: '들어야 한다', B−13〜14: '마셔야 한다'의 반복이 그것이다. 여기서 반복되는 술어들은 행위의 측면에서 볼 때 '우리'의 구체적인 행위의 정도가 B−6〜9를 중심으로 약화되다가 다시 강화됨을 알 수 있다. 작별 ← 바라봄 ← 기억 → 듣는 행위 → 마시는 행위에서 →의 진행방향에 따라 행위의 정도가 강화되는 것이다.

그러나 행위의 정도와는 달리 '나'의 행위에 있어서는, '작별' → '함께 술을 마시는 행위'로의 긍정적인 전환이 이루어지고 있다. B−1〜3에서 작별의 행위는 텍스트의 전체적인 의미상 A와 B를 연결시켜 주는 구실을 하고 있다. A의 부정적 상황이 우리로 하여금 이제는 작별하여야 한다고 강요하고 있는 것이다. 식물의 생장에 있어서, '시들어 가고'에서의 '시들다'는 '자라고'에서의 '자라다'의 다음 단계에 위치하고 있다. 그런데 '시들다'는 또한

21) 김대행에 의하면 본고에서 논의하는 구조적 반복에 해당하는 통사의 병렬은 한국 시가의 특징적 자질이다. 특히 개화기 시가 이후에는 민요시파 시인들의 중요한 특징이다. 김대행, 「구성과 형식」, 현대문학사 편, 『시론』, 현대문학사, 1989, 236〜241쪽. "이 같은 구성법은 민요시파 시인들의 중요한 특징이고, 바로 이 점이 그들이 민요시파라고 부를 수 있는 한 요소이기도 하다. 이 같은 특질은 연의 병렬에서 두드러진다(241쪽)." 박인환의 「木馬」는 연 구분 없이 행의 배치를 통한 구조적 반복을 보여준다. 현대시의 새로운 기법으로 볼 수 있다.
22) 권영민, 「모든 떠나가는 것을 위하여」, 이동하 편, 『박인환 평전』, 문학세계사, 1986, 169쪽.

'소멸'의 전단계이기도 하다. 따라서 '작별'은 소멸의 단계에 위치하며, 이러한 '나' 부정적 인식이 B를 통해 점층적으로 극복되고 있는 것이다. B-4~14에 걸쳐 '나'는 점층적으로 A의 부정적 상황을 극복하기 위해 의지적 행위를 구체화시키게 되는 것이다.

반복단위를 유형별로 보면(다음 표 참조) '수식유형'은 서술어에서와 마찬가지로 점층적으로 부정적 상황에서 '나'의 의지가 구체적으로 강화된 긍정적 상황으로 변화하고 있음을 알 수 있다. '목적어' 또한 B-1~3의 작별하여야 할 대상에서 B-13~14의 작별과는 대립적인 우리가 함께 마시는 술로 점층화하고 있다. B-4~5의 늙은 여류작가의 눈이 B-10~12에서 버지니아 울프의 서러운 이야기로 구체적으로 점층화하고 있는 것이다.

반복유형 반복단위	수식유형	목적어	서술어
B-1~3	세월은 가고 오는 것 한 때는 고립을 피하여 시들어 가고	·	작별하여야 한다
B-4~5	술병이 바람에 쓰러지는 소리를 들으며	늙은 여류작가의 눈	바라다보아야 한다
B-6~9	……등대에…… 불이 보이지 않아도 거저 간직한 페시미즘의 미래를 위하여	처량한 목마소리	기억하여야 한다
B-10~12	모든 것이 떠나든 죽든 거저 가슴에 남은 희미한 의식을 붙잡고	바아지니아 · 울프의 서러운 이야기	들어야 한다
B-13~14	두 개의 바위 틈을 지나 청춘을 찾은 뱀과 같이 눈을 뜨고	한잔의 술	마셔야 한다

A에 나타나는 부정적 상황을 극복하려는 B에서의 '나'의 의지적인 표현

은 C에 이르러 C–1~3의 현존재(Dasein)23)로서의 존재론적인 각성에 이르게 된다. 이 각성을 시적 긴장의 상태로 형상화하고 있는 것이 C–4~7의 '~는데'의 유형적 반복이다. '~는데'는 사전적으로 "① 다음의 말을 끌어내기 위하여 미리 관계될 만한 사실을 말할 때 쓰는 연결 어미, ② 남의 의견도 듣고자 하는 태도와 감탄의 뜻을 나타내는 종결어미"24)라는 의미를 지니고 있다. C–1~3에서의 의문형으로 형상화된 존재론적인 각성이 C–4~7에서 보다 강화되어 단정적인 종결어미로 끝났더라면 텍스트는 A–B–C의 유기적 긴장구조를 잃어버리고 말았을 것이다. 그러나 표면적으로 의문형에 대한 구체적 행위의 유보인 '~는데'를 어미로 취함으로써 텍스트 전체에 긴장감이 형성되고 있는 것이다.

그런데 「木馬와 淑女」에서 문자 텍스트 「木馬」와 음성 텍스트 「木馬와 淑女」—이하 「몽마」로 지칭—사이에 가장 큰 차이는 통사–연사적 구조에서가 아니라 연합적 구조에서 발생한다. '시어'의 차원에서 문자 '木馬'와 음성 '몽마'는 전혀 다르다. 문자 텍스트 「木馬」에서 '木馬'가 여섯 번 반복될 때는 각각 어떤 통사 구조와 결합되어 있느냐가 부각된다. 그와는 달리 음성 텍스트 「몽마」에서는 여섯 번 소리 나고 사라지는 '몽마' 소리가 독자의 뇌리에 강렬하게 남는다. 이때 독자는 문자 '木馬'와 음성 '몽마' 사이에서 다양한 선택이 가능하게 된다. 먼저 문자 '木馬'와 음성 '몽마' 사이의 차이가 간명하게 보이는 "우리는 처량한 木馬 소리를 記憶하여야 한다"를 살펴보자. '처량한 木馬 소리'는 다른 행에서 '木馬'가 '방울 소리'와 함께 쓰인 것과 다르게 '처량한'과 '木馬 소리'가 결합되어 있다. 다른 행들과의 구조적 관계 속에서 보면 '처량한 방울 소리'라면 의미 흐름상 부자연스러움도 없고 지시하는 바도 보다 명확할 것이다. '방울 소리'는 떠날 수 없는 목마가

---

23) 현존재는 자신의 존재에 물음을 던지는 존재자 즉 자신의 존재가 스스로에게 문제가 되는 존재자로서 여타의 존재자와 구별되는 인간을 가리킨다. 문혜원, 「한국 전후시의 실존의식 연구」, 서울대 박사논문, 1996, 7쪽.
24) 이희승 편, 『국어대사전』, 민중서관, 1994, 1,529쪽.

떠날 수밖에 없음을 표상하려는 청각적 심상으로 볼 수도 있다. '처량한 木馬 소리'에서 '木馬'는 소리를 낼 수 없다. 청각적 심상으로 본다면 '방울 소리'를 소리 내어 읽으며 마음으로 '땡그랑' 소리를 듣는다는 것인데, 그렇다면 '처량한 木馬 소리'를 소리 내어 읽으면서는 마음으로 어떤 소리를 떠올려야 할지 알기 어렵다. '히이이잉'과 같은 말 울음 소리나 '삐걱삐걱'과 같은 목마 소리를 떠올릴 수도 있을 것이다. 앞서도 이야기 했지만 박인환의 시에는 의성어가 없다. 그런데 '처량한 [몽마] 소리'로 바꾸어 생각해보면 실제로 독자는 스스로의 목소리로 소리 나는 [몽마] 소리를 들을 수 있다. 이때 "우리는 처량한 木馬 소리를 記憶하여야 한다"는 시행을 전혀 새로운 의미망으로, '[몽마] 소리'를 기억하라는 전언으로 이해할 수 있다. 그리고 이런 이해는 「木馬」와 「몽마」의 다양한 상호작용 속에서 텍스트 전반으로 확대된다. 「몽마」에서 '[몽마] 소리'는 시적 주체로서 텍스트 안의 '내 쓰러진 술병 속'과 텍스트 밖 목소리를 내는 독자의 기점을 교통 가능하게 만든다. 독자는 텍스트에 없으면서 있는 소리 '[몽마]'가 촉발하는 몽상을, 감정적 사유를 시작한다.

'몽마'는 '한 잔의 술'과 연대하여 '목마름'을 떠오르게 한다. 이는 '木馬'가 떠날 수 없음과 떠나고 싶음의 긴장 관계를 역설적으로 표현하는 이미지이듯 '술 마시는 행위'가 지니는 일탈성을 역설적으로 고통스러운 일상성으로 되돌린다. 술 마시는 행위가 현실로부터의 일탈을 바라는 간절함의 표출이라면 목마름은 그 간절함 자체의 육체적 표상이기도 하지만 아울러 그 간절함이 발원하는 현실을 그 간절함–'한 잔의 술'–만큼 일깨우는 것이다. '술'을 일탈로 볼 때, 목마름은 지금 이곳이 아닌 다른 곳을 향한 간절함으로 술 마시는 행위로 이어진다. 그 술을 마실수록 곧 지금 이곳에서의, 육체적인, 실제의 목마름이 그 술을 마신 만큼 닥쳐올 것이다. 이는 텍스트에 쓰인 "한탄할 그 무엇이 무서워서 우리는 떠나는 것일까"와 연대하여 '떠남'을 보다 부정적인 것으로 만든다. '목마름'은 음성 텍스트와 텍스트를 소리 내는 목소리의 거리를 각인시킴으로써 그 목소리를 텍스트 밖으로 되돌린다.

'몽마'는 텍스트에 쓰인 여러 한자 표기, 문자 텍스트의 의미망과 연대하여 '夢馬'나 '夢魔'를 떠오르게 한다. '木馬 ↔ [몽마]'는 이미 구성된 기표인 '木馬'에 갇히지 않는 새로운 기표를 구성하여 '夢馬 ↔ [몽마]'나 '夢魔 ↔ [몽마]' 등을 선택 가능하게 열어 놓는다. '夢馬'는 텍스트의 의미 흐름에 있어서 '木馬'보다 훨씬 자연스러운 몽상을 가능하게 한다. '夢馬'는 숙녀가 타고 떠날 수도 있으며 하늘에 있을 수도 있다. '夢馬'를 '꿈 ─ 말'로 보면 '夢馬'는 음성 텍스트 「몽마」의 프랙털로서 소리 나고 사라진다. 이때 '木馬'는 도약을 위한 뜀틀로서 시를 통하여 이상향으로의 도약을 꿈꾸던 낭만주의의 영혼을 떠오르게 한다. 그런데 이런 도약은 동시적으로 '夢魔'에 의해 간섭받는다. '夢魔'는 '자는 사람을 누른다고 하는 귀신'으로 영어 'incubus'로 이어진다. 'incubus'는 악몽, 가위, 잠자는 여자를 범한다는 악마 등을 의미한다. '夢魔'는 텍스트에 나오는 '바아지니아 · 울프'와 연결해서 이해[25]할 때 무엇보다도 전쟁하는 세계가 야기하는 두려움으로 다가온다. 차연하는 목소리로서의 박인환이 낯선 고유명사 '바아지니아 · 울프'를 소리 내며 떠올리는 것[26]은 낯설어야 할 전쟁과 죽음이 친숙한 풍경으로 자리 잡은 현실로

---

25) 맹문재는 「목마와 숙녀」 읽기를 버지니아 울프에 대한 논의로 시작한다. 맹문재, 「목마를 떠난 숙녀를 품다」, 맹문재 편, 『박인환 깊이 읽기』, 서정시학, 2006, 246~248쪽. "울프가 소녀 시절부터 앓아온 신경증이 이즈음에 재발해 스스로 목숨을 끊었는데, 그 지대한 원인은 제2차 세계대전으로 인한 공포감이었다. 그와 같은 면은 울프가 자살하기 전에 남긴 다음의 유서에 잘 확인된다. '저는 생명을 잉태해본 적은 없지만 모성적 부드러움으로 이 전쟁에 반대했습니다. 지금 온 세계가 전쟁을 하고 있습니다. 제 작가로서의 역할은 여기서 중단되어야 할 것입니다. 추행과 폭력이 없는 세상, 성차별이 없는 세상에 대한 꿈을 간직한 채 저는 지금 저 강물을 바라보고 있습니다(248쪽).'"

26) 허혜정은 이런 외국어 차용이 지니는 효과를 억압된 것의 말하기로 파악한 바 있다. "이러한 맥락에서 본다면, 후반기 동인들 더 넓게는 1950년대의 전위적인 시인들에게서 일반적으로 보여지는 외국어의 차용은, 비록 그것에서 엿보이는 이국취향적 면모가 간과될 수는 없다 하더라도, 대략 두 가지의 의도를 함축하고 있는 것으로 이해될 수 있다. 그 첫째는 모국어로 표상되는 중심화된 편집중적 담론의 영토를 무너뜨림으로써, 그 언어가 표상하는 의적 조건들, 다시 말해 역사 혹은 민족이라는 총체적 허구의 단위들을 전복시키고자 하는 것이다. 둘째는 이 방언의 적극적인 차용을 통해, 그들을 유린하고 있는 타자의 억압적 폭력을 전경화된 기호로

이해할 필요가 있다. '바아지니아 · 울프'가 소리 나는 곳은, 제2차 세계대전으로 인한 공포로 울프가 자살한 곳이나 그 전쟁이 벌어지고 있는 곳으로 텍스트의 밖, 독자가 목소리를 내는 현실 세계이고, 이는 박인환의 목소리가 촉지하고 있는 세계의 풍경이었다.

또한 '몽마'는 텍스트를 읽는 독자로 하여금 'Montmartre'를 떠올리게 한다. 박인환과 문단 초창기 여정을 함께 한 김수영은 박인환이 운영하던 서점 '마리서사'를 다음과 같이 추억한다.

> 사실은 이 글[마리서사]의 의도는, 마리서사를 빌려서 우리 문단에도 해방 이후에 짧은 시간이기는 했지만 가장 자유로웠던, 좌 · 우의 구별 없던, 몽마르트 같은 분위기가 있었다는 것을 자랑삼아 이야기해 보고 싶었다. 그 당시만 해도 글쓰는 사람과 그밖의 예술하는 사람들과 저널리스트들과 그밖의 레이맨들이 인간성을 중심으로 결합될 수 있는 여유 있는 시절이었다(인용자 강조).27)

'몽마르트'는 19세기 서구 문명의 중심으로 부상하던 파리의 북부에 위치한 언덕과 그 남쪽 기슭이라는 고유한 장소성을 지닌다. 몽마르트는 1860년에 파리에 합병되어 예술가나 보헤미안이 모여들면서 이후 상징주의에서 세기말, 초현실주의로 이어지는 현대 예술의 중심지로서 시시각각 변형하며 '전위'로 돌출하는 현대 예술 특유의 분위기를 상징하게 된다. 19~20세기에 서구 문명은 '하나의 목소리'를 앞세운 동일성의 논리─제국주의로 세계 곳곳을 유린하다가 끝내 스스로를 살육하는 전쟁으로 까발려진 폭력성 앞에서 절망하고 반성하게 된다. 그런 미증유의 급격하고 혼란스러운 현대의 풍경에서 몽마르트는 제한된 장소이지만 예술로 충만한 자유의 거리

서 제시하고자 하는 것이다. 낯선 기호로 씌어진 텍스트는, 말하기 어려운 것과 말할 수 없는 것, 다시 말해 가려지고 억압된 욕망을 말하기 위한 효과적인 어법의 좋은 예가 될 수 있기 때문이다." 허혜정, 「1950년대 『후반기』 동인의 시와 시론 연구」, 동국대석사논문, 1993, 63쪽.
27) 김수영, 『김수영전집2 산문』(개정판), 민음사, 2005, 109쪽.

였다. 몽마르트는 전쟁하는 풍경의 밖이 아니라 그 안에서 절망스러운 현실을 어떻게든 시로 노래로 그림으로 형상화하려고 끊임없이 자기 갱신하는 예술의 표상인 것이다. 일제강점기 말 전쟁하는 세계로부터 누구도 자유로울 수 없었던 것처럼 해방과 함께 남북을 분할한 미·소 두 진영의 대립이라는 구속의 한가운데에서 '마리서사'란 장소는 한국 현대시의 '몽마르트'-'신시'인 것이다. 이 새로운 도시에서 진위로 나서기 위해서 필요한 것은 새로운 '인간성'이다. 그것은 이미 지나온 과거로의 회귀이어서는 안 된다. 파탄난 문명과 파괴된 자연 둘 다를 새롭게 노래할 수 있어야 한다. 서구 문명의 파탄은 다음 글에서 잘 드러나듯 남성적 무력을 바탕으로 한 역사 시대의 정점이자 파국으로 이해할 수 있다.

> 이들의 견해[니체, 조지프 캠벨, 리안 아이슬러]를 요약하면 역사 시대는 조화와 평화를 상실했던 시대이다. 거품을 내뿜으며 투쟁의 몸짓으로 내달리는 자들과, 그들이 이끄는 국가들의 아우성치는 무력의 파도들로 역사는 뒤덮여 있다. 청동기 시대 이후 역사 시대는 이렇게 남성적 무력과 그 무력을 바탕으로 한 권력들이 지배하는 어두운 시대로 점철되어 있었다(인용자 강조).[28]

신범순의 이 쓰기는 '역사'와 '남성적 무력'에 대해서 새로운 사유를 촉발한다. '역사 시대'는 쓰기로 열린다. 바꾸어 말하면 문자로 쓰며 구성하고, 쓰인 그 기록을 다시 읽으며 재구성하는 시대이다. 이 지점에서 우리는 바슐라르의 분할, 아니마와 아니무스를 겹치어 사유하면서, '남성적 무력'과 '역사 시대'는 아니무스의 쓰기로서 작용하는 것으로 파악할 수 있다. '쓰기'에는 고통이 따르는데, '역사 시대'에 이 고통은 '남성적 무력'으로 이미 동일성의 세계에 포섭당해 있는 타인의 고통으로 이어진다. 이는 한국 시가의 쓰기에서도 오랜 기간 한자 쓰기가 행사하던 권력과 그 권력에 의해 배제당

---

28) 신범순, 『노래의 상상계-'수사'와 존재생태 기호학』, 서울대학교출판문화원, 2001, 6쪽.

하고 억압당하던, 그래서 정당하게 쓰여 기록될 수 있는 권리마저 상실한 목소리 들을 떠올리게 한다.

「몽마」를 소리 내며 「木馬」에는 없는 [몽마] 소리의 여섯 번 울림과 반향 속에서 우리는 분리되어 있는 아니무스와 아니마[29]를 새롭게 한 쌍으로 위치시키게 된다. 이는 '현대성'이 들러붙은 현대시를 읽는 윤리적 실천의 핵심이다. "우리는 바아지니아·울프의 서러운 이야기를 들어야 한다." 스스로 목소리를 내지 않고 '거저' 이 '서러운 이야기'를 들을 수는 없다. '몽마르트'는 다른 곳에 있지 않다. '몽마르트'는 스스로 목소리를 내는 시간의 장소이며, 그 장소에서는 아니마가 아니무스의 곁에서 아니무스를 감싼다. 시적 몽상의 세계에서 동일성으로 확장하고 동일성으로 쓰고 동일성으로 스스로 소리 나고 소리 내게 하는 '자아'는 더 이상 존재하지 않는다. '자아'는 '비자아'로 인해 더 풍부하고 즐거운 세계, 타인과 교통할 수 있는 세계에 살 수 있다. '몽마르트'가 없는 '파리', '자족감'이 없는 '불안감', '장소성'이 없는 '이소성'을 떠올려 보아야 한다. '木馬를 타고 떠난 淑女'−'木馬를 탄 사랑의 사람'은 「木馬」에서는 보이지 않기에 사랑의 부정성만이 강조되지만 「몽마」에서는 소리 나고 사라지는 [몽마] 소리를 새로운 사랑의 본질로 획득하며 그때그때 스스로 갱신해 나아가야 하는 사랑이 된다. "한 남자와 한 여자가 고독한 우리 존재 속에서 말을 하고 있다. 자유로운 몽상 속에서, 그들은 자기들의 욕망을 시인하고, 조용한, 잘 조화된 이중의 본성 속에서 교통하기

---

29) 본고는 이 부분에서 바슐라르의 『몽상의 시학』에 기대어 문자를 '아니무스'로 음성을 '아니마'로 분할하여 논의를 진행하고 있다. 문자 텍스트를 소리 내어 읽어 음성 텍스트로 새롭게 구성하는 읽기는 두 텍스트 사이의 사소한 변형에 주의를 기울여야 한다. "시적 이미지가 심리적 세계의 원천이어야 한다는 요구는, 아주 강하게 뿌리박힌 원형에 작용하는 변형 자체에서 독창성의 요소를 발견해 내지 못한다면, 지나치게 딱딱한 것으로 나타나게 될 것이다. 우리는 현상학자로서 감동의 심리학을 심화시키려 하기 때문에 놀라움이 가득 찬 이미지의 아주 사소한 변형도 우리의 탐구를 세련시키는 데 쓰일 것이다. 섬세한 새로움이 그 원천을 생생하게 하여 감동하는 즐거움을 쇄신하고 배가시킨다." 바슐라르, 김현 역, 『몽상의 시학』, 기린원, 1995, 11쪽. 이 책에서 바슐라르는 '아니무스/ 아니마'의 분할이 융의 심층 심리학의 영향임을 여러 차례 밝히고 있다.

위해서 말을 한다."[30] 이 교통 없이, 「木馬」와 「몽마」의 교통 없이, '내 쓰러진 술병'과 목소리를 내는 독자의 지점 사이의 교통 없이, 목소리 들의 교통은 있을 수 없다는 점을 '바아지니아 · 울프'는 서럽게 이야기 한다. '木馬[몽마]'는 준열한 타인의 언어이다.

5. '목소리 들'을 위한 읽기의 실천

박인환의 「木馬와 淑女」는 박인환의 고향인 인제의 대표적인 구비인 '뗏목노래'와 형식적으로 유사하다. 둘 다 연 구분 없이 30행이 넘고 각 행의 길이도 자유롭다. 그러나 소리가 지니는 위상의 측면에서는 전혀 다르다. '뗏목노래' 소리는 인제에서 서울로 이어지는 물길 위에서 소리 날 때 그 물길이란 장소성과 밀착해서 생명력을 지닌다. '뗏목노래'는 물길이 통과하는 각 지점들의 명칭─단어를 노래의 형식─반복과 대구로 배열하고 있는데, 이는 그 물길을 오가며 소리를 낸 뗏목꾼들이 오랜 세월 구비전승하며 가다듬어 온 것이다. 물길은 끊겼고 그 생명력은 되살릴 수 없다. 「木馬와 淑女」는 타인의 언어로 한국 현대시의 대시간을 유동하는데, 그 유동은 「木馬와 淑女」를 저마다의 어조로 소리 내는, 온몸으로 목소리를 내는 그때그때의 자유로운 이동으로부터 생겨난다. 그 이동은 문자 텍스트 「木馬와 淑女」를 쓰는 시인 박인환이 아니라 음성 텍스트 「몽마와 숭녀」를 소리 내어 읽고 듣는 독자 박인환의 차연으로 시작된다.[31] '讀'이 보여주듯 「木馬와 淑女」

---

30) 앞의 책, 70쪽. 바슐라르는 시적 몽상이 우리에게 열어주는 세계에 대해 다음과 같이 쓰고 있다. "시적 몽상은 우리에게 세계의 세계를 보여준다. 시적인 몽상은 우주적인 몽상이다. 그것은 아름다운 세계, 아름다운 여러 세계로 열림이다. 그것은 자아에게 자아의 재산인 非自我를 준다. 나의 소유인 이 비자아야말로 몽상가의 자아를 매혹하는 것이며 시인들 덕분에 우리가 그것을 나눠 가질 수 있는 것이다(22쪽)."

31) 단어와 단어의 연결에 대한 키케로의 다음 글을 참조하기 바란다. 키케로, 안재원 역, 『수사학』, 길, 2006. "표현의 종류 중 하나는 그 자체로 [마음에서] 흘러나온 것, 다른 하나는 통어

를 소리 내어 읽는 박인환을 상상하지 않고서는, 목소리를 내고 되울림을 듣는 온몸을 그려보지 않고서는 '木馬 ↔ [몽마]'의 길항을 이해하고 설명하기 어렵다.

저마다의 목소리로 시를 소리 내어 읽는 것이야말로 '목소리 들'을 위한 읽기의 실천이다. 내가 지금 여기서 목소리를 내는 것처럼 누군가도 언제 어딘가에서 목소리를 내고 있기 때문이다. 한 편의 시를 둘러싸고 내 목소리와 다른 누군가의 목소리, 또 다른 누군가의 목소리가 소통을 시도할 때, '목소리 들'은 희박하게 구체화되기 시작한다. 시를 읽는 서로 다른 독자의 목구멍에서 나오는 목소리가 하나의 목소리—이데올로기로 소리 날 뿐인 시 읽기의 악몽이 현실이 되기를 바라지 않는다면 저마다 다른 목소리를 내야 한다. 한국 시가에서 '구비'가 사라진다고 해서 구비적 전통마저 사라지게 해서는 안 된다. 구비는 늘 누군가의 발밑에 촉지하고 소리 나기에 그때그때 변형하며 한국 시가의 대시간을 유동할 수 있었음을 기억해야 한다.

한국 현대시에서 '시적 주체'는 서로 다른 독자가 교차하는 장소, '목소리 들'이 교환하는 장소이다. '하나의 목소리'와 '하나의 의미'가 교환交換하는 장소가 아니라 서로 다른 읽기의 목소리 들이 길항작용과 상호작용으로 교환交歡하는 장소이다. 이는 한국 현대시가 어떤 의미도 지닐 수 없게 쓰여 있다는 말이 아니라, 소리 내어 읽을 때 더 풍요로운 의미망으로 열린다는 말이다. 흔히 민요조 시인으로 불리는 김소월의 「접동새」를 눈으로만 읽지 말고 소리도 내어 읽어야 한다. "접동/ 접동/ 아우래비접동"이라는 쓰기는, 소리 내어 읽는 그 목소리가 울릴 때 "접[똥]/ 접[똥]/ 아우래비접[똥]"으로 유동한다. 이때 목소리를 내는 독자는 문자 텍스트의 의미 구조에 의해서도

(統語)−조제(調製)된 종류이다. 전자는 개별 단어에 있고, 후자는 연결된 단어들에 있다. 개별 단어는 발견되는 것이고, 연결은 배치를 통해서 성립하는 것이다(102쪽)." "'단어의 연결구성'에는 문장의 호흡(리듬)을 살펴야 하고, 단어의 순서 배열에 주의해야 한다. 귀가 바로 리듬을 재고 측정한다. 미리 정해놓은 범위와 기준을 불필요한 단어로 넘치지 않도록 혹은 반복하지 않도록 말이다(106쪽, 인용자 강조)."

충분히 사유 가능한 '슬픔'이 온몸으로 흘러넘침을 감각할 수 있다. 음성 텍스트 「접[똥]새」는 슬픔이 똥처럼 차오름을, 슬픔은 똥처럼 나눠야 하는 것임을 온몸으로 느끼게 하고 사라진다. 이렇게 읽어야 시가 누구의 목소리에도 전유당하지 않고 여기저기서 새롭게 살아나고 사라질 수 있다. 우리가 서로의 입장에서 소리 내어 읽을 때, 한국 현대시는 '목소리 들'의 여지餘地로 열리기 시작한다.

<참고문헌>

고석규, 「여백의 존재성」, 『고석규 문학전집2』, 마을, 2012.

곽명숙, 「1950년대 모더니즘의 묵시론적 우울」, 오문석 편, 『박인환』, 글누림, 2011.

권영민, 「모든 떠나가는 것을 위하여」, 이동하 편, 『박인환 평전』, 문학세계사, 1986.

김광균 외, 『세월이 가면』, 근역서재, 1982.

김대행, 「구성과 형식」, 현대문학사 편, 『시론』, 현대문학사, 1989.

김수영, 『김수영전집2 산문』(개정판), 민음사, 2005.

김영철, 『박인환』, 건국대출판부, 2000.

김재홍 편, 『한국현대시시어사전』, 고려대 출판부, 1997.

김준오, 『시론』(제4판), 삼지원, 1999.

김형효, 『데리다의 해체철학』, 민음사, 1995.

김훈 · 정금철 · 유태수 편, 『강원문화전통문화총서 민요』, 국학자료원, 1998.

맹문재 편, 『박인환 깊이 읽기』, 서정시학, 2006.

문혜원, 「한국 전후시의 실존의식 연구」, 서울대 박사논문, 1996.

박문호, 『뇌, 생각의 출현』, 휴머니스트, 2008.

박인환, 『선시집』, 산호장, 1955.

_____, 『한국대표시인 101인 선집 박인환』, 문학사상, 2005.

서규환, 『박인환, 정치적 메타비판으로서의 시세계』, 다인아트, 2008.

신범순, 『노래의 상상계-'수사'와 존재생태 기호학』, 서울대학교출판문화원, 2011.

이희승 편, 『국어대사전』, 민중서관, 1994.

조영복, 「1950년대 모더니즘 시에 있어서 '내적 체험'의 기호화 연구」, 서울대 석사논문, 1992.

차봉희 편, 『수용미학』, 문학과지성사, 1985.

허혜정, 「1950년대 <후반기> 동인의 시와 시론 연구」, 동국대석사논문, 1993.

데리다, 김웅권 역, 『그라마톨로지에 대하여』, 동문선, 2004.

바슐라르, 김현 역,『몽상의 시학』, 기린원, 1995.

바흐친, 김희숙 · 박종소 역,『말의 미학』, 길, 2006.

키케로, 안재원 역,『수사학』, 길, 2006.

타이슨, 윤동구 역,『비평이론의 모든 것』, 앨피, 2012.

프로인드, 신명아 역,『독자로 돌아가기』, 인간사랑, 2005.

II 포스트모더니즘비평

¶정신분석학

라캉의 '욕망의 윤리'로 본 소설 「병신과 머저리」

-죽음 · 애도 · 이데올로기를 중심으로

1. 이청준 소설의 특징을 간직한 소설 「병신과 머저리」

소설 「병신과 머저리」는 초기 소설로서 이청준의 소설적 특징을 고스란
히 간직한 작품이다. 중층구조의 액자소설(삼중 격자소설), 추리 소설의 형
식적 특징과 장인 또는 예술가를 주인공으로 한 소설로서 다분히 관념적 표
현[1]이 주를 이루는 것이 그것이다. 이러한 특징은 많은 연구자들이 「병신
과 머저리」를 연구하게 하는 원동력이 된다.[2] 그럼으로써 세대에 따른 연

---

[1] 전에 이상섭 선생은 내 소설은 관념소설이 아니라 의식소설이라고 지적했는데(이상섭, 「의식
소설의 세계」, 『이청준』, 은애, 1979) 이 견해에 나는 동의합니다. 관념소설이란 관념 자체가
추구나 탐색의 대상이 되는 것인데, 내 소설은 표현이나 묘사가 현실적이지 않다는 것 때문에
신문에서 관념소설이라고 표현한 것이 널리 퍼지게 된 것 같아요.
권오룡 편, 「대담, 시대의 고통에서 영혼의 비상까지」, 『이청준 깊이 읽기』, 문학과지성사, 1999,
27쪽.
'나'는 사고하는 존재가 된다. 논란의 여지가 있으면서도 이청준 소설을 관념소설 작가로 지목
하는 근거가 여기에 있을 것이다. 보이지 않는 정신의 세계를 사고한다는 점에서 이는 관념적
이라 지칭할 수 있다.
송기섭, 「「병신과 머저리」의 내면성과 아이러니」, 『현대소설연구』 41집, 2009, 167쪽.
[2] 하지만 단편이라는 한계 때문인지 「병신과 머저리」는 다른 소설과 함께 연구되는 것이 일반

구자들의 연구 방향과 연구 성향 등에 많은 변화가 있었다.

　그것 중에 가장 큰 것은 나와 형의 아픔에 관한 문제이다. 나와 형의 아픔의 문제는 전쟁 전·후 세대의 아픔의 문제로 확대된다.[3] 그리고 이청준과 함께 동시대를 살았던 연구자들과 그 이후 세대의 연구자들이 「병신과 머저리」의 나와 형처럼 그 아픔을 진단하는 방식과 그 진단의 결과에 대해 서로 다른 의견을 내 놓는 경향이 많다. 즉, 지금의 연구자들이 작가와 동시대를 살았던 연구사들의 연구에 대해 다른 의견을 내놓는다는 것이다. 「병신과 머저리」의 구조적─중층 구조의 액자소설 또는 추리 소설의 형식적 특징 또는 장인과 예술가 소설─특징을 연구한 연구자들을 포함해 대부분의 연구자들은 이러한 소설의 주제 의식으로부터 벗어나지 못한다. 이러한 나와 형의 아픔을 잘 나타내는 여러 에피소드와 소재 중 중요한 의미를 지니는 것은 역시 '소설쓰기'와 '그림그리기'라는 것인데, 그 두 가지를 연결시켜주는 가장 중요한 소재는 '얼굴'이라는 이미지이다. 따라서 본고는 이러한 '소설쓰기'와 '그림그리기'라는 소재와 '얼굴'이라는 이미지를 통해 나와 형의 아픔의 문제를 연구해 볼 것이다. 이러한 나와 형의 아픔은 죽음과 애도 그리고 이데올로기라는 하나의 큰 주제적 측면을 관통하면서 연구될 것이다. 그리고 그것은 라캉의 '승화'와 '욕망의 윤리'에 기대어 진행될 것이다.

적이다.

3) 병신과 머저리는 6·25를 겪은 세대와 그 후의 세대로 구분된다. 그들이 앓고 있는 아픔의 양상과 원인에는 차이가 있다. 병신은 환부를 알고 있지만 머저리는 환부를 알지 못한다. 그 결과 병신의 아픔은 치유 가능하고 머저리의 아픔은 치유 불가능하다. 이상은 「병신과 머저리」에 대해 가장 널리 알려진 의견이다.

이윤옥, 『비상학, 부활하는 새 다시 태어나는 말─이청준 소설 읽기』, 문이당, 2005, 143쪽.

2. 욕망의 윤리[4]

1) 순수 욕망의 윤리적 가능성

정신분석의 윤리는 가장 논쟁적이면서 매혹적인 주제다. 윤리라는 주제가 옳고 그름을 가르고 가치를 판단하여 행동의 기준을 제시하기 때문이기도 하겠지만, 동시에 그만큼 라캉의 핵심적인 사상을 농축하고 또 노출하고 있기 때문일 것이다. 뿐만 아니라 윤리는 라캉의 정신분석 이론에 제기되는 어떤 근본적 질문들에 대한 대답을 제공한다.

라캉의 윤리는 '욕망의 만족'이다. 물론 그것은 '모든 욕망의 무조건적인 만족'을 뜻하지 않는다. 욕망의 만족이 '동물적인 욕망의 해방'을 뜻하는 것이 아니다. 또한 라캉이 말하는 욕망이 자본주의적인 소비 욕구가 아니라는 점도 동시에 강조되어야 한다.

정신분석이 주목하는 욕망은 현실 질서를 넘어서고 또 넘어설 수밖에 없다. 현실은 욕망의 소중한 대상을 주체에게 제공해 주지 못하기 때문이다. 현실 속의 어떤 사물도 만족을 가져다주지 않는다. 욕망은 따라서 현실의 저편을 지향한다. 그런 의미에서 윤리적인 준칙으로서 라캉의 욕망은 전복적이고 급진적이라 할 만하다. 전복적이고 급진적인 욕망의 극단에는 도착의 변태적인 욕망이 자리하고 있다. 대상을 파괴하고 절대적으로 지배하려는 저 밑바닥의 충동 말이다. 그러나 라캉은 도착을 관통함으로써 극복하려는 것이지 도착을 윤리적 대안으로 제시하려는 것은 결코 아니다. 라캉은 도착을 넘어서 순수 욕망의 윤리적 가능성을 끈질기게 모색한다.

자크 라캉이 제시하는 정신분석의 윤리는 한마디로 "네 욕망을 포기하지 말라"라는 명령으로 요약될 수 있다. 라캉은 '건전한' 상식의 윤리를 전면적으로 거부한다. 이러한 전통적인 윤리는 오히려 '권력의 질서'를 정당화하

---

4) 이 장은 (김수용, 『자크 라캉』, 살림, 2008)을 요약하여 정리한 것이다.

고 유지하는 데 기여하는 이데올로기에 불과하다. 도덕적 '선'과 경제적 '효용'에 바탕을 둔 권력의 윤리는 다른 욕구, 소수의 욕망의 가능성을 인정하지 않고 도덕과 쓸모의 이름으로 지배질서에 순응할 것을 강요한다. 다수의 욕망과 배치되는 이질적인 개별 욕망들은 공동체 이익에 반하는 '쓸모없는' 욕망이고 따라서 도덕적으로 악한 것이다. 이러한 윤리는 결국 기존 질서의 현상유지에 기여하는 체제 순응적인 윤리로 전락하고 만다. 이런 문맥에서 권력에 위협적이고 파괴적이며 비타협적인 욕망을 긍정할 것을 요구하는 정신분석의 윤리는 급진적인 정치성을 띠지 않을 수 없다. 그것은 변화와 새 출발을 요구하는 정치적 실천으로 이어진다.

프로이트의 자아심리학(ego-psychology)은 성적인 욕망을 구현하는 이드(id)와 도덕적 죄의식을 나타내는 초자아(superego) 사이에서 이들의 상충하는 요구를 조정하고 중재하는 기제로 자아(ego)를 중시한다. 프로이트가 제기한 문명과 욕망 사이의 근원적인 갈등을 해결하기 위해 자아심리학은 자아의 기제를 강화하고 보다 '성숙한' 자아를 발달시키는 것에 주안점을 둔다. 사회적인 요구에 맞추어 위협적인 욕망을 어떻게 제어하고 개인들을 현실에 어떻게 적응시킬 것인가에 관심을 기울인다. 자아심리학의 시도는 욕망에 적대적인 지배 윤리에서 조금도 벗어나지 않는 현실 순응적인 기획이 아닐 수 없다. 권력에의 '적응'에만 관심을 기울일 뿐 욕망을 억압하는 권력의 폭력성에 대해서는 근본적인 의문을 제기하지 않는다. 기존 질서의 현상유지에 기여하는 정치적 보수주의로 귀결되는 것을 피할 길이 없는 것이다. 이렇게 본다면 라캉이 자신의 정신분석 이론을 세워 나가면서 자아심리학과의 싸움을 끈질기게 전개하는 것은 너무나 당연하다. 욕망을 긍정하는 것은 '성숙'의 윤리를 거부하는 일이고, 그것을 위해 배제되고 희생된 '쓸모없는' 욕망들을 적극적으로 그리고 비타협적으로 끌어안는 행위이다.

라캉의 윤리가 긍정하는 욕망은 법과 위반의 틀에 매어 있는 욕망이 아닌 그 틀을 벗어나는 욕망이다. 그것은 죄의식과 초자아의 논리를 넘어서서 그 악순환을 깨는 보다 근본적인 의미에서 위반의 욕망이라 하겠다. 다시 말해 초자아의 교묘한 감시의 눈을 벗어날 수 있을 때 비로소 위반의 진정한 가치가 드러나는 것이다. 이러한 위반의 욕망에 바탕을 둔 정신분석의 윤리는 정치적으로 급진적인 입장을 취할 수밖에 없다. 윤리적 주체는 자신의 욕망을 포기하지 않고 끝까지 좇음으로써 초자아의 가학적인 요구를 무력화하고 욕망의 만족을 성취하고자 한다.

2) 승화(sublimation)

승화는 사회가 인정할 수 없는 성적인 욕망을 사회가 받아들일 수 있는 방식으로 변형하는 과정으로 이해된다. 예술창작이나 지적인 행위처럼 사회적으로 높은 가치가 부여된 활동을 통해 금지된 욕망에 대해 일종의 대리만족을 얻는 것이다. 그러나 라캉은 승화에 대한 이러한 상식적인 견해를 거부한다. 승화는 사회의 안전을 위협하는 위험한 충동들을 전체 질서 속에 안전하게 포섭하여 길들이려는 허구적인 시도로 전락하기 십상이다. 이때 승화는 순응주의의 또 다른 이름에 불과하다.

라캉은 승화에 대한 공리주의적인 견해를 비판하고 억압 없이 충동을 직접적으로 만족하는 과정으로 승화를 규정한다. 사회적으로 수용되는 방식으로 만족을 얻을 수 있다는 생각은 망상에 불과하다. 사실 충동이 지향하는 근원적인 대상은 접근 불가능한 대상이다. 그것은 우선 금지되어 있기에 불가능하고, 나아가서 금지 자체가 생산해 낸 실체 없는 환상이기에 더더욱 불가능하다. 여기서 승화는 근원적인 대상이 부재하는 자리에 보다 구체적인 대상을 창조한다. 일상적이고 평범한 하나의 대상이 승화의 과정에서 특별하고 비범한 대상으로 탈바꿈한다고 말할 수 있다. 승화는 이 대상을 통해 불가능한 대상에 접근할 수 있는 길을 열게 되고 이로써 충동에 '직접적인 만족'을 가져다준다. 이렇게 라캉은 승화를 순수 만족의 급진적인 개념으로 재탄생시킨다.

승화는 '하나의 대상을 …… 물(物, das Ding)5)의 품격으로 고양한다'라고 라캉은 말한다. 구체적인 하나의 사물이 승화의 과정을 거치면서 접근 불가능한 실재계의 대타자를 구현하는 대상으로 상승한다. 이를 통해 부재하는 결여의 대상은 구체적인 물질성을 획득하게 된다. 다시 말해 승화는 일상의 평범한 사물을 물 자체를 체현하는 비범한 대상으로 바꿈으로써 주체에게 실재 대상에 섭근할 수 있는 길을 열어주는 작업이다. 주체는 이 평범한 사물을 경유하여 비범한 실재 대상을 향유할 수 있게 된다. 승화는 따라서 대상을 향한 주체의 누를 수 없는 욕망에 만족을 가져다준다.

이때 승화는 예술적 창조행위화도 관련을 맺는다. 예술이 감각적인 대상이나 재현을 통해 감각 너머의 실재를 드러내는 창조적인 활동이라고 한다면, 하나의 구체적인 대상 속에서 재현할 수 없는 물의 품격을 발견하는 승화는 그대로 미적 창조의 성격을 띠게 된다. 라캉의 승화 개념이 프로이트의 '예술적 창조'라는 특성을 여전히 내포하면서도 그것을 더욱 급진적으로 확장한다는 점이다. 승화는 사회적으로 높은 가치가 이미 부여된 제도권 예술뿐만 아니라 그 너머의 모든 창조적 행위를 예술로 포괄하는 활동이다.

라캉은 예술을 표면이나 모방이 아닌 표면 너머의 실재의 드러남과 관련하여 이해한다. 예술작품은 "단지 모방하는 척만 한다"고 그는 말한다. 예술은 현실을 모방하는 척만 할 뿐 실제로는 현실 너머의 실재를 담아내는 데에 관심을 기울인다. 예술에서는 "실재와의 관계 …… 대상을 순화되어 보이게 한다." 즉, 예술 작품 속에 재현된 구체적인 대상이 재현 너머의 실재

---

5) 라캉은 문명이 억압하는 근원적인 금지의 대상을 'das Ding'이라는 독일어 단어로 지칭한다. 그것은 독일어에서 '사물'을 뜻하는 단어이지만 라캉의 이론에서 그것은 단순히 일상 속의 구체적인 물건들이 아니다. 그것은 '언어로 구조화된 …… 인간세계의 사물들'이라기보다는 우리가 살고 있는 이데올로기로 구성된 세계 밖에 존재하는 대상이다. …… 그것은 주체에게 '낯설고, 이상하고, 심지어 적대적인' 대상이다. 주체는 이 대상으로부터 벗어나야 가능하지만 동시에 완전히 벗어날 수 없는 운명을 지닌다. 이 대상을 향한 욕망이 주체 속에 상존하기 때문이다. 물은 문명을 위협하는 치명적인 타자이다.

와 관련을 맺을 때 그 대상은 세속성을 잃고 순수한 대상으로 비범하게 등장한다. 따라서 대상을 실재의 지위로 고양시키는 과정인 승화는 본질적으로 예술적 창조행위에 닿아 있다.

승화의 공식에 공백(emptiness)의 개념을 도입하는 순간 '가장 일반적'이던 승화는 그 명확한 특징을 분명히 드러낸다. '대상을 물의 품격으로 고양'하는 형식은 그대로 유지하되 결여를 품으면서 그 내용에 있어서는 이상화나 도착과 질적으로 다른 만족 방식으로 승화가 등장하는 것이다. 예술은 '숨겨진 현실' 즉, 실재와의 근본적인 관계를 유지하는 창조행위이다. 여기서 우리는 공백 또는 비어 있음이라는 견해가 예술과 승화를 규정하는 데 있어 핵심적이라는 점을 기억해야 한다. 실재의 한가운데에 자리하고 있는 공백을 제대로 담아내고 드러내는 작업이 승화라는 예술적 창조행위이다. 실제로 라캉은 '모든 비어 있음을 중심으로 한 조직 방식'을 특징으로 한다고 주장한다. 라캉에게 공백 또는 비어 있음은 승화와 예술을 실재와 관련 맺게 하는 중요한 특징이다.

3. 증상의 돌파로서 소설쓰기 – 죽음에 관하여

소설 「병신과 머저리」는 화자인 나의 형이 열 살 배기 소녀를 수술하다 실패하여 소녀의 육신으로부터 영혼을 후벼 낸 사건으로부터 시작된다.

그러나 그 수술의 실패는 꼭 형의 실수라고만 할 수 없었다. 피해자 쪽이 그렇게 이해했고, 근 10년 동안 구경만 해 오면서도 그쪽 일에 전혀 무지하지만은 않은 나의 생각이 그랬다. 형 자신도 그것은 시인했다. 소녀는 수술을 받지 않았어도 잠시 후에는 비슷한 길을 갔을 것이고, 수술은 처음부터 성공의 가능성이 절반도 못 됐던 경우였다. 무엇보다 그런 사건은 형에게서뿐 아니라 수술중엔 어느 병원에서나 일어날 수 있는 종류의 것이었다. 그러나 어쨌든 그 일이 형에게는 하나의 사건이었다. 그 일이 있은 후로 형은 차츰 병원 일에 등한해지기 시작했다. 처음에는 가끔씩 밤에 시내로 가서 취해 돌아오는 일이 생기더니 나중에는 아주 병원 문을 닫고 들어앉아 버렸다. 그리고 아주머니까지 곁에 오지 못하게 하고 진종일 방안만 틀어박혀 있다가, 밤이 되면 시내로 가서 호흡이 답답해지도록 취해 돌아오곤 하였다.[6]

형의 그러한 수술 실패는 과거의 사건을 소환하는 누빔점[7]이 된다.

> 억압된 것이 어디로부터 회귀하느냐라는 질문에 라캉의 대답은 역설이게도 '미래로부터'이다. 증상은 무의미한 흔적들이며, 그 의미는 과거의 숨겨진 깊이로부터 발굴되지 않는다. 그것은 소급적으로 구성된다.[8]

소녀의 수술 실패로 인해 과거에 억압돼 있던 것이 다시 증상으로서 회귀하게 된 것이다. 그러한 증상은 소설쓰기라는 것으로 나타나게 된다.

> '억압된 것의 회귀'로서의 증상은 정확히 원인(그 숨겨진 중핵, 그 의미)을 선행하는 그 효과 자체이기 때문이다. 증상을 돌파함으로써 우리는 말

---

6) 이청준, 「병신과 머저리」, 『병신과 머저리』, 열림원, 2001, 58~59쪽. 앞으로는 쪽수만 표시하겠다.
7) 누빔점은 주체가 기표에 '꿰매어 지는' 지점이다. 그리고 동시에 어떤 주인기표('공산주의'·'신'··'자유주의'··'미국')의 호출과 함께 개인에게 말을 걸면서 개인을 주체로 호명하는 지점이다. 한마디로 말해서 그것은 기표 연쇄를 주체화하는 지점이다.
 기본 그래프의 중요한 특징은 주체의 의도의 벡터가 기표 연쇄의 벡터를 역행하여 소급적인 방향으로 누빈다는 사실이다. 의도의 벡터는 자기가 통과했던 지점보다 앞서는 어떤 지점에서 연쇄를 빠져나오게 된다. 라캉의 강조점은 정확히 이 의미효과가 기표에 대해 소급적이라는 데에 있다. 기표연쇄가 앞으로 이동하는 것에 비해 기의는 뒤쳐져 있다는 것이다. 의미효과는 항상 거꾸로, 사후에(après coup) 창출된다. (의미가 아직 고정되지 않은) 여전히 '부유하는' 상태 속에 있는 기표들은 다른 기표들을 좇아 이동한다. 그런데 어떤 지점에서는 (정확히 의도가 기표연쇄를 관통하고 횡단하는 지점에서는) 어떤 기표가 연쇄의 의미를 소급적으로 고정시키면서 의미를 기표에 꿰매어놓고 의미의 미끄러짐을 멈추게 한다.
 슬라보예 지젝, 이수련 역, 『이데올로기라는 숭고한 대상』, 인간사랑, 2002, 178~179쪽.
8) 슬라보예 지젝, 이수련 역, 위의 책, 104쪽.

그대로 '과거를 만들 수'있다. 우리는 오랫동안 잊혀져 왔던 과거 속의 외상적인 사건들에 대한 상징적 현실을 생산하는 것이다.[9]

형은 그 소설쓰기라는 것으로 중상을 돌파하려고 하는데, 그것은 오랫동안 잊혔던 과거의 외상적 사건들을 다시 상징적 현실로서 생산해 내는 작업이다. 그 외상적 사건이란 다름 아닌 "그토록 오래 입을 다물고 있던 10년 전의 패잔敗殘과 탈출에 관한 이야기이다"(「병신과 머저리」, 59쪽).

그 이야기는

"형이 6·25 사변 때 강계(江界) 근방에서 패잔병으로 낙오된 적이 있었다는 사실과, 나중에는 거기서 낙오되었던 동료를(몇이었는지는 정확치 않지만) 죽이고 그때는 이미 38선 부근에서 격전을 벌이고 있는 우군 진지까지 무려 천 리 가까운 길을 탈출해 나온 일에 대해서였다"(「병신과 머저리」, 60쪽).

그리고 나는 그 소설을 읽게 되었다.

그런데 그런 형이 요즘 쓰고 있는 소설에서 바로 그 이야기를 시작하고 있는 것이다. 그리고 나의 화폭이 갑자기 고통스러운 넓이로 변하면서 손을 긴장시켜 버린 것도 분명 그 형의 이야기를 읽기 시작하면서부터였다. 더욱 요즘 형은 내가 가장 궁금하게 여기는 대목에서 이야기를 딱 멈춘 채 앞으로 나아가질 않고 있었다. 문제는 형이 이야기를 멈추고 있는 동안 나는 나의 일을 할 수가 없는 사정이었다. 이야기의 결말을 생각하는 동안 화폭은 며칠이고 선(線) 하나 더해지지 못하고 고통스러운 넓이로 나를 괴롭히고 있는 것이다. 이야기의 끝이 맺어질 때까지 나는 정말로 아무것도 할 수가 없는 것이다(「병신과 머저리」, 61쪽).

형이 이야기를 멈춘 것은 잊었던 과거 속의 외상적 사건들에 대한 상징적

9) 슬라보예 지젝, 이수련 역, 위의 책, 106쪽.

현실을 생산해 내야 하는데, 그 상징적 사건들을 어떻게 만들어 내야 그 트라우마로부터 벗어날 수 있을지를 고민해야 하기 때문이다. 그래야만 증상을 정확히 돌파할 수 있으니까 말이다. 하지만, 그것은 사회적 질서 안에서 행해질 수 있는 윤리의 문제와 직결된다. 왜냐하면 그 소설은 자서전적 소설10)에서 독자를 가진 소설이 되었기 때문이다. 그것도 몰래 훔쳐보는 독자 말이다. 그러면서 형은 소설에서 타자의 시선을 느끼게 된다. 형은 이러한 응시11) 때문에 소설의 결말에 대해 고민하지 않을 수 없게 된다.

> 트라우마로 지칭되는 마음의 상처는 의식이 아니라 무의식에 속하는 것이기 때문에 치유가 불가능하다. 그 상처가 의식이나 지각능력이 수용할 수 없는 한계를 넘어선, 전혀 예상하지 않은 때에 다가온 너무나 엄청난 사건에 의한 것이기 때문이다. 또한 존재의 기둥을 들어다 놓았다 하며 시간과 자아의 세계 사이의 정상적인 관계를 산산 조각 낼 정도의 충격적인, 아니 충격적인 것 이상의 사건에 의한 것이기 때문이다.12)

---

10) 이윤옥은 그의 소설이 소설이 아니라 자서전이라는 것이 분명하다고 말한다. 하지만 형이 자신의 과거를 철저히 긍정한 뒤 극복하고, 그 극복의 순간이 바로 자서전이 소설로 바뀌는 지점이고 죽은 관모가 살아나는 순간이라고 말한다.
이윤옥, 앞의 책, 159쪽.

11) regard. 철학사에서 regard는 인간의 시각이 갖는 지향성이란 관점에서 '시선'이라는 용어로 번역되는 것이 일반적이다. 하지만 라캉의 regard는 인식론적, 실존적 함의가 아니라 리비도적 함의를 가지며 무엇보다 타자의 '욕망'과 '결여'라는 개념과 연동되어 있다는 점에서 본서에서는 '시선'이 아닌 '응시', '바라봄'이란 용어를 채택했다. '시선'은 바라보는 행위의 뉘앙스를 살려주지 못하고 그에 대응하는 동사가 없는 반면, 응시는 시선에 담긴 욕망의 차원을 드러내줄 뿐만 아니라 '응시하다'와 함께 능동태와 수동태로 쉽게 변주될 수 있다는 장점이 있기 때문이다.
자크-알랭 밀레, 『라캉의 세미나 11』, 새물결, 2008, 432쪽.
응시란 우리가 시야에서 발견하는 것이다. 신비로운 우연의 형태로 갑작스레 접하게 되는 경험이다. 응시는 거세공포에 의해 주체가 상상계에서 상징계로 들어서듯 바라보기만 하던 것에서 보여짐을 아는 순간 일어난다. 그래서 실재라고 믿었던 이 자신의 욕망을 충족시키지 못함을 깨닫고 다시 욕망의 회로 속으로 빠져들게 하는 동인(오브제 a)이다. 기표를 작동시켜 주체를 반복충동으로 몰아넣는 중심의 결여, 즉 실재계에 난 구멍이다.
권택영 편, 『자크 라깡 욕망 이론』, 문예 출판사, 1994, 32쪽.

12) 왕은철, 『애도예찬』, 현대문학, 2012, 149~150쪽.

치유 불가능한 충격적인 사건으로 형이 어떻게 트라우마를 간직하게 되었는지를 소설은 액자 안 부분에서 형의 소설 부분을 직접 보여줌으로써 나타낸다.

그 이전까지 형은 그러한 트라우마를 간직한 채 살아왔다.

"형은 자신의 말대로 외과 의사로서 째고 자르고 따내고 꿰매며 이 10년 동안을 조용하게 살아온 사람이었다. 생(生)에 대한 회의도, 직업에 대한 염증도, 그리고 지나가 버린 시간에 대한 기억도 없는 사람처럼 끊임없이, 부지런히 환자들을 돌보아왔다. 어쩌면 아무리 많은 환자들이 자기의 칼끝에서 재생의 기쁨을 얻어 돌아가도 형으로서는 만족할 수 없는, 그래서 아직도 훨씬 더 많은 생명을 구해 내도록 무슨 계시라도 받은 사람처럼 자기의 칼끝으로 몰려드는 생명들을 기다렸다"(「병신과 머저리」, 60쪽).

우리의 무의식은 이성과 의지와 의식으로 감당할 수 없는 충격을 흡수해주는 완충장치의 역할을 해주는 건지도 모른다. 정신분석자들은 이러한 생각에 동의하지 않을지 모르지만, 이 완충장치가 없다면, 우리는 상상할 수 있는 것 이상으로 엄청난 사건을 겪으면 바로 그 자리에서 미쳐버리거나 죽어버릴지도 모른다. 실제로 그렇게 되는 사람이 없는 것도 아니다. 바로 이것이 완충장치로서의 트라우마가 우리 인간에게 필요한 이유다. 문제는 이것이 당장은 완충장치의 기능을 하지만, 길게 보면 삶을 옥죄는 결과로 이어진다는 것이다. 언젠가는 어떤 식으로든 모습을 드러내려 하기 때문이다. 그래서 트라우마는 이중적 기능을 한다. 한편으로는 인간의 능력으로는 감당할 수 없는 걸 스펀지처럼 흡수해 미치지 않게 해주고, 다른 한편으로는 차후에 모습을 드러냄으로써 삶을 어렵게 만든다. 그러니 그것이 완충장치라면 임시적이면서도 불완전한 완충장치인 셈이다.[13)]

신중하고 정확한 형의 솜씨는 단 한 번의 실수도 없었지만 그 소녀의 사건 때문에, 위의 글처럼 완충장치로서의 트라우마는 지금 그 모습을 드러냄

---

13) 왕은철, 앞의 책, 150~151쪽.

으로써 형의 삶을 어렵게 만들어 버렸다.

4. 잃어버린 윤리의식 회복 – 애도에 관하여

소설 「병신과 머저리」에서 <나>(형)는 김 일병을 사랑했다고 할 수 없다. 물론 전우로서 전우애가 있을 수도 있겠지만, 소설 속에서 <내>가 김 일병을 애도할 정도로 사랑했다는 구절은 서술되지 않는다. 그저 <나>는 그를 관찰하는 관찰자 입장이고, 그를 오관모의 폭력으로부터 또는 확실치는 않지만 그를 오관모의 살인으로부터 구해내지 못한 방관자적 입장일 뿐이다. 그런데 형인 <나>는 소녀의 수술 실패로 인해 증상을 드러낸다. 그이유는 오관모로부터 김 일병을 구해내지 못했다는 죄책감이 가장 클 것이다.[14] 그것은 형의 노회한 양심, 즉 윤리의식의 문제이다.

> 프로이트는 「애도와 우울증」에서 애도를 "사랑하는 사람을 잃은 것에 대한 반응 혹은 자신의 나라, 자유, 이상 등 자신을 대신하게 된 추상적인 것을 잃은 것에 대한 반응"이라고 정의했다. 프로이트는 여기에서 애도를 이원화하여 하나는 사랑하는 사람을 잃은 것에 대한 반응이라고, 또 하나는 추상적인 것을 잃은 것에 대한 반응이라고 정의하며, 대상이 사람이든 추상적인 것이든, 애도의 과정은 크게 다를 바 없다는 점을 분명히 하고 있다. 이런 맥락에서 애도에 관한 논의가 사랑하는 사람의 죽음은 물론이고 우리가 꿈꿔왔던 이상이나 가치 등을 비롯한 추상적인 것의 상실이나 죽음에 대한 논의로 이어질 수 있게 된다.[15]

형의 이러한 증상은 김 일병을 오관모로부터 구해내지 못했다는 자신의 양심의 가책, 즉 자신의 참새 가슴으로 인해 잃어버린 윤리에 대한 애도가

---

14) 이것은 형의 소설에서 형이 쓴 결말의 서사를 사실이라고 생각하고 서술한 것이다.
15) 왕은철, 앞의 책, 354쪽.

누빔점으로 나타난 것이다. 이러한 증상으로서의 애도는 수술 실패로 인한 소녀의 죽음으로 인해 누빔점으로 나타나기 전까지 10년 동안 형의 내면 속에 침잠해 있었다.

> 형은 자신의 말대로 외과 의사로서 째고 자르고 따내고 꿰매며 이 10년 동안을 조용하게 살아온 사람이었다. 생(生)에 대한 회의도, 직업에 대한 염증도, 그리고 지나가 버린 시간에 대한 기억도 없는 사람처럼 끊임없이, 그리고 부지런히 환자들을 돌보아왔다. 어찌 보면 아무리 많은 환자들이 자기의 칼끝에서 재생의 기쁨을 얻어 돌아가도 형으로서 만족할 수 없는, 그래서 아직도 훨씬 더 많은 생명을 구해 내도록 무슨 계시라도 받은 사람처럼 자기의 칼끝으로 몰려드는 생명을 기다렸다. 그런 형의 솜씨는 또한 신중하고 정확해서 적어도 그 소녀의 사건이 있기 전까지는 단 한번의 실수도 없었다(「병신과 머저리」, 59~60쪽).

형은 10년 동안 아무런 일이 없었던 것처럼 조용하게 살아왔다. 하지만 그 잃어버린 윤리의식에 대한, 그리고 김 일병에 대한 죄책감이 그가 부지런히 환자들을 돌보고 생명을 살리도록 했다. 그렇지만 그것으로도 그는 만족할 수 없는 삶을 살아왔다. 아니, 그 삶은 살았다기보다는 살아졌다고 하는 편이 더 적절할 듯하다. 오랫동안 잊혔던 과거의 외상적 사건들, 다시 말해 6·25 사변 때 강계江界 근방에서 패잔병으로 낙오된 적이 있었다는 사실과, 나중에는 거기서 낙오되었던 동료를(몇이었는지는 정확치 않지만) 죽이고 그때는 이미 38선 부근에서 격전을 벌이고 있는 우군 진지까지 무려 천 리 가까운 길을 탈출해 나온 일 때문에 형은 삶이 능동태가 아니라 수동태로 '살아졌기' 때문이다. 따라서 형의 삶은 어쩐지 현실을 벗어나 있는 것 같은 모습이다. 지난 10년을 감정의 마비 속에서 살아온 탓이다. 김 일병의 죽음, 혹은 그를 오관모의 살해로부터 지켜내지 못한 방관자로서의 잃어버린 윤리의식과 살아남은 자로서의 죄의식이 지난 10년 동안 그의 감정을 얼어붙게 만든 것이다.

형은 오랫동안 잊혔던 과거의 외상적 사건들을 다시 상징적 현실로서 생산해 내는 작업인 소설쓰기로 이러한 증상을 돌파하려고 한다. 이것은 자신의 잃어버렸던 윤리의식에 대한 회복, 또는 김 일병에 대한 죄의식의 단절과 새로운 삶에 대한 의지이다. 프로이트의 말을 빌리면, 애도작업은 사랑하는 사람 또는 추상적인 것에게 "투자"했던 심리적 에너지(리비도)를 "회수"하여 다른 사람 또는 다른 추상적인 것에 "재투자"할 수 있도록 돕는 것이다. 하지만 프로이트도 자신의 딸을 잃고 10년 동안 살다보니 "애도작업"이나 에너지의 "재투자"라는 게 말처럼 쉬운 게 아니라는 걸 깨닫게 된다.[16]

> 사랑하는 사람의 죽음을 극복하고 변화된 현실을 받아들이는 "애도작업"의 필요성을 누누이 역설했던 프로이트는 모순적이게도 애도의 불가능성을 동시에 역설한 사람이었다. 사랑하는 딸의 죽음이 그 모순의 시발점이었다. 그리고 그것은 모순적이지만 인간적인 모순이었다.[17]

형은 동생인 내가 쓴 소설의 결말 부분을 잘라내고 자신이 다시 끝을 맺어 놓았다. 즉, <내>(형)가 김 일병을 죽인 결말 부분을 잘라내 버리고, 김 일병을 죽인 오관모를 <내>가 죽인 것이다. 이것으로 형은 애도작업의 끝을 내려고 했다. 김 일병에 대한 죄의식과 잃어버린 윤리의식으로부터 벗어나려 한 것이다. 하지만 형은 혜인의 결혼식에서 오관모를 만난다. 그것으로서 형은 '애도작업'을 완성할 수 없다는 것을 깨닫는다.

> "놀라 돌아보니 아 그게 관모 놈이 아니냔 말야. 한데 놈이 그래 놓고는 또 영 시치밀 떼지 않아. 이거 미안하게 됐다구 …… 두려워서 비실비실 물러나면서 …… 내가 그사이 무서워진 걸까 …… 하긴 놈은 내가 무섭기도 하겠지. 어쨌든 나는 유유히 문까지 걸어 나왔어. 그러나 …… 문을 나서서

---

16) 왕은철, 위의 책, 334~338쪽.
17) 왕은철, 위의 책, 334~335쪽.

는 도망을 쳤지 …… 놈이 살아 있는데 이런 게 이제 무슨 소용이냐 말야
(「병신과 머저리」, 93쪽)."

화자인 동생은 마지막에 관모의 출현이 "착각이든 아니든"이라고 서술하
지만 착각일 가능성이 크다. 하지만 관모의 출현은 형의 내면 속에서는 현
실이다. 이것은 형의 마음속에 10년 동안 침잠했던 과거의 일들이 다시 형
의 삶에 간섭하게 될 것임을 나타낸다. 따라서 형이 증상의 돌파로서 쓴 소
설은 아무 소용없는 쓸데없는 일이 되어 버렸다. 그래서 형은 소설을 불에
태우고 있는 것이다.

형은 잃어버린 윤리의식의 회복과 김 일병에 대한 죄책감에서 벗어나고
자 변화된 현실을 인정하고 '정상적으로' 살아가려 했지만, 결국은 그 현실
을 인정하는데 실패하고 '비정상적인' 옛 삶으로 뒷걸음질치고 말았다.

5. 욕망의 윤리와 새로운 윤리 찾기 — 이데올로기에
   관하여

1) 승화로서의 소설쓰기와 그림그리기

형의 소설쓰기는 승화로서 작용한다. 승화는 예술창작이나 지적인 행위
처럼 사회적으로 높은 가치가 부여된 활동을 통해 금지된 욕망에 대해 일종
의 대리만족을 얻는 것이다. 형은 프로이트의 시도처럼 사회적으로 인정받
는 승화를 통해 사회와 충동 사이의 근원적인 모순을 해결하려고 했다.[18]
형의 소설쓰기는 사회의 안전을 위협하는 위험한 충돌들을 전체 질서 속에
안전하게 포섭하여 길들이려는 허구적 시도로 전락하고 말았다. 결국 형의

---

18) 그것은 '덫'이며 '개인과 집단 사이의 단순한 화해'라고 라캉은 지적한다.

소설쓰기로서의 승화는 순응주의의 또 다른 이름에 불과하다. 이러한 승화로서의 형의 소설쓰기를 넘어서는 것이 나의 그림그리기다.

나는 혜인과 헤어지고 나서 갑자기 사람 얼굴을 그리고 싶어졌지만, 그림을 그릴 수가 없었다.

> 라캉은 승화에 대한 공리주의적인 견해를 비판하고 억압 없이 충동을 직접적으로 만족하는 과정으로 승화를 규정한다. 사회적으로 수용되는 방식으로 만족을 얻을 수 있다는 생각은 망상에 불과하다. …… 승화는 근원적인 대상이 부재하는 자리에 보다 구체적인 대상을 창조한다. 일상적이고 평범한 하나의 대상이 승화의 과정에서 특별하고 비범한 대상으로 탈바꿈한다고 말할 수 있다. 승화는 이 대상을 통해 불가능한 대상에 접근할 수 있는 길을 열게 되고 이로써 충동에 '직접적인 만족'을 가져다준다. 이렇게 라캉은 승화를 순수 만족의 급진적인 개념으로 재탄생시킨다.[19]

내가 그림을 그릴 수가 없는 것은 근원적 대상이 부재하기 때문이다. 그리고 그것은 구체적인 대상이 필요한데, 나는 그 구체적인 대상을 아직 찾지 못했다. 그것은 단지 사람 얼굴을 그리고 싶다는 것인데, 구체적으로 누구의 얼굴인지 아직 알 수가 없는 것이다.

형의 내력에 대한 관심도 문제였지만, 형의 소설이 나를 더욱 초조하게 하는 것은 그것이 이상하게 나의 그림과 관계가 되고 있는 것 같은 생각 때문이었다. 그것은 어쩌면 사실일 수도 있었다. 혜인과 헤어지고 나서 나는 갑자기 사람의 얼굴이 그리고 싶어졌다. 사실 내가 모든 사물에 앞서 사람의 얼굴을 한번 그리고 싶다는 막연하게나마 퍽 오래 지녀온 갈망이었다. 그러니까 혜인과 헤어지게 된 것이 그 모든 동기라고 할 수는 없지만, 어쨌든 그 무렵 그런 충동이 새로워진 것은 사실이었다.

나의 그림에 대해서는 더 이야기하고 싶지 않다. 그것은 견딜 수 없이

---

19) 김수용, 앞의 책, 43쪽.

괴로운 일이다. 그리고 나는 내가 그것에 대해 생각하고 화필과 물감을 통해 의미를 부여하고자 하는 것의 10분의 1도 설명할 수 없을 것이다. 다만 나는 인간의 근원에 대해 생각을 좀 더 깊게 하지 않으면 안 된다는 느낌이 절실했던 점만은 지금도 고백할 수 있을 것이다. …… 그러나 감격으로 나의 화필이 떨리게 하는 얼굴은 없었다. 나는 실상 그 많은 얼굴들 사이를 방황하고 있었는지 모른다. 하지만 안타까운 것은 혜인 이후 나는 벌써 어떤 얼굴을 강하게 예감하고 있다는 사실이었다. 아직은 내가 그것과 만날 수 없었을 뿐이었다. 둥그스름한, 그러나 튀어 나갈 듯이 긴장한 선으로 얼굴의 외곽선을 떠놓고(그것은 나에게 있어 참 이상한 방법이었다). 나는 며칠 동안 고심만 하고 있었다(「병신과 머저리」, 60쪽).

나는 아직 근원적인 대상의 부재를 대체할 만한 구체적인 대상을 창조하지 못했다. 그것은 내가 벌써 어떤 얼굴을 강하게 예감하고 있지만, 아직 그 구체적인 대상을 만날 수는 없다. 그리고 그것은 실상 많은 얼굴들 중에 하나인데, 얼굴의 외곽선만 떠놓고 형의 소설의 진행만을 기다리고 있는 것이다. 이것은 형의 소설이 어떻게 진행되느냐에 따라서, 즉 형의 소설이 사회적으로 수용되는 방식으로 진행되어 공리주의적으로 진행하느냐, 아니면 억압 없이 충동을 직접적으로 만족하는 방식으로 나아가느냐에 따라서 나의 얼굴도 그 많은 얼굴들 중에 하나가 될 것이기 때문이다.

이것은 나와 형의 세대적 차이를 인정한 김현과 천이두의 주장과 궤를 같이하는 것이다. 김현은 6·25세대와 그 이후 세대를 형과 동생의 의식과 질환의 차이로 간파했으며, 천이두는 자기 고민의 책임을 전쟁으로 돌릴 수 있던 세대와 자기 고뇌의 책임을 자기 내부에서 찾아야 했던 세대의 차이로 인식했다.[20]

많은 연구자들이 형의 소설로 인해 내가 그림을 그리지 못한다는 설정, 즉 형의 그림과 나의 소설이 관계가 있다고 설정하고 있는 김현과 천이두의 이분법적인 세대론에 대한 견해를 다시 재검토해야 한다고 주장한다. 물론

---

20) 송기섭, 앞의 논문, 169쪽.

이들이 6 · 25와 4 · 19라는 시대적으로는 다른 아픔의 공통분모를 갖고 있는 것이 사실이지만, 그 아픔은 또 다른 정체성을 간직하고 있다. 송기섭은 이러한 세대론적 이분법의 김현이나 천이두의 관점은 작가와 동시대를 살았던 비평가들의 생체험에 바탕을 둔 역사적 상상력의 소산이라 받아들일 수 있다고 하였다. 그리고 「병신과 머저리」에서 이분법으로 읽게 되는 '형'의 플롯과 '나'의 플롯은 두 작중인물의 성격을 분변하여 세대론적 운명을 추정하는데 모아져 있시 않다고 했다. 그리고 개체적 자아의 진정한 면모가 무엇인가에 대한 탐색의 방식으로 두 플롯은 설정되어 있으며, 여기서 중심이 되어야 할 사안은 자기 자각을 위한 고뇌에 이들이 어떻게 통합되어 있는가에 있지 그것들이 어떻게 분리되어 있으며 또한 어떻게 다르게 성격화되어 있는가 하는 점에 있지 않다고 했다.[21] 그러나 나와 형은 새로운 가치관의 혼돈의 시대에 와 있다. 그리고 그들은 서로 다른 아픔 속에서 그것을 치유하는 과정과 새로운 질서를 확립하는 것에 대해 서로 다른 방법을 제시한다.

> 라캉은 정신분석이 지니는 역사적인 의미를 설명하면서 18세기 말 프랑스 혁명기를 언급한다. 프로이트의 정신분석이 당시에 극적으로 표출된 '도덕의 위기'에 대해 진정한 대답 또는 해결을 제시한다고 주장한다. '도덕의 위기'는 구시대의 질서가 무너지고 새로운 질서가 확립되지 않은 혁명기의 가치관의 혼돈을 가리키는 것일 수 있다. 이 혼돈을 서구의 근대가 탄생하는 순간에 원형적으로 자리 잡고 있는 도덕적 위기 상황으로 본다면, 이를 타개할 수 있는 새로운 윤리를 20세기의 정신분석이 제시한다고 보는 것이다.[22]

나는 6 · 25를 거치고 4 · 19를 지나 구시대의 질서가 무너지고 새로운 질서가 확립되지 않은 혁명기의 가치관의 혼돈의 시대에 온 것이다. 새로운

---

21) 송기섭, 위의 논문, 169쪽.
22) 김수용, 앞의 책, 37쪽.

질서가 확립되어야 할 시기에 온 것인데, 이를 타개할 수 있는 새로운 윤리가 필요한 시대에 온 것이다. 나는 혼돈의 시대에 새로운 윤리를 찾아가야 하는 상황에 직면해 있고, 형은 기존 사회에서 수용되는 공리적인 이데올로기 윤리에 갇혀 과거의 외상적 사건의 증상으로부터 벗어나려 한다.

2) 쾌락원칙(Pleasure Principle)으로서 욕망의 윤리

형의 소설은 겨울 고향에서 벌어지던 노루 사냥 이야기로 시작된다. 소설 속의 <나>[23]는 흰 눈을 선연하게 물들이고 있는 핏빛에 가슴을 섬뜩거리며 마지못해 일행을 쫓고 있었다.

> 총소리를 처음 들었을 때와 같은 후회가 가슴에서 끝없이 피어 올랐다. <나>는 차라리 노루가 쓰러져 있는 것을 보기 전에 산을 내려가 버리고 싶었다. 그러나 <나>는 망설이기만 할 뿐 가슴을 두근거리며 해가 저물 때까지도 일행에서 벗어나지 못하고 있었다. 핏자국은 끝나지 않았고, <나>는 어스름이 내릴 때에야 비로소 일행에서 떨어져 집으로 되돌아갔다. 그리고 <나>는 곧 열이 심하게 앓아 누웠기 때문, 다음날 그들이 산을 세 개나 더 넘어가서 결국 그 노루를 찾아냈다는 이야기는 자리에서 소문으로 듣게 되었다. 그러나 <나>는 그것만으로도 몇 번이고 끔찍스러운 몸서리를 치곤 했다.
> …… 사실 여기서도 암시하고 있듯이 형의 소설은 전반에 걸쳐서 무거운 긴장과 비정기가 흐르고 있었다(「병신과 머저리」, 66쪽).

서장序章은 형의 성격을 가장 잘 나타내주는 장면이다. 그리고 이렇게 나약한 자신의 성격에 대한 끝없는 질책과 그것으로부터 벗어나려는 의지가 소설 곳곳에 배치되어 있다. 하지만 그것은 그의 성격과 무관하게 법과 위반의 틀에 매어 있는 욕망에 불과한 것이다.

---

23) 소설 속의 <나>는 형이다.

'ㅈ'은행 신축 공사장 앞에는 늘 거지 아이 하나가 꿇어 엎드려 있었다. 열 살쯤 나 보이는 그 소녀 거지는 머리를 어깨 아래로 박고 두 팔을 앞으로 내밀어 손을 벌리고 있었다. 그 손에는 언제나 흑갈색 동전이 두세 닢 놓여 있었다. 그런데 우리가 그 앞을 지날 때였다. 앞서 걷던 형의 구둣발이 소녀의 그 내어민 손을 무심한 듯 밟고 지나가는 것이 아닌가. 놀란 것은 거지 아이보다 내 쪽이었다. 형의 발걸음은 유연했다. 발바닥이 손을 깔아뭉개는 감촉을 느끼지 못한 것 같았다. 더욱 이상한 것은 그때 깜짝 놀라 머리를 들었던 소녀가 벌써 저만큼 멀어져 가고 있는 형의 뒤를 노려볼 뿐 소리도 지르지 않은 것이었다. 나는 소녀의 손을 내려다보았다. 아무렇지도 않았다. 소녀는 다시 자세를 잡았다. 나는 울컥 화가 치밀어 올랐으나, 그것을 꾹 참아 넘기며 앞서가는 형을 조용히 뒤따랐다. 분명 형은 스스로에게 무언가를 확인하고 싶은 것 같은, 그리고 화실에서 지껄이던 말들이 결코 우연한 이야기가 아니었던 것 같은 생각이 들었다(「병신과 머저리」, 69쪽).

이것은 형이 오관모가 되고 싶었던 쾌락원칙[24]이다. 손을 밟은 형은 형의 소설 속 오관모이고, 당하지만 소리도 지르지 못하고 형의 뒤를 노려만 보는 소녀는 형의 소설 속 김 일병이며, 형이 소녀의 손을 밟은 것을 보고 화가 울컥 치밀어 올랐지만 그것을 꾹 참아 넘기며 형을 조용히 뒤따르는 것은 형의 소설 속 <나>, 즉 형인 것이다.

일부러 소녀의 손을 밟은 형은 소녀의 손을 밟은 것으로 가해자의 위치해서고 싶었던 것이다. 이것은 약한 자에게 강하고 싶은 심리이다. 그것으로

---

24) 쾌락은 도덕적인 선에서 물질적인 풍요와 '안락'으로 그 뜻이 확장된다. 쾌락원칙은 희열을 회피함으로써 도덕공동체의 법을 준수하는 데서 멈추지 않고 자본주의가 제공하는 물질적인 쾌적함에 안주하는 성향을 띤다. 자본주의 너머는 쾌락 너머의 희열처럼 현실의 편안함을 파괴하는 위험한 대상일 뿐이다. 반면 자본주의 내부의 물질적 쾌락은 그 편리한 풍요로움으로 편안과 안락을 약속한다. 쾌락원칙은 도덕적으로 그리고 경제적으로 지배질서의 현상유지에 기여하는 보수적인 원칙이다.
그러나 쾌락원칙을 넘어서려는 충동이 주체 속에서 지울 수 없는 욕망으로 존재한다는 사실을 잊어서는 안 된다.
김수용, 위의 책, 30쪽.

자신의 참새 가슴처럼 심약한 모습을 지우고 싶었을 것이다. 그러나 그것은 너무 소심한 행동으로 이어진 것이다. 형은 공동체의 법을 준수하는 수준에서 금기를 위반한다. 쾌락의 원칙을 넘어서는 금기를 위반하지는 못한 것이다. 그리고 소설을 쓰기 시작한다.

> <나>는 다음에도 여러 번 그 기이한 싸움을 구경했다. 그때마다 <나>는 김 일병의 <파란 빛>이 지나가는 눈을 지키면서 속으로 관모의 매질에 힘을 주고 있었다. 그런 때 <나>는 그 눈빛을 보면서 이상한 흥분과 초조감에 몸을 떨면서 더 세게 더 세게 하고 관모의 매질을 재촉했다(「병신과 머저리」, 69쪽).

관모가 꼬리 밟힌 독사처럼 약이 바싹 올라 김 일병을 두들겨 패기 시작했다. 그러나 김 일병은 자세를 전혀 흐트러트리지 않았고, 관모가 김 일병이 그만 굴복해 주기를 애원하는 형국이 되었다. <나>는 김 일병의 눈에서 <파란 불꽃>을 보았다. 그리고 소설에서 형은 그 눈빛에 관해 상당히 길게 설명을 남기고 있었다.

김 일병의 파란 눈빛은 김 일병을 견디게 하는 힘이다. 금기를 위반하지 않으려는 김 일병을[25] 굴복시키고자 하는 관모의 이러한 충동은 소설 속에서나마 <나>에게도 전이된다. 쾌락 원칙을 너머서려는 충동이 <나>의 내면에 욕망으로 존재함을 보여주는 유일한 흔적이다. 하지만 '나는 왜 그렇게 초조하고 흥분했었는지, 또 나는 누구를 편들고 있었는지, 그런 것을 하나도 모른 채, 그리고 그 기이한 싸움은 끝이 나지 않은 채 6·25 사변이 터지고 말았다'(「병신과 머저리」, 72쪽). 그러면서 <나>의 내면의 욕망은 쾌락원칙이 부과한 한계선을 넘어서지도 못하고 금지된 대상을 지향하는 욕망을 안으로만 간직하고만 것이다.

---

25) 형의 소설 뒷부분을 연상한다면 금기를 위반하지 않으려는 것은 동성애를 거부하는 것으로도 볼 수 있다.

그리고 형은 결말을 남겨두고 망설이고 있다.

　사르트르의 열쇠구멍을 들여다보는 자는 누군가에 의해 보여짐을 알 때 당황과 수치심을 느낀다. 자신이 세상에 의해 보여짐을 의식할 때 주체는 분리되고 인간은 고립과 소외를 벗어나 무대 위에 서게 된다. 이것이 라캉의 타자의식이다. 그러므로 그의 타자의식은 사회의식이다. 그는 타자의식이 없는 시선을 사악한 것으로 보기 때문이다. 「부러움」이란 단어는 「본다(vidrer)」라는 동사에서 유래되었다. …… 부러움이란 그 본질에 대해 아무것도 모르면서, 즉 자신에게 충족의 대상이 아닌 것(a)을 타인이 소유할 때 느낀다. 자신의 결여를 떠올리게 하는 완벽한 이미지 앞에서 아이는 창백하게 떨리는 눈으로 동생을 보고 있는 것이다. 그 창백한 떨림을 거두고 그것이 완벽함처럼 보이는 이미지일 뿐이라는 것을 깨닫게 하는 것이 응시이다.26)

　형은 소설의 결말을 완벽한 이미지로 만들고자 한다. 자신의 결여를 떠올리게 하는 완벽한 이미지 앞에서 형은 무너지고 만다. 그것은 사회적인 요구에 맞추어 위협적인 욕망을 제어하는 자아심리학에 닿아 있다. 프로이트가 제기한 문명과 욕망 사이의 근원적인 갈등을 해결하기 위해 자아심리학은 자아의 기제를 강화하고 보다 '성숙한' 자아를 발달시키는 것에 주안점을 둔다.27) 그리하여 형은 내가 만들어낸 결말을 잘라내 버리고 자신이 다시 끝을 맺어 놓았다.

　그러자 <나>의 눈앞에는 그 설원에 끝없이 번져가는 핏자국이 떠올랐다. 그때 또 한 발의 총소리가 메아리쳐 올랐다. <나>는 몸을 부르르 떨고 나서 동굴 구석에 남은 한 자루의 총을 걸어 메고 그 <핏자국>을 따라 산을 내려갔다. <오늘은 그 노루를 보고 말겠다. 피를 토하고 쓰러진 노루를>, <날더러는 구경만 하라고? 그렇지. 잔치는 언제나 너희들뿐이었지>

---

26) 권택영, 앞의 책, 35쪽.
27) 김수용, 앞의 책, 14쪽.

이런 말들이 <내>가 그 <핏자국>을 따라 가는 동안에 수없이 되풀이되고 있었다(「병신과 머저리」, 69쪽).

오관모가 김 일병을 동굴 밖으로 데리고 나가 죽이자, <나>는 총 한 자루를 걸어 메고 오관모가 김 일병을 죽인 곳으로 간다. 그러면서 나약한 자신에게 최면을 걸고 있다. <나>는 강하다. 사람을 죽일 수 있다. 참새 가슴이 절대 아니다.

오관모와 마주치게 되자 <나>는 "―하지만 나는 오늘 밤, 노루를 보고 말겠다. 피를 토하고 쓰러진 노루를"(「병신과 머저리」, 87쪽)이라고 다시 되새긴다. 하지만 <나>는 오관모에게 '또 뒤를 주고 서고' 말았다. '또'라는 말에서 형이 전에 뒤를 준적이 있으리라고 짐작할 수 있다. 하지만 소설 전체를 통해 형은 뒤를 준 적이 없다. 여기서 '뒤를 주다'의 상징적 의미가 분명해진다. 그것은 '돌아서지 못하다', '정면을 응시하지 못하다', 즉 '외면', '망설임'을 뜻한다. 이것은 불의에 항거하지 못하는 자신을 적나라하게 드러내는 단어이다. 하지만 형은 최후에 오관모를 향해 돌아섰다.[28] 그리고 오관모를 죽인다.

> 나는 겁이 나기 시작했다. 어느새 핏자국이 눈을 타고 나의 발등을 덮었다. 그리고 나는 한참 동안 두려운 눈으로 관모의 움직임을 지켜보고 있다. ……
>
> 문득 수면에 어리는 그림자처럼 희미한 얼굴이 떠올랐다. 그것은 웃고 있는 것 같았다. 그리고 좀 더 확실해지기만 하면 나는 그 얼굴을 알아볼 수도 있을 것 같았다. 오래 전부터 나와 익숙했던, 어쩌면 어머니의 뱃속에도 있기 이전부터 이미 알고 있었던 것 같은 그리운 얼굴이었다. 그러나 생각이 나지 않았다. 안타까웠다. 생각이 나기 전에 그 수면 위의 그림자처럼 희미하던 얼굴은 점점 사라져갔다. 나는 눈을 감았다. 그리고 계속해서 방아쇠를 당겼다. 총소리가 다시 산골을 메웠다. 짠 것이 자꾸만 입으로 흘러 들어왔다.

---

28) 이윤옥, 앞의 책, 149쪽.

탄환이 다하고 총소리가 멎었다.

피투성이의 얼굴이 웃고 있었다. 그것은 나의 얼굴이었다(「병신과 머저리」, 88~89쪽).

형이 이러한 결론을 내린 것은 도덕적 죄의식을 나타내는 초자아의 의식을 충실히 반영한 결과이다. 김 일병을 죽인 악한인 오관모를 죽이고 싶은 욕망을 그는 실현해냈고, 그러한 용기는 윤리가 긍정하는 욕망일 뿐이다. 따라서 형인 <나>는 참새 가슴으로서 우유부단하고 심약한 성격을 극복하고 사회적으로 악한인 오관모를 처단한 것이다. 그럼으로써 <나>는 참새 가슴으로 말미암아 숨겨져 볼 수 없었던 그리운 얼굴을 보게 된다. 피투성이가 된 웃고 있는 나의 얼굴이다.

하지만 형은 혜인의 결혼식에서 관모를 만나게 된다.

그렇다고 해도 이제 형은 곧 일을 시작하게 될 것이다. 형은 자기를 솔직하게 시인할 용기를 가지고, 마지막에는 관모의 출현이 착각이든 아니든, 사실로서 오는 것에 보다 순종하여, 관념을 파괴해 버릴 수 있는 힘이 있었다. 무엇보다도 형은 그 아픈 곳을 알고 있었으니까. 어쨌든 형을 지금까지 지켜온 그 아픈 관념의 성은 무너지고 말았지만, 그만한 용기는 계속해서 형에게 메스를 휘두르게 할 것이다. 그것은 무서운 창조력일 수도 있었다(「병신과 머저리」, 94쪽).

형은 관념이라는 쾌락의 원리를 넘어서는 충동으로서의 욕망을 파괴해 버릴 수 있는 힘이 있다. 그것은 곧 사회적인 요구에 맞춰 위협적인 욕망을 제어하고 자신을 현실에 어떻게 적응 시킬지를 아는 것이다. 그것은 사실로서 오는 것에 순종하는 것으로서, 관모의 출현이 착각이든 아니든 상관없이 욕망에 적대적인 지배 윤리에서 조금도 벗어나지 않는 현실 순응적인 것이다.

3) 혼돈의 시대에서 새로운 윤리 찾기

나는 형의 소설 결말이 쓰이지 않음으로 인해, 나도 그림을 도저히 그릴 수가 없게 된다. 그 살인의 기억 속에 이야기의 결말을 망설이고 있는 형 때문에 나는 매일 저녁 형의 소설을 뒤져보고 어서 끝이 나기를 기다리고 있지만, 관모는 항상 아직 골짜기 아래서 가물거리고 있었고 김 일병은 김 일병대로 형의 결정을 기다리고만 있었다. 무엇보다 나는 형이 그러고 있는 동안 화실에서 나의 일을 할 수가 없었다.

> 결말은 명백히 유추될 수 있었다. 형은 언젠가 자기가 동료를 죽였다고 말했지만, 형의 약한 신경은 관모의 행위에 대한 방관을 자기의 살인 행위로 받아들인 것인지도 모를 일이었다. 그렇다면 형은 가엾은 사람이었다. 그리고 미웠다. 언제나 망설이기만 할 뿐 한번도 스스로 행동하지 못하고 남의 행동의 결과나 주워 모아다 자기 고민거리로 삼는 기막힌 인텔리였다. 자기 실수만이 아닌 소녀의 사건을 자기 것으로 고민함으로써 역설적으로 양심을 확인하려 하였다. 그리고 자신을 확인하고 새로운 삶의 힘을 얻으려는 것이었다.
>
> 그러나 요즘 형은 그 관념 속의 행위마저도 마지막을 몹시 주저하고 있었다. 악질인 체했을 뿐 지극히 비루하고 겁 많은 사람이었다. 영악하고 노회한 그 양심이 그것을 용납지 않는 모양이었다(「병신과 머저리」, 80쪽).

형은 영악하고 노회한 그 양심, 즉 사회적으로 용인되는 '성숙'의 윤리 때문에 소설 속에서 김 일병을 죽이지 못한다. 따라서 나는 기다릴 수가 없어 소설 속에서 김 일병을 죽여 버리고 만다. 형 대신 소설을 마무리 지은 것이다.

> 나는 화풀이라도 하는 마음으로 표범이 토끼 잡듯 김 일병을 잡았다. 김 일병의 살해범이 누구인지 확실치도 않는 것을 <나>로 만들어버렸다. 그러니까 <내>(여기서는 형이라고 해야 좋겠다)가 관모가 오기 전에 김 일

병을 끌고 동굴을 나와서 쏘아버리는 것으로 소설을 끝내버렸다(「병신과 머저리」, 81쪽).

이것은 '건전한' 상식의 윤리를 벗어나는 것으로서 법과 위반의 틀을 벗어나는 욕망이다. 그리고 죄의식과 초자아의 논리를 넘어서서 그 악순환을 깨는 보다 근본적인 의미에서 위반의 욕망이다.

앞에서 밝혔듯이, 지금의 상황은 6·25를 거치고 4·19를 지나 구시대의 질서가 무너지고 새로운 질서가 확립되지 않은 혁명기의 가치관의 혼돈의 시대에 온 것이다. 새로운 질서가 확립되어야 할 시기에 온 것인데, 이는 이를 타개할 수 있는 새로운 윤리가 필요한 시대에 온 것이다. 따라서 윤리적 주체인 나는 혼돈의 시대에 새로운 윤리를 찾아가야 하는 상황 직면해 있는 것이다. 그것은 윤리적 주체인 내가 자신의 욕망을 포기하지 않고 끝까지 쫓음으로써 초자아의 가학적인 요구를 무력화하고 욕망의 만족을 성취하고자 함으로써 이룰 수 있는 것이다.

하지만 나는 초자아의 가학적 요구를 무력화하기 위해 형의 소설 결말에서 김 일병을 <내>가 죽여 버리는 것으로 끝을 내지만, 혼돈의 시대에 새로운 윤리를 아직 찾지는 못하고 있다. 그럼으로써 무기력한 모습만 보여주고 있다. 그것은 결혼식을 하루 앞둔 혜인의 편지에서 단적으로 드러난다.

선생님을 언제나 그렇게 만든 것은 선생님이 지니고 계신 이상한 환부(患部)였을 것입니다. 내일 저와 식을 올린 분은 선생님의 형님 되시는 분을 6·25 전상자라고 하더군요. 처음에 저는 그 말을 알아들을 수가 없었지만 요즘의 병원 일과 소설을 쓰신다는 일, 술(놀라시겠지만 그분은 선생님의 형님과 친구랍니다)에 관한 모든 이야기를 듣고는 어느 정도 납득이 갔어요. 그렇지만 정말로 저는 선생님에 대해서는 알 수가 없었어요. 6·25의 전상이 자취를 감췄다고 생각하면 오해라고, 선생님의 형님은 아직도 그 상처를 앓고 있다고 하시는 그분의 말을 듣고 저는 선생님을 생각했어요. 그렇다면 이유를 알 수 없는 환부를 지닌, 어쩌면 처음부터 환부다운 환부가 없는 선생님은 도대체 무슨 환자일까고요. 게다가 그 증상은 더 심한 것 같았어요. 그 환부가 어디에 위치해 있는지, 그것이 무슨 병인지조차 알 수 없다는 점에서 선생님의 증상은 더욱더 무겁고 위험해 보였지요. 선생님의 형님은 그 에너지가 어디에 근원했건 자기를 주장해 왔고, 자기의 여자를 위해 뭔가 싸워왔어요(「병신과 머저리」, 81쪽).

형은 6 · 25 전상자라는 뚜렷한 아픔의 이유를 알고 있고, 그 아픔을 견디는 힘 때문에 오히려 형은 살아 있는 이유가 있고 자기를 주장할 수 있다. 하지만 나는 나의 환부가 어디에서 오는 것인지도 모르고, 어디에 위치해 있는지도 모른다. 그래서 그 증상은 더욱 더 무겁고 위험해 보인다.

혼돈의 시대 한가운데 있는 나는 새로운 윤리를 모색하지만 새로운 윤리를 찾는 것은 요원하다. 그것은 화폭에 얼굴을 그리는 것으로 나타난다. 나는 얼굴의 윤곽만을 그린 채 전혀 얼굴을 그리지 못하고 있다. 결말을 맺지 못하는 형의 소설을 내가 대신 결말 부분을 쓰면서 '<내>(형)가 김 일병을 죽이고 나서' 나는 탈주하려 한다. 하지만 전통적인 윤리적 '선'으로서 '권력의 질서'를 정당화하고 유지하는 데 기여하는 이데올로기로서의 <나>(형)는 소설 결말을 고쳐 쓰면서 오관모를 죽임으로써 재영토화해 버린다. 결국은 내가 소설 결말을 끝내고 그리려던 그림은 형에 의해 찢겨지고, 자신의 얼굴을 찾은 형은 그것을 화폭에 그리라고 강요한다. 그리고 혼돈의 시대에 새로운 윤리를 찾지 못하고 방황하고 있는 나를 향해 형은 '병신 새끼', '머저리 병신'이라고 소리를 지른다.

나는 멍하니 드러누워 생각을 모으려고 애를 썼다.
나의 아픔은 어디서 온 것일까. 혜인의 말처럼 형은 6 · 25의 전상자이지만, 아픔만이 있고 그 아픔이 오는 곳이 없는 나의 환부는 어디인가. 혜인은 아픔이 오는 곳이 없으면 아픔도 없어야 할 것처럼 말했지만, 그렇다면 지금 나는 엄살을 부리고 있다는 것인가.
나의 일은, 그 나의 화폭은 깨어진 거울처럼 산산조각이 나 있었다. 그것을 다시 시작하기 위하여 나는 지금까지보다 더 많은 시간을 망설이며 허비해야 할는지 모른다.

　어쩌면 그것은 나의 힘으로는 영영 찾아내지 못하고 말 얼굴일지도 몰랐다. 나의 아픔 가운데에는 형에게서처럼 명료한 얼굴이 없었다(「병신과 머저리」, 94쪽).

　나는 아직 그 얼굴을 찾지 못하고 있다. 그리고 변화와 새 출발을 요구하는 새로운 윤리를 찾지 못하는 한 그것은 영원한 숙제로 남는다. 그것은 형으로 대변되는 초자아의 교묘한 감시의 눈을 벗어날 수 있을 때 가능할지도 모를 일이다.

<참고문헌>

이청준, 「병신과 머저리」, 『병신과 머저리』, 열림원, 2001.

권오룡 편, 「대담, 시대의 고통에서 영혼의 비상까지」, 『이청준 깊이 읽기』, 문학과지성사, 1999.

권택영 편, 『자크 라깡 욕망 이론』, 문예출판사, 1994.

김수용, 『자크 라캉』, 살림, 2008.

송기섭, 「「병신과 머저리」의 내면성과 아이러니」, 『현대소설연구』 41집, 2009.

왕은철, 『애도예찬』, 현대문학, 2012.

이상섭, 「의식소설의 세계」, 『이청준』, 은애, 1979.

이윤옥, 『비상학, 부활하는 새 다시 태어나는 말−이청준 소설 읽기』, 문이당, 2005.

이진경, 『노마디즘 1』, 휴머니스트, 2002.

이청준, 김소연·유재희 역, 『삐딱하게 보기』, 시각과 언어사, 1995.

＿＿＿＿, 『노마디즘 2』, 휴머니스트, 2002.

＿＿＿＿, 박정수 역, 『그들은 자기가 하는 일을 할지 못하나이다』, 인간사랑, 2004.

정금철, 「시적 주체의 소외와 불안의 증상」, 『인문과학연구』, 2011.

홍준기, 『라캉과 현대 철학』, 문학과지성사, 1999.

딜런 에반스, 김종우 외 역, 『라캉 정신분석 사전』, 인간사랑, 1998.

숀 호머, 김서영 역, 『라캉 읽기』, 은행나무, 2006.

슬라보예 지젝, 이수련 역, 『이데올로기라는 숭고한 대상』, 인간사랑, 2002.

자크 라캉, 김석 역, 『에크리−라캉으로 이끄는 마법의 문자들』, 살림, 2007.

자크−알랭 밀레, 『라깡의 세미나 11』, 새물결, 2008.

지그문트 프로이트, 김인순 역, 『꿈의 해석』, 열린책들, 2004.

＿＿＿＿＿＿＿＿＿＿, 박찬부 역, 『쾌락의 원칙을 넘어서』, 열린책들, 1997.

＿＿＿＿＿＿＿＿＿＿, 최석진 역, 『정신분석입문』, 돋을새김, 2009.

질 들뢰즈 · 펠릭스 가타리, 김재인 역, 『천개의 고원 – 자본주의와 정신분열증 2』, 새물결, 2001.

_____, 최명관 역, 『앙띠 오이디푸스 – 자본주의와 정신분열증』, 민음사, 2000.

Slavoj Žižek, *For They Knew Not What They Do: Enjoyment as a Political Factor*, London & NewYork: verso, 1991.

시적 주체의 소외와 불안의 증상

정 금 철

1. 서론

학문과 학문 간 통섭의 관점에서, 문학과 정신분석학은 인문학 분야의 가장 괄목할 만한 예로 주목 받고 있다. 전통문학비평론에서, 문학/ 정신분석학은 '문학 텍스트에 대한 정신분석학적 해석'과 같은 표제가 시사하듯이 종속(해석) 대상/ 주인학문의 관계였다.1) 그러나 후기구조주의와 함께 라캉 J. Lacan 이후, 문학과 정신분석학은 '언어 구조'를 공유한 상호 포함관계로 움직이게 된다.

라캉은 "무의식은 언어처럼 구조화된다"2)고 말한다. 언어(기표)가 빈 곳(틈)을 중심으로 구조되어 있듯이 주체의 무의식(욕망)은 빈 곳(결여)을 중심으로 구조되어 있다. 다시 말해 언어의 구조가 기표와 기표 사이의 빈 곳(탈동일화)과, 이 빈 곳을 메우는 여분의 기표(동일화)의 끝없는 연쇄작용이듯이 무의식을 지배하는 욕망의 구조도 주체의 결여를 메울 수 있다고 생각

---

1) 박찬부, 『현대정신분석비평』, 민음사, 1996, 130쪽.
2) 박찬부, 위의 책, 108쪽.

되는 대상과의 동일화와 그 대상으로부터 벗어나려는 탈동일화(분리)의 부단한 과정을 반복한다.[3] 언어와 무의식은 동일화의 원리인 은유와 탈동일화의 원리인 환유와 같은 비유적 수사학으로 구조되어 있는 것이다.[4] 이럴 때 문학과 정신분석학은 구조적 동일성(homology)을 공유한 상호 내재적 포함관계가 된다. 아울러 상동관계이므로 또한 상호이론관계이자 상호해석관계임을 포함할 수 있다. 그래서 '문학 텍스트는 정신분석학의 무의식'[5]이 되고, '정신분석학은 문학적(미학적) 담론'[6]이 되는 상호 통섭을 형성하게 된다.

본고는 이와 같은 관점에서, 문학과 정신분석학의 상호작용으로 시 텍스트의 담론과 담론주체의 형성과정을 살펴보고자 한다. 구체적으로 시적 화자의 언술에 동행하는 언술(사회적) 주체의 무의식과 무의식적 욕망에 상존하는 불안의 증상을 읽게 된다.

현대 정신분석학에서, '말하는 존재자'인 주체는 선험적 존재가 아니라 담론(텍스트)의 결과이고 효과이다. 따라서 본고에서는 시인의 주체가 아닌 시 텍스트의 담론 주체를 읽게 된다. 한 시인의 시 작품이라 할지라도 발표 시기나 시적 화자의 언술 체계에 따라 화자의 주체성이 달라질 수 있기 때문이다. 아울러 단편적이나마 시적 주체와 시대적 맥락의 연관관계를 통해 사회적(타자) 변화에 따른 주체형성의 변모과정을 따라가 보고자 한다. 본고는 1930년대 모더니즘 형성기의 시 텍스트로 윤동주의 「길」을, 그리고

---

3) 홍준기, 「쟈끄라캉, 프로이트로의 복귀」, 김상환·홍준기 편, 『라깡의 재탄생』, 창작과비평사, 2002, 99쪽. 라캉은 기표(단어)의 수직적 교체에 의한 의미 발생을 무의식의 은유적 구조로, 기표의 수평적 연쇄로 인한 의미화 과정을 환유적 구조로 읽는다.
4) 홍준기, 앞의 논문, 94~96쪽. 라캉의 이론은 야콥슨의 수사학 개념과 차이가 있다. 라캉은 야콥슨의 은유론이 유사성 개념에 머물고 있음을 비판하며, 은유는 한 단어를 다른 단어로 대체하는 것만이 아니라, 대체된 단어나 숨겨진 단어가 기표의 연쇄 속에서 다른 기표들과 환유적으로 결합될 때 새로운 '의미 효과' ― 유사성이 아니라 비유사성의 실재(전도된, 빗나간 의미)를 낳게 된다고 말한다.
5) 박찬부, 앞의 책, 130쪽.
6) 권택영, 「신화적 지식과 주이상스의 변형」, 라깡과 현대정신분석학회 편, 『라깡과 현대정신분석』, 도서출판 동인, 2002, 20쪽.

1960~1970년대 산업사회를 대표하는 시 텍스트로 신경림의「농무」를, 19
80~1990년대 후기 산업사회의 시적 담론으로 기형도의「빈집」을 선택하
여, 각각의 시대별 주체형성을 읽는 가운데, 통시적 변모과정을 언급하게
된다.

2. 주체의 소외와 불안의 증상

현대 정신분석학을 대표하는 라캉은 주체형성의 입문 단계로 '거울 단
계'—생후 6~18개월 사이—를 가정한다. 이 시기 유아는 거울에 비친 자신
의 투영상—거울상을 하나의 통일체로 경험하며 '이상적인 나(Ideal-I)'로 동
일시하게 된다. 그런데 라캉의 거울 단계는 주체형성의 기본 요인이 '소외
(결여)'와 '허구성'과 '오인의 구조'임을 시사한다.[7] 즉 이때 유아 자신은 자
신의 밖에 있는 거울상(이상형)과 분리되어 있는 결여의 '소외'된 존재이고,
거울상의 시각적 이미지를 총체적이고 완전한 것으로 오인하는 허구적 환
상에 사로잡혀 있는 존재이다.[8] 이처럼 구조적으로 거울 안팎에 분열된 주
체는 자신의 이상형으로 존재의 결여를 메우고 소외를 벗어나, 안팎의 분열
을 봉합하려는 끝없는 환상의 불가능한 욕망을 반복하게 된다.

성장과 함께, 유아는 점차 자신의 거울상을 자신과 신체적(몸의) 접촉관
계인 어머니에게 투사(동일시)하여 나/ 어머니의 몸의 이자적二者的 애착관
계(환상적 상상계)를 형성하게 된다. 그러나 이와 같은 둘 사이의 애착관계
에 아버지의 이름이 개입하는 오이디푸스적 삼각관계인 거세단계를 거쳐
유아는 비로소 사회적(상징계적) 주체로 진입하게 된다. 요약하여 사회적
주체란 자신의 원초적 이상형인 어머니의 몸에 대한 환상(상상적 동일시)과

---

7) 정문영,「라캉: 정신분석학과 개인주체의 위상축소」, 윤호녕 외 3,『주체 개념의 비판』, 서울
   대학교 출판부, 1999, 64쪽.
8) 정문영, 앞의 논문, 65쪽.

사회적 이상형인 집단적 규범이나 이념과 같은 대타자로부터의 인정(상징적 동일시) 욕망 사이, 즉 나(주체, S)/ 무의식(환상, 대상a)/ 대타자(인정욕망, A)의 삼각구조로 형성된 존재이다.

라캉에게 상징계 즉 사회적 주체는 '말하는 존재자(parlêtre)'[9]이다. 즉 주체는 언어의 질서(대타자)에 편입되는 한에서만 주체로서 기능할 수 있다. '말하는 존재자'로서 주체는 말의 대타자에 예속된 그래서 언어(기표)의 의미로부터 억압된(소외된) 존재이다. 한마디로 언어(의미)/ 존재로 분열된 주체(S)로서, 타자로부터 주어진 언어로 자신을 온전하게 표현할 수 없는 결여를 지닌 존재이다.

이렇듯 말하는/ 존재자로 분열된 주체는 기표의 연쇄인 언어의 그물망 속에서 순간적으로 어떤 '흔적'이나 '유령'으로만 자신의 존재성(결여의 실재)을 드러낼 수 있을 뿐이다. 그래서 라캉은 데카르트의 코기또 명제를 이렇게 변용한다. "나는 존재하지 않는 곳에서 생각하고, 생각하지 않는 곳에서 존재한다."[10]

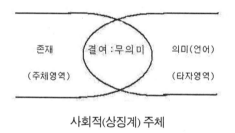

사회적(상징계) 주체

위 도표의 교집합─주체가 타자에 의해 점유된 영역─만큼 존재적 결여를 지닌 주체는 자신의 이상형으로 결여의 빈 곳을 메우려하지만, 그 욕망

9) 김상환, 「라깡과 데까르뜨」, 김상환 · 홍준기 편, 앞의 책, 160쪽.
10) 김상환, 앞의 논문, 163쪽.

은 대타자인 언어에 억압되어 온전히 표현되지 못한 채 무의미한 흔적이나 유령으로 떠돌게 될 뿐이다.11) 이처럼 언표화될 수 없는 결여의 존재성을 프로이트S. Freud는 '리비도', '무의식'이라 불렀고, 라캉은 욕망의 원인이자 대상인 '대상a'이자 상징적 거세과정에서 잔여물로 남겨진 '잉여 쥬이상스 (향유)'라 부른다. 오이디푸스적 주체의 유아/ 어머니의 몸/ 아버지의 법의 삼각관계가 사회적 주체에게는 주체(결여의 존재)/ 대상a(잉여 쥬이상스)/ 대타자(언어, 담론)의 삼각구조 속에 내재화되는 것이다.

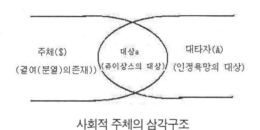

사회적 주체의 삼각구조

위의 도표가 시사하듯, 주체는 타자와의 관계 즉 타자의 욕망(인정)과 쥬이상스(향유)와의 연관성 속에서 형성된다. 주체의 욕망이 타자의 욕망 속에 형성된다는 것은 그만큼 타자의 욕망(교집합만큼의)을 욕망하게 된다는 말이고, 타자의 욕망에 예속되어 있는 한 그만큼 스스로의 고유한 욕망(존재의 실재)으로부터 소외되어 있다는 말이 된다. 이렇듯 타자와의 관계로 형성되는 주체는 타자와의 대면, 즉 타자로부터 주어진 욕망과 쥬이상스 앞에서 늘 불안한 존재이다. 주체는 타자로 인해 점유된 교집합만큼의 '존재결여(소외)'와 '담론의 무의미'와 같은 실존적 공허를 벗어날 수 없기 때문이다.12)

---

11) 홍준기, 앞의 논문, 128쪽.
12) 홍준기, 「라깡과 프로이트·키에르케고르—불안의 정신분석」, 김상환·홍준기 편, 앞의 책, 199~206쪽 참조.

이렇듯 사회적 주체에게 불안은 상존하나, 특히 주체의 존재영역이 타자(교집합 영역)에 압도되어 사라질(존재소멸) 위기에 처할 때, 그 불안은 불안감의 증상으로 구체화된다. 그리고 그 불안감은 주체(존재성) 상실의 위기를 주체 회복으로 이끄는 추진력으로 작용하게 된다. 먼저 존재론의 관점에서, 주체는 전능한 타자(A) 앞에서 불안의 증상(불안감)을 나타낸다. 주체는 결여 없는—결여의 결여—전능한 타자에 흡수되어 자신의 존재가 소멸(먹히게) 될지 모른다는 주체상실의 불안감에 휩싸이게 된다. 이때 주체의 불안감은 전능한 타자에게서 결여의 가능성—즉 그 이면의 빈 곳, 부정성을 발견하여(A) 타자로부터의 분리(탈동일화)를 수행하게 된다. 한편 인식론적으로, 주체는 타자(언어, 담론)의 불확실성—의미의 비결정성, 무의미 앞에서 실존적 공허의 불안감에 휩싸이게 된다. 이때 주체의 불안감은 타자(언어)의 절대성이나 보편성과 같은 담론과 지식의 환상으로부터 벗어나는 '환상 가로지르기(A)'를 통해 타자로부터의 분리(탈동일화)를 수행하게 된다. 요컨대 불안은 주체를 사회적 통념과 관습의 노예(죽음) 상태로부터 자율적 개체(삶 본능)로 추동하는 정서적 동력—라캉의 용어로 '정동(affekt)'인 셈이 된다.13) 지금까지의 주체형성 과정을 요약해 보면, 타자에 종속된 주체의 소외가 주체의 불안을 낳고 주체의 불안감(정동)이 타자로부터의 분리(개체화, 독립)를 추동하는 소외 → 불안 → 분리의 단계를 반복, 순환하게 된다.

본고는 이상과 같은 현대 정신분석학의 관점에서, 시적 화자의 언술에 동반하는 말하는/ 존재자로서의 주체를 읽어보고자 한다. 즉 주체형성의 삼각관계에 상응하는, 결여(분열)의 존재로서의 주체($)/ 무의식적 환상으로서의 대상a/ 사회적, 집단적 가치와 이념으로서의 대타자(A) 간의 비유적(은유적) 심상을 읽게 된다. 그리고 주체의 형성 과정과 호응하는, 존재적 결여를 드러내는 '소외현상' → 존재적 위축이나 죽음의 심상과 연관된 '불안의 증

---

13) 홍준기, 앞의 논문, 199~200쪽.

상' → 존재적 전환이나 분열의 심상 및 모순적 담론과 연관된 '분리단계'의 비유적(환유적) 심상을 읽게 된다.

3. 오이디푸스 주체의 소외와 '부끄러움'의 불안; 윤동주의 「길」

1 잃어버렸습니다.
　무얼 어디에다 잃었는지 몰라
　두 손이 주머니를 더듬어
　길에 나아갑니다.

2 돌과 돌이 끝없이 연달아
　길은 돌담을 끼고 갑니다.

3 담은 쇠문을 굳게 닫아
　길 위에 긴 그림자를 드리우고

4 길은 아침에서 저녁으로
　저녁에서 아침으로 통했습니다.

5 돌담을 더듬어 눈물짓다
　쳐다보면 하늘은 부끄럽게 푸릅니다.

6 풀 한포기 없는 이 길을 걷는 것은
　담 저쪽에 내가 남아 있는 까닭이고,

7 내가 사는 것은, 다만,
　잃은 것을 찾는 까닭입니다.

　　　　　　　　　　　　　　　　　　－번호 필자

1연에서 화자는 "잃어버렸습니다"로 말문을 연다. 화자는 '잃어버림'의 수동태로 자신의 의지(의식)와 상관없이 잃어버린 존재가 된 상실감—결여 의식에 사로잡혀 있다. 그런데 화자는 "무얼 어디에다 잃었는지 몰라"라고 고백한다. 그가 상실한 대상은 '무엇', '어디'와 같은 대명사로 지칭되고 있다. 실체적 사물의 '무엇'이나, 구체적 정황의 '어디'와 같은 명사가 아닌, 실체의 '무엇'인 듯한 유령 같은 존재, 현실의 '어디'쯤인 듯한 '흔적'과도 같은 대리기표(대명사)로 지시되고 있을 뿐이다. 게다가 화자는 잃어버린 대상도 그 흔적도 '모른다(몰라)'고 한다. 화자가 기억하지 못하는 대상, 이름으로 명시(언표화)될 수 없는 존재는 사회(상징계)에서 금지된 대상이며 언어로부터 거세된 존재인 무의식의 영역이다. 지금 화자가 '잃어버린' 존재적 결여 영역(교집합)은 무의식에 사로잡혀 있는 것이다. 그래서 화자는 "두 손이 주머니를 더듬어/ 길에 나아갑니다"로, 본래 자신의 것이었는데(오인의 구조) 지금은 수중('주머니')에 없는 원초적 욕망의 원인이자 무의식에 억압된 대상인 대상a를 찾아 '길'을 나선다. 잃어버린 것을 찾아 '길에 나아가는' 행보는 이상형을 찾아 존재적 결여를 메우려는 주체의 욕망과 등가적이다. 1연의 화자는 무의식에 종속된 원초적 쥬이상스의 주체다.

2, 3, 4연은 화자 앞에 놓여있는 '길'의 심상(이미지)을 보여준다. 이미지는 비유적 언어이고, 정신분석학에서 은유는 욕망의 증상(symptôme, 동일성)이고 환유는 그 욕망의 추이(미끄러짐, 탈동일성)[14]이다. 화자가 나선 '길'은 "돌과 돌과 돌이 끝없이 연달아" "돌담을 끼고 가는" 길이다. 그런데 그렇게 연속되는 길은 '돌담'과 '쇠문'으로 굳게 닫힌 장벽을 따라 그 장벽의 '긴 그림자'가 '드리운(우고)'의 그늘로 이어지는 길이다. 길옆으로 장벽과 어둠을 함께 끼고 가야 하는 행보는 대타자의 금지와 억압으로부터 자유로울 수 없는 주체의 욕망(행보)과 등가적이다. 그런데 돌담과 쇠문의 견고한 담장은 담장 안쪽에 대한 강한 호기심과 환상을 불러일으키게 된다. 강한

---

14) 김상환, 「라깡과 데리다」, 김상환 · 홍준기 편, 앞의 책, 511쪽.

법은 강한 위반(쾌락)을 동반하기 마련이다.15) 4연에서 화자는 "길은 아침에서 저녁으로/ 저녁에서 아침으로 통했습니다"고 말한다. 화자의 길(행보)은 아침 저녁을 번갈아 자동적으로 순환, 반복된다. 타자의 감시와 억압에도 불구하고 잃어버린 대상을 향한 주체의 욕망은 강박적일만큼 반복적인 행보—프로이트의 용어로 '반복강박증'—에 사로잡혀 있는 것이다.16) 길에 맹목되어 있는 화자는 타자(교집합 영역)에 함몰되어 자신의 존재성을 결여한 소외된 주체. 타자(대상a)의 환상에 종속된 주체의 소외는 주체 소멸의 불안감—즉 타자에 '먹히게 될 것 같은' 죽음충동에 휩싸이게 된다.17)

5연에서 화자는 '돌담' 앞에 멈춰서고, '하늘'을 처다본다. "돌담을 더듬어 눈물짓다/ 처다보면 하늘은 부끄럽게 푸릅니다"에서, 앞 행/ 뒷 행은 상호계기관계이자 대치구조인 대구형태를 이룬다. 화자의 시선은 '돌담'에서 '하늘'로, 행위는 '더듬어'에서 '처다보면'으로, 반응(정서)은 '눈물짓다'에서 '부끄럽게'로 접속된다. 화자의 장님처럼 더듬던 손길이 처다봄의 시선(눈뜸)으로 교체될 때, 돌담(금지) 앞에서 주저함과 의문으로 '눈물짓던(다)' 주체는 하늘과 하늘의 푸르름 아래 스스로 '부끄러운' 존재—부끄러움의 느낌(정서)과 부끄러움의 인식(눈뜸)이 교차하는—로 전환된다. 타자에 대한 부끄러움의 정서는, 타자에 비하여 스스로 왜소함(못남)을 느끼는 존재적 위축감이고 심층적으로 흠 없는 타자에 비추어 흠(죄성) 있는 존재로서의 죄

---

15) 권택영, 『잉여쾌락의 시대—지젝이 본 후기 산업사회』, 문예출판사, 2003, 60쪽. 지젝(S, Žižek)에 의하면, 아버지의 이름(법)과 거세는 성(性)을 금지하는 것이 아니라 없는 성을 낳는다고 말한다.

16) J. D. Nasio, 임진수 역, 『자크라깡의 이론에 대한 다섯 편의 강의』, 교문사, 2000, 78쪽. 라캉은 "무의식과 향락"의 강의에서, 쾌락과 향락(쥬이상스)을 구분하면서 쾌락은 일시적이나 향락은 시간을 초월하는(영원한) 삶 자체의 본능이라고 말한다. 즉 향락(쥬이상스)은 삶(생명)을 반복하게 만드는 동인으로 프로이트의 '반복강박증'의 개념과 동일하다고 말한다.

17) 홍준기, 「라깡과 프로이트 · 키에르키고르—불안의 정신분석1」, 김상환 · 홍준기 편, 앞의 책, 199쪽. 라캉에 따르면 불안의 근원은 사랑하는 대상의 상실에서 기인하는 것이 아니라 주체가 가늠할 수 없는 타자의 욕망, 주체를 위협하는 전능한 타자의 향유(쥬이상스) 앞에서 느끼는 정서(affekt)라고 말한다. 라캉은 이때 향유를 대상a로 해석하는 바 불안의 대상이 대상a임을 암시한다.

책감의 중상이다.

하늘과 하늘의 푸르름 아래 부끄러운 화자는 우러름('쳐다보면')의 절대자이자 흠 없는('푸릅니다') 대타자 앞에서 존재적 위축감과 죄성의 존재감(죄책감)으로 부끄러운 주체다. 길에 맹목되어 존재소멸에 이른 부끄러운 주체고, 길(쥬이상스)에 함몰된 죄성의 존재로서(죄책감) 부끄러운 주체다. 그런데 존재 위축의 부끄러움은 존재소멸의 불안감과 일치하며 죄성의 죄책감은 주체파괴의 죽음충동과 등가적이다. 푸르른 하늘 아래 부끄러운 화자는 절대적이며 흠 없는 대타자의 응시에 부끄러운 존재로서 불안한 주체다. 앞에서 언급한바 있거니와 부끄러움은 정서이자 인식인 정서적/ 인식의 층위이고, 불안감 또한 정서이자 동력(추진력)인 정/ 동의 중상이다. 화자의 부끄러움에 동행하는 불안의 중상은 부끄러움의 느낌과 함께 더 이상 부끄럽지 않기를 바라는 인식적 동력(자각의 추진력)을 동반하게 된다. 5연의 "쳐다보면 하늘은 부끄럽게 푸릅니다"의 화자는, 「서시」의 "하늘을 우러러 한점 부끄러움이 없기를"의 화자와 마찬가지로, 절대자이며 흠 없는 대타자를 쫓아 대타자의 인정을 받고자 하는 욕망의 주체로 추동된다. 지금까지 길(수평축)에 맹목 되었던 주체는 돌담에서 하늘로 이어지는 수직축의 금지와 명령을 쫓아–즉 대타자의 거세를 받아들여 원초적 쥬이상스의 주체에서 사회적 욕망의 주체로 분리되고 있는 것이다. 분리로 인해 주체는 길에의 맹목으로 인한 존재적 소외를 벗어나게 되나 다시 하늘의 대타자에 종속되어 존재적 소외를 되풀이하게 되는 욕망의 순환 궤도에 진입하게 된다.

6연에서 화자는 "풀 한포기 없는 이 길을 걷는 것은/ 담 저쪽에 내가 남아 있는 까닭이고"로 독백한다. 화자는 담 이쪽과 저쪽에 분열되어 있다.[18] 대타자의 응시에 부끄러운 그러나 부끄럽지 않기를 바라는 주체는 담 이쪽과 저쪽에 욕망의 주체와 쥬이상스의 주체로 분리(A̸)된다. 거세의 담을 끼고 걷는 욕망(인정)의 이 길은 '풀 한포기 없는'–즉 환상을 꿈꿀 수 없는 메마

---

18) 김승희, 「0/1의 존재론과 무의식의 의미 작용」, 『현대시 텍스트 읽기』, 태학사, 2001 참조.

른(현실적) 주체의 길이고, 환상적 쥬이상스의 주체는 거세의 담 안쪽('저쪽')에 억압된 존재─무의식으로 남아 있을 뿐이다.

7연에서 화자는 "내가 사는 것은, 다만,/ 잃은 것을 찾는 까닭입니다"로 말문을 맺는다. 7연의 화자는 다시 1연으로 되돌아가 그의 존재이유가 여전히 '잃은 것을 찾는 것'임을 되풀이하고 있다. 7연이 1연으로 순환하는 언술체계는 끝없는 욕망의 연쇄인 환유적 미끄러짐과 등가적이다. 6연과 7연에서 화자는 '~까닭이고', '~까닭입니다'를 반복하는바, 6연에서 7연으로 연계된 동어반복의 문맥으로 볼 때, 까닭의 원인은 "담 저쪽에 내가 남아 있기(는)" 때문이고, 까닭의 결과(조건)는 "다만, 잃은 것을 찾는"것이니, 화자의 존재이유인 욕망은 '잃어버린 나'를 찾고자 하는 것(환상)임을 고백하고 있다. 화자는 주체의 본질이 잃어버린 자신의 반쪽인 이상적인 자아(Ideal-I)를 찾아(오인의 구조), 결여의 존재성을 메우고 주체의 소외를 봉합하고자 하는 환상의 과정('길')임을 담론하고 있는 것이다.

윤동주의 시「길」의 화자는, 1, 2, 3, 4연의 원초적 무의식─어머니의 몸을 향한 쥬이상스의 주체(S⊃Ⓐ)로부터[19] 5연에서 완전한 대타자의 거세를 받아들여 사회적 인정 욕망의 주체로 분리되나($⊂A), 6연과 7연에서 심화된 존재분열의 소외된 주체로서 다시금 잉여 쥬이상스(대상a)를 욕망하는($◇a) 오이디푸스 주체의 전형을 보여주고 있다. 1930년대(詩史)의 모더니즘 형성기에 쓰여진 윤동주의「길」은 나르시시즘(상상계) 주체의 전지적 시선((S⊃Ⓐ)으로부터 현대적(상징계) 주체의 타자(담론) 중심의 객관적($⊂A) 시선으로 전환되는 시대적 담론을 보여주고 있다.[20]

---

19) 거세이전의 유아는 나르시시즘적─자신의 전지적 시점으로 타자와 동일시하는 분별이전의 주체(S)이고, 불안은 이런 유아적 주체를 어머니의 몸(대타자)으로부터 분리, 단절(Ⓐ)하는 역할을 한다. 원초적 대타자는 분리, 거세되어(Ⓐ) → 대상a가 된다.

20) 맹정현,「라깡과 푸코·보드리야르: 현대적 시선의 모험」, 김상환·홍준기 편, 앞의 책, 500쪽. 주체성의 변모양상은 곧 주체의 시선이 타자의 시선과 맺는 관계의 변모구조를 읽는 과정이다. 이 글에서 논자는 이러한 가능성을 다음과 같이 도식화한다.

4. 산업사회 주체의 불안과 잉여 쥬이상스의 몸짓; 신경림의 「농무」

장면 1 징이 울린다 막이 내렸다
　　　　오동나무에 전등이 매어달린 가설 무대
　　　　구경꾼이 돌아가고 난 텅 빈 운동장
　　　　우리는 분이 얼룩진 얼굴로
　　　　학교 앞 소줏집에 몰려 술을 마신다
진술 1 답답하고 고달프게 사는 것이 원통하다
장면 2 쟁과리를 앞장세워 장거리로 나서면
　　　　따라붙어 악을 쓰는 건 조무래기들뿐
　　　　처녀애들은 기름집 담벽에 붙어서서
　　　　철없이 킬킬대는구나

장면 3 보름달은 밝아 어떤 녀석은
　　　　꺽정이처럼 울부짖고 또 어떤 녀석은
　　　　서림이처럼 해해대지만 이까짓
진술 2 산구석에 처박혀 발버둥친들 무엇하랴
　　　　비료값도 안 나오는 농사 따위야
　　　　아예 여편네에게나 맡겨두고
장면 4 쇠전을 거쳐 도수장 앞에 와 돌 때
진술 3 우리는 점점 신명이 난다
　　　　한 다리를 들고 날나리를 불꺼나
　　　　고개짓을 하고 어깨를 흔들꺼나

　　　　　　　　　　　　　　　　　　　　－구분 필자

고전적(전지적) 시선	+	－	S⊃A	
현대적(타자, 담론) 시선	－	+	S⊂A	푸꼬, 라깡 1
후기 현대적(리비도, 충동) 시선	－	－	S∩A	라깡 2
주체(시선)의 소멸	×	×		보드리야르(라깡)

「농무」는 농민들이 참여하는 집단 가무로 농사와 연희, 노동과 **유회**가 접목된 기표이다. 이 시는 20행이 한 연으로 이루어져 있는 바, 문맥상, 농무(꾼)와 관련된 장면(이미지) 1, 2, 3, 4 사이에 화자의 진술 1, 2, 3이 삽입되어 있는 형태로, 이들이 한편의 일관된 서사를 형성하지는 않는다. 이 시의 화자는 '나'가 아니라 '우리'이다. 장면 1, 2, 3, 4는 농무꾼인 '우리'를 보여주고 있고, 진술 1, 2, 3은 나(화자)를 포함하여 농사꾼인 '우리'를 발언하고 있다. 장면은 보임―타자에 응시된―의 주체와, 그리고 진술은 보는―욕망의 시선―주체와 연관된다.[21]

장면 1은 "징이 울린다 막이 내렸다"로 시작된다. 전통 연희에서 징 소리는 막이 오를 때의 시작과 막이 내릴 때의 끝을 알리는 싸인이다. 지금 이 장면에서 울린 징소리는 막이 내렸음을 그래서 화자인 농무꾼 우리의 역할도 끝났음을 알리는 싸인이다. 막이 내리고 역할이 끝난 배우는 더 이상 배우로서의 인정받는 주체가 아니다. 실제로 장면 1의 "오동나무 전등이 매어달린 가설 무대", "구경꾼이 돌아가고 난 텅 빈 운동장", "분이 얼룩진 얼굴", "학교 앞 소주집에 몰려 술을 마신다"에 보여진(보임의) 우리는 무대 위의 화려한 조명 속의 주연 배우들이라기보다는 무대 언저리의 초라한 조역이나 무대 밖으로 밀려난 퇴역 배우들의 모습(이미지)을 연상시킨다. 이 시가 발표된(1973) 시대의 사회상에 비추어보더라도, 1970년대 농민의 거울상은 '농자천하지대본農者天下之大本'의 그 으뜸으로서의 주역이 아니다. 1960년대를 거쳐 1970년대에 이르러 농민집단은 급격한 산업사회의 물결 속에서 대본의 중심무대를 굴뚝산업의 역군―공, 상업의 기능집단들에 넘겨주고 그 뒷자리의 들러리로 전락한 처지였다. 사회의 중심 무대에서 밀려난 **존재**, 대타자의 주목(응시)을 받지 못하는 존재는 자신의 욕망―주체의 욕망은 대타자의 욕망이다―으로부터 소외된 주체다. 장면 1은 거스를 수 없는 시대의 흐름―즉 전능한 대타자 앞에 스스로 위축될 수밖에 없는 농민주체의 불

---

21) 권택영, 앞의 책, 132~133쪽 참조.

안한 자화상을 보여주고 있다. 진술 1의 "답답하고 고달프게 사는 것이 원통하다"는 소외된 농민주체의 위축감과 상실감을 토로하는 고백이다.

장면 2에서, 농무꾼 우리는 요란한 '꽹과리를 앞장세워' 마을의 중심인 '장거리'—가장 번잡한 그래서 구경꾼을 많이 모을 수 있는—로 나서보지만, 반응이라고는 시답잖은 '조무래기들의 악다구니'나 맥빠지게 하는 '처녀애들의 킬킬거림'이 전부일 뿐이다. 1970년대 산업사회에서, 농민이 대본의 중심이 아닌 것처럼 마을의 장거리에서도 농무는 더 이상 구경거리가 되지 못한다. 징소리와 함께 농무의 무대는 막(역할)이 내리고, 꽹과리를 앞세워도 구경꾼의 시선을 끌지 못한다. 타자의 응시(인정)로부터 소외된 주체는 주체 소멸의 위기감인 불안증상에 사로잡히게 된다.

소외된 주체의 불안감은 시간을 거슬러 역사상 제도권(대타자)로부터 가장 소외되었던 임꺽정의 무리와 동일시된다. 장면 3에서, 우리들 중 "어떤 녀석은 꺽정이처럼 울부짖고, 또 어떤 녀석은 서림이처럼 헤헤대지만"으로 그려진다. 이 장면에서 농무꾼 우리의 반응은 상호 모순, 충돌하는 증상을 보인다. 동일시의 대상은 꺽정이처럼/ 서림이처럼으로 갈라지고, 동일시의 정서는 울부짖음/ 헤헤댐으로 상반된다. 이는 화자 우리의 욕망이 대타자를 향하기보다는 라이벌 집단—공, 상업의 기능집단을 향하고(모방하고) 있기 때문이다.[22] 즉 대타자의 총애를 받는 라이벌 집단의 욕망을 애/ 증의 엇갈림인 선망/ 질투로 욕망하고 있기 때문이다. '꺽정이처럼 울부짖고'는 증오(외향적)의 파괴본능(죽음충동)이고 '서림이처럼 헤헤대지만은' 허탈(내향적)의 파괴본능(죽음충동)이다. 이 장면에서, 농민주체는 꺽정(도둑)의 무리와 동일시되어 파괴본능(저항)과 죽음충동(자해)의 집단적 불안증상을 드러내고 있는 것이다.

---

22) 권택영, 앞의 책, 118쪽. 라이벌 욕망은 오이디푸스 전단계의 유아가 자신(자아)과 거울상(타자)를 구별하지 못하고 경쟁의 라이벌 관계로 오인하여, 거울상(타자)을 자신의 이상형으로 선망하거나 적대 상대로 공격(증오)하기도 하는 분열 증상을 보이는 나르시시즘적 동일시 현상을 말한다.

이어지는 진술 2에서, 화자는 "이까짓/ 산구석에 처박혀 발버둥친들 무엇하랴/ 비료값도 안 나오는 농사 따위야/ 아예 여편네에게나 맡겨두고"의 자포자기적 담론에 빠져든다. '이까짓 산구석', '농사 따위야', '여편네에게나'(방점 필자)는 자신의 존재성에 대한 비하적 표현이다. 진술 2의 화자는 자신의 존재성을 부정하는 주체이고 스스로 존재포기에 이른 자학적(자살 중상) 주체이다. 화자는 전능한 대타자의 결여(빈곳, 부정성)를 발견하는 대신 대타자에 사로잡혀 존재 헌신의 대상(노예)으로 전락한 사도마조히즘의 주체다.[23]

장면 4에서, 화자는 "쇠전을 거쳐 도수장 앞에 와 돌 때/ 우리는 점점 신명이 난다"고 말한다. '쇠전을 거쳐 도수장'으로 가는 길은 소가 죽음에 이르는 길이다. 농경 집단에서 소와 농민은 공동운명체이다. 소가 가는 길은 농민이 함께 가는 길이기도 하다. 쇠전을 거쳐 도수장으로 가는 소와 시대의 외면으로 존재상실에 이른 농민주체는 등가적이다.

그런데 화자는 이어지는 진술 3에서, "도수장 앞에 와 돌 때/ 우리는 점점 신명이 난다"고 말한다. '도수장 앞'은 죽음의 장소가 신명의 장소가 되는, 그리고 죽음충동이 신명의 삶 충동으로 교체되는 '실재(계)'[24]의 이미지다. 화자 우리는 '도수장 앞을 와 돌 때', 자신(주체) 속의 타자인 존재의 실재−대상a와 마주한다. 그리고 대상a의 신명−쥬이상스에 사로잡힌 주체가 된다. 쇠전과 도수장은 마을의 후미진 외곽에 위치하기 마련이고 그래서 농무의 구경꾼을 기대하기 쉽지 않은 곳이다. 이렇듯 자신(농무꾼)들 만의 구역에서 타자의 응시에 무관심한 '신명'은 사회적 욕망(인정)과 무관한 원초적

---

23) 권택영, 앞의 책, 55쪽. 마조히즘은 자학적 파괴본능을 의미하는 프로이트의 용어로, 전능한 대타자에 사로잡혀 먹혀버리게 될것 같은 주체의 죽음(자살)충동과 연관된다. 지젝은 이를 '여성적 쥬이상스'라고도 부른다.

24) 라캉의 '실제(계)'는 말하는/ 존재자($)인 주체의, 그 주체 속의 타자인 대상a를 말한다. 그러나 라캉은 이 '실재'를 존재하지만 파악될 수 없는 '불가능성'으로, 그래서 모순적으로만 파악될 수 있는 '논리적 모순'으로 정의한다. 홍준기, 「자끄라깡, 프로이트로의 복귀」, 김상환·홍준기 편, 앞의 책, 68~69쪽.

충동임을 암시한다. "한다리를 들고 날나리를 불거나/ 고개짓을 하고 어깨를 흔들거나"는 순수한 몸짓의 육체적 행위로만 이루어진 쥬이상스의 충동이다.[25] 아버지의 법, 대타자의 거세에도 불구하고 사회적 주체에 잔유하는 잉여 쥬이상스의 흔적(부활)을 보여주고 있는 것이다.

「농무」의 화자 '우리'는 농사꾼이면서 농무꾼이다. 사회적 인정 욕망과 원초적 유희 본능을 함께 공유한 주체다. 그런데 농사꾼 우리는 '원통하다'고 말하고, 농무꾼 우리는 '신명이 난다'고 말한다. 농사꾼의 존재영역은 죽음충동에 지배되어 있고 농무꾼의 신명과 함께 삶 충동(존재영역)으로 충만해진다. 시적 화자 우리는 사회적 욕망의 대상($\subset$A)이기를 포기하고 잉여 쥬이상스(대상a, 환상)의 대상으로($ \Diamond a$) 퇴행한다. 1970년대의 시점에서, 농사꾼 우리는 욕망의 무대를 잃었지만 농무꾼 우리는 그나마 신명의 몸짓 가운데 화려한 '대본大本'시절의 무대를 향유(회귀) 할 수 있기 때문일 것이다. 1970년대의 산업사회를 담론하는 신경림의 「농무」는 주체를 압도하는 담론(집단, 타자)의 시선을 보여주면서, 또한 담론으로부터 리비도(잉여 쥬이상스)로 돌아가려는 후기 산업사회(포스트모더니즘)의 징후를 예고하고 있다.

5. 후기 산업사회 주체의 불안과 환상 가로지르기; 기형도의 「빈집」

라캉은 마르크스의 자본론인 "자본사회는 상품의 고유(사용)가치와 교환 가치의 차액인 잉여가치에 의해 지속된다"를 패러디하여, "욕망은 대상의

---

25) 임진수 역, 앞의 책, 76~77쪽. 라캉은 쥬이상스가 오로지 육체적 행위와 관련됨을 강조하며, "향락(유)이 지배적일 때 말은 사라지고 행위가 으뜸을 차지합니다……. 쾌락은 자아에 의해 지각되고 경험되는 감각입니다. 반면에 향락(유)은 맹목적으로 주체가 단지 육체가 되는 행위, 육체가 모든 것을 사로잡는 행위입니다"라고 강의한다.

고유가치와 교환가치의 차액인 잉여 쾌락에 의해 지속된다"고 말한다.[26] 이를 따라 지젝S. Žižek은 후기 산업사회가 잉여가치 추구의 과잉생산으로 물건(상품)이 아닌 쓰레기(nothing)를 양산하는 것처럼, 이 시대의 욕망은 숭고한 대상(대타자)이 아닌 잉여 쾌락의 텅 빈 구멍(교집합의 결여영역, 빈 틈, 무의미)을 마주하게 될 것−실재계의 출현−이라고 예언한다.[27] 지젝의 말처럼 후기 산업사회가 대타자(신)가 사라진 잉여 쾌락의 시대라면, 이 시대의 욕망은 아버지의 거세 이전의 혹은 거세를 거부하고, 나/ 어머니의 몸 (대상)의 둘 만의 애착관계를 암시하게 된다. 그리고 르네지라르의 욕망의 삼각형으로 보면, 꼭지점인 매개항(모방대상)이 사라지고 양쪽만 남아 서로를 흠모/ 질투하는 라이벌 욕망을 모방하게 된다.[28] 나와 타자 둘만의 애착 관계나 서로가 라이벌로 욕망하는 관계는 흔히 욕망이 '사랑'의 이름(기표)으로 타자와 관계 될 때 나타나는 환상이다. 잉여 쾌락의 시대는 사랑의 기표와 사랑의 환상에 사로 잡혀 있는 욕망의 시대이다. 기형도의 「빈집」은 사랑의 환상과 그 열망의 증상을 담론하고 있다.

   1 사랑을 잃고 나는 쓰네

   2 잘 있거라, 짧았던 밤들아
       창밖을 떠돌던 겨울 안개들아
       아무것도 모르던 촛불들아, 잘 있거라
       공포를 기다리던 흰 종이들아
       망설임을 대신하던 눈물들아
       잘 있거라, 더 이상 내 것이 아닌 열망들아

   3 장님처럼 나 이제 더듬거리며 문을 잠그네

---

26) 권택영, 「잉여 쾌락이란 무엇인가」, 앞의 책, 43쪽.
27) 권택영, 앞의 책, 「문화인가 무형식인가」, 205~206쪽.
28) 권택영, 앞의 책, 앞의 논문, 204쪽.

가엾은 내 사랑 빈집에 갇혔네

−부호 필자

1연에서 화자는 "사랑을 잃고 나는 쓰네"라고 독백한다. 화자는 '사랑'을 잃고 그 상실의 빈자리를 '쓰네'의 기표(담론)로 채우려 한다. 그동안 사랑이 점유해왔던 존재적 결여(교집합)를 사회적 타자인 기표의 연쇄로 대체하려 한다. 화자는 사랑−사랑은 나와 대상 사이 둘만의 애착관계이다−에 사로잡혔던 쥬이상스의 주체($◇a)로부터 대타자의 언어에 귀속되는 (인정)욕망의 주체($⊂A)로 분리되고 있다.

2연에서 화자는 "잘있거라"를 세번씩이나 반복, 강조한다. 2연의 문맥상, 화자가 결별을 고하는 대상은 "더 이상 내것이 아닌 열망들(아)"이다. 화자가 거듭(강박적으로) 자신으로부터 떠나보내고자 혹은 떼어내고자 하는 '열망들'은 1연의 그 잃어버린('잃고') 사랑과 관련된 열망들이다. '열망'은 '환상'과 마찬가지로−기능의 등가성, 교체 가능성−주체가 욕망의 대상과 관계맺는 방식이다. 그렇다면 시적 화자의 사랑은 그의 대상(연인)과 평범한 환상 이상의 열망적 환상에 사로잡혀 있었음을 의미한다. '잘있거라' 안녕을 고하며 화자는 사랑의 열망에 빠졌던 그때의 환상들을 떠올린다. "짧았던 밤들(아)"의 아쉬웠던 순간들, "창밖을 떠돌던 겨울 안개들(아)"과 함께했던 신비로운 은밀함, "아무것도 모르던 촛불들(아)"이 밝혀주던 둘만의 충일감, 들과 같은 환상(쥬이상스)을 떠올린다. 그러나 화자가 쓰고 있는 열망의 증상들은 언어의 차연성으로 인해 표면적 환상성에 고정되지 못하고 미끄러져 그 환상 이면의 실재(부정적 흔적)를 함께 동반한다. "짧았던 밤들"의 어둠과도 같았던 혼란, "창밖을 떠돌던 겨울 안개들" 같았던 싸늘한 불투명함, "아무것도 모르던 촛불들"처럼 근원을 알 수 없었던 흔들림, 들과 같은 막막한 혼란(부정성)의 불안감을 떠올린다. 주체는 사랑의 열망들을 담론하면서 사랑의 환상 이면의 부정성(환멸)을 감지한다. 사랑의 모순성, 그 실재(계)를 감지하는 것이다. 주체의 불안감은 자신과 대상 사이의 환상

(베일)이 사라졌을 때 마주 보게 될 실재(계)―텅 빈 허무―에 대한 공포감으로 확산된다.[29] 화자는 다시 한 번(두 번째) '잘있거라'를 거듭하며 서둘러 열망들에 작별을 고한다.

그러나 사랑을 잃었음에도 화자에게 그 사랑의 열망들을 잊기란(떼어내기란) 쉬운 일이 아니다. 말미에 '잘 있거라'로 종지부를 찍었음에도, 화자는 미진한 듯 다시금 사랑의 담론을 이어간다. "공포를 기다리던 흰 종이들(아)"을 마주하여 화자는 그의 공포가 사랑의 열망들로 채울 수 없었던 '흰 종이들'의 텅 빈 곳(결여)였음을 고백한다. 주체는 존재적 결여 영역을 사랑의 환상적 의미가 아닌 텅 빈 무의미로 채워야 하는 기표(담론) 해체의 공포와 마주하고 있는 것이다. 계속하여 화자는 "망설임을 대신하던 눈물들(아)"을 회상하며, 텅 빈 흰 종이 앞에서 주저할 수밖에 없었던 '망설임'과 그 망설임으로 인한 실의의 '눈물들'을 기억한다. 주체는 사랑의 기표가 지닌 불확실성―의미의 차연성, 비결정성―과 그 불확실성으로 인한 기표의 무의미―즉 실재(계)와 대면하는 공포감에 휩싸여 있다. 주체는 사랑에 쓰여진 환상성 이면의 부정성으로 그 환상을 해체할 뿐 아니라, 환상적 사랑 이면의 텅 빈 무의미로 사랑의 기표 그 자체를 해체한다. 화자는 이제 마지막(세 번째)으로 다시 한 번 '잘 있거라'를 되뇌이며, "더 이상 내 것이 아닌 열망들(아)"과 결별을 마감한다. 주체는 자신의 존재적 결여를 지배해왔던 사랑의 열망들을 담론('쓰네')하는 가운데 사랑이 지닌 일방적인 환상성과 기표 그 자체의 무의미를 드러내는 사랑(욕망)의 '환상 가로지르기'를 행하고 있는 것이다.

3연에서 화자는 "장님처럼 나 이제 더듬거리며 문을 잠그네/ 가엾은 내사랑 빈집에 갇혔네"의 행위로 나아간다. 화자는 장님처럼 더듬거리며 문을

---

29) 불안은 결여된 주체, 곧 한계를 지닌 주체의 근원적 정서이고, 공포는 그 불안이 대상으로 실체화될 때, 즉 불안(존재 결여)이 유령과 같은 대상(존재적 실체)으로 나타날 때, 주체는 자신 속의 타자인 실재(계)와 직접 대면하는 공포증에 휩싸이게 된다. 홍준기, 「라깡과 프로이트・키에르케고르」, 김상환・홍준기 편, 앞의 책 참조.

잠그고 가엾어하며(애도하며) 사랑을 빈집에 감금한다. 잠긴 문의 안팎으로 바깥쪽에는 장님 같은 내가, 그리고 문 안쪽에는 가엾은 내 사랑이 격리된다. 장님처럼 더듬거리는 나는 욕망(타자를 향한)의 시선을 잃은 결여된 주체($)고, 가엾은 내 사랑은 빈집의 텅 빈 무의미에 갇힌 결여의 기표(A)다. 결여의 주체와 결여의 타자(언어)간의 교집합($∩A) 영역은 존재적(존재/결여) 불가능성과 기표(의미/ 무의미)의 모순성이 집합된 실재계의 영역이다.[30] 화자는 후기 산업사회—즉 잉여 쥬이상스 시대의 증상인 '사랑의 환상을 가로지르는' 행위를 감행하고 있는 것이다. 후기 산업사회의 주체는 실재계와의 대면을 알면서 '환상 가로지르기'를 감행하는 안티고네적(죽음충동)[31] 주체이다.

6. 결어

문학과 정신분석학은 '언어 구조'를 공유한 상호포함관계이다. 본고는 이와 같은 관점에서, 시적 화자의 언술에 동반하는 언술주체의 무의식(욕망)과 무의식에 상존하는 불안의 증상을 읽고자 하였다. 윤동주의 시 「길」(1930년대)의 화자는 원초적 쥬이상스의 주체(S⊃A)로부터 '부끄러움'의 불안으로 거세되어 욕망의 주체($⊂A)로 분리된다. 신경림의 시 「농무」(1960~1970년대)의 화자는 산업사회에서 소외된 농민주체($⊂A)로서 주체소멸의 불안(죽음충동)으로부터 '신명'의 잉여 쥬이상스에 빠져드는($◇a) 주체형성을 보여준다. 기형도의 시 「빈집」(1980~1990)의 화자는 '사랑'의 환상

---

30) 라캉은 존재론적 의미의 실재를 존재하지만 파악할 수 없는 불가능성으로, 그리고 논리적 모순으로의 실재를 존재론적 불가능성으로 인하여 모순적으로만 파악될 수 있는 논리적 모순(담론과 지식)으로 정의한다. 주) 23참조.
31) 안티고네는 왕의 명령에 불복하여 죽음을 무릅쓰고 오빠의 시신을 장례한 희랍 비극의 주인공으로, 라캉과 지젝은 안티고네가 죽을 줄—실재(계)와의 대면—알면서도 행위로 나아간 '윤리적 행위'의 주인공이라고 말한다.

(이마고)을 해체하고 기표(사랑)가 지닌 무의미를 통해 사랑의 담론에 대한 환상 가로지르기($\cap \text{A}$)를 감행하고 있다. 필자는 본 논문에서 사회적 변화와 주체의 형성이 상호 동반관계임을 보이고자 했다.

시적 언술과 언술주체를 읽는 작업은, 언어의 차연성(의미의 비결정성)과 언표화될 수 없는 주체의 무의식(욕망)을 전제해야 하는 해석의 난제와 마주하는 과정이다. 이 점에서, 시 텍스트와 텍스트 주체를 상호 조명하는 본고의 해석은 두 겹의 한계를 지닐 수밖에 없다. 단지, 문학과 정신분석학의 통섭이 두 학문간 상호 전이와 역전이의 과정이었듯이 본고 역시 시 텍스트(화자)와 본 필자(주체) 간의 욕망(무의식)의 전이과정이었음을 인정해야 될 것 같다. 아울러 지면의 제약으로, 시적 주체와 사회적 변화의 동반관계에 대한 논의가 단편적 언급에 머물 수밖에 없었음을 아쉽게 생각한다.

<참고문헌>

1. 1차 자료

기형도, 『기형도 전집』, 문학과지성사, 1999.
신경림, 『신경림 시 전집』, 창비, 2004.
윤동주, 홍장학 엮음, 『정본 윤동주 전집』, 문학과지성사, 2004.

2. 2차 자료

권택영, 『잉여쾌락의 시대─지젝이 본 후기산업사회』, 문예출판사, 2003.
_____ 편, 『자크 라캉 욕망 이론』, 문예출판사, 2000.
김상환 · 홍준기 편, 『라깡의 재탄생』, 창작과비평사, 2002.
김승희, 『현대시 텍스트 읽기』, 태학사, 2001.
라깡과 현대정신분석학회, 『라깡과 현대정신분석』, 도서출판 동인, 2002.
박찬부, 『현대 정신분석 비평』, 민음사, 1996.
서범석, 「신경림의 ≪농무≫ 연구: 농민시적 성격을 중심으로」, 『국제어문』 제
    37집, 국제어문학회, 2006.
윤호녕 · 윤평중 · 윤혜준 · 정문영, 『주체 개념의 비판─데리다, 라캉, 알튀세,
    푸코』, 서울대학교출판부, 1999.
오윤정, 「기형도 시에 나타난 죽음과 몸」, 『한국문예비평연구』 제34집, 한국현
    대문예비평학회, 2011.
이혜원, 「이상과 윤동주 시에 나타나는 주체 형성의 양상」, 『우리어문연구』 제
    16집, 우리어문학회, 2001.
장준영, 「李賀와 기형도, 그 죽음의 미학」, 『외국문학연구』 제27호, 한국외국
    어대학교 외국문학연구소, 2007.

Dylan Evans, 김종주 외 역, 『라깡. 정신분석사전』, 인간사랑, 1998.

J. D. Nasio, 임진수 역, 『자크 라캉의 이론에 대한 다섯 편의 강의』, 교문사, 2000.

Slavoj Žižek, 이성민 역, 『까다로운 주체』, 도서출판b, 2005.

_____, 이성민 역, 『부정적인 것과 함께 머물기』, 도서출판b, 2007.

판타지소설의 텍스트성

─『눈물을 마시는 새』를 중심으로

김 혜 영

1. 수정된 모더니즘적 읽기

일반적으로 문학작품은 독자에게 전달하고자 하는 의미를 지니고 있어야 한다고 믿어 왔다. 만약 그 의미가 존재하지 않는다면 그 작품은 문학으로서의 역할을 제대로 하고 있지 않다고 여겼다. 작품의 의미를 만들어 내는 것은 작가의 고유권한이며 독자는 단지 작품의 의미를 받아들이는 수용자일 뿐이라고 생각해왔다. 작가는 의미를 드러내기 위해서 사회적, 정치적, 문화적 담론들을 수용하여 현실성 있는 모습을 그려야만 했으며 독자 역시 작가가 표현하고 있는 세계를 이해하고 그 안에서 의미를 찾아야 하는 역할에 머물렀다.

구조주의 이후 이러한 작가와 독자의 역할에 대한 변화가 일어났다. 구조주의는 문학작품(work)대신 문학 텍스트text라는 말을 사용하기 시작하면서 작가의 위치를 끌어내렸다. 작가는 텍스트의 구조만을 독자에게 제시하는 것이며, 그 구조 안에서 텍스트를 만들어 나가는 것은 독자의 몫이라고 보았다. 텍스트의 의미 역시 확정되어 있는 것이 아니라 무한히 새롭게 밝혀질 수 있는 가능성을 지니고 있어서 텍스트는 독자가 접근하는 데 따라 의미가 달라질 수 있다. 즉 텍스트는 고정된 실체를 갖기보다는 변형 가능한 것이라 할 수 있다.

롤랑 바르트는 텍스트를 단순한 읽기의 장이란 개념을 뛰어넘어 새로운 글쓰기의 장으로 파악한다. 그는 텍스트를 '독서 가능한(lisible) 텍스트'와 '글쓰기 가능한(scriptible) 텍스트'로 구별하고 있다.1) '독서 가능한 텍스트' 란 고전적 텍스트와 같이 어떤 규칙에 따라 읽을 수 있는 텍스트이다.2) 또한 이것은 작가가 작품 안에 일정한 의미를 고정시키고 있어서 그 의미를 읽어내야 하는 텍스트이다. 모더니즘과 신비평 시대에 확립된 '위대한 책들(great books)', '걸작/ 명작(masterpiece)', 또는 '문학정전(literary canon)'이 여기에 속한다. 이 정전들은 그동안 문학의 공식적인 연구대상으로 자리 잡아 왔다.

모더니스트들과 신비평가들이 정전과 비정전을 구분할 때 사용했던 보다 더 구체적인 방법은 '모더니즘적 책읽기'였다. 모더니즘적 책읽기란 첫째, 작품 속에서 진지한 주제와 그 주제를 드러내는 상징들 그리고 전체적인 통일성을 찾는 신비평적 태도와 둘째, 인간과 인간이 세상과 갖는 관계에서 어떤 통일된 패턴이나 규칙을 찾아내는 구조주의적 태도를 말한다.3) 그런데 상징과 아이러니의 고찰을 통해 통일된 주제를 찾는 신비평적 접근법은 이미 그 유효성을 상실했다. 오늘날의 문학이론들은 작품 속에서 통일된 주제를 찾으려는 시도 자체를 무효화시켰으며, 독자와 시대 변화에 따른 해석의 무한 가능성을 주장하고 있다. 오히려 주제의 비통일성이 각광받는 시대가 되었다.

비정전 텍스트나 대중문화 텍스트에는 상상력과 통일성, 상징과 주제가 없다는 주장 역시 편견이라 할 수 있다. 대중문화 텍스트에도 얼마든지 상

---

1) R. Barthes, 김희영 역, 『텍스트의 즐거움』, 동문선, 2002, 12쪽.
2) R. Barthes, 위의 책, 45~47쪽 참조.
3) Antony Easthope, 임상훈 역, 『문학에서 문화연구로』, 현대미학사, 1994, 33쪽.

상력이나 주제가 있을 수 있으며, 단지 그 차이는 그와 같은 장치들을 얼마나 낯설게 해놓았는가에 따라 결정된다고 볼 수 있다. 고급문학은 상징이나 주제를 대중이 이해하기 어렵도록 모호하고 낯설게 해놓은 반면, 대중문학은 보다 평이하고 분명하게 드러내고 있을 뿐이다. '낯설게 하기'는 고도의 상징을 요구하는 것으로 그 상징은 해석을 필요로 한다. 해석의 목적은 낯선 것들을 낯익은 것으로 바꾸어 놓는 것이며, 일반 대중들에게는 그 과정이 어렵게 느껴질 수 있다. 모더니즘과 신비평가들은 이 '낯설게 하기'의 기법을 활용해 작가와 비평가에게 절대적 권위를 부여하고, 텍스트에게 자기 충족성을 부여해 왔다.

대중문화 텍스트에는 인간과 세계가 연관을 갖지 않는다는 주장 역시 설득력이 없다. 구조주의자들은 텍스트에는 인간과 세상 사이에는 어떤 공통된 규칙이 있으며, 책읽기의 궁극적 목적은 도덕적 인간을 만들기 위함이라는 인문주의적 사고에 근거하고 있다. 서구의 인문주의는 모든 것의 중심에 인간을 세워 두고, 문학의 목적은 보다 더 나은 인간 즉 신사와 기독교인을 기르는데 있다고 보았다. 이 인문주의는 상류층의 고급문화와 특권을 정당화시키고 저속한 하류층으로부터 그들의 문화를 보호하고 향유하기 위한 방편으로 이용되었다. 그 결과 인문주의는 순수 고급문화를 옹호하고 대중문화를 억압해온 대표적인 이념으로 자리 잡아왔다.[4] 그러나 지금은 인간은 만물을 지배하는 존재가 아니라 자연의 일부분에 불과하다는 생각이 확산되고 있다.

최근 새로운 문학이론들은 인문주의의 위기를 주장하며 탈인간중심주의를 내세우기도 한다. 또한 고급문학과 대중문학을 동일한 위치에 놓고 고찰하자는 새로운 주장을 편다. 고급문학을 폐지하고 그 자리에 대중문학을 대신 갖다 놓는 것이 아니라 종래의 이분법적 판단을 유보하고자 한다. 그들

---

4) 20세기 초에 등장했던 신인문주의는 당시 하버드대의 Irving Habbitt를 중심으로 저속한 마르크시즘이나 급진적 이데올로기에 대항하며 고급문화를 옹호했던 보수주의 사조이다.

은 이분법적 가치 판단과 서열을 해체하고자 하며, 해체이론이나 탈구조주의, 포스트 모던적 시각과 전략을 폭넓게 차용하고 있으며 대중문학 텍스트들을 고급문학 텍스트들과 똑같이 중요한 것으로 간주하고 연구하기를 제안한다. 그 구체적인 연구방법의 하나로 '수정된 모더니즘적 읽기'가 있다.

수정된 모더니즘적 읽기는 모더니즘적 읽기를 부정하는 것이 아니라 대중문학 텍스트에서도 모더니즘적 읽기가 가능하다는 것을 의미한다. 단지 그 목적이 다르다. 모더니즘적 읽기에서는 작품의 통일성을 찾는다면 수정된 모더니즘적 읽기에서는 감추어져 있는 다양한 주제들과 의미들을 찾아내는데 목적이 있다. 그래서 작가가 제시하고 있는 의미를 파악해야 하는 고전적 텍스트보다는 독자가 텍스트 자체를 새롭게 써 나가야 하는 대중문학 텍스트에 관심을 갖게 된다.

전통적인 모더니즘적 읽기에서 도외시해 왔던 대중문학 텍스트의 긍정적인 요소들을 밝혀낸다면 지금까지 행해지던 관습적인 평가와는 다른 결과를 도출할 수 있을 것이다. 그렇다면 모더니즘적 읽기로 작품을 판단하고 구분할 필요가 없을 것이다. 대중문학 텍스트 속에 들어 있는 시각적 재현이나 영상적 속성은 대중들을 매료시키는데, 그동안 모더니즘적 읽기는 이러한 속성을 읽어낼 수 없었다. 그러므로 이제는 새로운 패러다임이 필요하다.

대중문학 텍스트 중에서도 판타지소설은 이성적 판단으로 가능하지 않은 일들이 일어나는 반이성적 텍스트라 할 수 있다. 아리스토텔레스의 『시학』에서 시작된 문학의 모방론은 문학이 사실적이어야 하며 현실성이 결여된 작품은 문학으로서 기능을 다 할 수 없다고 보았다. 그동안 사실주의 문학만이 문학으로서 기능을 할 수 있으며 환상문학은 주변화되어 하급문학으로 취급되어 왔다. 사실주의 텍스트와 환상 텍스트는 성격 자체가 다름에도 불구하고 지금까지 전통적 문학 해석 방법인 모더니즘적 읽기로 분석하려 하였다. 현실성이 빈약한 환상 텍스트는 텍스트의 구조만을 제시하고 작가의 의도를 찾아내는 것을 원하지 않으며 독자의 역할을 중요하게 여긴다.

따라서 본고에서는 수정된 모더니즘적 읽기의 방법으로 환상문학의 텍스트성을 살펴보도록 하겠다.

2. 구술성과 투명한 기표의 효과

판타지소설은 반이성적 문학이라 할 수 있다. 판타지소설의 세계는 이성적 판단으로 가능하지 않은 일들이 일어나는 곳이다. 논리적 인과관계로 설명되지 않고 신비한 마법의 힘이 통하는 세계이다. 이런 세계에서 사용하는 언어는 문자 시대 이전의 구술 시대의 언어일 가능성이 높다. 『눈물을 마시는 새』에 쓰인 언어를 보면 기표만 존재한다.

> "불은 네 거다. 그리고 네가 그러고 싶어서 태운 거지. '불 탈만한 짓을 했다. 그렇게 되는 것도 당연하다.' 너절해, 집어치우라고. 그냥 속시원하게 '이유 따위 묻지 마라, 불을 가진 것은 나다'라고 외치며 태워줄 수는 없나? 칼을 가진 사람은 찔러죽이고 불을 가진 사람은 태워 죽이는 거다. 갇힌 여신의 신랑, 이빨 달린 놈이 물어뜯고 발톱 달린 놈이 할퀴듯이, 그것뿐이야."
>
> —3권, 210쪽

위의 글에서 우리는 의미가 모호하거나 함축된 기표를 찾기 어렵다. 불을 가진 사람은 태워죽이고, 칼을 가진 사람은 찔러죽이면 된다고 한다. 맹수는 배를 채우기 위해 물고 할퀼 뿐이다. 듣는 그대로 의미 파악이 가능한 말을 하고 있다. 텍스트 안에 문자로 써 있기는 하지만 구술적인 대화를 통해 문자라기보다는 말을 보여 주고 있다.

구술문화와 문자문화에 관한 탁월한 연구 성과를 남긴 W. J. 옹은 문자의 기록에 의존하고 쓰기를 우월한 것으로 여기는 우리의 관습에 대해 문제를 제기한다. 그는 문자를 통해서 사물을 생각하는 것에 익숙해진 우리의 편견을 지적한다. 말에 의한 표현에는 구술성이 잠재되어 있음에도 의식적이든 무의식적이든 간에 쓰기와 관계를 맺지 아니하고서 구전예술을 그대로의 모습대로 인식하려는 개념이 효과적으로 형성되지 않았다[5]고 주장한다.

구술문화에서 중요한 소통의 형식은 이야기이다. 구술사회에서 지혜와 실질적인 경험은 이야기의 형태로 모아지고 전달되었다. 일상적인 삶의 맥락과 그 속에서의 경험은 바로 이야기의 본질이 되는 것이다. 이러한 이야기를 통해서 삶의 경험을 소통하고 지혜를 전승하는 것이 구술문화의 특징이다. 구술 시대에는 이야기를 저장할 마땅한 방식이 없어서 많은 분량의 내용들을 기억하기 위한 방법이 우선적으로 필요했을 것이다. 그 방법을 고안하기 위해 많은 노력을 기울였을 테고, 그 결과 획득한 지식을 잊지 않도록 하는 효과적인 방법은 끊임없는 반복이라는 사실을 알았을 것이다.

반복이라는 방법은 이야기의 형식을 고정화시키고 양식화된 패턴을 만들어냈다. 또 일상에서의 언어활동은 구체적이면서 현실을 그대로 담아내야 했을 것이다. 즉 단어들은 듣는 즉시 의미 파악이 가능해야 했다. 기표와 기의의 구분이 없는, 기표가 그대로 의미를 이루는 언어였음을 미루어 짐작할 수 있다. 의미 파악이 즉시 이루어져야 하는 구술 언어는 길고 복잡한 문법구조를 지녀서는 안 된다.

구술 시대 언어의 특징들을 지니고 있는 판타지소설은 길이가 짧은 문장으로 이루어지는 경우가 많다. 심지어 한 문장을 한 단락으로 사용하는 경우도 있다. 서사 진행은 대부분 대화로 이루어지고 있어 이야기는 거의 큰따옴표나 작은따옴표로 채워져 있다. 이러한 언어 사용은 일상적인 삶의 영역에 속한 것으로 삶의 언어에 닿아 있다. 쉽고 친근한 말로 소통이 이루어지고 있어 독자들은 편안한 이야기를 듣는 느낌으로 읽게 되는데, 이는 구

---

5) W. J. Ong, 이기우 · 임명진 역, 앞의 책, 19~21쪽.

술적 문화체험이라 볼 수 있다. 일상적인 구술 표현은 쓰기에서처럼 논리적이고 분석적인 구조를 갖추기가 쉽지 않다. 문자성에 익숙한 사람에게 구술적 표현은 체계가 없고 즉물적이며 순간적으로 보일 수 있다.

> "야, 이 자식아!"
>
> "예?"
>
> "왜 불을 지르지 않았냐고 물었잖아! 뭔가 대답이 될 만한 소리를 지껄여 보라고! 나도 싸웠고 륜도 싸웠어! 그런데 넌 왜 안 싸운 거야? 넌 죽어도 상관없다는 거였냐!"
>
> "상관없다고요?"
>
> "넌 죽어도 안 죽잖아! 그래서 신경쓰지 않은 거냐!"
>
> "불쌍하지 않아요?"
>
> 티나한은 기가 막혔다.
>
> "뭐라고? 불쌍하다고? 우리를 죽이려 했다는 것 자체가 불쌍한 것 아닌가요?"
>
> "도대체 무슨 소리냐!"
>
> —1권, 325쪽

티나한과 비형이 서로 다투는 장면이다. 두억시니를 만났을 때 왜 다 태워서 죽이지 않았냐고 따진다. 문장은 구어체 문장으로만 말하는 문장임을 알 수 있다. 문자로 이루어진 텍스트들에서 보기 힘들었던 '우라질'이나 '그 새끼가'와 같은 비속어들로 말을 하고 있다. 이외에도 '변비 걸린 까마귀 힘주는 소리(3권, 57쪽)', '붕어 저택에 빠져 죽을 년 때문에 쫓겨나게 생겼노라고(3권, 203쪽)' 등의 거친 속어들이나 농담이 많이 나온다. 청소년 독자들은 자신들의 생활을 제약하고 있는 학교로부터 비속어나 은어, 신조어의 사용이 바람직하지 않다는 교육을 받았다. 하지만 이들은 비속어나 은어의 사용을 통해 그들끼리의 결속력을 다지며 동시에 그들을 억압하는 기성세대에 대한 저항을 하는 것이라 생각한다. 자신들이 사용하고 있는 언어와 닮은 언어를 활자로 만나게 되니 재미를 느낌과 동시에 그동안 받아온 서러움과 화를 달래며 해방감을 느낄 것이다.

판타지소설의 구어체 문장은 읽는다기보다 듣는 것에 가깝다. 그래서 독자들의 읽기는 바로 귀로 연결되고 동시에 머릿속에 영상으로 그려진다. 구어체 문장은 문어체 문장보다 덜 논리적이며 덜 어렵다. 또 구어체 표현은 고정되어 있지 않아 인간의 상상력을 극대화시킬 수 있으며, 논리적으로 생각하는 것 대신에 전체적인 인상이나 감각을 통해 통합적으로 사고하게 된다.

이러한 구술적 특징은 노래가 자주 삽입되는 것과도 연관이 된다.

> 사랑하는 나의 왕이여, 내 주인이여.
> 질투 많은 운명조차 일벗지 못할 영광을 주신 분이여.
> 어버이께서 주신 내 육은 이곳에서 썩어 들어가나
> 왕께서 일깨워주신 내 영은 영광 속에서 영원하리라.

> 류은 스스로 노래를 부르며 동시에 그 노래를 감상했다. 화리트가 그의 머릿속에 심어둔 노래는 기억의 형태였고 따라서 류은 자신의 목소리를 통해 처음으로 그 노래를 듣는 셈이었다. 류은 단순한 선율이 이상하도록 힘에 차 있다는 사실에 놀랐다. 하지만 그가 느낄 수 있는 것도 거기까지였다. 류은 왕이 무엇인지 알고 있었지만 그것은 빙하가 무엇인지 알고 있다는 것과 마찬가지였다. 열대의 키보렌에서 자고 나란 그가 빙하의 무서움에 대해 피상적인 이해밖에 할 수 없듯이.
> ―1권, 225~226쪽

류이 케이건을 만나러 가면서 부르는 노래이다. 요스비가 가르쳐 준 노래를 부르는데, 노래 가사는 무슨 의미인지 잘 알 수 없지만 노래의 선율이 힘에 차 있다는 걸 알고 놀란다. 이처럼 노래는 청각적이며 일시적이지만 순간에 주는 충격이 강해 사람의 마음을 크게 동요시킨다. 노래는 부르는 사람에 따라 얼마든지 자기 노래로 만드는 것이 가능하다.

판타지소설에는 기표만이 있으며, 기표만 존재하는 텍스트는 독자에게 전달되는 기의가 없다. 독자에게 전달되는 기의가 존재하지 않는다면 텍스트는 내용을 지닐 수 없다. 단지 판타지소설은 기표의 구조로 텍스트의 일정한 형식을 만들고, 그 형식은 내용을 만든다. 이런 의미에서 노래와 아주 유사하다. 노래를 구성하는 각각의 음들은 기표이다. 음이 단독으로 존재하면 공허한 울림에 지나지 않으나, 음들이 적절한 배열로 구조를 이루게 되면 내용을 형성하게 된다. 즉 음들은 단독으로 존재하지 않지만 음들 간의 일정한 구조를 통해 내용을 형성하는 것이다.6)

음은 노래를 구성하는 도구이지 의미가 없다. 따라서 노래에는 내용이 없음에도 사람들은 노래를 듣고 반응하고 감동한다. 음악은 내용을 통해서가 아니라 형식을 통해 사람들에게 영향을 끼치고 있다. 이때의 영향이란 륜이 노래의 내용을 이해하지 못해도 노래의 단순한 선율이 주는 이상한 힘에 반응하는 것을 말한다. 의미를 통해 주제를 찾고 그 주제에 대해 감동받는 것이 아니다. 사실주의 텍스트는 언어에 일정한 의미를 부여하고, 그 의미를 통해 독자는 텍스트를 이해한다. 그러나 판타지소설의 언어는 기표만 존재함에도 불구하고 판타지소설을 읽은 독자들은 분명 마지막에 어떤 영향을 받게 된다.

륜은 노래를 부르면서 노래의 가사가 무엇을 의미하는지 이해하기 어렵다고 했다. 자신이 한 번도 경험해보지 못한 일에 대해 분명하게 이해하는 것은 불가능하다. 빙하를 한 번도 보지 못한 사람이 빙하를 제대로 알 수 없는 것과 마찬가지라고 했다. 그렇다면 인간은 어떤 의미를 발생시킴에 있어 자신의 경험과 지식의 범위를 넘어설 수는 없는 것인가? 판타지소설은 우리가 한 번도 경험하지 못한, 경험할 수 없는 세계를 나타내는데도 우리는 텍스트를 읽고 난 후에 감정적, 심리적 변화를 느낀다. 만약 언어가 경험과 지식의 범위 안에서 그 의미를 생산할 수 있다면 판타지소설의 언어는 그 경

---

6) Eduard Hanslick, Trans. Gustav Cohen, *The Beautiful in Music*, New York: The Bobbs-Merrill Company Inc., 1957, p.118.

험과 지식 밖에 존재하기 때문에 독자에게 끼치는 영향은 아주 적다고 할수 있다. 즉 독자는 텍스트로부터 훨씬 자유로울 수 있다.

판타지소설은 이성적 텍스트의 규칙에 틈을 내어 전복을 꾀하며 반이성적 해석을 요구한다. 인간의 이성은 절대적인 것이 아니며 가변적이고 임의적인 것이며, 이성은 이성과 반대되는 존재를 통해서만 드러날 수 있다. 인간은 이를 이분화하여 구분하고 있을 뿐이다. 판타지소설은 이성이라는 존재의 부정적인 모습을 드러내는 것이라 하겠다. 판타지소설의 비이성적 사고는 이성의 획일화된 사고의 오류를 지적하고 있는 것이다. 다음 문장을 보면 이성적 사고의 집합체라 할 수 있는 책에 대한 인식이 잘 드러나 있다.

> 긴 시간이 지난 후 노인은 다시 책장을 넘겼다. 와장창!
> 케이건은 아무 말도 하지 않고 끈기 있게 기다렸지만 륜은 주의가 산만해지는 것을 느꼈다. 탁자 위를 둘러보던 륜은 금속책 옆에 놓여 있는 필기도구와 겹쳐 쌓인 천을 연상시키는 것을 발견했다. 잠시 그것을 바라보던 륜은 곧 그것이 니름으로만 듣던 도깨비지임을 깨닫고는 언짢은 기분을 느꼈다. 마치 나무의 시체를 보는 기분이 들었기에 륜은 고개를 돌려 휘장을 바라보았다.
>
> —2권, 28쪽

책장 넘기는 소리를 '와장창' 유리창 깨지는 소리로 표현하고 있다. 유리창이라든가 접시를 떨어뜨렸을 때 우리는 흔히 '와장창'이라는 의성어를 사용하는데 다시 붙여 쓸 수 없을 정도로 완전히 파손되었다는 느낌을 주는 단어이다. 책을 또 다른 표현으로 '나무의 시체'라고 한다. 나무가 죽어 있는 상태가 책이라는 말인데, 책이 담고 있는 지식이나 유용한 정보보다는 나무를 죽였다는 사실이 더 기분 나쁘게 여겨짐을 볼 수 있다. 우리는 책을 삶의 지혜와 이성적 판단을 가르쳐주고 세상에 관한 지식을 알려주는 소중한 것으로 여긴다. 그러나 판타지소설의 주된 독자들인 청소년들에게 책은 **따분하고 지겨운 것**일지 모른다. 입시라든가 취직을 위한 시험을 위해 공부하는 독자들은 도서관에 있는 고루한 책들이 차라리 와장창 깨지듯이 산산이 부서져 사라지길 바랄 것이다. 책을 '나무의 시체'라 하는 것도 책 속에 들어 있는 지식들이 살아가는 데 큰 도움이 되지 않는 정체된 지식들을 담고 있다고 생각하여 표현한 것이라 여겨진다. 특히 청소년들은 학교에서 텍스트의 고정된 의미를 찾아서 시험 답안을 작성해야 하는 교육제도 안에 있기 때문에 학교 바깥에서는 스스로 의미를 만들어나갈 수 있는 텍스트를 선호할 것이라는 점은 자명하다.

판타지소설이 대중에게 친숙한 이유는 냉철하고 어려운 문자를 사용하지 않고 쉽고 친근한 말로 소통하기 때문이다. 문자는 관념의 세계를 텍스트에 고정시키고 소통의 기능을 촉진하는 가장 효율적인 도구이다. 문자는 인간의 내면에 떠돌다가 사라지고 때로는 날것으로 방치되던 상념들을 포착한다. 정리되지 않고 연원을 알 수 없는 곳에서 상념은 시작되고 그것은 분화된 채 흩어진다. 혼돈스럽던 것들이 문자에 의해서 일정한 형태를 갖추고 나타날 때 비로소 우리는 그것을 하나의 의미로 받아들이게 된다.

반면 구술 시대에는 언어의 추상성이 없었으며 기표와 기의의 구별도 없었다.[7] 그 시대에는 물질과 정신, 현실과 언어활동 사이의 이분법을 명백히 인식하지 못하였다. 따라서 지시 대상과 언어 기호의 이분법도 알지 못하고 기표와 기의의 구별이 없었다고 볼 수 있다.

> 그런 건 개에게나 던져줘라.
> 그것은 수사법이 아니었다. 케이건은 들고 있던 머리를 개들에게 던졌다. 개들은 갑자기 날아온 머리에 당황하다가 곧 검사를 시작했다.
> —3권, 184쪽

이 텍스트의 언어에는 수사법이 없다. 수사법이란 하고 싶은 말을 직설적으로 전달하지 않고, 기표 이면에 숨겨진 뜻을 알아채도록 하는 기술이다.

---

7) J. Kristeva, 김인환 · 이수미 역, 『언어 그 미지의 것』, 민음사, 1997, 68쪽.

가령 '칼로 일어선 자는 칼로 망한다'라는 문장에서 칼은 물건을 베는 칼이 아니라 '무력'을 뜻하는 것이다. 그런데 이 텍스트에는 칼이라는 기표만 있기 때문에 독자들은 무력이라는 기의를 찾으려고 애쓸 필요가 없다.

케이건 일행과 륜이 하인샤 대사원으로 가던 도중에 나가인 륜은 허물벗기를 하게 된다. 허물을 벗느라 천막 안에 혼자 있던 륜을 무적왕 일행이 데리고 나와 추악한 껍질을 벗고 나면 왕비의 모습으로 돌아올 것이라고 한바탕 소동을 벌인다.

> 티나한은 벼슬을 곤두세웠지만 케이건이 손을 들어 그를 제지했다. 케이건은 선지자를 향해 말했다. (중략) 선지자는 륜을 두 팔로 안아든 채 걸어 나왔다. 륜의 모습은 끔찍했다. 거의 모든 살갗이 윤기를 잃은 채 희게 말라 있었고 그것들이 찢어지고 갈라지며 썩은 나무 껍질처럼 일어나고 있었다. 그 때문에 륜은 마치 찢어진 천조각을 대충 기워 만든 것처럼 보였다. 선지자는 승리감에 찬 목소리로 외쳤다.
> "봐! 보아라! 이제 이 분은 너희들이 씌워놓은 추악한 껍질을 벗고 계신다. 너희들은 너무 늦었다!"
>
> ―1권, 420쪽

여기에 모더니즘적 독서를 적용한다면, 일단 문자 그대로의 어구가 기술하고 있는 특정한 행위들을 넘어서는 의미를 찾을 수 없다. 텍스트에는 기표 이면에 어떤 의미를 암시하고 있지 않다. '티나한이 벼슬을 곤두세웠지만'이라는 어구에서 벼슬을 곤두세운다는 것은 화가 났다는 뜻이긴 하나 상투적인 표현일 뿐이다. 누구나 알고 있는 상투적인 의미에서 다른 암시적인 의미를 유추할 수 없다. 또 '륜의 살갗이 희게 말라 있었고 그것들이 찢어지고 갈라지고'라는 어구에서 '마르다', '찢어지다', '갈라지다'와 같은 단어들은 흔히 고통이나 고난을 암시하기도 한다. '찢어지는 아픔'이라든가 '갈라지는 고통' 등의 표현으로 쓰이는데, 이 단락에서는 륜의 고난을 암시하지 않는다. 단지 나가로서 허물 벗는 과정 중의 모습을 보여주는 단어들일 뿐이다. '너희들이 씌워놓은 추악한 껍질을 벗고 계신다' 역시 더러운 욕망이나 권력에 대한 욕심을 의미하는 것이 아니라 나가라는 종족의 특성을 말하고 있다. 세속에서의 돈이나 권력에 대한 지나친 욕심으로 잃어버린 인간성을 회복하고자 그동안 자연스러운 인간의 모습을 덮고 있던 추악한 껍질을 벗어던진다는 의미가 아니다. 문자 그대로 뱀의 특성을 지닌 나아가 자신의 허물을 벗는다는 사전적 의미 전달을 목적으로 하고 있다. 기표가 기의에 긴밀하게 연결되어 있어 축어적 의미전달을 목표로 하고 있다. 여기서 축어적 의미라고 하는 것은 확정된 함축적 의미이며, 고급문학의 함축적 의미와 근본적으로 차이가 없다고 할 수 있다.

고급문학의 언어는 추상적이며 복잡하고 함축적 의미를 지니고 있다. 그리고 비유적이며 다원적 의미를 지니고 있어 의미는 지연된다. 반면에 대중소설의 언어는 구체적이며 단순해서 축어적 의미를 지닌다. 문자 그대로의 의미를 갖고 있어 의미는 지연되지 않고 즉각적이며, 사건 중심으로 서사는 진행된다. 지연되는 의미가 없는 서사이므로 독자들은 이야기의 진행을 따라 편안하게 몰입한다. 이야기의 중간에 유료도로당의 당주가 케이건을 만났을 때 사용하는 독특한 언어가 있다. 1000년 전에 사라진 아라짓어로 다른 등장인물들은 뜻을 이해할 수 없는 언어이다.

> "티나한, 그건 아라짓어란다."
> "아라짓어요?"
> "그래, '어엿브다'는 것은 불쌍하다, 가엾다는 뜻이야. 그리고 '소드락이'는 '소드락질' 하는 사람을 말하지. 그리고 '소드락질'이라는 것은 도둑질을 말하지."
> "그러면 , 어, 가엾은 도둑놈이라는 말입니까?"
> "맞아."
> 케이간은 고개를 돌리지도, 걸음을 멈추지도 않은 채 말했다.
> "여신님, 그만해 주십시오."
> 아기는 부리를 닫았다. 등 뒤에 있는 아기를 돌아볼 수 없었던 티나한은

불만을 느끼며 케이건의 등을 바라보았다.

"이봐, 정말 궁금한데, 도대체 저 늙은 인간이 왜 너를 아버지라고 부르는 거야? 의붓아버지라도 이렇게 나이 차가 나는 경우는 없겠다. 어떻게 된 거야? 네가 정말 저 늙은이의 아버지야?"

—3권, 356쪽

의미를 알 수 없는 언어들에 대해 다른 등장인물들의 반응을 보면 보좌관은 무표정한 얼굴이고, 티나한은 어리둥절해 하고 있다. 티나한만 어엿븐 소드락이가 무슨 뜻인지 물어보고 있다. 케이건이 더 이상의 아라짓어에 대한 설명을 하지 말라고 여신에게 말하자 티나한은 케이건과 보좌관의 관계에 대한 질문으로 바꾼다. 고대 아라짓어는 우리나라 중세 국어이다. 현대 국어와 비슷한 뜻과 소리를 지닌 언어가 아니라 실제 우리들에게서 사라진 중세 국어이기에 그 뜻을 이해하기 어렵다. 그러나 여기서는 이해할 수 없는 중세 국어의 의미 때문에 서사가 지연되지 않는다. 독자는 당주의 말을 알아들을 수 없지만 상황이나 정황으로 보아 어떤 말을 했을지 짐작할 수 있다.

이를 통해 우리는 구술적 표현은 특정한 상황을 규정하는 콘텍스트가 의미 형성에 중심적인 역할을 하고 있음을 알 수 있다. 즉 어떤 상황에서 구술이 이루어졌는지를 안다면 언어의 정확한 의미를 이해하기 힘들다 하더라도 짐작하고 넘어갈 수 있다는 말이 된다. 구술문화, 즉 이야기하기의 문화에서는 언어의 의미 파악을 위해 서사의 진행을 지연시켜서는 곤란하다. 견고하고 치밀하게 짜여진 이야기가 아니기 때문에 사건을 중심으로 진행되는 이야기에 몰입하는 독자들을 방해해선 안 된다.

판타지소설은 등장인물들의 전형성이나 심리적 갈등보다는 사건 중심으로 이야기를 전개하고 있어 구술문화 시대의 옛날이야기와 비슷하다. 문자 중심의 세계에서 문자적 교양이 있다는 것은 오락적이기 보다 진지한 쪽을 선호한다는 의미와 통하기도 한다. 반면에 문자적 교양이 없어 모든 것을 말로 풀어낸다는 것은 오락적인 것을 선호하고 구술적이라는 의미와 통한다. 즉 이야기의 구술성은 대중을 사로잡는 지점이 될 수 있다는 뜻이기도 하다. 대중은 말과 함께 엮어지는 맥락에 끌려들어가 한순간 웃다가 금세 다음 순간 울 수도 있다. 이야기에 우연성이 남발될지라도 대중은 한번 빠져든 서사의 맥락 안에서 슬픔과 기쁨을 느끼게 된다. 서사의 의미를 완전히 이해하지 못해도 그 맥락 안에서 감정 이입과 이해가 가능한 것이 바로 구술문화의 중요한 특징 가운데 하나이다.

이성과 논리적 판단은 그 반대인 비이성과 비논리적 판단이 드러나는 것을 싫어하며 자꾸 감추고자 한다. 담론이라 할 수 있는 언어의 영역들은 누군가 정했을 것이며, 이성과 비이성이라는 구분도 시대에 따라 편의적으로 나누었을 것이고 언어의 의미도 마찬가지다. 이성은 정체되어 있고, 이성적 언어는 반복적이고 순환적이다. 하지만 환상적 언어는 형식적이며, 그 형식을 통해 보다 창조적인 것을 실행할 수 있다. 이성으로 만들어진 언어는 그 언어의 의미가 인간에게 근본적이고 절대적인 것처럼 보이나 그 의미는 왜곡되어 있다. 그러므로 판타지소설의 단순한 기표구조는 이를 극복하는 방법이 될 수 있다.

3. 기호의 시각적 재현

인류학자들은 인류의 초기 언어활동이 물질과 정신, 현실과 언어활동 사이의 이분법도 알지 못하고 기표와 기의의 구별도 없었다고 한다. 이는 그 시대의 언어에서 추상성을 발견할 수 없었다는 의미이다. 발화의 상태나 그림의 형태로 존재한 당시의 언어는 사람이나 사물과 동일한 무게를 지니고 있었다는 추론의 결과에서 알 수 있다.

"산다는 것은 먹는다는 것이지. 일단 먹어야 살아 있는 것이 저지르는 모든 웃기는 일이 가능해지지. 먹지 못하면 소용없어."

"누구나 다 아는 그런 이야기를……."

"누구나 다 아는 이야기가 가장 중요한 이야기야. 륜 페이. 먹는다는 것은 자기를 유지하기 위해 자기 외의 것을 파괴한다는 것이지. 그렇기에 바위를 뚫는 낙수는 바위를 먹는 것이 아니야. 바위가 낙수를 유지시켜 주는 것은 아니니까."

−3권, 211~212쪽

먹는 것과 생명에 관해 륜과 시우쇠가 대화를 나누는 장면이다. 생명을 가진 모든 것은 먹어야 생명을 유지할 수 있다는 평범한 진리를 말하면서 누구나 다 알고 있는 이야기가 가장 중요한 이야기임을 상기시키고 있다. 서로 다른 종족이 만나서 기표를 서로 다르게 해석하거나 받아들이면 소통이 어려울 것이다. 텍스트와 독자와의 소통에서도 기표를 다르게 해석하면 서사의 진행은 지연될 것이다. 생명이 있는 것은 '먹는다'라는 기표를 사용해야 하고, 낙수와 같은 무생물은 '먹는다'라고 하지 않는 것처럼 기표에 대한 기의는 분명하게 구분되고 있다.

사람들은 사물과 그 사물이 가리키는 이미지의 가장 근접한 기표를 통해 일종의 규칙을 만들어 사용한다. 이 과정에서 하나의 사물에 대한 하나의 기호를 만들어 상대방과 의사소통을 할 수 있으면 안정을 얻고, 하나의 기표에 대해 같은 기의를 만들지 못할 때 인간은 불안을 느낀다. 구술문화 시대의 언어와 마찬가지로 판타지소설의 언어 역시 하나의 사물에 하나의 기표를 부여하고자 한다. 판타지소설은 사건을 중심으로 발생하는 인물들 사이의 갈등을 분명한 적대적 관계로 나타낸다. 판타지소설은 '명확하고 도덕적이면서도 심리적 절대성의 어휘'[8] 안에서 망설임 없이 이야기하려 한다.

언어가 의미작용을 하지 않고 있는 그대로를 보여주는 것은 카메라의 시

---

8) Peter Brooks, *The Melodramatic Imagination: Balzac, Henry James, Melodrama, and the Mode of Excess*, New Haven: Yale University Press, 1976, p.28.

각적 재현과 비슷하다. 카메라는 느끼거나 생각하지 않고 사물 그 자체를 보여주며 의미 부여를 하지 않는다. 사진을 보는 사람이 자신의 눈앞에 있는 장면을 보고 사건과 정황의 심층을 추리하고 해석하는 것이다.9) 판타지소설 역시 언어의 의미해석으로 인한 지연이 없기 때문에 마치 사진이나 영상을 보듯 막힘없이 읽어나갈 수 있다. 읽는 즉시 독자들은 언어를 시각적으로 재현할 수 있게 된다. 시각적 재현을 돕기 위해 판타지소설의 언어는 구술적 언어를 사용하는 영상 매체나 디지털 매체의 특성과 겹쳐진다. 영화나 텔레비전에서는 즉각적인 반응을 요구하기 때문에 의미를 반추해야 하는 긴 호흡의 언어는 장애가 된다.10)

> 그때 승려는 연들 중 하나에 이상이 생겼음을 깨달았다.
> 다른 네 연들과 달리 제대로 날아오르지 못한 채 불안하게 흔들리는 연이 있었다. 승려는 놀란 눈으로 그 연을 살폈고 곧 그 연이 아직까지 말들에 연결되어 있음을 깨달았다. 어찌된 일일까? 눈을 부릅뜬 승려는 그 연에 탄 자가 엉뚱한 밧줄을 잘랐음을 깨달았다. 그 자는 말과 연결된 밧줄 대신 도르래와 연결된 밧줄을 잘라버린 것이다. 계곡 아래쪽에서는 사람들이 욕설과 비명을 질러대었고 그 연과 연결된 말들을 몰던 기수는 머리끝까지 화가 나서 폭언을 퍼부어대고 있었다. 연은 무지막지한 힘으로 솟아오르고 있었고 자칫하면 말까지 끌려 올라갈 정도였다.
>
> ─1권, 29쪽

위의 예문은 레콘들이 말과 커다란 연을 이용해서 하늘치의 등에 올라타려는 장면을 묘사한 것이다. 드러난 기표들을 따라 가다보면 막히는 부분 없이 연줄을 제대로 자르지 못해 날아오르지 못한 연과 그로 인해 잔뜩 화가 난 기수의 모습을 떠올릴 수 있다. 예문은 일상적인 삶의 언어들로 이루어져 있으며, 예문에서 의미해석을 요구하는 언어는 찾아볼 수 없다. 『눈물

---

9) 한용환, 『소설학 사전』, 문예출판사, 1996, 435쪽.
10) 이기현, 「매체의 신화, 문화의 야만」, 김상환 외, 『매체의 철학』, 나남, 1998, 419쪽.

을 마시는 새』의 등장인물이나 서사적 장면들은 단순하고 축약적인 모습으로 나타난다. 그래서 시각으로 훈련된 지각과 감성을 지닌 청소년 독자들에게 판타지소설은 친숙하게 여겨지는 것이다. 판타지소설은 그들을 작가가 암시하는 무언가를 찾아야 한다는 강박증에서 벗어날 수 있게 한다. 또한 자신들의 상상력으로 사건이나 인물을 재현하는 재미를 느낄 수 있게 한다.

시각적 재현이 가능한 판타지소설의 언어는 상징적 기호라기보다는 도상적 기호에 가깝다. 객관적인 세계를 충실하게 포착하는 카메라와 같은 도상적 기호의 특성은 상징적 기호로는 도달할 수 없는 현실감을 유발한다. 이는 비록 개연성을 잃은 인물이나 사건일지라도 현실적이고 진실된 것처럼 오인하게 만든다.

퍼어스는 기호가 사진처럼 기표와 기의 사이의 유사관계에 의존하고 있을 때 그것을 상형적이라고 정의한다. 언어로 이루어진 문학 텍스트는 엄밀하게 이야기해서 상징적이라 할 수 있지만 대중소설이나 판타지소설은 기표가 사물을 그대로 드러내고 있어 상형적이라 볼 수 있다. 판타지소설은 투명한 기표들로 넘쳐나며 기의는 외부적 사건에 집중되고 있어 도상적 기호의 성격에 가깝다 할 수 있다.

기호를 의식적으로 제시하는 경우에는 사물과 그 사물에 속하는 말을 동시에 제시하면서 이루어지지만 무의식은 단지 사물만을 제시한다고 한다.[11] 바르트는 언어적 의미가 고정되는 순간 텍스트는 사라져버리기 때문에 고정된 의미를 지향하려는 사실주의 텍스트보다는 환상 텍스트의 미학을 강조하고 있다. 환상 텍스트는 언어의 의미로서 접근되기보다는 기표들의 구조로 인식되는 것이다. 환상 텍스트의 해석 행위로 인한 의미생성은 환상 세계의 사라짐을 의미하기 때문에 작가들은 텍스트에 담겨진 언어를 해석하거나 의미 부여를 하지 않으려 애썼다. 텍스트에 의미를 부여하는 일은

---

11) Sigmund Freud, *On Metapsychology*, harmondsworth: Penguin, 1984, p.207; Antony Easthope, 임상훈 역, 앞의 책, 121쪽에서 재인용.

의식적이다. 환상 텍스트는 언어의 기표만 존재하기 때문에 독자의 의식적인 면보다는 무의식적인 면을 더 강조한다. 사실주의 언어의 의식적 구조보다 환상 텍스트의 무의식적 구조가 환상을 드러내는 데에는 더 적합하다. 무의식적 환상은 의식적 사고보다 더 원초적이기 때문이다.12)

> 그 눈 속에서 빛이 번득였다고 생각한 순간 케이건은 모든 것이 바뀌었음을 알게 되었다. 케이건은 주위를 둘러보았다.
> 정신질환자를 미치게 할 수 있는 풍경이 펼쳐져 있었다.
> 광선으로 구성된 세계였다. 질량은커녕 면적조차 존재하지 않았다. 직선, 곡선, 꺾인 선, 꿈틀거리는 선, 진저리치는 선, 유쾌한 선, 우울한 선, 가인의 고요한 한숨에 흔들리는 난초 같은 선, 보이는 것은 오로지 선밖에 없었다. 가없는 암흑을 배경으로 선으로 만들어진 면적과 선으로 만들어진 질량이 그곳에 있었다.
>
> −4권, 326~327쪽

이 장면은 케이건이 심장탑의 냉동장치를 열자 그 속에 갇혀 있던 카린돌 마케로우가 쓰러져 나오는 것을 보여주고 있다. 순간 당황한 케이건이 카린돌을 품에 안자마자 갑자기 눈앞에 펼쳐지는 환영을 묘사한 것이다. 마치 꿈속의 세계처럼 아득하고 캄캄한 곳에서 빛들이 현란하게 움직이는 모습을 그리고 있다. 우리의 의식 저편에서 빛들은 케이건의 몽롱한 의식을 따라 여러 가지 모습으로 변형되기도 한다. 이 광선들은 거대한 회오리 바람으로 심장탑을 보호할 목적으로 케이건이 만들어낸 것이다. 심장탑이 파괴되면 사모의 심장도 파괴될 것이라서 순간적으로 회오리를 심장탑 주위로 불러 모으다 정신이 아득해지면서 꿈을 꾸듯 몽롱한 상태를 표현하고 있다.

기호의 시각적 재현은 의식적인 사유보다는 무의식적 환상에서 가능하다. 우연의 일치, 불가능한 일, 개연성에서 벗어나는 일들처럼 이성적으로 이해할 수 없는 일들이 일어나는 환상 세계는 마치 우리의 꿈의 세계와 닮

---

12) Julia Segal, *Phantasy*(USA: Totem Books), 2001, p.39.

은꼴이다. 꿈의 세계와 같은 분위기에서 우리는 어떤 환상도 쉽게 받아들일 수 있으며 오로지 보는데 집중할 수 있다. 시각적 재현은 마치 꿈에서처럼 비판을 피해가며 욕망을 허용한다. 즉 시각적 재현은 현실에서 불가능한 욕망의 표출이 가능하기에 재미를 주는 요인이기도 하다. 시각에 의존하면서 욕망을 충족시켜주는 판타지소설의 재미는 대중소설을 선호하는 근거가 될 수 있다. 또한 대중소설의 유토피아적 충동의 토대가 되는 요인이기도 하다. 영상 이미지나 시각적인 지각 구조에 익숙한 청소년 독자들의 욕구를 충족시켜줄 수 있는 텍스트로 판타지소설이 환영받는 이유이기도 하다.

구술문화 시대를 거쳐 문자문화 시대의 문자는 인간의 감정과 사고 그리고 추상적인 개념을 설명할 뿐 아니라 소통과 기록의 기능도 가지고 있다. 벨라 발라즈는 인쇄술의 발견이 시각적 정신을 가독성 정신으로, 시각적 문화를 개념의 문화로 발전시켰으나 영화의 부상은 인간의 관심을 다시 가시적 문화로 옮겨가게 했다고 말한다.[13] 문자는 그 주도적 역할을 일부 영상에 넘겨주게 되었고 사진이나 영화는 시각적 특성으로 문자의 기록성을 압도하고 있다. 영상이미지에 대한 선호는 문자 이전의 시대로 거슬러 올라간다. 그 역사는 고대의 라스코 벽화(기원전 15,000년)나 알타미라 동굴벽화에서 보이는 구체적 이미지의 형성에서 출발한다. 암석 글자와 회화, 암석 조각 등을 통해 우리는 원시시대부터 이미지가 있었음을 알 수 있다. 이러한 이미지들은 인간과 현실 세계의 사물들을 모방한 형태로 인간의 원시적인 의사소통 수단[14]이었을 것이다.

이러한 시각적 재현의 이미지는 근대적 시각 체계의 시초이자 핵심으로 자리 잡은 원근법이 창안됨에 따라 모든 대상을 고정된 눈으로 파악하게 되었다. 주체의 한 시점으로 정지된 일종의 절대적인 눈에 의한 응시의 논리에 바탕을 두게 되었다. 르네상스 이후 17, 18세기에는 목판 삽화나 일러스

---

13) Bela Balazs, 이형식 역, 「가시적 인간」, 『영화의 이론』, 동문선, 2003, 42~45쪽.
14) Martin Joly, 김동윤 역, 『영상이미지 읽기』, 문예출판사, 1999, 40~41쪽.

트레이션 그림 등의 시각화가 지식의 확장이나 부르주아의 지식 권력 획득에 중요한 역할을 했다. 19세기 사진이 발명되면서 대량 복제가 가능하게 되자 이미지에 대한 소유의 독점이 와해되었다.[15] 영상이미지의 대중적 확장은 영화가 발명된 20세기 중반에 와서야 가능하게 되었다. 사람들은 <한여름 밤의 꿈>에 등장하는 실제의 살아 있는 토끼와 같은 극적인 볼거리와 멜로드라마를 선호하고 있었다.[16] 이와 같은 대중들의 압력을 받아 사람들은 영화를 발명하기 위해 많은 노력을 했다. 대중들의 이러한 소망은 고화질의 사진과 영화, 그리고 텔레비전으로 충족될 수 있었다.

문자 중심의 논리적이고 이성적인 세계는 자연적인 인간의 상태를 억압하고 변형시켰다. 그래서 대중들은 근대 이전의 조화로운 구술성에 대한 향수를 가지고 있다. 원근법을 통해 시점이 하나로 고정되었다면 대중들은 고정된 절대적인 시점보다는 모든 가능한 시점이 공존하는 매체를 원한다. 즉 문자로 인해 생겨난 공간이 단일시점에 근거한 선형적 공간이라면 구술성의 공간은 이질적인 것들이 동시에 공존하며 관계를 맺고 있는 곳이다. 구술문화 시대의 언어와 닮은 영상이미지의 공간은 중심과 주변의 분리가 일어나지 않고, 정서적이고 감정이입적인 인간관계가 회복되고 하나의 중심에 의해 다른 대안들이 억압되지 않는 곳이다. 대중들의 이러한 열망은 구술성을 복원시킬 수 있는 장르인 판타지소설이나 영화, 텔레비전과 같은 장르들을 발전시켜 왔다. 전통적인 독서 방식으로는 탐지해낼 수 없는 이러한 상형적 특성은 대중소설이 고급문화와는 다른 무엇인가를 행하고 있다는 점을 알게 해준다.

---

15) Ewen Stuart, 백지숙 역, 『이미지는 모든 것을 삼킨다』, 도서출판 시각과 언어, 1996, 59쪽.
16) Antony Easthope, 임상훈 역, 124쪽.

4. 맺음말

그동안 연구대상으로 삼아왔던 고전적 텍스트들은 언어의 고정된 의미를 사용해 텍스트를 만들어내고 고정된 의미로 나열된 텍스트는 독자와 충돌하지 않았다. 작가가 작품을 만들어낼 때 사용하는 언어들의 의미는 이미 인간의 이성에 의해 고정된 의미이며 작가는 이 의미들을 적절히 배열하고 이야기를 꾸며냈다. 이때 언어의 고정된 의미가 생산되는 과정은 인간의 이성과 연결된다. 사물과 사물을 나타내는 기호의 결합은 인간의 합리성과 논리성에 근거한 이성에 의해 발생한다. 또한 인간의 이성은 기호를 하나의 의미로 고정시키고자 한다. 그래야 텍스트가 의미하는 바를 알아볼 수 있고 혼란스럽지 않기 때문이다.

그러나 판타지소설은 이성적 판단으로 가능하지 않은 일들이 일어나는 반이성적 텍스트이다. 초자연적 현상을 다루는 환상 텍스트는 인간의 이성과 충돌하게 된다. 인간은 사회의 문화와 관습 그리고 일정한 교육을 통해 자신의 생각과 주관을 만들어가며, 그러한 바탕 위에서 사물과 상황에 대한 합리적이고 이성적인 판단을 내리게 된다. 즉 이성이란 처음부터 존재하는 것이 아니라 훈련되고 습득되어진 것이다. 인간의 이성은 사고를 획일화시키고 언어들을 하나의 기준에 맞추어 일목요연하게 정리하려 한다. 언어에 대한 인간의 이성은 편리할 수 있지만 한편으로는 언어의 이면에 담겨진 의미와 가능성을 인식하지 못할 수도 있다. 구술성에 바탕을 둔 판타지소설의 단순한 기표구조는 이성의 구속성을 깨우쳐 주는 텍스트라 할 수 있다.

애매모호하고 암시적인 기호의 나열로 이루어지는 텍스트는 독서의 전 과정에 걸쳐 독자를 억압한다. 텍스트의 위력에 눌린 독자는 저급한 독자라는 비난을 감수하면서 읽기를 포기하기도 한다. 대신 이런 텍스트는 고급독자로부터 환영을 받으며, 독자가 어떤 형태로든지 개입하거나 수정하는 것을 허용하지 않는다. 이것은 텍스트를 권위적으로 만들고, 그 권위의 중심에는 견고한 선형성이 있다. 텍스트의 곳곳에 뿌려 놓은 각종 암시들도 저자의 권위를 높이는 요소들이다. 그 암시의 체계가 너무 쉽게 밝혀질 경우 텍스트가 독자로부터 불신을 받거나 외면당할 수도 있기 때문에 저자들은 교묘한 장치를 고안해 의미를 숨기는데 골몰하게 된다. 결과적으로 권위적인 텍스트에 대해 독자는 수동적인 자세를 취할 수밖에 없다.

바르트는 이러한 관계를 저자와 독자의 '폭력적 결별'로 정리한 바 있다. 여기서 결별이란 문학적 제도를 유지하기 위해 문학 텍스트를 둘러싸고 나타나는 의미의 생산자와 사용자 혹은 저자와 독자 사이의 구분을 의미한다. 그러한 구분이 독자를 게으름에 빠지게 한다는 바르트의 비판은 그동안 독자와 작가를 구분해 온 관습에 대한 비판이며 작가에 대한 복종의 거부로 진전된다.

작가의 권위에 대한 저항의 과정에서 우리는 새로운 독법의 가능성을 만나게 된다. 작가가 마련해 놓은 의미를 찾는 것만 정당하다고 할 근거는 없다. 독자가 텍스트를 존재하게 하는 전제라고 할 때 독자 자신만의 자유로운 독서는 언제나 가능하다. 텍스트에 대한 해석이 작가의 의도와 일치하는지 여부를 따질 필요가 없다. 작가의 의도와 무관한 방향으로 독서를 한다는 것은 새로운 독서 체험이 될 것이다.

대중소설 텍스트는 모더니즘적 읽기에 부적합하며 가치 평가가 해석 양식에 내재되어 있다. 대중소설 텍스트는 모더니즘적 독서 방식에 저항한다. 대중문화 텍스트와 그 담론이 지닌 긍정적이고도 특정한 자질들을 파악하기 위해서는 다른 종류의 독서 방식, 즉 담론의 시각적 성격에 주목하는 독서 방식이 필요하다.

<참고문헌>

이기현, 「매체의 신화, 문화의 야만」, 『매체의 철학』, 나남, 1998.

이영도, 『눈물을 마시는 새』 1권－4권, 황금가지, 2003.

한용환, 『소설학 사전』, 문예출판사, 1996.

Antony Easthope, 임상훈 역, 『문학에서 문화연구로』, 현대미학사, 1994.

Bela Balazs, 이형식 역, 「가시적 인간」, 『영화의 이론』, 동문선, 2003.

Ewen Stuart, 백지숙 역, 『이미지는 모든 것을 삼킨다』, 도서출판 시각과 언어, 1996.

J. Kristeva, 김인환 · 이수미 역, 『언어 그 미지의 것』, 민음사, 1997.

Martin Joly, 김동윤 역, 『영상이미지 읽기』, 문예출판사, 1999.

R. Barthes, 김희영 역, 『텍스트의 즐거움』, 동문선, 2002.

W. J. Ong, 이기우 임명진 역, 『구술문화와 문자문화』, 문예출판사, 2000.

Eduard Hanslick, Trans, Gustav Cohen, *The Beautiful in Music*, New York: The Bobbs-Merrill Company Inc., 1957.

Julia Segal, *Phantasy*, USA: Totem Books, 2001.

Peter Brooks, *The Melodramatic Imagination: Balzac, Henry James, Melodrama, and the Mode of Excess*, New Haven: Yale University Press, 1976.

한국 근대 추리소설의 태동*

－이해조의 『쌍옥적』을 중심으로

김 효 진

1. 한국 추리소설의 출발

한국에서의 추리소설[1]은 서구에서 유입된 장르라는 뚜렷한 장르 인식 아래서 출발한다. 프랑스 작가 포르튀네 뒤 보아고베(Fortuné du Boisgobey,

---

* 이 논문은 박사학위논문 가운데 일부분을 수정·보완한 것임.

1) 추리소설에 대한 명칭은 각 나라마다 다르다. 영국에서는 '디텍티브 스토리(Detective story)', 프랑스에서는 '로만 포리세(Roman policier)', 미국에서는 '미스터리 스토리(Mystery story)', 독일에서는 '크리미널 로만(Criminal roman)'이라고 불리는데 이는 추리소설을 보는 각 나라의 시각의 차이를 보여준다. 영국은 추리소설의 주체인 탐정을 강조하고 있는 것이며, 프랑스는 추리소설이 경찰과 밀접한 관련이 있음을 드러내고 있다. 또 미국은 추리의 미스터리한 부분을 중요하게 생각하며 독일은 범죄에 더 관심을 갖고 있다고 추측할 수 있다. 한국에서 추리소설이라는 용어가 사용된 것은 1960년대 무렵이다. 그 이전에는 정탐소설, 탐정소설이 추리소설을 지칭하는 용어로 사용되었다. 그러나 정탐소설은 1920년대 주로 사용되다가 없어진 용어이고 탐정소설은 1950년대까지 두루 사용되기는 하였지만 범죄를 해결하는 주체인 탐정의 역할만 강조하는 의미로 받아들여질 우려가 있다. 또한 각국의 용어를 그대로 번역하여 사용하는 것도 한계가 있다. 영국의 탐정소설이나 프랑스의 경찰소설, 미국의 미스터리 소설, 독일의 범죄소설 등도 그 용어가 지칭하는 범위가 너무 제한적이다. 영국이나 프랑스의 경우는 너무 범위가 좁고, 미국이나 독일의 용어를 그대로 사용하기에는 그 범위가 너무 넓다. 따라서 본고에서는 현재 한국에서 일반적으로 통용되는 용어이면서 다른 명칭을 모두 포괄할 수 있는 용어인 '추리소설'을 사용하기로 한다.

1821~1891)의 작품, 『고양이 눈의 반지』(L'OEil-de-chat, 1888)가 1912년에 『지환당(指環黨)』[2]이라고 번역된 이래로 추리소설은 한국에서 꾸준히 사랑받는 대중문학 중 하나가 되었다.

추리소설이 처음으로 소개되고 번역되기 시작했을 때는 많은 작가들이 여기에 관심을 가지고 있었던 것으로 보인다. 그것은 새로운 문학 장르에 대한 관심이라기보다는 대화의 대명사로 여겨지는 서구에서 온 '새로운 것'에 대한 관심이었다. 그래서 장르 유입 초기 추리소설은 서구에서 온 근대적인 장르라고 받아들여졌으나 그 후 통속문학이라 치부되어 문단에서 소외당하게 된다. 그렇지만 추리소설은 자신의 영역을 구축하며 대중에게 사랑받아 왔다. 또 추리소설이라는 장르는 위축되거나 그 가치가 폄하되었다고 하더라도 추리서사는 다른 장르나 매체와 결합하여 다양하게 창작되고 있다.

포스트모더니즘의 등장으로 고급문화와 대중문화의 구분은 무의미지면서 제도권에서 소외되고 주변문화로만 머물렀던 대중문화에 대한 연구들이 이루어지기 시작했다. 이에 추리소설도 최근 들어 연구가 진행되고 있지만, 아직도 갈 길은 멀다고 할 수 있다. 한국 추리소설 연구에 있어 가장 먼저 이루어져야 할 연구는 외래의 장르로 인식되어 온 추리소설이 한국에서 어떻게 수용되었으며 또 한국적 특성을 반영하여 정착되고 변용되는지를 살피는 일이라고 할 수 있다.

추리소설이라는 장르가 서구에서 시작된 것은 분명하지만, 인간의 호기심을 자극하고 문제 해결을 통한 즐거움을 선사하는 이야기 구조는 이미 한국 소설에서도 있었다. '범죄 사건 발생−문제의 해결 과정−해결'이 추리소설의 가장 기본적인 구조라고 할 때 이 같은 수수께끼와 해결의 과정을 담고 있는 서사구조는 한국 고전소설 속에서도 존재한다. 고전소설 가운데 특

---

2) 이 작품은 일본 작가 구로이와 루이코(黑岩淚香)가 이 프랑스 소설을 번역한 「指環」을 요약하여 다시 한국어로 번역한 것이다.

히 송사소설이 그러하다. 본고는 고전소설 중 송사소설과 근대 추리소설의 사이에 있는 문학 장르가 '정탐소설'이라고 본다. '정탐소설'은 한국에서 추리소설이라는 장르가 정착하는 데 큰 역할을 하였다. 따라서 본고는 한국적 추리서사와 서구의 추리소설 장르가 결합되며 나타나는 한국적 추리소설의 원형을 정탐소설에서 찾을 수 있을 것이라 보고 '정탐소설'의 특성을 고찰해 보고자 한다. 특히 이해조의 작품은 신소설에서 정탐소설로의 이행과 번안·번역 추리소설이 한국적 추리소설 창작에 어떠한 영향을 끼치고 있는지를 잘 보여주고 있으므로 이해조의 작품 『구의산』과 『쌍옥적』을 중심으로 서구의 장르 추리소설이 한국적 토양에서 정착하는 과정을 살펴보고자 한다.

2. 한국 사회의 근대적 변혁과 추리소설의 전사

한국 근대문학사에서 추리소설이라는 장르가 출현하는 시점이 언제인가를 고찰하기 위해서는 개화기의 사회·문화적 배경을 살펴보아야 한다. 추리소설은 근대적인 문학 장르이기 때문이다. 따라서 추리소설의 수용이 가능할 수 있었던 근대적인 요소들이 한국의 역사에 언제부터 등장했는지를 아는 것은 중요한 일이다. 개화기는 봉건적 지배질서로부터 탈피하여 문명개화와 자주독립을 향한 사회체제 전반의 근대적 개혁이 진행되던 전환기였다. 이러한 근대사회로의 이행기에 추리소설이라는 장르가 태동할 수 있는 여러 사회 문화적 여건이 구비되었으리라는 점은 쉽게 추측할 수 있다.

갑오경장(1894)을 통해 근대적인 제도정비가 이루어지면서 한국 사회는 근대적 변혁의 길로 들어서게 된다. 이 시기 한국의 사회·문화적 변혁을 가장 뚜렷하게 볼 수 있는 것이 바로 "국어국문운동과 국문체의 확대"3)이

---

3) 권영민, 『한국현대문학사1』, 민음사, 2002, 45쪽.

다. 국어국문운동으로 인해 구체적인 삶을 현실의 언어로 쓰는 것이 가능해졌으며 새로운 글쓰기로서의 문학의 다양한 양식적 분화가 가능해졌다. 또한 『독립신문』을 필두로 한 대중적인 신문들이 등장하면서 대중적 욕구를 고려한 근대적인 글쓰기가 시작되었다.

개화기는 전환기 사회에서 흔히 관찰할 수 있은 사회적 갈등과 대립이 빈번하게 나타난다. 특히 "전통과 근대, 봉건적 야만과 계몽된 문명 등의 대립으로 요약되는 신구세력 간의 갈등은 과격한 폭력화"[4]로 나타나는 경우가 많았다. 청일전쟁, 갑오개혁, 동학농민운동 등과 같은 정치적인 격변과 일본의 노골적인 식민지 정책으로 개인의 일상적인 삶에도 많은 혼란이 있었다. 개화기를 대표하는 서사양식인 신소설에 이런 현상이 뚜렷하게 나타나는데 "개화라는 명제를 이상화하는 내용만이 아닌 급격한 개화의 부작용이 몰고 온 사회의 범죄와 폭력이 재현"[5]되고 있는 것이다. 이는 "개화기의 혼란한 시대상을 반영한 것이며, 아울러 범죄물에 대한 대중적 취향에 영합하려는 작가의 상업주의가 작용한 결과"[6]라고 할 수 있다.

늘어나기 시작한 대중매체에서 범죄와 폭력을 빈번하게 다루고 있다는 것은 범죄에 대한 대중들의 관심이 반영된 결과이다. 국문운동으로 확대된 소설의 독자층의 요구에 부응하려는 작가들의 상업주의적 의지로 신소설은 당대에 만연하던 범죄 기사들을 작품 안에 수용했던 것이다. 대중의 취향과 욕구를 반영한 대중문학의 싹이 자라고 있음을 알 수 있다.

그러나 만연해지는 범죄에 비해 법의 제도 정비와 정의의 실현은 아직 근대화되지 못하고 있었다. 범죄의 근본기저에는 제국주의의 침략이 가속화되기 시작하는 시기에 제대로 대처하지 못하는 정부 관료와 지배 체계에 대한 불만과 불신이 자리 잡고 있는 것이다. 그런데 대중매체에서 다루고 있는 범죄들은 사적인 재산을 약탈하는 범죄들이 대부분이었다. 이는 근대적

---

4) 최현주, 「신소설의 범죄서사 연구」, 서강대 박사학위논문, 2003, 1쪽.
5) 이재선, 『한국현대소설사』, 홍성사, 1979, 126쪽.
6) Ibid., p.129.

격변기 속에서 나타나는 범죄의 양상을 개인적인 범죄로 국한시킴으로써 범법이 행해질 수밖에 없는 사회·역사적 이유에 관심을 갖게 하지 못하려는 지배층의 의도와 관계있는 것이다.

만연한 범죄를 막지 못하는 정부의 무능력은 "열강의 조선 침략을 정당화하는 근거"[7]가 되기도 한다. 이는 개화기 시대 신소설이 친일로 방향을 돌린 이유 중 하나였다. 서구 문명과 직접 대면하기보다 일본의 중개에 의한 근대화가 이루어지고 있었던 상황에서 외세에 대한 동경—이는 근대화된 세상을 뜻한다—이 일본의 근대화에 집중되고 있음은 당연하다. 그래서 개화기 현실에 대한 비판은 선진적으로 근대화되어 보이는 일본에 대한 동경으로 자연스럽게 전이되고 있는 것이다. 물론 1909년 제정된 출판법[8]에 따라 사전 검열이 이루어지면서 서적들이 일본의 감시하에 들어간 이유도 있지만, 신문과 잡지를 포함한 이 시기 출판물들이 식민화 이데올로기와 모종의 암시적 관련[9]을 맺고 있기 때문이기도 하다.

범죄를 모티프로 한 소설들이 많이 등장했다고 해서 이 시기 소설들을 추리소설이라고 부르기에는 무리가 있다. 추리소설은 범죄적 요소가 들어가 있는 모든 서사물을 일컫는 것이 아니라 범죄를 밝히고 범인을 잡는 해결의 구조에 그 핵심이 있기 때문이다. 불가능해 보이는 범죄가 있고 이를 이성과 과학의 힘으로 풀어나가는 과정을 보여주는 것이 추리소설인데 신소설은 이러한 추리소설의 조건을 충족시킨다고 보기 어렵다.

한편으로 신소설 안에서 자주 접하는 범죄의 모티프와 추격과 해결의 과정에 대한 관심은 외래 장르인 추리소설이 한국에 수용되었을 때 대중들에게 그것이 이질적인 문학 장르라고 인식하지 않도록 하는 역할을 했다고 볼 수 있다. 또한 신소설의 범죄서사[10]는 한국적 추리소설의 창작에 일정 부분

---

7) 최현주, Op. cit., p.137.
8) 김봉희, 『한국개화기 서적문화연구』, 이대 출판부, 1999, 105쪽.
9) Ibid., p.140.
10) 최현주에 의하면 70편의 신소설 가운데 50편의 작품이 폭력적 범죄사건을 포함하고 있을 정도로 신소설은 범죄와 친연성이 강하다. 최현주, Op. cit., p.3.

기여를 하고 있다고 본다.

신소설 중 추리소설의 요소를 비교적 잘 갖추고 있다고 평가[11]되는 작품으로 이해조의 『구의산』[12]을 들 수 있다. 『구의산』은 고전소설 『김씨열행록』을 신소설로 개작한 것으로 알려져 있다. 그러나 『김씨열행록』의 내용을 이미 상당수의 독자들이 알고 있기 때문에 이를 신소설로 개작한 작품은 독자들의 흥미를 끌기가 어려웠을 것이다. 이해조는 고전소설과의 차별성을 두기 위해 추리소설적인 방법을 통해 이 소설을 전개시키고 있다. 결말을 『김씨열행록』과 다르게 처리하여 반전을 주는 것도 그런 방법 중 하나라고 할 수 있다.

『구의산』은 "신혼 초야에 일어난 신랑의 살해 사건을 다룬다는 점에서 훨씬 '추리소설적'"[13]이다. 고전적 추리소설[14]의 기본 구조인 이중적 서사 구조[15]는 보이지 않지만, 김 씨 부인이 자신의 무죄를 입증하기 위해서 단서를 통해 범인을 밝혀나가는 과정은 수수께끼를 푸는 탐정의 모습과도 유사하다. 그러나 고전적 추리소설 속의 탐정은 범죄와는 무관한 인물이다. 즉, 탐정은 "자신이 다루고 있는 사건의 외부에 존재"[16]해야 한다. 그런데 김 씨 부인은 자신의 결백을 증명하기 위해 단서를 찾아나서는 피해자이면서 동시에 살해사건의 용의자[17]가 되기 때문에 탐정이라 부르기에는 무리

---

11) 김명식, 「『김씨열행록』과 『구의산』: 고전소설의 개작 양상」, 『국어교육 49』, 한국국어교육연구회, 1984, 213쪽.
오혜진, 「1930년대 추리소설의 존재방식에 관한 일고찰 – '환상' 속에 감추어진 '전복과 그 한계」, 『우리문학연구 20』, 우리문학연구회, 2006, 320쪽.
전광용 외, 『한국신소설전집2』, 을유문화사, 1968, 504쪽.
12) 이해조가 1911년 6월 21일부터 9월 27일까지 『매일신보』에 연재한 신소설이다.
13) 고은지, 「정탐소설 출현의 소설적 환경과 추리소설로서의 특성:『쌍옥적』과 『박쥐우산』을 중심으로」, 『비평문학 35』, 한국비평문학회, 2010, 12쪽.
14) 본고에서 고전적 추리소설이라 함은 앨런 포에 의해 창안된 추리소설의 형식을 의미한다. 즉, 탐정이 중심이 되어 논리적인 추론과 과학적인 증거가 뒷받침 되어 범인을 밝히는 추리소설을 말한다. 잘 알려진 코난 도일의 셜록 홈즈가 이 유형에 해당된다. 전통적 추리소설이라고 불리기도 한다.
15) 범죄의 서사와 조사의 서사가 분리되는 구조를 말한다.
16) 이브 뢰테르, 김경현 역, 『추리소설』, 문학과지성사, 2000, 17쪽.

가 있다. 또 애중이 단서를 찾는 과정에서 변장을 하고 염탐을 하는 것은 탐정의 모습과 유사하지만 사건의 결정적 단서들을 모두 우연적으로 알게 되는 것은 고전소설을 벗어나지 못한 한계로 지적될 수 있는 사항이다. 고목나무의 까치가 우는 소리를 듣고 흉조를 예측하거나 꿈 이야기로 칠성어미의 자백을 유도하는 것은 논리적이고 분석적인 탐정의 모습과는 거리가 먼 모습이다.

게다가 진범 이동집이 너무 빨리 잡히게 됨으로 이 소설은 후반부로 가는 추동력이 약해지게 된다. 문제의 해결은 추리소설의 구조상 가장 마지막에 이루어지는데 소설의 중반부에 이미 범인이 밝혀졌기 때문에 더 이상 수수께끼와 해결의 구조로 소설이 전개될 수 없게 된 것이다. 이동집이 잡힌 이후 『구의산』은 조사의 서사가 추격의 서사로 바뀌게 된다. 그런데 붙잡힌 칠성의 자백을 통해 죽은 줄 알았던 오복이 살아 있으며 오히려 칠성이 오복을 살리고 대학교육까지 시킨 은인임이 밝혀지며 반전을 보인다. 여기서 독자들은 자신들의 예측과 다른 결말에 놀라게 된다. 이 반전이 『구의산』이 "가장 추리소설다워진 부분"[18]이라고 할 수 있다. 이는 처음에 발견되었던 시체가 목이 없는 시체였기 때문에 가능한 반전이다. 목이 없는 시체로 "반전의 논리적 설득력을 부여"[19]했다는 것은 『구의산』의 중요한 추리소설적 요소라고 할 수 있다. 그러나 이것이 탐정의 역할을 하는 조사자에 의한 것이 아니라 범인이라고 생각했던 칠성의 자백으로 드러난 것은 약점으로 지적할 수 있을 것이다. 또한 전지적 제3의 서술자가 사건을 전달해주는 고전소설적 서술방식은 신소설의 한계를 그대로 보여주는 것이기도 하다.

『구의산』의 애중이나 효손은 범법을 저지른 자들을 자신의 손으로 처단

---

17) 고은지, Op. cit., p.12.
　　물론 고전적 추리소설의 탐정의 조건에 맞지 않는다고 해서 무조건 애중을 탐정이 아니라고 보는 것은 아니다. 애중이 사건을 해결하는 모습은 탐정과 유사하지만 결정적으로 꿈이나 우연에 의해서 사건이 풀려지는 것이므로 탐정으로서는 한계가 있다고 본다.
18) 오윤선, 「한국고전서사와 추리소설」, 『어문논집 60』, 민족어문학회, 2009, 55쪽.
19) 차선일, 「한국 근대 탐정소설 연구」, 경희대 박사학위논문, 2012, 83쪽.

한 것이 아니라 법의 심판에 맡긴다. 개인이 원한을 풀려고 하는 것이 아니라 사법제도에 그 판단을 맡김으로 법질서를 인정하고 있는 것이다. 그러나 칠성의 경우 살인을 공모하고 있는 남녀의 이야기를 우연히 듣고 그들을 살해함으로 스스로 정의를 실현하는데 이에 대해서 별도의 언급이 없는 것은 근대와 전근대가 혼돈되어 있는 당시의 모습을 그대로 보여주고 있는 것이라고 할 수 있다.

『구의산』을 추리소설로 볼 수 없는 결정적인 이유는 이 소설이 고전소설 『김씨열행록』의 내용을 거의 그대로 수용[20]해―마지막 반전을 제외하고―창작된 작품이기 때문에 개인의 완벽한 창작물로 보기에도 무리가 따른다는 것이다. 추리소설적 요소가 존재하고 있지만 『구의산』을 추리소설로 볼 수는 없다. 다만 한국에서도 이미 추리소설적 요소를 갖추고 있는 작품들의 창작되기 시작했음을 볼 수 있다는 점에서 의미가 있다고 본다.

범죄를 다루고 있는 신소설은 "범죄서사를 적극 수용하면서 근대화의 이데올로기를 전파하는 담론적 매체로서 기능하였으며, 근대 추리소설이 등장하기 전까지 범죄에 근대적 인식 전환을 도모한 대중적 범죄소설"[21]의 역할을 하였다는 면에서 추리소설의 전사로서의 의의를 찾을 수 있다. 즉 대중들의 범죄에 대한 관심이 소설적으로 창작될 수 있는 길을 열어 준 것이다. 신소설 범죄 서사에 발견되는 수난의 서사와 여기서 벗어나기 위해 범인과 쫓고 쫓기는 추격의 서사는 이후 추리소설이 번역ㆍ번안되고 한국적 추리소설이 형성될 때 중요한 장치로 활용된다. 이는 한국적 추리소설의 특성을 보여주는 단서가 된다는 점에서 의의가 있다.

---

20) 김명식, 「『김씨연행록』과 『구의산』―고전소설의 개작양상」, 『한국문학연구 8』, 동국대 출판부, 1985, 123쪽.
21) 김영성, 「한국 현대소설의 추리소설적 서사구조 연구」, 한양대 박사학위논문, 2003, 88쪽.

3. 정탐소설의 추리소설적 요소

『쌍옥적』은 이해조가 창작한 소설로, 1908년 12월 4일부터 1909년 2월 12일까지 『제국신문』에 연재되었다. 많은 논자들이 『쌍옥적』을 한국 추리소설의 효시[22]로 본다. 그러나 본고는 『쌍옥적』을 한국 추리소설의 효시라고 보기에는 무리가 있다고 본다. 추리소설을 쓰고자 하는—이전의 신소설과는 다른 장르의식을 바탕으로 한—작가의 의도는 분명했지만 그 의도대로 작품이 창작되는 것은 아니기 때문이다. 물론 『쌍옥적』은 한국 추리소설의 원형을 볼 수 있는 단서들을 많이 찾을 수 있다. 따라서 『쌍옥적』의 추리소설적 요소와 그 한계에 대해 고찰해 보고자 한다.

『쌍옥적』이 신문에 처음 발표될 때 제목 앞에는 '정탐소설'[23]이라는 장르명이 붙어 있었다. 이는 이전에는 볼 수 없었던 장르명칭으로 작가가 의도적으로 붙인 것이다. 작가는 적어도 이 작품이 이전의 창작물인 신소설과는 차별된 장르라는 것을 독자들에게 전달하고 싶었던 것이다. 즉, 『쌍옥적』은 "탐정소설로서의 자의식만큼은 분명히 있"[24]는 상태에서 창작되었다고 할 수 있다. 이후 번안소설인 『도리원』이나 모리스 르블랑의 『금고의 비밀』 등이 정탐소설이라는 이름으로 출판되는 것을 보면, '정탐소설'이라는 용어

---

22) 고은지, 「정탐소설의 등장과 초기 창작 추리소설」, 대중서사장르연구회, 『대중서사장르의 모든 것』, 이론과 실천, 2011, 146쪽.

23) 추리소설이 한국에 소개될 때 사용된 명칭은 정탐소설이었다. '정탐'이란 용어는 조선 시대부터 대중들에게 사용되었던 개념이기 때문에 당대인들에게 익숙한 용어였다. 한국에서 추리소설이란 용어가 보편적으로 쓰이기 시작한 때는 1960년대부터였다. 그 이전까지 추리소설의 개념으로 사용되어온 용어는 탐정소설이었다. 정탐소설은, 일본에서 유래한 탐정소설이란 용어가 보편적으로 사용되기 이전에 추리소설을 지칭하는 용어로 사용된 것이다. 간단히 말하면 추리소설은 한국에서는 처음에 정탐소설로 그리고 식민지 시대에는 탐정소설로 1960년대 이후에는 추리소설이라는 용어로 불려졌던 것이다. 따라서 본고에서는 정탐소설, 탐정소설을 모두 추리소설을 지칭하는 용어로 볼 것이다.

24) 이동원, 「한국 추리소설의 기원—『뎡탐소설 쌍옥적』의 근대성에 관한 고찰」, 한국문학연구학회, 『현대문학의 연구』 22, 2004, 172쪽.

는 이 시기 이후 사용되기 시작하는 '탐정소설'과 같은 의미라는 것을 알 수 있다.

발자크는 자본주의의 등장으로 인해 실업이 발생했고, 전문 범죄자들의 등장은 이와 연관이 있다[25]고 보았다. 20세기 초 한국 사회도 이와 다르지 않았다. 신문·잡지와 같은 대중매체의 발달은 수많은 새로운 범죄 사실들을 독자들에게 알리는 역할을 했다. 늘어나는 범죄는 대중들에게 더 이상 낯선 것이 아니었으며 다양한 범죄는 그들의 호기심을 자극하기에 충분했을 것이다. 당시 한국 사회에서 범죄는 인기 있는 서사코드 중 하나[26]였으며 범죄가 주요 내용이 되는 신소설들은 이미 독자들의 많은 사랑을 받고 있었다는 사실은 앞에서 밝힌 바 있다.

이해조는 신문연재소설을 많이 쓰던 당대의 대표적인 신소설 작가이다. 그는 『쌍옥적』 이전의 소설에서도 이해조는 범죄를 주요 모티프로 사용하고 있다.[27] 그는 대중의 취향을 정확하게 파악하고 있는 작가인 것이다. 즉, 이해조가 범죄서사를 선택한 이유는 당시 독자들의 관심을 염두에 둔, 신문연재라는 창작조건을 충족시키기 위한[28] 하나의 전략이었다고 할 수 있다. 그런데 이해조는 자신이 연재했던 다른 신문연재소설에서는 '정탐소설'이라는 용어를 쓰지 않았다. 이는 작가 스스로가 정탐소설이라는 장르의식을 뚜렷이 가지고 있었음을 알 수 있다. 물론 작가의 의도와 창작된 작품의 수준이 같을 수는 없다. 그러나 작가가 장르명을 밝히고 연재를 시작했다는 말은, 그 장르만의 특성을 고려하고 창작했다는 의미임이 분명하다. 개화기 신소설 작가들은 대부분 서구의 추리소설을 읽고 번역하면서 추리기법을 학습하였다.[29] 신문연재소설을 주로 써왔던 이해조 역시 새로운 경향에 민

---

25) 에르네스트 만델, 이동역 역, 『즐거운 살인: 범죄 소설의 사회사』, 이후, 2001, 21쪽.
26) 고은지, Op. cit., p.149.
27) 『쌍옥적』 이외에도 『구의산』, 『소양정』, 『소학령』, 『봉선화』 등이 그러하다.
28) Ibid., p.151.
29) 차선일, Op. cit., p. 89

감하였을 것임은 쉽게 추측할 수 있다.

'정탐偵探'은 '드러나지 않은 사실을 몰래 살펴서 알아내다'라는 뜻이다. 사실 정탐이란 명칭은 일본에서 추리소설을 지칭하는 명칭이었다. 이 시기 근대적 문물을 받아들일 수 있는 가장 큰 통로가 일본일 수밖에 없었던 사회적 현실을 고려한다면 일본에서 사용하던 이 명칭 역시 자연스럽게 한국에 수용되었으리라 짐작할 수 있다. 그런데 '정탐'이라는 용어는 살펴서 알아내는 행위에 더 큰 의미를 두고 있는 용어로 볼 수 있다. 이해조가 이해하는 '정탐' 역시 이에 가까운 개념이었던 것 같다. 사실 논리를 통한 분석과 이성적이고 합리적인 사고를 본질적인 특성으로 하는 고전적 추리소설의 시각에서 볼 때 정탐소설은 용어의 의미에서부터 그 기준에 미치지 못하는 결함을 가지고 창작된 소설이라고 볼 수도 있다. 탐정이라는 말은 합리적이고 논리적인 사고를 하는 문제해결의 주체가 되는 인물을 강조하는 용어임에 비해 정탐이라는 말은 몰래 숨어서 누군가의 뒤를 캐고 다닌다는 부정적인 느낌이 더 크기 때문이다. 실제 이 시기 일본의 밀정을 정탐꾼이라고 보기도 했는데 그런 의미로 본다면 정탐이라는 용어는 논리적인 추론의 사고과정이 별로 강조되지 않는 것처럼 보인다. 고전적 추리소설의 탐정은 안락의자형 탐정이라고 말할 정도로 분석적 사고에 능한 사람들이다. 그런데 정탐이라는 용어는 그런 분석적 행위와는 거리가 멀게 느껴진다.

이해조는 『쌍옥적』 창작 이전에도 "『잠상태』, 『원앙도』, 『홍동화』와 같은 소설에서 추리기법을 부분적으로 활용"[30]하여 서사를 전개했으며 프랑스의 과학소설을 번안[31]하기도 했다. 이는 그가 『쌍옥적』을 창작하기 이전에도 추리소설에 대한 감각이 있었음을 의미하는 것이다. 그럼에도 그가 다른 소설에서 사용하지 않은 '정탐소설'이라는 명칭을 사용한 것은 이전 소설에서는 볼 수 없었던 탐색하고 사실을 밝혀내는 인물을 창조하겠다는 의

---

30) 최원식, 『한국근대소설사론』, 창작과비평사, 1986, 103쪽.
31) 이해조는 『과학소설 철세계』라는 제목으로, 쥘 베른의 과학소설 『인도 왕녀의 5억 프랑』을 번안하기도 했다(Ibid., p.38).

도가 있었다고 할 수 있다. 관찰과 분석을 통해 범죄를 밝혀내는 주체에 대한 인식이 있었던 것이다. 그것이 바로 『쌍옥적』에 나타난 새로운 인물 유형인 '탐정'이다.

『쌍옥적』에서 이전 소설에서는 볼 수 없었던 추리소설적 요소를 찾는다면 그것은 '탐정'의 등장이다. 물론 탐정이라는 이름이 아니라 순검이라는 이름으로 등장하지만 이들의 역할이 바로 추리소설에서의 탐정의 역할이라는 것은 분명하다. 사건에 직접적인 연관을 맺고 있지 않은 인물로 사건을 의뢰받고 사건에 뛰어드는 근대적 의미의 탐정이 『쌍옥적』에는 등장하는 것이다. 이들은 뒤팽이나 홈즈와 같은 천재적인 추리력을 발휘하는 안락의자형 탐정은 아니다. 오히려 이들은 김주사에게 사건을 의뢰받고 사건이 일어난 장소를 끊임없이 탐색하면서 사건을 해결해 나가는 정탐의 의미에 걸맞은 탐정들이다.

> (정) 그러코보면 쩌들지말고 감안히게십시오 늬가 이길노 늣셔서 뎡탐
> 을 ᄒ야 볼것이니 그쎅사상이나 자세자세 일너쥬십시오
> (정) 당초 무안으로 늬려가실쎅에 아모도 듸리고가신 사람은읍던가오
> (정) 무안목포 가셔셔는 엇던사람의집에 주인을힛던가오
> (정) 빅는 무슨빅를 타계심던닛가
> (정) 빅에셔던지 차에셔던지 아모ᄒ고도 이약이ᄒ신일이 읍섯던가오
> (정) 그 사람들의 키는 얼마나ᄒ고 얼굴은엇더ᄒ고 음성은엇더ᄒ고 입
> 기는 무슨의복을 입어숩던닛가
> (정) 편지 걸녀잇는 나무가 바로우수지 이편인가오 져편인가오[32]

위 본문은 김주사가 "다년긔찰 잘ᄒ기로 유명ᄒ던 별슌금"[33] 정순금을 불러 아버지가 맡긴 지화로 바꾼 결세[34]를 잃어버린 것을 고백하며 사건을

---

32) 이해조, 『쌍옥적』, 보급서관, 1911, 8~11쪽. 정순금과 김주사의 대화 부분에서 정순금의 질문만 발췌한 것이다. 앞으로 본문 인용은 책 제목과 페이지 수만 밝히기로 한다.
33) 『쌍옥적』, 12쪽.
34) 본문을 보면 시대 배경이 동학혁명 이후로 나와 있다. 흩어진 동학의 여당들이 화적이 되어

의뢰하는 부분이다. 정순금이 김주사에게 사건이 일어나기까지의 과정을 조목조목 물어보고 있다. 아버지와 접선하기로 한 장소에 어떻게 갔는지, 어디에서 묵었는지, 배와 차를 타면서 수상한 사람은 없었는지, 수상해 보이는 사람의 인상착의가 어떤지, 아버지가 전달한 편지를 어디서 잃어버렸는지 세세하게 조사하고 있는 것을 볼 수 있다. 그리고 편지를 잃어버린 장소에 가서 "저 나무에 왕마디가 사오납게젓스니 한번 걸니기만ᄒ면 좀체 히셔는 아니풀니겟는"[35] 것을 알아차리며 주변을 탐색한다. 사건현장을 세세하게 조사하고 또 단서를 통해 논리적인 추론을 해나가는 부분은 정순금의 '탐정'으로서의 면모를 분명히 보여주는 부분이다. 또한 이전의 신소설들과 달리 『쌍옥적』에 이르면 범죄를 해결해 나가는 부분을 세세하게 설명하고 묘사하고 있는 것을 볼 수 있다. 신소설들이 범죄 서사를 주로 사용한 것은 분명하지만 『쌍옥적』에서는 그것을 더욱 전면에 내세우면서 서사의 기본 줄기로 사용했다는 점에서 추리소설로서 진일보한 면모를 보인다.

『쌍옥적』에서는 탐정의 역할을 하는 인물이 3명이 등장한다. 정순검과 함께 가방을 찾는 일에 동참하는 김순검과 "년긔가 근삼십되엿는듸 이웃집에셔라던지 친분잇는사람이 다만 신혼커레 옷흔가지를 도적마져도 고소수가 몃칠만 도라다니며 정탐을ᄒ면 령락읍시 알어닉는고로 그근동에서 녀정탐"[36]이라고 불리는 고소사가 그들이다. 정순검과 김순검이 미약하지만 공권력에 소속된 인물이라면 고소사는 사건을 의뢰받고 일하는 새로운 유형의 탐정으로 볼 수 있다. 그렇지만 추리소설을 이끌어나가는 주동인물이라고 할 수 있는 탐정의 수가 많다는 것은 역으로 이해조가 비록 정탐소설이라는 분명한 장르의식은 가지고 있었지만 추리소설에 대한 정확한 이해는 하지 못하였다는 사실을 역으로 알 수 있다. 그리고 이들이 사용하는

중앙으로 올라가는 세금을 노략하므로 김주사의 아버지가 지화로 바꾼 세금을 아무도 모르게 아들에게 맡기며 중앙으로 상납하게 하려고 하였는데 그 돈이 든 가방을 김주사가 잃어버린 것이다.
35) 『쌍옥적』, 12쪽.
36) 『쌍옥적』, 23쪽.

정탐이라는 방법은 다른 신소설에서 범죄를 다루는 그것보다 조금 더 세련돼 보이지만 정확한 단서를 쫓고 정확한 분석을 바탕으로 한 것으로 보기는 어렵다. 정순금이 주변을 돌아다니다가 단순히 비슷해 보이는 사람이라는 이유로 안사용과 리오위장을 쫓아가는 장면이라든지 고소사가 정순금이 미행하여 알아낸 두 사람이 술을 좋아하는 사람이라는 것과 그들의 활동무대가 남대문 역 근처라는 것을 근거로 술청을 차리고 비슷한 인상의 사람이 술집에 오기까지 기다리는 것은 근대적인 탐정의 모습이라고 하기에는 무리가 따른다. 거칠게 말하면 그들의 모습은 탐정이라기보다는 탐정에게 정보를 제공하기 위해 염탐하고 찾아다닌 정보원들에 더 가까운 것이다.

> (정) 두말말고 뢰일은 그ㅈ들이 또 오거던 포박을ㅎ여야 ㅎ겟쇼 잘못ㅎ다 또날니면 어듸가구경이하 히보겟쇼
> (고) 당신이뎡탐으로 유명ㅎ신터에 엇지ㅎ야 이러케싱각을 ㅎ십시오 당신말삼도이왕들엇거니와 그자들의 불미ㅎ 징거가 무엇이 잇습더닛가 두말말으시고 지금곳 부문우물골로 들어가셔셔 김쥬ㅅ다려 오날당신 모양으로 직히여보라ㅎ십시오. 그리ㅎ야 만일김쥬ㅅ가 ㅊ안에서 보던놈과 갓다ㅎ거든 그쌔에는 잡을도리를 ㅎ시오그려[37] (강조 – 필자)

고소사는 술청으로 온 수상한 두 인물을 무작정 잡고보자는 정순금에게 증거가 있어야 한다고 말한다. 심증이 아닌 물증을 요구하는 모습은 합리적이고 이성적인 근대적 사고방식을 보여주는 것이다. 또한 이들이 찾던 수상한 사람들이 결국은 범인이 아니라는 사실이 뒤에 밝혀짐으로 '불미한 징거'를 찾아내는 것이 얼마나 중요한 일인지를 역으로 보여주고 있다.

그러나 『쌍옥적』의 결정적 한계는 탐정의 역할이 여기에서 더 나아가지 못하였다는 점에 있다. 초보적인 수준이지만 추론에 근거한 설득력이 있는 행동을 하던 고소사는 범인들에게 정체가 발각되어 소설의 초반부에서 살

---

37) 『쌍옥적』, 36쪽.

해당하고 마는 것이다. 그리고 정순금과 김순검은 고소사의 살해범이라는 누명을 쓰고 오히려 감옥에 갇히게 된다. 이들은 소설의 중반 이후부터는 더 이상 탐정의 역할을 수행하지 못하고 있는 것이다. 그리고 이들이 탐정들이 제 역할을 하지 못하는 순간 『쌍옥적』은 논리적 추리를 통한 조사의 서사에서 누명에서 벗어나고 원한을 풀기 위한 추격의 서사로 바뀌게 된다. 『쌍옥적』은 이때부터 추리소설의 기본요소인 조사에서 벗어나 수난과 추격의 서사로 바뀌며 신소설의 장르적 특성을 그대로 좇아간다.

『쌍옥적』이 근대적 면모의 탐정을 창조해 내었지만 탐정이 수수께끼를 해결하는 마지막까지 서사의 주체로 행동하지 못한 이유는 여러 가지가 있을 것이다. 무엇보다도 작가의 장르인식 부족이 결정적인 이유가 될 것이다. 신소설 작가들이 서구의 추리소설을 읽으면서 추리기법을 익혔다고 하지만 이들이 경험한 추리소설은 번역 · 번안 추리소설이었다. 그런데 당시 번역 · 번안 추리소설의 대부분은 일본어로 된 추리소설을 재번역하거나 단행본 지면을 고려하여 축약되거나 요약된 것들이었다. 이러한 "요점 정리식의 기능주의적인 태도"38)에 따른 번역물로 추리소설이라는 장르를 정확히 인식하는 것은 불가능한 일에 가까웠다고 할 수 있다. 기존의 소설과 다른 인물 유형을 발견하기는 했지만 추리소설의 서사구조까지 파악하는 것은 무리가 따를 수밖에 없었을 것이다. 고전소설의 영향에서 겨우 벗어나 근대소설로 이행해 가는 중간 지점에 자리하고 있는 신소설이라는 소설적 양식에 추리소설의 서사구조를 요구하는 것 자체가 무리한 요구라고 볼 수도 있다.

> 1910년대 초반의 신소설과 번역 소설 출판은 질적인 혁신으로 뒷받침되지 못했으며, 소설 유형의 다양화라든가 언어의 세련성을 갖추지 못하는 바람에 더 이상 독자층의 확대를 기대하기 어려웠다. (중략)
> 특히 추리 소설의 번역은 참신한 소재와 새로운 소설 유형의 개척 가능

---

38) 박진영, 「한국의 근대 번역 및 번안소설사 연구」, 연세대학교 박사학위논문, 2010, 251쪽.

성에도 불구하고 기본적으로 신소설의 인기에 편승한 약점을 안고 있었다. 가장 치명적인 한계는 1900년대 후반의 번역 태도와 방법 또는 1910년대 초반 신소설의 분량과 편집 체재를 추종했다는 사실에서 비롯된다. 번역 추리 소설이 흥미 위주의 읽을거리에서 벗어나지 못하고 만 것은 분량의 제약과 출판 관행에서 빚어진 제약이며 근본적으로는 번역의 태도와 방법을 답습했기 때문에 자초한 결과다.[39]

이해조는 "신소설의 대중적인 기반을 확대하는 데"[40] 많은 역할을 한 작가이다. 이해조는 한일 병합 전후 여섯 해 동안 신문연재소설 26편, 단행본으로만 출판된 소설 4권을 펴낸 작가이다. 그가 주로 신문연재소설을 창작하였다는 사실은 대중의 욕구를 정확히 인식하고 있었다는 말해 준다. 그는 사회적 풍속과 세태의 변화를 소설 속에 반영하고 사회에 대한 비판의식도 담아내기 위해서 대중에게 익숙한 소재와 소설양식을 이용하였다. 그가 대중에게 익숙한 한문 단편, 고전소설, 야담 등 전통적인 서사물들을 차용하기도 한 것은 대중의 취향을 고려한 선택이라고 할 수 있다. 근대화 초기 혼란의 사회 속에 만연한 범죄, 대중의 욕망, 상업적 목적이 만나는 접점에 신문연재소설이 위치한다. 신문연재소설을 주로 썼던 이해조에게 정탐소설은 새로운 시도이지만 또 그가 소설양식과 장르의 변화를 고민할 수밖에 없었던 위치에 있었다는 점을 고려한다면 당연한 선택이었을 것이다. 그러나 한편으로는 대중들에게 익숙해져 있는 신소설의 장르적 특성 역시 무시할 수 없는 것이다. 따라서 정탐소설 『쌍옥적』은 절반의 성공일 수밖에 없다. 완전한 추리소설도, 대중들에게 익숙했던 흥미 위주의 신소설도 아닌, 두 장르의 특성들이 조화되지 못한 채 『쌍옥적』 안에 공존하고 있다는 점에서 그러하다. 그리고 탐정의 존재를 제외한다면 『쌍옥적』은 신소설적 특성이 더 두드러지기 때문에 추리소설의 시작이라고 보기는 어렵다.

---

39) Ibid., pp.147~148.
40) 권영민, Op. cit., p.132.

고전적 추리소설의 장르적 규칙으로 볼 때도 『쌍옥적』은 추리소설이라고 말하기 어렵다. 그러나 『쌍옥적』이라는 작품이 나오기까지의 시대적 상황과 작품 안에서 볼 수 있는 사회적 변화 등을 고려한다면 고전적 추리소설의 장르적 규칙에는 벗어난다는 이유만으로 『쌍옥적』이 추리소설로서 함량미달이라고 치부할 수는 없다. 본고 역시 『쌍옥적』이 단순히 추리소설의 장르 규칙을 제대로 지키지 않았기 때문에 추리소설로 인정할 수 없다고 보는 것은 아니다.

　　세상에 날즘싱즁에 데일눈치 쌔르고 의뭉한놈은 감아귀라 더안져울던 나무끗에 난듸읍는 죠회장이 걸녀잇는것을보고 이왕 그 성황나무에 정성드리는 사람의 식은밥 떡덩이를 만히엇어 먹어본이력이잇서 항여 쏘 누가밥을 싸다 미아단줄알고 인젹이읍는 승시를흐야 그나무로 날아와 가지에감겨잇는 죠회를 쥬둥이로 물어잡아 당긔여도보고 두발로 버르서 헤쳐보기도 흐는즁에 그 죠회가 슬며이 풀니어 길바닥에가 힘이읇시 쑥써러져 (중략) 남관왕묘 뒤로조차 키가구척은되고 꼭뒤가 셰쌤식은 되는사람들이 오다가 압헤오던자가 그편지죠각을집어 한참보더니 뒤에오는쟈를 쥬며[41]

　　『쌍옥적』은 근대적 탐정이 단서들을 바탕으로 논리적은 추론을 통해 사건을 해결하는 듯이 보이지만 구성의 우연성이 반복되고 있다는 점이 큰 약점 중 하나이다. 『쌍옥적』에서 가방을 도둑맞는 결정적인 원인은 아버지가 보낸 편지를 바람에 날려버린 김주사의 실수이다. 그것은 사실 실수라기보다는 우연한 사건이었다. 그리고 그 바람에 날려간 종이가 나무 끝에 걸려 있다가 날려서 까마귀의 장난으로 떨어지면서 쌍옥적 도적들의 손에 우연히 발견된다. 그들은 그 편지를 통해 돈이 든 가방의 존재를 알게 되었고 사건이 시작되었다. 사건의 발단 모두가 우연에서 시작된 것이다. 또 정탐을 하던 정순금이 우연히 듣게 된 단서소리를 근거로 하여 범인을 도적을 찾게

───────────────

41) 『쌍옥적』, 3쪽.

되는 것, 고소사를 죽였다는 누명을 벗은 정순금 김순금이 별순금 직을 그만두고 금강산으로 유람을 떠났다가 우연히 쌍옥적을 만나는 장면 등 많은 장면이 우연에 의해서 전개된다. 이는 탐정이 제 역할을 하지 못하였기 때문이며 탐정의 죽음으로 조사의 서사가 힘을 잃었기 때문이다. 쌍옥적과 두 순금이 쫓고 쫓기는 장면은 긴박감과 흥미를 느끼게 하지만 이러한 우연적 요소들에 의한 전개는 『쌍옥적』이 근대 추리소설이 될 수 없는 결정적 이유가 된다.

『쌍옥적』을 한국 최초의 창작 추리소설로 인정하기 어려운 두 번째 이유는 탐정이 서사의 주체로 마지막까지 서사를 이끌어가지 못한다는 것이다. 근대적인 탐정의 모습을 보이는 고소사는 소설의 초반에 쌍옥적에게 살해당하고 만다. 정순금과 김순금은 자신들이 누구에게 쫓기는지도 제대로 파악하지 못한 상태로 쌍옥적에게 붙들리기도 하고 조력자의 도움으로 풀려나기도 한다. 범인과의 대결에서 우위를 점하지 못한 탐정은 추리소설에서 가장 치명적인 한계가 될 수밖에 없다.

마지막에 범죄자인 쌍옥적 일당에 의해 사건의 전모가 밝혀지는 부분도 큰 약점 중 하나이다. 탐정의 합리적인 추론과 과학적 증거로 범인이 만천하에 드러나거나 범인이 탐정의 논리에 막혀 결국 죄를 인정하고 고백하는 것이 아니라 단순히 범죄자의 고백으로 사건의 전말이 밝혀지는 것은 전혀 추리소설답지 못하다. 그들이 범죄를 저지른 동인은 돈[42]이었지만 이에 대한 설득력도 약하며 범죄의 수법 역시 매우 단순하다. 김주사가 가지고 가던 가방을 몰래 훔치는 장면에는 어떤 트릭이나 전문적인 범죄 수법이 동원되지 않는 매우 단순한 수법인 것이다. 또한 "권선징악의 세계계관을 표현하는 정적 인물"[43]에 머무른 악인의 묘사도 한계라 할 수 있다.

이러한 한계에도 불구하고 『쌍옥적』의 문학적 위치는 분명하다. '정탐소

---

42) 형제 강도 쌍옥적이 처음 범행을 저지른 동기는 '돈'이었다. 일반적으로 추리소설의 범죄는 살인과 같은 강력한 범죄가 대부분이다.
43) 차선일, Op. cit., p.94.

설'이라는 장르 명칭으로 창작된 최초의 소설이라는 사실은 한국 추리소설의 역사에서 창작 추리소설의 시작을 알린다는 점에서 의의가 있다. 그것이 완성된 추리소설의 모습을 보여주지 못한다고 하더라도 말이다. 문단에서 추리소설이라는 장르가 대중에게나 작가들에게 뚜렷하게 인식되고 있다는 사실을 보여주고 있기 때문이다.

또한 『쌍옥적』에는 서구의 추리소설과 다른 한국적 추리소설의 특성의 단초를 볼 수 있는 요소들이 발견된다. 따라서 『쌍옥적』은 범죄 서사를 적극 활용한 대중서사가 추리소설이라는 새로운 장르와 만나서 한국적 추리소설로 정착되는 과정의 첫걸음을 보여주고 있다는 점에서 의의가 있다고 할 수 있다. "당대의 문학적 자양분을 토대로 하여 진행되었던 새로운 양식의 실험과 모색 과정"[44]을 잘 보여주고 있는 것이다.

4. 나오며

추리소설은 장르문학이다. 서구의 장르문학인 추리소설이 우리 문학 내에 어떻게 정착하여 자신의 위치를 만들어 갔는가를 연구하기 위하여 한국 추리소설의 태동을 고찰하였다. 외래 장르로 인식되어 온 추리소설이 한국에서 어떻게 수용되었으며 한국적 특성을 반영하여 어떻게 정착하고 변용되었는지를 보기 위함이다. 추리소설의 유입은 한국 소설사에서 근대적 변혁이 시작되는 시기와 맞물려 있다. 이 시기 신소설에서의 주된 서사는 범죄와 관련되어 있었다. 이해조의 작품은 신소설에서 정탐소설로의 이행의 과정을 잘 보여주고 있다. 따라서 이해조의 『구의산』과 『쌍옥적』을 중심으로 서구의 장르 추리소설이 한국적 토양에서 정착하는 과정을 살펴보았다. 추리소설과 범죄서사 중심의 신소설이 만나는 지점에서 창작된 정탐소설

---

44) 고은지, Op. cit., p.168.

『쌍옥적』에 대한 고찰을 통해 『쌍옥적』이 추리소설이라고 말할 수는 없지만, 범죄 서사를 적극 활용한 대중서사가 추리소설이라는 장르를 만나서 한국적 추리소설로 정착되는 과정의 첫걸음을 보여주는 작품임을 알 수 있었다.

<참고문헌>

1. 1차 자료

이해조, 『쌍옥적』, 보급서관, 1911.
한국문헌연구소, 『한국개화기문학총서』, 아세아문화사, 1978.

2. 2차 자료

고은지, 「정탐소설 출현의 소설적 환경과 추리소설로서의 특성: 『쌍옥적』과 『박쥐우산』을 중심으로」, 『비평문학 35』, 한국비평문학회, 2010.
김명식, 「『김씨연행록』과 『구의산』 - 고전소설의 개작양상」, 『한국문학연구 8』, 동국대 출판부, 1985.
김영성, 「한국 현대소설의 추리소설적 서사구조 연구」, 한양대 박사학위논문, 2003.
권영민, 『한국현대문학사1』, 민음사, 2002.
김봉희, 『한국개화기 서적문화연구』, 이대 출판부, 1999.
대중서사장르연구회, 『대중서사장르의 모든 것3.추리물』, 이론과 실천, 2011.
박진영, 「한국의 근대 번역 및 번안소설사 연구」, 연세대학교 박사학위논문, 2010.
오윤선, 「한국고전서사와 추리소설」, 『어문논집 60』, 민족어문학회, 2009.
오혜진, 「1930년대 추리소설의 존재방식에 관한 일고찰 - '환상' 속에 감추어진 '전복'과 그 한계」, 『우리문학연구 20』, 우리문학연구회, 2006.
이동원, 「한국 추리소설의 기원 - 『뎡탐소설 쌍옥적』의 근대성에 관한 고찰」, 『현대문학의 연구 22』, 한국문학연구학회, 2004.
이재선, 『한국현대소설사』, 홍성사, 1979.
전광용 외, 『한국신소설전집2』, 을유문화사, 1968.
차선일, 「한국 근대 탐정소설 연구」, 경희대 박사학위논문, 2012.

최원식, 『한국근대소설사론』, 창작과비평사, 1986.

최현주, 「신소설의 범죄서사 연구」, 서강대 박사학위논문, 2003.

에르네스트 만델, 이동연 역, 『즐거운 살인: 범죄 소설의 사회사』, 이후, 2001.

이브 뵈테르, 김경현 역, 『추리소설』, 문학과지성사, 2000.

⌐탈식민주의

황지우 시의 탈식민성 연구

이 연 화

1. 들어가며

한국문학은 많은 갈등과 혼란 속에서 부조리한 현실사회에 끊임없이 문제를 제기하며 지배 주체에 대한 저항의 가능성을 모색해 왔다. 본 연구는 역사적 사건과 함께 사회적 환경의 문학적·심미적 구조를 읽을 수 있는, 탈식민주의 연구 방법론으로 황지우 시를 살피고자 한다. 본 연구는 황지우 시에 나타난 한국의 사회적 현실과 시적 대응 양상을 고찰하는 것을 목적으로 한다. 황지우는 사회적인 혼란 속에서도 냉철하게 타자를 응시하고, 민중과 같은 소외계층을 작품의 중심부에 위치시킨다. 탈식민주의 이론에 의한 분석은 한국문학의 특수성을 파악하고 한국 현대문학의 정체성을 찾는 방법이 된다. 본 연구는 탈식민주의에서 중요하게 논의되는 저항적 시쓰기와 '혼종성'에 주목하여 황지우 시의 탈식민성을 살피고자 한다.

김주연[1]은 황지우의 작품에서 나타나는 풍자가 일종의 '파괴' 효과를 지

---

1) 김주연, 「풍자의 제의를 넘어서」, 『문학과 사회』, 문학과지성사, 1988.

닌다고 파악한다. 역사의식과 서정성이 만나 충돌했을 때 풍자가 나타난다고 본다. 말할 수 없는 것을 말해야 할 때 의도적인 충돌이 바로 풍자이며, 황지우 시의 본질이 풍자에 있다고 보았다. 시문법의 해체도 잘못된 역사에서 비롯되는 미적 저항이라고 보고 있다. 오세영[2]은 제도권 사회에 저항하는 방식이 바로 기법 파괴로 나타난다고 분석한다. 이철송[3]은 황지우의 작품에서 시적 해체가 가져오는 파괴력이 현실 설명 없이도, 시적으로 제시할 수 있는 시적 저항을 지닌다고 본다. 황지우의 시적 증상은 소통이 불가능한 것에서 발화된 것이며, 해체를 통해 소통을 욕망하는 언어라고 보았다. 황지우의 시적 파괴는 치밀한 전략에 의한 저항이며, 실천성을 지닌다. 황지우 시는 사실적인 현실인식에서 이루어진다. 낯선 응시를 통해 이데올로기가 형상화된다. 왜곡된 현실을 벗어나기 위한 저항성을, 분석적으로 살펴야 할 필요가 제기된다.

황지우가 활동한 1980년대는 5 · 18과 같은 억압적 · 폭력적인 정치적 현실 속에 급격한 산업사회가 이루어진 시기이다. 급격한 변화는 도시개발과 도시로의 인구집중, 개인주의의 심화, 매스미디어의 범람, 환경 파괴와 같은 사회적 문제를 가져왔다. 황지우는 이러한 문제를 1980년대 군부독재와 자본주의 사회의 인간소외로 형상화한다. 황지우의 저항은 민중을 재의미화하여 군부독재와 자본 식민화에 따른 인간 소외를 나타낸다. 황지우의 작품에는 기존의 관습과 구조를 부정하고 해체시키는 창조적 파괴가 나타난다. 황지우는 인간을 교환가치로 상품화하는 자본주의 이데올로기의 식민성을 인식한다. 황지우의 부정적 현실에 대한 저항은 작품에서 시 형식 파괴로 나타난다. 자본주의 시대의 물신화와 상품화로 인한 정신의 식민화를 '낯설게 하기' 기법으로 고발한다. 황지우는 작품에 표상 할 수 없는 세계와 눈에 보이지 않는 것을 보이게 하는 언어적 상황을 만든다. 그의 시에서

---

2) 오세영, 「사회의식과 풍자」, 『20세기 한국시의 표정』, 국학자료원, 2002.
3) 이철송, 「1980년대 한국 사회와 시적 대응 양상—황지우와 박노해를 중심으로—」, 명지대학교대학원 석사학위논문, 2010.

해체는 정치적으로 강요된 권력을 뛰어넘는 열려진 힘이다.4) 이에 황지우 시에서 '양식의 파괴(낯설게 하기)'로 나타나는 탈식민성을 고찰하고자 한다.

2. 탈식민주의 개념 및 탈식민성 담화전략

탈식민주의(postcolonialism)는 식민성에 대한 저항의 과정과 어떤 것을 넘어서는 변화 가능성을 내포하는 의미를 지닌다. 탈식민주의는 사회적인 억압과 불평등에 끊임없이 저항한다. 그리하여 질서에 위배되어 배제되고, 은폐되었던 모든 가치, 사물, 사건들을 극복하고자 한다. 탈식민주의는 제3세계 국가들의 식민지배에 대한 저항 운동에서 시작된 실천적 담론이다. 탈식민주의는 제3세계 아시아 · 아프리카 · 라틴아메리카 등의 반식민주의 · 반제국주의에서 시작되었다. 탈식민주의는 식민주의 지배 뒤에 비로소 나타나기 시작한 민족주의적 자각이며, 문화적 각성이기 때문이다. 이때 민족주의는 식민주의에 의해 함께 고통당하고 상처 입은 자들의 공동체의식이다. 그렇기 때문에 사이드는 한 나라의 문학을 그 나라의 정치 · 사회사와 연루시켜, 민족적 동질성이라는 중요한 이미지를 제공하는 근원으로 다시 읽기 시작5)할 것을 강조한다. 식민화의 과정에서 주체는 배제되고, 타자화된다. 탈식민주의는 식민성을 극복하는 주체로 구성되는 과정에서 민중 · 민족과 결합하게 된다. 제국주의와 자본의 타자라는 공통성이 민중 또는 민족들의 연대를 이룰 수 있게 하기 때문이다. 자기 정체성을 구성하고자 하는 노력은 한국문학사에서 1970~1980년대 민족 · 민중 문학론으로 나타난다.

---

4) 마이클 라이언, 나병철 · 이경훈 역, 『해체론과 변증법』, 평민사, 1994, 42쪽.
5) 빌 애쉬크로프트 · 개레스 그리피스 · 헬렌 티핀, 이석호 역, 『포스트 콜로니얼 문학이론』, 민음사, 1996, 33쪽.

텍스트에 잠재되어 있는 저항성을 파악하고, 지배 담론에 흠집을 내는 것은 언어와 글쓰기를 통해서 이루어진다. 문화적 <노출>과 문화적 <은폐>의 신비한 긴장이 가장 현저하게 드러나는 곳은 바로 언어이기 때문이다. 텍스트에는 언어가 철저하게 전유되고 있다. '포스트콜로니얼'한 글쓰기에서 '전유'로 나타난다. 뿐만 아니라 공간이 식민지 본국의 문학 전통을 뛰어넘는다. 또한 문화적 자기 정체성에 매우 중요한, 반성적인 식민지배의 경험을 재구성한다.[6] 한국문학의 탈식민주의에 대한 연구는 서구 보편 논리가 아닌, 식민지적 현실과의 상관성에서 이루어져야 한다. 식민지적 현실이란 '주체적' 전복 가능성이 현실화될 수 없었던 상황을 말한다. 식민지적 상황이 과거에서 현재까지 지속되고 있음을 감안할 때, 텍스트는 밖으로 표출되지 못한 저항성을 다양하게 내재하게 된다. 이러한 저항성은 중심부의 언어를 '폐기'하거나, 중심부 언어를 새로운 공간에 어울리는 담론의 형식으로 '교체'되면서 이루어진다.[7] 문학적 담론으로서의 탈식민주의는 제국주의와 자본의 지배에 저항하는 실천 담론으로 나타나는데, 텍스트에서는 알레고리, 아이러니, 메타포, 비유적 표현, 전유, 풍자 등으로 실천된다.

호미 바바에 의하면 식민지적 모방이란 피식민자가 식민자의 문명을 받아들여 흉내내는 것이다.[8] 모방의 효과는 위장이며, 결과적으로 모방의 반복은 서구의 이식이 아닌, 서구문명과 교섭하는 '혼종성'으로 나타난다. 호미 바바의 혼종성이란, 주체적인 서구 문화의 수용으로 권력 관계를 역전시키는 작용을 말한다. 모방의 담론은 양가성(ambivalence)[9]을 둘러싸고 구성되며, 양가적 저항은 수용과 동시에 거부하는 태도이다. '혼종적 저항'은 타

---

6) 위의 책, 100쪽.
7) 위의 책, 65쪽.
8) 호미 바바, 『문화의 위치』, 나병철편, 소명출판, 2002, 17쪽.
9) 양가성은 본래 정신분석학에서 사용하는 용어로서 "하나의 대상에 대해 서로 상충하는 경향, 태도 혹은 감정들, 특히 사랑과 증오의 공존을 의미한다. 사이드는 정신분석학적 개념을 식민적 지배 관계에 적용하여 사용한다. 서양이 동양에 대해 갈등적인 양가성을 보인다고 주장한다. 서양은 익숙한 동양에 대해 '조롱'을 그리고 새로운 동양에 대해 '즐거움' 혹은 '두려움'을 드러낸다. 고부응, 『탈식민주의 이론과 쟁점』, 문학과지성사, 2003, 227쪽 재인용.

자들을 억압하고 배제하지 않는 식민 극복의 주체로 정립된다. 문학적 담론에서 제국의 중심부 때문에 주체는 타자화된다. 타자성은 텍스트에서 제국주의적 중심을 '폐기하기'와 중심부의 언어와 문화를 능동적으로 '전유(專有, Appropriation)'10)하기를 통해 극복될 수 있다. 탈식민주의 이론의 문화전략인 '전유'는 지배문화가 사용한 언어를 바꾸어서 재구성하는 방법이다. 탈식민주의는 식민성에 대한 해방을 추구하는 것이 아니라 수탈과 발전이라는 근대의 양면성을 인식하고, 주체적인 수용의 필요성을 강조한다. 그리고 이러한 탈식민주의는 문학 텍스트에서 언어와 글쓰기를 통해서 나타난다. 이것이 바로 탈식민주의 글쓰기에서 나타나는 '전유'이다. 텍스트에는 식민성에 대한 저항성이 잠재되어 있으며, 중심부의 언어는 식민지 상황에 맞는 담론의 형식으로 교체된다.

3. 불안의 기표와 부정적 현실의 고발

1980년대 사회는 군사독재정치에 대항하는 광주 민주화운동이 일어났으며, 경제적으로는 급진적인 산업화가 진행되었다. 5·18 광주항쟁은 변혁을 열망하는 민중들의 시위였다. 해방의 공간을 열망하는 민중들과 이를 제지하는 정치적 권력과의 충돌은 폭력과 전투의 형태로 나타났다. 반면 1980년대 이후는 형식적 민주화로 인하여 권력이 욕망, 무의식, 문화 등을 지배한다. 1980년대 정권은 자신들의 권력을 유지하기 위한 정책으로, 정

---

10) 빌 에쉬크로프트 외, 앞의 책, 66쪽. 폐쇄는 주체 구성의 담론 양식을 세 가지 유형으로 나눈다. 첫째는 지배 이데올로기에 동의하는 순응적인 주체들의 양식인 동일화 담론이다. 둘째, 지배 이데올로기에 저항하는 반동일화 담론으로 '폐기'와 연관되고, 셋째는 지배 이데올로기를 표면적으로 수용하면서 이면적으로는 거부하는 비동일화 담론이다. '폐기'는 반동일화 주체의 담론과 연결되고, '전유'는 비동일화 주체의 담론과 연결될 수 있다. 전유란 본래의 목적과는 다른 방식으로 사용하는 것으로, 식민주의를 비판하고 원소유자와 적대적이게 하는 전략이다.

부 수립 이후 37년간 지속되던 야간 통행금지의 해제, 컬러텔레비전 방송의 조기 시행, 프로축구와 야구의 창설, 아시안 게임과 서울 올림픽 유치 등을 시행하였다. 지극히 의도적인 대중문화의 확산정책을 대대적으로 시행하여, 국민들의 현실 비판 의지 및 저항적 분위기를 누그러뜨리고자 하였다. 우리 모두의 분노의 대상이 되었던 눈에 보이는 거대한 적이 무너진 대신, 권력은 우리자신의 내면에까지 침투하게 된다. 자본주의는 욕망의 '양가성'을 바탕으로 의식을 지배하고, 의식의 지배과정에서 인간은 소외된다. 황지우는 '일그러진 형식이 일그러진 현실에서 온다'라고 말한다. '일그러진 현실'은 황지우가 '육체로써 경험한 1980년대 초반의 세계'이며, '환멸'을 느끼게 하는 '훼손된 삶'이다.[11] 작가에게 '밀실', '지옥', '고문', '멍자국'으로 기억되는 광주는 그의 시에서 폭력과 억압의 기표이자 민중해방운동을 나타내는 양가성의 기표이다.

> 수십, 수백, 수천의
> 그 길은 모든 시간을 길이로 나타낼 수 있다는
> 듯이
> 직선이다.
> 그리고 그 길은, 그 길이
> 마지막 가두 방송마저 끊긴 그 막막한 심야라는 듯이,
> 칠흙의 아스팔트다.
> 아, 그 길은 숨죽인 침묵으로 등화 관제한 제일번가의, 혹은
> 이미 마음은 죽고 아직 몸은 살아남은 사람들이
> 낮게낮게 엎드려 발자국 소리를 듣던
> 바로 그 밑바닥이었다는 듯이, 혹은
> 그 신열과 오열의 밑 모를 심연이라는 듯이,
> 목숨의 횡경막을 표시하는 황색선이 중앙으로 나 있다.
> 바로 그 황색선 옆 백색표 위에
> 백색 X표가 그어져 있고

---

11) 이경호 · 이남호 편, 『황지우 문학앨범』, 웅진출판, 1995, 161쪽.

황단 보도에는 신호등이 산산조각 되어 흩어져 있다.
그 신호등에서 그 백색 x표까지, 혹은
그 백색 X표 위까지, 혹은
캔버스 밖 백색표 위에까지, 화급하게
지나간 듯한 정글화 자국들이
수십, 수백, 수천의 무인들처럼
찍혀, 있다 마치, 그 길은
끝끝내 돌이킬 수 없는 최후의 길이었다는 듯이

　　　　　　　－「흔적 Ⅲ, 1980(5, 18/ 5, 27cm) 이영호 작」[12]

　이 시는 광주 민주화운동이 1980년 5월 18일부터 5월 27일까지 일어난 사건임을 제목에서 암시한다. 학살의 흔적이 화자의 시선에 따라 생생하게 형상화된다. 광주에서 일어난 민주항쟁의 처참함이 사실적으로 나타나고 있다. '목숨의 횡경막'을 표시하는 '황색선', '신호등', '화급', '정글화', '자국의 흔적'이 '최후의 길'로 치환된다. 죽음의 흔적은 한 편의 그림으로 형상화된다. 이때 정부의 폭력을 감시하는 화자의 시선이 생기고, 화자는 정부가 부여한 타자성에서 벗어나게 된다. 시 형식의 파괴는 현실의 부정성에서 비롯된다. 시에서 무참하게 짓밟힌 청년들의 꿈과 자유는 '정글화 자국'으로 은유화된다. '정글화 자국'은 정치적 폭력의 제유이다. '직선', '칠흙'의 '아스팔트'와 '황색선'의 기호들은 9행의 '마침표'로 응축되고, 치환되면서 '죽음'을 의미하는 기호가 된다. 시에서 나타난 은유와 제유는 정해진 규칙이나 언어에 대한 저항을 표현하기 위한 방법이며, 부정의 언어로써 새로운 언어와 형식으로 말해보려는 노력이다. 광주학생운동과 4·19를 다룬 시는 「1960년 4월 19일·20일·21일, 광주」, 「베이루트여, 베이루트여」, 「화엄 광주」, 「전남대학교 정문」, 「공용 터미널」, 「광주 공원」, 「광천동」, 「끝없이 북으로 뻗친 비단강」, 「도청」 등이 있다.

---

12) 황지우, 『새들도 세상을 뜨는구나』, 문학과지성사, 1983, 125쪽.

오늘 나는 내 눈에 철조망을 치고 붕대로 감아버렸다
내일 나는 내 입에 흙을
한 삽 처넣고 솜으로 막는다

날이면 날마다
밤이면 밤마다
나는 나의 일부를 파묻는다
나의 증거 인멸을 위해
나의 살아 남음을 위해

—「그날그날의 현장검증」13)

이 작품은 1980년대 광주의 비극적인 시간 동안 육체에 새겨진 폭력과 광기를 형상화하고 있다. 이 시의 화자는 극도의 두려움을 느낀다. '어제', '오늘', '내일'의 기호는 '귀', '눈', '입'의 기호로 치환된다. '날이면 날마다', '밤이면 밤마다'의 시간 이미지는 '귀', '눈', '입'의 육체이미지와 교차되는 순간 '살아남음'이라는 생존의 문제를 드러낸다. 1연 4행의 '막는다'와 2연 3행의 '파묻는다'의 서술어는 삶을 지배하는 억압과 공포를 구체적으로 묘사한다. '귀', '눈', '입'은 의사소통의 기호이다. 이 기호는 '뱃속에 아기'와 함께 죽임을 당한 여자의 이야기와 '앞바다에' '혈흔이 떠 있는' 이유를 듣지도, 보지도, 말하지도 못하게 하는 독재정권의 정체를 드러내는 환유적 기호이다. 환유는 세계에서 철저하게 소외된 화자를 형상화한다. 이를 통하여 이 시는 지배 욕망에 종속되지 않기 위해 스스로를 파묻을 수밖에 없었던 비극적인 역사를 형상화한다. 스스로의 검열을 통해서만이 살아남을 수 있는 현실적 불합리함과 부당한 지배 세력에 저항하지 못하는 나약감을 '귀', '눈', '입'의 기호를 통해 구체화시키고 있다. 또한 황지우는 자본주의 사회에서 타자화된 존재를 '파리'로 형상화하고 조롱한다.

---

13) 황지우, 앞의 책, 26쪽.

파리는 나비가 아니다

파리는 나는 것보다 빨리 와서 붙는다

　　　붙어 먹는다

벽에 천정에 바닥에

　　　사람의 입술에

　　　사람의 똥에

　　　사람의 밥에

달라붙어서 침뱉고 욕하고 살살 빌고

뒤로 돌아서 다시 침뱉고 욕하고

　　　　　　오줌 똥 찍 갈겨 놓고

　　　　　　　　횡

　　　　　날아가 버린다

나는 것보다 더 빨리 와서 도로 붙는다

　　　　벽에

　　　　천장에

　　　　바닥에

　　　　입술에

　　　　똥에

　　　　밥에

　　　　　　　　　　　 −「파리떼」[14] 부분

　「파리떼」는 행의 혼란스러운 배열로 단일성을 파괴한다. 3∼4행의 좌우의 교차와 5∼7행의 '사람의'의 반복적 병렬이 나타난다. 병렬 구조는 9∼10행의 문장 처음과 끝의 배열, 다시 앞쪽으로 이어지는 형식과 함께 약삭빠른 존재들의 부도덕성을 강조한다. (나비가) 나는 것보다 빨리 와서' '벽에 천정에 바닥에' 붙는 파리의 행동을 형상화하여 지배 체제에 순응하는 존재들을 비판한다. 8∼12행의 '침 뱉고', '욕하고', '오줌 똥 찍 갈겨 놓고 날아가 버'리는 행동은 신식민주의의 종속된 존재들의 타자성을 나타낸다. 이 시는 풍자를 통해 지배 세력에 지배당하는 동시대인들의 부도덕함을 조롱함으

14) 황지우, 앞의 책, 93∼98쪽.

로써 당대 사회를 비판하고 있다.

> 영화가 시작하기 전에 우리는
> 일제히 일어나 애국가를 경청한다.
> 삼천리 화려 강산의
> 을숙도에서 일정한 군(群)을 이루며
> 갈대 숲을 이룩하는 흰 새떼들이
> 자기들끼리 끼룩거리면서
> 자기들끼리 낄낄대면서
> 일렬 이열 삼렬 횡대로 자기들의 세상을
> 이 세상에서 떼어 메고
> 이 세상 밖 어디론가 날아간다.
> 우리도 우리들끼리
> 낄낄대면서
> 깔쭉대면서
> 우리의 대열을 이루며
> 한 세상 떼어 메고
> 이 세상 밖 어디론가 날아갔으면
> 하는데 대한 사람 대한으로
> 길이 보전하세로
> 각각 자기 자리에 앉는다.
> 주저앉는다.
>
> ─「새들도 세상을 뜨는구나」[15]

이 시는 극장에서 사람들이 '일제히 일어나 애국가를 경청'하고, '주저앉
는' 전개와, 이 과정에 '(새들이)이 세상 밖 어디론가 날아'가는 장면이 나타
난다. 1980년대 사회는 대부분의 공공장소에서 애국가를 경청하는 것이 일
상적이었다. 이 시는 애국을 강요하는 1980년대 군부독재의 한 단면을 형
상화한다. 민주화를 억압하는 군부독재의 정치적 폭력성을 폭로한다. 화자

---

15) 황지우, 앞의 책, 37쪽.

는 애국가가 시작되면서 어디론가 날아가는 새떼를 본다. 어디론가 날아가는 새떼를 보며 화자도 어디론가 날아갔으면 하는 욕망을 지닌다. 하지만 애국가가 끝나고 자리에 앉으면서, 화자의 욕망은 좌절된다. 날아가는 새와 주저앉는 상황은 비상과 하강의 이미지로 나타난다. 이러한 이미지의 대립은 현실의 부자유함과 비참함을 극대화한다.

텍스트에서는 새떼가 어디로 날아가는지 구체적으로 명시되지 않는다. 또한 화자의 이상이 어디에 있는지 모호하다. 그러나 이 시의 화자는 애국가가 끝나고, 다시 자리에 앉을 수밖에 없는 상황을 인식하고 있다. '아무리 아무리 높히/ 높히/ 날아도 새는/ 따 우로/ 다시 나려앉근다'(「착지」)에서처럼 현실을 직시한다. 화자가 앉아 있는 자리에서 다른 공간을 상상하는 것, 이것이 획일화를 강요하는 군부독재에 대항하는 방법이다. 화자가 '일제히 일어나 애국가를 경청'하는 반어적 상황은 독부독재에 순응하는 것 같지만, 실재로는 그렇지 않는 '위장'이 된다. 이로써 화자는 식민지배담론에 전복되지 않는다. 황지우는 '일렬, 이렬, 삼렬, 횡대'의 획일화된 모습을 모방하여 이데올로기의 숨은 지배욕망을 드러내고 있다.

4. 중심과 주변의 전유 '낯설게 하기'

부르디외가 주장한 '상징 폭력'은 1980년대 문화적 지배로 나타난다. 1980년대는 신군부세력의 언론 출판의 검열, 진보적 성격의 잡지 폐간과 언론사 통폐합 등과 같은 공포정치로 인하여 자유가 통제되어 정상적인 문학이 수행될 수 없었다. 이러한 현실에 저항하여 황지우는 절대적인 것의 '해체'로 나아간다. 황지우 시는 '몽타주, 패러디, 모자이크 기법, 신문기사, 잡지, 그림, 광고, 벽보, 사진' 등을 교섭하여 혼성적인 텍스트를 재생산한다. 이는 문화지배에 따른 지배담론에 균열을 내며, 저항적 글쓰기로 나타난다. 황지우는 억압적 사회 현실과 그에 의해서 나타나는 소외와 부재의 현실을 비판하고 심각성을 고발한다.

> <난 공산당이 싫어요>라는 말을 남기고 죽은 그 어린이는 어느 한적한 시골 초등학교 교정에 동상으로 서 있고.
> 출근 시간—횡단보도에 구청 직원들, 근처 은행원들, 동사무소 직원들이 <거리질서 확립> 캠페인 띠를 가슴에 두르고 혹은 그런 피켓을 들고 서 있고.
> 질서의 저 끝은 궁극적으로 칼 끝에 닿아 있고.
> 선진이라는 이름의 끝없는 행진.
> (중략)
> 제지당한다. 모든 관공서, 모든 학교, 모든 군관민 직장에서, 십칠시 정각에 전국적으로 동시에 국기 하기식이 실시되고, 무심코 지나가던 보행자도 황급히 서서 보이지 않는 국기를 향해 경례한다
> —「버라이어티 쇼 1984」[16] 부분

이 시는 몽타주 기법으로 쓰여졌다. 마침표를 경계로 장면과 장면은 연결되지 않는다. 장면과 장면의 사이에는 호미 바바가 말하는 틈새가 존재한다. 중심과 주변의 경계가 지워지면서, 비정상적인 불행함을 읽을 수 있다. '몽타주'는 의도적인 분절로 나타나고 일상생활을 묘사한다. 의미의 단절로 보이지만, 몽타주라는 하나의 맥락 속에서 총체성을 이룬다. 시의 내용을 장면별로 나눠보면 처음, 택시와 고급운전수의 싸움으로 시작되고, '거리질서 캠페인', '국기 하기식과 경례의 장면'이 묘사된다. '공산당', '질서', '국기'라는 기표는 이데올로기의 의미를 지닌다. 부정성의 은유로 맥락화되며, 파편화된 의미들은 비정상적인 어떤 것을 형상화한다. '질서'라는 중심기표가 배제하는 '무질서'를 드러내는 저항이 나타난다. 획일주의를 강요하는 권력에 저항하여 나타난 무질서의 이미지이다. 이 시는 의식의 통제, 즉 계몽이

---

16) 황지우, 『겨울—나무로부터 봄—나무에로』, 민음사, 1985, 158~166쪽.

타자들을 복종시키는 폭력과 억압적 상황을 '캠페인', '국기를 향한 경례'로 나타내고 있다.

張萬燮氏(34세, 普聖物産株式會社 종로 지점 근무)는 1983년 2월 24일 18 : 52 #26, 27, 28, 29 (중략)

> (송송송송송송송송송송송송송송송송
> 띠리릭 띠리릭 띠리리리리리리
> 피웅피웅 피웅피웅 피웅피웅 피웅피웅꽝!
> ㄲ ㅗ ㅏ O !
> PLEASE DEPOSIT   COIN
> AND TRY THIS GAME!
> 또르르르륵
> 그리고 또 다른 동전들과 바뀌어지는
> 송송과 피웅피웅과 꽝!
> 그리고 송송과 피웅피웅과 꽝!을 바꾸어 주는, 자물쇠 채워진 동전통의
> 주입구(이건 꼭 그것 같애, 끊임없이 넣고 싶다는 의미에서 말야)에서.
> (하략)
>
> ―「徐伐, 셔발, 셔불, 서울, SEOUL」17) 부분

이 시는 영화기법과 일기형식의 혼성적인 텍스트로 구성되어 있다. 형식적 파괴는 자본의 지배를 받는 현실을 드러내는 동시에 지배담론을 불안정하게 만드는 저항방법이다. 이 시는 장만섭 씨의 하루를 일기처럼 기록하고, 장면의 흐름을 보여주는 형식으로 구성되어 있다. 이 시의 화자는 '룸살롱', '여관', '전투적이고 야만적인 성접대'를 하는 비정상적이고 부도덕한 삶을 살고 있다. 이 시는 잘못된 삶을 인식하지 못하고 있는 타자화된 존재의 무기력함을 비판한다. 작품에서 인간은 교환가치로 치환되어 전자오락실의 '동전'으로 나타난다. 오락실에 채워진 '자물쇠'의 이미지는 소통 불가

---

17) 황지우, 『새들도 세상을 뜨는구나』, 문학과지성사, 1983, 70쪽.

능한 억압체계를 상징한다. 이 시는 화자의 무반성적인 삶과 욕망에 저당 잡힌 일상을 통해 신식민주의 시대의 정신적 식민성을 비판하고 있다.

문화산업의 상품인 '오락기'는 소비자에게 '웃음'과 '충동'을 제공하지만, 그 웃음과 충동은 결과적으로 사람들의 웃음과 충동을 은밀하게 제거한다. 현대 사회에서 권력은 대상과 대상 사이를 오갈 뿐 은폐되어 있다. '광주'가 정치적 폭력에 저항하여 주체성을 확보하고자 하는 공간이었다면, 도시화된 '서울'은 근대성에 타자화된 주체들이 무기력한 일상을 살아가는 공간이다. 정신의 식민화를 인식하지 못한 채, 문화산업에 종속된 존재들에게는 게임에서의 '죽음' 즉, 무의미한 소멸만 있을 뿐이다. 무기력한 주체들과 무의미한 소멸들의 조롱이 '띠리리리리리리', '피웅피웅'과 같이 반복되는 언어 기호로 나타나고 있다. 기계장치의 자동 반응처럼 주입된 인간 의식을 풍자하고 냉소적으로 표현한다. 자본주의 이데올로기에 예속된 주체는 거짓 기만을 응시하지 못하고 소외된다.

소음의 기호는 반복적으로 말해지면서, 지배 권력의 소통 가능한 번역을 거부하고 좌절시킨다. 언어의 해체와 반복은 감시의 시선에 저항하기 위한 전략이다. 시에 나타나는 불안과 혼돈의 이미지는 자본주의 속성에 타자화된 사회의 부정성을 나타내고 있다. 이 시는 1980년대 한국 사회의 왜곡된 경제성장이 가져온 인간성의 부재를 전자음으로 기호화한다. 교묘하게 비꼬고 조롱하는 풍자를 통해 자본주의 사회의 세속화를 희화화하고 있다. 희화화에는 관습화되고 고정화된 사고와, 시대의 모든 억압구조로부터 벗어나려는 자유·해방의 정신이라는 긍정적 의미가 함축되어 있다.[18] 시에서 의도적인 한국어 표기법 무시와, 비속어의 사용은 타자의 절대성을 해체시켜 지배적인 언어의 권위를 벗어나는 탈식민적 전략이다. 상징질서 안에서 소외된 주체는 억압체제가 강요하는 상징질서를 거부하여 동일성에 저항한다. 「徐伐, 셔발, 셔발, 서울, SEOUL」은 과거 서울 지명과 현재, 그리고

---

18) 김준오, 『시론』, 삼지원, 2002, 97쪽.

영어로 나타낸다. 순수했던 과거의 한국 사회의 '서울'과 자본의 도시가 된 현재의 '서울'을 형상화하여 자본 이데올로기의 현실성을 상기시킨다.

> 길중은 밤늦게 돌아온 숙자
> 에게 핀잔을 주는데, 숙자는
> 하루 종일 고생한 수고도 몰
> 라주는 남편이 야속해 화가
> 났다. 혜옥은 조카 창연이
> 은미를 따르는 것을 보고 명
> 섭과 자연스럽게 이야기를 나
> 누게 된다. 이모는 명섭과
> 은미의 초라한 생활이 안스
> 러워…….
>
> 어느 날 나는 친구집엘 놀러
> 갔는데 친구는 없고 친구 누
> 나가 낮잠을 자고 있었다.
> 친구 누나의 벌어진 가랭이
> 를 보자 나는 자지가 꼴렸다.
> 그래서 나는…….

　　　　　　　　　　　－「숙자는 남편이 야속해」19)

이 시는 텔레비전 프로 내용과 공중 화장실에서의 낙서를 교섭한다. 황지우 시는 패러디, 즉 모방이 가져온 차이로 동일성을 전복시킨다. 여기서의 모방은 제3의 의미가 솟아나도록 재조직하는 방법이다. 대중매체인 중심문화를 화장실 낙서와 등가 시킴으로써 중심과 주변의 서열을 없앤다. 황지우의 시는 문화들 사이의 불평등, 그리고 서로 다른 계급과 그룹들의 다양한 문화를 동시에 전유한다.20) 황지우 시에서는 신문기사, 광고, TV, 벽보, 잡

---

19) 황지우, 『새들도 세상을 뜨는구나』, 문학과지성사, 1983, 88쪽.
20) 네스토르 가르시아 칸클리니, 이성훈 편, 『혼종문화』, 그린비, 2011, 22쪽.

지, 몽타주, 패러디 등을 도입하여 익숙한 것을 낯설게 하는 방법으로 나타 난다. 황지우 시의 '낯설게 하기'는 시인 자신의 검열기제와 방어기제이며, 불합리한 세계를 나타내는 전략이다. 황지우 시의 '낯설게 하기'는 패러디 로 나타난다. 패러디의 '낯설게 하기'란 두 텍스트 간의 형식적 구조적 관계 이며 바흐친의 용어로 하자면 텍스트상의 대화 형식에 해당한다. '낯설게 하기'의 방법은 이 밖에 「묵념, 5분 27초」, 「마침내 그 40대 남자도」, 「그들 은 결혼한 지 7년이 되며」, 「이준태(「……」)의 근황」, 「지하철에 기대고 있 는 석불」, 「아무도 미워하지 않는 자의 죽음」, 「212」, 「74」, 「527」 등에서 나타난다.

독자들은(　) 에 0표를 쳐주십시오
그러나 나는 위험스러운가 (　)
얼마나 위험스러운가 (　)
과연 위험스러운가 (　)에 ?표 !표를 분간 못 하겠
습니다
不在의 혐의로 나는 늘 괴로웠습니다
당신은 나에게 감시당하고 있는가(　)
당신은 나를 감시하고 있는가(　)
독자들이여 오늘 이 땅의 시인은 어느 쪽인가(　)
어느 쪽이어야 하는가(　) 0표 해 주시고 이 물음
의 방식에도 양자택일해주십시오
어느 쪽이어야 하는가(　) 0표 해 주시고 이 물음
의 방식에도 양자택일해주십시오
한 시대가 가고 또 한 시대 왔지만
우리가 우리의 동시대와 맺어진 것은 악연입니다
나는 풀려날 길이 없습니다 도저히, 그러나,
한 시대를 감시하겠다는 사람의 외로움의 질량과
가속도와 등거리도 양지하여주시기 바랍니다
죄의식에 젖어 있는 시대 혹은 죄의식도 없는 저
뻔뻔스러운 칼라 텔레비전과 저 돈범벅인 프로 야구

와 저 피범벅인 프로 권투와 저 땀범벅인 아시아 여
자 농구 선수권 대회와 그리고 그때마다의 화환과
카 퍼레이드 앞에

―「도대체 시란 무엇인가」[21]

이 시는 설문 양식을 패러디하고 있다. 'O, X, ?, !, 괄호'와 같은 기호들은 독자들이 채울 수 있게 만들고, 다양한 해석을 가능하게 한다. 의미의 '미결정성'은 의사소통이 이루어지는 하나의 장이 된다. 화자의 진술은 행과 행 사이의 틈에 끼어 있다. 의미를 해석하는 데 의도적인 방해를 한다. 18행의 '풀려날 길이' '도저히' '없다'는 화자의 언술은 절망적 상황을 나타낸다. 그러나 '한 시대를 감시하겠다는'의 언술에서 어려운 상황에서라도 시대의 징후를 읽어내겠다는 주체적 의지가 나타난다.

이러한 의지는 왜곡된 현실을 교정하기 위한 현실 인식으로 나아간다. '저 뻔뻔스러운 칼라 텔레비전'과 '프로 야구', '프로 권투', '농구 선수권 대회'는 자본주의체제의 기호이다. 근대문화는 근대성에 지배되는 주체를 나타내기 위한 비판적 도구로 활용된다. '위험스러운가?', '어느 쪽인가?', '어느 쪽이어야 하는가?'라는 질문에 화자는 그 해답을 알려주지 않고 독자들에게 맡기고 있다. 이 텍스트는 이러한 물음의 '불확정성'을 통해 문명화와 혼돈, 둘 중의 하나를 선택하게 하는 지배 체제의 위협을 불가능하게 한다. 이 시는 이데올로기의 동일화 욕망이 허상임을 '불확정성'을 통해 나타낸다.

5. 타자성의 응시와 소통의 가능성

山
절망의산,

---

21) 황지우, 앞의 책, 85쪽.

대가리를밀어버
린, 민둥산, 벌거숭이산,
분노의산, 사랑의산, 침묵의
산, 함성의산, 증인의산, 죽음의산,
부활의산, 영생하는산, 생의산, 회생의
산, 숨가쁜산, 치밀어오르는산, 갈망하는
산, 꿈꾸는산, 꿈의산, 그러나 현실의산, 피의산,
피투성이산, 종교적인산, 아아너무나너무나 폭발적인
산, 힘든산, 힘쎈산, 일어나는산, 눈뜬산, 눈뜨는산, 새벽
의산, 희망의산, 모두모두절정을이루는평등의산, 평등한산, 대
지의산, 우리를감싸주는, 격하게, 넉넉하게, 우리를감싸주는어머니
－「무등」 전문

황지우는 시의 파괴를 통해 일그러진 현실을 비판하고, 부정적인 사회를
고발하는 저항을 실천한다. '너는 나다'라는 황지우의 언술에서 '너'는 나와
마주한 너가 아니라 타자화된 존재를 지칭한다. 타자화된 존재에 대한 인식
은 다른 것들을 포용하는 시선을 만들어준다. 레비나스는 타자를 다른 모든
사람들과 맺는 구체적인 결속을 뜻하는 것으로 본다. '절망', '분노', '사랑',
'침묵', '함성', '죽음', '부활', '영생', '종교', '피', '폭발', '희망', '절정', '평등의
산'으로 이어지는 기표들의 환유는 자유로운 삶을 위해 희생됐던 존재들의
열망을 적극적으로 나타낸다. 역사 속으로 사라진 민중들의 저항성이 하나
의 나무처럼 은유화되어 총체적인 '산'으로 형상화된다. 평등하고 자유로운
삶을 위한 군부독재에 대한 저항은 '우리를 감싸주는 어머니'로 인하여, 무
한한 시간성과 영원한 생명성을 부여받는다. 군부독재의 억압에 저항했던
민중을 의식 밖으로 끌어내서 큰 산을 구축함으로써, 조용히 역사 속으로
사라지길 바라는 지배 권력의 주체들에게 저항한다. 이 시는 역동적인 형태
의 저항을 현재화하고 있으며, 지배 세력에 전복되지 않는 주체성을 스스로
구성하고 있다. 이 밖의 작품으로는 「가족」, 「연혁」, 「107」, 「똥개의 아름

다운 갈색 눈동자」,「윤상원」 등이 있다.

>   빈 항아리마다 저의 아버님이 떠나신 솔섬 새울음이 그치질 않았습니다. 물 건너 어느 계곡이 깊어가는지 차라리 귀를 막으면 남만(南灣)의 멀어져가는 섬들이 세차게 울고울고 하였습니다. 어머니는 저를 붙들었고 내지(內地)에는 다시 연기가 피어올랐습니다. 그럴수록 근시(近視)의 겨울 바다는 눈부신 저의 눈시울에서 여위어갔습니다. 아버님이 끌려가신 날도 나루터 물결이 저렇듯 잠잠했습니다. 물가에 서면 가끔 지친 물새떼가 저의 어지러운 무릎까지 밀려오기도 했습니다. 저는 어느 외딴 물나라에서 흘러들어온 흰 상여꽃을 보는 듯했습니다. 꽃 속이 너무나 환하여 저는 빨리 잠들고 싶었습니다. (중략)
>   내륙(內陸)에 어느 나라가 망하고 그 대신 자욱한 앞바다에 때아닌 배추꽃들이 떠올랐습니다. 먼 훗날 제가 그물을 내린 자궁(子宮)에서 인광(燐光)의 항아리를 건져올 사람은 누구일까요.
>
> -「연혁」²²⁾ 부분

이 시는 가족사를 시대의 고통으로 승화시키고 있다. 솔섬은 죽음과 결핍 이미지로 나타나 화해할 수 없는 땅이다. '가난은 저희의 어떤 관례와도 같았습니다'의 언술에서 가난에 의한 가족사를 읽을 수 있다. 이 시의 공간은 바다와 육지의 중간 지점인 내륙이다. 이곳은 상징계와 실재계의 틈새로 삶과 죽음이 교차하는 공간이다. 이 시의 주된 이미지는 물 이미지로 나타난다. 물과 흙의 이미지의 대립은 가난한 삶의 고통을 더욱 처절하게 나타낸다. 물 이미지는 삶과 죽음의 이중기호이다. '상여'와 같은 절망적인 죽음을 나타내는 동시에 '환생'의 재생의지를 나타낸다. 이는 자궁 이미지로 응축되어 희망의 이미지를 나타낸다. 부활과 희망의 이미지는 절망을 낳는 시대와 정치에 대응하는 저항 기호이다.

솔섬 마을의 결핍이미지는 '아버님이 떠나신' 부재에서 나타난다. '외딴

---

22) 황지우, 앞의 책, 11~12쪽.

물나라', '내륙內陸'에 어느 나라가 망하고'의 문맥은 일본을 지시한다. '아버님이 끌려가신'의 언술은 제국주의의 억압성을 드러낸다. '흰 상여꽃'은 '청태靑苔밭'의 푸른 이미지와 함께 죽음과 공포의 이미지를 심화시킨다. '아버님이 끌려가신 날도 나루터 물결이 저렇듯 잠잠했습니다'는 역설적 표현으로 비극을 더욱 극대화시킨다. 이 시는 식민적 상황과 가난의 이중적 고통을 물과 흙의 이미지를 통해 나타내고 있다. 절망의 이미지는 '올렸습니다, 떠올랐습니다'의 상승이미지로 변하고, 삶의 의지로 나타난다. 즉, 고통스러운 삶 속에서도 가족과 함께 살아가고자 하는 의지가 나타난다. 죽음이미지는 부재를 부인하는 방어 양식이며, 도피가 아닌 현실을 수용하는 주체의 태도로 볼 수 있다. 도시와 반대되는 서정적 공간은 닮음을 벗어난 위치에서, 스스로 타자와 제휴하는 주체성이 나타난다. 이 시에서 고향은 자연적 아름다움을 지닌 공간인 동시에 사회적 불행이 내재되어 있는 공간이다. 가난한 화자는 닮음을 벗어나는 즉, 현대화에서 벗어나는 공간이미지인 '고향'을 통해 저항을 시도하고 있다.

　　할아버지가 돌아가셨다. 완도 무선국에서 걸려온 시외전화를 받고 허둥지둥 새벽길을 나선다. 새벽 겨울 바다 바람의 잠음과 부음이 짬뽕이 된 수화기 속에 하라부지가, 윙윙 하라부지가 도라가셨쓰께, 윙윙, 느그 미국 성님한테, 윙윙, 전화하고, 윙윙, 빨리
　　　　택시로 강남 터미날까지
　　　　고속버스로 광주까지
　　　　직행버스로 해남까지
　　　　통통배로 전라남도 완도군에 부속된 섬까지 갈수록 길은 점점 좌우가 오그라들고 상하가 험했다. 토류(土流)로 거슬러 올라갈수록 상가는 잔칫집이었다. (중략)
　　돼지 다섯 마리 잡고, 소주 열 박스를 풀어놓았으니 큰어머니는 오지다. 한편으로 섬사람들 앞의 생색과 과시, 베푼다는 생각으로 기뻤고, 다른 한편으로 뭍사람들 앞의 상대적 빈곤과, '없이 살았다'는 자기 서러움으로 영전에서 원껏 울 수 있는 기회가 만족스럽다.

(하략)

―「여정」²³⁾ 부분

이 시는 할아버지의 죽음을 모티브로 하고, 그 배경은 섬마을이다. 죽음을 통해 가족들의 소통이 시도된다. 할아버지의 죽음으로 객지로 흩어졌던 가족들이 완도섬에 모였다가 다시 집으로 돌아가는 상황을 묘사하고 있다. 섬으로 오는 가족들의 교통수단은 '택시', '고속버스', '직행버스', '통통배' 등 각기 다르다. 사는 지역도 다른 이들은 가족 구성원임에도 생활수준이 다르다. 작품에서 '부정기적으로 곡을 하고 나온 큰어머니'는 '저 영감탱이 빨리 디져버려쓰믄' 하는 '희색을 숨기지 못'하고 '기'뻐하는 인물이다. 이 작품은 타자화된 인물의 행동에서 나타나는 인간성·도덕성의 상실을 큰어머니를 통해 형상화한다. 큰어머니의 양가적 감정 및 행동에서 이데올로기에 의한 타자성 즉, 자본으로부터의 소외를 읽을 수 있다.

죽음 이미지는 '하라부지가, 윙윙 하라부지가 도라가셔쏭께, 윙윙'과 같은 구어체, 사투리, 맞춤법 오용과 같은 언어형식으로 나타난다. 죽음 이미지는 슬픔이나 애도의 의미보다 인간의 소외로 나타나는 현대 사회의 부정성으로 형상화된다. '큰어머니'는 자본주의 사회에서 소외현상을 나타내는 기호이다. 상대적 빈곤과 '없이 살았다는' 자기 서러움은 1980년대 시대의 보편적인 문제이기 때문이다. 돈의 기표가 가족구성원을 분리하는 격차의 기호라면 큰어머니의 기호는 슬픔이 배제된 죽음을 통해 인간의 파편화된 삶을 나타낸다. 빚에 시달리는 농촌 생활과 노동을 해도 빚을 질 수밖에 없는 사회체제의 부조리함이 나타난다. 자본이데올로기의 동일화 담론이 허상임이 드러난다. 이 시의 주제는 자본에 의한 인간소외, 가족 공동체의 위기이다. 이 시는 가족마저 화폐로 계산될 수 있는 가치로 바꾸는 자본주의적 식민성을 화폐로 계산될 수 없는 '가족 공동체'의 조화로운 삶을 통해서

---

23) 황지우, 앞의 책, 54쪽.

극복해야 함을 역설적으로 나타낸다.

슬프다
내가 사랑했던 자리마다

-「뼈아픈 후회」부분

수많은 '너' 안에서 나는 '나'를 증언하게 된다.
(중략)
살아 있으세요. 없어서 그리운 당신.

-「18」부분

너도 견디고 있구나

어차피 우리도 이 세상에 세들어 살고 있으므로
고통은 말하자면 월세 같은 것인데

-「겨울산」부분

그러므로, 길 가는 이들이여
그대 비록 악을 이기지 못하였으나
락(樂)과 마음을 얻었으면,
아픈 세상으로 가서 아프자.

-「산경」부분

화자는 이제 수많은 '너' 안에서 '나'를 증언하게 된다. '너도 견디고 있'음을 응시하게 된다. '어차피 우리도 이 세상에 세들어 살고 있'는 존재임을 깨닫는다. '그러므로, 길 가는 이들'을 응시하여 소통을 시도한다.

1977년: 다섯 번째로 만난 여자와 결혼하다. '무작정 살다.' 6개월 후 이 표류에 한 사람 더 동승하다. 딸 낳다. 그때 도연이 출감하다. 정환이, 해일이 출감하고 곧 동부전선으로 가다. 『文學과 知性』 겨울호에 성복이 '시인'으로 혼자 떨어져나가고 석희, 군대에서 음毒 자살 기도하다.

1978년: "날 먼저 죽이고 나가라, 이놈아." 어머니 울면서 말리다. 親동생 끝내 광화문으로 나가다. 통대 99% 지지, 같은 사람을 9대 대통령으로 추대하다. 홍표 나와서 콤퓨터 회사 취직하다. 출판사에, 수입 오퍼상에, 섬유 수출업에, 하나씩 둘씩 들어가다. 더러 결혼도 하고 그런 때나 가끔 서로 얼굴 보다. 生, 지리멸렬해지다. 그 生의 먼데서 여공들 해고되고 한 달에 한 번 대구로, 김해로, 동생 면회 가서 옷과 책 넣어주다.

1979년: 대통령 죽다. 그리고 어느 날, 문득, 멀리서, 모두, 한꺼번에 돌아오다.

　　　　　　　　　　　　　　　　　　　　　　　 ―「활렵수림에서」[24] 부분

이 시는 화자의 1970년대를 기록하고 있다. 시에는 화자의 젊은 날의 방황과 시대적 기표가 사회의 비극을 형상화한다. 화자의 주관적 감정도 철저하게 배제된다. 일상의 사건들은 '~하다'라는 평서형으로 끝을 맺는다. 객관적 거리가 소외와 죽음의 이미지를 더욱 심화시킨다. 방관자적 태도는 절망적 상황을 극대화한다. 부당함에 대한 저항을 실천하지 못하는 화자의 무기력성이 자기 풍자적 아이러니를 통해 나타나고 있다. 매우 불안정한 기표들의 환유는 시의 자연스러운 의미파악을 방해한다. 은폐된 의미는 독자 스스로 억압된 상황 찾게 만들고 스스로 깨닫도록 한다. 부정적인 사회 현실과 희생, 이들에 대한 죄책감이 기표들의 연쇄를 따라 차연 된다.

이 시는 3가지 서사가 전개되고 있다. 사회 정치적인 폭압으로 인한 죽음, 군대 간 친구의 음독자살, 동생의 광화문 집회와 구속이다. 내부식민화에 따른 비극적 현실에도 '내가 부르는 이름들'이 틈새마다 자리한다. 타자와의 관계에서 시대를 읽고 있다. 바바가 말하는 제3의 공간, '광화문이 생겨난다. 광화문은 신군부의 억압체제에 대응하는 공간이다. 혁명을 넘어서 소통하는 곳이다. 사회체제에 저항하는 전복적인 주체성이 창조되는 공간이다. '광장을 걸어 나오는데 X표로 야광페인트를/ 한 청소부가 한 평생의 바다를 쓸고 있었다'(「86」)에서 '광장'은 청소부가 있는 공간이다. '한바탕

────────────

24) 황지우, 앞의 책, 61쪽.

총격전으로 한적해진 광장'은 '내가/ 죽어가면서 느낀 삶'(「주인공의 심장에 박힌 총알은 순간」)이 있는 공간이며, '역사는 부끄러워하지 않는'(「참꽃」) 곳이다. 상징계에서 벗어나 실재계, 즉 역사 속에서 타자를 응시하고, 주체들이 소통하는 곳간이 바로 '광장'이다. 1980년대 광장은 2002년 문화혁명의 시발점이 되는 곳이다. 1980년대 정치혁명의 공간을 월드컵, 촛불시위의 문화혁명으로 만들 수 있는 저항의 힘이 바로 한국 현대문학의 탈식민성이다.

6. 나오며

황지우는 1980년대 군부독재와 자본주의 사회의 인간소외를 작품에 형상화한다. 황지우는 투철한 현실 인식을 바탕으로 텍스트에서 시적 저항을 실천하고 있다. 황지우의 부정적 현실에 대한 저항은 시 형식 파괴로 나타난다. 자본주의 시대의 물신화와 상품화로 인한 정신의 식민화를 '낯설게하기'기법으로 고발한다. 신문기사, 영화, TV, 신문 등의 패러디와 몽타주 등의 낯선 기법의 형상화는 소외된 존재들과의 소통을 가능하게 한다. 이 과정에서 황지우의 문학적인 의미소는 소외된 계층을 지향한다. 황지우는 자본주의 사회의 정신적 식민화에 저항하는 민중의 의미를 재의미화한다. 황지우는 장르와 양식 구분 없이 기존 질서를 파괴한다. 익숙한 것과 익숙한 것의 충돌효과를 전략적으로 활용한다. 황지우의 탈식민성은 시적 자유를 모색하고, 인간해방으로 나아간다. 황지우가 열망하는 자유는 사회·정치·경제와 얽혀 있으며, 식민담론을 구체화하고, 극복하려는 탈식민적 자유 의지로 나타난다. 황지우 시의 탈식민성은 타자에 대한 인식으로 소통의 가능성을 보여준다. 황지우 시에 나타난 탈식민성의 의의는 지배 담론에 균열을 내는 담론적 실천과, 민중과 의미공동체를 이루어 소통을 시도하는 데 있다.

<참고문헌>

1. 기본도서

이경호 · 이남호 편, 『황지우 문학앨범』, 웅진출판, 1995.

황지우, 『겨울-나무로부터 봄-나무에로』, 민음사, 1985.

_____, 『새들도 세상을 뜨는구나』, 문학과지성사, 1983.

2. 단행본

강영안, 『타인의 얼굴-레비나스의 철학』, 문학과지성사, 1993.

고부응, 『탈식민주의 이론과 쟁점』, 문학과지성사, 2003.

김승희, 『코라기호학과 한국시-탈구조주의로 한국시 읽기』, 서강대학교출판
　　부, 2008.

김욱동, 『은유와 환유』, 민음사, 1999.

김윤식 · 김재홍 외, 『한국현대시사연구』, 시학, 2007.

김준오, 『시론』, 삼지원, 2002.

_____, 『현대시의 환유성과 메타성』, 살림, 1997.

나병철, 『탈식민주의와 근대문학』, 문예출판사, 2004.

노명우, 『계몽의 변증법』, 살림출판사, 2005.

문학과비평연구회, 『탈식민의 텍스트, 저항과 해방의 담론』, 이회문화사, 2003.

엄성원, 『한국 현대시의 근대성과 탈식민성』, 보고사, 2006.

네스토르 가르시아 칸클리니 지음, 이성훈 역, 『혼종문화』, 그린비, 2011.

로버트 J. C. 영, 『포스트식민주의 또는 트리컨티넨탈리즘』, 박종철출판사, 2005.

빌 애쉬크로프트 · 개레스 그리피스 · 헬렌 티핀, 이석호 역, 『포스트 콜로니얼
　　문학이론』, 민음사, 1996.

앤터니 이스톱, 박인기 역, 『시와 담론』, 박인기 편, 지식산업사, 1974.

에드워드 사이드, 박홍규 역,『오리엔탈리즘』, 교보문고, 2002.

피에르 부르디외, 정일준 역,『상징폭력과 문화재생산』, 새물결, 1997.

호미 바바, 나병철 역,『문화의 위치』, 소명출판, 2002.

3. 소논문

강　석,「황지우 시 연구」, 한국교원대학교교육대학원 석사학위논문, 2004.

권혁웅,「80년대 시의 알레고리 연구」,『한국근대문학연구』제19호, 한국근대
　　문학회, 2009.

김주연,「풍자의 제의를 넘어서」,『문학과 사회』, 1988년 봄 창간호, 문학과지
　　성사.

민병관,「황지우의 해체시 연구」, 부산대학교대학원 석사학위논문, 2006.

이연승,「해체시의 독자 반응론적 연구」,『어문연구』71집, 2012.

이철송,「1980년대 한국 사회와 시적 대응 양상」, 명지대학교대학원 석사 논
　　문, 2010.

장석주,「과도기적 이단인가 새로운 양식의 시도인가」,『문학사상사』6월호,
　　문학사상사, 1990.

조동길,「격동기 사회(1980년대)의 문학적 대응」,『어문연구』64, 충남대학교
　　문리과대학어문연구소.

전쟁 후유증과 기지촌 여성 문제의 공적 담론화를 위한 '번복'의 글쓰기*

-박완서 장편『그 남자네 집』을 대상으로

손 윤 권

1. 박완서 문학과 자전적 글쓰기

작가 박완서(1931.10.20~2011.01.22)는 80세를 일기로 타계하기까지 평상시 소원대로 현역작가로서 활발하게 작품 활동을 이어나갔다. 작가는 타계하기 전이었던 2009년, 『경향신문』의 이영경 기자와의 인터뷰[1]에서 살아 있을 때 한 권 정도의 장편을 더 쓰고 싶다고 말했지만, 이 뜻은 이루어지지 않았고 단편집 『친절한 복희씨』 이후에 발표한 세 편의 단편소설[2]과 산문집 『못 가본 길이 더 아름답다』와 동화 『이 세상에 태어나길 참 잘했다』 등을 더 남겼다.

---

* 이 글은 『인문과학연구』 33집(2012.6)에 실린 것을 제목과 내용을 일부 수정해서 수록한 것임.
1) '청탁 받은 것들이 밀려 있고, 장편도 하나 더 써봐야지 생각합니다(하략).'
   이영경 · 박완서 대담, 「한국문학의 살아 있는 '거목' 박완서」, 『경향신문』 2009.9.20 참조.
2) 「갱년기의 기나긴 하루」(『문학의 문학』, 2008.가을), 「빨갱이 바이러스」(『문학동네』, 2009.가을), 「석양을 등지고 그림자를 밟다」(『현대문학』, 2010.2). 2012년 1월 문학동네는 이 세 편에, 평론가 김윤식과 작가 신경숙과 김애란이 추천한 기왕의 단편 셋을 추가하여 유고소설집 『기나긴 하루』를 펴냈다.

많은 연구자와 평론들이 언급했듯이 박완서는 한국전쟁부터 현재에 이르기까지, 서울을 중심으로 하여 사회에 만연해 있는 속물근성을 비꼬고, 특히 전쟁의 상처, 여성문제, 노년문제를 감각적이고도 실감나게 묘사함으로써 스펙트럼이 상당히 넓은 작품세계를 구축한 것으로 정평이 나있는 작가이다. 학계와 평단, 일반 독자들의 사랑을 많이 받았던 작가와 그가 남긴 작품들의 특성을 한마디로 요약하기는 쉽지 않은 일이다. 그동안 발표해온 작품3)만으로도 한국문학을 대표하는 작가로 자리매김 되기에 부족함이 없는 작가이지만, 유독 타 작가와 구별됐던 점은 한국문학사에서는 보기 드물게 자전소설의 지평을 넓혔다4)는 사실이다. 작가는 등단 이후부터 타계까지 생활인으로서의 80년 세월과, 작가로서의 40년 세월이 맞물리는 공적 · 사적 시간을 자서전과 소설의 접합양식인 자전소설5)을 통해 현재진행형으로 고백 · 증언해 왔다. 공교롭게도 작가의 마지막 단편인 「석양을 등지고 그림자를 밟다」(『현대문학』, 2010.2)6)도 자전소설이다. 개인의 경험을 강조한 자전적 글쓰기로 문학을 시작한 작가가 삶을 요약적으로 정리한 자전소설을 남겼다는 것은 작가에게 그만큼 자전적 글쓰기가 중요한 의미를 지녔던 것으로 볼 수 있다.

---

3) 그동안 박완서가 발표한 소설은 중 · 단편이 90여 편, 장편소설이 15편이며 에세이집, 동화집, 콩트집까지 아우르면 그 스펙트럼이 다양하다. 세계사에서는 2012년 1월, 작가의 타계 1주기를 기념해 장편소설전집 결정판을 22권으로 펴냈고, 문학동네는 2013년 여름, 2006년에 나온 6권짜리 단편전집에, 『친절한 복희씨』(문학과지성사, 2007)와 유고소설집 『기나긴 하루』(2012)를 묶은 『그리움을 위하여』를 추가하여 총 7권의 결정판 단편전집으로 펴냈다.

4) 계간 『문학동네』는 창간 이후, 매 호마다 특집으로 삼는 젊은 작가의 자전소설을 한 편씩 싣고 있는데 2011년 봄 호까지 총 70명의 작가가 자전소설을 발표했다. 2010년, 현대문학에서도 박완서의 단편인 「석양을 등에 지고 그림자를 밟다」를 표제작으로 낸 동명의, 중견작가들의 자전소설집을 펴냈다.

5) 작가가 타계하기까지 발표한 자전소설은 동일성의 원칙을 중심으로 선정했을 경우 총 22편 정도로 볼 수 있다. 박완서 자전소설에 대한 연구는 2000년대 초반 이후 본격화되면서 그동안 발표된 220여 편의 학위논문 중 20여 편 가량이 자전소설을 텍스트로 한 논문들이다.

6) 2010년 『현대문학』 2월호에 발표한 박완서의 단편 「석양을 등지고 그림자를 밟다」는, 작가가 등단 이후 해외여행을 많이 하면서 더 이상 해외여행에 대한 설렘을 지닐 수 없는 자신과는 달리, 이십대 중반에 요절하면서 해외여행 한 번 못해본 아들에 대한 미안함과 그리움을 토로한 자전소설이다.

박완서 자전소설을 관통하는 중심서사는 가족사 및 개인사를 와해, 굴절시킨 한국전쟁의 상흔으로 요약된다. 작가는 30년이 넘도록 작품을 써오면서 현재의 쾌를 방해하는 전쟁의 기억에 맞닥뜨리면, 에세이든 소설이든 어떤 형태로든 글쓰기를 통해 위로를 받고 고통을 다독이는 자가 치유의 과정을 보였다. 여기에서 전쟁의 기억에 맞닥뜨리는 과정은 프로이트가 말한 반복강박에 해당되고, 여러 소설을 통한 원체험의 다양한 변주를 이르는 '울거먹다'는 표현은 반복강박에 의한 사후적 글쓰기를 의미한다.

박완서는 한국전쟁이 민족 전체가 겪은 불행한 사건이었음에도 불구하고, 마치 자신과 가족만이 겪기라도 한 듯이 집요할 정도로 그 후유증에 집착하는 경향을 보여 왔고, '복수로서의 글쓰기'에 주력해 왔다. 그러나 작가가 전쟁을 다루는 방식이 작가 자신의 개인사 및 가족사 공개와 치유에 국한돼 있다고 볼 수는 없다.[7] 작가는 개인사 및 가족 관계의 변화를 수용하면서 플롯과 인물형상, 시점, 화법에 변화를 가하게 되면서 같은 연원을 가진 다수의 텍스트를 독자 앞에 내보인 것이다. 데뷔작 『나목』에서 『목마른 계절』, 「엄마의 말뚝」 연작을 위시한 중·단편소설, 『그 많던 싱아는 누가 다 먹었을까』, 『그 산이 정말 거기 있었을까』로 이어지는 자전소설은, 집요할 정도로 전쟁체험에 고착되는 작가 박완서의 정신사적 특성을 강하게 보여준다. 즉, 작가는 악몽과 같은 한국전쟁의 기억에 맞닥뜨리게 되면 어김없이 글쓰기를 통한 '악몽에서 벗어나기'라는 과정을 되풀이해온 것이다.

등단 이후 30년 넘게 이어진 박완서 자전소설의 계보에서 사후적 글쓰기

---

7) 가령 같은 전쟁을 다루고 있는 소설이라도 자전소설이 아닌 다른 작품들에서는 시대와 사회를 아우르는 자장이 넓은 편이다. 「겨울 나들이」나 「그 살벌했던 날의 할미꽃」, 「더위 먹은 버스」, 「아저씨의 훈장」, 「재이산」, 「어느 이야기꾼의 수령」, 『그해 겨울은 따뜻했네』 등의 소설은 한국전쟁에 기원을 둔 것으로, 전쟁의 후유증을 다양한 이야기로 보여주고 있다. 특히 2009년에 발표된 「빨갱이 바이러스」의 경우, 한국전쟁이 남긴 후유증 중에서도 사회의 골을 깊게 만들고 있는 이념 문제를 다룬 것으로, 1970년대 발표된 「더위 먹은 버스」와 상호텍스트를 이루고 있다. 이 단편은 가족사적 상처를 다루기보다는 아직도 끈질기게 한국 사회에서 문제시되고 있는 레드콤플렉스의 허상을 감각적이면서 환상적인 수법을 통해 서사화하고 있다는 점에서 독자와 평론가들의 주목을 받았다.

의 방식에서 일탈하는 경우가 발견되는데, 이는 단편 「그 남자네 집」을 개작한 장편 『그 남자네 집』에서이다. 이전까지의 자전소설의 계보는, 허구적 변형을 많이 가한 원체험을 자서전에 가깝게 다시 쓴 텍스트로의 변화로 요약할 수 있다. 그런데 최후까지 아끼듯 드러내지 않으려 했던 '첫사랑'을 전면화한 단편 「그 남자네 집」을 발표하고 2년 후 장편 『그 남자네 집』으로 개작하면서 서사구조 및 인물형상 등 모든 부분에서 원작을 번복하면서까지 기존 소설 읽기에 익숙해진 독자의 기대지평을 외면하고 있는 이유는 무엇일까? 장편 『그 남자네 집』은 작가가 『현대문학』 창간 50주년을 기념해서 전작으로 발표한 소설이라는 의미 외에도, 연애를 사실적으로 기술한 단편 「그 남자네 집」 이후의 서사를 다루고 있다는 점에서 『그 산이 정말 거기 있었을까』 이후에 해당하는 소설로 읽기 쉽다. 자전소설의 여정 속에서, 여러 대담을 통해 언급한 것처럼 1990년대 『그 산이 정말 거기 있었을까』로 일단락된 자전소설쓰기를 2000년대에도 지속했다는 것은 무엇을 의미할까? 이것은 작가의 소설쓰기가 사후성을 지니고 있다는 것, 언제라도 치유되지 못한 상처를 건드리는 사건을 만나게 되면 소설 형식의 글을 통해 사적 경험을 공적으로 환기할 수 있는 가능성을 열어두고 있었다는 것을 의미한다. 그러나 대부분의 독자들의 기대지평과는 달리 장편 『그 남자네 집』의 서사구조 및 인물형상에 많은 변화가 가해지면서 기존의 자전소설의 연장선상에서 읽는 데는 큰 무리가 따른다. 사실에 근접하게 기술해가던 1990년대 이후의 자전소설을, 데뷔 초반부에 발표한 소설에서처럼 허구적 변형을 많이 가한 장편소설로 발표한 데에는 필시 작가의 중요한 창작 동기가 개입되었다고 볼 수 있다. 그동안 박완서의 자전소설에 대해서는 성장소설과 여성주의의 관점에서 비교적 활발한 연구가 이루어졌지만, 단편 「그 남자네 집」과 장편 『그 남자네 집』의 경우 개별 작품에 대한 문학잡지의 서평 외에는 본격적인 연구가 없었다. 동어반복, 다시쓰기의 측면에서 1990년대 자전소설이 연구된 것과는 다른 상황이라고 볼 수 있다. 정신사적 측면에서 두 작품을 대비 분석하는 작업은 각 작품이 지닌 함의를 파악하는 것을 뛰어넘어 박완서의 자전적 글쓰기의 맥락을 정리하는 차원에서도 중요한 작업이라고 판단한다. 본론에서는 졸고8)의 연장선상에서 동명의 단편과 장편을 중심 텍스트로 단편이 장편으로 개작되는 과정,9) 박완서 자전소설 쓰기에 작용하는 은폐와 노출의 이중성,10) 두 텍스트의 인물형성과 서사구조 변화, 작가가 번복의 글쓰기를 통해 조망하고 싶었던 공적 담론이 무엇인지를 규명해본다. 작가의 강연이나 대담, 서문 및 후기, 작가 사후에 발표된 여러 자료집은 단편과 장편 두 텍스트 자체만으로 알기 힘든 개작의 의도 및 박완서 문학에서 자전적 글쓰기가 지니는 의미를 이해하는 데 큰 도움을 줄 것이다.

---

8) 손윤권, 「박완서 자전소설 연구─상호텍스트 안에서 담화가 변모하는 과정을 중심으로」, 강원대학교 석사학위논문, 2004 참조. 연구자의 석사논문은 필립 르죈의 이론을 토대로 박완서의 모든 소설에서 가려낸 자전소설 중 2003년까지 발표된 것들을 토대로 쓴 논문이다. 이 논문은 연구자의 석사논문 발표 이후에 작가가 전작으로 펴낸(2004.10) 장편소설 『그 남자네 집』을 그 연장선상에서 다시 논의하는 의미가 있으며, 작가 사후 추가된 전기적 자료들을 바탕으로 박완서 자전소설 전체의 정신사적 특성을 짚어보는 의미도 지닌다. 연구의 성격상 방법론이 일정 부분 겹치는 부분이 있지만, 어디까지나 배경의 차원에서 재인용하거나 참고했을 뿐 논의의 중심은 장편 『그 남자네 집』임을 밝힌다.

9) 그동안 서평이나 대담에서는 단편 「그 남자네 집」이나 『그 남자네 집』에 대한 논의가 있었지만, 학위논문이나 학술논문에서는 언급되지 않았다. 그동안 나온 이 두 작품에 대한 서평 목록은 다음과 같다. 백지연, 「회상의 세 가지 형식」, 『문학과 경계』 6호, 2002; 임홍배, 「무애자재의 삶을 위하여」, 『창작과비평』 2004.겨울; 권유리야, 「살아있으므로, 미쳐가는 모든 것들」, 『오늘의 문예비평』, 2005.봄; 김은하, 「개인사를 통해서 본 여성의 근대 체험」, 한국여성연구소, 『여성과 사회』 16, 2005; 김대성, 「벌레들의 시간」, 『그 남자네 집』(박완서소설전집 22) 해설, 세계사, 2012.

10) 김미현은 여성들이 자서전이 아닌 자서전적 소설을 쓰는 이유를, 작가의 상충된 두 가지 심리 즉 자신의 이야기를 씀으로써 자신의 경험을 이해받거나 정체성을 찾고 싶다는 욕망이 그 한쪽을 차지하고, 자신을 드러내는 일에 대한 두려움과 그 때문에 비난받을지도 모른다는 공포가 다른 한 쪽을 차지하기 때문이라고 말한다. 자서전적 소설의 언어에는 자신의 속마음을 드러내 보이면서도 실제적인 구속으로부터 자유로울 수 있는 이중성이 있기 때문에 그들이 처한 한계 상황과 그것으로부터 벗어나려는 탈출 의지를 동시에 보여주는 것이 가능하다는 것이다. 김미현, 『한국여성소설과 페미니즘』, 신구문화사, 1996, 179~180쪽 참조.

2. 독자의 기대지평 외면과 '번복'의 글쓰기

타계 전까지 박완서는 여러 지면을 통해 자신의 가족사적 체험을 다룬 소설쓰기, 즉 구체적으로 자전소설 쓰기에 대해 '울궈먹다'[11] 혹은 '울거먹다'[12]라는 표현을 반복적으로 써왔다. 동사 '우리다'는 '어떤 물건을 액체에 담가 맛이나 빛깔 따위의 성질이 액체 속으로 빠져나오게 하다'의 뜻을 지니고 있다. 이것의 방언 형태인 '울그다'에 보조용언인 '먹다'를 결합시킨 '울거먹다'는 한 번을 초과하는 여러 차례의 반복행위를 뜻하는 것으로서 박완서의 자전적 글쓰기에 부합되는 말이다. 이미 웬만큼 다룬 바 있는 서사를 다시금 글로 써서 발표하는 데 대한 열패감을 불식시키지 못했기 때문에 작가는 자기반성과 합리화의 의도에서 다소 부정적인 색채의 '울거먹는다'는 표현을 써온 것으로 보인다.

40년 동안 지속적으로 발표된 박완서의 자전소설은 주로 한국전쟁으로 인한 개인사 및 가족사의 와해에 초점이 맞추어져 있었는데 주목할 만한 점은 대개 십 년 주기로 변화를 보인다는 사실이다. 등단부터 십 년 동안은 원체험에 변형을 많이 가하는 쪽이었다면, 이후 십 년 동안 휴지기가 있었고, 다시 십 년 동안은 원체험에 가깝게 개인사 및 가족사를 서술하는 방식으로

---

11) 그래서 늦은 나이에 소설이라는 걸 써보게 되었고, 비교적 순탄한 작가생활을 하면서 스스로 치유 받고 위안을 받은 것처럼 느낀 것도 사실이다. 6ㆍ25의 경험이 없었으면 내가 소설가가 되지 않았을지도 모른다고 나도 느끼고 남들도 그렇게 알아줄 정도로 나는 전쟁체험을 줄기차게 **울궈먹었고** 앞으로도 할 말이 얼마든지 더 남아 있는 것처럼 느끼곤 한다. 박완서, 「못 가본 길이 더 아름답다」, 『못 가본 길이 더 아름답다』, 현대문학, 2010, 24쪽(강조ㅡ필자).

12) 그러나 그 후 독자들의 과분한 사랑에 힘입어 나도 모르게 다작하는 작가가 되고 말았고, 6ㆍ25 얘기도 어지간히 **울거먹었다.** 그래도 살아 있는 한 6ㆍ25세대임을 면할 수 없다는 걸 이번 걸프전쟁을 통해서도 서글프게 실감했다. 박완서, 「내가 걸어온 길」, 『꼴찌에게 보내는 갈채』세계사, 2002, 64쪽. 쓰다 보니까 소설이나 수필 속에서 한두 번씩 **울거먹지** 않은 경험이 거의 없었다. 그러나 그때그때의 쓰임새에 따라 소설적인 윤색을 거치지 않은 경험 또한 없었으므로, 이번에는 있는 재료만 가지고 거기 맞춰 집을 짓듯이 기억을 꾸미거나 다듬는 짓을 최대한으로 억제한 글짓기를 해보았다. 박완서, 「자화상을 그리듯이 쓴 글」, 『그 많던 싱아는 누가 다 먹었을까』의 <작가의 말>, 웅진, 1992(강조ㅡ필자).

소설쓰기의 변화를 꾀해 왔다. 데뷔작『나목』에서『목마른 계절』, 「부처님 근처」, 「카메라와 워커」, 「엄마의 말뚝」 연작은 데뷔 이후 십여 년 동안 발표된 자전소설인데, 그중 1980년대를 전후해 발표한 「엄마의 말뚝」 연작을 빼놓고는 대개 인물형상이나 서사구조에 있어 작가의 개인사나 가족사에 변형이 많이 가한 것들이다. 그러나 1990년대 이후 작가는 이를 사실에 가깝게 편집한『그 많던 싱아는 누가 다 먹었을까』(1992)와『그 산이 정말 거기 있었을까』(1995)를 연이어 발표한다. 데뷔 이후부터 십 년가량 가족사 및 개인사를 심하게 변형시킨 작품을 쓴 뒤, 거의 십 년가량 침묵에 가깝게 가족사를 다루지 않다가 1990년대에 이르러서야 사실에 근접하게 개인사와 가족사를 정리한 자전소설을 연이어 발표하게 된다. 자전소설의 연속성 때문에 박완서의 자전소설을 접하는 독자와 평론가들은 그의 작품들을 소설보다는 자서전에 가까운 것으로 수용하는 경향을 보여 왔다.

이러한 현상은 책의 출간 당시에 나온 서평이나 리뷰를 통해서도 확인할 수 있다. 특히『그 산이 정말 거기 있었을까』를 발표한 이후 일간지나 문학 잡지의 대담에서 기자나 평론가들은 이 작품 이후의 소설이 다룰 내용은 결혼 이후 작가의 주부로서의 삶이라고 추측, 기대하는 발언을 자주 했다. 그중『한겨레신문』의 최재봉 기자와의 대담에서 작가는 자신의 자전적 글쓰기의 방식이 사실에 가깝게 전면화하는 것이었으면서도 독자들이 이 소설의 후속편이 나올 거라고 기대하고 있다는 데 대해서는 부담스러워 하는 기색을 드러냈다. '아는 사람들의 이야기', '살아 있는 사람들의 이야기'를 하는 것이 부담스럽다는 이유로 작가는 남편이나 자녀들과 관계된 이야기를 소설로 쓰지도 않았을 뿐더러, 설사 쓴다 해도 이전에 발표한 소설 이상의 수위를 넘기지 않을 거라고 밝힌다.[13] 이어 2003년『신동아』의 이나리 기자와의 대담에서도 작가는 자신이 아내 혹은 엄마로서의 사적인 것들을 노출하는 것과, 작가의 사생활에 대해 독자들이 호기심을 갖는 것에 대해 거

---

13) 최재봉 · 박완서, 「<이야기의 힘>을 믿는다」, 『작가세계』, 2000년 겨울호, 68쪽.

부감14)을 드러낸다.

박완서는 자전소설을 쓰면서도 노출의 수위에 대한 기준을 확실히 지니고 있던 터라, 『그 많던 싱아는 누가 다 먹었을까』와 『그 산이 정말 거기 있었을까』가 '소설적 가공을 가하지 않은, 자전적인 틀을 유지했'던 만큼 그 이후를 다룬 소설을 통해 가족사를 공개하는 것이 쉽지 않았을 것으로 보인다. 서사전략상 『그 산이 정말 거기 있었을까』의 뒤를 잇는 소설을 쓰게 된다면 작가는 남편과 자녀들을 사실적으로 노출시켜야 했기 때문이다. 가족사를 있는 그대로 노출시켰을 경우에 살아 있는 사람들, 특히 자녀들에게 쏟아질 억측과 오해는 작가에게 부담으로 다가올 수밖에 없었던 것으로 보인다. 이는 자전소설에 언술돼 있는 가족사를 소설이라는 협약이 아닌, 자서전에서의 동일성의 원칙15)으로 대할 경우 독자들이 보이게 될 일반적인 반응을 우려한 것이고, 독자들의 기대지평이 형성해놓은 오독誤讀의 가능성에 대한 작가로서의 책임과 두려움을 뜻하기도 한다.

그렇다면 박완서가 장편 『그 산이 정말 거기 있었을까』와 여러 편의 에세이를 통해 충분히 밝힌 듯한 첫사랑 이야기를 단편으로 전면화하고, 이어서 자전적 이야기의 틀을 허물면서까지 장편 『그 남자네 집』으로 다시 쓴 이유는 무엇일까?

우선 단편을 창작하게 된 계기부터 살펴본다. 단편에서 작가로 환원되는 화자는, 후배작가 이규희가 새로 이사 갔다는 성신여대 근처의 집을 방문했

---

14) "자전적이라고 해서 있는 그대로를 쓰는 건 아닙니다. **진정 사적인 부분, 예를 들어 남편과의 연애 같은 것은 지금껏 거의 노출을 한 적이 없어요. 사회상과 맞닿아 있는 것만 드러내 왔지요. 저는 저속한 호기심을 자극하는 글을 쓰지 않습니다. 그런 노출이 싫어요. 죽을 때까지 비밀로 갖고 가고 싶은 전적으로 제 개인의 문제인 것들, 그런 것들은 철저하게 가릴 줄 알아야죠.**" 이나리 · 박완서 대담, 「이나리 기자의 사람 속으로─불을 껴안은 얼음, 소설가 박완서」, 『신동아』 526, 7월, 2003, 282쪽(강조─필자).

15) 르죈은 자서전의 규약을 크게 두 가지로 나누고 있다. 하나는 작가와 화자, 그리고 주인공이 일치하는 동일성의 원칙이 지켜지는 것이고, 다른 하나는 주인공과 화자, 작가의 이야기가 모호하게 연결되는 '어렴풋이 닮은 경우'이다.

Philippe Lejeune, 윤진 역, 『자서전의 규약』, 문학과지성사, 1998 참조.

다가 그 집이 자신이 처녀 적에 살던 집 근처라는 사실을 상기하게 된다. 그곳은 첫사랑 '그 남자'가 살던 곳이기도 하다. 화자는 생각지도 않았던 그 남자의 집을 찾아 나서게 된다. 다행히도 그 집은 50년이 넘었는데도 건재한다. 화자는 그 남자네 집을 보면서 처녀시절의 애틋한 첫사랑의 추억에 잠긴다. 이어 그 남자와의 연애를 더 이상 이어가지 못하게 한 전쟁에 대한 원망, 자유롭게 사랑을 나누는 젊은 세대에 대한 질투에 사로잡힌다. 여기까지가 단편의 대략적인 스토리라인이다. 스토리라인에서 단편을 창작하게 된 계기가 후배의 집 방문으로 보이지만, 더 중요한 계기는 '그 남자네 집'이 지니고 있는 사후성에 있다. 이것은 장편 발표 이후 4년이 흐른 2008년 문학평론가 신형철과 가진 대담에서 확인할 수 있다.

> "그런데 본래 나는 **돈암동 쪽에 잘 안 갑니다. 내가 예전에 거기에 살 때 성북경찰서니 이런 데서 참 힘든 고초를 여러 가지로 많이 겪어서……** 근데 그이가 그쪽으로 이사를 가서 그 집에를 갔다가 우리 살던 집이 아직 남았나 하고 가봤었지요(강조-필자)."16)

작가의 전기적 사실에 비추어 봤을 때 돈암동은 한국전쟁 중 은사 박노갑 선생을 비롯해 숙부와 오빠의 죽음을 속수무책으로 접하면서 절망과 분노에 빠졌던 공간이다. 작가는 이 시절의 악몽을 상기시켜주는 돈암동을 결혼 이후에 의식적으로 멀리해 왔다. 그렇지만 반세기가 지난 어느 날, 예기치 않게 후배의 집 방문으로 돈암동을 맞닥뜨리고 불가피하게 전쟁의 기억을 상기할 수밖에 없게 된다. 그 상황에서 만남과 헤어짐의 50년 세월을 상기할 수밖에 없게 된 것이다. 다른 사람에게는 평범한 고가인 전통 기와집인 '그 남자네 집'이라는 공간이, 노년의 화자의 안정된 일상에 균열을 일으킨다. 오래된 기와집 한 채로 인해 화자는 그 남자와의 사랑이 이어지지 못한 데 대한 피해의식과, 그 남자를 버린 데 대한 자책(죄책감)에 빠지게 된 것

---

16) 신형철·박완서 대담, 「우리들의 마음공부는 계속됩니다」, 『문학동네』 봄, 2008, 55~56쪽 참조.

이다. 이것은 노년의 화자에게 있어 삶의 안정을 흔드는 일이다.

노년의 화자는 결혼 이후 유복한 가정을 누리면서도 늘 그 남자와 이어지지 않은 이유가 무엇이었는지를 스스로에게 묻는다. 어느 날 다큐멘터리 「내셔널 지오그래픽」을 보던 중, 새들의 짝짓기 장면에서 안정된 둥지를 본능적으로 원하는 새의 암컷을 보게 된다. 새의 암컷은 사랑과 결혼 사이에서 갈팡질팡하던 화자가 사랑보다는 결혼을 택할 수밖에 없었음을 은유적으로 보여주는 대상이다. 화자는 안정된 가정생활을 할 수 있는 남자가 필요했기 때문에 그 남자를 사랑했음에도 불구하고 불가피하게 버린 것이라는 이유를 '새'를 통해 확인하며 자기합리화와 용서에 이른다. 안정된 가정을 위해 그 남자를 버린 데 대한 자책감을 '새'의 비유를 통해 합리화하고, 자유롭게 사랑을 할 수 있는 젊은 세대를 보면서 질투를 느끼는 단편의 화자는 아직 피해의식에서는 온전히 벗어나지는 못했지만, 죄책감에서 벗어났다는 사실만으로도 심리적 안정에 도달해 있음을 암시한다. 이런 과정을 담고 있는 단편 「그 남자네 집」은 기존의 자전소설들처럼, 전쟁으로 인한 상처와 고통에 대한 반복강박으로 인한 사후적 글쓰기, 기존에 많이 언급된 '복수로서의 글쓰기'의 일환이었음을 확인할 수 있다.

작가는 이처럼 전쟁과 맞닿아 있는 불쾌한 사건이나 인물, 장소를 접하게 되면 이를 토대로 하여 작가 자신과 가족사에 얽힌 이야기를 자전소설로 구체화하는 작업에 임해 왔다. 단편 「그 남자네 집」은 이런 계기를 통해 창작된 것으로서 또 하나의 자전적 텍스트로 계보에 추가된다.

단편이 자전적 텍스트의 계보를 잇는 데 반해 장편의 경우는 다른 목적이 개입되면서 서사구조에 변화가 생길 수밖에 없게 된다.

> 그래서 시작한 이 소설은 지지난해 문학과사회에 발표한 동명의 단편 '그 남자네 집'에 기초하고 있다. 단편으로 발표하고 나서 연작으로 몇 편을 더 이어 쓰고 싶은, 집착에 가까운 애정을 느꼈고, 그걸 이기지 못해 마침내 장편이 되었다. (중략) 다 쓰고 나니 내 안에서 중요한 게 빠져나간 것

처럼 허전하다. 힘든 것도 있었지만 이 소설을 쓰는 동안은 연애편지를 쓰는 것처럼 애틋하고 행복했다. (하략)[17]

　　장편『그 남자네 집』의 <책 머리에>에서 확인할 수 있듯이 작가는 단편「그 남자네 집」을 발표했지만 그 안에 자신이 하고 싶은 이야기의 전모를 다 담을 수 없었던 데 대해 이년 동안이나 미련을 갖고 있었음을 고백한다. '아끼고 싶으면서, 아끼면 안 되고', '은폐해야 할 것 같지만, 드러내야 하고', '소설을 쓰면 행복하지만, 발표하고 나면 허전하고 애틋해지는' 같은 이중적이고 양가적인 감정은 박완서에게 자전적 글쓰기를 추동하는 힘이면서, 번복의 글쓰기가 이루어지게 된 근간임을 보여준다. 즉, 연애 시절 이야기는 일단락됐지만 그 남자의 이별 이후 주부로서의 삶과 동시대를 함께 했던 사람들에 대한 이야기는 여전히 미해결의 장으로 남아 있어 안타까운 것이다. 그렇다고 결혼 이후 1남 4녀를 낳아 기른 이야기를 사실에 가깝게 쓰는 것은 내키지 않는다.

　　작가는 <책 머리에>를 통해 장편소설이 원래는 연작 형태로 이어질 수 있었지만, 연작 형태를 취하지 않았다고 밝힌다. 즉, 단편「그 남자네 집」의 이야기를 잇는 에피소드가 나열될 수 있음을 의미한 듯싶다. 그러나 '장편이 되었다'는 것은, 처음 의도와는 달리 허구적 변형을 많이 가하면서 단편의 서사를 번복한 소설을 써서 발표하게 됐다는 뜻으로 수용된다. 일반적으로 연작소설[18]은 몇 개의 독립된 이야기가, 시간적 순차성을 지니든가, 작중인물이 연결되든가 하는 방식으로 일련의 연속성을 지닌 소설을 말한다.

---

17) 박완서, 「책머리에」, 『그 남자네 집』, 현대문학, 2004, 6쪽.
18) 독립된 완결 구조를 갖는 일군의 소설들이 일정한 내적 연관을 지니면서 연쇄적으로 묶여 있는 소설 유형을 가리킨다. 우리나라의 경우, 연쇄적인 관계를 이루는 일군의 소설들은 대개 단편 소설들이지만, (중략) 장편소설과는 달리 연작소설은 연작을 이루는 각 작품들이 각각의 독립된 제목과 이야기 구조를 가지고 있으며, 그 자체로서도 작품으로서의 독립성과 자립성을 지니게 된다. 그러나 각 작품에서 작중인물들은 그 일부, 또는 전부가 중복되어 나타나는 경우가 많으며, 대부분 한 작품에서 주변적 역할을 맡은 인물이 다른 작품에서는 주 인물로 나타나는 형태를 취하고 있다. 한용환, 『소설학사전』, 문예출판사, 1999, 320쪽.

기존에 작가가 발표한 연작소설19)의 특성에 비추어봤을 때, 작가가 쓰려고 했던 연작소설은 독립된 이야기들의 조합이라기보다는, '그 남자'와의 연애 이야기를 중심으로 결혼 이후부터 현재까지를 아우른, 서사가 몇 개의 장으로 순차적으로 배치된 장편소설을 의미한 것 같다. 단편을 장편 분량으로 확대시켰다고 해서 핵심 서사구조가 바뀌어야 할 필연성이 따르는 것은 아니지만, 단편의 서사를 그대로 따라야 할 필연성이 있는 것도 아니다. 그러나 작가는 동명의 제목을 차용하고 단편을 흡수시켰으면서도, 단편을 쓸 때 '사실에 가깝게 개인사 및 가족사를 전면화하려는' 목적을 번복하면서 확연히 달라진 이종의 텍스트로 개작한 것이다.

　박완서의 소설 중『나목』이나『목마른 계절』의 경우, 작가의 전기적 사실에 의존하지 않으면 어떤 부분이 실제이고 어떤 부분이 허구인지 가려내기가 힘들다. 그러나「엄마의 말뚝」연작 발표 이후 다시쓰기에 의해 여러 텍스트들을 밀도 있게 두 편의 연작으로 재구성한『그 많던 싱아는 누가 다 먹었을까』,『그 산이 정말 거기 있었을까』를 발표하면서 독자들은 이 두 편의 소설을 자서전에 가까운 소설로 수용하는 경향을 보였다. 특히 두 편의 소설은 작가의 실명 및 주변인들에 대한 실명이 언급돼 있기 때문에 동일성의 원칙으로 읽기가 쉬웠다. 기존에 많이 논의된 '다시쓰기'가 이런 과정에 쓸 수 있는 적합한 용어였다면, 이미 전기적 사실을 유추할 수 있는 여지가 있는 상황에서 시치미를 떼고 서사구조나 인물형상을 기대지평과는 다르게 제시한 것은 번복이라고 부를 수 있다. 특히 장편에서 가정사를 제외한 그 남자와의 후일담, 전쟁의 후유증 이야기를 더 하고 싶은 상황에서 이루어진 장편으로의 개작은 번복에 해당된다. 단편의 서사를 흡수한 부분을 제외하면 종래의 자전소설의 계보의 흐름에서 일탈해 있기 때문에 기존에 많은 평론가들이나 연구자들이 말한 동어반복의 글쓰기의 차원을 넘어서는

---

19) 박완서의 연작소설은 꿈트를 제외했을 경우「엄마의 말뚝」연작이 유일하다. 세 편으로 이루어진 이 연작소설은 가족사를 순차적으로 연결해 놓은 것으로서, 특히 연작 1과 2는 각각 장편『그 많던 싱아는 누가 다 먹었을까』와『그 산이 정말 거기 있었을까』의 원텍스트가 된다.

'번복'으로 규정할 수 있는 것이다.

3. '번복'의 글쓰기에 의한 인물형상과 서사구조의 변화

장편 『그 남자네 집』은 단편 「그 남자네 집」과 어느 부분이 같고 어느 부분이 다른가? 본 절에서 중점적으로 살펴보아야 하는 것은 서사의 부피와 양, 서사의 전개 방식 같은 물리적인 것보다는 표제의 '그 남자'와의 관계를 작가가 단편과 장편에서 어떻게 이끌어가고 있느냐 하는 문제이다.

우선 그 남자를 중심으로 한 서사를 대비해 본다. 단편에서 작가–화자에게 '그 남자'는 20대 청춘시절을 가장 애틋하면서도 행복한 시절로 환기시켜주는 인물이다. 전쟁으로 인한 궁핍과 불안만 아니었으면 작가는 그 남자와 결혼할 수 있었지만, 현실원칙을 더 중요하게 생각하고 그 남자와의 결별을 단행하기에 이른다. 화자는 '휴전이 되고 집에서 결혼을 재촉했다. 나는 선을 보고 조건도 보고 마땅한 남자를 만나 약혼을 하고 청첩장을 찍었다.'[20] '그 남자'의 부음을 들은 지도 십 년 가까이 될 것이다. 그동안 우리는 한 번도 만나지 않았다(같은 책, 526쪽)'로 처리하고 있다. 그러나 장편에서 화자는 결혼 이후 그 남자와의 헤어지고 다시는 못 봤다는 서사를 확연하게 번복한다. 화자는 그 남자와 결혼 이후에도 불륜을 방불케 하는 만남을 지속적으로 갖는다. 계기는 이렇다. 화자가 결혼을 하자 그 남자는 실연의 상처로 무력해진 나날을 보낸다. 동생을 보다 못한 그의 누나는 화자의 올케를 통해 자신의 동생과 만나줄 것을 청하고, 단조롭던 신혼살림에 지쳐 있던 나머지 화자는 돌파구를 찾듯이 그 남자를 만난다. 가정이 있는 여자 '나'와, 총각인 그 남자와의 만남은 불륜이지만, 화자는 일상으로부터의 탈주 욕망 때문에 『보바리 부인』의 주인공이 될 각오마저 하고 둘만의 오붓한

---

20) 박완서, 「그 남자네 집」, 『문학과사회』, 2002.여름, 525쪽.

나들이도 계획한다. 그러나 나들이를 떠나기로 한 날 그 남자는 쓰러지게 되고 병원으로 실려가 뇌수술을 받게 된다. 이런 이유로 화자와 그 남자의 불륜은 이어지지 못한다. 화자는 이후 시각장애인이 된 남자를 먼발치에서 보고 오기도 하고, 훗날 남자의 어머니의 부음을 듣고 문상을 가서 마지막으로 결별의 포옹도 하고 돌아온다. 이렇게 장편의 경우 단편의 초중반부의 서사를 흡수하고 있지만, 전민호와 결혼을 계획한 이후부터 그 남자와의 결별, 몇 번의 재회, 소설의 마지막 부분에서 남자의 부음을 접하는 것까지 큰 차이를 보인다.

이렇게 동일한 남자와의 연애를 기술하면서도 단편과 장편에서 그 남자와의 추후 만남에 대한 정보가 다른 것은 무엇 때문일까? 단편을 쓸 당시 작가는 그 남자와의 연애의 진전에 관해서는 더 이상 쓸 의사가 없었던 것처럼 보인다. 화자가 그 남자를 버렸다는 자책감 때문에 결혼을 앞두고 청첩장을 주러 가서 만나고는 다시는 못 만났다고 서술한 것이 그 증거라 할 수 있다. 이런 서사는 작가 자신의 이루어지지 못한 첫사랑에 대한 애틋함을 불러일으키고, 이루어지지 못한 사랑에 대한 독자의 안타까움을 유도하기 위한 장치로 이해된다. 이러한 서사전략 덕분에 단편은 작가가 목적했던 것처럼 미학성이 높아진다. 그러나 장편에서는 독자들의 호기심을 충족시키기 위해 불륜 코드를 동원해 여러 번에 걸친 만남을 제시한 것으로 풀이된다. 이렇게 단편과 장편은 서사구조에서 확연한 차이를 보인다.

또한 장편에서 주목해 보아야 할 것은 화자의 결혼 이후의 서사가 주변 인물들이 첨가되면서 그 남자와의 에피소드가 후경화되는 양상을 띤다는 사실이다. 장편에서 화자의 결혼 이후의 서사는 크게 세 가지로 요약할 수 있다. 첫째는 살림에 집착하는 시어머니와 은행원인 남편 전민호 사이에서 화자가 경제권을 놓고 갈등하면서 임신, 출산, 육아를 경험하면서 주부로서 관록을 쌓아가는 이야기이고, 둘째는 사랑의 좌절 이후 그 남자와의 몇 번에 걸친 만남, 남자의 실명 소식, 남자의 부음을 듣기까지의 이야기이고, 셋째는 미군부대 취직 이후 양공주가 된 춘희의 이민과 몇 번의 귀국, 춘희와의 국제통화 이야기이다. 장편의 경우 서사는 화자와 그 남자의 애틋한 사랑 이야기가 아닌 결혼 이후의 이야기로서 전쟁 이후부터 노년에 처한 현재까지의 삶을 전개하는 데 주력하는 듯 보인다. 이런 과정에서 한국의 근현대사가 파노라마처럼 언급된다. 이러한 서사구조 속에서 장편은 인물의 형상이나 정보 등에서 단편과는 확연히 달라진 텍스트로 자리 잡는다. 단편 「그 남자네 집」이 '그 남자' 혹은 '그 남자네 집'을 중심으로 기술되었던 데 반해 장편 『그 남자네 집』은 '그 남자' 말고도 화자가 관계 맺고 있는 여러 인물들—남편 전민호, 시어머니, 올케, 친정엄마, 춘희 어머니, 춘희, 춘희의 남동생들, 광수 등이 얽히고설키면서 부피와 외장이 다른 이야기가 된 것이다. 중요한 것은 작가가 일정 수준 『그 산이 정말 거기 있었을까』의 연장선상에서 소설을 쓰면서도 인물들에 대한 정보를 변형, 왜곡하고 있기 때문에 수용자인 독자가 동일성의 원칙에 입각해 서사를 구축하는 일에 장애를 겪을 수밖에 없다는 사실이다.

여기에서 『그 남자네 집』을 동일성의 원칙이 지켜지는 자전소설인지의 여부를 가려볼 필요가 있다. 인물형상에 있어 작가가 모호하게 처리하거나 많은 변형을 가한 부분이 상당수 발견되는데, 우선 작가—화자—주인공의 동일성의 원칙이라는 범주 내에서 화자를 작가로 보아야 하는지의 여부를 점검해 본다. 우선 도입부에서 화자가 '후배'를 언급하고 있다는 점, 미군부대 체험과 박수근 이야기를 언급하고 있다는 점에서 독자들은 화자를 『그 산이 정말 거기 있었을까』의 서사의 연장선상에서 작가 박완서로 유추하게 된다. 또한 화자가 자신이 서울대를 나와서 미군부대(대학 캠퍼스를 쓰고 있다는 점에서 PX에 근무하는 것으로 돼 있는 『나목』이나 『그 산이 정말 거기 있었을까』와도 다르다)에 다닌 것으로 언급하여 실제 작가 박완서임을 짐작해 볼 수 있게 만들지만, 화자는 서사 내에서 '미스 리'로 불리고 있으니까 동일성의 원칙에 근거해 처녀 박완서로 볼 수 없게 만든다. 또한 소설의 전반부에 언급하고 있는 박수근 이야기에서도 화자와 박수근과의 사적 관계는 전혀 제시하지 않는다. 화자는 유홍준 교수의 안내로 박수근 미술관을 여행하고 오는 노년 여성일 뿐이다. 한때 같은 직장에서 일을 한 동료가 아닌, 유명한 화가와 그를 좋아하는 한 명의 팬으로 볼 수 있는 관계로 제시해 놓았기 때문에, 독자는 화자를 박완서가 아닌 박수근을 좋아하는 평범한 노년 여성으로 볼 수밖에 없게 된다. 장편은 자전적 틀을 유지하는 듯하지만 작가와 동일한 인물로 환원되지 않는, 작가와 비슷한 운명을 가진 한 노년 여성의 삶으로 읽을 여지를 남긴다.

　남편에 대한 정보와 묘사도 이전 소설과는 확연히 달라진다. 작가의 실제 남편의 경우 미군부대 혹은 PX에서 같이 일했다는 사실만큼은 같지만, 『그 남자네 집』에서 남편을 은행원 출신으로 설정한 부분은 이전의 자전소설과는 명백히 다른 부분이다. 그러면서도 이전의 소설의 서사나 인물을 그대로 쓴 경우나 인물을 대폭 변형시킨 예는 여러 군데에서 발견된다.21) 이처럼 작가는 결혼 이후 남편과 자녀들에 대해서만큼은 노출을 시키고 싶지 않았기 때문에, 화자의 가족들의 인물형상은 어렴풋이 닮은 경우에 해당하는 모습으로 설정한 것이다. 이렇게 작가가 화자와 그 주변 인물들의 직업이나 성격 등을 종전의 에세이나 자전소설과는 다르게 서술하면서도 많은 에피소드를 이전의 소설과 겹치게 만든 것은 독자들의 기대지평을 외면하는 행위로 보인다. 작가는 독자들이 이전의 자전소설의 연장선상에서 소설 속의 이야기를 사실로 받아들이는 기대지평을 따돌리기 위해 이와 같이 이름을

---

21) 주인공－화자의 아버지와 오빠가 살아 있다가 한국전쟁 중에 죽은 것으로 서술하는 것은 『나목』의 서사와 유사하지만, 이전의 자전소설들과는 전혀 다른 서술이다. 집에서 결혼을 재촉한 것으로 서술한 것도 이전에 나온 자전소설의 내용과 위배되는 내용이다. 「여덟 개의 모자로 남은 당신」이나 『그 산이 정말 거기 있었을까』에서 작가의 어머니는 딸이 만난 남자가 중인이라는 이유로 결혼승낙을 탐탁하게 해주지 않지만, 『그 남자네 집』에서는 사위가 은행원이라는 이유로 호의적인 태도를 보인다. 장편에서 음식 만들기에 집착하는 시어머니는, 작가 자신의 신혼 시절을 다룬 「여덟 개의 모자로 남은 당신」의 시어머니와 아주 닮아 있다. 올케가 청계천에 포목점을 열고 장사를 하는 장면은 『그 산이 정말 거기 있었을까』에 이미 언급되었다.

바꾸거나 사건을 바꾸어 다시 쓴 것으로 보인다. 단편의 서사구조를 변형시키고, 기존의 자전소설의 연장선상에서 읽을 수 없도록 작가 자신은 물론 가족들까지 변형시킨 것이 장편소설『그 남자네 집』이다. 이런 점에서 장편소설『그 남자네 집』은 작가의 자전소설이 아닌 한국전쟁 당시와 이후를 다룬 별개의 소설로 읽는 것이 바람직해 보인다.

4. 공적 담론으로 전면화한 전쟁 후유증과 기지촌 여성의 문제

단편을 쓴 것으로 만족할 수 있는 이야기를 굳이 자전적인 틀까지 허물어가면서까지 '다시쓰기'를 시도해 장편으로 세상에 내놓은 작가의 의도는 무엇일까? 더군다나 단편을 흡수한 전반부 때문에 화자를 작가로 환원하면서 읽게 되는 독자의 기대지평을 외면하면서도 굳이 자전적인 틀 안에서 이야기를 진행하는 이유는 무엇일까? 여러 가지 면에서 독자는 의혹을 지닐 수밖에 없는 상황이다. 허구적 변형을 많이 가한 이유를 다분히 시대상, 풍속의 흐름을 보여주기 위한 장치로 보기에는 무리가 따른다.

박완서는 신형철과의 대담에서 스무 살 시절의 기억에 고착됐기 때문에 처녀적 이야기는 사실에 근접하게 쓸 수 있었지만, 이후의 이야기는 상대적으로 허구적 변형이 많이 가할 수밖에 없었다고 말한다. 이 사실을 인정한다고 하더라도 독자의 입장에서는 석연찮은 점이 많을 수밖에 없는 상황이다. 장편소설『그 남자네 집』을 작가의 자전적 이야기로 보지 않는다면 나머지 인물들의 사실성 여부를 따지는 것 또한 큰 의미가 없지만, 단편의 서사를 흡수한 도입부를 그대로 놔두면서 나머지 서사를 작가와는 별개의 인물 이야기로 풀어가는 이유는 규명하고 넘어갈 필요가 있다.

이 시점에서 단편에서는 결혼 이후 한 번도 못 만난 것으로 처리한 그 남자를 장편에서 여러 번 만나게 하고, 또 그 남자가 뇌수술을 받고 실명하는 것으로 처리했는지를 살펴볼 필요가 있다. 그 남자 현보의 발병과 뇌수술 에피소드는 단지 스무 살 시절 연인의 불운한 상황을 드러내기 위한 장치만은 아닐 것이기 때문이다. 이런 의혹을 풀어줄 수 있는 단서는 신형철과의 대담에서 찾을 수 있다.

> 신형철: 소설 초반부에 나오는 이야기들은 거의 사실 그대로였네요.
> 박완서: 그렇죠. **그 동네와 그 남자의 존재뿐만 아니라 그 남자가 실명 (실명)하게 되는 설정 등도 모두 사실이에요.** 내가 그 대목을 쓰면서 특별히 애써서 쓴 게 있어요. 그 남자는 6·25 때 가벼운 부상을 당하고 제대를 했어요. 겉으로는 아무런 문제가 없었지요. 연세대 축구선수였던 사람이에요. 나보다는 한 살 어린데 정말 명랑쾌활하고 잘생긴 청년이었지요. 그런데 그 청년이 내가 결혼한 지 얼마 안 돼서 그만 시력을 잃었단 말이에요. 뇌에서 유충이 발견됐는데 이게 정말 희귀한 병이었어요. 단지 운이 나빠서가 아닐 겁니다. 당시에는 아무도 몰랐지만 이제 와 생각해보면 분명히 전쟁 후유증일 거라는 생각이 들더군요. 요새는 전쟁에 참전했다가 무슨 후유증 같은 게 나타나면 보상도 받을 수 있고 그렇잖아요? 그때는 그런 걸 몰랐습니다. 아무도 그 가능성에 대해서는 생각해보지도 않았어요. 내게 무슨 증거가 있는 것은 아니지만 ① **그 얘길 꼭 쓰고 싶었어요. ② 아무도 이 대목을 읽어주지 않았지만요.** (웃음) (강조-필자)[22]

작가는 장편에서 인물형상에 많은 변화를 가했으면서도 대담에서 '그 동네'와 '그 남자의 존재' 및 '그 남자가 실명(실명)하게 되는 설정' 등은 모두 사실이라고 말하고 있다.

대담의 ①은 <작가의 말>에서 모호하게 밝혀졌던 개작의 이유를 명료하게 확인할 수 있는 부분이다. 비록 모호하게 처리돼 있어 독자들의 추리는 쉽지 않지만, 작가는 현보의 머리에서 벌레가 발견된 것을 한국전쟁의 후유증이라고 잠정 결정을 내리고 있다. 과학적 해명이 불가능한 사건이기

---

22) 신형철·박완서 대담, 같은 책, 2008, 55~57쪽.

때문에 직접적 서술을 통해 연관성을 제시하지 못한 것뿐이다. 대담에서 '벌레' 에피소드에 관한 해명은 과학적 검토와 규명이 뒤따르지 않는 부분이긴 해도 작가가 단편을 다시쓰기해서 장편으로 만든 이유 중 한 가지라는 단서를 제공해 준다. 다시 말해 작가는 장편에서 '그 남자'와의 연애 이야기보다는 전쟁을 통해 그 남자가 불행해진 이야기 쪽에 더 많은 서사의 비중을 두고 있었다는 것이다. ②는 작가가 작품을 쓸 때 모호하게 처리를 해서 독자가 쉽게 의도를 간파할 수 없게 했음에도 불구하고, 그 남자의 실명의 이유를 전쟁의 후유증으로 알아주지 않았던 데 대해 비평가나 독자 모두에게 아쉬움을 토로하는 부분이다. 독자가 위와 같은 대담을 통하지 않고 작품 자체에서 그 남자의 머리에서 벌레가 발견된 이유를 추측하기란 힘든 일이다. 그것은 일반적인 독서에서 독자가 작가노트를 참고하면서 모든 서사의 근원을 파악하는 것은 아니기 때문이다.

작가와 신형철의 대담은 장편 『그 남자네 집』의 스토리라인에서 뜬금없어 보였던, 소설 중반부에 등장하는 '광수 이야기'의 핍진성을 찾게 도와준다. 화자의 이종당질인 광수는 건설회사에 취직한 뒤 전쟁 중이던 베트남 현지에서 근무하다가 큰 사고를 당해 귀국한다. 보상금은 받았으나 결혼 이후 그가 낳은 자녀들 셋 모두가 청각장애인이 된다. 광수는 처음에 자신에게 닥친 불행을 운명으로 받아들였지만 훗날 여러 정보를 통해 자신의 아이들이 기형아로 태어난 이유가, 베트남전쟁 중 미국이 뿌린 고엽제의 후유증일 것이라고 짐작하게 된다. 이후 광수는 국가를 상대로 손해배상을 청구할 계획을 갖게 된다. 작가는 그 남자 현보의 뇌에서 벌레가 생긴 이유를 전쟁 후유증이라고 직설적으로 말하지는 않았지만, 광수가 아이들의 장애 원인을 베트남전쟁의 후유증으로 연결시키는 것처럼 독자들도 그렇게 추측해 줄 수 있기를 바란 것으로 보인다. 처음에는 당혹스러웠던 광수의 등장이 설득력을 갖게 되는 건, 바로 고엽제 후유증과 한국전쟁 후유증으로서의 뇌수술을 연결시켜 보려는 작가의 의도가 확인됐을 때이다. 그 남자의 뇌수술이 우연한 사건이라기보다는 전쟁 후유증으로 인한 필연적 결과일 수도 있다는 가능성을 배제하지 못한 작가는 바로 이와 같은 서사를 통해 한국전쟁으로 인한 후유증, 상이군인에 대한 처우 등의 문제를 공적으로 환기하고 싶었던 것으로 보인다. 다시 말해, 단편에서보다 구체적으로 그 남자에 대한 정보의 양을 늘림으로써 전쟁으로 인해 왜곡된, 한국전쟁 중 상이군인이 된 남성들의 삶을 변호하고 싶은 욕구를 가지고 있었던 것으로 볼 수 있다. 이처럼 작가는 한국전쟁과 베트남전쟁을 연계하면서 전쟁의 후유증을 공적 담론화하려고 했던 것으로 보인다. 대담과 같은 전기적 사실을 참고하면, 작가가 서사에 핍진성을 부여하기 위한 방편으로 전쟁과의 연관성을 배제하지 않는다는 사실을 발견할 수 있다. 작가는 서사구조나 인물형상에 많은 변화를 가해 기존 스토리라인의 연장선상에서 독자가 서사를 구축하도록 놔두지는 않는다. 그러나 독자는 인용문과 같은 대담을 통해 자전적 틀을 유지하면서도 심한 변형을 가하면서 번복의 서사를 구사한 작가의 집필 동기를 이해할 수 있는 단서를 찾게 된다. 이처럼 작가는 누군가가 잊거나 무관심한 이야기 중에서 반드시 기억할 필요가 있거나 환기할 필요가 있는 문제에 대해서는 이야기(증언)할 책무를 갖고 후에 소설을 통해 이를 공적 담론[23]으로 드러내고 있음을 다시 한 번 확인할 수 있는데, 특히 '벌레 에피소드'는 증언의 책무와 직접적으로 연결된다.

장편 『그 남자네 집』을 읽다가 접하게 되는 또 다른 중요한 의문 중의 하나는, 단편에서는 언급하지 않았던 춘희를 중심서사인 '그 남자'와의 연애와 결별 서사 못지않게 중요하게 다루고 있다는 점이다. 표제가 강조된다면

---

23) 작가는 한국전쟁 중에 인간 이하의 수모를 겪어야 했던 '벌레의 시간'을 증언해야 할 책무감에서 『그 많던 싱아는 누가 다 먹었을까』를 쓰고, 숙명여고 시절 은사였던 소설가 박노갑 선생의 전쟁 중의 운명을 밝히기 위해 「복원되지 못한 것들을 위하여」를 쓰고, 박수근 화백이 전쟁 중 서울에서의 생계를 잇기 위해 미군 초상화를 그린 사실을 증언하기 위해 『나목』을 쓰고, 정부가 피난을 떠난 뒤 인민과 국군이 번갈아 점령하는 서울에서 한 가족이 공포 속에서 생존한 이야기를 드러내기 위해 『목마른 계절』과 『그 산이 정말 거기 있었을까』를 써서 발표했다.

서사가 '그 남자'에 집중돼 있어야 할 듯하지만 의외로 장편에서의 서사의 무게중심은 춘희에게 맞춰져 있다는 인상을 준다. 단편에서는 언급도 안 되던 춘희가 소설의 후반부까지 읽다보면 그 남자보다 더 크게 부각돼 있는 것을 확인할 수 있다. 물론 장편의 후반부에 시각장애인이 된 그 남자와의 마지막 만남과, 그 남자의 어머니 문상 다녀온 이야기가 나와 있기는 하지만 실질적으로는 춘희 남매들의 이민과 미국 정착으로 인한 디아스포라diaspora 서사로 규정할 수 있을 정도로 춘희에 대한 서사의 비중이 높은 것이 사실이다.

이 단계에서, 장편에서 서사의 또 다른 축이라 할 수 있는 화자와 춘희의 관계를 스토리라인으로 정리해 보는 것이 좋을 듯하다. 화자는 전쟁 중 아버지와 오빠가 죽자 가족을 부양하기 위해 미군부대에 취직했다가 전민호를 알게 된다. 그 남자를 남편감으로 생각할 수 없는 무렵 화자는 전민호와 사귀어 결혼까지 약속하고 미군부대를 그만두게 된다. 미군부대를 그만두기 전에 전민호는 화자에게 옆집 춘희의 일자리를 의뢰한다. 춘희는 전쟁 중 미군의 기총소사로 아버지가 비명횡사하자 칠남매의 장녀로서 가족을 부양해야 하는 처지가 된 것이다. 화자는 춘희를 미군부대에 사무원으로 취직시켜 준다. 이후 춘희는 미군과 연애를 하다 임신을 하지만, 미군이 임신 사실을 알고 자신을 버리자 화자에게 낙태수술을 받을 때 동행해 달라는 부탁까지 한다. 미군부대에 취직시켜준 데 대한 책임감 때문에 화자는 자신도 임신 중이면서 춘희의 낙태를 도와준다. 생명을 무참하게 죽였다는 데 대한 죄책감과 춘희의 도덕성에 대한 경멸로 인해 화자는 춘희에게 거리를 두게 된다. 낙태 수술 이후 춘희는 몸을 훼손했다는 데 대한 자괴감과 자책감, 그리고 주변사람들의 시선에 대한 방어본능, 먹고 사는 문제의 해결, 동생들을 거둬야 한다는 장녀로서의 책임감 때문에 미군과 국제결혼해 이민을 간다. 이후 동생들도 모두 미국으로 이민을 떠난다. 춘희는 집안 일로 몇 번 귀국해서 화자를 찾지만 화자는 별로 반기지 않는다. 그러던 어느 날 어머니의 묘지 이장 문제로 잠깐 한국에 왔다 돌아간 춘희에게서 전화가 걸려온다. 춘희는 취한 상태에서 국제전화를 통해, 이제는 미국에서 유복하게 살고 있는 평범한 노인임에도 과거 자신이 양공주였다는 이유만으로 늘 따라붙는 낙인 때문에 힘겨운 삶을 한풀이하듯 화자에게 털어놓는다. 화자는 끼어들지 않고 묵묵히 춘희의 넋두리를 다 들어준다. 이렇게 길게 요약되는 춘희와의 이야기 때문에 이 소설의 중심 서사가 그 남자 현보와의 사랑 이야기인지, 양공주 춘희의 미국 이민기와 정착기인지 혼동을 안겨주는 것이다.

작가가 단편을 장편으로 다시쓰기하면서 춘희 이야기를 비중 있게 넣은 이유가 다분히 노년여성의 심리적 상태를 드러내기 위해서였을까? 작가에게 있어 PX 근무체험은 박수근 화백과의 만남이라는 중요한 의미도 지니지만, 전쟁 중 생계를 위해 부득이하게 미군과의 성매매를 했던 양공주—기지촌 여성을 직접 만나볼 수 있는 시간이기도 했다. 한국전쟁 이후 미군이 본격적으로 주둔하게 되면서 기지촌 여성이 많이 생겨났지만, 한국 사회에서 기지촌 여성에 대한 시선은 이율배반적이었다. 대부분의 사람들은 미국으로 대표되는 화려한 문화와 풍요는 동경하면서도, 미군과 연애를 하는 기지촌 여성들에 대해서는 배타적 자세를 취하면서 양갈보나 양공주 같은 말로 무시해 왔다. 또한 아메리칸 드림에 함몰돼 미국 이민과 유학을 꿈꾸고 달러에 대한 물신숭배적인 모습을 보였으면서도, 달러를 벌어들였던 기지촌 여성들에 대해서는 관심도 기울이지 않은 채 그들의 인권이나 경제적 기여도에 대해서 등한시 했던 것이 사실이다. 작품 내에서 춘희는 자신의 아버지를 기총소사로 죽인 미군을 증오하면서도 불가피하게 미군부대에 취직한 후 미군에게 몸을 파는 양공주로 전락하고, 급기야 미군을 만나 이민까지 간다. 춘희는 아버지를 죽인 미군, 자신을 버린 미군이라는 이유만으로도 적대시할 수 있는 미국을 오히려 찬양하는 이중성에 사로잡히는 모습을 보이는데, 작가는 이를 통해 근현대사에서 우리에게 미국이 지니는 의미가 무엇인지에 대한 의문과 해답도 동시에 제시하고 있다. 다시 말해 시혜자와 원조국으로서의 미국 이미지 못지않게 가해자와 식민주의자로서의 미국의 모습도 동시에 그려내고 있는 것이다.

박완서는 『그 남자네 집』 말고도 여러 작품을 통해 당시 미군부대에서 일하면서 목격했던 기지촌 여성에 대한 이야기를 해왔다.24) 그러나 작품 내에서 기지촌 여성은 서울대에 적을 둔 여대생 화자와는 신분 자체가 다른 하위계층여성이고, 유쾌하게 상종할 수 없는 부류로 치부된다. 기지촌 여성을 다루고 있는 소설에서 화자는 기지촌 여성들과 거리를 두며 냉소로 일관돼 있는 모습을 보인다. 특히 『그 남자네 집』의 중반부에서 중산층 여성인 화자는, 낙태를 쉽게 생각하는 춘희를 보면서 경멸과 배제의 입장을 취하고 있다. 이것은 박완서 소설에 등장하는 중산층 여성들이 기지촌 여성에게 지니는 냉소적 태도와 맥을 같이한다. 작가는 장편에서, 안존한 삶을 살고 있는 중산층 여성노인 '나'가 전화통화 중 침묵으로 일관하면서, 기지촌 여성이었다는 소문 때문에 괴로워하고 있는 춘희를 담담히 수용하는 과정을 보여준다. 작가가 구체적으로 설명하지는 않지만 이미 춘희의 긴 이야기를 들어주고 있다는 사실만으로도 둘 사이의 위계가 허물어지고 있음을 알 수 있다.

작가는 춘희의 말하기를 쉽게 하기 위해 취중의 전화통화를 서사적 장치로 이용해, 쉽게 자신에 대해 말할 수 없는 하위계층 춘희가 자신의 삶을 해명할 수 있도록 도와준다.25) 작가는 춘희의 취중고백이 전해지는 국제전화통화 내용을 춘희의 말투 그대로 옮겨놓는 전략을 구사하는데, 춘희의 긴 전화수다는 중산층 여성인 화자의 도도한 자세에 변화를 가져오는 계기로 작용한다. 전화통화 이전까지만 해도 화자는 같은 여성이었으면서도 양공주였던 춘희에 대해서만큼은 우월한 입장에 있었다. 그러나 전화통화를 하면서 춘희를 양공주가 아닌 한 인간으로 받아들이면서 자신의 우월의식을 반성하고, 어려운 시대를 함께 했다는 유대감을 기억하면서 동기간의 정 혹은 처녀시절의 자매애를 회복26)하게 된다.

---

24) 「부끄러움을 가르칩니다」, 「그 살벌했던 날의 할미꽃」, 「공항에서 만난 사람」, 「그 가을의 사흘 동안」, 「나목」, 『그 산이 정말 거기 있었을까』 등이 기지촌 여성 혹은 기지촌을 다룬 소설로 분류된다.

25) 졸고, 「기지촌소설의 탈식민성 연구」, 강원대학교 박사학위논문, 2010, 222~225쪽 참조.

26) 이는 『그 남자네 집』보다 3년 앞서 발표한 단편 「그리움을 위하여」에서 작가로 추정되는 화

작가는 양공주에 대한 역사적 조명의 필요성을 위해 미국의 학계에서 양공주 문제가 중요한 논문의 주제가 되고 있는 것으로 설정하고 있다. 춘희의 조카딸 카멜리가 양공주가 한국전쟁 이후 한국경제에 얼마나 기여했는지를 주제로 박사논문을 쓰는 것으로 설정한 것은 기지촌 여성을 둘러싼 역사적·사회적 문제를, 소설의 한 장치로서의 시대의 풍경이 아닌 중요한 쟁점으로 부각시키려는 의도가 작용했기 때문이라고 볼 수 있다. 더군다나 미국의 명문대학생인 카멜리가 박사논문 주제로 전쟁 중 한국의 기지촌 여성의 경제 기여도로 잡게 한 것은, 미국에서는 성적 편견 없이 기지촌 여성이 학문 연구의 대상이 될 수 있는 데 반해 막상 한국에서는 한국경제의 원동력이었음에도 불구하고 외면하거나 평가 절하하는 현실에 대한 안타까움을 드러내기 위한 장치로 보인다.

화자의 발화, 주인공의 발화를 실제작가의 이데올로기라고 보기는 힘들지만 전화통화에서 춘희의 발화는 작가의 이데올로기와 겹친다고 볼 수 있다. 춘희의 발화는 전쟁 때문에 불가피하게 미군을 상대했던 기지촌 여성들에 대해서 그동안 경멸과 무관심으로 일관했던 일반인들의 태도 변화를 이끌어낼 가능성을 지니고 있다. 이처럼 춘희를 비중 있게 소설에 등장시킨 것이, 기지촌 여성에 대한 동정과 연민에 앞서 이들에 대한 역사적 조명을 요구하는, 다시 말해 공적 문제 환기를 위한 서사전략이었음을 다시 한 번 확인하게 된다. 그 남자 현보의 뇌수술이 전쟁의 후유증이었다고 명백히 말할 수 없어서 모호하게 처리한 것과는 달리, 작가는 가까이에서 접했던 양공주의 삶과 처지에 대해서만큼은 춘희의 목소리를 빌려 설득력 있게 제시하고 있는 것이다. 춘희의 취중발화는 작가가 자전소설이라는 기대지평까지 외면해 가면서 의도했던 공적 담론을 강화하기 위한 서사전략으로 선택한 것이다. 춘희 에피소드는 한국전쟁으로 인해 부득이하게 생긴 기지촌 여

작가, 섬으로 시집간 사촌 여동생에 대해 오래도록 지니고 있었던 상전의식을 버리면서 자매애를 확인하는 과정과도 흡사하고, 「나의 가장 나중 지니인 것」에서 화자의 맏동서가 긴 전화수다를 듣고 나서 마음에 변화가 찾아와 눈물을 흘리는 장면과도 연계된다.

성에 대한 역사적 조명과 아울러 탈식민주의 시대에 우리가 지녀야 할 미국에 대한 관점의 변화[27]를 유도하는 담론으로 작용한다. 이렇게 그 남자 현보 및 춘희와 사적으로 얽힌 이야기가 강화되면서 장편의 서사는 이루어지지 못한 사랑에 초점을 맞춘 단편의 미시적 서사에서 벗어나, 한국전쟁의 후유증에 대한 공적 환기라는 거대서사로 확대되고 있음을 살펴볼 수 있다.

5. 박완서 문학에서 『그 남자네 집』이 지니는 의미

작가에게 전쟁체험과 그에 대한 기억은 현재의 삶을 방해하는 불쾌한 사건이 된다. 작가는 이런 상황에 직면할 때마다 전쟁체험을 '우려내면서' 다수의 텍스트로 변모시키는 작업을 지속해온 것이다. 동어 반복적 특성을 지닌 박완서의 자전소설의 계보에서 유독 주목을 요구하는 소설은 2002년에 발표된 단편 「그 남자네 집」과 2년 후 다시쓰기해서 발표한 장편 『그 남자네 집』이다. 단편 「그 남자네 집」은 등단 이후 30여 년 동안 침묵하다가 칠순이 넘어서 대중에게 공개한 자신의 첫사랑을 전면화한 연애소설이다. 대담이나 강연 등의 자료를 토대로 살펴본 결과 이 작품은, 처녀 시절 전쟁 때문에 가족사적 불행을 겪어냈던 돈암동의 옛집 근처에 간 사건을 다루었다는 점에서 사후성에 의존한 소설로 분류된다. 이 소설에서 작가는 자신의 청춘을 왜곡시킨 전쟁에 대한 원망과 피해의식에 사로잡히면서도, 한편으로는 사랑했던 남자를 버린 데 대한 죄책감과 극복이라는 복합적인 심리를 드러내는 단계로 나아간다. 그러나 소설을 통한 고백 행위에서 만족을 느낄 수 없게 되자, 동일성의 원칙을 잘 지켰던 종래의 자전소설의 규칙을 일그러뜨리면서 작가는 서사구조 및 인물형상에 많은 변화를 가하게 된다. 이런

---

27) 작가는 서울대 강연에서 『그 남자네 집』을 쓴 큰 목적 중 하나가 전쟁 이후 양공주에 대한 역사적 조명이었다고 말한 바 있다. 박완서, 『박완서–문학의 뿌리를 말하다』(서울대학교 관악 초청강연 녹취록), 서울대학교출판문화원, 2011, 86~88쪽 참조.

과정을 거치면서 다시 쓴 텍스트인 장편 『그 남자네 집』은 이전의 자전소설을 이어받으면서도, 전혀 다른 별개의 텍스트로 읽힐 여지를 안고 있다.

개작된 장편은 단편에서의 '그 남자'와의 만남과 사랑, 헤어짐을 **흡수하**긴 하지만, 화자의 결혼 이후에서 노년까지를 다루는 과정에서 1950년대의 시대풍경이나 중산층의 가정생활, 베이비붐, 급속한 경제성장, 베트남전쟁, 미국으로의 이민 붐, 노년에 처한 기지촌 여성 이야기까지 다루게 되면서 그 남자와의 연애 이야기는 후경화되고 대신 한국전쟁에서 경제 성장기를 거쳐 강국으로 급부상한 한국의 근현대사가 부각된다. 또한 인물형상이나 서사구조의 변화로 인해 장편소설은 2002년까지 이어진 자전소설의 계보에서 일탈한, 작가를 닮은 듯한 1인칭 화자의 스토리텔링으로 전개되는 세태소설로 읽힌다. 더군다나 잡지나 신문의 여러 대담과 <작가의 말> 등의 2차 텍스트를 통해 다시 읽어본 『그 남자네 집』은 작가가 자신의 이루어지지 못한 사랑을 전면화하기보다는, 한국전쟁이 굴절시켜 버린 청춘남녀 세 사람의 운명을 통해 전쟁의 후유증을 공적 담론으로 이끌려고 했다는 사실을 간취할 수 있다. 작가는 이전까지 특정 계기에 의해 상기된 한국전쟁의 비통함을 풀어냈던 자전적 글쓰기에서 벗어나 아무도 주목해주지 않는 상이군인과 양공주(기지촌 여성)의 문제를 공적 담론으로 환기하면서, 베트남 전쟁과 아메리칸 드림과 미국 이민, 그로 인한 디아스포라의 문제로 관심의 범위를 확대시켜 나가고 있는 것이다. 이 점에서 개작된 『그 남자네 집』에서 작가의 전기적 사실이 얼마나 반영됐는지 같은 기대지평은 그다지 중요한 문제가 되지 않는다. 대신 작가가 자신의 전쟁 체험에 고착되는 차원에서 벗어나 타자의 문제를 자신의 문제로 인식하는 단계로까지 나아가게 된 정신사적 변모 과정을 살펴보기에 좋은 텍스트가 된다. 장편 『그 남자네 집』의 서사구조 변화는, 단편에서의 연애 서사를 전쟁의 후유증과 기지촌 여성 문제를 공적 담론으로 확대하기 위한 불가피한 선택이었다고 볼 수 있다.

<참고문헌>

박완서, 「그 남자네 집」, 『문학과사회』, 2002.여름.

_____, 『그 남자네 집』, 현대문학, 2004.

_____, 『박완서-문학의 뿌리를 말하다』(서울대학교 관악초청강연 녹취록),
    서울대학교출판문화원, 2011.

김대성, 「벌레들의 시간」, 『그 남자네 집』(박완서소설전집 22) 해설, 세계사,
    2012.

김미현, 『한국여성소설과 페미니즘』, 신구문화사, 1996.

김양선, 「증언의 양식, 생존·성장의 서사-박완서의 전쟁재현소설, 『그 산이
    정말 거기 있었을까』를 중심으로」, 한국문학이론과 비평학회, 『한국문학이
    론과 비평』 15, 2002.

김은하, 「개인사를 통해서 본 여성의 근대 체험」(장편 『그 남자네 집』 서평),
    한국여성연구소, 『여성과 사회』 16집, 2005.

박찬부, 『현대정신분석 비평』, 민음사, 1996.

박혜영, 「젠더화된 하위주체와 재현」, 대구 가톨릭대학교 대학원 박사학위논
    문, 2003.

백지연, 「회상의 세 가지 형식」(단편 「그 남자네 집」 소설평), 『문학과 경계』 6
    호, 2002.

손윤권, 「박완서 자전소설 연구-상호텍스트 안에서 담화가 변모하는 과정을
    중심으로」, 강원대학교 석사학위논문, 2004.

_____, 「기지촌소설의 탈식민성 연구」, 강원대학교 박사학위논문, 2010.

신형철·박완서 대담, 「우리들의 마음공부는 계속됩니다」, 『문학동네』, 2008.봄.

여성동아문우회, 『나의 박완서, 우리의 박완서』, 문학동네, 2011.

여지연, 임옥희 옮김, 『기지촌의 그늘을 넘어-미국으로 건너간 한국인 군인아
    내 이야기』, 삼인, 2007.

이나리·박완서 대담, 「이나리 기자의 사람 속으로-불을 껴안은 얼음, 소설가

　박완서」,『신동아』526, 2003년 7월호.

이선미,『박완서 소설 연구』, 깊은샘, 2004.

이선옥,「박완서 소설의 다시쓰기―딸의 서사에서 여성들 간의 소통으로」,『실
　천문학』(59호), 2000년 8월호.

이영경 · 박완서 대담,「한국문학의 살아 있는 '거목' 박완서」,『경향신문』
　2009.09.20.

조회경,「박완서의 자전적 소설에 나타난 '존재론적 모험'의 양상」,『우리문학
　연구』31집, 2010.

최재봉 · 박완서,「<이야기의 힘>을 믿는다」,『작가세계』, 2000.겨울.

호원숙,「아버지의 초상」,『큰 나무 사이로 걸어가니 내 키가 커졌다』, 샘터,
　2006.

_____,「어머니의 손」,『펜문학』, 2011년 3 · 4월호.

Mieke Bal, 한용환 · 강덕화 역,『서사란 무엇인가』, 문예출판사, 1999.

Philippe Lejeune, 윤진 역,『자서전의 규약』, 문학과지성사, 1998.

Sigmund Freud, 박찬부 역,『쾌락원칙을 넘어서』, 열린책들, 1997.

나희덕 시에 나타난 에코페미니즘 연구

정 원 숙

1. 머리말

20세기 후반에 두드러지게 대두되기 시작한 환경 위기에 대한 관심은 서구의 근대적 사고에 대한 근본적인 반성을 불러일으키고 있다. 과거에서 현재에 이르기까지 진행되어 온 도구적 이성과 합리주의를 근간으로 하는 과학과 기술의 발달, 자본주의의 타자에 의한 개발과 착취 행위는 문명의 발전과 인류의 번영이라는 거창한 수식 아래 지구에 존재하는 모든 생태계의 위기를 초래했다. 이러한 근간으로 환원주의[1]와 기계주의의 패러다임이 만들어낸 서구적, 부르주아적, 남성적인 집단의 의미를 가지는 가부장제라는 새로운 패러다임이 창출되었다.[2] 가부장제의 출현은 자연과 여성을 종속시

---

1) 반다나 시바는 근대 서구 가부장제의 '과학 혁명'을 환원주의라 특징짓는다. 그 이유는 첫째, 다르게 알고 있는 사람들과 다른 앎의 방법을 모두 배제함으로써 자연에 대한 인간의 인식능력을 축소하며, 둘째, 자연을 무기력하고 파편화된 물질로 다룸으로써 자연의 창조적인 재생 및 갱신 능력을 감소시키기 때문이다. …… 환원주의 과학은 여성과 자연을 종속시키고 그들의 온전한 생산성과 힘 그리고 잠재력을 빼앗는 만큼, 자연과 여성에 대한 폭력의 근원이라고 말했다. 마리아 미스 · 반다나 시바, 『에코페미니즘』, 창작과비평사, 2000, 38~39쪽.
2) 에코페미니즘이라는 용어는 프랑스의 프랑수아즈 도본느가 처음으로 사용하였다. 도본느는

키며 그에 포함되지 못하는 집단을 파괴하며 억압해 왔다. 이러한 의식은 타자에 대한 배제와 차별을 정당화하여 온 남성중심주의의 억압기제가 밑바탕이 되고 있다.

에코페미니즘[3]의 시각은 자연 속의 생명이 협력과 상호 보살핌, 사랑을 통해 유지된다는 점을 인식하는 새로운 우주론과 인류학의 필요성을 제기한다. 이러한 방법을 통해서만 우리는 모든 생명의 다양성 그리고 그들의 문화적 표현까지도 우리의 안녕과 행복의 진정한 원천으로서 존중하고 보존할 수 있게 된다.[4]

에코페미니즘은 서구의 인간중심주의와 가부장제를 비판하고 생명을 존중하는 데서 출발하지만 다양한 사회 체제와 문화 구조 속에서 드러나고 있는 인간 억압과 자연 억압의 요소들에 대한 다양한 관점을 반영하고 있기 때문에 사회·문화·정치·경제적 조건들과 복잡하게 관련되어 있다.[5]

에코페미니즘의 시각에서 자연은 살아 있는 생명체이다. 여성과의 동일시를 넘어 인간 전체와 동등한 또는 여성성 너머의 존재이다.[6] 에코페미니즘에서 자연은 자양분을 발산하는 곳이며 생명의 터전이다. 즉 자연은 모성적이며, 자양적인 이미지이다. 에코페미니스트들은 자연을 여성과 동일시하고, 여성을 자연과 동일시한다. 또한 영적 에코페미니스트들은 여성의 역

1972년 "새로운 행동의 시작, 에코페미니즘"이라는 프로젝트를 수행하였고, 1974년에는 『페미니즘인가 아니면 죽음인가』라는 제목의 저서에서 에코페미니즘을 주요 개념으로 다루었다. 도본느는 사회적 문제와 환경문제를 연결하여 생각했다. 그녀는 성차별이 모든 계급제도와 인간착취의 근원이며, 인간착취가 자연 착취와 같이 진행된다고 주장하면서, 가부장제의 마지막 단계인 자본주의를 환경의 적이라고 규정했다. 도본느가 시작한 에코페미니즘 논의는 1970년대 말부터 본격화되었고, 여러 갈래로 분화되었다. 당시 미국에서 마리 델리의 『여성과 생태주의』(1978), 수잔 그리핀의 『여성과 자연』(1978), 캐롤린 머천트의 『자연과 죽음』(1980) 등은 에코페미니즘 발전에 지대한 영향을 주었다. 이귀우, 「생태담론과 에코페미니즘」, 『새한영어영문학』 제43권 1호, 2001, 39쪽.

3) 마리아 미스·반다나 시바, 위의 책, 16쪽.
4) 김임미, 『에코페미니즘의 논리와 문학적 상상력』, 영남대학교 박사학위논문, 2003, 5쪽.
5) 윤지연, 『강은교 초기시에 나타난 에코페미니즘적 상상력』, 강원대학교 석사학위논문, 2010, 57쪽.
6) 메리 댈리 외, 「영적 에코페미니스트」, 『자연 여성 환경』, 한신문화사, 2000, 27쪽 재인용.

할이 가이아의 역할과 유사하다[7]고 본다. 그렇기 때문에 자연과 여성의 관계가 자연과 남성의 관계보다 우월한 위치를 차지하는 것이다. 여성과 자연의 연결 여부는 에코페미니즘 내부의 갈등을 유발하는 요소이다. 그러나 생태 윤리학과 에코페미니즘 윤리학만이 궁극적으로 환경 문제와 여성 문제를 극복할 수 있다는 점은 동일하다.[8]

한국의 경우 생태의식이나 생태적 상상력에 대한 논의가 문학 담론의 한 주류를 본격적으로 형성한 것은 1990년대 이후부터이다.[9] 1980년대를 시작으로 여성시인의 시작활동이 양적, 질적으로 증가했으며 여성문학에 대한 연구가 활발히 이루어져 왔다. 또한 1990년대는 여성 정체성과 여성 언어에 대한 적극적인 탐색이 이루어졌다. 특히 1990년대에 새롭게 부각된 나희덕과 김선우의 에코페미니즘적 글쓰기는 1980년대 여성시인들이 보여준 여성 담론을 더욱 넓히는 계기가 되었다.

따라서 본고에서는 나희덕의 글쓰기를 토대로 여성성의 발현이 자연과 어떠한 합일의 방향으로 전개되어 가는지를 연구 목적으로 삼고자 한다.

2. 에코페미니즘의 이론적 검토

에콜로지[10]와 페미니즘[11]의 결합인 에코페미니즘[12]은 자연의 파괴와

---

7) 윤지연, 앞의 논문, 21쪽.

8) 윤지연, 앞의 논문, 2쪽.

9) 1873년 독일 과학자 어네스트 헤켈이 생태학(ecology) 명칭을 최초로 사용하였다. 생태학이라는 용어에서 에코의 어원은 '가정' 또는 '가계'를 의미하는 그리스어 오이코스(oikos)에서 나왔다. 여성들은 가정에서의 일상생활을 통하여 환경문제를 신속하게 감지할 수 있다. 이귀우, 「에코페미니즘」, 『여성연구논총』 13호, 서울여대, 1998.

10) 페미니즘의 첫 번째 전제는 성차(gender difference)가 남성과 여성 사이의 구조적 불평등의 토대이며 이로 인해 여성들은 사회 속에서 체계적으로 이루어지는 불공평을 경험하게 된다는 것이다. 두 번째로 페미니즘은 성에 따른 불평등이 생물학적 필요의 결과가 아니라 성차라는 문화적 구성물에 의해 생산된다는 사실을 전제하고 있다. 이러한 인식으로 인해 페미니즘은 성적 불평등을 만들어내고 영속시키는 사회적, 심리적 기제들을 이해하고 또 그것들을

여성의 억압이 밀접하게 연관된 문제라고 보며, 자연 해방과 여성 해방을 동시에 추구한다. 또한 에코페미니즘은 생물적 · 문화적 다양성과 상호연관성을 생명의 기반이자 행복의 원천으로 본다.[13] 자연의 억압과 여성의 억압[14]이 밀접하게 연관된 문제라고 주장하는 에코페미니즘은 <자연>이라는 개념을 중심으로 여성의 억압과 자연의 억압의 문제를 조명하고 있다. 최근 20~30년간 명백히 표출되고 있는 환경파괴의 양상이 인간의 교만함에서 비롯되었다는 반성적인 인식이 확산되면서 페미니즘[15]은 수정의 계기를 맞게 되었다. 따라서 페미니즘 담론에 '자연'이라는 또 하나의 패러다

변화시켜야 하는 이중의 과업을 떠맡게 된다. 팸 모리스, 『문학과 페미니즘』, 문예출판사, 1997, 14쪽.

11) 넓은 의미에서의 에코페미니즘의 역사는 19세기 후반으로까지 거슬러 올라간다고 메리 멜러는 주장한다. 생태학(ecology)이라는 명칭을 1873년에 처음 사용한 독일 과학자 어네스트 헤켈과 동시대 과학자이지만 별로 알려지지 않았던 미국 여성 엘렌 스와로우는 여성들이 가정에서 식품 영양, 공기, 물, 하수처리 등 환경자원을 모니터할 수 있어야 한다고 처음으로 주장한 생태학자이며 환경교육자였다. 또한 20세기 환경운동의 중요인물인 에리첼 칼슨은 1962년 「침묵의 봄」이라는 저서에서 살충제와 제초제의 피해를 심각하게 경고했다. 이들이 직접적으로 페미니스트적인 관점을 표명한 것은 아니었지만 가정에서의 일상생활을 통해 여성들이 환경문제를 신속히 감지할 수 있으며, 인간이 자연을 정복하는 과정에서 자연뿐 아니라 같이 사는 사람들도 파괴할 수 있다고 주장했다는 점에서 에코페미니즘의 선구자라 할 만하다. 생태학이란 용어에서 에코(eco) 어원이 "가정" 또는 "가계"를 의미하는 그리스어 오이코스(oikos)에서 나왔다는 것은 우연의 일치가 아닐 것이다. 이귀우, 앞의 논문, 8쪽.

12) 윤혜옥, 『에코페미니과 시적 상상력』, 조선대학교 석사학위논문, 2010, 2쪽.

13) 엘렌 식수는 "여자가 말을 시작하자마자 사람들은 여자들에게 성(姓)을 가르침과 동시에 여자들 영역은 검다는 것을 가르쳤다. 너는 아프리카인이다. 그렇기 때문에 너는 검다. 너의 대륙은 검다. 검은 것은 위험하다. 검은 것 속에서 너는 아무것도 볼 수 없다. 너는 두려움을 느낀다. 움직이지 말아라. 넘어질 위험이 있으니까. 특히 숲 속에 가지 마라. 검은 것에 대한 공포, 우리는 그것을 내면화했다"라고 말했다. 엘렌 식수, 『메두사의 웃음』, 동문선, 2004, 14쪽.

14) 일레인 쇼왈터는 페미니즘문학비평이 발전해 온 과정을 크게 세 단계로 나눈다. 흔히 <여성 이미지> 단계라고 부르는 맨 첫 번째 단계에서는 문학작품에 여성이 어떻게 묘사되어 있는가를 밝히는데 초점을 맞춘다. 두 번째 단계는 남성가부장 질서 밑에서 제대로 빛을 보지 못하던 여성 작가들의 작품을 찾아내고 그 의미를 새롭게 평가하는 데 힘을 쏟았다. 그리고 <이론화 단계>라고 부르는 마지막 단계에 이르러서 페미니즘은 이론적으로 좀 더 세련되고 정교한 과정을 거친다. 에코페미니즘은 쇼왈터가 말하는 페미니즘의 세 발전 단계 가운데서도 맨 마지막 단계에 속한다. 김욱동, 『문학 생태학을 위하여』, 민음사, 1998, 349쪽.

15) 김임미, 앞의 논문, 4쪽.

임이 추가하게 되었다. 이것은 기존의 페미니즘의 인식의 토대가 확장되었고 복잡해졌음을 의미한다.

에코페미니즘은 새로운 페미니즘의 경향이기는 하지만 이전의 페미니즘의 전통과 완전히 단절된 것이 아니라 페미니즘의 통찰력을 선택적으로 수용하는 페미니즘의 발전 단계로 인식될 수 있다.16) 에코페미니즘의 등장 배경은 1970년대 초반 서구 사회의 두 가지 위기를 극복하기 위한 시도 때문이다. 하나는 과학기술과 개발에 대한 회의로서, 산업주의에 대한 심층생태학적 비판, 경제적 제국주의에 대한 제3세계의 비판, 반핵운동이다. 다른 하나는 동등한 교육이나 경제력이 여성의 정치 · 사회적 위치도 향상시킬 수 있다는 자유주의 페미니즘이 현실에서 좌절되었다는 인식이다.17) 이러한 상황에서 페미니스트들은 새로운 출구로 남성의 생산에 대항하는 여성들만의 고유한 문화를 찾으려 하였으며, 재생산(생식), 모성, 양육적 기질 등을 강조하면서 자연과 여성의 동일시를 시도하였다.

1980년대부터 대두된 에코페미니즘은 두 가지 경향으로 분류할 수 있다. 첫째, 급진적/ 문화적/ 영성적 에코페미니즘은 가부장제를 비판하면서 여성과 자연의 연관성을 통해 환경문제를 분석한다. 그리고 여성과 자연의 해방 가능성을 제시한다. 남성과 여성은 평등하고 인간과 모든 생명체가 평화롭게 공존하는 사회를 위해서는 우리의 생활양식과 패러다임의 변화가 일어나야 하고, 삶의 가치와 문화적인 변혁이 이루어져야 한다고 강조한다. 남성중심적, 인간중심적 세계관과 과학문명이 여성과 자연을 식민지화18)했다고 지적한다. 둘째, 사회적/ 사회주의적 에코페미니즘은 자본주의적 재생

---

16) 이귀우, 「생태담론과 에코페미니즘」, 『새한영어영문학』 제43권 1호, 2001, 112쪽.
17) 근대 민족국가가 시작되면서 여성들은 식민화되었다. 이것은 근대 민족국가가 여성의 성과 출산력, 작업능력 및 노동력을 필연적으로 통제했다는 뜻이다. 이 식민지 없이는 자본주의도 근대 민족국가도 지속할 수 없었다. 오늘날 '식민사회'라 불리는 것의 기초를 이루는 것이 바로 '여성의 식민화'이다. 마리아 미스 · 반다나 시바, 앞의 책, 155쪽.
18) 김임미, 앞의 논문, 5쪽.

산 체제 속에서 남성이 여성과 자연을 지배하는 방식에 초점을 맞추며 정의 사회 실현을 위한 대안을 갖는다. 자연과 인간, 그리고 여성성의 사회적 구성 원리를 사회경제적 분석을 토대로 한다. 인간 탐욕의 충족이 아닌 인간과 자연의 지속적인 관계 유지를 가능하게 하는 경향이다.[19]

에코페미니즘의 대표적 이론가로는 플룸우드[20]와 마리아 미스, 반다나 시바를 들 수 있다. 플룸우드는 이론적으로 약한 에코페미니즘의 이론을 정립하고, 에코페미니즘적 관점에서 심층생태학과 사회생태학 사이의 쟁점을 풀어냈다.

독일 사회학자 마리아 미스와 인도 물리학자 반다나 시바는 페미니즘적인 관점에서 자본주의적 가부장제의 세계 정치·경제 구조에 의해 파생된 생태 위기에 대하여 강한 비판과 대안을 제시한다. 이들은 지금껏 억압되고 경시되어온 어머니의 노동과 지혜 속에서 지구 구원의 길을 발견하자고 말한다. 미스와 시바에 의하면, "자연 또한 모든 지구 생명체의 어머니이다. 어머니가 자식들을 낳고 먹이고 기르듯이, 자연도 생명을 낳고 영양을 공급하고 보살핀다. 여성이 가부장제에 의해 억압되고 착취당한 것처럼, 자연도 가부장적, 자본주의적 원리에 의해 착취당하고 거덜나버렸다"[21]라고 주장

---

19) 플룸우드는 에코페미니즘의 입장과 과제에 대해 다음과 같이 주장한다. "생태학적 페미니즘은 본질적으로 20세기 후반의 커다란 두 가지 사회적 조류─페미니즘과 환경운동─에 의해 제기된 일련의 핵심적인 문제에 대한 반응이면서, 많은 공통된 문제들을 제기한다. 거기에는 서구의 거대한 자연과 문화 간의 분열을 어떻게 재통합할 것인지, 단순히 가치들을 뒤집거나, 문화의 영역을 거부하지 않고서 전통적으로 자연으로 평가절하 되고 배제되어온 것들에게 어떻게 긍정적인 가치를 부여할 것인지에 대해 문제가 있다. 거기에는 운동들과 연관된(남근 중심주의와 인간중심주의에 대한) 이론적 비평들을 서로 화해시킬 것인지 아닌지, 화해시킨 다면 어떻게 화해시킬 것인지에 대한 문제가 있고, 공통점뿐만이 아니라 갈등의 영역 역시 많이 있다. 이러한 것들이 두 운동의 이론과 전략과 연대의 핵심적인 문제들인 것이다." Val Plumwood, *Faminism and Mastery*, London: Routledge, 1993, pp.10~11 재인용.
20) 엘렌 식수는 "남성중심주의가 있다. 역사는 단지 이것만을 생산하고 기록했을 뿐이다. …… 남성중심주의는 적이다. 모두의 적이다. 남성중심주의에서는 남자들도 불가피하게 손해를 본다. 그러나 그 손해는 여자들만큼 심각하다. 지금은 변화시켜야 할 때이다. 또 다른 역사를 창안해야 할 때이다"라고 말했다. 엘렌 식수, 앞의 책, 92쪽.
21) 마리아 미스·반다나 시바, 앞의 책, 396쪽.

한다. 특히 시바는 인도의 칩코운동[22]을 에코페미니즘의 시발점으로 인식한다.

이와 같이 에코페미니즘은 모든 이원론적인 여성과 남성, 자연과 문화, 문명 등의 이분법을 거부하고 모든 생명체가 중시되는 평등하고 유기적인 문화를 추구하는 것에 목적을 둔다. 이들이 부정하는 자본주의 가부장제는 현실을 양분하여 자연은 인간에게 종속되고, 여성은 남성에게, 소비는 생산에 지역적인 것은 전 지구적인 것에 종속되게 하였다. 가부장제는 사회의 모든 억압과 불의, 부조리와 모순, 그리고 폭력과 분노가 뒤엉켜 있는 문화적 시스템[23]이다. 마리아 미스는 이러한 이원론에 토대를 둔 가부장제 사회의 이분법을 '식민주의'라고 명명하였다.[24]

에코페미니즘은 자본주의적 생산 체제를 전지구적 환경 재난과 여성 억압의 원인으로 보고 서구적 자본주의 체제의 개발 논리를 넘어서 지속가능한 세계를 새롭게 구성하려는 페미니즘적 시도라고 볼 수 있다. 에코페미니

---

22) 칩코운동은 히말라야의 산림파괴를 멈춘 인도의 '나무 껴안기' 운동을 말한다. 칩코는 1973년 4월 히말라야의 우타르 프라데시에서 시작된 벌목 반대 운동이다. 벌목꾼들이 전기톱을 휘두르며 나무를 베려고 하자, 여성을 주축으로 한 지역민들이 '사티아그라하'라는 간디의 비폭력 저항 정신에 따라, 나무에 그들의 몸을 묶은 채 '나무를 베려면 우리 몸도 함께 베어라'라고 가로막고 나섰다. 벌목회사와 정부에서 나온 사람들은 "목재는 이 지역의 최대 수입원"이라며 설득하려 했다. 그러나 지역민들이 맞받았다. "산림은 우리에게 깨끗하고 풍부한 물, 비옥한 토양, 맑은 공기 등을 준다. 나무는 베어서 돈벌이하라고 있는 게 아니다"라며 대항했다. 히말라야 여성들의 이 결연한 저항은 인도정부로부터 15년간의 벌목금지 조치를 이끌어 냈다. '껴안다'라는 인도어인 '칩코'는 이에서 유래한 이름이다.
1973년 3월 23일 인도의 테니스 라켓 제조회사인 사이몬사는 산간마을 고페쉬왈로 벌목인부를 보내 호두나무와 물푸레나무들을 벌채해 테니스 라켓을 만들기 위한 원료 통나무를 생산하려 했다. 그러나 고페쉬왈 마을 인근의 산림은 산림청의 엄격한 통제로 마을 사람들은 오랫동안 손도 대지 못하게 했던 숲이었다. 가난한 산간 마을 고페쉬왈의 남자들은 모두 도회지로 일하러 나갔기 때문에 마을에는 여성들만 남아 있었다. 마을 여성들은 벌목 예정지에 몰려가 벌목 대상 나무들을 하나씩 껴안고 "나무를 베려면 나의 등을 먼저 도끼로 찍으라"고 소리치며 시위를 벌였다. 이 시위 결과 고페쉬왈 마을의 숲은 살아남게 되었다. 이를 계기로 힌두어로 나무 껴안기라는 의미를 지닌 비폭력 평화적 칩코 안돌란(Chipko Andolan) 운동이 탄생되었다.
23) 김재희, 『깨어나는 여신』, 정신세계사, 2000, 24쪽 재인용.
24) 윤지연, 앞의 논문, 9쪽.

즘이 페미니즘의 또 다른 발전된 형태로 자리 잡기 위해서는 아직도 많은 과제가 남아 있다. 에코페미니즘이 인간의 지속 가능성과 남성의 여성 지배를 종식시킬 수 있기 위해서는 이론과 실천에서 이원론적 사고에 비판적인 태도를 견지할 수 있어야 한다.[25]

3. 나희덕 시의 에코페미니즘 수용 양상

1) 대지와 모성성

나희덕의 시에는 대지의 물기를 빨아들이는 생명력으로 충만하다. 그 충만함 속에는 자연의 모든 생명체와 어머니라는 존재를 잉태하고 있다. 나희덕은 구름 한 점, 바람 한 올, 하찮은 벌레 한 마리도 함부로 대하지 않는다. 여성인 그녀에게 대지는 자연적 대지의 의미뿐만 아니라, 한 생명을 품고 기르는 어머니의 자궁이기도 하다. 그러므로 나희덕의 시는 대지가 우리에게 선사하는 베풂과 희생, 그리고 따뜻하고 풍요로운 긍정의 시선이 담겨 있다. 하지만 나희덕의 시에는 늘 대지 같은 헌신적인 어머니의 모습만 나타나는 것이 아니다. 그녀가 떠올리는 어머니는 때론 자신을 소외시키고 때론 자신에게 육체적 질타를 가하는 존재이기도 하다. 그러나 그녀는 스스로 어머니가 되어 그런 어머니의 양가적인 모습을 대지의 존재를 통해 너그럽게 품어 안는다. 따라서 이 장에서는 나희덕의 시에 나타나는 대지의 이미지가 충만한 모성애로 발화되는 양상을 시인의 작품 세계를 통해 살펴보고자 한다.

깊은 곳에서 네가 나의 뿌리였을 때

---

25) 김임미, 앞의 논문, 94쪽.

나는 막 갈구어진 연한 흙이어서
너를 잘 기억할 수 있다
네 숨결 처음 대이던 그 자리에 더운 김이 오르고
밝은 피 뽑아 네게 흘려보내며 즐거움에 떨던
아 나의 사랑을

먼우물 앞에서도 목마르던 나의 뿌리여
나를 뚫고 오르렴,
눈부셔 잘 부스러지는 살이니
내 밝은 피에 즐겁게 발 적시며 뻗어가려무나

척추를 휘어접고 더 넓게 뻗으면
그때마다 나는 착한 그릇이 되어 너를 감싸고
불꽃 같은 바람이 가슴을 두드려 채워도
내 뻗어가는 끝을 하냥 축복하는 나는
어리석고도 은밀한 기쁨을 가졌어라

네가 타고 내려올수록
단단해지는 나의 살을 보아라
이제 거무스레 늙었으니
슬픔만 한 두릅 꿰어 있는 껍데기의
마지막 잔을 마셔다오

깊은 곳에서 네가 나의 뿌리였을 때
내 가슴에 끓어오르던 벌레들,
그러나 지금은 하나의 빈 그릇,
너의 푸른 줄기 솟아 햇살에 반짝이면
나는 어느 산비탈 연한 흙으로 일구어지고 있을 테니
— 「뿌리에게」 전문, 『뿌리에게』

이 시의 화자는 무생물인 '흙'이다. 인간은 흙으로 빚어지고 다시 자신이 태어난 흙으로 돌아간다. 이렇듯 화자는 대지의 생명을 가득 담고 있다. 그 대지에 뿌리를 깊숙이 박고 있는 나무를 화자는 본능적으로 보듬는다. 화자는 '막 갈구어진 연한 흙'으로 깊은 곳에 뿌리를 내린 '너'를 무한한 사랑으로 끌어안는 것이다. 대지의 원형적 의미는 모성이다. 이처럼 흙의 사랑은 태앗적 어머니의 자궁 속에서 '숨결 처음 대이던' 아기의 '더운 김'처럼 생명의 열기로 가득하다. 화자인 흙은 '밝은 피를 뽑아' '뿌리'에게 흘려주고 '껍데기의 마지막 잔'까지 마시게 한다. 흙은 '척추를 휘'도록 뿌리를 향한 사랑을 한결같이 쏟아 붓는다.

그러나 이러한 모진 고통의 상황 속에서도 흙은 아프다고 비명을 지르거나 자신의 운명을 거스르기 위한 어떠한 부정적인 인식도 갖지 않는다. 오히려 사랑의 '기쁨에 즐거움을 떨'뿐, 화자의 숙명적인 긍정의 힘은 대지의 한 생명체인 나무의 살이 되고 뼈가 되어 무성한 잎을 틔우고 풍성한 열매를 맺게 해주는 것이다. '어리석고도 은밀한 기쁨'의 주체인 화자의 사랑은 뿌리에게는 모태이며 자생적인 기반이 되는 것이다.

그러므로 뿌리에 대한 화자의 사랑은 어머니가 아이를 무조건적으로 사랑하는 과정과 다르지 않다. 대지의 흙처럼, 세상의 수많은 어머니처럼 화자는 '뿌리'가 안전하게 살 수 있는 '착한 그릇이 되어' 주고, '불꽃 같은 바람이 가슴을 두드려 채워도' 어느새 '거무스레 늙'어 버려 이미 '단단해지는 나의 살'을 바라보면서 어느 덧 '하나의 빈 그릇'이 된다. 그리고 수많은 세월이 흘러 화자는 '어느 산비탈 연한 흙으로' 마지막 생을 '일구어'나가는 것이다. 이 시는 이처럼 '뿌리'라는 대지적 존재와 무한한 희생의 존재인 흙을 모성애적 관계로 동일시하여 형상화하고 있다. 더불어 무한한 모성애는 단순한 인간의 사랑을 뛰어넘어 점점 타자화되어 가는 모든 생명체에 대한 아가페적 사랑을 추구하고 있다.

애들아, 소풍 가자.
해 지는 들판으로 나가

넓은 바위에 상을 차리자꾸나.
붉은 노을에 밥 말아 먹고
빈 밥그릇에 별도 달도 놀러오게 하자.
살면서 잊지 못할 몇 개의 밥상을 받았던 내가
이제는 그런 밥상을
너희에게 차려줄 때가 되었나보다.
가자, 얘들아, 저 들판으로 가자.
오갈 데 없이 서러운 마음은
정육점에 들러 고기 한 근을 사고
그걸 싸서 입에 넣어줄 채소도 뜯어왔단다.
한 잎 한 잎 뜯을 때마다
비명처럼 흰 진액이 배어 나왔지.
그리고 이 포도주가 왜 이리 붉은지 아니?
그건 대지가 흘린 땀으로 바닷물이 짠 것처럼
엄마가 흘린 피를 한 방울씩 모은 거란다.
그러니 얘들아, 꼭꼭 씹어 삼켜라.
그게 엄마의 안창살이라는 걸 몰라도 좋으니,
오늘은 하루살이떼처럼 잉잉거리며 먹자.
언젠가 오랜 되새김질 끝에
네가 먹고 자란 게 무엇인지 알게 된다면
너도 네 몸으로 밥상을 차릴 때가 되었다는 뜻이란다.
그때까지, 그때까지는
저 노을빛을 이해하지 않아도 괜찮다.
다만 이 바위에 둘러앉아 먹는 밥을
잊지 말아라, 그 기억만이 네 허기를 달래줄 것이기에.
　　　　　　　　　　　－「소풍」 전문, 『사라진 손바닥』

　이 시의 화자는 '오갈 데 없이 서러운 마음'을 잊기 위해 '얘들아, 소풍 가
자'라고 외친다. 여기서 '소풍'은 평범한 소풍이 아니다. 그 소풍은 '해 지는
들판'으로 나아가는 것이고, '넓은 바위에 상을 차리'고, '빈 밥그릇'에 '붉은
노을'과 '별도 달도' 불러와 '밥 말아 먹'는, 자연과 한 몸이 되는 '소풍'이다.

바위에 차려진 상 위엔 '고기 한 근'과 '흰 진액'이 배어나오는 '채소'로 풍성하고 붉은 '포도주'까지 놓여 있다. 붉디붉은 '포도주'는 '엄마가 흘린 피'이며 '엄마의 안창살'이다. 그러나 화자는 그걸 알 필요는 없다고 진술한다. 그저 '오늘은' 저 무궁한 자연에 비하면 그지없이 하찮은 '하루살이떼처럼 잉잉거리며 먹자'고 말한다. '언젠가 오랜 되새김질 끝'에 '너도 네 몸으로 밥상을 차릴 때'가 되면 알 것을 이미 인식하고 있기 때문이다. '그때'가 오면 '노을빛'이 왜 포도주빛을 닮았는지 알게 되리라는 당부도 잊지 않는다.

청유형 어미의 어법으로 일관된 어조를 통해 화자는 미래의 주역인 아이에게 자연의 신비를 깨닫게 하기 위한 소통의 방법을 가르쳐주고 있다. 특히 이 시에서 '소풍'의 의미는 두 가지 관점에서 연상할 수 있다. 하나는 평범한 '소풍'을 비유하고, 또 하나는 천상병 시인이 말한 저 세상으로의 '소풍', 즉 죽음을 비유하는 것이다. 그러므로 화자는 마지막 행에서 '이 바위에 둘러앉아 먹는 밥'을 부디 '잊지 말'라고 덧붙인다. '그 기억만이' 죽음 뒤의 '허기를 달래 줄 것이기에' 화자는 이 '소풍'을 '꼭꼭 씹어 삼'키라고 진술하고 있는 것이다. 나희덕은 자연을 자궁 속에 품고 사는 시인이다. 그녀는 자연을 떠나서는 자신이 존재하지 않는다는 사실을 첨예하게 인식하는 시인이다. 그러기에, 나희덕의 시 속에는 생명의 영속성이 도도한 물결처럼 흐르고 그 흐름 속에 자신의 전 존재를 내던지는 듯하다. 그리하여 자연 속에 존재하는 인간 삶의 덧없음과 소소함에 대한 사유가 나희덕의 시 전체를 관통하고 있는 것이다.

2) 시간과 감각 이미지

나희덕의 시에는 시간과 감각에 대한 이미지가 많이 표출되고 있다. 첫째, 시간과 관련된 이미지는 일몰 무렵, 노을녘, 저물 무렵 등으로 그려진다. 하루를 마감하고 단란한 가족들과 함께 하는 저녁의 시간은 누구에게나 따뜻하고 포근한 정서를 갖게 한다. 특히 나희덕의 유년 시절은 고아원을 하는 어머님의 사랑을 온전히 받지 못한 상실감이 내포되어 있다. 따라서 나희덕에게 저녁의 시간은 낮 동안의 '우리 어머니'에서 '내 어머니'로 돌아오는, 온전한 사랑과 관심을 받을 수 있는 시간이었을 것이다. 또한 나희덕은 생명의 유한함에 대한 인식으로서 저녁의 시간을 형상화하고 있다. 아침은 새로운 생명의 활기가 펼쳐지는 시간이지만 저녁은 모든 것을 침잠케 하고 잠 재우는 소멸을 닮은 시간이다. 그러므로 저녁의 시간은 낮 동안 인식할 수 없었던 삶의 정서를 체험할 수 있는 시간이고, 이러한 정서적 체험이 깊어갈수록 나희덕은 자연과 세계와의 소통을 갈구하며 여성으로서의 글쓰기를 갈구하는 것이다.

둘째, 나희덕의 시에는 감각적 이미지가 주로 '소리'라는 청각적 이미지로 다양하게 변주된다. 이 '소리'는 잠자던 시인의 무의식을 깨우고 그 무의식을 깊이 반성하고 또 다른 세계와의 소통을 위한 인식의 범위를 넓히는 계기가 된다. 이렇듯 소리에 민감한 시인은 세상의 모든 타자의 소리를 듣기 위해 자신은 스스로 침묵하고 타자의 소리에 온 감각을 기울인다. 그러므로 나희덕의 시에서 '소리'가 주는 이미지들은 침묵을 통해 자신 스스로가 깨어나고, 자연이 깨어나고, 자신과 자연의 합일된 존재를 세상에 드러나게 하는 주요한 모티프이다. 따라서 이 장에서는 나희덕의 시에 나타나는 시간과 감각의 이미지가 어떠한 양상을 발화되는지, 그것이 그의 시정신에 어떤 형태로 각인되어 있는지 시인의 작품을 통해 살펴보고자 한다.

> 밤구름이 잘 익은 달을 낳고
> 달이 다시 구름 속으로 숨어 버린 후
> 숲에서는…… 툭…… 탁…… 타닥……
> 상수리나무가 이따금 무슨 생각이라도 난 듯
> 제 열매를 던지고 있다
> 열매가 저절로 터지기 위해

나무는 얼마나 입술을 둥글게 오므렸을까
검은 숲에서 이따금 들려오는 말소리,
나는 그제야 알게도 된다
열매는 번식을 위해서만이 아니라
나무가 말을 하고 싶은 때를 위해 지어졌다는 것을
……타다닥…… 따악…… 톡…… 타르르……
무언가 짧게 타는 소리 같기도 하고
웃음소리 같기도 하고 박수소리 같기도 한
그 소리들은 무슨 냄새처럼 나를 숲으로 불러들인다
그러나 어둠으로 꽉 찬 가을 숲에서
밤새 제 열매를 던지고 있는 그의 얼굴을
끝내 보지 않아도 좋으리
그가 던진 둥근 말 몇 개가
걸어가던 네 복숭아뼈쯤에…… 탁…… 굴러와 박혔으니
　　　　－「저 숲에 누가 있다」 전문,『어두워진다는 것』

　화자는 지금 인간세계와 동떨어진 깊은 숲에 서 있다. 숲은 자연의 공간
중에서 가장 풍요로운 생명력을 잉태하고 길러지는 장소이다. 그런데 첫 행
을 보면, 무슨 사연인지 알 순 없지만 시인은 지금 밤 중에 숲에 다다른 것임
을 알 수 있다. 밤의 숲은 낮 시간보다 더 고요하고 깊은 침묵이 생성되는 공
간이다. '검은 숲' 속의 화자는 '밤구름이 달을 낳'는 풍경을 보다가 어디선
가 들려오는 '상수리나무'가 '제 열매를 던지'는 소리와 '이따금 들려오는 말
소리'를 듣는다. 그리고 화자는 '상수리나무'가 '열매를 던지'는 행위는 단지
'번식을 위해서만이 아니라' '말을 하고 싶'기 때문이라고 인식한다.

　이러한 인식은 점층적인 상상력으로 퍼져나가 화자는 그 소리를 '타는 소
리', '웃음소리', '박수소리'로 병치시키면서 침묵의 공간은 화자의 의식과
함께 무한한 공간으로 확장된다. '입술을 둥글게 오므'리며 열매를 던지는
'상수리나무'의 행위는 결국 화자와의 의사소통을 위한 몸짓에 다름 아닌
것이다. 이처럼 자연은 언제나 인간에게 말을 걸어오고 자신의 존재를 여러

가지 형태로 표출하지만 침묵의 형식에 익숙하지 못한 인간은 그러한 자연의 몸짓을 제대로 읽어내지 못한다. 그러한 이유는 산업화와 기계화의 발전에 따라 인간의 의식은 점점 더 속도가 빨라져 가기 때문이다. 인간은 자신의 주변을 돌아볼 겨를도 없이 거대한 자본의 물결에 떠밀려가기만 할 뿐이다. 이 시의 마지막 행에서 화자는 '그의 얼굴을 끝내 보지 않아도 좋'다고 진술한다. 그것은 나무가 건네는 언어가 화자의 마음에 이미 전달되었기 때문이다. 그리하여 화자는 '그가 던진 둥근 말 몇 개'가 '내 복숭아뼈쯤'에 '박혔으니' 그의 얼굴을 보지 않아도 좋다고 진술하고 있는 것이다. 한 그루의 나무가 열매를 터트려 땅에 떨구면 숲의 짐승들은 그 열매로 생명을 이어나간다. 화자는 깊은 밤 숲에 이르러서야 이러한 순환적 질서를 통해 삶의 질서와 우주의 섭리가 영속된다는 것을 발견하게 된 것이다.

나희덕은 '저녁'과 '소리'라는 감각적 이미지를 통해 자연과의 진정한 의사소통을 희망한다. 열매가 떨어지는 것을 나무가 인간에게 말을 걸어오는 것이라고 인식하는 나희덕의 섬세한 감각은 그녀의 정신이 온전히 세계로 열려 있다는 것을 증명한다. 따라서 자연과 인간이 한 세계로 묶여진 나희덕의 감각적 이미지는 아침보다는 저녁을, 시각보다는 청각을, 빠름보다는 느림을, 단일성보다는 통일성의 미학으로 향해 있다고 판단된다.

> 아직은 문을 닫지 마셔요 햇빛이 반짝거려야 할 시간은 조금 더 남아 있구요 새들에게는 못다 부른 노래가 있다고 해요 저 궁창에는 내려야 할 소나기가 떠나가고요 우리의 발자국을 기다리는 길들이 저 멀리서 흘러오네요 저뭇한 창 밖을 보셔요 혹시 당신의 젊은 날들이 어린 아들이 되어 돌아오고 있을지 모르잖아요 이즈막 지치고 힘든 날들이었지만 아직은 열려 있을 문을 향해서 힘껏 뛰어오고 있을 거예요 잠시만 더 기다리세요 이제 되었다고 한 후에도 열은 더 세어보세요 그리고 제발로 걸어들어온 것들은 아무것도 내쫓지 마셔요 어둠의 한자락까지 따라 들어온다 해도 문틈에 낀 그 옷자락을 찢지는 마셔요
> ―「해질녘의 노래」 부분, 『그 말이 잎을 물들였다』

이 시는 애절한 어투의 어미활용이 돋보이는 화자의 어조가 인상적으로 다가온다. 화자는 '이즈막' '지치고 힘든 날들'을 보내고 있다. 그러나 그런 날들 속에서도 화자는 생명의 빛을 끄지 않는다. 화자는 문을 열어 놓은 채, '새들'이 '못다 부른 노래'와 '궁창'을 떠나니는 '소나기'와 '우리의 발자국을 기다리는 길들', 그리고 '당신의 젊은 날들이 어린 아들이 되어 돌아오'는 순간만을 기다리고 있다. '저뭇한 창 밖'엔 어둠만이 출렁거리지만, 화자는 '열려 있는 문을 향해서' '힘껏 뛰어오고 있을' 어둠에 쫓기는 생명체들의 몸짓과 고통스런 소리들을 껴안기 위해 '잠시만 더 기다'려 달라고 부탁한다. 혹여 그들이 '이제 되었다고' 한 후에도, '어둠의 한자락'이 '문틈'에 끼이더라도 '찢지는' 말아달라고 애걸한다. 이러한 화자의 진술에는 '햇빛이 반짝거'리는 시간이 도래할 때까지 어둠 속에서 자신처럼 고통의 순간을 보내야 할 고단한 뭇생명들에 대한 연민의 정情이 내면화되어 있다.

나희덕은 자연 앞에서 침묵을 익히는 시인이다. 자연에 대한 관조적 인식은 시인의 자연에 대한 사랑이 얼마나 깊고 넓은지를 잘 보여주는 대목이기도 하다. 그런데 이러한 사랑의 사유는 낮보다는 저물녘에 더욱 충만해진다. 일몰 무렵은 침잠의 시간이고, 소멸의 시간이고, 자아와 타자의 거리를 감각적으로 성찰할 수 있는 시간이다. 때문에 시인의 모든 존재에 대한 탐색이 이 저물녘의 순간에 더욱 강렬하게 빛을 발할 수 있는 것이다.

나희덕의 시는 '저녁'의 시이다. 새벽녘이나 한밤중보다는 해질녘 어스름의 때가 나희덕의 시를 둘러싸고 있는 더없이 확실한 배경이다. 나희덕에게는 바로 그 일몰 무렵이 자신 안에서 숨죽이고 있던 기억들이 가장 생동감을 얻는 시간이고, 모든 존재가 자기 자리로 돌아가는 모습을 목도할 수 있는 시간이다.[26] 따라서 나희덕의 시는 자연과의 동일화를 위해 끊임없이 전진한다. 그 전진은 소리와 공간, 온 감각의 방향을 노정하며 존재의 사유와 진리를 탐색한다. 이러한 탐색은 하나의 조개에 들어온 티끌이 진주가 되어

---

26) 유성호, 「그의 귀에 들리는 어스름의 소리들」, 『어두워진다는 것』, 창작과비평사, 2001, 105쪽.

빛을 발하듯 이러한 탐색의 과정은 나희덕의 체험과 고통과 상처의 즙을 받아먹으며 점점 자라나, 절제와 균형을 익히며 시적 완결성을 향해 나아갈 것이다.

3) 치유와 성찰의 세계

나희덕의 시는 생명의 근원적인 상처와 고통을 깊이 파헤친다. 또한 문명이라는 이름으로 가해지는 인간에 의한 자연의 훼손에 대해 심히 안타까워한다. 그래서 나희덕은 늘 침묵하며 육체의 온 감각을 열고 모든 생명이 발하는 고통의 소리, 기쁨의 소리를 들으려고 귀 기울인다. 그리고 그렇게 채집된 감각들은 공존과 상생을 희망하는 여성적 글쓰기로 이어진다. 이러한 생명지향적인 나희덕의 시 정신은 인간을 비롯한 미물의 생명체마저도 시의 소재가 되고 시의 알곡이 된다. 그리고 그녀는 그것들을 곱게 빚어 시라는 또 하나의 생명을 출산한다. 나희덕에게 삶의 존재론적 고통은 희망의 다른 이름이며, 반성의 다른 이름이며, 또한 이러한 과정을 통해 그녀의 시는 낮은 자들에게, 젖은 자들에게, 주린 자들에게 더욱 가까이 다가서게 된다. 이것이 바로 나희덕 시의 가장 핵심적인 주제인 희생과 구원의 세계이다.

> 나는 어제의 풍경을 꺼내 다시 씹기 시작한다
> 6층에서 바라보는 풍경은 그리 높지도 낮지도 않아서
> 앞비탈에 자라는 벽오동을 잘 볼 수 있다
> 며칠 전만 해도 오동꽃 사이로 벌들이 들락거리더니
> 벽오동의 풍경은 이미 단물이 많이 빠졌다
> 꽃이 나무를 버린 것인지 나무가
> 꽃을 버린 것인지는 알 수 없으나
> 그래도 꽃을 잃고 난 직후의 벽오동의 표정을
> 이렇게 지켜보는 것도 또 다른 발견이다
> 꽃이 마악 떨어져나간 자리에는

일곱 살 계집애의 젖망울 같은 열매가 맺히기 시작했는데
나는 그 풍경을 매일 꼭꼭 씹어서 키우고 있다
누구도 꽃을 잃고 완고해지지 않을 수 없다는 것을
6층에 와서 벽오동의 上部를 보며 배운다
그런데 놀라운 것은 거칠고 딱딱한 열매도
저토록 환하고 부드러운 금빛에서 시작된다는 사실이다
이미 씨방이 닫혀버린 벽오동의 열매 사이로
말벌 몇 마리가 찾아들곤 하는 것도
그 금빛에 이끌려서일 것이다
그러나 저 눈 어두운 말벌들은 모르리라
캄캄한 씨방 속에 갇힌 꿈들이 어떻게 단단해지는가를
내 어금니에 물린 검은 씨가 어떻게 완고해지는가를
      −「벽오동의 上部」전문, 『어두워진다는 것』

화자는 6층에서 '단물이 많이 빠'진 '벽오동'을 바라보며 '또 다른 발견'을 하게 된다. 그 발견은 신묘한 자연의 현상이 아니면 결코 이해할 수 없는 이미지이다. 벽오동은 불과 며칠 전만 해도 아름다운 꽃을 피우고 있었고, '말벌'들의 천국이었다. 그런데 어느날부턴가 꽃 진 자리엔 '일곱 살 계집애'의 '젖망울 같은 열매'가 달려 있다. 그리고 화자는 그 놀라운 '풍경'을 매일 꼭꼭 '씹어서' 키운다. 그러다 문득 꽃을 잃은 뒤의 허무감과 완고함에 대해 자각한다. 그런데 더욱 놀라운 것은 그 '거칠고 딱딱한 열매'도 '부드러운 금빛'으로 새로운 生을 시작한다는 사실이다. 이미 씨방이 닫힌 줄 모르는 '말벌 몇 마리'가 그 금빛에 이끌려 그곳을 찾아든다. 그러나 눈이 어두운 말벌들은 '캄캄한 씨방' 속에서 단단하게 커가고 있는 꿈을 알아채지 못한다. 화자는 그러한 풍경 속에서 자신의 어금니에 물린 고통스러운 '검은 씨'도 단단하게 자라고 있다는 사실을 인식한다.

이 시는 벽오동이 열매를 맺어가는 이미지와 비유를 통해, 여성으로서의 삶에 대한 새로운 인식을 표출하고 있다. 아름다운 꽃을 피우던 이십대를 훌쩍 넘긴 채 아이를 낳아 키우는 화자의 삶이 고스란히 벽오동에 투사되어

내면화되고 있기 때문이다. 그리고 화자는 비록 자신이 아름다운 여성미(씨방)를 잃어가고 있지만, '환하고 부드러운 금빛' '꿈'들이 자신의 내면에서 더욱 아름다운 씨앗을 키우고 있을 것이라는 성찰을 하게 된다.

나희덕에게 있어서 시 창작은 '고통'과 '슬픔'을 요리하는 것처럼 보인다. 그 요리는 곰삭은 젓갈로 밥상 위에 올려지기도 하고, 때로는 푹 쪄진 달걀찜으로 올려지기도 한다. 어떤 독자는 젓갈 쪽으로 젓가락을 옮길 것이고 또 어떤 독자는 달걀찜 쪽으로 숟가락을 옮길 것이다. 그러나 그 둘의 맛은 전혀 차이가 없다. 왜냐하면 그녀가 요리를 할 때, 그의 사유는 어느 쪽으로도 치우치지 않고 기울지도 않기 때문이다. 그래서 그녀의 요리는 독자에게 매번 균형 있는 미각을 느낄 수 있게 해주고 절제된 구도와 도덕적·반성적인 거리를 일정하게 유지하게 해준다. 이러한 나희덕의 시세계를, 유성호는 '뜯어보면 놀랄 만한 논리적 구성으로 짜여진 형식과 작품마다 적절하게 배치되고 있는 반성적 거리가 그의 시적 국량局量을 구체적으로 길어내는 숨은 힘이다'[27]라고 평했다.

> 그 나무를
> 오늘도 그냥 지나치지 못했습니다
> 어제의 내가 삭정이 끝에 매달려 있는 것 같아
> 이십 년 후의 내가 그루터기에 앉아 있는 것 같아
> 한쪽이 베어져나간 나무 앞에
> 나도 모르게 걸음을 멈추었습니다
> 다 잊었다고 생각했는데
> 아직도 덩굴손이 자라고 있는 것인지요
> 내가 아니면서 나의 일부인,
> 내 의지와는 다른 속도와 방향으로 자라나
> 나를 온통 휘감았던 덩굴손에게 낫을 대던 날,
> 그해 여름이 떠올랐습니다

---

27) 유성호, 앞의 책, 110쪽.

당신을 용서한 것은
나를 용서하기 위해서였는지 모릅니다
덩굴자락에 휘감긴 한쪽 가지를 쳐내고도
살아 있는 저 나무를 보세요
무엇이든 쳐내지 않고서는 살 수 없었던
그해 여름, 그러나 이렇게 걸음을 멈추는 것은
잘려나간 가지가 아파오기 때문일까요
사라진 가지에 순간 꽃이 피어나기 때문일까요
　　　　　　－「걸음을 멈추고」 전문, 『사라진 손바닥』

　이 시의 화자는 '한쪽이 베어져나간 나무 앞에' '걸음을 멈추'고 '그해 여름'을 떠올린다. 화자는 '그해 여름' '내 의지와는 다른 속도와 방향으로 자라'나 자신을 온통 휘감던 '덩굴손'을 마구 쳐냈다. 여기서 '덩굴손'은 단순한 인간관계일 수도 있고 사랑의 관계를 뜻하는 것일 수도 있다. 중요한 것은 화자가 이 '덩굴손'을 자신의 온몸을 휘감던 깊은 상처로 인식한다는 사실이다. 그러므로 화자는 자신과 동일한 상처를 지닌 '나무' 앞에 무의식적으로 발걸음을 멈추고 한없이 '상처'를 바라본다. 그리고 '삭정이' 끝에 매달린 '어제'의 나와, '그루터기'에 앉아 있는 '이십 년 후의 나'와 대면하게 된다. 그리고 문득 '다 잊었다고 생각했는데' '당신을 용서'했다고 생각했는데, 아직도 그 상처의 '덩굴손'은 내 속에 자라고 있는 것이 아닐까 하는 의문을 갖는다. 그러다 어느 한순간 '그해 여름' 화자가 용서한 것은 '당신'이라는 타자가 아니라 바로 화자 '자신'이었다는 것을 깨닫게 된다. 그러자 자신이 그 나무 앞에 자꾸 발걸음을 멈추는 이유를 깨닫게 된다.

　화자는 '나무'의 잘려나간 가지가 아프게 느껴졌기 때문이 아니라, 잃어버린 한쪽 가지에 새로운 생명의 꽃을 피우고 있다는 사실을 깨닫게 된 것이다. 이러한 성찰은 열매를 맺어가는 이미지와 비유를 통해 여성으로서의 삶에 대한 새로운 인식을 표출하고 있다. 이 시는 한 그루 나무를 통해 인간이 아주 사소한 상처에 아파할 때도 자연은 숙명적으로 똑같은 그 상처를 딛고 새로운 꽃을 피운다는 성숙한 인식을 표출하고 있다.

　나희덕의 상처는 유년 시절로부터 비롯된다고 해도 과언이 아닐 것이다. 유년의 상처와 고통, 그리고 어머니의 사랑에 대한 결핍이 '더 이상 사랑을 믿지 않는 나이가 되어도'(「걸음을 멈추고」, 『사라진 손바닥』) '내 잎끝에 내가 찔리고'(「내 속의 여자들」, 『그곳이 멀지 않다』) '무슨 회초리처럼, 무슨 위로처럼'(「상수리나무 아래」, 『사라진 손바닥』) '너무도 여러 겹의 마음'(「그 복숭아나무 곁으로」, 『어두워진다는 것』) 속으로 '송진이 피처럼 흘러내리고'(「소나무의 옆구리」, 『사라진 손바닥』) 있는 것이다. 그러나 나희덕은 그 상처를 끌어안고 고통 속으로 함몰하지 않는다. 오히려 그 상처의 내부 속으로 깊이 침잠해 들어가 상처의 원형을 들춰내고 그곳에서 회복과 치유의 새로운 피를 수혈 받는다.

　나희덕의 시는 생명의 유한성에서 비롯되는 고통과 쓸쓸함을 한없이 기웃거린다. 현대 문명 세계 속에서 인간이 겪는 상처를 끌어안고 자연의 품으로 되돌려주려 한다. 나희덕의 경험 세계는 일상적이며 파편적이다. 그러나 나희덕이 보여주는 사유는 결코 일상적이지도 파편적이지도 않다. 그녀가 사물을 바라보는 시각은 한곳에 머물러 있지 않기 때문이다. 세밀한 그녀의 겹눈은 시적 대상을 관통하여 사물의 미학을 채집하고 제 속의 아궁이에서 그것들을 달이고 달인다. 그렇게 달여진 것들은 어느새 작디작은 환약丸藥이 되어 세상에 뿌려진다. 그리고 그것들이 세상의 상처를 아물게 하고 치유한다. 그리고 그 치유력으로 새로운 이파리들은 다시 피어오른다. 나희덕의 시는 늘 새처럼 푸른 날개를 마악 펼치며 날아갈 태세를 하고 있다. 그 비상飛上의 힘은 따스한 치유와 혹독한 자기성찰이다. 그리고 자연의 질서에 순응하는 것이다.

4. 맺음말

나희덕의 시의 기본적 특성들, 이를테면 대지와 모성의 상상력과 시간과 감각의 이미지, 치유와 성찰의 상상력 등을 토대로 한 에코페미니즘적 수용 양상을 살펴보았다. 이는 한국 시의 에코페미니즘의 시사적 위상에 비추어 볼 때 나희덕 시인의 시세계뿐만 아니라 정신세계의 깊이와 넓이를 살펴본다는 측면에서 중요한 의의를 가진다. 또한 한국 현대시의 한 맥락인 생태시의 계보 특히 에코페미니즘의 특징을 파악하는 것과 더불어 한국 현대시의 한 지평을 넓힌다는 측면에서 유의미한 것이다.

나희덕 시의 에코페미니즘적 수용 양상의 의미를 살펴보면, 첫째, 1990년대 여성시인들의 페미니즘을 벗어나 자기만의 발성법과 구체적인 이미지를 통해 모성성과 자연성을 함께 공유하고 있다는 점이다. 둘째, 나희덕의 시는 에코페미니즘적 사유를 고르게 지니고 있다는 점이다. 나희덕의 시선은 한결같이 '나'가 아닌 '타자'로 열려 있으며 그 열림은 우주로까지 확장되어 나간다. 셋째, 나희덕의 시는 모성을 뛰어넘는 우주성을 체득하고 있다는 점이다.

필자는 본 연구를 통해 자연과 인간의 아름다운 공생이 에코페미니즘적 대안으로는 결코 충분하지 않다는 점을 인정하지 않을 수 없다. 따라서 앞으로 지구 생태계를 살릴 수 있는 다양한 연구가 심층적으로 이루어져 한국 시단의 한 기류를 형성하고 있는 생태학적 연구가 지구 생태계를 살리고 더불어 보다 값진 문학적 성과를 거둘 수 있기를 바란다.

<참고문헌>

1. 1차 자료

나희덕, 『뿌리에게』, 창작과비평사, 1991.

_____, 『그 말이 잎을 물들였다』, 창작과비평사, 1994.

_____, 『그곳이 멀지 않다,』, 민음사, 1997.

_____, 『반통의 물(산문집)』, 창작과비평사, 1999.

_____, 『어두워진다는 것』, 창작과비평사, 2001.

_____, 『제48회 현대 문학상 수상시집』, 현대문학사, 2002.

_____, 『보랏빛은 어디에서 오는가』, 창작과비평사, 2003.

_____, 『사라진 손바닥』, 문학과지성사, 2004.

2. 2차 자료

김욱동, 『문학 생태학을 위하여』, 민음사, 1998.

김임미, 「에코페미니즘의 논리와 문학적 상상력」, 영남대학교 박사학위논문, 2003.

김재희, 『깨어나는 여신』, 정신세계사, 2000.

윤지연, 「강은교 초기시에 나타난 에코페미니즘적 상상력」, 강원대학교 석사
학위논문, 2010.

윤혜옥, 「에코페미니즘과 시적 상상력」, 조선대학교 석사학위논문, 2010.

이귀우, 「생태담론과 에코페미니즘」, 『새한영어영문학』 제43권 1호, 2001.

_____, 「에코페미니즘」, 『여성연구논총』 13호, 서울여대, 1998.

마리아 미스 · 반다나 시바, 『에코페미니즘』, 창작과비평사, 2000.

메리 댈리 외, 『자연 여성 환경』, 한신문화사, 2000.

엘렌 식수, 『메두사의 웃음』, 동문선, 2004.

팸 모리스, 『문학과 페미니즘』, 문예출판사, 1997.

Val Plumwood, *Faminism and Mastery*, London: Routledge, 1993.

「국수」의 서사 담론에 나타난 치유적 요소 고찰

홍 단 비

1. 서론

학교 폭력, 아동 성추행, 자살 문제 등 현대 사회에서는 몸이 아닌 정신의 병 때문에 일어나는 사건 사고들이 증가하고 있다. 몸의 병은 발달한 의학 기술로 얼마든지 진단과 치료가 가능하지만 정신의 병, 마음의 병은 이와는 달리 원인을 찾아가는 과정과 치유의 과정이 험난하다. 때문에 요즘 우리 사회에서는 상담 치료, 놀이 치료, 음악 치료, 미술 치료, 연극 치료 등이 각광받고 있는데 이와 같은 맥락으로 인문학계에서 문학 치료에 대한 관심이 대두되고 있다.

문학 치료는 아직 확실하게 정립되지 않은 영역이지만, 문학의 특성을 고려할 때 크게 두 가지 범주로 나눌 수 있다. 하나는 '읽기'를 중심으로 하는 방법으로 시, 콩트, 드라마, 소설, 수필 등의 문학적 소재나 위기극복의 체험 수기, 자신과 유사한 경험 등을 다룬 텍스트들을 읽는 방법이며, 또 다른 하나는 '쓰기'를 중심으로 하는 방법으로 내담자 스스로가 시, 산문, 일기, 편지, 고백록처럼 공감을 바탕으로 한 텍스트를 창조해 내는 방법이다.

볼프강 이저에 따르면 '문학 텍스트는 형식과 의미에서 근본적으로 '빈자리'를 포함하고 있는데, 독자는 그것을 의미로 채우고, 심리투사의 공간으로 활용'[1]한다. 이러한 빈자리에 작가나 독자는 지배적인 의미체계, 사회체계, 고정된 세계관 등을 허물어뜨리고 그 자리에 새로운 기호와 상징을 대입할 수 있는 것이다. 때문에 문학치료에서 가장 중요한 것은 텍스트의 선정[2]이다. 상담가는 내담자[3]에게 정신적으로 큰 영향을 미친 과거의 트라우마가 무엇이며, 내담자의 현재 심리 상태는 어떤지를 파악하고, 내담자에게 적합한 텍스트를 선정하여 읽게 하는 것이 좋다.

그렇다면 이러한 텍스트에는 어떤 작품들이 있으며 각각의 작품들은 어떠한 치유적 요소를 지니고 있는가. 본고는 이러한 의문에서 출발했으며 근래의 텍스트들 중 2012년 제36회 이상문학상 작품집에 수록된 김숨[4]의

---

1) 차봉희, 『수용미학』, 문학과지성사, 1988, 59쪽.
2) 일반적으로 치료용 문학작품을 고를 때 가장 먼저 중요하게 취급되는 것은 주제이다. 치료용 텍스트의 주제가 갖추어야 할 특징은 크게 네 가지로 볼 수 있다. 첫째, 보편적 주제를 다루고 있어야 한다. 혹 나와 같은 아픔을 겪고 있는 사람을 보며 위안을 느낀 적이 있는지. 내 문제가 나 혼자만의 문제가 아니라는 점을 알았을 때 느껴지는 안도감, 내 생활 주변에서 일어나고 있는 일을 다루어주는 이야기를 읽었을 때 느껴지는 편안함 같은 것이다. 즉 이는 내담자 및 참여자가 쉽게 인식할 수 있고, 자신이 쉽게 동일시할 수 있을 만한 정서와 경험을 다루고 있다는 의미이다. 둘째, 영향력 있는 주제를 다루어야 한다. 독서 치료에서 활용되는 문학작품은 내담자 및 참여자가 읽고 처음에 정했던 목표를 이루는 데 큰 도움을 받을 수 있는 주제를 다루어야 한다. 셋째, 이해하기 쉬운 주제여야 한다. 내담자가 작품을 읽어내는 과정에서 텍스트가 모호하고 어렵다면, 통찰이 불가능하여 문제 해결로 가는 과정이 원활하지 못하기 때문이다. 넷째, 긍정적인 주제를 다루는 것이 좋다. '긍정적 주제'는 독서치료를 전체적으로 이해할 때 가장 핵심이 되는 선정 기준이다. 왜냐하면 보통 치료라고 하면 내담자 및 참여자가 현재 겪고 있는 어려움을 해결하는 데 목표를 두기 때문에 부정적 주제보다는 긍정적 주제를 선정해 사용하는 것이 바람직하다.
임성관, 「독서치료에서의 문학작품 활용」, 시간의 물레, 2011, 20~26쪽 참조.
3) 본고에서 필자가 사용한 '독자'라는 단어와 '내담자'라는 단어는 의미상 큰 사이는 없지만 그 쓰임이 다르다. 흔히 텍스트를 읽고 수용하는 사람들을 독자라고 하는데, 문학 치료에서는 이들을 내담자라 지칭한다. 따라서 본고에서는 각각의 문맥에 따라 두 단어 중 적절한 단어를 선택하여 사용하도록 한다.
4) 김숨은 현재 작품 활동이 활발한 작가이기 때문에 김숨과 그의 작품에 관한 학위논문은 아직까지 발표되지 않았고, 학술지 논문만이 두 세편 존재한다. 논문의 목록은 다음과 같다.
양현진, 「김숨 소설에 나타난 눈(目)의 상상력 연구」, 『한국문예창작』 11권 1호, 한국문예창작

「국수」라는 작품이 가장 치유적 텍스트에 근접하다고 판단하였다. 「국수」
는 화자인 '나'가 시한부 선고를 받은 새어머니에게 국수를 끓여 드리는 과
정을 통하여 그동안의 잘못에 대해 반성하고, 새어머니에게 우회적으로 용
서를 구하는 내용이다. 소재나 주제, 등장인물의 관계 등 대략적인 스토리
전개를 볼 때, 이 소설은 치유적 텍스트로서 독자에게 충분히 흥미를 끌만
하다. 하지만 필자가 이 소설을 여타의 다른 문학 치료 텍스트들보다 더 높
이 평가하는 이유는 「국수」는 표면적인 주제나 내용 등의 스토리 요소뿐만
아니라 이야기를 풀어나가는 담론의 요소들이 독자들의 심리적 공감을 고
조시키고, 타자와의 소통 가능성을 제시해 주기 때문이다.

따라서 본고는 김숨의 단편소설 「국수」에서 각각의 담론의 요소들이 서
사구조를 통해 어떻게 작동하고 있으며 이러한 요소들이 작품 속에서 어떠
한 치유적 의미를 지니고 있는지를 살펴보고, 이를 바탕으로 「국수」의 문학
치료 활용 가능성에 대하여 고찰해 보고자 한다.

2. 「국수」의 서사구조와 의미

1) 은유를 통한 이중 서사구조

서사는 이중적인 시간의 연속이다. 말해지는 사건의 시간(Story Time)과
서사의 시간(Narrative Time)이 있다. 이 이중성은 서사[5]에서 흔히 볼 수 있
는 모든 시간적인 뒤틀림을 가능하게 한다. 이 이중성을 통해 우리는 서사
의 기능 중 하나가 어떤 연대기적인 긴 시간 구도를 몇몇의 짧은 시간 구도

학회, 2012, 99~131쪽 참조.

양현진, 「한국 현대소설에 나타나는 새의 이미지와 여성의식 연구: 전경린, 한강, 김숨의 작품
을 중심으로」, 『현대문학이론연구』 제47집, 현대문학이론학회, 2011, 245~271쪽 참조.

5) 여러 학자들이 주장한 서사의 다양한 차원들을 정리해 보면 다음과 같다.

로 재구성하여 만들어 내는 것으로 생각하게 된다. 김숨의 「국수」는 크게 이중 서사구조를 이루고 있다. 현재의 화자는 혀에 암덩이가 퍼져 제대로 먹지 못하는 당신(새어머니)을 위해 손수 밀가루를 반죽하고, 면을 뽑아 국수 한 그릇을 대접하고자 한다. 화자와 당신 사이에 '국수'라는 음식은 아픔과 그리움, 추억이 묻어 있는 애증 섞인 음식이다. 화자는 국수를 만들어 가는 과정에서 과거의 일들을 떠올리며 외롭고 힘들었을 당신의 마음을 이해하고, 동시에 당신을 향한 자신의 마음도 되돌아보게 된다. 이러한 일련의 과정이 '국수 만들기'라는 '은유'적 형식을 통하여 그려지는데 이를 정리하면 다음과 같다.

국수 만드는 과정 (현재)	당신과 국수에 얽힌 일화 (과거)
① 반죽 준비하기	
② 반죽 치대기 ②-1 손목이 저려움	회상① 애를 낳지 못해 이혼 당한 당신이 처음 우리 집에 온 날, 우리 사남매에게 보잘것없는 국수를 끓여줌. 나는 당신이 기껏 뽑아낸 국숫발을 죄다 뚝뚝 끊어 버림. 회상② 남편이 죽고 의붓자식들이 모두 떠난 집을 지키면서 외로웠을 당신을 떠올림. 가끔 당신은 나에게 전화를 걸어 '국수를 끓여먹으려니 네 생각이 나

	사건의 연대기적 순서	사건의 인과적 관계	사건의 미화된 순서	언어 표시로서의 텍스트	발화로서의 서술
주네트	이야기		담론		서술(목소리 +초점화)
채트먼	이야기	담론			
미케 발	파블라	스토리와 초점화		서술(언어·목소리 포함)	
리몬-케넌	이야기		텍스트		서술
프랭스	서술 대상			서술 행위	

한국소설학회, 『현대소설 시점의 시학』, 새문사, 1996, 21쪽.

	서 말이다'라고 중얼거림.
②-2 짜증이 치밀어 반죽을 내던지고 싶음. ↓ 당신에게 빚을 갚는 심정으로 반죽의 시간을 견딤. 당신만 생각하면 평생 갚지도 못할 빚을 지고 도망 다니는 기분이 듦.	회상③ 새벽 두 시. 당신이 혀가 끊어질 듯 아프다고 전화가 왔지만 두 달이 지난 후에야 서울 병원에 당신을 모시고 감. 돌아오는 길에 국숫집에서 국수를 먹었지만 당신은 국물을 두어 숟갈 뜨다 말음. 회상④ 지금까지 살면서 당신이 끓여낸 국수가 먹고 싶었던 적이 딱 두 번 있었음. 한 번은 직장에서 해고 통보를 받았을 때. 회상⑤ 결혼한 지 팔 년 만에 인공수정으로 어렵게 얻은 아이가 유산. 당신이 내 집에 찾아와 국수를 끓여주었지만 당신이 문을 나가자마자 나와 당신의 운명을 저주하며 국수를 변기에 쏟아부음. 하지만 곧 당신이 끓여낸 국수를 먹고 싶음. 먹고 나면 아이를 보낸 내 몸이 추스러질 것 같았음.
②-3 반죽에 찰기가 붙음. ↓ 마치 응어리를 주무르는 기분. 내 안에서 뭔가 풀리는 것 같음.	
③ 숙성시키기 ↓ 침잠의 시간, 단절의 시간, 내적 고요의 시간. 부재중 전화 다섯 통. 세 통은 남편으로부터, 두 통은 산부인과 불임클리닉에서 걸려옴.	회상⑥ 식당에서 손을 떨며 혼자 힘겹게 국수를 먹던 늙은 남자를 떠올림. 나도 그 남자를 따라 국수를 시켰지만 인공 조미료가 첨가된 국수 맛이 형편없어 반도 더 남기고 식당을 나옴.
④ 양념장 만들기 ↓ 재료를 사러 슈퍼에 가다가 대문 앞에 아직도 걸려 있는 아버지의 명패를 봄.	회상⑦ 결혼 후, 혼인신고에 필요한 호적등본을 떼러갔다가 당신이 호적에도 오르지 못하고 유령처럼 살아온 것을 알게 됨. 집의 소유주도 남동생으로 되어

	있음.
	회상⑧ 당신이 들어와 산 지 사년쯤 지난 어느 날, 당신의 친정어머니가 불쑥 찾아와 당신이 끓인 국수를 한 대접 잡숫고 돌아감. 그리고 두어달 뒤 돌아가셨다는 소식을 들음.
⑤ 반죽 밀기	회상⑨ 당신의 칠순을 맞아 가게 된 샤브샤브 식당에서 당신이 이제껏 살면서 평생 구경조차 못해본 음식이 많다는 것을 알게 됨.
⑥ 국숫발 뽑기 ↓ 국숫발이 끈 같음. 마치 저기 당신과 여기 나 사이에 놓인 연줄 같음. ↓ 기껏 뽑은 국숫발들을 도로 뭉쳐버리고 싶은 충동이 생김.	
⑦ 국수 끓이기 ↓ 솥뚜껑을 열자 뿜어져 나오는 김을 보고 밑동밖에 남지 않은 나무에서 연기처럼 피어오르는 막 부화한 나비 떼를 떠올림. ↓ 당신은 어둠과 고난 속에서도 우리를 따뜻하게 품어주던 밑동만 남은 나무였다는 것을 깨달음.	

⑧ 당신에게 대접하기
↓
혀에 번진 암세포 때문에 제대로 먹지 못하는 당신을 위해 국숫발을 뚝뚝 끊어 냄. 당신이 처음 나에게 국수를 끓여주었을 때 국숫발을 끊던 그때의 심정과 분명 다르다는 것을 깨달음. 뚝뚝…… 뚝.

2) 교차적 시간 구성과 일인칭 고백체 서술

소설 속 시간의 층은 여러 개가 존재한다. 화자가 이야기를 사건이 일어난 순서대로 하지 않고 앞의 것을 뒤에, 뒤의 것을 앞에 오게 하여 시간의 순서를 흩뜨릴 수 있다. 또 어떤 부분은 자세하게 서술하여 시간 진행을 느리게 할 수 있고, 또 어떤 부분은 건성으로 서술하여 시간 진행을 빠르게 할 수도 있다. 토도로프는 서사적 구조를 '이야기'와 '담론'으로 구분한다.

> 일반적인 차원에서 문학작품은 두 개의 측면을 갖는다. 문학작품은 이야기이면서 동시에 담론이다. 이야기는 문학작품이 아니라 예를 들어 영화에 의하여 우리들에게 전달될 수도 있다. 그것은 또한 책으로 쓰임이 없이, 어떤 목격자의 입에 의하여 전달될 수도 있다. 그러나 문학작품은 이야기인 동시에 '담론'이다. 이야기를 전하는 화자가 있고, 다른 한편으로는 그것을 받아들이는 독자가 있다. 담론이라는 차원에서는 진술된 사건이 중요한 것이 아니라 화자가 우리들에게 전달하는 방식이 중요하다.[6]

토도로프에게 있어서 이야기의 요소는 행동과 인물이고, 담론의 요소는 시간과 시점과 화법이다. 말하자면 문학과 관계없이 존재할 수 있는 원초적인 요소가 '이야기'라면, 그 이야기가 화자에게서 독자에게로 전달되는 과정이 문학 형식을 취하고 있을 때 그것이 '담론'인 것이다.

「국수」는 이러한 서술적 담론의 요소가 뛰어나게 작동되어, 화자와 당신 사이에 얽힌 29년의 이야기를 '국수 만들기'라는 두 시간 동안의 과정으로 그려내고 있다. 때문에 스토리와 서술하는 순간 사이에 존재하는 시간적 거리는 자연스럽게 허물어진다. 「국수」는 밀가루 반죽을 하고 있는 현재의 시간부터 출발한다.

---

6) Tzvetan Todorov, *Strukuralismus in der Literaturwissenechaft*, Koln, 1972, 1972, p.264. 김천혜, 앞의 책에서 재인용.

그래요, 지금은 반죽의 시간입니다. 분분 흩날리는 밀가루에 물을 한 모금 두어 모금 서너 모금 부어가면서 개어 한 덩어리로 뭉쳐야 하는 시간인 것입니다. 부르튼 발뒤꿈치만 같을 덩어리가 밀크로션을 바른 아이의 얼굴처럼 매끈해질 때까지 이기고 치대야 하는 시간이지요. 여무지게 주물러야 하는……7)

억누르고 꾹…… 어쩌면요…… 꾹…… 빚을 갚는 심정으로 나는 반죽의 시간을 견디고 있는 것인지 모르겠어요, 꾹. 언제부턴가 당신만 생각하면 평생 갚아도 갚지 못할 빚을 지고 도망 다니는 기분이 들었으니까 말이에요.8)

작품 속 화자는 최대한 절제된 어조로 담담하게 자신의 행동과 심리를 묘사하고 있다. 화자는 국수 만드는 과정 과정마다 당신과 국수에 얽힌 과거의 일화들을 하나하나 끌어 들여와 교차적으로 서술한다. 29년이라는 과거의 시간과 수많은 사건들을 내부 액자처럼 하나의 긴 이야기로 서술하는 것이 아니라 여러 장면으로 끊어내어 국수를 끓이는 과정마다 하나하나씩 삽입한다. 때문에 과거의 이야기가 한 가지의 의미로 규정된 것이 아니라 '나'의 인생의 각 순간 상황에 따라 유동적인 의미를 갖게 되고, 과거에 느낀 화자의 감정이 온전히 현재의 '나'에게 체화되어 나타난다. 이러한 현재와 과거의 교차적 시간 구성은 29년이라는 시간의 벽을 허물어 준다.
　이와 같이 시간적 경계를 허무는 데는 일인칭 시점9)이라는 서사적 장치 또한 큰 역할을 한다. 일인칭 시점은 화자가 자신이 직접 체험했거나 관찰

7) 김숨, 「국수」, 『2012년 이상문학상 작품집』, 문학사상, 2012, 233쪽.
8) 김숨, 같은 책, 239쪽.
9) 일인칭 소설은 본질적으로 회고적인데 사건이 일어나는 허구적 시간과 실제 그것을 서술하는 시간 사이에 거리가 있다는 것을 전제한다. 삼인칭 소설에서처럼 과거로부터 앞으로 나가는 글쓰기와 일인칭 소설에서처럼 현재로부터 뒷걸음치는 글쓰기 사이엔 굉장한 차이가 있다. 둘 다 과거형으로 쓰인다 해도 전자에서는 행동이 일어나고 있는 듯한 착각이 창조되지만, 후자에는 행동이 이미 일어난 것으로 느껴진다.
멘딜로우, 최상규 역, 『시간과 소설』, 예림기획, 1998, 106~107쪽 참조.

했거나 다른 작중인물들에 의하여 알게 된 사실을 서술하는 형식이다.10) 화자는 소설 세계와 무관한 존재가 아닌, 소설 세계와 직 · 간접적으로 관계를 맺고 있는 존재이며, 실체를 가진 하나의 인물로써 소설 속에 등장하기 때문에 작중인물의 심리와 내면세계를 표현하는데 가장 뛰어나다. 「국수」의 일인칭 화자는 자기 자신이 체험한 이야기를 함으로써 독자에게 친근감과 신뢰감을 불러일으키며 이를 통해 독자는 작품 속 화자에게 쉽게 동일시될 수 있다. 뿐만 아니라 화자는 고백체를 통해 자신의 생각과 감정을 솔직하게 드러내고 있다.

> 얼마나 더 이겨대고 주물러야 반죽이 적당히 찰지고 끈기 있어질까요. 얼마나 더⋯⋯ 꾹⋯⋯ 반죽에 매달려 있으려니 속절없이 나이가 들어버린 것 같은 기분이 듭니다.11)

> 얼마나 더 주무르고 치대고 이겨야 국숫발을 뽑기에 적당한 반죽이 만들어질까요. 당신이 양푼 속에서 소금물을 부어가며 치대고 치댄 것⋯⋯ 그것은 혹 밀가루 반죽이 아니라 시간이 아니었을까요.12)

> 밀가루로 반죽을 개고 국숫발을 뽑아 삶기까지 아주 오랜 시간이 흐른 것 같아요. 고작 서너 시간이 아니라 그보다 훨씬 긴 시간이요.13)

화자는 당신에게 그동안의 잘못을 직접적으로, 쉽게 고백하고 사죄하는

---

10) 서술자가 서술에서 언제든지 끼어들 수 있는 한, 모든 서사는 온갖 목적과 의도에도 불구하고 정의상 일인칭으로 제시된다. 정말 문제가 되는 것은 서술자가 '등장인물들 중 한 사람'에게 일인칭을 부여하는가 하지 않는가라는 점이다. 여기에서 두 가지 서술형이 구별된다. 한 가지 유형은 서술자가 자신이 이야기하는 스토리 속에 없는 경우이고, 또 한 가지 경우는 서술자가 자기가 이야기하는 스토리 속에 하나의 등장인물로 존재하는 경우인데 첫 번째 유형을 '이종 이야기'라 부르고 두 번째 유형을 '동종 이야기'라 부른다.
제라드 즈네뜨, 권택영 역,『서사담론』, 교보문고, 1992, 234~243쪽 참조.
11) 김숨, 앞의 책, 238쪽.
12) 김숨, 같은 책, 241~242쪽.
13) 김숨, 같은 책, 261쪽.

것이 아니라 당신에게 국수를 끓여 줌으로써 우회적으로 용서를 구하고자 한다. 그리고 그 이면에는 국수 만드는 과정을 하나하나 자세히 서술함으로써 자신의 고백을 지연시키려는 화자의 의도가 숨어 있다. 위의 예문에서도 알 수 있듯, 이 소설에는 '얼마나 더 ~해야', '오랜 시간', '긴 시간' 등 시간과 관련 된 어휘들이 많이 쓰인다. 즉, 화자는 손수 반죽을 치대고, 숙성시키고, 국수발을 뽑아내어 당신에게 한 그릇의 국수를 내어가는 긴 과정을 통하여 자신의 잘못을 충분히 반성하고 자책하며, 스스로 내적인 고통을 감내하려는 태도를 지니고 있다.

3) 장면 위주의 미메시스 서사

지금까지 살펴보았듯이 김숨의 「국수」는 '국수 만드는 과정'이라는 표면적 구조와 '당신(새어머니)에게 용서를 구하는 과정'이라는 심층적 구조가 맞물려 돌아가는 이중 서사구조를 이루고 있다. 화자는 현재, 밀가루를 개어 반죽을 치대고, 숙성시키고, 면발을 뽑고, 양념장을 만드는 각각의 과정 속에서 과거의 기억들을 자유자재로 불러 들여와 함께 반죽하고 숙성시키는데 이러한 시간의 벽의 무너짐은 화자와 당신 사이의 경계 또한 허물어준다. 뿐만 아니라 이 소설에서 화자와 타자간의 경계가 쉽게 허물어지는데 큰 영향을 미치는 서사적 장치는 무엇보다도 스토리 시간과 서사 시간의 관계일 것이다.

> 깨끗한 면 보자기를 찾아 부엌 바닥에 깔고 그 위에 나무 도마를 올려놓습니다. 수퍼에서 사온 밀가루 봉지를 뜯고, 밀가루를 한 줌 움켜쥐어 나무 도마에 고르게 뿌립니다. 반죽을 나무 도마에 놓고 주물럭주물럭…… 당신이 그랬던 것처럼……14)

---

14) 김숨, 같은 책, 256쪽.

김이 한풀 꺾이기를 기다렸다 국숫발을 한 움큼 들어올립니다. 메말라 뻣뻣해진 국숫발들을 흩뿌리듯 끓는 물속으로 뿌려넣습니다. 엉키지 않게 국자로 국숫발들을 휘휘 저어주다 또 한 움큼…… 국숫발들이 너울너울 춤을 추고 흰 거품이 부르르 끓어넘칠 듯 말 듯…… 가스레인지 불을 조금 줄이고 국자로 뒤적뒤적 휘……15)

위의 예문에서처럼 「국수」는 장면 위주의 미메시스(mimesis)16) 서사, 즉 보여주기 서사로 구성되어 있다. 제라드 즈네뜨는 스토리의 지속 기간과 서술의 길이에 따라 서술의 운동을 '멈춤, 장면, 요약, 건너뜀'의 네 가지 유형17)으로 구분하였다. 여기서 ST는 스토리 시간을 의미하며 NT는 서술에서 걸리리라고 추정되는, 혹은 관습적인 서술 시간을 의미한다.

멈춤: $NT=n$, $ST=0$, 따라서 $NT \infty > ST$
장면: $NT=ST$
요약: $NT < ST$
건너뜀: $NT=0$, $ST=n$, 따라서 $NT < \infty ST$

위의 네 가지 유형 중 김숨의 「국수」는 '장면' 위주의 서술이 주를 이루고 있다. 이 소설에서는 현재, 화자가 국수를 만들고 있는 대부분의 과정이 장면으로 제시된다. 장면은 대화에서 주로 나타나는 방법으로 스토리의 시간과 서술의 시간이 일치하는 경우를 말한다. 이러한 장면의 서술은 작중상황

---

15) 김숨, 같은 책, 261쪽.
16) 플라톤과 아리스토텔레스에 의해 문학의 본질을 설명하는 핵심적인 개념으로 사용된 이 말은 흔히 재현 또는 모방이라는 뜻으로 대응된다. 서사 행위의 측면에서 미메시스는 외부 대상의 재현을 통해 작중 상황을 그대로 보여주듯이 전달하는 것을 의미하며, 반대로 서술자에 의한 서술, 즉 서술자가 자신의 말로 작중 상황을 완전히 바꾸어 전달하는 것은 디에게시스(diegesis)라고 한다. 영·미 소설이론에서는 미메시스를 보여주기, 디에게시스를 말하기로 간주하였다. 1920년대 퍼시 로보크는 미메시스가 더 우월하고 발전된 기법으로 보았으나 제라드 즈네뜨를 비롯한 1960년대 이후 서사학은 미메시스와 디에게시스는 어느 한쪽이 우월한 것이 아니라 사건의 서술에 나타나는 두 측면일 뿐이라는 것을 강조하였다.
17) 제라드 즈네뜨, 권택영 역, 『서사담론』, 교보문고, 1992, 75~84쪽 참조.

을 마치 그대로 보여주듯 전달한다. 화자가 자신의 말로 작중 상황을 바꾸어 전달하는 설명하기식의 서술이 아니라, 화자가 있는 그대로를 가감 없이 드러내는 보여주기식 서술인 것이다. 이러한 장면 위주의 미메시스 서사는 있는 그대로를 보여줌으로써 작품 속의 화자와 타자의 경계가 쉽게 허물어질 수 있게 한다.

> 삼십 년 넘게 당신의 손에 길들여진 밀개를 집어 들어 반죽 위로 가져갑니다. 지그시 반죽을 누르면서 밀개를 앞으로 쭉 밀어줍니다. 밀개를 앞으로 밀 때, 밀개 한가운데에 모아져 있던 당신의 두 손은 바깥을 향해 미끄러져나갔지요. 마치 양극과 음극이 서로를 밀쳐내듯 당신의 두 손은 서로로부터 멀어졌어요. 최대한 멀리 멀어진 두 손을 다시 밀개 한가운데로 끌어당겨서는 앞으로 쭉……18)

장면으로 제시된 위의 예문에서 보여지 듯 화자가 반죽을 누르면서 밀개를 앞으로 밀 때, 화자의 손은 당신의 손과 하나가 된다. 즉 화자가 당신을 위해 국수를 만드는 모습은 당신이 자식들의 위해 국수를 만드는 모습과 겹쳐지고, 화자와 타자는 동일시19)된다.

> 그래요, 염치없게끔 당신에게 물어보고 싶었는지 모르겠어요. 여자로

---

18) 김숨, 앞의 책, 257쪽.
19) 이러한 소설 속 동일시는 화자가 타자의 존재를 인정하고, 타자의 마음을 완전히 이해했을 때 이루어진다. 동일시가 일어나는 소설의 구조적 특징을 정리해 보면 다음과 같다. 첫째, 서술 속도가 빠른 소설에서보다는 느린 소설에서 동일시가 더 많이 일어난다. 둘째, 화자 이론에서 이야기하는 논평적 화자 소설보다는 중립적 화자 소설에서 동일시가 더 많이 일어난다. 논평이 많아 화자의 존재를 독자가 많이 느끼면 느낄수록 사건의 현장에 있다는 느낌보다 이야기를 전달받고 있다는 느낌이 더 많이 갖게 되기 때문이다. 셋째, 삼인칭 시점보다는 일인칭 시점이 동일시가 일어나기 쉽다. 또 일인칭 전지적 시점보다는 일인칭 객관적 시점이, 삼인칭 무제한적 전지 시점보다는 삼인칭 선택적 전지 시점이 더 많은 동일시를 일으킨다. 인물의 마음속으로 들어가지 않는 삼인칭 객관적 시점에서는 동일시가 일어나기 어렵다. 넷째, 요약보다는 장면 묘사를, 간접화법보다는 직접화법을, 간접적 내적 독백보다는 직접적 내적 독백을 많이 쓰는 곳에 동일시가 일어나기 쉽다.
김천혜, 『소설구조의 이론』, 한국학술정보(주), 2010, 331~337쪽 참조.

서 자신의 속으로 낳은 자식이 단 하나 없이 평생을 산다는 것이 어떤 것인지 말이에요. 육십억에 달하는 사람이 모여 살고 있다는 이 지구상 어디에도 자신의 피와 살을 나누어준 존재가 없이 살아간다는 게……

자식이 끈이더라 말을 친구로부터 들은 적이 있어요. 남편과 자신을 이어주는 끈일 뿐 아니라 세상과 이어주는 끈이 되더라는 말을요. 그러고 보니 국숫발이 모양으로만 보자면 끈 같기도 하네요. 가늘고 기다란 게 하얀 운동화 끈 같기도…… 혹 당신이 뽑아낸 국숫발들은 끈이 아니었을까요. 당신이 자식이란 끈 대신 밀가루로 반죽을 개어 끈들을 만들어냈던 게 아닐까요.[20]

화자가 당신과 자신을 동일시 할 수 있는 것은 무엇보다도 그들은 '결여'라는 공통분모를 지닌 인물이기 때문이다. 서로 피가 섞이지 않은 불완전한 가족이라는 점, 그리고 아이를 갖지 못한다는 점에서 그들은 똑같은 아픔을 가지고 있다. 이러한 아픔은 당신과 화자 사이의 유대 관계를 더욱 돈독하게 하고, 화자가 당신을 이해하는데 결정적인 역할을 한다. 아이가 유산되고 당신이 국수를 끓여주기 위해 화자의 집으로 찾아온 날, 화자는 자신의 몸에 아이가 들어서지 않는 탓을 당신에게 돌렸었다. 피 한 방울, 살 한 점, 뼈 한 가닥 섞이지 않은 당신을 탓하며, 당신의 운명과 자신의 운명을 저주했었다. 그러나 화자는 국숫발을 뽑아내면서 가늘고 기다란 국숫발들은 당신이 만들어낸 '자식'이라는 끈임을 알게 된다. 그 끈은 저기 당신과 여기 나 사이에 놓인 연줄이며, 당신의 헌신과 노력으로 만들어진 운명의 끈임을 깨달음으로써 화자는 비로소 당신을 이해하게 된다.

---

20) 김숨, 앞의 책, 251~252쪽.

3. 「국수」의 문학 치료 활용 가능성

1) 간접적 고백의 심리적 치유 효과

고대에는 병리학이 정신적 질병과 같은 것으로 여겨졌다. 질병의 치료술이 종교의식과 결부되어 환자들은 질병과 고통에서 벗어나기 위해 신전이나 사원, 토템, 샤머니즘적 성소를 찾았다.[21] 이러한 고대 종교적 기능은 현대문학의 심미적 기능과 일치한다고 볼 수 있을 것이다. 문학은 일차적으로 감정과 사고, 의지를 중심으로 한 정신적 소산물이며, 소외와 고통, 기쁨과 슬픔 같은 원초적 경험에 근거하고 있다. 우리는 문학작품을 읽거나, 자신의 내적인 고통과 감정을 글로 써 내려감으로써 카타르시스를 느끼며, 이를 통해 감정이 정화되고 소산되는 것을 느낄 수 있다. 이렇듯 문학은 인간의 영혼이나 마음을 치유하기에 충분하다.

그렇다면 「국수」는 문학 치료에서 어떻게 활용될 수 있을까. 2.-1)에서 살펴보았듯이 「국수」는 '국수 만들기'라는 은유적인 방법을 통해 새어머니에 대한 자신의 사랑과 미안함을 간접적으로 고백하고 있다. 문학 치료에서는 '은유'의 이미지가 내담자에게 긍정적인 역할을 미친다고 본다. 상징적 이미지가 우리의 사고를 경직시킨다면 은유 이미지는 우리의 사고를 확장시키거나, 경우에 따라서는 그 상징을 부정하기도 한다. 상징 이미지가 항상 같은 것이라면 은유 이미지는 경우에 따라 달라지는 상황을 말해주는 다른 것이다.[22] 상징 이미지는 설명이 될 수 있는 것이지만 은유 이미지는 말로 설명할 수 없다. 말로 설명할 수 없는 것을 말로 표현한다는 데 일상 언어와 예술 언어의 차이가 있다. 궁극적으로 문학치료는 은유 이미지를 겨냥하

---

21) Esmond R. Long, 유은실 역, 『병리학의 역사』, 울산대학교 출판부, 1997, 13쪽.
22) 상징의 이미지는 내담자가 현재 가지고 있는 고통에 대한 이미지이자 설명할 수 있는 이미지인데 반하여 은유 이미지는 감정을 불러일으킬 수 있는 구체적인 이미지다. 그러므로 상징이 사고 이전에 발생한 이미지라면 은유는 알 수 없는 이미지다.

는 것이다. 상징 이미지는 단숨에 만들어질 수 있지만 은유 이미지는 시간
이 필요하고 솔직한 감정의 개입이 필요하다. 그래서 상징 이미지는 빨리
서술될 수 있지만 은유 이미지는 시간이 필요하며, 상징 이미지는 주된 사
건에만 집중하는 데 반하여 은유 이미지는 내담자가 처해 있는 상황에 따라
굴절 한다.[23] 내담자에게 이런 은유적 인식을 정착하게 하고 그 결과를 스
스로 평가하게 하는 것이 문학 치료의 한 방법이다. 이러한 은유의 치유적
효과는 「국수」에서도 드러난다.

> 그런데요…… 글쎄 이놈의 웅어리와 달리 말이에요, 제 안에서는 뭔가
> 가 풀리는 것만 같아요. 이놈의 웅어리처럼 뭉치고 맺힌 뭔가가…… 웅어
> 리라고밖에는 적당히 설명할 말이 떠오르지 않는 그 뭔가가 부드럽게……
> 반죽의 시간이 당신에게는 혹 가슴속 웅어리를 달래고 푸는 시간이 아니
> 었을까요.[24]

화자는 밀가루 반죽을 치대면서 마치 웅어리를 주무르고 있는 듯한 기분
이 든다. 단단하고 차지게 맺힌 웅어리와 네가 이기나 내가 이기나 오기가
뻗쳐 고군분투 하지만, 화자가 반죽에 악착같이 매달리면 매달릴수록 웅어
리는 더 차져만 간다. 그러나 화자는 그 과정에서 점점 차져가는 반죽과는
달리 자신의 가슴속 웅어리가 점점 풀려 가는 것을 느낀다. 그동안 단단하
게 뭉치고 맺힌 가슴속 웅어리가, 29년 동안 안고 살았던 당신에게 빚진 마
음이 반죽의 과정을 통하여 하나둘씩 풀려 감을 고백하고 있다.

2) 인고의 시간을 통한 자기반성

독자는 과거의 축적된 경험을 바탕으로 문학작품을 읽는다. 때문에 어떤

---

23) 변학수,『문학치료』, 학지사, 2005, 103~109쪽 참조.
24) 김숨, 앞의 책, 244쪽.

과거의 기억을 가지고 있는 독자가 어떤 작품을 택하느냐에 따라 그 작품이 독자에게 와 닿는 감동과 전율은 크게 다를 것이다. 그렇다면 이러한 텍스트들은 좀 더 구체적으로 독자에게 어떠한 긍정적인 영향을 미칠 수 있는가.

문학 텍스트는 수용, 인지영역에서 독자에게 흥미를 일깨워줄 뿐만 아니라 새로운 인식들이 독자에게 적극적으로 작동할 수 있도록 조장할 수 있다. 즉, 문학치료는 감정과 인지의 이원적 측면에서 모두 활용 가능하다.[25] 치료란 결국 이런 여러 요소들로 구성된 요인들을 재편하는 것을 의미한다. 이러한 과정을 통해 병리학적인 특성을 지닌 에너지를 방출하거나, 인지적 양상을 강화하면서 구조적 안정을 얻을 수 있는 등 다양한 대책을 세울 수 있다. 즉, 문학을 통하여 정서적, 인지적 영역에서의 재편과정이 작동해 새로운 에너지를 방출하거나, 환경에 대처할 수 있는 대책을 세울 수 있게 된다.[26]

문학 텍스트의 치유적 특징을 되새겨 보았을 때, 김숨의 소설 「국수」는 내담자들에게 정서적 위로와 감동을 줄 뿐만 아니라 인지적으로도 많은 것들을 생각하게 만드는 텍스트이다. 무엇보다도 내담자들에게 지난 시간들을 되돌아보고, 타자에게 상처를 주었던 자신의 모습을 반성할 수 있는 계기를 마련해줄 수 있다. 그러나 지난날을 반성하기까지는 인고의 시간이 필요할 것이다.

「국수」의 화자 역시 밀가루 반죽이 숙성의 과정을 거쳐 찰 진 국숫발이

---

25) 이론서에 따르면 문학 치료의 장점은 다음과 같다.
   ① 내담자로 하여금 인간행위의 심리학과 생리학에 대한 지식과 정보를 얻게 한다.
   ② 자신을 더 잘 이해하게 한다.
   ③ 관심을 넓혀 주변에 대한 관심을 갖게 한다.
   ④ 무의식적 고통으로부터 해방된다.
   ⑤ 주인공과의 동일시를 통해 보상을 체험하게 한다.
   ⑥ 자신의 문제를 알고 자신의 행위에 대한 통찰을 할 수 있다.
   Zit. nach Rubin,, *Bibliotherapy sourcebook*. London: Oryx Press, 1987, p.214. 변학수, 앞의 책에서 재인용.
26) 변학수, 앞의 책, 97~99쪽 참조.

되듯이, 자신도 국수 만들기의 과정을 통하여 인고의 시간을 버텨내고 있다. 인고의 시간 속에서 화자는 당신이 우리 가족을 위해 희생해 왔던 지난날들을 되돌아보게 되고, 그런 당신을 미워하고 증오했던 자신의 모습, 당신의 운명과 나의 운명을 저주했던 자신의 모습을 부끄러워하고 반성한다.

> 그래요, 언젠가 저에게 이러한 시간이…… 반죽의 시간이 찾아오리라는 걸 나는 막연하게나마 짐작하고 있었는지 모르겠습니다. 내 굼뜬 손가락들을 오므리고 펴길 반복하면서 견뎌내야 할 반죽의 시간이 말이에요.[27]

뿐만 아니라 화자는 국수 만드는 시간을 참아내고 겪어내는 일련의 과정들이 자신의 상처를 치유하고 고통에서 벗어나는 데 절대적으로 필요한 것으로 받아들인다. 이를 통하여 독자 역시 자신의 잘못이나 상처, 트라우마로부터 벗어나고 치유되는 데는 고통스러운 시간을 대면하고 견뎌야만 하는 절대적 시간이 필요함을 받아들이는 계기가 될 수 있다.

「국수」의 화자처럼 많은 사람들은 제 각기 사연이 있는 자신만의 '상처'를 안고 살아갈 것이다. 심리·병리학에서는 감정적 통합과 인지적 구별의 과정이 불균등하게 발전할 때 상처의 개념이 형성된다고 보는데 대부분의 사람들은 이러한 아픔들을 잘 극복하고 넘겨 큰 문제가 되지 않지만, 몇 몇 사람들은 고통 속에서 벗어나지 못하고 트라우마에 고착되어 살아간다. 이런 상황에서 문학은 자신의 '감옥'으로부터 빠져나와 다른 사람의 행위와 같은 사회성을 띤 태도를 취할 수 있도록 이끌어 주어야 할 것이다. 즉 문학은 이럴 때 내담자의 정서적 장애를 경감시켜 주고, 내담자가 인생의 불행을 딛고 일어서서 삶의 의미를 가질 수 있도록 도와줄 수 있어야 한다. 이러한 문학의 치유적 역할을 되새겨볼 때 「국수」는 내담자들에게 정신적, 인지적으로 충분한 의미를 부여할 수 있는 텍스트일 것이다.

---

27) 김숨, 앞의 책, 235쪽.

3) 동일시를 통한 타자의 이해

앞서 2.-3)에서 살펴보았듯 「국수」의 화자는 국수 만드는 과정을 통하여 자신에게 국수를 끓여주던 타자(새어머니)의 모습과 지금 타자를 위해 국수를 끓이고 있는 자신의 모습을 동일시하게 되고, 이를 바탕으로 타자의 진실 된 속마음을 이해하게 된다. 이러한 동일시는 텍스트 속 인물들에게서만 일어나는 것이 아니라 텍스트와 독자와의 상호 관계 속에서도 이루어진다.[28] 여기서 동일시란 독자가 소설의 주인공을 자기 자신으로 인식하고 자신이 사건의 현장에 있는 듯한 환상을 갖는 것을 의미하며, 대부분의 소설들은 이와 같은 동일시를 추구한다. 물론 독자가 문학작품 속에 완전히 매료되어 등장인물과 자신을 동일시하기 위해서는 작가가 상상력을 가지고 만들어 낸 문학작품이 매우 그럴듯해야 할 것이다.[29] 문학작품이 허구임에도 불구하고 독자에게 사실감 있게 느껴지는 가장 본질적인 이유는 문학은 인간의 삶에서 직접 채취하여 그려지는 삶의 모방이기 때문일 것이다. 독자는 이처럼 그럴듯한 이야기 속에 빠져들어 묘사된 인물의 운명을 따라감으로써 그 속에 몰입하게 되고, 그 인물의 입장에서 그의 운명을 좀 더 생생하고, 분명하게 체험함으로써 자신의 문제를 다른 시각에서 바라보도록 할 수 있다.

---

28) 다트리히 크루셰는 소설을 읽을 때의 동일시가 두 가지 근원에서 일어난다고 보았는데 하나는 시점인물의 성격에 의하여 일어나고, 다른 하나는 작품의 구성요소에 의해 일어난다고 주장하였다. '구성요소는 우리가 소재적으로나 내용적으로 이미 알고 있는 것, 지금까지의 우리들의 세상 경험과 일치하는 것, 그런 세상 경험에 속하는 것, 그러한 것들을 우리들로 하여금 재인식하게 만드는 것'이라고 말하였다. 독자는 이러한 것들을 발견함으로써 작품이 알려주는 줄거리 진행, 작중인물의 상황, 역할의 윤곽, 갈등상태 등을 가능한 것으로, 있을 법한 것으로 받아들일 뿐만 아니라 나아가 완전한 사실로 받아들이게 된다.
Dietrich Krusche, *Kommunikation im Erzähltext, 1. Analisen*, München, 1978, p.24; 김천혜, 앞의 책 334쪽에서 재인용.
29) 이야기는 '그럴 듯함'과 '낯설게 하기'의 변증법적 관계를 통하여 독자에게 치료적으로 다가간다. 즉, 허구적 이야기로서 문학적 텍스트는 '그럴 듯함'으로 내담자에게 실감 있게 다가가고 '낯설게 하기'를 통하여 자신의 문제를 다른 시각에서 접근하도록 인도한다.
이영식, 『독서치료 어떻게 할 것인가』, 학지사, 2006, 171쪽.

솥뚜껑을 열자 김이 막 부화한 흰나비 떼처럼 날아오릅니다. 언젠가 텔레비전에서 봤던 밑동밖에 남지 않은 나무에서 나비 떼가 연기처럼 피어오르는 장면이 겹쳐 떠오르면서…… 멍해집니다. 구름이 바위처럼 무거워지고 바람이 성난 염소처럼 사납게 휘몰아치는 밤새, 수천 마리의 나비를 제 안에 꼭 품고 있다가 날려 보내던 그 장면. 만약에요…… 그 나무가 온전한 나무였다면, 그나마 남은 밑동 속에 동굴처럼 비어 있지 않았다면 어떻게 그 많은 나비를 품을 수 있었겠어요. 그리고 보면 당신은 우리에게 밑동만 남은 나무가 아니었을까요. 박쥐가 드글대는 혼돈의 밤 기꺼이 우리를 품어주었던…… 우리가 아무리 발광을 쳐대도 뿌리를 땅속에 단단히 내리고 흔들리지 않던……30)

반죽이 저 스스로 조금씩, 조금씩 당신의 얼굴 형상을 띠어갈 것만 같아요. 당신의 얼굴을 똑 닮은 밀가루 반죽 형상에 구멍을 내고 훅훅 숨을 불어넣는 상상을 해봅니다. 훅—31)

「국수」의 서두에서 화자는 아버지가 새어머니란 사람을 처음으로 집에 데려온 날, 당신이 끓여 주었던 국숫발들을 죄다 뚝뚝 끊어 놓았었다. 이는 이방인에 대한 적대감, 당신의 존재를 받아들일 수 없다는 불만의 표현으로 볼 수 있는데 화자의 행동으로 인해 국수를 통하여 아이들과 소통하고자 했던 당신의 소망은 좌절되고 말았다. 그러나 소설의 전개를 통하여 알 수 있듯, 지금 당신과 화자의 관계는 역전되어, 화자가 새어머니에게 국수를 끓여 줌으로써 그동안의 용서를 구하며 당신과의 소통을 시도하고 있다. 뿐만 아니라 화자는 반죽 덩이로 당신의 얼굴 형상을 빚기도 하고, 암덩이와 싸우고 있는 당신을 생각하며 반죽에 구멍을 내고 생명의 숨을 불어 넣기도 한다. 당신에게 용서를 구하고 당신과 화해하고자 하는 화자의 노력은 화자가 끓인 국수가 당신의 입에 들어가는 순간 그 빛을 발하게 된다. 여기서 화자는 음식을 잘 넘기지 못하는 당신을 위하여 자신이 뽑은 국숫발들을 죄다

---

30) 김숨, 앞의 책, 261쪽.
31) 김숨, 같은 책, 244쪽.

뚝뚝 끊어내는데 이러한 행동을 통하여 화자는 지난 29년 동안 자신과 당신을 이어 온 애증 섞인 갈등의 끈도 함께 뚝뚝 끊어낸다.

이처럼 「국수」는 화자가 타자를 이해하고, 타자와 화해해 나가는 과정을 감동적으로 그려내고 있다. 문학 치료나 정신분석학에서는 자신과 비슷한 처지와 심정을 다루는 동류요법[32]의 원리가 큰 효과가 있다고 본다. 문학 텍스트 「국수」는 지금 현재 화자처럼 새어머니를 비롯한 가족 구성원들과 갈등을 겪고 있거나, 타인과의 관계에서 발생한 상처로 고통받는 내담자들에게 화해의 가능성을 열어 줄 수 있을 것이다.

4. 결론

지금까지 김숨의 「국수」에 드러나는 이중 서사구조를 통하여 작품의 치유적 요소는 무엇이며 그 의미가 무엇인지를 파악하고, 「국수」의 문학 치유 활용 가능성에 대하여 고찰해 보았다. 그 내용을 정리해 보면 다음과 같다.

첫째, 「국수」는 은유를 통한 이중 서사구조를 이루고 있다. 이러한 은유적 표현 방법은 문학 치료에서 독자가 직접적으로 대면하기 싫은 트라우마를 '은유'라는 간접적이고 우회적인 방법을 통하여 고백할 수 있도록 하며, 이를 통해 내담자가 억압된 감정을 발산함으로써 카타르시스를 느낄 수 있도록 한다.

둘째, 「국수」는 교차적 시간 구성과 일인칭 고백체 서술을 사용하여 화자가 지난 29년 동안 억압해 왔던 이야기를 '국수 만들기'라는 두 시간의 과

---

32) 동류요법은 원래 음악이나 시와 같이 리듬이 있는 감성적 예술 장르에서 출발한 것으로 슬플 때 슬픈 영화를 보고 펑펑 우는 것, 우울할 때 쓸쓸한 노래를 듣거나 고독한 시를 읽는 것과 같은 맥락으로 볼 수 있다. 텍스트를 읽고 쓰면서, 그리고 해석하고 말하면서 나만 슬프거나 우울한 것이 아니구나, 다른 사람들도 나도 비슷한 감정을 느끼는구나 깨닫게 되고 이러한 인지를 통해 외로움과 우울함에서 벗어날 수 있다.

정으로 체화시켜 그려낸다. 일인칭 화자는 자기 자신이 체험한 이야기를 솔직하게 고백함으로써 독자에게 친근감과 신뢰감을 불러일으키는데 이를 통해 내담자들은 지난 시간을 돌이켜 보며 자기반성의 시간을 가질 수 있다.

셋째,「국수」는 장면 위주의 미메시스 서사 방법을 사용하여 작중상황을 마치 그대로 보여주듯 전달하는데 이를 통해 내담자들은 자신과 화자를 동일시함으로써 현재 자신의 문제를 들여다보고 자신과 갈등을 겪고 있는 타자를 이해할 수 있도록 도와 줄 수 있다.

이처럼 김숨의 단편 소설「국수」는 새어머니와의 갈등, 투병중인 새어머니에게 국수 끓여 드리기라는 이야기 소재를 '국수 만드는 과정'이라는 표면적 구조와 '당신(새어머니)에게 용서를 구하는 과정'이라는 심층적 구조가 맞물려 돌아가는 이중 서사구조로 그려 낸다. 즉,「국수」는 표면적인 주제나 내용뿐만이 아니라 '은유'를 통한 이중 서사구조, 교차적 시간 구성, 일인칭 시점 및 고백체 서술, 장면 위주의 미메시스 서사 등 담론의 요소들이 치유의 효과를 극대화하고 있다.

이를 통하여 볼 때「국수」는 지금 현재, 화자처럼 새어머니를 비롯한 가족 구성원들과 갈등을 겪고 있거나 타인과의 관계에서 발생한 상처로 인해 고통받는 내담자들에게 상대방과의 소통과 화해의 가능성을 제시해줄 수 있을 것이다. 뿐만 아니라「국수」는 내담자들에게 현재 자신의 문제를 돌아보게 하고, 자신의 인식과 행동에 대해 통찰하게 함으로써 자기 자신을 더 잘 이해할 수 있는 계기를 마련해줄 수 있다. 그러므로 김숨의 소설「국수」는 문학 치료의 텍스트로서 효과적으로 활용할 수 있는 충분한 가치와 가능성을 지닌 작품일 것이다.

<참고문헌>

권택영, 「서사학 패러다임의 변모」, 『OUGHTOPIA』 24권 2호, 경희대학교 인
류사회재건연구회, 2009.

_____, 「서사론과 서사형식: 즈네트와 메타픽션」, 『미국학논집』 41권 2호, 미
국아메리카학회 2009.

김　숨, 「국수」, 『2012년 이상문학상 작품집』, 문학사상, 2012.

김천혜, 『소설구조의 이론』, 한국학술정보(주), 2010.

박　진, 「토도로프의 서사이론―서사시학의 성과와 한계」, 『한국문학이론비평』
제19집, 한국문학이론비평학회, 2003.

_____, 「채트먼의 소설이론―서사시학의 새로운 영역」, 『현대소설연구』 제
19집, 한국현대소설학회, 2003.

변학수, 『문학치료』, 학지사, 2005.

양현진, 「김숨 소설에 나타난 눈(目)의 상상력 연구」, 『한국문예창작』 11권 1
호, 한국문예창작학회, 2012.

_____, 「한국 현대소설에 나타나는 새의 이미지와 여성의식 연구: 전경린, 한
강, 김숨의 작품을 중심으로」, 『현대문학이론연구』 제47집, 현대문학이론
학회, 2011.

이봉지, 「제라드 쥬네트의 서사학과 초점 이론」, 『불어불문학연구』 28권 1호,
한국불어불문학회, 1993.

이영식, 『독서치료 어떻게 할 것인가』, 학지사, 2006.

임성관, 『독서치료에서의 문학작품 활용』, 시간의 물레, 2011.

차봉희, 『수용미학』, 문학과지성사, 1988.

한국소설학회, 『현대소설 시점의 시학』, 새문사, 1996.

멘딜로우, 최상규 역, 『시간과 소설』, 예림기획, 1998.

시모어 채트먼, 한용환 역, 『이야기와 담론』, 푸른사상, 2003.

제라드 즈네뜨, 권택영 역, 『서사담론』, 교보문고, 1992.

츠베탕 토도로프, 신동욱 역, 『산문의 시학』, 문예출판사, 1992.

Esmond R. Long, 유은실 역, 『병리학의 역사』, 울산대학교 출판부, 1997.

봉준호 영화의 서사구조와 현실성의 문제*

심 재 욱

1. 들어가며

오늘날 전통적인 서사의 영향력이 과거에 비하여 현저하게 약화된 것이 사실이다. 반면 이야기 전달의 영역에서 다른 매체들의 영향력은 커져가고 있다. 여기에는 동일한 서사물이 다양한 매체로 변환될 때 각 매체의 특수성에도 불구하고, 동일한 이야기로 이해된다는 점에서 접근성이 용이한 장르의 영향력이 확대되어 온 측면이 있다. 영화라는 매체가 그 중심에 서 있음은 날로 커져가는 영화산업의 규모를 통해 알 수 있다.

이처럼 동일한 서사물이 여러 전달 매체로 다양화되는 과정에서 우리가 발견할 수 있는 것은 무엇인가. 시모어 채트먼은 『이야기와 담론』에서 모든 서사물은 매체의 차이에도 불구하고 공유하는 구조1)가 있음을 밝히고,

---

* 본 논문은 『어문연구』 Vol.40 No.2(한국어문교육연구회, 2012)에 발표한 글임을 밝힌다.
1) S. 채트먼, 한용환 역, 『이야기와 담론』, 푸른사상, 2003, 4쪽. "장르상의 차이점에 대한 분석 너머에는 서사란 본질적으로 무엇인가를 결정하는 인자가 있다. 문학비평가들은 영화나 언어 매체만을 유일한 것으로 생각하는 경향이 있다. 이러한 예술형태에는 어떤 공통된 기반이 있음이 분명하다. 그렇지 않다면 우리는 「잠자는 숲 속의 미녀」가 영화나 발레, 마임 등으로 변

이를 서사성으로 개념화하고 있다. 이때, 고유한 서사성은 이야기에 포함된 인물, 사건, 배경 등과 같은 기본적이고 독립적인 사건적·사물적 요소와 각 요소들이 맺는 구조적 관계를 하나의 전체로 볼 때 드러난다. 소설과 마찬가지로 영화가 가지고 있는 서사성에 중심을 두면, 문학연구의 영역에서 영화 서사 연구가 가지는 타당성과 필요성을 찾을 수 있을 것이다.

본 연구는 봉준호가 지금까지 발표한 4편의 장편영화2)를 대상으로 한다. 봉준호는 일련의 작품을 통해, 자신만의 고유한 서사 세계를 구축해 왔다. 이는 미학적 성과에 머물지 않고 대중에게 봉준호라는 작가의 영화 세계를 인지시키는 성공적인 과정3)이었다.

봉준호에 대한 기존 연구는 대부분 개별 작품을 사회학적·문학적 측면에서 다루거나, 혹은 영화사적인 측면에서 봉준호의 위치를 파악하는 쪽으로 주로 이루어져왔다. 하지만 본고에서는 봉준호의 개별 작품들이 동일한 서사적 소재와 서사구조적 특징을 반복하고 있음을 확인하고, 이러한 특징으로 구성된 봉준호만의 서사세계에 대한 논의가 필요하다고 보았다. 또한, 이를 통한 봉준호의 작품활동 과정에 대한 가치평가가 필요하다는 것이 본 연구의 시각이다.

봉준호의 일련의 작품을 통해 그의 작품세계를 조망한 기존 연구는 문재철4)과 최병학5)의 논문이 있다. 특히, 문재철은 봉준호의 작품 중 <마더>

형되는 현상을 설명할 수가 없게 된다."
2) 봉준호, <플란다스의 개>, (주) 우노필름 제작, 2000.
  봉준호, <살인의 추억>, (주) 사이더스 제작, 2003.
  봉준호, <괴물>, (주) 청어람 제작, 2006.
  봉준호, <마더>, (주) 바른손 제작, 2009.
3) 영화진흥위원회의 공식적인 산업통계에 따르면(www.kofic.or.kr/cms/58.do), <살인의 추억>은 전국 관객 5,255,376명으로 2003년 최고 흥행작이 되었고, <괴물>은 13,019,740명으로 한국 영화사상 가장 많은 관객을 동원하였다. <마더> 또한 19세 이상 관람가능이라는 불리한 조건 하에서도 3,013,523명이 관람하여 2009년 한국 영화 흥행작 7위에 올랐다. 반면, 데뷔작인 <플란다스의 개>는 서울 관객 5만 명 정도의 저조한 흥행을 기록하였다. 하지만 이미 이 작품에서부터 이후 봉준호 작품에서 반복해서 나타나는 이중적인 이야기 구조와 사회 비판적 시각이 드러나 있다.

를 제외한 세 편의 작품을 통해, 봉준호의 영화들에서 나타나는 '품크툼', '맥거핀', '웃음' 등의 특징을 부각시킨다. 그는 이러한 특징을 바탕으로 봉준호의 작품세계가 '맹목적이고 폭력적인 한국의 역사'를 알레고리적으로 반추하는 리얼리즘적 욕구를 보여준다고 보고 있다. 하지만 본고에서는 시각을 좀 더 확장하여 '동일한 서사 세계를 반복하는 행위'가 드러내는 욕망의 의미를 연속적인 작품 활동 '과정'과 관련지어 확인해 보고자 한다.

이에 따라, 본고의 2장에서는 봉준호의 작품들에서 반복되는 범죄 · 추리물 소재, 그리고 지표(indices)의 활용이라는 서사구조 특징과 그 의미를 확인해 보고자 한다. 3장에서는 작품과 현실과의 긴장 관계에서 나타나는 '현실성'이라는 신형철의 논의를 빌어, 봉준호의 개별 작품과 전체 작품세계가 던지는 현실성의 의미를 밝혀보고자 한다. 이때의 '현실성'은 작품이 현실을 반영함과 동시에 긴장 관계를 유지하면서, 우리 사회에 유의미한 문제를 제기하고 우리의 인식에 전복적인 영향을 미칠 때 획득될 수 있는 것이다. 앞으로 구체적으로 논의하겠지만 봉준호의 영화들에서 '현실성'의 문제를 고찰해야 하는 이유는, 개별 텍스트의 사건들이 만들어내는 내적 세계가 텍스트 내에서 완결되는 것이 아니라 실제 한국 사회라는 텍스트 외적 세계와의 긴밀한 관련 하에 구축되고 있기 때문이다. 마지막으로 본고의 결론을 대신하는 4장을 통해 전반적인 봉준호의 작품세계가 갖는 현실적인 의미망으로 논의를 확장시켜보고자 한다. 이는 봉준호의 연속적인 작품 활동이 전작前作을 극복하고자 하는 과정이라는 점을 밝히는 계기와 그러한 작업이 가지는 의미에 대한 가치 평가가 될 수 있을 것이다. 이를 위해 본고는 전체적인 논의를 라캉의 정신분석학적 논리 안에서 진행하고자 한다. 이는 각장에서 도출되는 논의 점들 모두가 정신분석학에서 밝히고 있는 무의식 · 욕

---

4) 문재철, 「문턱세대의 역사의식―봉준호의 세편의 영화」, <영상예술연구> Vol.12, 영상예술학회, 2008, 139~160쪽 참조.

5) 최병학, 「사실, 인식, 망각의 연대―봉준호 영화에 나타난 비도덕적 사회의 우발성 유물론」, 『인문과학』 Vol.46, 성균관대학교 인문과학연구소, 2010, 245~269쪽 참조.

망의 구조라는 개념 안에서 묶일 수 있기 때문이다.6)

2. 불완전한 사회의 이면을 드러내는 서사적 특징

1) 범죄 · 추리물 소재의 사용

거의 모든 서사 텍스트는 독서나 관람 행위의 지속을 위해 텍스트 내에 하나의 해답을 숨겨 두고 그것의 발견을 지연시키는 서사적 원리를 활용한다. 여기서 최종적으로 얻어지는 해답을 우리는 주로 주제라 부른다. 반면, 범죄 · 추리물은 이러한 과정이 담론의 측면에서 주도적으로 나타나고 스토리를 진행시키는 기본 동인이 된다.

봉준호의 영화에서 벌어지는 이야기는 범인을 잡거나(<플란다스의 개>, <살인의 추억>, <마더>), 가족을 구해야 하는(<괴물>, <마더>) 긴박한 사건이다. 즉, 부정적인 사건이 발생하고 이 사건이 해결되어야 끝나는 전형적인 범죄 · 추리물 구조를 지니고 있다. 이러한 범죄 · 추리물 구조가 갖는 효과는 허문영의 논의7)를 통해 확인할 수 있다. 대신 본고에서는

---

6) 덧붙여, 라캉의 정신분석학은 서사 연구에서 유용한 방법론으로 활용될 수 있다. 박찬부는 정신분석학이 본질적으로 서사적이라는 사실을 지적하면서 서사분석에서 정신분석학 이론 적용을 긍정적으로 옹호하고 있다. 그는 "우리가 서사(narrative)라는 개념을 '일련의 사건에 대한 서술', '시간성과 인과론적 차원을 지닌 줄거리 있는 이야기', '이야기성을 지닌 담론' 등으로 정의할 때 이러한 서사적 성격을 정신분석학이 지니고 있다는 것은 처음부터 명백하다"라고 말한다. 또한 정신분석학을 통한 "독서현장에서 독자에 의한 텍스트의 재구성은 텍스트 내에서의 새로운 사실의 발견, 의미의 확장 등을 통해 그것의 타당성을 확인 받을 수 있다", "분석적 의미는 과거의 철저한 복원이나 엄격한 역사적 재구성에 의해서 드러나는 것이 아니라 현재적 구성과 그것에 대한 확신에 의해 결정된다. 과거가 원인이 되어, 혹은 근원이 되어 현재를 결정한다기보다는 현재의 상황 논리로 과거의 의미를 결정한다. 이것이 정신분석 과정이나 텍스트 분석 과정에서 볼 수 있는 사후성의 논리"라고 말하며 정신분석학적 분석의 의미와 효과를 주장한다. 박찬부, 「정신분석학과 서사의 문제」, 『비평과 이론』 Vol.1, 한국비평이론학회, 1996, 84~120쪽 참조.

구조가 아니라 소재적인 측면에서 범죄·추리물이 갖는 의미를 논의해 보고자 한다.

단순해 보이지만 봉준호의 영화의 중심사건으로 불공정한 거래, 살인사건, 괴물의 출몰, 폭력, 원조교제 등 사회에서 범죄로 규정한 사건들로 넘쳐난다는 점은 중요하다. 이러한 소재는 불완전한 우리 사회의 균열을 드러내는 소재이다. 즉, 사회가 제거하고 은폐하려 해도 결코 성공하지 못하는 불완전한 사회의 '증상'인 것이다. 봉준호 영화가 증상으로서의 이러한 범죄·추리물 소재를 반복해서 이야기하는 이유는 사회 구조에 내재한 어떠한 근원적 원인이 군사정권의 폭력적 억압에서 계급갈등(자본주의 착취구조, 청년실업 등)으로, 다시 개인이기주의(불공정한 거래, 원조교제, 살인 등) 등의 증상으로 겉모습을 달리하면서 반복되고 있다고 판단하기 때문이다. 불완전한 증상을 감추고 침묵하는 것으로는 문제가 해결될 수 없음은 자명하다. 앞으로 논의를 통해 구체적으로 밝히게 되겠지만, 사회에서 드러나는 증상의 궁극적인 원인은 '근본적 결여'로서 상징계적 주체가 알 수 없는 실재의 영역에 속한다.[8] 결국 증상의 원인을 밝혀내려는 시도들은 실패하고

---

7) 허문영은 이러한 서사적 특징을 '봉준호식 스릴러의 고유성'이라고 평하며 다음과 같은 설명하고 있다. "봉준호가 만든 네 편의 장편은 정도와 양상의 차이는 있으되 모두 스릴러 혹은 누아르의 게임 구조를 내장하고 있다. 구체적으로 말하면, 봉준호는 게임1(일반적인 범죄스릴러 혹은 고전적 추리물로써 빗나가던 공이 표적/ 범인을 명중하는 지점에서 끝남)을 진행시키는 척하면서 게임2(사건을 해결하려던 주인공 자신이 표적/ 범인으로 밝혀지는 필름누아르)를 다른 층위에서 은밀히 가동한다. …… 봉준호식 스릴러의 고유성은 게임1의 대중적인 장르 서사를, 지역정치학으로 번안된 게임2의 서사에 결합하는 방식에 있다. …… 봉준호 영화의 대중성은 오인의 게임이 빚어내는 긴장과 반전의 흥분에 있을 것이며, 비평적 찬사는 주로 오인과 자기오인이 분기하고 배열되는 그 구조의 정교함과 의도된 모호함, 그리고 복합적 함의에 바쳐질 것이다." 허문영, 「농촌 스릴러의 당당한 심화」, 『씨네21』 No.709, 2009, 100~104쪽.

8) 사회라는 상징계는 그 자체가 틈을 포함하면서 구성된다. 상징계의 질서는 언어(기표)의 질서인데, 이때의 기표는 기의를 갖지 못하고 계속해서 다른 기표로 대체되는 체계를 이룬다. 결국, 기표와 기표 사이의 간극은 채울 수 없는 틈으로 남게 되고 이 틈을 메우기 위한 기표의 영속적인 미끄러짐이 발생한다. 상징계적 주체가 알 수 있는 것은 언어적인 세계지만, 언어(기표)가 대리해주지 못하는 나머지, 즉 실재는 주체에게 미지의 세계가 되며, 근원적인 결여로 남는다. 봉준호의 작품들에서 근원적 결여로서의 실재에 주목하는 이유는, 텍스트에서 제시되는 상징계에 실재가 언어의 억압을 뚫고 증상으로서 끊임없이 영향을 미친다는 점 때문이다.

마는데, 봉준호의 영화는 그러한 시도가 증상을 반복하게 만들어 패러독스에 빠지게 되는 것을 보여준다. 마치 '슈뢰딩거의 고양이'의 실험9)에서처럼, 사건을 해결하려는 범죄·추리 과정이 오히려 사건을 미궁 속으로 빠뜨리는 구실이 되어 순환하게 되는 것이다. 감추어진 원인이 있다는 '믿음'이 다시 범죄·추리 상황을 만드는 구조는, 욕망하는 주체가 현실에서는 포착할수 없는 실재10)를 욕망하며 끊임없이 미끄러지는 상황과 일치한다.

2) 지표(indices)의 활용

롤랑 바르트는 이야기의 구조적 분석을 위해, '스토리 구성의 필수적인 단위'인 '기능(distributive functions)'과 '스토리 이해에 필요한 것이긴 하지만 스토리 구성에 필수적인 것은 아니며, 미학적 요소를 풍부하게 하는 단위'인 '지표(indices)'를 구분하였다.11) 바르트의 두 요소를 바탕으로 봉준호의 작품을 살펴보면, 그의 작품들은 '기능단위'와 '지표단위'가 맞물려 이중의 서사구조를 효과적으로 만들어 내고 있음을 확인할 수 있다.

정신분석학적 의미의 "증상은 '타자와의 만남'의 과정에서 '주체'에게 생겨나는 고통과 향유(jouissance)의 표현으로, 무의식의 세계에 무언가 문제가 있다는 것을 보여주는 신호"인 것이다. 홍준기(2002), 「자끄 라깡, 프로이트로의 복귀」, 『라깡의 재탄생』, 창비, 18~29쪽 참조.

9) 1935년에 오스트리아의 물리학자 에르빈 슈뢰딩거가 양자역학의 불완전함을 보이기 위해서 고안한 사고 실험이다. 슈뢰딩거는 양자역학에서 사건이 관측되기 전까지는 확률적으로밖에 계산할 수가 없으며 가능한 서로 다른 상태가 공존하고 있다고 말하는 것을 부정하면서, 목격자의 존재를 떠나서 관측 이전에 이미 사건은 결정되어 있다고 말한다. 하지만 이러한 논리를 확인하려면 또 다시 패러독스적인 상황에 빠질 수밖에 없다.

10) 라깡의 정신분석학에서 상상계(Imaginary), 상징계(Symbolic)와 달리 실재(the Real)의 개념은 여전히 논쟁적이다. 본고의 초점에서 벗어나기 때문에 구체적인 논의할 수 없지만, 실재는 상징계가 상징화하지 못한 결여 부분이자 동시에 상징계의 상징화가 구성해낸 나머지 부분으로 잉여이다. 이때 실재는 상징계에 의해 전제(presupposed)되는 동시에 후제(supposed)되는데, 결국 실재는 상징계적 주체에게 끊임없는 영향을 미치게 된다. 이러한 측면에서 실재에 대한 구체적인 논의는 박찬부, 「상징과 실재의 변증법」, 『라깡, 사유의 모험』, 마티, 2010, 67~114쪽 참조.

11) 그레이엄 앨런, 송은영 역, 『문제적 텍스트 롤랑/ 바르트』, 앨피, 2006, 113~127쪽 참조.

일단 봉준호의 작품들은 앞서 언급했듯이 범죄 · 추리물 소재를 가지고 사건 해결을 향해 서사가 진행된다. 당연히 이야기 전달에 있어 사건들의 배열이 중요하게 작용하고, 이를 통해 관객은 스토리 구축에 몰두하게 된다. 단순하게 봉준호 작품들을 큰 기능단위로 나누어 보면 '사건발생 → 투쟁 → 실패'[12]의 기능단위가 배열되어 스토리를 구축한다. 이 인과관계에 따른 기능단위를 따라가며 관객은 이야기에 대한 궁금증을 흥미롭게 해소한다. 봉준호의 작품들에는 하나의 중심사건이 강조되어 단순한 스토리-뼈대를 이루고 있다. 이는 가해성을 높이는 효과를 가진다. 영화를 관람함에 있어 단순한 스토리-뼈대는 서사 진행을 따라가는데 있어 부담감을 줄여주는 것이다. 반면, 봉준호 영화에서 빼놓을 수 없는 특징으로 넘쳐나는 서사 정보를 들 수 있다. 일단 작품들에 등장하는 인물들의 수가 많으며, 각 인물들에게서 파생되는 에피소드도 많다. 또한 중요해 보이지 않는 장면들이 반복해서 등장한다. 기능단위와 동떨어져 보이는 지표단위의 장면들이 작품 전체에 산재해 있는 것이다. <괴물>을 예로 들어 살펴보면, 영화 시작에 등장하는 한강 다리에서 투신자살하는 김사장의 에피소드는 이후, 뉴스 소식으로 다시 한 번 스쳐지나간다. 이때 관객은 사업실패라는 김사장의 투신자살의 이유까지 알게 된다. 또한 첫 등장부터 잠을 자고 있는 강두의 모습은 이후, 딸 현서의 분향소에서 이어지고, 긴박한 괴물 추격 중에서도 나타난다. 그리고 아버지 희봉은 과거를 회상하는 독백으로 아들이 잠을 많이 자는 이유를 설명한다. 이러한 장면들은 인과관계에 크게 상관없이 등장하기 때문에 중요하게 인식되지 않을 뿐더러, 서사 진행의 속도를 지체시킨다. 그럼에도 봉준호 영화에서 표면적인 이야기인 '제1이야기' 밑으로 사회

---

12)

작품	대표적 기능단위 사건발생 → 투쟁 → 실패
<플란다스의 개>	강아지 실종 · 살해사건 → 범인 추적 → 무고한 부랑자 검거
<살인의 추억>	연쇄살인사건발생 → 범인 추적 → 범인 검거 실패
<괴물>	괴물출몰 · 현서납치 → 괴물추격 → 괴물 · 현서죽음
<마더>	여고생살인사건발생 → 진범추적 → 무고한 용팔이 검거

비판적인 '제2이야기'가 진행되는 데 있어, 이 지표단위는 두 수평축을 이어주는 역할을 한다.[13] 김사장의 에피소드는 자본주의 사회에서 실패가 주는 냉혹한 징벌의 분위기를 형성하고, 잠만 자는 강두의 모습에서는 깨어 있지 않으면 한국 사회의 구조적 모순에 의해 피해를 입을 수밖에 없다는 핵심이 담겨 있다. 이에 따라 <괴물>은 '괴물'과 강두 가족의 사투라는 제1이야기와 사회와 개인의 투쟁이라는 제2이야기가 이중적 서사구조를 형성한다. 같은 방식으로 <플란다스의 개>에서 윤주의 강아지살해 이야기는 규정이 지켜지지 않는 불공정한 사회에 대한 비판의 분위기를 형성하고, 현남의 범인추적 서사는 자본주의적 가치로 교환되는 인정욕망의 이야기와 함께 이중적으로 진행된다.

하지만 이러한 지표단위와 그에 따른 제2이야기로 인해 관객들이 중심사건의 스토리 이해에 크게 방해를 받는 것은 아니다. 지표단위가 기본적인 중심사건의 흐름과 분위기를 따라서 형성(실패로 끝나는 중심사건의 결말과 사회와 개인을 바라보는 비판적인 시선)되고 있기 때문이다. 결국, 제1이야기와 제2이야기는 문제의 진원지를 찾아간다는 목적 하에서 같은 이야기로 묶이게 된다. 지표단위가 수평적 서사축의 인과관계를 단절시키는 것이 아니라, 이중구조인 두 수평축 사이에서 수직적 연결점을 담당하면서 또 다른 인과관계를 형성하는 것이다. 이를 통해 봉준호의 텍스트는 복합적이면서도 일관적인 서사성를 구축하게 된다.

3. 개별 텍스트와 현실성의 문제

다음으로 봉준호의 텍스트들이 갖는 '현실성'의 의미를 살펴보고자 한다. 앞서 살펴본 바와 같이, 봉준호의 영화들은 실제 현실 세계를 끌어들이는

---

13) 이는 정신분석학에서 보이지 않지만(부재), 끊임없이 현실에 영향을 미치는(현존) 무의식적 작용으로 볼 수 있다.

이중적인 서사구조 전략을 통해 일관되지만 복합적인 서사 세계를 완성하고 있다. 다시 말해서, 개별 텍스트의 사건들이 만들어내는 내적 세계는 텍스트 내에서 완결되는 것이 아니라 실제 한국 사회라는 텍스트 외적 세계와의 긴밀한 관련 하에 구축되고 있는 것이다. 봉준호의 텍스트들에서 발생하는 두 서사축은 서로를 참조하면서 '그럴듯한' 서사성을 획득한다. 제1이야기가 갖는 비현실성[14]은 실제 현실 사회에 대한 비판적 은유를 통해 현재에도 여전히 유효한 이야기가 되며, 제2이야기의 추상성은 제1이야기의 인과관계를 통해 구체적으로 가시화된다. 따라서 본고는, 실제의 세계를 끌어들여 완성된 봉준호의 개별 작품들이 다시금 실제 현실 속에서 갖는 의미를 파악해 보고자 한다.

이를 위해 본고는 신형철이 소설과 현실의 관계를 고찰한 '현실성'의 개념을 참고하고자 한다. 그는 소설이 갖는 현실성을 '세계의 현실성', '문제의 현실성', '해결의 현실성'이라는 세 가지 층위로 구별하여 검토하는데, 이것이 소설이 "특정한 '세계'에서 특정한 '문제'를 설정하고 특정한 '해결'을 도모하는 서사 전략"이라고 보는 것이다.[15]

이러한 현실성의 세 가지 층위가 갖는 효과는 무엇일까. 그는 "좋은 소설(서사)에는 현실 자체가 있는 것이 아니라 현실과의 긴장"이 있다고 본다. 그리고 이러한 현실과의 긴장 관계를 밝혀내기 위해서는 현실성을 구성하는 세 가지 층위를 살펴봐야 한다는 것이다.

---

14) <플란다스의 개>의 중심사건인 납치·살해 사건의 대상은 황당하게도 아파트 단지 내 애완견들이다. <살인의 추억>은 이미 종결된 15년 전 연쇄살인사건이며, <괴물>에서는 공상과학 장르에서 등장하는 괴생물체이다. 또한 <마더>의 살인사건 또한 지적장애가 있는 주인공의 완전 범죄로 마무리되는 이야기이다. 그럼에도 이러한 비현실적인 사건이 진행되는 구조적인 측면이 현실세계에서 작동하는 구조적 원리를 그대로 반영하고 있다는 점에서 현실적인 사건으로 다가온다.

15) 본고는 신형철의 '현실성' 논의에서 다뤄지는 '세계', '문제', '해결'의 개념을 본고의 논의 방향에 맞추어 정신분석학적 논리 안에서 구체적으로 좁히고자 한다. 먼저, '세계'는 상징계로서 언어의 질서가 고착화된 현실로 규정한다. 그리고 '문제'는 상징계인 '세계'에서 주체가 산출해 내는 '증상', 즉 현실 세계의 불완전한 측면이 드러나는 지점이며, '해결'은 증상의 근본적인 원인을 확인하는 과정, 즉 (대)타자의 결핍에 대한 주체의 대응으로 보고자 한다.

먼저, '세계의 현실성'은 우리가 살고 있는 특정한 시공간을 서사의 무대로 삼는 경우 확보 된다. 다음으로 '문제의 현실성'은 그 세계 안의 인간이 세계와 고투하면서 산출해내는 문제에서 확보된다. 마지막으로 한 사회의 구조를 뒤흔들며, 문제의 현실성을 심화 · 확장시키는 특정한 선택에서 '해결의 현실성'이 드러난다.16)

본고에서 다루는 봉준호의 작품들과 현실의 관계는 어떠한가. 언급한데로, 봉준호의 작품들은 구체적인 외부세계를 텍스트 안으로 끌어들여 서사를 구축하고 있기에 작품과 현실이 긴밀하게 관련되어 있다. 미해결 사건으로 종결된 '화성 연쇄살인사건'이라는 실화17)를 바탕으로 한 <살인의 추억>을 비롯하여, 2000년 2월 9일에 발생했던 맥팔랜드 사건18)을 이야기의 출발점으로 삼은 <괴물>, 우리의 현실 세계에서 만연한 부정부패나 약자들의 생존권 문제들이 나타나는 <플란다스의 개>와 <마더>에서 볼 수

---

16) 이상으로 '현실성의 문제'에 관한 내용은 신형철의 글(신형철(2008), 「만유인력의 소설학」, 『몰락의 에티카』, 문학동네, 23~24쪽)을 요약한 것이다. 그는 구체적인 예로 최인훈의 『광장』에 나타난 현실성을 살펴본다. "『광장』은 당시의 남한과 북한을 소설적 '세계'로 선택하면서 동서 냉전시대의 보편성과 한반도 분단체제의 특수성을 동시에 포괄할 수 있는 요령을 점령했고(세계의 현실성), '남이냐 북이냐'라는 민감한 '문제'를 설정하여 당대의 공론장에 뜨거운 의제를 던졌으며(문제의 현실성), 남과 북 모두를 거부하고 자살을 택하는 이명준의 '선택'을 옹호함으로써 매카시즘의 광풍을 뚫고 당대의 이데올로기 좌표를 근저에서 흔들었다(해결의 현실성)."

17) 1986년부터 1991년까지 무려 6년 동안 경기도 화성군 태안읍 반경 2km 이내에서 발생한 10차례의 강간살인사건. <살인의 추억>은 당시 불거졌던 '공소시효 폐지'라는 사회적 이슈와 맞물려 관객에게 큰 지지를 받기도 하였다.

18) 2000년 2월 9일 미군 용산 주한미군 부대에서 한강에 포름알데히드를 무단 방류한 사건. 봉준호는 다음과 같이 밝히며 영화 <괴물>의 전면에 우리 사회의 기억이 각인되어 있음을 말했다. "누구든 한강에서 괴물이 나오는 영화를 구상한 사람이라면, 맥팔랜드 사건을 어찌 그냥 지나칠 수 있겠나. 환경단체에서 들으면 펄쩍 뛸 일이지만, 나는 신문을 보면서 바로 시나리오에 대입할 수 있겠다며 좋아할 정도였다. …… 그런 사건들은 역사적인 사건이면서 동시에 장르의 강력한 출발점이 된다. 그 밖에도 괴물에게 있는 바이러스를 퇴치하기 위한 화학약품의 이름인 에이저트 옐로우는 고엽제를 말하는 에이전트 오렌지에서 따온 말이고, 괴물로 인한 바이러스가 없다는 영화 속 미군의 대사, '노 바이러스'는 누구나 짐작하듯 이라크전 이후, 살상무기가 사실은 없었다는 미국의 발표를 연상시킨다. 그런 것들은 이미 상식적으로 알려진 것들이고, 그게 시나리오 속에 자연스럽게 녹아든 것뿐이다." 문석, 「봉준호의 <괴물> - 감독 인터뷰」, <씨네21> No.561, 2006.

있듯이 봉준호의 작품들에는 현실이 적나라하게 반영되어 있다.

하지만 봉준호의 작품들이 현실 자체가 아님은 물론이고, 그의 서사가 재현하는 세계는 늘 현실보다 과장되어 있는 특징을 살펴볼 수 있다. 그가 그려내는 세계는 언제나 더 냉혹하고, 더 살벌하고, 더 부조리하다. 하지만 그가 이끌어 내는 결과는 언제나 미약하다. 해결하지 못한 상태로 남겨진 결과는 늘 현실과의 관계에서 결핍을 드러내며 긴장상태를 유지한다.

좀 더 구체적으로 봉준호의 각 작품들 안에 공존하는 세 층위의 현실성을 살펴보고자 한다. 먼저, <플란다스의 개>는 한국의 어느 서민 아파트 단지를 공간적 배경으로 한다. 그리고 등장인물인 대학원을 졸업한 윤주와 고졸자 현남은 경제적 측면에서 사회의 소시민 위치에 자리하고 있다. 윤주는 아직 교수가 되지 못한 가난한 시간 강사이며, 현남은 자신을 대신할 수많은 경쟁자를 가진 아파트관리소 비정규직 직원이다. 이들은 자신의 위치를 인정받기 위해 노력하지만, 번번이 현실적 상황과 어긋나기만 할 뿐 개선되지 않는다. 이때 윤주와 현남의 세계의 논리는, 특정한 시공간으로서 실제 한국 사회의 자본주의 논리와 일치하는 모습을 보여준다. 원래는 공정한 교환의 질서로 작동되어야 할 '세계'가 실제로는 원칙에 부합하지 않으면서 간극을 드러내고 있는 것이다. 소시민으로서 등장인물들이 이러한 문제를 극복하지 못하고 자신들의 욕망에 대해서 좌절하는 상황들은 자본주의 사회의 작동 메커니즘을 보여주면서 '세계의 현실성'을 획득한다.

이러한 세계에서 <플란다스의 개>가 산출해내는 문제는 무엇인가. 일단 스토리를 이끌어 나가는 사건은 아파트 단지 안에서 일어나는 연쇄적인 '강아지 실종·살해 사건'이다. 이 황당한 사건이 만들어 내는 문제는, 규정(법, 규칙, 도덕 등)이 지켜지지 않는 사회와 이 문제가 해결되는 방식이다. 아파트 내에서는 애완견을 키울 수 없지만 어느 누구도 이러한 규정을 지키지 않는다. 이를 감시해야 할 관리소도 수수방관할 따름이다. 다시 말해서, 텍스트의 내부·외부세계는 모두 부조리하지만 고착화된 나름의 질서에 따라 돌아가며, 이 세계의 메커니즘은 문제를 만들어 낼 수밖에 없는 것이다. 이때 윤주는 직접 강아지를 납치하고 살해한다. 이러한 방식은 또 다른 문제를 야기한다. 범인을 잡기 위해 관리소 직원 현남이 추적에 나서고 이 과정에서 현남은 직장을 잃는다. 언뜻 사소한 해프닝으로 보이는 '강아지 실종·살해 사건'은 '범인 검거 여부'라는 표면적인 문제를 넘어, 교수 임용 과정에서의 불공정한 실태, 그리고 비정규직으로 대변되는 젊은이들의 무의미한 존재감 등의 문제로 확장된다. 결국, 윤주와 현남은 자신들의 욕망 실현을 지연시키고 좌절시키는 불공정하고 불완전한 구조적 모순과 대면한다. 이제 윤주와 현남은 자신들을 둘러싼 세계와 싸워야 한다. 여기서 <플란다스의 개>는 '불완전한 시스템에 순응할 것인가, 반발하고 투쟁할 것인가'라는 '문제의 현실성'을 획득하게 된다.

마지막으로 <플란다스의 개>가 제시하는 증상의 극복가능성으로서 '해결의 현실성'을 살펴보면, 윤주와 현남이라는 두 사람이 각기 다른 선택을 함으로써 의미 있는 해결의 현실성을 획득하지 못하고 있음을 알 수 있다. 윤주는 '임용을 위한 로비'라는 시스템의 요구를 수용한다. 이러한 태도가 지금껏 자신이 받아온 부당한 대우의 원인이었음을 알고 있지만, 그는 자본주의 사회에서 개인의 생존은 개인 스스로가 도모해야 한다는 절박함을 인정하는 선택을 하는 것이다. 이러한 부도덕한 선택은 약자에 대한 강자의 착취와 부의 영원한 재생산이라는 자본주의적 구조를 공고히 하게 된다. 현남은 이러한 피해를 입는 약자 중의 약자가 된다. 현남은 언제나 희생하기를 선택한다. 물론 이러한 선택이 세상의 주목을 받고 싶었던 자신의 욕망에서 비롯되었다 할지라도, 그러한 희생과 몰락이 자의적인 선택이었음은 자본주의 사회에서 충분한 의미를 가지게 된다. 하지만 이기적인 윤주의 선택의 반대편에 서서 현남이 나름의 의미를 가지고 있다할지라도, 사회에서 대체되고 지워지고 마는 그녀의 현실은 긍정적인 효과를 발휘하지 못한다. 이러한 점에서 <플란다스의 개>가 제시하는 '해결의 현실성'은 한계를 가진다고 할 수 있다.

다시 말해서, 윤주와 현남은 '불완전한 시스템에 순응할 것인가, 반발하고 투쟁할 것인가'라는 하나의 문제 앞에 서 있었음에도 불구하고, 자본주의 사회에서 나올 수 있는 '가능한 것'과 '불가능한 것'이라는 두 가지 모두를 선택하는 무의미함을 보여준다. 결국 윤주와 현남의 두 가지 상이한 해결책은 '불완전한 시스템과의 투쟁'에서 모두 패배했으며, 자본주의 사회의 구조를 뒤흔들 수 있는 어떠한 효과도 발휘하지 못한다.[19]

다음으로 <살인의 추억>은 실제로 화성 지역에서 1986년부터 1991년까지 6년간 벌어진 10차례의 미해결 연쇄살인사건의 재현인데, 봉준호의 작품들 중에서 유일하게 '1980년대 군사독재정권'이라는 과거를 서사의 무대로 삼아 '세계의 현실성'을 찾는다. 텍스트의 시간적 배경인 1980년대는 '군사독재정권'이라는 말에 드러나 있듯이 폭력과 억압이 일상화되어 있던 부조리한 세계이다. 여기서 텍스트가 과거인 당대의 시대적 특징을 부각시키면서도 2000년대 한국 사회에서 세계의 현실성을 확보하고 있는 점은 주목할 만하다.

<살인의 추억>은 당시의 사건이 미해결로 종결되었다는 점과 수사가 실패한 원인이 부조리한 세계 논리에 기인한다는 사실에 집중한다.[20] 이를 통해 <살인의 추억>은 2000년대에도 과거와 동일한 메커니즘이 작동하

---

19) 이러한 선택은 정신분석학에서 말하는 주체의 딜레마를 보여준다. '분열된 주체'는 상징계를 수용하는 과정에서 비롯되는 문제, 즉 '소외'라는 '존재결여'와 주체로서의 존재 영역인 상징계를 부정하는 순간 직면하게 되는 '실존적 공허' 사이에서 고통을 겪어야만 하는 것이다. 홍준기, 앞의 논문, 2000, 21~24쪽 참조.

20) '세계'는 상징적 좌표(질서)들로 각인된 표면이다. <살인의 추억>에서 이 '세계'를 지배하는 질서는 '폭력적 힘'으로서 공권력의 질서이다. 그런데 이 폭력적 힘이 작동하지 못하는 상황인 '문제'가 발생한다. 즉, 등화관재라는 규칙을 위반하고 범죄를 저지르는 존재가 나타난 것이다. 더군다나 공권력이 잡아들인 '범인'들은 제 역할을 하지 못하고 만다. 계속해서 희생자가 나타나는 '문제'가 지속되기 때문이다. 이제 상징계의 질서는 더 이상 완벽하지 않다는 것이 밝혀지고, 이처럼 불완전한 상징계의 질서가 '문제'를 생산한 진짜 범인으로 지목된다.

고 있다는 세계의 이면을 드러낸다. 당대의 군사독재정권이 유지될 수 있었던 힘은 공권력을 중심으로 한 억압과 착취의 구조이고, 이러한 메커니즘은 자본을 중심으로 한 사회로 변했을 뿐 현대 자본주의 사회에서도 폭력적 착취구조는 반복되고 있다는 것이다.[21] 그리고 이러한 메커니즘은 상징계를 벗어날 수 없는 주체의 곤궁함이라는 근원적 문제와 연결된다. 그러므로 연쇄살인사건은 현재 진행형이 되며, 살인사건의 무대는 '세계의 현실성'을 획득한다.

<살인의 추억>에서 산출되는 문제는 표면적으로 '범인의 검거 여부'이다. 이야기를 진행하는 담론의 방향 또한 중심 사건에 집중하면서 수사의 성공 여부를 집중적으로 따라간다. 그렇기 때문에 <살인에 추억>에서 표면적인 사건에서는 의미 있는 '문제의 현실성'을 찾기는 힘들다. 이미 종결된 현실의 사건을 텍스트 내에서 범인 검거 성공으로 그린다 한들 현실에서 달라지는 것은 아무것도 없기 때문이다. 하지만 위에서처럼 살인사건의 배경으로서 사회와 그 구조적 메커니즘이 사건의 원인이자 해결을 방해한 장애물이었다는 점에 초점을 맞출 경우 <살인의 추억>이 산출하는 '문제의 현실성'은 의미를 가질 수 있게 된다. 즉, '(두 형사와 피해자들로서)우리는 사회적 한계를 극복할 수 있는가'라는 물음은 다시 한 번 논의할 가치가 있는 문제를 산출해 낸다.

마지막으로 <살인의 추억>의 결말이 보여준 '해결의 현실성'을 확인해 보고자 한다. 앞서 살펴보았듯이 <살인의 추억>의 사건은 해결되지 못했을 뿐만 아니라, 그 과정에서 사건에 집착했던 인물들이 철저하게 파괴되었다는 비극적 결말에 다다른다. 결국, 이러한 서사가 던지는 '해결의 현실성'은 문제의 원인인 사회의 이면을 대면할 기회를 갖게 하는 것 이상을 나아가지 못하며, 동시에 주체의 무기력을 환기시킨다. 그럼에도 연쇄살인사건

---

21) 영화의 결말에서 형사생활을 그만두고 성공한 기업가로 변한 박두만의 상황이 보여주는 것은, 공권력에서 자본으로 중심만이 이동한 상징계적 질서의 공고함과 지속성에 다름 아니다.

이라는 서사가, 상징계와 주체의 근원적인 불균형 문제로 확장되었다는 점은 주목할 만하다. 미약하지만 이러한 시선의 발견은, '개인의 문제는 사회의 구조적 모순과 상호반영 하에서 발생한다'는 사유의 전환을 가능케 하는 점에서 중요하다. 문제의 근본 원인을 알아야 해결을 위한 대책을 내놓을 수 있는 것이다.

봉준호의 세 번째 작품인 <괴물>은 현재 한국의 서울이라는 시공간[22]을 서사 무대로 선택한다. 한국은 자본주의 체제를 통해 전 세계적으로 유래를 찾아보기 힘든 급속한 경제적 성장을 거둔 나라이다. 이때의 경제적 성장은 '한강'의 기적이라 선전되었지만, 그 기적은 경제적 계급관계의 논리가 고착시킨 결과라는 사실이 은폐되어 있다. 한국의 서울(한강)이라는 서사 '세계'는 자본주의의 질서가 작동하는 사회라는 보편성과 특수성이 동시에 드러나는 공간이다. 때문에 이때 <괴물>이 설정한 '세계'는 현실의 구체적인 문제를 담을 수 있는 '세계의 현실성'을 확보하게 된다.

그리고 이 '세계'에서 <괴물>이 설정한 문제는 괴물에 의해 납치된 '현서를 구하느냐 포기하느냐(괴물을 죽이느냐 도망치느냐)'라는 문제이다. 이때 괴물은 자본주의 시스템이 만들어낸 산물임은 명백하다.[23]그렇다면 강두네 가족이 자신들을 둘러싼 '자본주의 세계'와 사투를 벌이며 산출해내는 문제는 괴물을 만들어낸 원인으로서의 자본주의 시스템 자체와의 투쟁이 된다. 이것이 <괴물>이 '현재 한국 사회'라는 세계에서 제시한 '문제의 현실성'이다.

다시 말해서, <괴물>에서 경제적인 계급관계에 의해 발생되는 사건들

---

22) 여기서 <괴물>의 시간적 배경에 대해 앞으로의 논의와 관련해 구체적으로 살펴보고 넘어가고자 한다. 이미 언급했듯이 <괴물>의 모티프가 된 실제 사건은 2000년으로 이미 과거의 사건이다. 하지만 텍스트의 중심사건은 '괴물의 출현'이다. 이때 '괴물의 출현'을 실제의 맥팔랜드 사건과 연결할 경우, <괴물>은 '미래'의 시간에서 다루어져야 할 것이다.
23) 맥팔랜드 사건이 대표적으로 보여주는 한ㅡ미 관계에 내재된 평등하지 못한 역학관계를 보면, 강자에 의한 약자 착취 구조에서 만들어진 괴물은 자본주의 시스템의 결과물로 계속해서 재생산될 것이다.

('현서의 납치', '바이러스 숙주로 의심받는 강두', '공권력과의 마찰' 등)은 한 가족의 특수한 상황으로 인식될 수 있지만, 자본주의적 이해관계에 따른 한-미 관계, 계급 갈등에 준하는 서민층과 중산층의 인식 차이, 물신주의, 공권력에 대한 불신 등은 자본주의적 권력의 역학 관계에 따라 발생할 수 있는 보편적인 문제[24]이다.

이처럼 <괴물>은 의미 있는 세계에서 민감한 문제라는 구체적인 현실성을 확보하였다. 하지만 마지막 '해결의 현실성'을 구체적으로 제시하였는 가는 의문으로 남는다. <괴물> 사건이 가리켜야 할 궁극적인 지점은 우리의 사회가 환상을 바탕으로 주체의 희생을 강요하고 있다는 사실이다. 부재하는 바이러스의 존재를 바탕으로 미군(물론 한국 정부를 포함한)의 작전이 전개되듯, 사실 괴물의 탄생에는 전쟁의 공포와 그에 따른 미군 주둔의 타당성이 자리한다. 따라서 언제든지 괴물은 다시 되돌아올 수 있다. <괴물>의 주된 문제였던 '현서 구하기'는 현서의 죽음(더불어 할아버지인 박희봉의 죽음까지)으로 인하여 실패로 돌아가고, '현서 구하기'와 한패였던 '괴물 죽이기'는 성공한다. 그렇다면 <괴물>이 제시한 '해결의 현실성'은 단지 비관주의에 머물러 있는가.

봉준호의 작품들은 결말 못지않게 결말로 향하는 과정에서 드러나는 세계와의 투쟁 과정이 중요하게 부각된다. 한-미 간의 불공정한 이해관계에 따른 문제는 대중들이 시위대를 구성하는 모습으로 이어진다. 그리고 남일의 선배가 보여준 물신주의는 남일을 돕는 노숙자의 '무조건'적 실천으로

---

24) 자본주의 시스템의 대표적인 대상으로서 미국에 대한 지젝의 비판을 살펴보는 것은 좀 더 이해를 도울 수 있을 것이다. 새로운 세계 제국으로서의 미국에 대한 지젝의 비판은 미국의 '제국-됨'에 있는 것이 아니라, '제국-덜됨'에 있다. "오늘날 미국에 대한 문제는, 그것이 새로운 세계 제국이라는 것이 아니라 그렇지 않다는 것, 즉 그런 척하면서도 무자비하게 자신의 이익을 추구하는 민족국가로서 계속 행동한다는 것이다"라는 게 핵심이다. 이현우, 『로쟈의 인문학 서재』, 산책자, 2009, 296쪽에서 재인용.
이때의 미국의 '제국-덜됨'은 '공권력-덜됨'으로 축소시켜 정부의 무능력과 부조리함을 드러내는 데도 효과적으로 적용될 수 있을 것이다. 오늘날 우리 사회에서 만연한 정부와 정치에 대한 불신은 이러한 '공권력-덜됨'으로 인한 피해의식의 발현이다.

대체된다. 또한 강두는 현서를 잃은 대신 부랑아인 세주를 거두어 키운다. <괴물>이 제시한 해결책은 자본주의 시스템이라는 거대한 구조의 개선이라는 해결에는 이르지 못했지만, 개인적인 각성과 실천 의지 등을 통해 구조에 균열을 만들어 낼 수 있는 가능성을 보여준다. 필자의 이러한 해석이 비약으로 보일 수 있다. 하지만 이러한 비약으로 만들어진 잉여/결핍이 바로 봉준호 작품들이 계속해서 현실과의 사이에 긴장과 균열을 일으키는 방식이다. 앞서 전제했듯이, 텍스트에서 구축된 '세계'가 고착화된 질서의 산물인 상징계라면, 이 상징계에 균열로 나타나는 것이 '문제'이다. 현재의 주체에게 문제를 야기하는 상징계를 전복하기 위해 기존 상징질서를 뒤흔드는 새로운 논리의 산출이야말로 '가능한' 해결의 현실성이다. 그럼에도 <괴물>이 제시한 해결책은 너무나 미약하고 불충분함은 자명하다. 더불어 세계와의 투쟁 과정에서 보여준 사회 구조의 근본적 모순에 대한 비판은 <플란다스의 개>와 <살인의 추억>의 동어반복[25]일 뿐이다.

마지막으로 <마더>가 지니고 있는 현실성의 세 층위를 살펴보면, 먼저 봉준호의 작품들 중에서 가장 '세계의 현실성'이 구체적이지 못함을 알 수 있다. 특수한 사회적 문제가 제시되는 것도 아니기 때문에 구체적인 시공간을 파악하는 것이 쉽지 않다. 그럼에도 최하층민인 어린 소녀가 생계를 위해 원조교제를 해야만 하고, 자본에 의한 계급적 착취구조가 고착화된 '세계'가 현재 한국 사회의 단면이라는 점은 확실하다. 이때 <마더>가 지닌 '세계의 현실성'에는 원조교제가 필수적인[26] 자본주의적 질서가 공고하게

---

25) <괴물>에 이르러, 봉준호 영화에서 보이는 사회비판적 시각이 반복적일뿐더러, 새롭지 않다는 시각은 허문영의 글에서도 찾을 수 있다. 허문영은 <괴물>을 논하면서 다음과 같이 말한다. "이 영화의 정치성을 말할 때 과장하지 말아야 할 것은 이 영화의 정치적 각성의 수준이 새로운 것이 전혀 아니라는 것이다. 21세기에 상식을 가진 사람들에게 충분히 공유될만한 비판, 전망 없음, 불안감이다." 박혜명, 「전영객잔 3인, <괴물>과 <한반도>를 논하다」, <씨네21> No.567, 2006 참조.
26) 원조교제를 하던 문아정을 호명하는 '쌀떡소녀'라는 기표에 주목할 필요가 있다. 문아정은 치매에 걸린 늙은 조모를 보호해야 하는 보호자에 위치에 있는 최하층민이다. 그녀는 원조교제

자리하고 있다.

<마더>의 '문제의 현실성'을 제기하는 중심사건은 전작들과 마찬가지로 살인사건이다. 한 여학생이 살해당하고 용의자로 정신지체아인 도준이 지목되면서 사건은 진범 찾기를 향해 나아간다. 이때 <마더>의 중심사건인 살인사건의 해결 여부가 전작들에 비하여 중요한 위치를 차지한다는 차이점이 있다. 이전 작품들에서 이야기된 중심사건은 표층과 심층이라는 이중 구조를 보이며 사회비판을 위한 도구로서의 성격을 강하게 드러냈다. 중심사건 못지않게 지표단위의 서사 요소를 중요하게 부각시킨 이유도 시대적 분위기와 사회 구조의 심층을 드러내기 위함이었다. 하지만 <마더>에는 사회 시스템에 대한 묘사가 대부분 제거되어 있고, 살인사건 해결의 성공여부는 개인의 선택에 맡겨지게 된다.

문아정 살해 용의자로 도준이 지목되고, 엄마가 아들의 무죄를 입증하기 위해 동분서주하는 과정에서 엄마는 자신의 아들이 살인자라는 진실에 직면한다. 여기에서 <마더>의 '문제의 현실성'이 산출된다. '진실을 밝힐 것인가, 감출 것인가'라는 표면적인 문제는 등장인물의 선택을 통해 '어떻게 해야 타자에게 인정받을 수 있는가'라는 알 수 없는 타자의 영역에 대한 주체의 근본적인 물음에 가 닿는다. <마더>의 '문제의 현실성'은 개인의 윤리적인 선택이라는 문제인 동시에, 등장인물들의 계층적 사회문제로까지 확장된다.

결국, <마더>가 제출한 '해결의 현실성'은 폭력적이고 부조리한 개인과 사회의 상동성이라는 이면의 폭로다. 사회는 상징질서에 부합하지 않는 영역은 억압하여 제거하거나, 상징화시킨다. 마찬가지로 주체는 타자에 자신을 동일시하거나, 타자의 영역을 주체화하고자 한다. 이 과정이 욕망의 메커니즘에 기반하고 있음은 이미 살펴본 텍스트들과 마찬가지이다. <마

를 통해 쌀과 돈을 구한다. 이는 생존을 위한 절박한 행위다. 특히 문아정의(원조교제 상대자들의 사진을 찍어놓은) 휴대폰이 조모에 의해 쌀독에 보관되고 있었다는 사실은, 그녀에게 원조교제가 곧 생존과도 같이 강제되어 있었다는 것을 보여준다.

더>의 '모성'은 아들을 향한 헌신적인 사랑이기도 하지만, 동시에 아들을 자신이 지배하고 붙잡아 두려는 폭력이기도 하다. 또한 '모성'이 보여주는 불공정한 죄의 떠넘김은 개인적인 욕망을 넘어 가족주의·민족주의가 가지고 있는 자본주의적 착취에 기반한 구조적 모순 또한 보여준다. 문아정이라는 최하층민의 생존을 염려할 수 있는 여유가 <마더>의 세계에는 없으며, 법은 언제나 화폐로 교환될 수 있다. 또한 자신의 아들을 살리기 위해 자신들보다 더 약자인 종팔이를 (상징적으로)죽일 수 있는 세계이기도 하다. 이러한 점에서 <마더>가 제시하는 '해결의 현실성'은 '개인의 잘못인가, 사회적 잘못인가'라는 미묘한 문제에서 실은 두 주체가 다르지 않다는 불편한 결론을 얘기한다.

4. 메타적 시선으로 본 현실극복 욕망

앞에서 살펴보았듯이, 봉준호의 작품들에서 나타나는 '세계의 현실성'은 개인과 사회의 관계에서 빚어지는 근본적인 갈등의 문제를 안고 있는 한국 사회이다. 그리고 이 세계는 주체의 욕망 실현이 끊임없이 지연되고 실패하는 메커니즘을 통해 영속하는 보편적 사회구조를 반영한다. <플란다스의 개>, <괴물>, <마더>는 2000년대 자본주의 체제하의 경제적 계급관계가 나타나는 한국 사회이며, <살인의 추억>은 1980년대 군사독재정권 하의 권력적 계급관계가 드러나는 '세계'이다.

그리고 이러한 '세계'에서 드러나는 '문제의 현실성'은 표면적인 문제와 심층적인 문제로 나누어진다. 먼저 표면적인 면에서 드러나는 문제들은 생존이 걸린 살인사건이나 괴물 출몰과 같은 긴박한 해결을 요하는 전형적인 범죄·추리 사건이다. 이때의 표면적인 문제는 당연히 해결되어야 하고, 도달해야 할 자리가 정해져 있는 문제이기에 논의할 만한 가치를 지니지 못한다. 하지만 그 사건이 지니는 심층적인 의미는 현실과의 알레고리를 형성하며 개인과 사회가 맺고 있는 불완전하고 불공정한 관계에서 야기되는 문제들로 탈바꿈 한다.

마지막으로 봉준호의 작품들에서 나타나는 비관적인 결과들이 '해결의 현실성'을 보여준다. 필자는 이 '해결의 현실성'이 봉준호 작품들이 갖는 가장 중요한 특징이라고 생각한다. <플란다스의 개>에서 윤주는 교수 임용 과정이 드러내는 부조리한 상징 질서에 저항하지 못하며, 현남은 세계에서 배제되어 의미를 잃어버린다. 둘 다 투쟁에 실패하는 것이다. <살인의 추억>의 경우, 폭압적인 당대 사회가 만들어낸 문제점들을 극복하지 못하고 사건 해결에 실패한다. <괴물> 또한 현서의 죽음을 마주하면서 자본주의적인 이해관계를 극복하지 못한다. 그리고 <마더>에서 엄마는 자신의 아들을 위해 진실을 은폐하고 사건 해결을 포기한다. 더불어 자신들보다 더 약자의 위치에 있는 종팔이를 착취함으로써 자본주의적 행위를 실천한다.

이처럼 봉준호의 작품들이 보여주는 '해결의 현실성'은 언제나 미약하고 결핍을 드러낸다. 이러한 결핍은 다시 해결에 대한 욕망을 불러일으킨다. <플란다스의 개>, <살인의 추억>, <괴물>을 통해, 우리는 사회 시스템이 더 이상 완전하지도 않으며, 공정하지 않다는 진실을 마주한다. 하지만 사회의 구조적 모순을 비판하는 것만으로는 부족한 무엇인가가 남는다. 상징적인 법의 질서이자 모든 도덕적 행위의 기준이었던 사회에 대해 불신을 드러내고 비판을 가하는 순간, 기존에 수행하던 사회의 책임 기능은 온전히 개인에게 부과된다. 이때 개인은 모든 선택과 책임 앞에서 항구적인 불안에 직면하는 문제를 떠안게 된다.

이처럼 온전히 해결하지 못하는 '해결의 현실성'이 남기는 결핍은, 사회 비판 외에 또 다른 해결점을 찾기 원한다. 그러한 욕망은 <마더>에 이르러 사회에서 개인으로 비판의 시선을 옮긴다. <마더>의 엄마에게 부과된 마지막 선택과 책임이라는 문제에 이르러, 우리는 비윤리적 개인이라는 '괴물'을 마주하게 된다. 엄마는 인간이 인간을 짓밟는 비인간적인 '괴물'이 되어 스스로 살인을 저지르고 죄를 떠넘기고, 그 자체를 망각하려 한다. 전작인 <괴물>에서 사회 구조적 모순의 상징적 기표로 등장했던 '괴물'이 <마더>에서는 엄마라는 개인으로 대체되는 것이다.

결론적으로 봉준호의 모든 텍스트들의 서사구조는 공통적으로 현대 사회가 욕망의 구조적 메커니즘과 동일한 형식으로 작동한다는 사실을 밝히며, 욕망하는 주체로서 이를 극복하지 못하는 인물들의 곤궁함을 보여준다. 그리고 봉준호의 일련의 네 작품은 '해결의 현실성'이 남긴 불충분함을 채우기 위한 메타적인 반복 과정으로 보인다. 정신분석학적으로 말한다면, 봉준호의 작품세계는 욕망의 발현과 실패의 과정이 반복되는 삶의 과정인 것이다. 이때 욕망을 만들어내는 억압의 원인은 '군화', '괴물', '자본주의', '물신주의', '모성' 등 폭력적이고 부조리한 상징으로 나타난다. 하지만 이러한 가시적 억압의 기표, 즉 '세계'의 부정적인 측면으로 산출된 '문제'는 결코 근본적인 원인을 지시하지 못한다. 진실을 억압하는 '군화'는 '돈', '권력' 등 변화하는 당대 사회질서의 상징적 기표로서 실재의 자리를 대신해서 채우고 있을 뿐이다. 따라서 일련의 작업에서 중요한 점은, 개별 작품마다 변화하고 있는 상징적 기표보다는 기표를 중심으로 작동하는 메커니즘을 동일하게 반복하며 집중하고 있다는 점이다. <플란다스의 개>는 '현재'의 시점에서 세계와 문제의 구조를 다룬다. 그리고 <살인의 추억>을 통해 '과거'의 세계와 문제를 다루고, <괴물>을 통해 동일한 메커니즘이 초래할 '미래'의 세계와 문제를 살펴본다. 그리고 마지막으로 다시 '현재'의 시점에서 <마더>의 세계와 문제를 살펴본다. 하지만 두 가지 '현재'가 집중하는 대상은 사회(타자)와 개인(주체)이라는 두 중심점에 나누어져 있다. <마더> 이전까지가 '문제의 중심'을 사회 구조에 두고 진원지를 탐색한 작업이었다면, <마더>에 이르러서는 문제의 소재가 개인의 구조로까지 확장되어 해결 방안이 모색된다. 이러한 과정은 주체가 타자의 욕망에 함몰되어 있는 소외(alienation)의 상태를 깨닫고, 이를 벗어나 분리(seperation)의 단계로 나아가는 것에 비교될 수 있다.27) 물론 분리는 끊임없이 반복하는 과정이기 때문에 일련의 작품들에 드러난 개개의 현실 극복 욕망은 전작前作에서 채우지 못한(또한 결코 채울 수 없는) 결여를 채우고자 하는 메타적 행위가 된다.

여기서 마지막으로 제기되어야 할 문제가 있다. 자본주의 사회의 구조적 메커니즘이 발생시키는 문제의 본질을 밝히고, 이러한 텍스트를 통해 현실에 대한 비판적 시각을 환기시키는 일련의 작업 과정 자체가 텍스트가 비판하던 위치를 점하게 되는 아이러니의 문제이다. 영화라는 매체는 예술의 영역을 상업화하는 자본주의 문화 산업의 중심부이다. 그리고 그 중심에 장르 영화로서 봉준호의 개별 작품이 자리한다. <살인의 추억>과 <괴물>은 개봉 당시 독과점 배급과 상영을 통하여 엄청난 흥행을 이어나갔다. 이는 자본주의의 착취 구조를 정확하게 실천한 것이며, 자본이라는 욕망의 대상을 통해 모든 사회 · 문화 · 정치적 흐름이 고착화될 수 있음을 보여주는 사례가 되는 것이다.

하지만, 이러한 문제를 작가의 잘못으로 돌릴 수 없다. 이는 봉준호의 일련의 작업이 갖는 긍정적 효과 또한 자본주의의 메커니즘이 삼켜버릴 수 있음을 보여주는 것이고, 그만큼 상징계라는 사회적 구조를 벗어나는 것이 불가능함을 상기시켜주는 것이기 때문이다.28) 봉준호의 영화들은 상징계의 불완전함과 허구성에 종속된 삶의 비루한 측면을 끊임없이 부각시키면서 그 모습을 희화화한다. 그러면서도 그 희극적 상황이 비극적 결말 안에 자

---

27) '소외(alienation)'는 주체가 타자의 욕망 속에 함몰되어 있는 것을 뜻하고, '분리(separation)'는 주체가 타자의 욕망으로부터 벗어나 자신의 욕망을 찾아나가는 과정이다. 맹정현, 「라깡과 푸꼬 · 보드리야르」, 『라깡의 재탄생』, 창비, 2002, 484~485쪽 참조. 봉준호의 텍스트들에서 인물들을 통해 사회의 질서 이면에 감추어진 욕망의 메커니즘을 확인하는 과정은, 주체가 타자에 의해 구성된 욕망의 본질을 깨닫고 맹목적인 종속 상태를 벗어나는 것과 같기 때문이다.
28) 주체는 현실이라는 상징질서 이외에는 세계에 대해서 어떠한 실제적 기반을 알지 못한다. 단지 현실 안에서 상징질서의 불완전한 논리를 수정하는 행위를 반복할 수 있을 뿐이다.

연스럽게 융화되는 것은 봉준호 영화들에서 드러나는 서사구조가 현대 사회에 내재된 자본주의적 메커니즘에 대한 자각에서 비롯되고 있기 때문이다.

결국 봉준호의 작품세계에서 보여준 궁극적인 '해결의 현실성'과 그 '욕망'은 '반복하는 행위'이다.[29] 동일한 '세계의 현실성'과 '문제의 현실성'을 통해 우리 사회의 구조를 뒤흔들고 문제의 현실성을 심화 · 확장시킬 수 있는 선택지는 바로, 예견되어 있는 실패에도 불구하고 또 다시 문제와 부딪치고자 하는 반복 행위이다. 그리고 이러한 봉준호의 일련의 작업들은 충분히 대중들에게 텍스트의 재미뿐만 아니라, 현실에 대한 새로운 문제의식을 갖게 하는 의미 있는 호응을 이끌어 내었다고 볼 수 있다.

---

29) 정신분석학에서 욕망의 유일한 자리는 형식 속에 있음을 강조한다. 슬라보예 지젝, 이수련 역, 『이데올로기의 숭고한 대상』, 인간사랑, 2002, 35쪽 참조.

<참고문헌>

1. 1차 자료

봉준호, <플란다스의 개>, (주) 우노필름 제작, 2000.
_____,「플란다스의 개」,『한국 시나리오 선집』제18권, 집문당, 2001.
_____, <살인의 추억>, (주) 사이더스 제작, 2003.
_____ · 심성보,『살인의 추억』, 이레출판사, 2003.
_____, <괴물>, (주) 청어람 제작, 2006.
_____,『괴물』, 홍익출판사, 2006.
_____, <마더>, (주) 바른손 제작, 2009.
_____, · 박은교,『마더』, 마음산책, 2009.

2. 2차 자료

맹정현,「라깡과 푸꼬 · 보드리야르」,『라깡의 재탄생』, 창비, 2002.
문　석,「봉준호의 <괴물> - 감독 인터뷰」,『씨네21』No.561, 2006.
문재철,「문턱세대의 역사의식 - 봉준호의 세편의 영화」, <영상예술연구> Vol.12,
　　　영상예술학회, 2008.
박찬부,「상징과 실재의 변증법」,『라깡, 사유의 모험』, 마티, 2010.
_____,「정신분석학과 서사의 문제」,『비평과 이론』Vol.1, 한국비평이론학
　　　회, 1996.
박혜명,「전영객잔 3인, <괴물>과 <한반도>를 논하다」,『씨네21』No.567,
　　　2006.
신형철,「만유인력의 소설학」,『몰락의 에티카』, 문학동네, 2008.
이현우,『로쟈의 인문학 서재』, 산책자, 2009.
최병학,「사실, 인식, 망각의 연대 - 봉준호 영화에 나타난 비도덕적 사회의 우
　　　발성 유물론」,『인문과학』Vol.46, 성균관대학교 인문과학연구소, 2010.
허문영,「농촌 스릴러의 당당한 심화」,『씨네21』No.709, 2009.

홍준기, 「자끄 라깡, 프로이트로의 복귀」, 『라깡의 재탄생』, 창비, 2002.

그레이엄 앨런, 송은영 역, 『문제적 텍스트 롤랑/바르트』, 앨피, 2006.

슬라보예 지젝, 이수련 역, 『이데올로기의 숭고한 대상』, 인간사랑, 2002.

S. 채트먼, 한용환 역, 『이야기와 담론』, 푸른사상, 2003.

¶스토리텔링

처용 서사를 중심으로 본 서사의 유형 연구

윤 정 업

1. 서론

본 연구는 처용 담론이 어떤 모습을 갖고 있는지 조망하기 위한 유형 분류로 시작되었다.

『三國遺事』券 第二, 「記異」篇 '處容郎 望海寺'條에 처음 기록된 처용 설화는 고전문학에서 22건, 현대문학에서는 직접 등장하는 것이 약 20건, 모티브가 차용된 것은 셀 수 없이 많이 인용되는 이야기이다. 또한 문학작품 외에도 희곡, 영화, 드라마, 만화, 소리, 무용 등 다양한 매체로 변용되었으며, 관련된 연구도 논문 700여 편, 단행본 500여 편에 이른다. 또한 울산에는 <처용 문화제>가 열리고, '처용 학회'도 존재한다.

이렇게 다양한 매체와 의미로 변용되고 해석되는 처용 모티브는 한국 사회에서 하나의 원형archetype이자 담론discourse의 역할을 맡고 있다고 해도 과언이 아니다. 처용 배경담을 '원형'1)으로 보는 것은 다양한 처용 배경담에

---

1) '원형'비평 혹은 신화비평의 지지자들에 따르면, 원형이란 문화적으로 의의가 있는 모든 스토리에 모델이 되는 기본적인 이야기 모티브이다. ······ 문학작품 속에서 원형을 찾아내는 것은

서 토대를 찾아내는 작업이다. 이는 처용 배경담의 공통점을 찾아내는 추상 抽象 과정으로 필연적으로 사상捨象이 수반된다. 따라서 고전 처용 설화부터 현대 처용 배경담에 이르는 많은 작품에서 나타나는 다양한 차이와 다층적 스펙트럼은 버려지거나 사라지게 된다. 원형으로 보는 관점은 토대를 세운 다는 의의가 있지만 개별성은 잃게 된다.

푸코의 용어를 빌린 '담론'2)으로 보는 것은 처용 모티브3)라는 토대 위에 세워진 개별 작품의 '차이'에 비중을 두고 '차이'가 만들어낸 풍성한 세계를 조망하는 작업이다. 이렇게 형성된 담론의 세계는 굳건한 토대에 얹어진 동일하고 연속적인 사유들이 만들어낸 균일하고 매끄러운 건축물이 아니다.4) 모티브는 동일하더라도 우연적이고 산만한 사유들이 제멋대로 가지를 뻗은 나무와 같은 형상으로 각각의 작품은 잎이나 열매가 될 것이다.5) 따라서

고대에서 현대에 이르기까지의 인간 생활의 연속성을 강조하고 문화와 역사에 있어서의 차이를 경시하는데 이바지한다. 이러한 경향 때문에 원형 개념은 근래에 들어 불평을 사고 있다. Childers, J., Hentzi, G., 황종연 역, 『현대문학·문화비평 용어사전』, 문학동네, 1995, 79쪽.

2) 푸코에게 있어서 담론이란 특정한 대상이나 개념에 관한 '지식'을 생성시킴으로써, 또한 그러한 존재들에 관해 무엇을 말할 수 있고 무엇을 인식할 수 있는가를 정하는 규칙들을 생성함으로써 현실에 관한 설명을 산출하는 언표들의 응집성 있고 자기지시적인 집합체이다. 이 언표와 규칙의 집합체는 역사적으로 존재하고 그것의 가능성을 위한 물질적 조건이 변함에 따라 역시 변화한다. 푸코에게 담론은 개인의 활동과 지식의 가능성을 포함하여 주체성의 형식과 모양을 만드는 것이다(Childers, Hentzi, 앞의 책, 154~155쪽). 더 나아가서 담론은 단지 학문 분야, 제도, 그리고 담론의 대상만을 생산하는 것이 아니라, 담론 그 자체를 생산한다(Hawthorn, Jeremy M., 정정호 외 역, 『현대 문학이론 용어사전』, 동인, 2000, 219쪽).

3) '처용 원형'이라고 하지 않고 '처용 모티브'라고 하는 것은 각주 1)에서 살펴보았듯이 '원형'이라고 할 경우 공통점이 중시되고 차이가 무시되기 때문이다. 일단 '처용 모티브'라는 용어는 '처용 원형'과 동일한 의미이다. 그러나 공통점을 강조하는 '원형'과 달리 '모티브'는 차이 또한 버리지 않고 포함하는, '원형'보다는 약간 느슨하고 포괄적인 개념이라는 의미로 사용하고자 한다.

4) 담론이 통일성을 지닌다면, 이 담론이 사용하는 또는 야기시키는 언표행위의 양태들이 단순히 일련의 역사적 우발성들에 의해 병치되는 것이 아니라면, 이는 그것이 이 관계들의 다발을 일정한 방식으로 이용하기 때문인 것이다. Foucault, Michel, 이정우 역, 『지식의 고고학』, 민음사, 1969, 88쪽.

5) 우리는 언표행위의 다양한 양태들을 주체의 통일성에 연관지우지 않는다. …… 우리는 담론 속에서 차라리 주체성의 다양한 위치들을 위한 규칙성의 場을 찾아낼 것이다. 이와 같이 생각할 때, 담론이란 사유하는, 인식하는, (그 담론을) 말하는 주체의 현시 …… 절대적으로 전개된 ……

처용 담론은 처용 모티브라는 줄기에서 뻗어나간 수많은 처용 배경담과 논의들로 이루어진 거대한 나무 전체를 지칭하게 된다.6)

처용 담론에서 동일성의 상징이 '처용 모티브'라면 각각의 작품에게서 나타나는 개별성과 우연성의 상징은 무엇인가?

처용 설화에서 가장 해석이 분분하며 문학적 형상화가 빼어난 부분은 처용이 '처용가'와 '처용무'를 연희하는 장면이다.7) 이는 신라에서 벼슬과 부인을 얻은 처용이 밤늦게 들어와서 아내와 미지의 존재와의 동침8)을 목격하고 물러나와 노래를 부르고 춤을 추는 부분이다. 이후 이 존재는 자신을 '역신'이라고 밝히고 처용에게 "이후로는 공의 형용을 그린 것만 보아도 그 문에 들어가지 않겠습니다"라고 한다. 이러한 처용의 행위에 대해서는 많은 논의가 있었다. '관용'으로 보는 관점, '체념과 단념'으로 보는 관점, '진노震怒'로 보는 관점, 이객관대異客款待로 보는 관점 등이다.9) 그러나 다양한 설명이 있음에도 불구하고 처용의 행동은 명확하게 이해되지 않는다. 설명을 들

가 아니다: 반대로 담론이란 주체의 분산 및 스스로와의 불연속이 그 안에서 규정될 수 있는 집합인 것이다. Foucault, 앞의 책, 89쪽.

6) 이는 마르크스주의 용어인 토대와 상부구조(superstructure)와는 다른 의미이다. 사실 단순하게 생각하면 원형을 토대와 담론은 상부구조와 병치시키는 것이 가능하다. 그러나 토대와 상부구조가 상호 영향을 주고받기는 하지만 개별성이 강조된 용어라면, 담론은 원형을 포함하고 또한 원형에서부터 시작된 개별 작품들과 다시 개별 작품을 통해 창작된 작품 그리고 각종 비평과 다양한 논의들 전체를 포괄하는 개념이다.

7) 강인구 외,『譯註 三國遺事 II』, 以會文化社, 2003, 121~132쪽 참고.

8) 아내와 역신과의 관계를 역신이 강제로 아내를 범한 강간으로 보는 관점도 있고, 아내가 바람을 피운 간통으로 보는 관점도 있다. 어떤 관점이든 처용이 아내와 역신이 관계를 맺는 현장을 목격한 것은 분명하기에 본고는 '동침'이라는 용어를 사용하기로 한다.

9) 박춘규는 「處容歌의 巫覡性 考察」(『처용연구전집 III』, 처용연구전집간행위원회, 2005, 489쪽)에서 처용의 태도를 "초인간적 불가항력에 대항할 수 없는 체념적 심리상태"로 규정한다. 김열규는 「處容傳乘試攷」(『처용연구전집 IV』, 처용연구전집간행위원회, 2005, 179쪽)에서 처용 아내와 역신의 통간사건을 의사모계적인 무당사회에서 생길 수 있는 사건으로 규정하면서 "생길 것이 생겼다는 그런 체념의 경지다"라고 해석한다. 또한 이기문은『국어사개설』에서 처용이 가무로 역신을 물리친 것으로 보았다. 김동욱은 「處容歌 研究」(『처용연구전집 III』, 처용연구전집간행위원회, 2005, 76쪽)에서 처용의 행위를 자기 집 손님에게 처첩을 제공하는 이객관대로 해석하였다.

김진,『처용설화의 해석학』, UUP, 2007, 39~41쪽에서 재인용.

어도 명확히 이해되지 않고 남는 무언가, 이런 약간의 찝찝함이 수용자의
궁금증과 상상력을 자극하고 이는 새로운 창작의 원천이 된다.10) 수용자의
사회적, 역사적, 문화적 배경에 따라 처용 모티브는 다른 의미망을 부여받
고 이 차이가 작품의 개별성과 우연성을 만들어낸다. 본고는 이러한 수용자
각각의 해석 체계, 의미망의 형성 과정을 이데올로기ideology라 하고자 한
다.11) 따라서 처용 모티브는 각각의 이데올로기에 따라 개별 작품(또는 논

---

10) 이 과정은 라캉의 욕망에 대한 설명과 동일한 구조를 가진다. 결여된 주체가 결여를 채우고
자 하는 것이 인간의 욕망이다. 그러나 욕망 역시 끊임없는 환유연쇄로 이루어진 텅 빈 기표
이다. 따라서 채워지지 않는 욕망이 계속해서 인간의 욕망을 추동하는 것과 마찬가지로 처용
에 대해 설명을 들어도 만족되지 않는 남는 무언가가 이를 채울 수 있을 것이라 생각되는 새
로운 이야기(또는 설명)를 계속해서 만들게 하는 것이다.
11) 푸코가 이야기하는 담론과 포스트마르크스주의에서 이야기하는 이데올로기 사이에 어떤 차
이가 있는지에 대해서는 혼란이 있다. 확실히 근래에 그 둘은 거의 호환적으로 사용되었다.
그러나 대다수 유형의 마르크스주의에서 이데올로기는 '과학'의 반대이지만, 푸코의 분석에
서 과학은 또 하나의 담론일 뿐이다. 또한 신념의 체계로서의 이데올로기 혹은 주체가 체험한
'현실과의 상상적 관계'의 서사화된 변형으로서의 이데올로기와, 그러한 이데올로기의 제도
화(institutionalization)로서의 담론은 종종 구별된다(Childers, Hentzi, 앞의 책, 155쪽).
'담론'과 의미상의 혼돈이 생겨날 수 있고, 사상이나 가치관 등의 용어가 있음에도 '이데올로
기'를 사용하고자 하는 것은 이 용어가 가진 정신분석학적 의미 때문이다. 우선 '이데올로기'
는 맑스나 엥겔스가 이야기하는 허위의식은 아니다(이글턴은 이데올로기가 반드시 허위라고
말하지 않는다. 이글턴은 문학이 작가에 의해 주장되었던 사회 이념과 가치와 감정들을 우리
에게 폭로하기 때문에 중요하다고 주장한다. Hawthorn, 앞의 책, 356쪽). 오히려 알튀세르가
주장하는 '이데올로기 일반'에 가깝다.
알튀세르는 어떠한 사회도…… 심지어는 공산주의 사회도…… 이데올로기 없이는 존재하지
못하며, 이데올로기는 프로이트의 무의식unconscious처럼 역사를 갖고 있지 않다고 주장한
다. 특수한 이데올로기들은 나타났다 사라졌다 하지만 이데올로기 일반이라는 영역은 영원
하다. 왜냐면 그것은 어떤 우세한 사회 체제 속에서 개인을 주체로 정의하는 보편적 수단이기
때문이다. 따라서 이데올로기는 인간이 정체성identity을 획득하는 과정과 분리될 수 없다. 이
데올로기는 인간과 인간의 존재 조건 사이의 체험된(lived) 관계를 표현하는 표상들의 체계이
며, 이 상상적인 혹은 체험된 관계는 암암리에 이야기의 모양을 가진다(Childers, Hentzi, 앞의
책, 235쪽).
그러나 지젝은 알튀세르가 이데올로기와 호명 사이의 연관을 사유하지 못하였음을 비판하
고, 라캉의 '현실'에 대한 독법을 참조하여 '이데올로기'를 정의한다.
지젝은 파스칼의 신앙에서 전복적인 핵심을 통해 알튀세르를 비판한다. 파스칼의 신앙에서
전복적인 핵심은 우리가 종교적인 의례 기계에 복종하면서 그것을 알지 못한 채로 믿는다는
사실이다. 우리의 믿음이 이미 외면적인 의례 속에 물질화되어 있다는 것이다. 상징적 기계의
외면성은 단순한 외면성이 아니라 내적인 운명이 미리 무대화되고 결정되는 장소이다. 파스

의)으로 창작되고, 이런 창작물들의 총체가 처용 담론을 형성한다. 처용 담론은 '처용 모티브'를 통해 기본적인 동일성을 갖고 '이데올로기'를 통해 개별성과 우연성을 획득한 다양하고 풍부한 담론 세계 전체이다.

처용 설화에서 출발하는 처용 담론의 세계는 기본적으로 서사의 형식[12]을 취하고 있으며, 다양한 매체와 양식으로 구현된다.[13] 본 연구의 최종 목

칼의 신앙에서 가장 전복적인 핵심은 바로 이러한 내밀한 신념과 외부적인 '기계' 사이의 단락이다.

알튀세르는 이데올로기적 국가 장치에 관한 이론에서 파스칼적인 '기계'의 현대적이고 정교화된 판본을 제시한다. 그러나 그는 이데올로기적 국가장치들과 이데올로기적인 호명 사이의 연관을 전혀 사유해내지 못하고 있다. 국가 장치들의 외부적인 '기계'는 오직 주체의 무의식적인 경제 속에서 외상적이고 몰상식한 명령으로서 체험되는 한에서만 제 힘을 발휘한다. 이것은 주체의 이데올로기적인 명령에 대한 완전한 복종을 방해하기는커녕 오히려 그것을 가능하게 하는 조건이다.

또한 라캉에 따르면 '현실'은 우리가 욕망의 실재를 은폐할 수 있도록 해주는 환상-구성물이다. 이에 따라 지젝은 이데올로기를 현실(reality)의 토대가 되는 환상-구성물로 정의하고, 이데올로기의 기능은 실재(real)로부터의 도피처로 현실을 제공하는 것이라 주장한다. 이데올로기의 호명은 합리적인 호명이기에 따르는 것이 아니라 오히려 그것이 이해되지 않고 비합리적인 것이기에 가능하다(Zizek, Slavoj, 이수련 역,『이데올로기라는 숭고한 대상』, 인간사랑, 1989, 85~89쪽).

본고에서 이데올로기라는 용어를 사용하고자 하는 것은 주체가 현실을 구성하는데 있어서, 작가가 작품을 창작하는데 있어서 이데올로기가 필연적이라는 사실을 강조할 뿐 아니라 그것이 가진 환상-구성물의 특성을 놓치지 않고자 함이다.

12) 김춘수의 시집『처용단장』과『잠자는 처용』, 윤석산의 시집『처용의 노래』, 신석초의 시집『처용은 말한다』의「처용무가」,「미녀에게」,「처용은 말한다」등의 연작시, 정일근의 시집『처용의 도시』, 조동화의 시집『처용 형님과 더불어』, 한광구의 시집『서울 처용』등 서사가 아닌 서정의 형식도 있다.

13) 제라르 주네트는『서사담론』에서 서사를 "하나의 사건이나 일련의 사건들을 글로 된 것이거나 말로 된 담론으로 진술하는 것", "실제적인 것이든 허구적인 것이든 연속적인 사건들이 담론의 주제가 된 것을 가리키거나 그 사건들이 연결되고 대립되고 반복되는 여러 관계들을 가리키는 것", "어떤 사건을 다시 한 번 언급하는 것을 말하는 것으로 그 사건은 누군가가 어떤 것을 이야기하는 식으로 되어 있는 것"으로 정의하였다. 첫 번째 의미로서의 서사는 서사적 진술로 요약되어 '담론으로서의 서사'로 바꿀 수 있으며, 두 번째 의미로서의 서사는 사건들의 연속으로 요약되어 '스토리로서의 서사'로 바꿀 수 있으며, 세 번째 의미로서의 서사는 '화자가 꾸미는 서사'로 요약된다.

(중략) 제럴드 프랜스는『서사학 사전』에서 소리, 기록, 신체언어, 정동화상, 몸짓, 음악 등과 같이 이야기를 전달할 수 있는 매체의 다양성을 인정하면서 장편소설, 로망스, 중단편소설, 역사, 전기, 자서전, 서사시, 신화, 민담, 전설, 담시, 신문기사 등과 같이 서사양식이 다양하다고 하였다.

적은 처용 설화를 중심으로 형성된 처용 변용담들이 만들어내는 담론의 양상 전체를 조망하는 것이다. 이는 처용 설화에 대한 최초의 기록인 『삼국유사』 '처용랑 망해사'조에서 처용가와 처용무의 의미를 명확히 밝히지 않은 데에서 기원하며, 그 후에 창작된 작품들이 그 의미를 나름대로 설명하고 있기 때문이다. 따라서 본 논문은 최종 목적을 위한 길잡이로서 처용 서사들이 어떠한 유형을 가지고 있는지 분류하고자 한다. 이는 처용 서사의 유형 분석에 그치지 않고 서사 갈래의 유형 분석에도 적용될 수 있을 것이다.

2. 연구사 검토

아리스토텔레스는 『시학』을 통해 시 창작을 신의 차원에서 인간의 차원으로 확대한다. 이로써 시는 천재적인 시인이 뮤즈의 영감을 받아 기술하는 천상의 차원에서, 창작 방법을 연구하고 연마한 사람이 기술하는 인간의 기술(techne, art)이 되었다. 아리스토텔레스는 시의 종류와 기능을 분류하고 훌륭한 시에 요구되는 플롯의 구조와 구성 요소를 분석하여 시 창작의 가능성을 확대하였다.[14]

아리스토텔레스가 문학 창작을 인간의 기술의 영역으로 만들었다면, 영미 문학의 도전적인 비평가 노스롭 프라이는 『비평의 해부』를 통해 비평을 문학의 반열에 올려놓는다. 기존의 문예 비평이 원시 과학과 같은 소박한 귀납법의 상태에 있었다면, 프라이는 사유의 일관성과 다양한 인접 영역을 고려하는 체계적이고 포괄적인 비평의 개념 틀을 제시한다.[15] 『비평의 해부』 네 번째 에세이 '장르의 이론'에서 프라이는 기본적인 제시형식, 작자의 위치와 청중 간의 관계, 모방 형식, 리듬에 따라 네 개의 장르를 분류한다.

한국문학평론가협회 편, 『문학비평용어사전 하』, 국학자료원, 2006, 175쪽.
14) 이상섭, 『아리스토텔레스의 『시학』연구』, 문학과지성사, 2002, 15쪽.
15) Frye, Northrop, 임철규 역, 『비평의 해부』, 한길사, 1957, 69~76쪽.

이는 구술의 에포스. 연행되는 극, 책으로 나오는 산문, 서정시의 네 가지이
다.16) 그리고 산문 픽션(서사)을 작자의 수사적 제시 방법이 객관성으로 향
하는지 주관성으로 향하는지에 따라 '외향적', '내향적' 성격으로 구분하고
'개인적' 성격을 가지고 있는지, '지적' 내용을 가지고 있는지에 따라 네 가
지 유형으로 구분한다. 이는 소설, 로맨스, 고백, 해부이며 아래의 표와 같이
나타낼 수 있다.17)

[표 1] 노스롭 프라이의 서사 유형 분류		
	외향적	내향적
에토스: 개인적	소설	로맨스
디아노이아: 지적	아나토미(해부)	고백

프라이의 분류에서 외향적, 내향적 차원의 구분은 하나의 기준을 중심으
로 한 다른 양상이지만, 개인적, 지적 차원의 구분은 기준이 상이하다. 프라
이 역시 네 개의 범주가 전체적으로 '순수한' 형식으로 존재할 수 없다는 것
을 인정하고 있다.

비평이 문학에 종속된 사생아가 아니라 하나의 문학으로 인정받게 되자,
문학의 갈래 구분은 비평을 위한 과학적 방법론 중 하나가 된다. 한국문학
의 갈래 구분에 대한 노력은 2분법, 3분법, 4분법, 5분법, 7분법 등 여러 가
지 분류 체계를 만들어 냈고, 갈래의 변별 자질과 속성에 대하여도 다단한
이설들이 존재한다. 이 중 근래에 비교적 널리 통용되기 시작한 것은 조동
일의 서정, 교술, 서사, 희곡의 4분법 체계이다. 김홍규는 이를 약간 수정하
여 4분법 체계와 중간·혼합적 갈래를 제시한다.18) 조동일의 4분법에 따르

---

16) Frye, 앞의 책, 469~476쪽.
17) Frye, 앞의 책, 583~595쪽.
18) 김홍규, 『한국 문학의 이해』, 민음사, 1986, 31~35쪽.

면 서정은 작품외적 세계의 개입이 없이 이루어지는 세계의 자아화, 교술은 작품외적 세계의 개입으로 이루어지는 자아의 세계화, 서사는 작품외적 자아의 개입으로 이루어지는 자아와 세계의 대결, 희곡은 작품외적 자아의 개입 없이 이루어지는 자아와 세계의 대결이다.[19]

김창현은 이러한 분류 체계가 "서정과 희곡을 '작품 내적 자아 및 세계만으로 이루어진' 고립된 텍스트로 만들어버리고, 서사에서도 작품 외적 자아는 작품 외적 세계와 교류하는 실체(실제 작가)이기보다는 '서술자' 수준으로 인식되곤 한다"며 비판한다. 이를 "작품 해석을 위한 '자아의 세계에 대한 대응 방식들'이 아니라 분류체계로 구축했기 때문"이라고 분석한다.[20]

본고는 이 지점에 착안하여 처용 서사를 자아의 '세계에 대한 대응 방식'을 중심으로 분류해 보고자 한다. 이러한 내용 중심의 분류 체계는 서정 갈래에서 강석에 의해 시도된 바 있다. 강석은 조동일이 서정 갈래를 단순히 '작품 외적 세계의 개입 없이 이루어지는 세계의 자아화'로 정의하는 것에 반대한다.[21] 조동일 또한 이러한 구분이 한계를 가지고 있음을 인지하고 있다.[22] 서정 장르를 대표하는 시의 경우 자아와 세계의 관계가 복합적으로 나타난다. 강석은 시 안에서 세계와 자아의 관계가 합일 또는 괴리의 형태로 나타나며, 이를 다음과 같은 표로 정의한다.[23]

---

19) 조동일, 『한국문학통사 1』, 지식산업사, 2005, 29쪽.
20) 김창현, 『한국적 장르론과 장르보편성』, 지식산업사, 2005, 51쪽.
21) 강석, 「텍스트 내적 구조에 따른 시 교육 내용 연구」, 『비평문학 46호』, 한국비평문학회, 2012, 110쪽.
22) 조동일, 『한국 문학의 갈래 이론』, 집문당, 1991, 293쪽.
23) 강석, 앞의 논문, 114쪽.

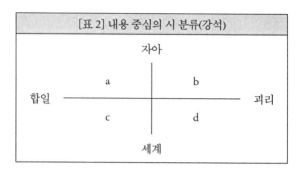

[표 2] 내용 중심의 시 분류(강석)

자아

a   b

합일 ────────────┼──────────── 괴리

c   d

세계

　(a)는 자아−합일의 텍스트로 자아의 주관적 이상을 표현하기 위해 세계를 변형시킨다. 물아일치의 서정적 경험을 표현한 시로 서정주의 「동천」, 박목월의 「나그네」 등이 있다. 이러한 작품은 현실의 모순을 외면한다는 한계가 있다. (b)는 자아−괴리의 텍스트로 자아가 추구하는 서정적 이상이 현실에서 이루어질 수 없다는 소외의 인식을 담고 있다. 이는 자아 내면의 이상과 그것이 부재하는 세계의 모습을 동시에 형상화하는 작품이다. 이상의 「거울」이 대표적이다. (c)는 세계−합일의 텍스트로 객관적 세계의 가치를 지향하는 작품이다. 공동체의 이상을 추구하며, 시가 지향하는 담론의 가치를 텍스트 외부에서 찾을 수 있다. 이는 실제 삶과 연결된 현실적 가치를 추구하는 작품으로 심훈의 「그날이 오면」을 비롯한 각종 담론을 대표하는 시들이 여기에 속한다. 그러나 이러한 작품은 필연적으로 특정 담론을 강조하면서 다른 담론을 배제하게 되는 한계가 있다. (d)는 세계−괴리의 텍스트로 현실의 공동체적 가치가 이루어지지 않은 세계를 비판한다. 비판적 리얼리즘의 전형으로 신경림의 「파장」, 정희성의 「저문 강에 삽을 씻고」가 대표적이다. 이러한 작품은 당대의 현실을 그려내지 못하면 개인적의 불만의 토로로 하락할 수 있다는 한계가 있다.[24]
　강석의 연구를 통해 서정 갈래의 내적 구조를 내용을 통해 분석할 수 있

---

24) 이상은 강석(2012)의 논문 전체를 요약한 내용이다.

는 계기를 마련하였다. 그러나 이를 서사 갈래에 일원적으로 적용할 수는 없다. 서정 갈래는 자아와 세계의 관계가 합일 또는 괴리라는 형태를 가지고 있지만, 서사 갈래는 자아와 세계의 갈등을 다루고 있기 때문이다. 또한 세계와 갈등을 일으키는 자아는 단순한 자아가 아니다. 따라서 용어부터 정립해야 할 것이다.

3. 세계, 주체, 타자성

조동일이 문학의 갈래를 서정, 교술, 서사, 희곡의 네 가지로 구분하기 위해 적용한 기준은 세 가지이다. 작품 외적 세계, 자아, 세계. 이 중, '작품 외적 세계'는 본고의 목표인 작품 내용을 중심으로 한 서사 유형 분석과는 별개의 것이기 때문에 제외한다. 그렇다면 남는 용어는 세계와 자아이다.

세계는 직관적으로 생각하였을 때 우리를 둘러싼 공간, 자연, 지리, 문화, 국가, 가치관 등 모든 것이다. 우리는 세계 안에서 살아가고 있는 것이다. 따라서 우리는 세계－내－존재(世界－內－存在, Being-in-the-world, In-der-Welt-sein)이다. 그러나 우리를 둘러싼 세계는 완벽한 세계가 아니다. 라캉의 용어를 빌리면 세계는 실재(the Real)가 아니라 현실(reality)이다. 실재와 직면할 수 없는 우리는 실재를 상상계(the Imaginary)를 통해 지각(perception)하고, 상징계(the Symbolic)를 거쳐 인지(cognition/ recognition)한다. 간접적으로 이루어지는 실재에 대한 인식은 실재와의 간극을 필연적으로 내재하게 되고 이는 다양한 방법을 통해 봉합(suture)된다. 따라서 이러한 세계는 필연적으로 비일관성을 내재한다.

또한 그러한 세계를 살아가는 우리도 세계와 똑같은 방법으로 구조화된다. 라캉은 이를 "무의식은 언어처럼 구조화되어 있다"고 설명한다. 기표가 기의 위를 끊임없이 미끄러지듯이 무의식의 영향 아래에 있는 인간 또한 어

면 '결여'를 포함한다. 이러한 결여를 포함한 자아(ego/ self)를 뜻하는 용어
로 주체(subject)를 상정한다. 세계와의 합일을 노래하는 '나'는 자아이지 주
체가 아니다. 합일 안에서 결여는 존재하지 않는다. 결여가 없는 주체가 노
래하는 것은 유토피아이다. 자아-합일 또는 세계-합일의 유토피아. 그러
나 유토피아는 상상 안에서만 존재한다. 세계와 자아는 반드시 어떤 괴리를
포함하고 있고, 이 괴리에서 결여는 탄생한다. 이러한 결여 때문에 자아는
주체로 거듭나고, 세계는 모순을 내재하게 된다. 이러한 결여가 바로 타자
성(otherness)이고, 지젝이 이야기하는 증상(symptom)이다.25) 타자성은 세
계 안에도 내재되어 있고, 주체 안에도 마찬가지이다.

조동일은 서사를 자아와 세계의 갈등으로 정의하였다. 그러나 엄밀히 이
야기하면 갈등은 세계와 주체 사이에서 일어나는 것이 아니다. 세계 안의
타자성이 세계와 갈등을 빚거나, 주체 안의 타자성이 주체와 갈등을 일으킨
다. 즉, 갈등은 크게 두 가지 양상으로 나타난다. 세계와 타자성의 갈등, 주
체와 타자성의 갈등. 『삼국유사』의 처용 서사는 이러한 두 가지 양상이 모
두 나타나 있다.

---

25) '유토피아'는 증상이 없는 보편성이 가능하리라고 믿는 것이다. 즉 자신에 대해 내적인 부정
으로 기능하는 예외의 지점이 없는 보편성의 가능성을 믿는 것이다.
이는 또한 헤겔이 제시하는 합리적인 전체성으로서의 사회 개념에 대한 마르크스의 비판 논
리이기도 하다. 우리가 현존하는 사회 질서를 하나의 합리적인 전체성으로 파악하려는 순간
우리는 그 안에 어떤 역설적인 요소를, 즉 여전히 그것 내부의 구성요소이면서 동시에 그것
의 증상으로 기능하는 어떤 요소를 포함시켜야 한다. 이는 그 전체성의 보편적이고 합리적인
원칙 자체를 전복시킨다. 마르크스에게 있어 현존하는 사회의 이러한 '비합리적인' 요소는
물론 프롤레타리아이다. 그것은 '이성 자체의 비이성(마르크스)'이며, 현존하는 사회질서 속
에서 구현된 이성이 자신의 비이성을 만나는 지점이다.
Zizek, 앞의 책, 51쪽.

4. 『삼국유사』 처용 서사 분석

『삼국유사』 '처용랑 망해사'조의 서사는 크게 두 가지로 나뉘어 있다. 액자 구성으로 볼 수 있는데, 바깥 프레임은 제49대 헌강대왕憲康大王 시절이 매우 풍요롭고 순조로운 시절이었다는 내용으로 시작해서, "나라가 마침내 망하였다(國終亡)"로 끝난다. 그리고 그 안에는 처용 설화가 들어 있다. 이를 요약하면 다음과 같다.26)

① 제49대 헌강대왕 때, 서울(경주)은 매우 풍요롭고 바람과 비는 순조로웠다.

> ② 왕이 개운포에 출유하였다가 동해룡(東海龍)의 조화(구름과 안개)를 만나게 되고, 이를 풀기 위해 절을 세우게 한다.
> ③ 동해룡이 기뻐하여 춤과 노래로 왕의 덕을 찬양하고, 아들 중 하나가 왕을 따라와 왕정을 보좌하는데, 이름을 처용(處容)이라고 하였다. 왕은 처용에게 아름다운 아내를 맞게 하고, 급간의 벼슬을 준다.
> ④ 역신이 처용의 아내를 흠모해 사람으로 변해 몰래 함께 잔다.
> ⑤ 이를 본 처용이 노래를 부르고 춤을 추며 물러난다.
> ⑥ 역신이 본모습을 나타내 처용에게 사죄하고 물러간다. 처용은 벽사의 의미를 갖게 된다.

⑦ 왕이 용을 위해 망해사(望海寺)를 세운다.
⑧ 왕이 포석정에 행차했을 때 남산신(南山神)이 어전에 나타나 춤을 추었는데, 신하는 보지 못하고 왕만 홀로 보고 이를 따라 추어 형상을 남긴다.
⑨ 금강령(金剛嶺)에 행차했을 때 북악신(北岳神)이 나와 춤을 추었다.
⑩ 동례전(同禮殿) 잔치 때 지신(地神)이 나와서 춤을 춰 바치며 노래를 부른다. 이 노래는 도읍이 장차 파괴될 것을 암시하는 노래이다.
⑪ 산신과 지신의 경고를 나라 사람이 깨닫지 못하고 도리어 상서가 나타났다고 하여 향락에 너무 심하게 빠졌기 때문에 마침내 나라가 망한다.

'처용랑 망해사'조는 풍요롭던 나라가 결국 망하기까지의 이야기를 담고

---

26) 『譯註 三國遺事 II』, 위의 책, 121~132쪽.

있는데, 그 사이에 끼어 있는 이야기가 처용 설화이다. 처용 설화는 하나의 이야기로 보이나 사실 두 개의 이야기로 이루어져 있다. 이는 처용이 왕을 따라 신라로 와서 아내와 벼슬을 얻는 이야기(②, ③)와 처용이 아내의 동침 사건을 경험하고 처용가와 처용무를 추게 되는 이야기(④, ⑤, ⑥)이다.

처용 설화의 첫 번째 이야기에서 처용은 타자의 위치에 서 있다. 여기에서 세계를 상징하는 것은 헌강왕이며, 개운포 출유 당시 만난 구름과 안개는 갈등의 은유이다. 세계와 갈등을 일으키는 타자는 처용을 포함한 동해룡 일족이다. 갈등의 결과 헌강왕은 동해룡을 위해 절을 세우게 하고, 동해룡의 일곱 아들 중 하나인 처용이 신라 왕실로 오게 된다. 세계와 갈등을 일으킨 타자가 세계에 편입하게 된 것이다. 이로써 처용은 처용이라는 이름을 얻게 된다(③).

처용 설화의 첫 번째 이야기는 세계와 갈등을 일으키는 타자—주체의 이야기이다. 그 결과 주체는 세계에 편입하게 되고, 타자성은 상실한다. 그러나 그것은 완전히 사라진 것이 아니다. 타자성은 주체와 세계가 결여된 주체와 모순을 내재한 세계인 이상 항상 내재하고 있는 것이기 때문이다. 처용은 처음부터 처용이 아니었다. 이는 ③에서 드러나는 것처럼 처용이라는 이름이 왕을 따라오게 된 이후에 부여된 이름이기 때문이다. 이는 라캉이 이야기하는 결여된 주체의 형성 과정과 동일한 구조를 보인다.

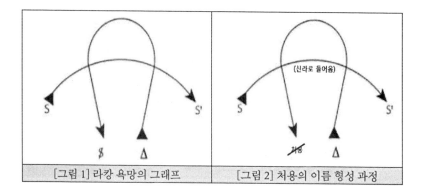

| [그림 1] 라캉 욕망의 그래프 | [그림 2] 처용의 이름 형성 과정 |

위 욕망의 그래프에서 나타나듯이 주체의 실재(△)는 처음에는 주체라고 불리지 않았다. 언어의 의미망(S → S' 가로지르기)을 통과하면서, 즉 상징계로 진입하면서 사후에 주체라는 기표를 획득($\cancel{S}$ → △의 방향이 아니라 $\cancel{S}$ ← △의 방향)한다. 그러나 이 과정은 기표가 기의를 완전히 담지하지 못하듯이 필연적으로 실재를 온전히 포섭하지 못하게 된다. 이로 인해 기표가 만들어낸 의미의 환유연쇄가 기의에 닿지 못하고 그 주위를 맴도는 것과 같이 상징계 가운데 텅 빈 구멍이 생겨나는 것이다. 따라서 주체는 필연적으로 결여된 주체($\cancel{S}$)가 된다.

이와 동일한 메카니즘[27])이 처용의 이름 형성 과정에서 나타난다. 처용의 처음 이름(△)은 알 수 없다. 그러나 처용이 왕을 따라 신라로 들어오게 되면서(S → S' 가로지르기) 상징계로 진입하여, 처용이라는 이름을 획득한다. 그러나 이는 필연적으로 이전 이름의 손실(~~처용~~)을 가져오며, 현재의 처용을 온전히 표현하지도 못한다. 따라서 처용處容은 동해룡의 아들임에도 용龍자를 사용하지 않는 것이다. 즉, 처용의 존재는 용의 아들로서의 위치보다 왕정을 보좌하게 된 이후에 비로소 구성된 것이다. 처용은 기득권 세계에 진입한 이후에 비로소 처용이 된 것이고, 이는 주체가 상징계로 진입한 이후에 비로소 주체라는 이름을 가지게 된 것과 동일하다. 지젝의 용어로 말하면 주체는 이데올로기 과정 이후에 주체가 되는 것이다. 이러한 주체는 필연적으로 '세계-내-주체'이며, 이데올로기가 구성한 현실(reality)을 살아가는 '이데올로기-내-주체'이다.

두 번째 이야기는 세계-내-주체가 타자와 대면하는 이야기이다. 이는 세계 안의 주체가 겪는 필연적 사건이다. 처용은 기득권 세계 진입 후 자신의 기반을 송두리째 흔드는 사건을 만나게 된다. 바로 부인과 미지의 존재와의 동침이다. 처용의 기득권 세계 진입이 처용의 의사와는 관계없이 이루

---

27) 이 과정이 이성적이고 합리적인 과정이라기보다는 자동적이고 기계적인 과정이라는 것을 강조하기 위해 메커니즘이라는 용어를 번역하지 않고 그냥 사용하기로 한다.

어진 것처럼, 부인의 동침 사건도 처용의 의사와는 상관없이 일어난 사건이다.28) 그리고 처용이 기득권 세계에 진입하면서 처용으로 거듭나는 것이 세계 안에서 살아가기 위해 반드시 필요한 일이었다면, 부인의 동침 사건 또한 '세계-내-주체'가 반드시 겪을 수밖에 없는 사건이다. 부인의 동침 사건은 처용 때문에 발생한 사건이 아니라, 상징계가 만들어낸 텅 빈 구멍, 즉 이데올로기로 구성된 현실(reality)이 필연적으로 내포하는 '실재(the Real)' 라는 텅 빈 구멍을 처용이 대면한 사건이기 때문이다. 처용이 미지의 존재와 부인이 동침하는 광경을 보는 것은 처용이 타자(other/ l'autre)이자 외상적 실재를 직면하는 사건이다. 이는 현실이 이데올로기적으로 구성되어 있고, 주체는 이러한 현실을 살아가고 있기에 주체에게 일어날 수밖에 없는 사건이다. 이는 처용의 인생에서 중요한 전환점이 된다. 바로 여기에 대처하는 방식에 따라 처용이 현실 세계를 계속 살게 될지, 그렇지 못하게 될지가 결정되기 때문이다. 또한 처용 모티브가 계속 변주되는 것도 이 두 번째 이야기 때문이다.

처용 서사는 두 가지 갈등 양상을 보여주고 있다. 첫 번째 이야기에서 주체는 세계 외부에 있었다. 불완전한 세계는 아직 주체를 포용하지 못하고 있기에, 세계의 위치에서 볼 때 세계에 포섭되지 않은 주체는 타자이다.29) 따라서 첫 번째 양상은 세계와 타자-주체의 갈등이다. 두 번째 이야기에서 주체는 첫 번째 이야기 과정을 거쳐 이미 세계-내-주체가 되어 있다. 그리고 또 다시 결여를 만나게 된다. 이는 세계의 모순이거나 주체의 결여이다. 역신은 이러한 결여 자체의 은유이자, 타자성의 상징이다. 따라서 두 번째 양상은 세계-내-주체와 타자성의 갈등이다.

---

28) 물론 처용이 신라로 온 일이 처용의 의도가 전혀 개입되지 않았다고 주장할 수 없는 것과 마찬가지로, 부인의 동침 사건이 처용의 의도가 전혀 개입되지 않았다고 할 수도 있다. 이는 '처용가'의 '동경 밝은 달에/ 밤들도록 노니다가(東京明期月良 夜入伊遊行如可)' 부분에서 부인이 외간 남자와 동침하게 되는 이유를 처용 자신에게서 찾는 견해도 있기 때문이다.

29) 그러나, 이 주체는 아직 자기 내부의 결여를 인지하지 못하였기에 자아에 가깝다. 자아는 영웅적이다.

5. 갈등 양상에 따른 서사 유형의 분석

세계와 타자−주체의 갈등은 어떤 서사인가? 이는 주체가 세계 안의 모순을 발견하고 세계의 모순과 투쟁하는 이야기이다. 그 결과 주체는 세계의 모순을 극복하고 새로운 세계를 만들거나, 실패하거나, 변절하거나, 떠돌게 된다. 이를 정리하면 다음과 같다.

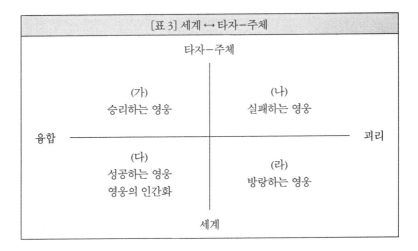

[표 3] 세계 ↔ 타자−주체

타자−주체

(가)
승리하는 영웅

(나)
실패하는 영웅

융합 ────────────────── 괴리

(다)
성공하는 영웅
영웅의 인간화

(라)
방랑하는 영웅

세계

(가)는 세계와 타자−주체의 갈등 결과 주체가 성공하는 이야기이다. 주체는 세계의 모순을 인지하고 세계와 투쟁한다. 그 결과 주체는 새로운 세계를 만들어낸다. 이는 건국신화에서 대표적으로 나타난다. 환웅은 자신이 서자였기에 천계에서의 삶을 버리고, 인간 세계로 내려와 자신의 국가를 건설한다. 동명왕도 마찬가지이고, 홍길동도 율도국을 건설한다. 물론 그들이 만들어낸 세계 또한 모순을 내재하고 있다는 것 또한 마찬가지이다. 따라서 이들의 세계 또한 재영토화에 다름 아니다. 그러나 최소한 기존 세계의 모순 한 가지는 극복한 형태임에는 분명하다. 홍길동이 만든 율도국에는 적서

차별은 존재하지 않을 것이기 때문이다.

(나)는 갈등 결과 주체가 실패하는 이야기이다. 이는 아기장수 설화가 대표적이다. 세계 변혁의 가능성을 내재한 아기장수는 결국 세계의 힘에 두려움에 느낀 부모에 의해 죽임을 당한다. 그가 가진 가능성에 대한 아쉬움은 용마와 용소 이야기로 남는다. 실패한 영웅의 이야기가 대부분 여기에 속한다. 영웅은 세계와의 갈등 끝에 목숨을 잃거나, 목숨을 잃었기 때문에 영웅이 된다. 세계 안에서 극단적인 투쟁을 하다 실패하는 반영웅의 이야기도 여기에 속한다. 윤태호의 만화 <YAHOO>가 대표적이다.

(다)는 갈등 결과 세계가 주체를 포용하거나 융합하는 이야기이다. 이 결과 타자-주체는 타자성을 잃고 세계 안에 포섭된다. 홍길동이 만약 선조의 부름을 받고 조선의 신하가 된다면 이런 이야기가 된다. 세계의 입장에서 볼 때 타자를 포용한 이야기이지만, 타자의 입장에서 볼 때는 변절한 이야기가 되며, 주체의 입장에서는 성공한 이야기가 된다. 처용 설화의 첫 번째 이야기가 이 위치에 올 수 있다.

(라)는 세계도 타자-주체를 포섭하지 못하고, 타자-주체도 세계를 변화시키지 못한 이야기이다. 이때 주체는 세계 안을 방랑하게 된다. 김삿갓의 이야기는 세계를 변화시키지 못하고, 그렇다고 타자성을 버린 것도 아닌 상태에서 세계를 조롱하고 방랑하는 이야기이다. 오이디푸스 서사의 결말도 비슷한 양상을 보인다. 오이디푸스는 스스로 눈을 찌르고 사막을 방랑하는데, 세계의 입장에서 볼 때 오이디푸스는 죽지 않고 배회하는 타자 자체이다.

이상의 네 가지 서사 양상은 '영웅의 서사'로 볼 수 있다. 세계와 대결을 벌이는 그는 이미 인간의 범주를 뛰어넘은 영웅이다. 완전히 새로운 세계를 만들거나, 세계 안으로 들어와 성공하는 영웅. 혹은 비극적으로 실패하는 영웅이거나 초탈한 방랑자의 모습. 그 중 (다)에 속하는 처용의 이야기는 영웅이 세계 안에 복속되면서 인간화되는 과정이다. 이 이야기는 영웅의 이야기가 아니라 인간의 이야기이다. 타자성을 포기하고 세계 안으로 편입되는 순간 그는 더 이상 영웅이 아니게 된다. 영웅은 결여 그 자체이다. 세계와의 투쟁 결과 승리하거나 패배하거나 방랑하거나 변화하게 된다. 그러나 변화하는 영웅은 더 이상 영웅이 아니다. 처용 서사의 앞부분은 용의 아들에서 왕의 신하가 되는 과정이다. 이는 영웅이 인간화되는 과정이다. 인간화된 영웅은 세계-내-주체로서의 삶을 살게 된다.

따라서 다음 서사 양상은 '인간의 서사'로 볼 수 있다. 인간화된 영웅, 즉 세계-내-주체가 타자성을 직면하는 이야기이며, 처용이 역신을 직면하는 이야기이다. 처용가와 처용무에 대한 해석이 분분한 것은 이 부분이 어떻게 해석되느냐가 다르기 때문이다. 이 또한 네 가지 양상으로 나타난다.

[표4] 세계-내-주체 ↔ 타자		
	세계-내-주체	
	(마) 성장하는 주체	(바) 승리하는 주체 이데올로기의 영웅
융합		괴리
	(사) 방황하는 주체	(아) 두려워하는 주체/ 주체의 죽음
	타자	

(마)는 성장하는 주체의 이야기이다. 타자성을 직면한 주체는 타자성을 일정 부분 받아들이면서 성장하지만, 세계-내-주체로서의 삶은 포기하지 않는다. 대부분의 성장 드라마나 치유의 이야기가 여기에 속한다. 또한 처용가를 이해와 포용으로 이해하는 관점이 여기에 속한다. 그러나 이를 통해 타자성이 사라지는 것은 아니다. 타자성의 현현인 타자는 주체의 포용을 통해 타자성 자체가 사라지는 것은 아니다. 그러나 성장하는 주체의 포용력은

이후에 나타날 타자성을 또 다시 받아들일 수 있음을 희망적으로 예고한다.

(바)는 승리하는 주체의 이야기이다. 여기에서 주체는 타자성을 격퇴한다. 주체는 세계의 첨병이 되어 타자성을 '악'으로 간주한다. 그리고 쫓아내는 것이다. 처용가를 벽사의 의미로 해석하는 관점이 여기에 속하며, 현대에 범람하는 대부분의 영웅 영화가 대표적이다. 슈퍼맨, 배트맨, 스파이더맨은 절대 자기가 속한 사회의 모순에 대해서는 고민하지 않는다.30) 다만 사회 내부의 악을 청소할 뿐이다. 따라서 세계의 입장에서 볼 때 이들은 영웅이다. 세계를 수호하는 영웅. 그러나 결국 이들은 이데올로기의 영웅일 뿐이다.

(사)는 방황하는 주체의 이야기이다. 고민하고 고뇌하는 주체이다. 발견된 타자성을 수용하지는 못한다. 그렇다고 자신이 살고 있는 세계를 포기하지도 못한다. 그 안에서 고민하고 떠도는 주체. 바로 현대인의 모습에 가장 가까운 모습이다. 먹고 살기 위해 꿈을 포기할 것인가, 꿈을 따르다 죽을 것인가. 세계의 부조리에 분노하지만, 생계와 현실의 이름 앞에 행동을 유보한 대다수의 모습이다. 어찌할 바를 결정하지 못하고 계속되는 처용의 춤과 같다.

(아)는 두려워하는 주체의 이야기로, 여기에서 타자는 주체를 공격하는 귀신이나 괴물이다. 주체는 이 현현한 타자를 두려워하고 쫓겨 다닌다. 현대에 범람하는 외계인, 괴물, 좀비, 재난 영화들은 이 연장선에 있다. 마지막에 결국 주인공이 자신을 공격하는 대상을 쫓아낸다고 하더라도 그 과정에 강조되는 것은 주인공의 두려움과 살아남기 위한 처절한 투쟁의 과정이다. 그리고 남는 것은 죽음 또는 상처뿐인 영광이다. 전진석, 한승희의 만화 <천일야화>에서 처용은 결국 자살을 택한다. 타자의 공포를 이겨내지 못한 주체는 결국 죽음을 맞이할 수밖에 없는 것이다.

---

30) 이는 2000년 이전의 영화에서 특히 그렇다. 그러나 요즘의 프리퀄 영화들은 이것에 대해 고민하는 영웅의 모습을 그리고 있다. 이는 발전적인 징후이다.

6. 결론

이상으로 『삼국유사』의 처용 서사에 근거하여 내용을 중심으로 한 서사 양상들을 살펴보았다. '처용랑망해사'조의 처용 설화는 크게 두 부분으로 이루어져 있다. 처용이 신라 사회로 들어오는 이야기와 신라 사회 안에서 역신을 만나게 되는 부분. 앞부분은 영웅의 서사를 대표한다. 세계와 직접 대면하고 투쟁하는 고전적 영웅은 타자성의 현현이다. 세계의 모순을 상징하는 타자성으로 세계와 맞서는 고전적 영웅은 그 결과 승리하거나 패배하거나 복속되거나 방랑한다. 승리하면 새로운 세계를 만들게 되지만, 이 또한 새로운 모순을 내재하고 있을 것이며, 또 다른 타자성과의 갈등을 남겨두게 된다. 단군신화, 동명왕편 등 대다수의 건국 신화는 이 승리하는 영웅의 이야기이다. 실패하는 영웅은 그 결과 세계 안에서 죽음을 맞게 된다. 혹은 죽음을 맞음으로써 영웅이 된다. 아기장수 설화, 남이장군 설화에서 나타나는 신이한 능력과 죽음에 대한 아쉬움은 실패한 영웅에 대한 아쉬움, 세계의 모순을 개혁하려는 움직임이 실패한 것에 대한 민중의 아쉬움이 담겨 있다. 방랑하는 영웅은 성공하지도, 죽지도 않은 영웅이다. 이러한 영웅은 세계 안을 표류하는 타자성의 상징이다. 평생을 떠돌며 시를 통해 권위를 조롱한 방랑 시인 김삿갓의 이야기가 여기에 속한다. 이는 또 다른 의미의 영웅이다. 세계를 변혁할 힘은 갖지 못했지만, 변혁의 단초들을 흩날리며 다닌다. 세계는 이러한 타자를 무시라는 형태로 용인한다. 이를 죽이게 되면 영웅으로 만들기 때문이다. 방랑하는 영웅은 죽지 않은(undead) 영웅이다. 마지막은 세계에 편입되는 영웅이다. 영웅은 타자성을 상실하고 세계 안에 편입된다. 이를 세간에서는 '성공'이라고 부른다. 따라서 여기서 영웅은 사라지고 인간이 남게 된다. 영웅의 인간화. 처용의 앞부분 이야기는 바로 이런 지점에 서 있다. 신라 사회로 들어와 용의 아들에서 왕의 신하가 되는 처용은 타자성을 잃고 인간화된 영웅이다.

처용 설화 뒷부분 이야기는 신라로 들어온 처용이 역신을 만나는 이야기이다. 이는 인간의 이야기로 세계-내-주체는 타자성과 갈등을 빚는다. 그 결과 주체는 타자성을 수용하고 성장하던가, 타자성을 쫓아내든가, 타자성과 융합하지 못하고 방황하든가, 타자성의 두려움에 잡혀 상징적 죽음에 이르게 된다. 이러한 양상은 처용가와 처용무로 대표되며, 후대에 창작된 처용 이야기들은 이 양상을 다양한 방식으로 해석하여 처용 담론을 형성하게 된다.

이러한 구분은 도식적이라는 한계가 있지만, 풍부하게 형성된 처용 담론의 양상들을 살펴보는데 하나의 기준이 될 수 있을 것이다. 앞으로의 연구는 이론의 미진한 부분을 보충하고, 처용 담론의 다양함을 포괄할 수 있는 방향으로 전개되어야 할 것이다.

<참고문헌>

강　석, 「텍스트 내적 구조에 따른 시 교육 내용 연구」, 『비평문학 46호』, 한국
　　비평문학회, 2012.

강인구 외, 『譯註 三國遺事 II』, 以會文化社, 2003.

김　진, 『처용설화의 해석학』, UUP, 2007.

김창현, 『한국적 장르론과 장르보편성』, 지식산업사, 2005.

김흥규, 『한국 문학의 이해』, 민음사, 1986.

이상섭, 『아리스토텔레스의『시학』연구』, 문학과지성사, 2002.

조동일, 『한국 문학의 갈래 이론』, 집문당, 1991.

_____, 『한국문학통사 1』, 지식산업사, 2005.

한국문학평론가협회 편, 『문학비평용어사전 하』, 국학자료원, 2006.

Childers, J., Hentzi, G., 황종연 역, 『현대문학·문화비평 용어사전』, 문학동네,
　　1995.

Foucault, Michel, 이정우 역, 『지식의 고고학』, 민음사, 1969.

Frye, Northrop, 임철규 역, 『비평의 해부』, 한길사, 1957.

Hawthorn, Jeremy M., 정정호 외 역, 『현대 문학이론 용어사전』, 동인, 2000.

Zizek, Slavoj, 이수련 역, 『이데올로기라는 숭고한 대상』, 인간사랑, 1989.

필자 소개

정금철
서강대학교 국어국문학과 및 동 대학원 졸업
강원대학교 국어국문학과 교수
『한국시의 기호학적 연구』외

김동현
강원대학교 국어국문학과 강사
「윤흥길의 「장마」에 나타난 이데올로기 해체방식」외

김종호
한라대학교 외래교수
「한국현대시의 원형심상 연구」외

김창윤
강원대학교 국어국문학과 강사
「영화 <외출>의 소설화에 대한 연구」외

김혜영
강원대학교 국어국문학과 강사
「판타지소설의 구조에 나타난 재미와 저항성」외

김효진
강원대학교 국어국문학과 강사
「가족사 소설로 본 토지」외

박창민
강원대학교 대학원 박사과정 재학 중
「김춘수 시의 기호학적 연구: 초기 시를 중심으로」외

반지영
강원대학교 국어국문학과 강사
「이용악 시의 담론 특성 연구」외

손윤권
강원대학교 국어국문학과 강사
「기지촌 소설의 탈식민성 연구」외

심재욱
세경대학교 강사
「봉준호 영화의 서사구조 연구」외

윤정업
경민대학교 강사
「김소진 처용단장의 이데올로기 연구」 외

이광진
강원대학교 국어국문학과 강사
「김유정 소설의 서사담론 연구」 외

이광형
강원대학교 국어국문학과 강사
「한국 시가의 발화주체 연구」 외

이대범
(前) 강원대학교 국어국문학과 교수
「배구자 연구: '배구자악극단'의 악극 활동을 중심으로」 외

이연화
경민대학교 강사
「한국 현대시에 나타난 탈식민성 연구」 외

이정배
강원한국학연구원 연구교수
「1930년대 문학과 영화의 상관성 연구」 외

정원숙
강원대학교 대학원 박사과정 재학 중
「현대시에 나타난 에코페미니즘 연구」 외

최영자
강원대학교 국어국문학과 강사
「현길언 소설에 나타난 집단로맨스와 반영적 글쓰기」 외

홍단비
강원대학교 국어국문학과 강사
「한국 현대 여성 소설의 치유 담론 연구」 외

현대비평과 한국문학

| 초판 1쇄 인쇄일 | | 2014년 2월 27일 |
| 초판 1쇄 발행일 | | 2014년 2월 28일 |

지은이		정금철 외
펴낸이		정구형
책임편집		신수빈
편집/디자인		심소영 윤지영 이가람
마케팅		정찬용 권준기
영업관리		김소연 차용원 현승민
컨텐츠 사업팀		진병도 박성훈
인쇄처		월드문화사
펴낸곳		**국학자료원**

등록일 2006 11 02 제2007-12호
서울시 강동구 성내동 447-11 현영빌딩 2층
Tel 442-4623 Fax 442-4625
www.kookhak.co.kr
kookhak2001@hanmail.net

| ISBN | | 978-89-279-0826-5 *93800 |
| 가격 | | 35,000원 |